EL CORAZÓN DEL REY

KARINE BERNAL LOBO

Los secretos derrumban imperios

ILUSTRACIONES DE
Álvaro Cardozo

Obra editada en colaboración con Editorial Planeta – Colombia

© Karine Bernal Lobo, 2025
Ilustraciones: © Álvaro Cardozo

© 2025, Editorial Planeta Colombiana S. A. – Bogotá, Colombia

Derechos reservados.

© 2025, Editorial Planeta Mexicana, S.A. de C.V.
Bajo el sello editorial PLANETA M.R.
Avenida Presidente Masarik núm. 111,
Piso 2, Polanco V Sección, Miguel Hidalgo
C.P. 11560, Ciudad de México
www.planetadelibros.com.mx

Primera edición impresa en Colombia: noviembre de 2025
ISBN: 978-628-7860-01-8

Primera edición impresa en México: noviembre de 2025
ISBN: 978-607-39-3507-4

No se permite la reproducción total o parcial de este libro ni su incorporación a un sistema informático, ni su transmisión en cualquier forma o por cualquier medio, sea este electrónico, mecánico, por fotocopia, por grabación u otros métodos, sin el permiso previo y por escrito de los titulares del *copyright*.

Queda expresamente prohibida la utilización o reproducción de este libro o de cualquiera de sus partes con el propósito de entrenar o alimentar sistemas o tecnologías de Inteligencia Artificial (IA).

La infracción de los derechos mencionados puede ser constitutiva de delito contra la propiedad intelectual (Arts. 229 y siguientes de la Ley Federal del Derecho de Autor y Arts. 424 y siguientes del Código Penal Federal).

Si necesita fotocopiar o escanear algún fragmento de esta obra diríjase al CeMPro (Centro Mexicano de Protección y Fomento de los Derechos de Autor, http://www.cempro.org.mx).

Impreso en los talleres de Litográfica Ingramex, S.A. de C.V.
Centeno núm. 162-1, colonia Granjas Esmeralda, Ciudad de México
Impreso en México – *Printed in Mexico*

De Emily para Magnus, La vie en rose *de Édith Piaf.*

De Magnus para Emily, Je vais t'aimer *de Michel Sardou.*

Y para ti, que huyes en la noche hacia universos infinitos y al amanecer finges que la energía aún te acompaña, este libro. Recuerda que está bien perderte en tantos mundos como desees; solo no olvides que el tuyo también guarda maravillas que esperan por ti. Ve hacia ellas, valiente, con la cabeza en alto y el corazón despierto.

KARBELOB

MIRELLFOLW
LIMEHOLD
LACRONTTE
KILMWARTH
CROMANOFF
INGREST
WELLSINBERG

CRISTENERS
PALKARETH
PRENFILG
MISHNOCK
ROSWELL
LACRONTTE

MAR
ASMODEEN

N
O
E
S

Días antes

MAGNUS

La brisa es fuerte, pesada y ruidosa. El viento parece rugir en el aire, tanto que me gusta pensar que ha empezado a rabiar para alentarme. Puede que sea solo ego, pero ¿qué más da? Me duelen la espalda y las piernas después del viaje, por lo que me cuesta subir las escaleras hasta la segunda planta del palacio de Fulhenor. Nadie me anuncia, autoriza o detiene. El afán que me guía habla por mí. Estoy decidido. Emily es la única capaz de causarme este frenesí. La detesto por ello. No puedo creer lo que estoy a punto de hacer... Es decir, ¿de verdad quiero hacerlo? ¿Con una plebeya? No, ella es mucho más que una simple plebeya. Es mi Emilia.

Me tiemblan las manos como la primera vez que asesiné a alguien, aunque esa no es la imagen que quiero en la cabeza. Quizás debí hacer una lista de las cosas buenas y malas que traerá esta decisión antes de venir aquí, pero en el fondo lo único que necesito es plantearme algunas preguntas para las que ya tengo respuesta.

¿Quiero besarla?

Sí.

¿Quiero que sea solo mía?

Claro que sí.

¿Quiero que viva conmigo?

Es espeluznante reconocer que lo deseo absolutamente.

¿Quiero verla todos los días?

Por todo mi reino, ¡sí!

¿Quiero que me quiera?

Es lo único que anhelo.

—El rey está descansando, majestad —me informa un guardia cuando llego a la habitación de mi primo—. Podemos adecuarle una alcoba. Podrá reunirse con él a primera hora de la mañana.

—Ya es primera hora de la mañana: son las dos de la madrugada. Es un nuevo día y esto es urgente. Llámenlo.

Los dos custodios se miran entre sí. Su lealtad está con Gregorie, no conmigo, aun cuando en el fondo saben que tampoco es buena idea hacerme enojar. ¡Qué pesadilla es no tener poder absoluto en todos los reinos!

Al fin uno se mueve y da un par de golpes mientras me anuncia. Entreabre la puerta con cuidado y desde el marco se disculpa por despertarlo. No me contengo y lo hago a un lado para entrar. Mi primo está acostado con las sábanas sobre el pecho y a su lado hay una mujer que también duerme. No tardo en darme cuenta de que se trata de Elisenda.

—¿Estamos bajo ataque? —pregunta, arrastrando las palabras cuando despierta.

Se frota los ojos con pereza y tarda en reconocerme en la oscuridad. La única luz viene de la luna que penetra por el ventanal, como si fuera una explosión a metros de distancia. Esto es decepcionante. Si de verdad fuera un atentado, ya estaría muerto.

—¿Primo? —pregunta, saliendo de la cama.

Mira hacia donde está su invitada, que sigue inmóvil en el colchón. No lo molestaría si en Cromanoff no estuviera la única mina con diamantes azules del continente. Si a Emily le gusta el azul, le daré el cielo completo.

—¿Estás seguro de que está viva? —digo, pero no sé por qué. Estoy ansioso.

Me toma del brazo y me lleva afuera. Se lo permito solo porque es la única persona que puede ayudarme con mis planes. Me guía

hasta su oficina y nos encierra en ella. Si yo estoy nervioso, él parece estarlo también.

—Tú primero. —Me señala—. Dilo tú primero y luego te cuento yo.

—Me voy a casar.

—Elisenda está embarazada. Espera, ¿qué? —Se paraliza y yo también—. ¿Con quién? ¿Conmigo? Me toma por sorpresa, pero acepto.

—¿Embarazaste a Elisenda?

En todo el camino, el corazón me latió rápido y con tanto vigor que pensé que tendría un ataque cardíaco, y ahora parece que me he quedado pasmado, en blanco y detenido en el tiempo. No esperaba esa noticia, no tan pronto.

—Bueno, ya veo que el embarazado querías ser tú, aunque sabes que es incesto, ¿verdad? A la abuela le daría un infarto si se enterara de que quieres casarte conmigo.

—No seas idiota, Gregorie. ¿Vas a ser padre?

—Sí. Y tú, esposo. ¿Le pediste matrimonio a Emily?

—No lo he hecho y no sé cómo hacerlo. Me odia, pero de verdad quiero estar con ella. ¿Tú aceptarías casarte conmigo si te hubiera traicionado de esa manera?

—Ni en mil años. —No duda en responder y juro que empiezo a perder la esperanza—. Sin embargo, no es tan mala idea. Ella no quiere estar encerrada con Stefan, eso lo tienes a tu favor. Podemos organizar una propuesta romántica con la que se le olvide que la vendiste a su secuestrador, cuando pensaba que la ayudarías a escapar, y que te burlaste de sus sentimientos.

—Gracias por tu apoyo, Fulhenor. —Entrecierro los ojos y hago una mueca—. Necesito conseguir un anillo. Uno que la enloquezca. Pensé en un diamante azul. A ella le gusta ese color.

—Pídeselo a Francis. Fue él quien te consiguió el que le diste a Vanir, ¿no?

—Ella no es Vanir —replico al límite de mi paciencia—. Esta vez quiero elegirlo yo mismo.

—¡Vaya proeza! Te ayudaré solo si respondes algo: ¿de verdad quieres casarte con ella? Es decir, el matrimonio es para siempre, no solo un capricho que puedas deshacer al día siguiente.

Lo observo fijamente, molesto. ¿Por qué quiere meterse en esto? No voy a hablarle a Gregorie sobre mis sentimientos por Emily. Es algo que solo me incumbe a mí. Ni ella misma se imagina la inmensidad de lo que siento.

—Magnus. —Me mira decepcionado cuando no respondo—. Si no me hablas con la verdad, no voy a respaldarte.

—Soy consciente de la locura que pienso cometer, pero te juro que la quiero en mi vida.

—¿Querer de querer o querer de desear?

—Cuando quieres a alguien, el deseo y el amor vienen de la mano. Aunque muchas veces quien desea no ama, no es mi caso. —Sonríe como si hubiera descubierto algo, haciéndome sentir expuesto—. No voy a hablar de mis pensamientos libidinosos. Quiero que sea mía y punto.

—¿Como tu esposa, tu amiga, tu apoyo, tu amante y la madre de tus hijos?

—Lo último podemos excluirlo de la lista. Ni siquiera sé si aceptará mi propuesta y ya estás pensando en herederos indeseados.

—De acuerdo, llamaré al orfebre.

* * * *

Son las ocho de la mañana y sigo aquí desvelado junto a Gregorie. El orfebre llegó somnoliento con un par de ayudantes medio dormidos. Los obligué a sacar todos los diamantes azules que tuvieran y me tomé mi tiempo en escoger el perfecto, pese a que ellos afirmaban que todos eran iguales. Lo cierto es que no me importó; necesitaba estar seguro de que el que escogiera gritara Emily. Hasta quise que buscaran uno más grande, más brillante, más filoso. Me senté en una mesa para

diseñar cómo quería la pieza. Primero pensé que tuviera forma de corazón, pero eso habría sido demasiado romántico. Luego pensé en algo redondo y lo descarté por ser muy común. Me decanté, al final, por un corte rectangular, elegante, digno de la futura reina de Lacrontte. Jamás había dibujado algo que no fuera para mi madre, y ahí estaba yo, garabateando la forma de un anillo para alguien que ni siquiera quiere verme. Además, pedí que le agregaran diamantes alrededor y un grabado interno en el aro que dijera más de lo que soy capaz de expresar. Por un momento, pensé en poner mi nombre, pero el aburrido de mi primo dijo que sería muy egocéntrico. Tres horas estuve planeando esto, así que espero que al menos ella me dé otra oportunidad.

—Por cierto, ¿cómo es eso de que Elisenda está embarazada? —Saco el tema que habíamos dejado en el olvido. Y nada más mencionarlo, a Fulhenor se le ilumina el rostro en medio de tanto cansancio y me mira, orgulloso.

—Bueno, ya sabes cómo se hacen los bebés. No hay mucho que decir. Nos enteramos hace poco y estoy muy feliz, primo. ¿Entiendes? Habrá alguien en el mundo que me llame «padre». Seré el ejemplo, la guía para un ser humano. Estoy emocionado. Es la mejor noticia que me han dado en la vida. ¡Y tú serás el padrino! Recuerdo que lo pediste allá, en el antiguo Grencowck, mientras esperábamos a Sigourney, y yo no olvido nada.

Los ojos le brillan con una felicidad que no había visto en él. Ni siquiera cuando se enamoró de Lerentia y volvió a tener ese brillo juvenil que había perdido.

—Pues felicidades. Su hermana estará feliz. Quizás ella quiera ser la madrina.

Aquello no le causa gracia. Sé que Elisenda no quiere estar cerca de su hermana por un error que casi le costó la relación a Gregorie. Ambos odian a esa mujer y yo también.

—Mi Eli y yo también nos vamos a casar.

Abro los ojos. Es decir, es de esperarse, pero ¿por qué lo dice hasta ahora? Me he pasado toda la mañana hablando de mi pedida de

mano, hasta me siento egoísta. Y lo soy, por supuesto, solo que no me gusta serlo con él.

—Esposo y padre. ¿Cómo puedes callarte algo así, Fulhenor? Cuando supe que quería pedirle matrimonio a Emily, lo primero que pensé fue en decirte.

—Eso es porque me amas.

—No te pongas ridículo.

—No lo negaste. —Levanta las cejas con parsimonia. No, no lo negué, pero tampoco se lo diré en voz alta—. En fin, será algo pequeño, así lo queremos ambos. Las dos familias y algunos amigos cercanos. Ella no quiere que la barriga le crezca demasiado antes del gran día, por lo que lo haremos pronto. Sin embargo, quiero aclarar que la propuesta llegó antes de saber que esperábamos un hijo.

—No iba a juzgarte.

—No quiero que la gente piense que se lo pedí por eso. ¿Comprendes?

—Yo no soy *la gente*, soy tu primo.

—Y mi padrino de bodas. Uno que no puede renunciar al cargo. Si lo haces, dejaremos de ser familia, así que más te vale hacer las cosas bien con este asunto porque quiero que vengas acompañado. ¿Ya tienes tu discurso para pedir la mano de Emily? —Cambia de rumbo—. ¿Hablaste con sus padres?

—Sus padres me odian y la verdad es que los nervios no me han dejado pensar demasiado. Además, ¿qué podría decir que valga la pena para ella? ¿«Perdóname y cásate conmigo»? En otras circunstancias, le recordaría lo afortunada que será de convertirse en mi esposa. Ahora no es posible.

—¿Y qué le dirías? ¿«Aceptarías ser esposa de este hombre inteligente, millonario y rey absoluto de Lacrontte»?

—Humildemente, sí, lo diría, aunque te faltó *apuesto*. En cambio, tendré que rogar para que al menos quiera escuchar mi propuesta.

Las carcajadas de Gregorie golpean las paredes del taller y las mías lo acompañan. Es la única persona, sin contar a la de los vestidos de jardín, que logra hacerme reír. Desde que éramos más

jóvenes, Gregorie me deslumbró con esa peculiar alegría y soltura. Parecía que todo le era sencillo y que nada lo lastimaba. Lo admiraba y lo sigo haciendo. Es como mi hermano mayor, uno mucho mejor. Sé que va a ser un padre magnífico.

Estar distanciados fue extraño para mí. Desde que nací, mi primo ha estado ahí para mí, y yo para él. Me vio aprender a caminar y crecer, me aconsejó, me enseñó a fingir atención en las largas reuniones, a escalar las altas paredes del palacio y a lanzar dardos, flechas y hasta piedras en el río. Vi sus errores y él los míos. Nos vimos convertirnos en hombres y recuerdo haberlo visto muchas veces en los pasillos esperar por horas a que me dieran unos minutos para recibir su visita. Estuvo ahí para mí cuando mis padres murieron y juró estar cada vez que lo necesitara; yo estuve ahí cuando su padre murió y le hice la misma promesa. Por ello, cuando de un momento a otro desapareció de mi vida a causa de nuestra pelea estúpida por Lerentia, sentí ese vacío inmenso que me descolocó por días. Traté de arreglar las cosas un par de veces… Bueno, en realidad solo una. Quise hacerle entender que nada había pasado entre nosotros y que jamás pasaría, pero él me rechazó con un odio que nunca me había mostrado y admito, aunque me cueste el orgullo, que me dolió. Me gusta tenerlo de vuelta.

—Por cierto, Gregorie, necesito que me hagas otro favor. Francis se resiste a hablarme y mi vanidad no le va a insistir. Requiero que adecúen el palacio para la llegada de Emily. Dile que pinten alguna pared de azul y que pongan flores en las mesas o planten algo en el jardín trasero.

—¿Flores? ¿Plantar? Me parece que alguien está enamorado.

—Ahórrate los comentarios y solo hazle llegar el pedido al viejo amargado.

—Tú déjalo en mis manos. Espero que, si algún día yo lo arruino, recuerdes estos favores y no me dispares.

—¿Por qué habrías de arruinarlo?

—Es un simple comentario. —Se encoge de hombros con una sonrisa que sé que esconde algo—. Tenlo en cuenta, y más si es algo que ya pasó.

—¿Tiene que ver con Emily? —pregunto directamente.

Se queda callado y mira hacia los lados como si fuera un niño orgulloso de sus travesuras. ¿Qué diantres hizo? Le ordeno que hable y no lo hace. Le cuesta sacar lo que sea que ocurrió y yo empiezo a desesperarme.

—Puede que le haya pedido que nos besemos.

La piel se me calienta al instante, la sangre me hierve y el cuerpo se me endurece. ¿Qué acaba de decir?

—Si no quieres que te asesine, dime que es una broma ahora mismo, Gregorie Allan.

—No me puedes matar, voy a ser padre. Además, no nos besamos, fue solo una propuesta y ocurrió cuando ustedes fingían ser novios. Ahí todavía no te gustaba, ¿o me equivoco?

Siento cólera, indignación, furia. Tengo los músculos tensos y es como si tuviera una daga atravesada en la garganta. ¡Por todos mis muertos! ¿Tenía que decirme eso justo ahora? Imagino la escena y se me crispa hasta el alma. Él debía saber que esa mujer iba a ser mía tarde o temprano.

—Voy a dispararte, te lo ganaste —le aviso mientras busco el arma que siempre cargo en el cinto.

—No. —Se levanta de la silla, asustado, y me señala como si hablara con un can rabioso—. Yo no te disparé cuando pasó lo de Lerentia.

—Eso es porque nada ocurrió entre nosotros.

—Y entre Emily y yo tampoco. Ella no aceptó.

Ahora soy yo quien se levanta. Lo dijo. No soy idiota. Si Emily hubiera aceptado, él la habría besado. Es justo lo que acaba de decir.

—No sé qué estás pensando, primo. —Me devuelve al plano con un tono angustiado—. Pero te aseguro que no es lo que crees. Emily no es mi tipo.

—¿Acabas de decirle fea a mi futura esposa?

—¿Qué? No. Solo recuerda que, si me haces algo, te quedarías sin anillo y sin mensajero.

Me detengo, porque no tengo otra alternativa. Necesito su ayuda. ¿Y ella por qué no me lo había contado? Me encoleriza saber que

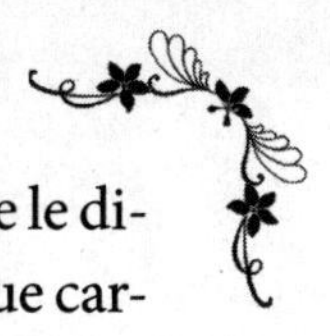

no puedo reclamarle nada, porque juro que será lo primero que le diría cuando nos volvamos a encontrar. Por todos los muertos que cargo en la espalda, Emily Malhore, vas a volverme loco y mucho más si al final no aceptas casarte conmigo.

1

MISHNOCK

HELIA 7 — ESTADO TEMPORAL 5 — AÑO 3

EMILY

Lo dije.

Lo hice.

Acepté.

Voy a casarme con Magnus Lacrontte. Voy a casarme con el rey enemigo. Voy a casarme con el hombre que me rompió el corazón.

—¡Emily, por favor! —Escucho a Stefan hablar casi entre dientes—. No hagas esto.

Lo miro. Está pálido, como si le hubieran drenado la mitad de la sangre del cuerpo y solo quedara un caparazón sin alma.

—¿Te di una oportunidad de escapar y así me lo pagas? —El reclamo encolerizado de Lerentia es casi cómico. No le debo nada… o quizás sí. De ser así, no me interesa saldar la deuda.

—Ahora no tiene necesidad de escapar, majestad. —La voz de Francis es la única que emana calma.

Tiene razón. Voy a ser libre por fin, pero así no era como quería que fuera mi historia. Quería a alguien que me amara de verdad, alguien en quien pudiera confiar, y Magnus no es ninguna de esas dos cosas.

Devuelvo la atención a los brillantes ojos verdes del rey de Lacrontte, quien sonríe sin los reparos que suele poner. Saca la

sortija de su estuche, me toma la mano y me pone el anillo en el dedo anular. De inmediato siento el peso del zafiro y también el peso de mis decisiones.

—Emily, por favor, recapacita. ¿De verdad quieres esto después de lo que él te hizo? —Las súplicas de Stefan no pueden resultarme más reconfortantes.

—Lo que ambos me hicieron —le recuerdo.

Lo miro y veo la ira en sus ojos, ahora oscurecidos. Veo todo lo que vivimos y lo que esperábamos vivir. Nos prometimos tantas cosas que en este momento se me hacen ridículas. ¿Cómo pude convencerme de que funcionaría? No me arrepiento de haberlo querido. Me arrepiento de haber sido tan ciega y no ver las señales. Y lo peor es que aplica para ambos casos.

Paseo la vista por la sala hasta dar con el rostro enojado de su esposa y recuerdo cada humillación y cada acción con las que ella intentaba hacerme sentir pequeña. Dentro de poco tendremos el mismo título y una corona parecida sobre la cabeza. No tendrá razones para señalarme. Yo también seré reina y, a diferencia de ella, yo seré una Lacrontte.

—¡Magnus, fuera de mi palacio! —grita mi carcelero igual que un niño ofendido.

—Será un placer —anuncia a medida que se levanta—, pero solo me iré de aquí con mi prometida, Denavritz.

—No vas a llevártela.

—¿En serio crees que vas a impedírmelo?

—Él no va a llevarme —aseguro con la espalda derecha y la voz firme—. Voy a irme porque quiero. Atelmoff, por favor, acompáñame a recoger mis cosas.

Me vuelvo hacia él. Tiene la mirada decaída, con una mezcla entre alegría y nostalgia. Me sonríe con un gesto que le cuesta. Estoy segura de que todos aquí pueden ver su tristeza y su lucha por ocultarla.

Atelmoff y yo salimos de la sala custodiados por guardias lacrontters y caminamos en silencio. Siento el corazón apretado y

pequeño. No quiero dejarlo, pero tampoco quiero continuar encerrada.

—No pienses que estoy triste, querida —dice mientras subimos las escaleras—. Estoy muy feliz por ti. Saldrás a vivir. Bueno, sí estoy triste, aunque mi tristeza no es relevante.

—Lo es. Tú eres relevante.

Busca mi mano y la aprieta con suavidad. Gira la cara hacia la pared y se detiene cuando llegamos al segundo nivel. No puedo verlo; sin embargo, siento sus lágrimas. Me acaricia el dorso y con los dedos ubica el anillo que me une a Magnus.

—Fue divertido pasar tiempo contigo —suelta con la voz estrangulada.

—¿Eso es lo que me dirás?

—Te voy a extrañar y sé que tú también a mí. Soy irremplazable y maravilloso. Seguro una de las personas más increíbles que se han cruzado en tu vida. Brillo. Soy casi un sol humano.

No deja de halagarse por un rato y yo no lo interrumpo. Ese es su mecanismo de defensa.

—¿No te gustan las despedidas, Amoff?

—¿A quién le gustan, realmente?

—No quiero dejarte aquí. —Me suelto de su agarre y lo abrazo por el cuello. Él continua de espaldas, pero no se niega a recibirlo—. Puedes venir con nosotros, aunque sé que no lo harás.

—Querida, yo he criado a Stefan. —Se vuelve por fin y se seca el llanto antes de mirarme con esos impresionantes ojos azules—. He secado sus lágrimas, he visto sus tristezas, alegrías y desvíos. Lo quiero y no puedo dejarlo solo ahora que está perdido. Él me necesita y siempre voy a estar a su lado, así desapruebe sus acciones.

—Tú no lo quieres, Atelmoff. Tú lo amas.

—Lo amo, sí. Lo voy a amar hasta el día en que muera. No es algo que pueda explicarte. Solo ten claro que no voy a dejarlo solo jamás. Puedes castigarme por mi decisión y lo aceptaré sin chistar.

Lo entiendo. Es casi su padre y el mío nunca me abandonaría, a pesar de mis errores.

—Yo no voy a odiarte ni hoy ni mañana.

—Eso no lo sabemos. Desconoces algunas cosas de mí que te sorprenderían.

—Sé que no eres una mala persona. Pero, si me lo permites, hay una última cosa que quiero preguntarte —le digo en voz baja. No quiero meterlo en problemas si es que un guardia mishniano nos escucha—. Es una duda que no me deja en paz. Es sobre la reina y juro que no tiene que ver con lo que hablamos la ocasión pasada. —Asiente, dándole entrada a mi duda—. Recuerdo que dijiste que Nahomi solo tuvo una hija. Entonces, ¿quién era Nicholas y por qué se hacía pasar por su hermano?

Sonríe. Es todo lo que hace por un momento. Pensó que lo olvidaría, que lo dejaría pasar. Claro que no, así como tampoco olvido su otra sonrisa cuando le pregunté si quería a la reina.

—Digamos que era una justificación y un juego al mismo tiempo. Te conté también que los padres de Silas no aprobaban una relación con plebeyos y que por eso inventaron que Genevive era una noble, así que necesitaban que un noble de verdad la apadrinara. Nicholas se prestó para eso. Se hizo pasar por su hermano para cobijarla bajo su título y su apellido.

—Entonces, ¿cuál es el verdadero apellido de la reina y de Nahomi?

—Solo era una pregunta y ya la respondí. Vamos por tus cosas, querida. Tu futuro esposo te espera.

* * * *

Cuando regreso a la primera planta, con los guardias lacrontters, no hay rastro de Stefan ni de Lerentia. En su lugar, Magnus y el señor Modrisage me están esperando. El primero me mira con impaciencia, quiere que nos vayamos de aquí, y el segundo sigue con su calma característica, vigilando mi llegada. Él es a quien me dirijo.

—Antes de marcharnos, necesito hablar con mis padres —digo lo suficientemente alto para que su rey escuche.

Francis gira el cuello hacia Magnus, buscando una autorización. Este no habla, solo aprueba con un movimiento de cabeza.

—Como guste, señora Lacrontte.

—Aún no lo soy. Emily está bien.

Asiente sin más. ¿Lo hace para fastidiarme? No lo creo. Francis no parece esa clase de hombre. ¿Será una orden de Magnus? Es probable.

Al salir del palacio, solo me despido de Christine y Leslie, mis doncellas en Mishnock. Estoy ansiosa por largarme de aquí, aunque no muy feliz debido a todo lo que me espera. Los nervios se apoderan de mi cuerpo cuando noto que nos acercamos a casa. Hace tanto tiempo que no veo a mis padres que, en el momento en que piso la entrada y llamo a la puerta, se me agita el corazón como si huyera de un león.

—¡Emily! —El grito de mamá me llena de vida.

En cuestión de segundos, me rodea en un abrazo. Yo no digo nada, no me sale ninguna palabra. Me sostengo de ella y me acuno en su hombro. La extrañaba tanto que parece irreal volver a tocarla. Es confuso: me siento eufórica y en paz a la vez. Su olor almizclado, su piel sedosa al tacto y su manera de estrecharme, como si me protegiera de algo, me hacen retroceder en el tiempo. Ojalá pudiera ser siempre así.

Mia aparece, me abraza por la cintura mientras confiesa cuánta falta le he hecho y me ruega que no vuelva a marcharme. Padre viene después, limpiándose la tierra de las manos con un pañuelo que tira al suelo en cuanto me ve. Salió del patio, por lo que estoy segura de que arreglaba mi jardín.

—Mi niña —dice cuando llega a mí.

Ni siquiera intento contenerme. Me aferro a su camisa con ímpetu y él me acaricia la cabeza. Papá es algo diferente para mí. Lo amo incondicionalmente. Es la persona con la que más segura me siento. Él logra unir todos los pedazos de mi corazón, aquellos que

mamá me ayudó a recoger y cargar. Papá es mi estrella más brillante y el hombre en el que más confío. Ojalá no tuviera que irme, ojalá pudiera retomar mi vida como la conocía, ojalá pudiera protegerlos de todas mis decisiones. Ojalá, ojalá, ojalá.

—¿Quién es él, Mily? —pregunta mi hermana menor, señalando al señor Modrisage.

—Vino a acompañarme. Trabaja en el palacio. Su nombre es Francis.

No es una mentira. Solo no dije de qué palacio.

—La esperaré afuera, señorita Malhore —dice un tanto incómodo antes de dedicarme una reverencia corta. Ya empezamos con las muestras de respeto.

—¿Vas a quedarte, Mily? ¿Ya Stefan te dejó ir? —Mia sigue con el interrogatorio y se me hunde el pecho.

¿Debería decir que sí? ¿Explicarles cómo sucedió todo? ¿Que en realidad estoy escapando de él de una manera *legal*?

—Voy a casarme con el rey Magnus —suelto sin anestesia. Entre más lo piense, menos me animaré.

Sus rostros palidecen y se quedan estáticos un segundo. Me miran y luego se miran entre sí. Veo el cuerpo de papá tensarse y la cara de mamá, que, aunque sorprendida, no me juzga.

—¡Serás una reina! —Mi hermana es la única feliz por la noticia—. En las tutorías van a estar asombrados de que mi hermana sea una reina.

—Hija, no lo entiendo. —Papá no tarda en reaccionar—. ¿Tú no querías ni verlo y ahora vas a casarte con él? ¿Te está obligando? Puedes decírmelo. Te prometo que encontraremos una solución.

Me duele el corazón al escucharlo. Asqueroso día en el que Magnus tuvo la idea de venir a buscarme acá, porque, pese a que papá no está al tanto de lo que ocurrió, sí sabe que yo estaba profundamente herida por él. No me queda más que inventarles que ya lo perdoné y que logramos entendernos. ¿El resultado? Ninguno me cree. Mamá me dedica una mirada llena de pena y una sonrisa caída mientras papá enarca una ceja, incrédulo.

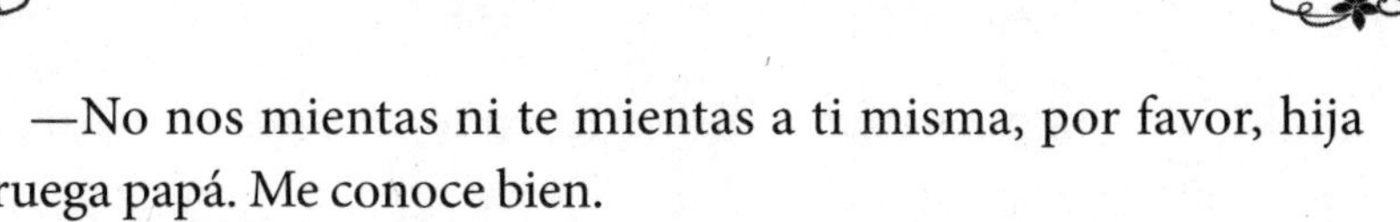

—No nos mientas ni te mientas a ti misma, por favor, hija —ruega papá. Me conoce bien.

—No miente —Mia me defiende mientras da pequeños saltos de felicidad—. Emily no es una mentirosa. Ella será reina de Lacrontte y yo princesa. ¿Verdad que sí?

—¿Y tú quieres ser reina? —La pregunta viene de mamá, quien ahora es la más calmada de los tres—. Todas mis hijas nacieron para grandes cosas. La cuestión es si tú quieres ese cargo.

No, no quiero. Mi única meta era tener una floristería. La cuestión es que las cosas han cambiado y los planes más sencillos ahora son los más lejanos. Seré reina de Lacrontte hasta que tenga un plan para renunciar al título y divorciarme de Magnus.

—Claro que quiero. —Imposto la voz para creerme la mentira—. Y quiero que ustedes estén a mi lado cuando eso pase. Vengan a vivir a Lacrontte conmigo, se lo ruego. Allá podrán abrir la perfumería y no tendrán que lidiar con las críticas a las que los someten aquí. Será un nuevo comienzo, padre. —Lo miro con anhelo, con ganas de que de verdad me entienda y me apoye—. ¿Recuerda los locales lujosos de perfumerías que vimos en Mirellfolw? Tendrá uno igual o mejor, se lo aseguro. Será su sueño hecho realidad.

Mi hermana los mira, asintiendo con la cabeza, muy emocionada. Ella claro que quiere irse de aquí, el problema es que mis padres, igual que dos muros de hierro, no me dan ninguna señal de que deseen lo mismo.

—Hija, te amamos —empieza mi madre con un tono melancólico—, es solo que Lacrontte, su gente y su rey no son de nuestro agrado. Ellos le han hecho mucho daño a nuestro pueblo y no es algo que podamos olvidar de un momento a otro.

—Yo seré una lacrontter —les recuerdo con la voz deshecha—. No me dejen sola, se lo suplico.

—La única lacrontter a la que amaremos serás tú. Jamás vamos a dejarte sola. Ten por seguro que iremos a visitarte muy seguido. Debes entender que nuestra vida está aquí: tu hermana Liz está

embarazada, la madre de tu padre depende de nosotros y Mia está casi a mitad de las tutorías.

Sé que Liz los necesita también, por ende intento no ser egoísta y dejo de insistir. Comprendo su rechazo hacia Magnus y el reino. Hemos pasado muchas amarguras a causa de su gente y nuestra vida está en Mishnock... Bueno, la suya. Ahora la mía está al otro lado de la frontera.

—Entonces no hay otra cosa que decir. —Me resigno con el alma rota—. Espero volver a verlos pronto.

—¿Te vas ya? —La pregunta de papá quiebra lo poco que quedaba intacto. Su mirada triste me desarma y me hace frágil—. Pasa la noche aquí, al menos.

—Debo salir rápido de Mishnock, antes de que Stefan busque complicar las cosas.

Puedo sentir el dolor de mis padres mientras me abrazan para despedirse, el llanto de mamá en mi hombro y el desasosiego que papá trata de ocultar fallidamente. No soy capaz de salir de casa, pues cuando cruce la puerta nos separaremos de nuevo y no estoy preparada para enfrentar mi presente.

—Dos de mis niñas se van de casa en menos de un año. Daniel y el rey de Lacrontte no imaginan lo que me han robado. Gracias a Dios, Mia apenas tiene once años.

—Tú también me robaste de casa, Erick —señala mamá con una sonrisa cómplice que papá corresponde.

Este es un momento burbuja dentro de la caja de mis recuerdos que explota demasiado pronto. Extrañaré mi vida de plebeya; extrañaré mi casa, mi familia, y extrañaré llevar el Malhore como primer apellido.

2

EMILY

El viaje hacia Lacrontte fue largo y lleno de nostalgia. Quise llorar muchas veces, arrepentirme, pero me las apañé para que el señor Modrisage no notara mi lucha interna. Y aquí estamos ahora, en medio de la sala del palacio de Lacrontte con una fila de guardias y doncellas que me hacen reverencias, como si muchos de ellos no me conocieran ya. Este lugar, a simple vista, parece no haber cambiado, y aunque todo luce igual que como lo recordaba, hay una cosa llamativa y visiblemente diferente: una pared pintada de azul y una mesa dorada tallada sobre la que hay un florero con rosas blancas. Flores. Puso flores aquí.

—Parece que hay algo que no encaja —le digo a Francis con la mirada puesta en el único muro colorido.

—El rey quería que sintiera que esta también es su casa.

—Lo dudo. Para mí, seguirá siendo la casa Lacrontte —digo al aire, enfocada en el brillante piso pulido y las imponentes paredes llenas de cuadros de reyes antecesores.

—Nuestra casa.

La voz de Magnus me toma por sorpresa cuando aparece desde el fondo del pasillo. Viene despeinado, como si acabara de lavarse el cabello, aunque no se lo veo mojado. Tiene puesto un pantalón oscuro y una camisa negra holgada que esconde sus músculos. Se ve

tranquilo, despreocupado y feliz. Me sonríe y aparecen los hoyuelos de sus mejillas. También le brillan los ojos con una peculiar emoción que sé que se debe a mi presencia. Luce tan apuesto como todos los días, solo que hoy su belleza no borra el odio que le guardo.

—Bienvenida, Emily —habla con calma, como pocas veces lo hace. Trata de adivinar mi humor—. Si hay algo que no te guste, puedes cambiarlo.

No contesto. En cambio, busco a Francis con la mirada para que me indique a dónde puedo ir a descansar.

—Algún día tendremos que sentarnos a hablar. Eres mi prometida.

—Retrasaré el momento tanto como pueda. Quiero tomar un baño —le digo directamente a su consejero—, ¿dónde puedo hacerlo?

Francis hace una reverencia y se aleja, ignorándome. ¿Se pusieron de acuerdo? Magnus se da media vuelta y me extiende la mano para llevarme. No la tomo, simplemente lo sigo sin decir una palabra.

El interior del palacio tiene ese característico olor a limpio tan agradable. Los guardias bajan la cabeza a medida que avanzamos y en el camino reconozco a custodios con los que conviví cuando estuve aquí como prisionera. ¿Me recordarán? Quizás. ¿Qué pensarán de mi nuevo título? Tengo fresca en la memoria la apuesta que una vez hicieron frente a mí, esa sobre que el rey Lacrontte no se casaría jamás con una plebeya y mucho menos una mishniana. Bueno, ¡sorpresa! Creo que todos deberían darme su dinero.

No me percato del momento en que llegamos a la habitación, pero una vez me doy cuenta de lo que tengo en frente, quedo maravillada. Es alucinante, parece que cada detalle gritara mi nombre. Paredes blancas contra un techo celeste que pinta brumas parecidas a la espuma del mar. Una cama de madera color hueso sin dosel, frente a un tocador alto y de marfil lleno de cremas, lociones y flores. ¡Por todos los cielos, hay más flores! Son gardenias dentro de un jarrón de cristal, llenan la alcoba con ese olor cremoso que por alguna razón me recuerda al coco. Además, hay dos grandes ventanales que bañan de luz natural la habitación a pesar de las cortinas

azules que ondean por la brisa y que merman la luminosidad del día, cubriendo a su vez la hermosa vista hacia el jardín trasero del palacio. Esto es como ver una nube en tierra firme.

—Sabía que te gustaría —dice Magnus con una sonrisa de orgullo. Estoy segura de que puede ver el brillo en mis ojos.

—Para ser sincera, no esperaba ver flores.

—Te dije que no quedaría rosal en pie, Emily, y yo cumplo mi palabra.

—Permíteme dudarlo.

Lo escucho carraspear, irritado por el comentario. Los papeles han cambiado y no me desagrada en lo absoluto. Antes era yo quien debía aguantar sus ácidas palabras y tratar de guardar la calma para no discutir. ¿Qué se siente tener que esforzarte por ser paciente cuando muchas veces recalcaste que no era una cualidad con la que contabas? Haré que te tragues cada uno de tus discursos, Magnus Lacrontte.

—Mi habitación es la de al lado. Puedes ir allá cuando quieras, hasta por lo más mínimo. Siempre voy a recibirte.

—Voy a darme un baño. Puedes retirarte.

De nuevo, pongo su temple al límite. Esta vez suspira, frustrado. No lo miro, porque no quiero verlo a la cara. Lo único que deseo es que se vaya y me deje sola con mis pensamientos.

—Va a venir el registrador para darte tu nueva identificación. Francis te acompañará, ya que no toleras estar conmigo. Yo te veré para cenar, así que, por favor, ve.

Oigo sus pasos y luego la puerta al cerrarse. Por fin se ha ido y a mí se me rasga un poco el corazón cada vez que lo hace. Lo quiero tanto que lastima.

La habitación queda impregnada con su perfume, opacando a las gardenias. Siento la madera y el almizcle en el aire. Es mi olor favorito en el mundo y le pertenece a la persona de la que menos quiero tener recuerdos. Sin embargo, esas notas saben bien cómo llevarme a esas noches en Cristeners en las que nos volvíamos cómplices, en las que creí en él, en las que lo dejé entrar en mi alma. Corro hacia el

otro lado de la pared y cierro el ventanal abierto con prisa, porque lo detesto, pero no quiero que su fragancia desaparezca.

Me descalzo mientras camino en busca de la tina. Voy por un pasillo que hay justo después de la cama y ahí encuentro dos puertas: la primera me lleva a un vestidor enorme con trajes en toda la gama de colores, me recuerda al armario que pusieron para mí en Cromanoff. Hay maniquíes de metal y alambre vistiendo piezas largas con corsés de un tono rojo que seguro fueron solicitadas por su rey. Hay estantes llenos de zapatos altos y coronas. ¡Vida mía! Parece que hay toda una colección para que combinen con cada vestido. Una en particular está separada del resto. Está puesta sobre una almohadilla vinotinto y protegida detrás de un cristal con llave. Es una corona de oro con gemas rojas y diamantes blancos y azules, que tiene debajo una pequeña placa que dice: «Reina Emily I de Lacrontte». Por alguna razón, me quedo de pie, observando en silencio lo que seguro usaré en mi coronación, con una sonrisa llena de melancolía.

Tras la otra puerta espera el cuarto de baño, de paredes y piso de mármol con un gran lavamanos y espejo cromado. En medio hay una tina, justo frente al ventanal, que otra vez me regala la vista al jardín, y al lado, una ducha vertical en la que podríamos caber Magnus y yo, aunque por supuesto no voy a invitarlo. Ah, también me han dejado una bata de baño. Por fin tendré una propia. La última vez que estuve aquí, peleé con el traidor porque usé la suya sin su permiso. Ahora no solo me dio una bata, sino que también me dio su reino.

* * * *

El registrador es más anciano de lo que creí. Su cabello parece un ramo de algodones y acompaña una cara larga y llena de arrugas. El hombre habla lento mientras me pide toda la información. Sé cómo contestar a cada una de sus preguntas hasta que llega a la decisiva.

—Para ahorrarnos papeleo futuro, le pondré de inmediato el apellido Lacrontte. ¿Está de acuerdo con eso?

Supongo que es una tontería posponerlo, aun así miro a Francis, quien se ha mantenido callado todo el rato, como si fuera mi guardia personal.

—Es más práctico de esa manera —responde a mi duda silenciosa.

—¿De acuerdo, entonces? —insiste el señor y sin más remedio asiento—. Firme aquí, majestad.

Me costará acostumbrarme a ese título. He vivido haciéndoles reverencias a otros y ahora seré yo quien las reciba. Ni en mis más locos sueños lo imaginé. Mucho menos que ese poder me lo daría el reino enemigo.

El hombre me pasa un papel y mi identificación, ambos con dos espacios en blanco para llenar. Olvidando mi firma de siempre, escribo: Emily Ann Lacrontte Malhore.

—El rey Magnus la espera en el comedor para cenar —avisa su consejero una vez nos quedamos solos—. No está obligada a ir, aunque él agradecería que asistiera.

—¿Crees que algún día podremos reparar lo que él rompió? Yo lo veo difícil.

—Dijo difícil, no imposible. Entonces existe la posibilidad y él está dispuesto a intentarlo. ¿Lo está usted?

—No —contesto con total franqueza y enseguida siento un nudo en la garganta—. Magnus acabó con la parte de mí que creía en nosotros y ahora no se puede tapar el desastre con una seda de morera.

Francis sonríe como si aquello le recordara algo que había olvidado. Es la primera vez que lo veo sonreír, o al menos no recuerdo que haya pasado antes.

—La respuesta está en el anillo —dice antes de volver a su estado natural—. Ahora, permítame acompañarla al comedor.

¿Qué se supone que significa eso?

A medida que caminamos, me saco la sortija bajo la mirada atenta del señor Modrisage. El problema es que, por más que busco, no

encuentro una respuesta. Quizás no sea algo literal, puede que se refiera a…

—En el interior del aro —dice cuando llegamos a la sala—. Buenas noches, señorita.

Los guardias abren las puertas mientras yo continúo con mi búsqueda. Hay una palabra grabada en letra cursiva: *Ramé.* ¿Qué es eso?

Entro. El salón está hermoso, aunque es un tanto espectral. Tiene esa arrogancia característica de los Lacrontte y un dramatismo que no llega a ser teatral. Hay cortinas color vino contra paredes color hueso con tallados sobrepuestos, que fueron recubiertos con hojas de oro que se extienden hasta el fresco en el techo. Las columnas tienen capiteles y de ellas cuelgan lámparas con luz amarilla que le dan a la habitación ese toque antiguo e intimidante. Hay un cuadro sobre la chimenea y no tengo que preguntar para reconocer a la familia retratada en óleo: son Magnus v, junto a su esposa Elizabeth ii, y un pequeño Magnus vi, de unos cuatro años. Tiene una ternura en la mirada que hoy ha desaparecido por completo. Su madre sonríe con amabilidad, como si, a pesar de ser un objeto inerte, fuera capaz de decirme que le agrado; y su padre, con esa mirada orgullosa y esos mismos ojos verdes, parece que pudiera leer hasta el último de mis pensamientos, cualidad que también heredó su hijo. El comedor es largo, de diez puestos, y quedamos separados, en cada punta. Magnus se levanta y camina hacia mí. La gran lámpara de cristal sobre la mesa de madera oscura le hace brillar el cabello, como si fuera un pequeño rayo de luz en medio de la colorimetría lúgubre. Mueve mi asiento para que yo tome lugar en la silla burdeos que me corresponde. Es cómoda, para mi sorpresa. No lo sé, quizás, en medio de tanta antigüedad, esperaba un cojín raso que me hiciera sentir que reposo sobre tablas. Aunque si esto es obra de un antepasado Lacrontte, no creo que haya escatimado en su comodidad. Es como si hubiera viajado en el tiempo y estuviera rodeada por los primeros reyes lacrontters.

—Tendrás tiempo para observar tanto como quieras —dice mientras regresa a su asiento.

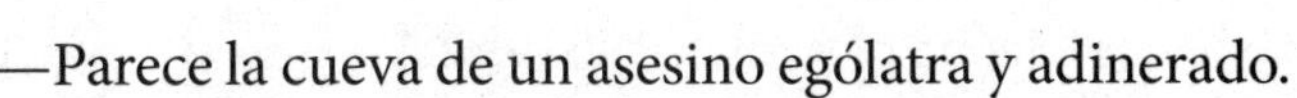
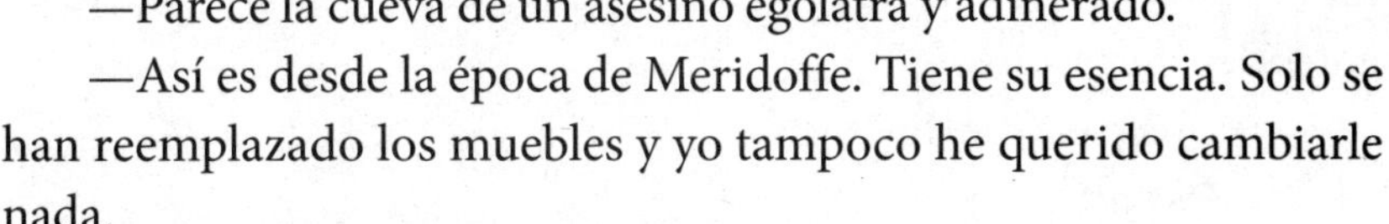

—Parece la cueva de un asesino ególatra y adinerado.

—Así es desde la época de Meridoffe. Tiene su esencia. Solo se han reemplazado los muebles y yo tampoco he querido cambiarle nada.

Vaya, no estaba tan equivocada. Estoy sentada en el comedor del hombre que sometió a mi pueblo y volvió esclavos a mis antepasados. Ahora, mi nuevo comedor.

—Cuando Vanir me invitó a cenar, no fue en este lugar.

—Dos cosas. Una, el nombre de esa mujer está prohibido en el palacio y, dos, ese era el comedor de invitados.

Todavía me pica la cabeza por no saber cuál fue la causa de la ruptura entre estos dos.

—¿Por qué te quitaste el anillo, Emily?

Lo notó. Me tiene más vigilada de lo que creí.

—¿Qué significa «*ramé*»? ¿R de reinos, A de amor, M de Magnus y E de Emily?

No tengo la menor idea de por qué lo relacioné con eso, pero fue lo único que tuvo sentido dado que ahora intenta ser romántico. Él sonríe y con eso sé que estoy equivocada. Últimamente, lo hace con tanta libertad que hasta parece que el Magnus frío que conocí el año pasado nunca hubiera existido.

—Ingeniosa, aunque te equivocas. Significa algo hermoso y caótico al mismo tiempo. Pensé que definía a la perfección nuestra relación, por eso lo puse.

No creo que haya nada hermoso en lo nuestro. Siendo honesta, yo solo veo devastación y ruinas.

—Te quiero, Emily.

—No lo digas más —respondo, tajante. Me niego a caer con palabrería embustera—. Si me hubieras querido, no me habrías traicionado.

Resopla, tratando de no perder la paciencia; es evidente que se niega a darse por vencido.

—Tú ganas. No lo volveré a decir, te lo demostraré. —Suena seguro, confiado, y eso me molesta. De verdad cree que volveré a

caer—. ¿Tienes una fecha para nuestra boda? Me gustaría que fuera antes del 7 de junio.

—¿Qué pasa ese día?

—Mis padres murieron.

Miro por reflejo hacia el retrato. Sus padres están aquí, viéndome ser dura con su hijo. No, no es cierto. Ellos no pueden verme, así como tampoco pueden saber lo mucho que me cuesta serlo. Si estuviéramos en otra situación, habría corrido a abrazarlo para aliviarle el amargo sabor del recuerdo. Lo curioso es que mi cabeza es más rápida y me muestra en grande lo que seguro habría sucedido: la escena de Magnus rechazando esa muestra de cariño, porque para él es demasiado.

—Entonces, 4 de junio —propongo.

Menos de un mes.

—¿Significa esa fecha algo para ti? —pregunta esperanzado y yo niego—. Ese día se celebra el nacimiento de Meridoffe Lacrontte.

Lo sé. Lo leí en uno de los libros de la biblioteca cuando fui prisionera aquí. Si puedo quitarle a ese hombre al menos una pizca de lo que le quitó a mi pueblo, lo haré. Ya está muerto. No creo que le importe.

—Pues ahora se celebrará nuestro aniversario.

Magnus entrecierra los ojos y me mira con una intensidad que podría desnudarme hasta el alma. Lo sabe, sabe que estoy al tanto de ese detalle. Me conoce bien… para mi mala suerte. Él admira mucho a ese tirano, ama lo que hizo con Mishnock, quiere ser igual… no, quiere ser mejor.

—Crees que duraremos al menos un año para poder celebrarlo. —Toma su copa de vino y se la lleva a la boca sin dejar de observarme—. Eso es algo positivo.

—¿En eso pensabas? —cuestiono y niega con la cabeza lento, jugando a acorralarme.

—No tengo problema en desplazarlo para celebrar nuestro matrimonio. El mundo cambia constantemente y la historia se adapta a nuevos sucesos. ¿Quieres que te ponga por encima de Meridoffe,

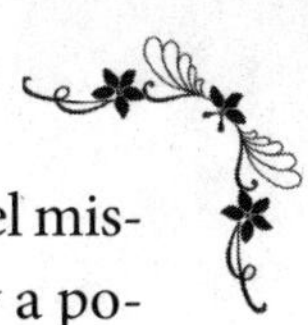

Emily? —No respondo. En su lugar, le sostengo la mirada con el mismo fervor que me muestra, retándolo—. Verás cuán alto voy a ponerte.

¿Espera una sonrisa? No le daré nada. Nos mantenemos en silencio por unos cuantos segundos más, solo mirándonos desde cada punta de la mesa como si fuéramos dos enemigos esperando el momento para atacar.

—Te ves bien —dice de la nada. Aún le cuesta decir algo mejor que eso.

—Consigue otro halago si buscas un agradecimiento.

Suelta la copa, se inclina hacia adelante y apoya los codos sobre la mesa para luego juntar las manos cerca de la cara. Me estudia y yo a él.

—¿Así serán todas nuestras noches? —pregunta, ladeando la cabeza.

—Y días.

—Perfecto, señora mía. Soy excelente sobreviviendo en las batallas. Haré que estés de mi lado para el final de la guerra.

—¿Por qué yo del tuyo y no tú del mío?

—Guárdame, entonces, un lugar en tu pelotón. Igual, ya se me conoce por ser un traidor. Ahora, ponte el anillo, que detesto verte sin él.

Se lo concedo. Agarro la sortija de la mesa y me la pongo en el dedo. Justo ahí rompo contacto visual.

—¿Cómo te fue con tus padres? —pregunta. Se esfuerza mucho en mantener la conversación.

—No quisieron venir. No eres de su agrado.

—Ni ellos del mío. No quisieron llamarte cada vez que fui a verte.

—Qué desconsiderados. ¿Cómo se les ocurre hacerle tal desplante a su majestad?

—Pensé que el sarcasmo era lo mío —señala con una sonrisa ladina—. Haré que vengan. No te preocupes. Cuando lo cumpla, ya podrás darme el agradecimiento que tanto busco, y espero que sea un gran discurso porque, al final, son las personas que más amas, ¿no?

Me frustra que siempre tenga la respuesta correcta para contraatacar.

—Las únicas —contesto.

Yo también he aprendido a clavar la espada en el pecho.

3

EMILY

Ya la luna se ha tomado el cielo y yo no he salido de mi habitación en todo el día. Comí aquí y he intentado distraerme, así sea contando cuántas gemas tiene cada corona. No quiero verlo ni pasar tiempo con él. No quiero escuchar su voz ni sentir el olor de su perfume. No quiero exponerme a nada que me haga vacilar.

—Emily —la voz de Luena se escucha después de un delicado golpe en la puerta—, ¿puedo pasar?

¿Cuánto tiempo transcurrió desde la última vez que nos vimos? Está igual, con esa sonrisa tímida y el cabello corto perfectamente peinado detrás de las orejas. Nos damos un abrazo que se detiene casi de inmediato. Luena da dos pasos atrás y me mira, medio asustada.

—¿Es verdad lo que dicen? ¿Que te casarás con el rey Magnus? —Arruga el entrecejo, preocupada, y yo asiento—. Oh, discúlpeme, majestad, no quise faltarle al respeto.

No, no, no. Lo último que necesito es que mi única amiga dentro del palacio y en todo Lacrontte cambie conmigo por esto. La entiendo, por supuesto, pero quiero que me siga viendo como a la Emily que conoció.

—Luena —me acerco con cuidado y le tomo la mano—, nada tiene que ser diferente entre nosotras. Podemos seguir siendo las cómplices que fuimos.

—Entenderá que eso es imposible. Me asignaron como su doncella y ahora debo tratarla con el respeto que merece su título. Si alguien me escucha hablarle de manera informal, puedo perder mi trabajo.

—Entonces, ten en cuenta eso. Seré la reina y nadie podrá despedirte porque tienes mi favor.

Niega con la cabeza algo rígida, como si ya no se sintiera cómoda. Esto es terrible.

—¿Sabes? Necesito ayuda con algo. —Le sonrío con una nueva idea en la cabeza. Estoy segura de que así se ablandará un poco—. ¿Puedes contarme cómo siguieron las cosas después de que me fui esa noche? ¿Notaron mi ausencia?

Los ojos le brillan como si algo se le hubiera encendido en la cabeza y la luz se le reflejara en las pupilas. Luena ama contar cosas; es tan parlanchina como yo.

—Fue un caos completo. El rey Magnus estuvo enojado los primeros días y decía que usted era una irresponsable. Nadie lograba aguantar su humor y, no me malentienda, todos queríamos que usted apareciera, pero en parte también era para mejorarle el carácter.

No se puede esperar otra cosa de él. Siempre creyendo que el mundo gira a su alrededor.

—¿Y luego?

—Después empezó a preocuparse. Envió a algunos guardias a buscarla. Ofreció una recompensa para el que la encontrara, hasta que el señor Francis me solicitó en una reunión que le dijera dónde vivías. Me pagaron por la información y con el dinero me compré un vestido para mi cumpleaños. Fue en enero, por cierto. Debe verlo, es hermoso. Estoy segura de que le gustaría.

Ahí está la Luena que conozco.

—Lamento no haber estado en tu cumpleaños. Alguien me llevó en contra de mi voluntad a Mishnock.

—Lo sé, es decir, en ese momento no lo sabía, pero luego nos enteramos. Se hicieron apuestas con las teorías de por qué no aparecía. El ganador fue Oto. Él dijo que seguro la habían secuestrado.

Oto, el catador real. Todavía recuerdo los nombres de todos los que conocí.

—Ay, señorita. —Se emociona y da palmadas sonoras. Por fin no me llamó majestad—. Hay algo que debe ver.

Salimos de la alcoba y me guía por el pasillo hasta las escaleras. Llegamos al primer piso y empieza a buscar una alcoba. Por más que le pido que me explique de qué se trata, ella sigue insistiendo en que es mejor que lo vea por mí misma. Se detiene al fin frente a una de las habitaciones e intenta abrir la puerta, con tan mala suerte que la encontramos bloqueada.

—¿Qué se supone que hay ahí? —le digo después de que me pregunta si tengo la llave para abrirla.

—Lo lamento, pensé que le habían dado las llaves de todo el palacio. Es mejor que lo dejemos así y le pida al rey que se lo enseñe. Si no le ha dado las llaves, debe ser por algo.

Y entonces vuelve a desanimarse, a ser la Luena distante. Esa luz que se había encendido se apaga. El problema es que la curiosidad, al igual que un bicho, ya me picó la piel y ahora necesito saber qué escondieron en esa habitación y por qué ella estaba tan determinada a mostrármelo.

* * * *

Me debatí por horas sobre preguntárselo a Magnus. No quería que lo tomara como un acercamiento entre nosotros, pero debía arriesgarme. Así que ahora estoy en medio del pasillo, esperándolo para sacarle hasta la última palabra.

—Emily —Magnus sale de la sala de reuniones un tanto agitado—, me avisaron que me buscabas.

¿Estaba ocupado? Los guardias dijeron que estaba disponible para atenderme.

—Quiero que me enseñes lo que hay en una de las habitaciones del palacio.

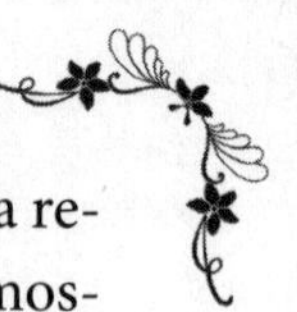

—¿Qué? —Levanta una ceja, confundido—. Estaba en una reunión con el Consejo. Pudiste pedirle al mayordomo que te lo mostrara.

Miro a los custodios, quienes se mantienen imperturbables detrás de él. Está claro que no van a ayudarme a sacar el pie de la zanja.

—Desconocía que estabas ocupado. Ellos no me dijeron nada.

—Eso es porque les pedí que me avisaran de cualquier cosa que necesitaras sin importar lo que estuviera haciendo.

—Pues ahora te necesito. Me contaron la historia de lo que pasó después de que el Mercader me llevó de regreso —digo—. ¿Hay algo que quieras decirme?

Los hoyuelos aparecen de nuevo cuando sonríe. No es un gesto de alarde, sino de vergüenza, tanto que deja de mirarme para dedicarle atención a la pared que hay detrás de mí.

—¿Quién te lo contó? ¿Fue Francis?

—No, y jamás lo sabrás.

Busca entre los bolsillos de su chaqueta y saca un pequeño juego de llaves del cual extrae una dorada, de medalla cuadrada, que me entrega.

—Descúbrelo por ti misma con la condición de que después no hagas comentarios —advierte, señalándome—. Ahora, si me disculpas, voy a terminar la reunión.

Magnus Lacrontte Hefferline, no creo que tengamos un trato.

Corro de vuelta bajo la mirada de los uniformados. Me encantaría poder leer sus mentes y saber lo que piensan de esta situación. Al llegar a la habitación, meto la llave en el cerrojo con tanto apuro que las manos me tiemblan y el estómago me cosquillea. ¿Qué hay dentro que es tan misterioso? ¿Algunas cartas que me escribió? No lo creo. Magnus no es de ese estilo. ¿Mi vestido para la coronación? No. Eso es lo primero que me habría mostrado.

Al entrar, no veo más que un salón pequeño lleno de cosas que reconozco. El traje que usé en mi fiesta de cumpleaños y un par más que compré aquí en Lacrontte, las sandalias de tacón que no volví a tocar, mi cepillo del cabello, el de dientes y hasta el banquillo de

madera en el que me sentaba a comer. Todo está aquí. ¿Es obra de Magnus? ¿Ordenó traer lo que había en mi habitación rentada?

No sé qué pensar, es decir, el corazón me grita de alguna manera. Esta ahí recordándome lo mucho que lo quiero, lo mucho que me emociona verlo y tenerlo cerca. ¿Desde ese momento ya le atraía? No, sé que no. Esto es parte de su juego. Quizás se enteró desde mucho antes de quién era e hizo esto para protegerse en el futuro. Esta es otra de sus tácticas de engaño. Lo sé.

Tomo y estudio cada objeto. Cada uno es una representación física de mi lucha. Traté de ser feliz, de sobrevivir a las adversidades, a los malos tratos, llevando a casa diariamente una compra pequeña que me ayudara a acercarme a mi objetivo. Fueron noches difíciles y madrugadas solitarias viendo las paredes de esa diminuta alcoba; me daba la sensación de que en cualquier momento iba a cerrarse y aplastarme. Me abracé muchas veces en silencio, y al amanecer salía con una sonrisa, dispuesta a intentarlo de nuevo. Sé que soy más fuerte de lo que la gente piensa. Hace un año yo jamás me habría creído capaz de caminar horas por el bosque, correr en la frontera y buscar oportunidades en un reino que nos depreciaba. Fui y soy valiente. Estoy convencida de ello así nadie lo comparta. Me mantuve en pie pese a que el mundo me movía el suelo para hacerme caer. Sigo erguida, con heridas, por supuesto, pero invicta.

—Lamento si parece obsesivo. —La voz de Magnus me sobresalta.

Me llevo la mano al pecho antes de girarme hacia la puerta. La dejé abierta. Está recostado sobre el marco con los brazos cruzados, mirándome con una sonrisa. Es tan hermoso que me hace detestarlo todavía más.

—¿Cuándo trajiste estas cosas aquí?

—Cuando no volviste a aparecer. En un principio, lo hice para que tuvieras una excusa que te obligara a regresar al palacio si era que te estabas escondiendo de mí. Pero en el fondo supe que algo te había pasado. La casera dijo que no llegaste desde esa noche y eres demasiado responsable para no cumplir tu palabra. Ya me interesabas un poco, supongo, y por eso me enojó tanto no volverte a ver.

—Quisiera creerte.

—No te obligues a nada, pero es la verdad. Me costó mucho aceptar que me gustabas, que me gustas. Porque me fascinas, Emily Malhore, como ninguna otra mujer en el mundo.

—Ya deja de decirme esas cosas.

—Voy a seguir insistiendo. Permíteme mostrarte algo, y si con eso sonríes, tendrás que salir conmigo.

Nos vamos a casar y habla como si fuera la primera vez que nos vemos. ¿Salir a qué? ¿Para qué?

—Lo único que tienes que hacer para evitarlo es no sonreír. No es un trabajo difícil.

—Para mí, lo es.

—Por eso es un reto. Además, nunca hemos tenido una cita real completa. Te propongo la primera. Haremos lo que tú quieras.

—No me apetece hacer nada contigo.

—Entonces, yo lo planeo todo. Tú solo tienes que estar disponible. ¿Tenemos un trato? —Me extiende la mano, emocionado por su idea.

No debería y tampoco quiero. Me propuse estar tan alejada de él como pudiera. No pienso volver a caer, pero me gusta verlo insistir, preparar cualquier excusa para pasar tiempo conmigo. Es ahí justo donde lo quiero.

—Supongo que sí —contesto sin estrechársela.

Me lleva hasta la salida del palacio, en donde un automóvil nos espera. ¿Cómo sabía que aceptaría? Debo ser más dura. Me pide que suba y, con desconfianza, obedezco. Él se sienta a mi lado con un gesto serio, casi desinteresado, pero lo traicionan esos ojos verdes que no pueden ocultar la emoción que siente. ¿Qué planeó? El auto avanza por las calles de Mirellfolw y Magnus continúa en silencio. Ni siquiera me mira; su atención esta puesta sobre la ventana cerrada.

—¿A dónde vamos? —pregunto, ya nerviosa—. Desde hace mucho tiempo dejaste de ser callado conmigo.

—Eso es una sorpresa. Y la verdad es que trato de no incomodarte, pero si lo que quieres es que te mire, puedo complacerte con todo gusto.

—Mejor sigue mirando el paisaje.

Obedece, pero no deja de hablar.

—No te vi en la cena —acusa.

La verdad es que sí lo he estado ignorando. Tomo cualquier oportunidad que tenga para no verlo y no me arrepiento.

—No tenía hambre.

—¿Y ayer u hoy por la mañana?

—Entiendo el punto y estoy segura de que tú también.

Llegamos a una casa en plena calle Real que no había visto antes. Es de ladrillo rojo con un techo de tejas oscuras, ventanas largas que van desde el segundo piso hasta el primero y césped cuidadosamente cortado con un empedrado en medio que lleva hasta la puerta. Es muy bonita. Es el tipo de casa a la que yo llamaría hogar.

Caminamos hacia la entrada con algunos guardias reales que nos siguen el paso. Magnus golpea y después de unos segundos alguien abre. Es una persona a la que conozco bien y a la que deseaba con el alma volver a ver.

—¡Valentine! —Suspiro con el pecho apretado de emoción, nostalgia, paz y tantas emociones juntas que siento que me agobian.

¡Está viva y en Lacrontte! Admito que pensé lo peor cuando desapareció. Que estaba perdida, desamparada o muerta, pero aquí está, con una sonrisa gentil que le adorna las comisuras de la boca, como si nunca la hubieran dañado, como si esta fuera una visita casual en su casa de Palkareth. La miro, examinándola. Está sana, al menos en lo físico.

—Emily, querida, estaba muy emocionada por verte. —Me rodea en un abrazo que luego usa para arrastrarme dentro—. Cuando el rey Magnus me contó que te traería, no imaginas lo feliz que me puse. Hasta Thomas está contento.

Ese es su hermano, el reservado. Aunque puede que la alegría venga de ver a Magnus y no a mí. A fin de cuentas, él lo admira. Un segundo, ¿cómo sabía el amargado dónde encontrar a Val? Entiendo que él la reconocía por ser la hija de su informante y que por eso nos ayudó esa vez con el permiso para salir de Lacrontte cuando habían

cerrado la frontera. Por esa razón Francis accedió a hacerles creer a los guardias que ella era su sobrina. Lo que no comprendo es cómo los encontró Magnus.

—¿Esto hace parte de tu plan? —Me giro a ver a mi prometido.

—Mi única intención es hacerte feliz.

La atención de Val y la de sus hermanos está puesta en nosotros. Los dos niños me miran con cariño. Taded me sonríe con la dulzura de siempre y me sorprende que el mayor también lo haga. Parecen estar más grandes, aunque quizás es cosa mía.

—Emily, ¿me extrañaste? —pregunta el más pequeño—. Porque yo sí lo hice.

—Por supuesto que te extrañé. A todos, bueno... —miro a Valentine— excepto a tu madre.

—¿Pasa algo con ella? —la pregunta viene de Magnus.

—La acusó indirectamente de ladrona y trató de humillarla cuando fue a cenar a nuestra casa en Mishnock.

Thomas no duda en exponer a su madre. Esa admiración sí que es fuerte. Magnus me mira con cierta molestia o, más bien, indignación. ¿Se enoja porque no se lo conté? ¿Y las veces que él me trató mal mientras yo era prisionera? Sobre eso sí deberíamos hablar.

—¿Hay algo que me estoy perdiendo? —susurra Valentine al ver el enojo del rey.

Así que no lo sabe.

—Nos vamos a casar —le confieso, mostrándole el anillo.

Abre los ojos como si viera la tierra abrirse bajo sus pies y nos mira intermitentemente a Magnus y a mí, buscando una explicación lógica de cómo fue que terminamos comprometidos. Ni siquiera yo misma lo entiendo bien. A su hermano menor parece que se le rompe el corazón y, con preocupación, pregunta si el compromiso es verdadero. Magnus de inmediato lo mira con sospecha, como si en realidad un niño pequeño representara una amenaza en esta desordenada relación.

—¿Qué le pasa al mishniano?

—Taded creía que algún día la señorita Emily iba a ser su novia —Thomas le explica.

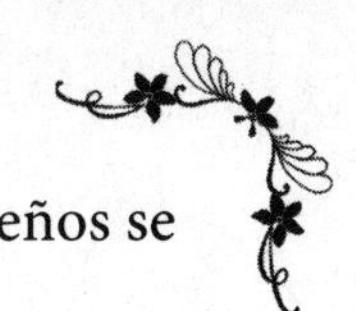

—Ah, ¿sí? —Levanta una ceja—. Pues no todos los sueños se cumplen, por fortuna.

—Pero si parece que están enojados —anota Taded.

Soy capaz de ver que Magnus se tensa por esas palabras. ¿Cómo nos pudo leer tan bien alguien tan pequeño?

—¿Por qué lo dices, niño? —cuestiona el rey.

—Se nota que la trajo para contentarla. Y, a diferencia de usted, yo nunca la hice enojar, majestad.

—No estás tan errado, Taded —intervengo con la única intención de fastidiar al amargado—. ¿Quieres contarle la razón, querido?

Los ojos verdes que tanto conozco me miran, divertidos. No era la reacción que esperaba y el error fue mío, porque olvidé que a Magnus le encanta que lo reten.

—Está molesta conmigo porque fui un tonto —contesta con tal naturalidad que parece que habla de lo que cenó antes de venir aquí—. Lo arruiné y ahora quiero recuperarla. Lo único que quisiera saber es si ella me dará la oportunidad de intentarlo o si es un caso perdido.

Desgraciado infeliz. Se confesó en frente de los Russo para acorralarme. He estado evitando tocar el tema y yo misma le di la vía libre para que me saque información.

—Emily, ¿le darás la oportunidad? —La pregunta ingenua de Taded me cae como un piano en la cabeza.

Cada uno de los que están en la sala espera una respuesta, sobre todo el rubio que me observa con ojos tristes. ¿Por qué no es altivo? Eso me facilitaría rechazarlo.

—Lo incierto es lo mejor de la vida. No sabemos qué pasará mañana, ni siquiera cómo terminaremos esta madrugada —repito la frase que me dijo una vez en Cristeners.

Su tristeza cambia a desolación, como si la vela que alumbraba su esperanza se hubiera fundido. Me quita la mirada y busca asiento. Los hermanos Russo se le acercan y empiezan a hablar mientras él parece ido y distante.

—Emily —Valentine me lleva hasta el otro lado de la sala—, necesito una explicación larga.

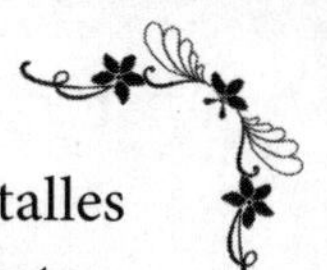

Le cuento la mayoría de las cosas, omitiendo algunos detalles que solo debemos saber el rey de Lacrontte y yo. Le digo cómo terminé con Stefan, cómo me encerró y todo lo de los acuerdos de paz. Le hablo sobre el acercamiento que tuve con Magnus cuando era prisionera y de nuestros encuentros en Cristeners, de la traición y la pedida de mano. Su cara es un espectáculo digno de una obra teatral. Puedo leer las emociones en ella, en la manera como abre la boca y se lleva la mano a la frente, como se remueve en el asiento, atenta a cada frase, y se le llenan los ojos de lágrimas cuando hablo de su plan.

—Hay que matarlos a los dos —dice al final con una seguridad que ni ella misma se cree—. ¿Tú lo quieres, Em?

—Muchísimo, lamentablemente.

—¿Quién lo diría? Se llevaban tan mal. No podían dejar de pelear así estuvieran frente a otras personas. Creo que ya se atraían desde entonces, solo que ninguno de los dos se daba cuenta.

—En ese momento, de verdad no nos tolerábamos.

—Si tú lo dices. —Sonríe como si supiera más de mis propios sentimientos que yo—. ¿Viste lo dócil que fue? Eso seguro es por ti.

—Porque necesita ganarme de nuevo y no permitiré que lo haga.

—No quiero justificarlo. Yo estoy de tu lado siempre y para siempre, pero debes saber que él ha sido un salvador para nosotros. Mi madre, mis hermanos y yo tuvimos que caminar hasta la frontera con Lacrontte después de ser desterrados, Emily. Nadie en Palkareth quiso ayudarnos; hacerlo era ir en contra del rey. Ya te imaginarás todo lo que padecimos para llegar. La Guardia Negra nos llevó al palacio y el rey nos dio esta casa, ropa, comida, dinero y paga las tutorías de mis hermanos. ¿Puedes creer que ahora trabajo? Él me designó como la encargada de los comedores comunitarios.

Sé que es amable cuando gusta, el problema es que yo confié en esa amabilidad y resultó ser parte de una treta para usarme. Y aunque quizás no les tendió la mano a los Russo con segundas intenciones, ahora me trae aquí para que vea que puede ser bueno. Lo mido

con una vara demasiado larga, lo sé, pero es que no merece que sea indulgente, a pesar de sus esfuerzos. Reconstruir lo que rompió no se logra con un par de buenas acciones.

—Y, por favor, no le digas que te conté esto. No le gusta que nadie sepa que tengo su favor, aunque la verdad es que se lo cuento a todo el mundo cada vez que puedo.

—Mejor hablemos de otra cosa —pido con la intención de cumplir una promesa—. Quiero hablarte de Willy.

Su mirada pasa de la emoción a la preocupación.

—¿Qué le sucedió? ¿Murió? No, si murió, no me lo digas.

Y ahí una historia más. Quiero que se entere de lo que Stefan hizo y de cómo, antes de que marchara a la guerra, Willy la buscó al desaparecer y preguntaba por ella.

—Ojalá pudiera volver a verlo, el problema es que no puedo regresar a Mishnock. ¿Crees que algún día nos reencontremos?

—Lo haré posible. Cuando sea reina, le ofreceré un lugar en la Guardia Civil de Lacrontte. Podrá venir aquí con su familia y le garantizaré todas las comodidades. Valentine, te juro que voy a sacarle provecho a mi título.

* * * *

—Me debes una cita, Emily Ann —apunta el rey de Lacrontte cuando al fin salimos de la casa de los Russo.

—¿No tienes nada mejor que hacer? ¿Alguna reunión en el palacio o tal vez invadir un reino con Gregorie?

—No vas a arruinar mi buen ánimo. Me costó mucho recuperarlo ahí dentro con esos dos niños, que me atacaron con preguntas.

—Es curioso que digas eso. Antes era yo la que trataba de mantener el buen humor cada vez que eras grosero.

—Sé que fui cretino muchas veces y lo lamento. Hago mi mayor esfuerzo por cambiar para ti.

—¿Y por qué no cambiaste antes? —La irritación con la que hablo hace que la cabeza se me caliente.

Esta situación es muy desgastante y juro que intento no ser cruel, pero tampoco pienso darle ni una pizca de mi bondad. A medida que caminamos hacia el transporte, lo escucho hacer lo que últimamente se le ha vuelto una práctica recurrente: suspirar de frustración. En el momento en el que tomo la manija para abrir la puerta, él me detiene y me da la vuelta con suavidad para que le dé la cara.

—Emily, para bien o para mal, vamos a ser esposos. Seremos tú y yo contra el mundo. Serás mi apoyo y yo el tuyo, por lo que nos conviene al menos tratar de llevarnos bien.

—Una vez le prometí a mi padre casarme por amor y no lo cumplí.

Desvía la mirada, pero no baja la cabeza. Le dolió, aunque su orgullo no le permitirá expresarlo.

—Mi madre tampoco quería casarse con mi padre. Puede ser algo de las futuras Lacrontte. ¡Por todos mis muertos, eso sonó patético!

Se le tensa la mandíbula, molesto, y se pasa la mano por el cabello con desesperación. No es un hombre al que le guste rogar, le pesa en el ego. Apuesto a que no durará mucho en ese papel. Más temprano que tarde se cansará de insistir.

—Sé que me odias. —La voz le sale apagada—. Y no imaginas cuánto me duele. Jamás me ha importado que alguien me desprecie, pero que lo hagas tú se siente como si me arrancaran el corazón.

—Es natural. Estás acostumbrado a que ceda con las primeras líneas de tu discurso.

Me cuesta fingir calma y me hiere tratarlo de esta manera a pesar de que no debería importarme, porque, si siente que le arrancan el corazón, debería recordar que él me arrancó el mío primero.

—Me pediste que no te dijera que te quiero y no lo haré. Así que ahora yo te pido que al menos mejores tu ánimo para la cita que tendremos. No claudicaré ni hoy ni mañana.

Intento no hacer un escándalo en la calle, así que subo al transporte. Viajamos en silencio y volvemos al palacio mientras la luna nos sigue el paso, casi como si nos escoltara. Al llegar a la casa real, me

guía hasta el jardín trasero, ese que se puede ver desde las ventanas de mi habitación, y ahí encuentro lo que ha preparado para nuestra cita. De verdad tenía mucha fe de que lograría convencerme. El lugar está lleno de luces colgantes que se menean con la brisa, asemejándose a estrellas fugaces en constante movimiento. Debajo hay una mesa redonda, con un mantel similar al que había en el restaurante de Cristiners, y sobre ella hay una botella de vino, un florero corto con ramas de viñedos, igual a las que me daba cuando quería disculparse, y un par de velas blancas como las de la decoración de la fiesta de máscaras. Ya entiendo de qué se trata esto.

—Es una recopilación de los momentos que vivimos —explica, confirmando mis sospechas—. Y oficialmente es medianoche —me muestra su reloj de bolsillo—, justo la hora a la que siempre nos reuníamos. Escogí vino blanco, porque sé que es el que te gusta, y eso —señala una caja blanca con un moño azul que hay sobre una de las sillas— es un regalo para ti.

—¿Por la tradición de dar un regalo el último día del año?

—Exacto. Sé que hoy no es la fecha correcta, pero te lo debía.

—Ya tengo mi predicción. ¿Recuerdas que me compré mi propio regalo? Que, por cierto, fue una idiotez. Este no fue el palacio que salió. Quizás mi destino era casarme con otro rey y no contigo.

—Lo que viste en la bola de cristal es el palacio de Dinhestown.

Me quedo en silencio y no porque no tenga nada que decir. Esa estupida tradición no va a confundirme. Es imposible que sea real y punto. Lacrontte invadió Dinhestown, lo cual… No, no sobrepensaré.

—Vivimos en Mirellfolw, así que no significa nada. —Mis palabras no son más que patadas inútiles.

—Si eso es lo que quieres pensar... Abre tu regalo, por favor.

Voy hacia la caja y le suelto el moño. Luego levanto la tapa y ahí está, ni más ni menos…

—¿Es el vestido que usé en la fiesta de cumpleaños de Gregorie?

—Recuerdo lo mucho que te gustó, así que lo mandé a traer, y no es lo único.

Levanto la pesada tela azul del traje para encontrar debajo el camisón que usé la noche en la que lo encontré en aquella torre tocando el piano. Estando allí, le dije en esencia que me había encantado, y ahora lo tengo en mis manos para ponérmelo cada vez que desee. Reprimo una sonrisa apretando fuerte los labios porque no quiero que note las emociones que me causa. Esto es bellísimo y mi corazón acelerado lo sabe. ¿Debería agradecerle? Es decir, claro que debería, pero no lo haré.

—¿Te gustó tu regalo? —Se inclina hacia mí, buscando mi mirada mientras yo cierro la caja.

—Es sorprendente que recuerdes estas cosas.

—Nunca olvido nada que tenga que ver contigo.

Una parte de mí quisiera alegrarse por sus palabras. Lo veo y, pese a la rabia, me gustaría abraz… No, no quiero nada de él.

—¿Qué se supone que haremos aquí? —digo en cambio.

—Hablar.

—No se me ocurre ningún tema que yo quiera tocar.

—Lo sé. Es por eso que detrás de ti hay unas manzanas a las que vamos a dispararles. Si le acierto a una, deberás responder una pregunta.

Saca de detrás de su espalda una pistola que deja sobre la mesa. ¿Tuvo siempre eso ahí? Se quita la chaqueta, la pone en el espaldar de la silla y entonces veo la funda en que la portaba. Se desabrocha los botones de las mangas de la camisa y se las recoge a la altura de los codos. Luce tan… tan Magnus que aparto la mirada para no desconcentrarme.

—Sabes bien que no me gusta disparar.

—Si no lo haces o fallas el tiro, también tendrás que responder preguntas. En cambio, si aciertas, seré yo quien responda.

—¿Desde cuándo te gustan las preguntas?

—Las personas cambian, Emily. Francis dice que lo hacemos debido a dos causas: por nosotros mismos o por alguien más. En mi caso, es la segunda. Y, tranquila, que ya pensé en cada detalle. ¿Ves ese frasco? —Señala lo que pensé que era el centro de mesa—. Son preguntas. Gregorie y Francis las hicieron.

Agarra el arma y me la extiende para que yo empiece. No la tomo, por supuesto. No voy a caer en esta tontería. Magnus, por su parte, no se lo piensa mucho. Desbloquea la pistola, dispara y acierta. Esta vez el ruido no me sobresalta; parece que mi obstinación me vuelve impasible.

Destapo el frasco para que saque el primer papel… y curiosamente no lo hace.

—Tengo muy claro lo que quiero que contestes, Emilia. ¿Por qué no me dijiste que Gregorie te había pedido un beso?

Así que ya se enteró.

—No lo consideré importante. Al final no acepté.

—¿Por qué no lo hiciste?

—Era solo una pregunta y ya respondí.

Ahora soy yo la que dice la frase. La Emily de hace unos meses no se lo habría creído. Vuelve a extenderme el arma aun sabiendo que no voy a tomarla. Se queda unos segundos esperando a que me anime hasta que se da cuenta de que es una pérdida de tiempo.

—Eso significa que puedo hacerte otra. —Sonríe, satisfecho por su tonto plan—. ¿Por qué no aceptaste besarlo?

—Porque no quería. Punto final.

Deja caer los hombros como si por fin pudiera relajarse después de estar en guardia por horas. De verdad le preocupaba lo que dijera. ¿Qué creyó que diría? ¿Que lo rechacé porque no era el momento idóneo para besarnos? ¿Que prefería hacerlo más tarde, sin gente, sin prisa?

—¿Hay algo de mí que aún te emocione? —pregunta después de disparar de nuevo.

Lo detallo y pienso. Sí, hay muchas cosas que no deberían emocionarme. Su risa todavía me encanta, su presencia me pone nerviosa, su voz… no, más bien, la manera en la que me habla causa cierto furor con el que debo lidiar a diario. Y no olvidemos que me gusta tener su atención.

—¿Puedo disparar para evitar contestar? —pido y él niega.

Mi actitud empieza a desanimarlo. Ya no veo el optimismo que tenía al principio, y después de un rato de disparos y preguntas unilaterales a las que no respondo, parece que al fin se dará por vencido.

—Esta es la última y podrás irte a tu habitación. —Saca otro papel del frasco y lo lee—. ¿Te gustaba el sexo que teníam…? —Se detiene como si hubiera pronunciado un maleficio—. Estoy seguro de que esa la escribió Gregorie.

Por primera vez desde que llegamos, sonrío. Esto es hilarante. Parece un acto de comedia del peor bufón del palacio.

—Me gusta verte sonreír —confiesa con una mirada cálida que me transporta de inmediato a nuestras madrugadas en Roswell.

—Después de lo que me hiciste, no lo habría imaginado.

Se queda en silencio milagrosamente. Otra vez lo herí.

—Te daré una pregunta de cortesía, Emily. Por favor, úsala.

Tengo una perfecta que formularle.

—¿Qué harás si no llego a perdonarte nunca?

—¿Cuánto tiempo tengo antes de ese *nunca*?

—Un año.

—No creo que me rinda en ese tiempo. Voy a pelear por ti, así sea contra ti misma.

—Eso no sonó tan romántico como crees.

—Voy a demostrarte que mejoré, y si aun así no quieres saber de mí, supongo que tendré que dejarte ir.

—¿Me darías el divorcio?

—¿No nos hemos casado y ya te quieres divorciar?

—Eso no fue lo que pregunté.

—Responderé si tú me concedes una petición.

Eso no es justo, pero acepto cuando veo su cara de anhelo.

—Cualquier cosa menos un beso —le advierto.

—Abrázame.

Pensé que pediría una segunda cita, no que insistiría por una muestra de afecto. Magnus Lacrontte, ¿en qué te has convertido? ¿No eras tú el que se rehusaba al contacto? ¿El que se lavaba las manos después de tocarme? Esta noche me recuerda a aquella en la que

rogué que no me devolviera a Stefan. Recuerdo el último abrazo que me dio antes de traicionarme. Pensé que estaba segura en sus brazos y que podía esconderme en ellos cuando lo necesitara. Gran equivocación. Ese último gesto de falso amor me destruyó completamente, así que no. No voy a hacerlo.

—Descuida. No necesito que contestes —digo firme y alto, con el resentimiento que me aprieta el corazón—. Buenas noches, Magnus. Iré a descansar.

Me doy media vuelta y camino hacia el interior del palacio. Él no me llama ni me sigue. Yo avanzo y solo me vuelvo cuando estoy dentro. Lo miro a través del ventanal que da al jardín. Está de pie con los hombros caídos y los ojos llenos de dolor. Él también me observa, ve cómo prefiero marcharme antes que tocarlo.

4

MAGNUS

Es una tortura verla y no poder tocarla. No hablo de tener sexo, hablo de solo abrazarla, de que no huya de mí, de que al menos me hable sin estar a la defensiva. Después de nuestra cita, no ha hecho más que evitarme, y ya van dos semanas. Inventa que está cansada para no almorzar conmigo, que se levantó demasiado tarde para no desayunar a mi lado o que no tiene hambre en la cena para así retirarse rápido. Estoy tan desesperado que una vez casi le pedí a un guardia que pusiera una mesa en su habitación para ir a comer con ella e incluso he pospuesto la hora de comer en la mañana para esperar a que se despierte y así poder reunirnos en el comedor, a pesar de que sé a la perfección que se ha levantado desde mucho antes. Y, aun así, Emily no aparece.

Ya no sé qué hacer. Si tan solo existiera un manual para la redención, lo seguiría al pie de la letra. Me duele pasar el tiempo solo cuando sé que la tengo aquí. Detesto que me prive de su presencia, que me castigue con el silencio, cuando ella está al tanto de lo mucho que me gusta tenerla cerca. Es cruel y, aunque sé que lo merezco, desearía que durante al menos un día se sentara en el comedor a hacerme compañía.

Abrazarla me llena de una tranquilidad extraña, como si nada pudiera perturbarme si la tengo cerca, y es extraño. Mi mente

siempre está llena de muchas cosas agobiantes que desaparecen cuando Emily me toca. Es como si todo se pausara y los problemas se aplazaran pese a que no tengo tiempo. Sin embargo, ahora las cosas son diferentes: ella lo es y su manera de tocarme también. Por más que me esforcé esa noche, las cosas no fluyeron. Y aunque en un punto la hice sonreír, no sentí la paz a la que me había acostumbrado. Fue como una anestesia mal administrada que perdió su efecto rápido. Ella no sentía lo que yo quería transmitirle; en cambio, yo sí sentí su rechazo. Aun así, estoy ansioso por llamarla señora Lacrontte. No lo hago ahora porque sé que me reprenderá, pero cuando nos casemos no tendrá ninguna excusa para negarse. Ya quiero que sea mía. Mi reina, mi compañera.

—¿No cree que esto es un error? Porque nosotros sí —habla Ingellus Brayden desde su silla con esa imponencia que tanto me desagrada.

Supe que estaría en desacuerdo. Mostró su desaprobación de Emily desde que la conoció.

—No solicité opiniones. Quería que estuvieran al tanto de mi matrimonio y nada más. Ya pueden retirarse.

Ninguno se mueve. Me respetan mucho para protestar, pero también respetan demasiado a este anciano.

—¿Se está escuchando, majestad? —Su hermano Lanfer lo apoya como siempre—. Lacrontte no puede tener una reina mishniana. Va en contra de todo, incluso de usted. El pueblo va a odiarla.

—¿Tal como ustedes lo hacen? Les recuerdo que será su reina.

—Es que es inadmisible. —La voz furiosa del mayor de los Brayden vuelve a escucharse. Se levanta de la silla con una cara de asco que me encoleriza—. Es una mishniana. Y no solo eso, sino que fue pareja del rey Stefan. ¿No lo comprende? Es una aberración para la cultura de Lacrontte. No nos puede gobernar una mujer así.

Ingellus es un viejo arcaico y demasiado conservador que siempre supe que me traería problemas. Es muy volátil y, pese a que he sabido manejarlo estos años, tengo claro que con esto podría explotar en cualquier momento. Es un peligro considerable. Está al tanto de

cada uno de los secretos del reino. Es la ficha que podría hacerme caer desde adentro.

—Lo hará y les exijo respeto por ella. Emily es la mujer que elegí y no voy a desistir por ustedes ni por el pueblo. Todos tendrán que acostumbrarse.

—Es imposible, majestad —habla el líder de la Guardia Negra. Me sorprende, ya que suele ser imparcial y muy obediente. Nunca ha refutado ninguna de mis órdenes y ahora se levanta como si fuera a enfrentarse a su mayor oponente—. Usted, su padre, sus abuelos. Cada rey que ha tenido esta nación nos ha enseñado que debemos repudiar hasta la muerte a los mishnianos y ¿ahora pretende poner a una de ellos como nuestra gobernante? Es una barbaridad. Ya imagino las protestas. Podría convertirse en una guerra civil.

—Para eso está usted, general. Mantener el orden es su tarea.

—No me entiende. Puede que muchos de los soldados se den de baja o desobedezcan. No querrán seguir órdenes de una mishniana, no querrán pelear por ella. Es arriesgar la vida para proteger a un enemigo.

Entiendo las consecuencias de este compromiso. Yo habría detestado a Gregorie si se hubiera fijado en una mishniana, y no digo que mi desprecio hacia ese pueblo haya desaparecido, es una excepción que he hecho solo por los Malhore. Y es que si Emily no fuera tan familiar, me la robaría de ellos sin molestarme en pensar en el bienestar del resto de los suyos.

—¿Cómo permitirá que una inmigrante sea reina? Le recuerdo que ella entró a este reino ilegalmente. Lacrontte se va a llenar de mishnianos. ¿Ese es el mensaje que quiere dar? ¿Que cualquiera puede venir aquí y convertirse en reina?

—Lo dice como si las leyes fueran a cambiar, señor Brayden. Emily ahora es lacrontter y una lacrontter puede gobernar esta nación.

—Será cuestión de días para que ella lo convenza de abrir la frontera. Y ya verá cómo vienen a invadirnos las ratas del sur.

—¿Ratas del sur? Cuando Lacrontte invadió Mishnock, muchos lacrontters se fueron a vivir a aquellas tierras, y cuando Bartolomeo

los liberó, cientos se quedaron allí, se mezclaron, casaron y tuvieron hijos con mishnianos.

—¿Se da cuenta? Ya está siendo indulgente con los mishnianos.

—Una palabra más y estará fuera del Consejo. —Lo señalo desde el trono—. Si lo he mantenido aquí es por la lealtad que le mostró a mi padre en su época, pero él ya no está.

—Por desgracia, porque su padre no habría permitido tal aberración.

—Estoy siendo directo con usted, Ingellus. Le recuerdo que está tratando de ofender a su futura reina y tal delito está penado con la muerte. Permítame repetirle algo importante que acabo de decirle: mi padre no está aquí para salvarlo de cualquiera que sea el castigo que le impondré si vuelve a injuriar el nombre de mi prometida. Y la misma advertencia se extiende a cada uno de los hombres de esta sala. Emily Malhore será la reina de Lacrontte les guste o no, porque el único con poder para destituirla de ese cargo soy yo y fui yo el que la trajo aquí para ponerle una corona sobre la cabeza. No siendo más, se levanta la sesión.

Salgo de la sala dando pasos firmes. Estoy tenso, enojado y siento que el cuerpo me pesa, como si arrastrara un elefante con cadenas. Me enerva que Ingellus se crea con el derecho de cuestionar mis decisiones. Soy su rey y él no es mi consejero principal. Francis me sigue en silencio hasta la oficina y cierra la puerta detrás de él. Se queda de pie, quieto y con la mirada puesta sobre mí.

—Antes de tu discurso, ¿puedes darme la correspondencia? —pido, masajeándome la nuca.

—Sobre eso quiero hablarle, aunque no es lo único.

Lo último que necesito son más problemas, pero es evidente que de eso se trata. Francis es el encargado de revisar las cartas que los guardias le entregan. Él me trae lo que considera importante y se encarga de lo que no.

—Primero, el señor Brayden tiene razón pese a que no usó las palabras correctas. Debemos estar preparados, majestad. El pueblo no va a querer a Emily. Hay que darles miel para que pasen el vinagre.

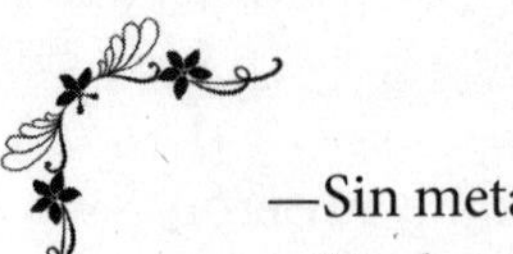

—Sin metáforas, Francis. Es una orden.

—Darles cosas que ellos siempre han querido, pero hacerlo por medio de Emily. ¿No me contó usted que la idea de los comedores comunitarios fue de ella? Pues debe dar un discurso contándolo y luego pondremos la placa con su nombre afuera de los edificios. No hará que la amen, pero aplacará un tanto la ira. La señorita Malhore es inteligente. Si tuvo esa idea, tendrá más. Pregúntele qué cosas le gustaría implementar y lo haremos.

Un decreto, claro. Es tradición que, cuando un rey en Lacrontte es coronado, está obligado a crear su primer decreto, el cual expondrá en su discurso de coronación en el coliseo. Le daré tres decretos a Emily. Dos son muy poco, cuatro es mucho y tres es perfecto. Gracias a mi padre por contratar a Francis.

—Debería aumentarte el sueldo, pero te involucraste secretamente con mi abuela, así que no te lo mereces.

—Para este punto ya no hago las cosas por dinero.

—No te pongas sentimental. ¿Qué es lo segundo que querías decir?

—¿Está seguro de lo que piensa hacer? Eso afectará nuestros planes.

Ya sé a qué se refiere y, sí, estoy muy seguro de que quiero hacerlo.

—Mi plan se llevará a cabo antes de la coronación y le daré tres decretos. Con eso el pueblo estará feliz.

—Piénselo, es todo.

No tengo nada que meditar. Ella me retó y yo le demostraré que está equivocada. Soy un Lacrontte y los Lacrontte pueden hacer cualquier cosa.

—¿Hay algo más?

—Por supuesto, su correspondencia. —Se acerca y me pasa dos sobres. Uno es verde, de Cromanoff, eso es seguro, y el otro es beis, el color designado para los nobles del reino.

Es extraño. La única noble que enviaba cartas era Vanir y ahora lo tiene prohibido. Abro el primero y cae en el escritorio una invitación con el sello de Cromanoff. Veo por encima los nombres de Gregorie y Elisenda, así que entiendo rápido de qué se trata. Van a casarse. Me invitan a viajar para su matrimonio en Kilmwarth y proponen hacer una

cena de compromiso para Emily y para mí después de la celebración. No había pensado hacerlo dada nuestra agonizante situación, pero no suena mal.

—Envía a alguien a buscar a los padres de Emily en Palkareth y pide que los lleven a Cromanoff. También consígueles una casa en la calle Real, cerca de los Russo, y un local para la perfumería. Busca doncellas y un tutor privado para la menor.

—¿Algo más?

—¿Sería muy extremo cerrar todas las perfumerías de Mirellfolw para que ellos sean los únicos perfumistas de la ciudad? A mí me gustaría que hicieran eso por mí, aunque no creo que los Malhore piensen lo mismo. ¿Por qué tienen que ser tan honestos? Es agotador no poder comprarlos.

—Cerrar el resto de las perfumerías solo hará que los odien. Aunque puedo buscarles un sitio con la mejor ubicación.

—De acuerdo. ¿Qué más crees que les gustaría a los Malhore?

—Que no se case con su hija.

Lo miro con los ojos entrecerrados. Es un puñal en el hígado cuando intenta ser gracioso.

—¿Quieres jugar a las adivinanzas, Francis? ¿Adivina quién va a perder su trabajo por esos chistes poco cómicos? Busca lo que te pido y no hagas ningún comentario. Supongo que no debo recordarte que quiero solo lo mejor. Ah, tengo una duda que no puedes cuestionar. Cuando les pediste la mano de tu esposa a sus padres…

—Exesposa —aclara, interrumpiéndome.

No intervengo. Él sabe lo que quiero que me responda y yo no pienso preguntarlo en voz alta. Su mirada se suaviza cuando entiende mi petición y se lleva las manos detrás de la espalda, preparándose para el discurso.

—Les dije que amaba a su hija, que prometía respetarla, cuidarla y dedicarle mi vida. Les solicité que confiaran en mí y en que no la lastimaría.

No cumplió. Aquí no soy el único traidor.

—No les puedo decir eso a los padres de Emily. Ya la lastimé.

—Yo también lo hice.

—Pero fue después de la propuesta de matrimonio. Aunque te advierto una cosa: si hieres a mi abuela hoy o mañana, juro que te encarcelaré y, por sobre todas las cosas, no te llamaré *abuelo*.

—Esperaba un castigo peor. Respecto a lo segundo, no hace falta que lo haga. Con su majestad, el rey Gregorie, es suficiente.

—¿Fulhenor lo sabe?

—Su abuela le contó —dice con un tinte de orgullo. ¿Acaso me presume su relación?

—¿Le dijeron a él antes que a mí?

—Dado su carácter, fue una sabia decisión.

Preferiría coserme la boca antes de decir lo que pienso. Esto me resulta tan… chocante. Para Gregorie es completamente distinto, ya que él puede verlo con otros ojos, pero para mí es ver a mi figura paterna salir con mi abuela.

—Le vas a robar su apellido —suelto sin pensarlo. No había caído en la cuenta, a decir verdad—. Ya no será una Lacrontte. Será una Modrisage.

—Usted también le va a robar el apellido a la señorita Malhore.

—Eso es diferente. Ella nació para ser una Lacrontte. ¿Crees que mis padres la querrían?

Me habría encantado que la conocieran. Veo la escena en mi cabeza, con una Emily nerviosa mientras entramos al palacio a presentarle a los reyes. Así debió ser.

—Ellos habrían amado a quien usted hubiera elegido. No niego que su padre habría tratado de persuadirlo al principio, pero, después de ver lo mucho que usted la quiere, él también la habría querido.

—¿Y tú? —Soy directo. Quiero su opinión a pesar de que no la necesito—. ¿La quieres, Francis?

—Me agrada mucho. Es una buena candidata. Es el lado humano que requieren el reino y usted.

Es el máximo aprecio que puede demostrar. Francis no suele ser afectuoso y, pese a ser un excelente consejero, se le dificulta expresar cariño. Eso lo saqué de él.

Pienso en la posibilidad de que algo así hubiera sucedido, es decir, que mis padres no aceptaran a Emily. Lo cierto es que no me habría importado. La verdad me empuja con rudeza hacia la luz, hacia aquellas partes que guardo con celo en tinieblas. Me habría dolido su rechazo a nuestra relación y sé que me habría convertido en un rebelde, destruyendo el carácter obediente que siempre les mostré. La cuestión es que habría peleado por Emily como lo hago en cada batalla, sin importar cuánto hiciera temblar de ira a mi padre, porque me habría destruido más perderla por intentar hacerlos felices.

—Ellos respetarían su lucha, majestad —afirma y me inquieto.

—¿Cómo supiste en qué pensaba?

—Crianza, le llaman. Ahora es mejor que abra la segunda carta.

Lo dejo hasta ahí y obedezco. Tomo el sobre y levanto el doblez. Dentro tiene un papel sencillo, con una letra cursiva que ya he visto antes y que no augura buenas cosas. Enseguida, el poco buen humor que me quedaba se va como el agua entre las grietas. Si ya estaba tenso, ahora soy un muro de yeso. Maldito sea mi pasado.

Hola, majestad,

Espero que me permita decirle Magnus, ya sabe, por los viejos tiempos.

¿Cómo ha estado? Yo muy bien, aunque ya nunca viene a preguntármelo. Extraño sus visitas. ¿Me extraña usted a mí? No lo creo. Lo he visto muy ocupado últimamente, y le aviso que yo también lo he estado.

Llevamos tiempo sin hablar, por lo que por desgracia tuve que enterarme por otra fuente de un detalle interesante. Va a casarse. Felicidades. Aunque supongo que no me invitará a la boda. ¿No cree que merezco conocerla y que ella sepa quién soy? ¿O no quiere que esté cerca para que no se entere de nuestra historia?

¿Cómo demonios supo eso? Tuvo que ser alguien de aquí. Hay una rata recorriendo mi palacio como una vez lo hizo Cournalles.

Como sea, quería contarle algo que descubrí. Si todo hubiera seguido como antes, seguro estaría feliz por mí, porque ¿adivine qué? Tengo en mi poder algo que cambiará el rumbo de nuestra relación y de su relación con el pueblo. Todavía no puedo concebir que pretenda hacer reina a una mishniana. Es escandaloso, como lo nuestro. Quizás llegue a tiempo para arreglar las cosas. ¿Tiene fe en mí? Ojalá sí. Me acerco poco a poco, Magnus. Espéreme. Ya estoy a un par de pasos de llamar a su puerta como usted lo hacía en la mía.

Me encantaría ver su cara en este momento, y la de ella, por supuesto.

Hasta pronto.

Esto es una pesadilla. Lanzo la carta al aire y me llevo las manos a las sienes. No salgo de un problema cuando ya estoy en otro. Esta situación me ha atormentado por años y me llena de impotencia no haber podido resolverla a tiempo.

—¿Por qué no empezaste por esto? —le reclamo, golpeando la mesa con los puños.

—No iba a disfrutar de las buenas noticias. Está claro que debe decirle a la señorita Emily, ¿cierto? Es necesario.

—¿Qué crees que sabe? —cambio el tema. Ahora no estoy de humor para plantearme revelar secretos.

—No lo sé. Estuve pensando en posibilidades y no llegué a ninguna conclusión.

—Debe ser algo grande, algo que me ponga la espada en la aorta. De otra manera, no me habría escrito.

—Debemos ir a visitarla. Es urgente.

—No quiero volver a ver a esa mujer.

—Es eso o que acaben con usted. Decida.

—Ve tú —le ordeno con un pálpito extraño en el pecho, como si en cualquier momento se me fuera a detener el corazón—. Y más te vale traer información.

—¿Le dirá a la señorita Malhore?

—Me lo pensaré. Puedes retirarte.

Me inclino en el escritorio cuando sale de la oficina. El pasado me persigue: mis errores y los de otros. Siento que tengo una aguja en la garganta que crece cada día y terminará por asfixiarme. Nunca le conté sobre esto a nadie. Ni siquiera a Vanir, pese a que estuve a punto de casarme con ella.

Abro la gaveta y saco con cuidado el ridículo regalo que Emily me dio en el último día del año: un pisapapeles de cristal iridiscente en forma de flor de loto. Al principio no entendía qué significaba. Luego la conocí bien, me enteré de lo mucho que le gustan las flores y los colores, y comprendí que la tradición funciona. Emily es un arcoíris andante en medio de mis días grises.

5

EMILY

Muy temprano, viajamos a Kilmwarth. No sé si los aviones y yo ya somos amigos, pero parece que no nos llevamos tan mal ahora. Cromanoff sigue siendo tan bonito como lo recuerdo, solo que sin nieve.

—¿Estás nerviosa? —pregunta Magnus a mi espalda.

Me ha traído a la habitación en la que una vez estuve y que por supuesto no compartiremos. Llegar hasta acá nos sumergió en un viaje extraño, lleno de miradas furtivas, conversaciones cortas e incómodas, distancias e intentos de acercamiento de su parte. Estar con él es un carrusel en constante movimiento. Subes y bajas, das vueltas y vuelves al mismo sitio. Lo que trato de decir es que no me desagrada, el problema es que la ira me consume cuando trata de buscar la proximidad que teníamos como si nada hubiera pasado.

—Un poco. No conozco a nadie.

—Será algo pequeño y ya conoces a los más importantes. Además, a ti no se te dificulta hacer amigos.

Me siento en la cama con un vacío en el estómago que no se ha quitado desde que me dijo a qué veníamos. Hoy es la boda de Gregorie. Después será la nuestra y yo ya he pensado en un plan para que no se lleve a cabo. Sé que le prometí un año a Magnus, pero

tengo derecho a decidir qué es lo mejor para mí, tal como él lo hizo en su momento, y nadie puede juzgarme por ponerme como prioridad. Además, nada pierdo con intentarlo.

El rey Fulhenor puede ayudarme, aunque sé que al principio se negará porque eso supone traicionar a su primo. A mi favor está que él tiene un alma muy humana y entenderá mis razones. Puedo trabajar aquí, en lo que sea, y de esa forma Stefan no podrá volver a secuestrarme. No saldré del palacio en lo absoluto hasta que tenga el dinero suficiente para comprar un boleto de barco hacia Wellsinberg y empezar una nueva vida allá, tranquila y alejada de todos. En mi cabeza, funciona muy bien.

—¿En qué piensas? —La voz de Magnus me devuelve a la realidad—. Puedes contarme.

—Nada en específico —invento—. ¿Crees que sería una buena reina?

No me agrada mentir, y mucho menos cuando veo su sonrisa comprensiva. Me extiende la mano para que me levante y, aunque no la acepto, me pongo de pie.

—Permíteme mostrarte lo que yo veo.

Me guía hasta el espejo frente al tocador. Él se posiciona detrás de mí. Está cerca, pero no me toca. Sus manos flotan alrededor de mi cuerpo, como si temiera lastimarme, y se mantienen así un rato.

—Tú eres tenaz, Emily. Eres inteligente y estoy seguro de que serás una de las mejores reinas en la historia de Lacrontte.

Siento el calor de su cuerpo en mi espalda, su olor amaderado y esa aura imponente que nunca lo abandona. Escucho su respiración lenta; me cosquillea en el cabello como si jugara con él. Es envolvente, tal como lo ha sido siempre.

—¿Y si fallo? —pregunto, asustada.

—Entonces fallaremos juntos. Ya no seremos dos personas diferentes. Nos convertiremos en un matrimonio y las acciones de uno influirán en las del otro. Yo jamás te dejaré caer y estaré respaldándote en cada paso. Es una promesa.

—Estás teniendo demasiada fe en mí.

—Eres valiosa, Malhore. Sé que lo sabes. Si no, no estaría tan emocionado por casarme contigo. Nunca me uniría con una mujer a la que considerara inepta.

—Eres el peor halagando. Con la primera parte bastaba.

Lo miro a través del reflejo. Sus ojos están puestos en mí, penetrantes, como si con ellos quisiera leerme los pensamientos.

—¿Puedo tocarte? —pregunta. Recuerdo haberlo escuchado decir eso en la sala del trono cuando me acusaban de espía—. No como crees, por supuesto. Quiero mostrarte algo.

Asiento lento, tratando de no arrepentirme por autorizar el contacto entre nosotros.

Se quita la corona para ponérmela sobre la cabeza. Intenta no acercarse demasiado. Aun así, ya siento mi espalda contra su pecho y sus brazos sobre mis hombros. Es curioso verme de esta manera, como si en el fondo algo me dijera que no me corresponde. La última cosa parecida que recuerdo haber usado fue una tiara de juguete, cuando era pequeña, y esto claramente es muy diferente. No es un juego, es una responsabilidad que no se queda solo en lucir joyería de reina.

Nuestros ojos se encuentran por medio del espejo un instante y debo mantenerme firme cuando se inclina y me habla al oído.

—Luces como una gran reina, como mi reina.

No respondo, ni siquiera reacciono. Es obvio que la proximidad me inquieta, me tensa y me hace flaquear al mismo tiempo. El detalle está en que no confío en sus palabras. He cercado mi corazón para no dejarlo entrar, y aunque sus esfuerzos amenazan con romper algunas vallas, mi resentimiento es un buen cuidador que las mantiene intactas.

—Sé que no me crees y lo entiendo. Pero, dime, ¿por qué seguiría insistiéndote si, según tú, ya obtuve lo que buscaba?

—Según yo, no. Fue así.

—Entonces, ¿por qué sigo aquí si ya no necesito nada de ti? Emily, no te miento. Cada cosa que te digo es cierta.

—Si yo lo hubiera hecho, ¿me habrías perdonado?

Se queda en silencio, no como si pensara la respuesta, sino porque no esperaba la pregunta.

—Por supuesto —dice con calma—. Entendería tus razones, y si me pidieras otra oportunidad, te la daría.

—No mientas. Siempre te jactas de lo rencoroso que eres.

—No contigo. Cuando lleva tu nombre, la historia cambia. De otra manera, no estaría buscando redención.

Desvío la mirada al no soportar verle más la cara. Jamás pensé que le guardaría tanto rencor a alguien a quien quiero. Porque es justo eso. La medida en la que lo quiero es la misma en la que lo desprecio.

—Soy completamente honesto al decir que jamás volveré a traicionar tu confianza. Lo juro por mis padres.

—Basta, Magnus. Quiero estar sola —pido sin mirarlo—. Por favor, retírate.

Salgo de la prisión que ha creado su cuerpo, me quito la corona y se la entrego. Me las apaño para no llorar aunque las lágrimas ya amenazan con salir. Detesto sentirme vulnerable, y más si estoy frente a él. No quiero que vea mi dolor ni mis luchas internas. Estar a su lado trae una mezcla de emociones que me confunden. Me siento expuesta, herida y al mismo tiempo protegida. Una parte de mí sabe que él tiene razón. Ya obtuvo la información que quería y se ha esmerado por demostrarme que puede cambiar, se esfuerza por ganarme de nuevo, pero yo prefiero no creerle para que jamás vuelva a lastimarme.

Admito que solté algunas lágrimas una vez que Magnus se marchó. No es de mucha ayuda que su habitación sea la de al lado. No quería ni quiero que me escuche lamentarme. Después de un par de horas, viene a buscarme para que nos reunamos con los demás en aquella sala en donde, por la presión de Gregorie, esa vez me tocó sentarme encima de sus piernas. Al menos hoy hay suficientes sillas para todos y, como no hay nieve, la chimenea está apagada.

Entre los que están sentados reconozco a Francis, Gregorie, su madre Georgiana, su abuela Aidana y veo a una mujer preciosa con expresivos ojos negros que parecen tener luz propia. Luce un vestido

turquesa que la hace resaltar en medio de la sala y una sonrisa de genuina alegría. Tiene el cabello largo con ondas grandes y una piel oscura tan luminosa que me hace preguntarme si debo usar más loción corporal para tener algo parecido. Es evidente que ella es la prometida del rey Gregorie, Elisenda. Así dijo Magnus que se llamaba. Y al lado suyo se encuentra un hombre caucásico de cabello largo y castaño que le cae a cada lado de su rostro alargado. Sus ojos miel me miran con tranquilidad, como si ya supiera quién soy. No se parecen en nada, por lo que descarto que sean familia.

—Hola a todos —Magnus habla por nosotros—. Esperamos no haber llegado tarde.

Eso fue mi culpa. Tuve que esperar a que se me deshincharan los párpados para salir.

—Lo entendemos. —Gregorie nos guiña un ojo—. Los prometidos siempre nos tardamos.

El rey Fulhenor me agrada hasta que me pone en situaciones que me dan vergüenza. Todos en la sala ríen a excepción de dos personas: Magnus y yo.

—Emily, querida, qué gusto volver a verte —dice la reina madre con ese gesto maternal que nunca abandona—. Déjame presentarte a la maravillosa mujer que mañana se convertirá en una Fulhenor: Elisenda Holfman. Y él es su gran amigo, el marqués Salvaret.

El hombre se levanta con agilidad. Es alto y de figura delgada. Me extiende la mano y yo le entrego la mía. Se inclina y me besa el dorso sin quitarme la mirada.

—Un placer, señorita Malhore. Soy Patrick Salvaret.

—El gusto es mío, señor Salvaret.

Por un segundo, todo parece quedarse en silencio y es incómodo. Puedo sentir la mirada de Magnus en mi espalda, vigila la interacción, y luego su mano en mi cintura, con la que sigilosamente me jala despacio para unirme a su cuerpo. Cuando los celos le ganan, no pide permiso para tomarme.

—Patrick, la señorita Emily es la futura esposa de mi primo —Gregorie interviene—. Su boda será en poco tiempo.

—Lo tengo presente. Elisenda me informó.

La joven se levanta y hace lo propio. Es muy amable y tiene una voz increíblemente dulce que me recuerda a la de Luena.

—He oído muchas cosas sobre ti, Emily —dice, emocionada—. Es un alivio por fin ponerle cara a tu nombre.

Me encantaría que fuera recíproco. Lo único que escuché sobre ella vino de Magnus y no fue muy amable. Dijo que su nombre era el más feo que había escuchado.

—Es un placer. ¿Estás emocionada por el día de mañana?

—Tanto como debes estarlo tú. Tu día está cerca también. Es más, ¿te gustaría acompañarme a ver mi vestido de novia? Siempre es bueno tener una opinión femenina. Sin ofender, queridas —dice, mirando a la madre y la abuela de Gregorie.

—No te preocupes, cariño. —Georgiana le regala una sonrisa cómplice de esas que te gustaría que tu suegra te diera. En las pocas veces que la vi junto a Lerentia, nunca vi algo parecido—. Lo entendemos a la perfección. Además, es buena idea. Quizás Emily saque algo de inspiración para su propio vestido.

—Permítanme un momento con mi prometida —Magnus interrumpe, enfatizando bien la última palabra—. Es de urgencia darle una noticia.

Me toma de la mano y me saca de la sala con una tranquilidad que no me convence. No me suelto para no suscitar habladurías y afuera es él quien rompe el agarre.

—Voy a enviarte con un guardia —es lo primero que dice, molesto, como si yo de verdad hubiera hecho algo.

—Por supuesto que no. No necesito que me vigiles.

—No lo hago por ti, lo hago por él. ¿No ves la manera en que te miró? Como si tuviera una oportunidad contigo.

—Estás delirando.

—No intentes hacerme pensar que soy un idiota, Emily Malhore. Irás con un guardia.

Me cruzo de brazos, indignada. ¿De qué se trata esto? ¿Pierde la cabeza por un saludo? Es estúpido.

—Magnus, no. Él solo fue amable.

—¿Amable? Amable fui yo en casa de tu abuela para que tus padres te avisaran que había ido a verte y aun así no lo hicieron.

Es inconcebible que estemos discutiendo por una tontería como esta. La última vez que tuvo una reacción similar fue con Ansel, y vaya que ahí necesité paciencia para no agrietar lo nuestro. La diferencia es que hoy poco me importa si las bases que sostienen esta relación se destruyen.

Gregorie sale después de unos minutos y, aunque asegura que nuestra pelea no se escucha en la sala, admite que presentía la razón de la salida inesperada.

—Bueno, Emily, mi primo tiene razón —lo apoya, poniéndole una mano sobre el hombro —. Te miró con cierto interés.

Esto es el colmo. Los dos están dementes.

—¿Por qué está aquí ese tipo? —Magnus no duda en reclamarle—. Sácalo del palacio, Fulhenor.

—No puedo. Es el mejor amigo de Eli. Se enojaría conmigo. Y entre mi Eli y tú, prefiero a mi Eli.

—Eres un maldito traidor.

—¿Negarás que tú no vas a escoger a Emily antes que a mí?

Calla. Ahí está la respuesta y me causa conflicto que mi corazón se alegre por eso.

—Le pedí que fuera con guardias y se niega. Ese tipo no me agrada en lo absoluto.

—Esto es una estupidez. —Ni siquiera siento rabia, solo irritación—. ¿Qué pasa si no voy con guardias? ¿No me dejarás ir?

—No he dicho eso. ¿Acaso no puedes hacer una sola cosa por mí?

—Deténganse los dos. —Gregorie se pone en medio—. Primo, regresa adentro. Yo hablo con Emily, ¿sí? La enviaré con uno de mis guardias. Lo prometo.

El amargado duda y se masajea la frente. No entiendo por qué le da tanta importancia a esto. Y no se mueve hasta que el rey Fulhenor le insiste.

—Emily, es evidente que está celoso —informa lo obvio una vez nos quedamos solos.

—¿Por un saludo?

—Ese saludo tuvo otras intenciones y tú lo sabes. —¿Ahora me regaña también? Me gané a dos por el precio de uno—. Nunca lo había visto ponerse así. No sabe manejar sus emociones. Debes entenderlo.

—No lo justifiques.

—No lo hago. Me pongo en su lugar, es todo. Salvaret fue descarado y a mí también me habría molestado. —La locura viene de familia. Los dos son unos completos exagerados—. Ahorrémonos discusiones y ve con uno de mis guardias. No se entrometerá en lo absoluto, te lo aseguro. Imagina que es una medida que también puedes usar si en algún punto una persona te causa molestia.

—De acuerdo, pero solo si tú me haces un favor.

Me arrepiento tan rápido como eso sale de mi boca. ¿Sí me ayudará? Es decir, acaba de ponerse del lado de su primo. Puede que prefiera quedarse fuera de esto si se lo propongo.

—¿De qué se trata?

Es mejor pensar en una manera de explicar mi plan para que él decida unirse. Si lo hago ahora, intentará convencerme de que le dé una oportunidad, al menos por unos meses.

—Mañana te cuento. Ahora no quiero más dramas.

Gregorie va en busca de su prometida y su compañero. Los tres caminamos fuera del salón hasta la sala de costura de Cromanoff, muy parecida a la de Lacrontte. Lo diferente, por supuesto, es el sastre y que aquí los trajes sí tienen más color.

—Emily, espero que no te moleste la compañía de Patrick. Él es mi mejor amigo desde que tengo memoria y no ha visto mi vestido.

Asiento. No hay mucho que decir; es su día y son sus decisiones. Elisenda rápidamente pasa detrás del probador con la ayudante de costura, quien lleva el traje.

—Emily, ¿qué se siente salir con Magnus? —La escucho desde el vestidor de tres paneles—. No me malentiendas. Es que él es tan

cerrado y serio que me cuesta un poco entender cómo es que se llevan bien.

Ni yo misma sé. Magnus es un terrible dolor de cabeza. La verdad es que si alguien me pidiera una recomendación para tenerlo de novio, le diría que mejor busque otro prospecto.

—En realidad, es muy divertido si quiere serlo. —La duda se me escucha en la voz y no pasa desapercibida para el marqués, quien de inmediato me mira.

—No suena muy convencida —dice lo que ya suponía.

—Bueno, es decir… —Me quedo en blanco. Ahora me siento en un interrogatorio—. Si lo encuentras de buen humor, la pasarás muy bien a su lado. Sé que el rey Gregorie es todo lo contrario —suelto para desviar la atención.

—Greg es maravilloso. —La Elisenda enamorada me salva—. Es el hombre perfecto que toda mujer debe tener, pero eso es lo mío.

Patrick suspira como si ya estuviera cansado de escuchar lo mismo una y otra vez.

—La oigo hablar todos los días por horas sobre él, y si no estamos cerca, me envía cartas de hasta seis páginas.

—Para eso están los amigos, Patrick. Algún día tú encontrarás a una persona, estarás hablándome sobre lo maravillosa que es y yo estaré ahí para escucharte.

El marqués no se ve como un anciano, pero tampoco es un adolescente. Debe rondar, quizás, los treinta y dos años. Además, su físico no es desagradable. Es educado, tiene una bonita sonrisa y un título que auguraría una buena herencia o un gran patrimonio construido. ¿Por qué no tendrá esposa? ¿Tendrá el mismo pensamiento de Aphra sobre el matrimonio? La respuesta debe estar por ahí porque un hombre como él debe tener muchas jóvenes interesadas en un cortejo.

—¿Desde cuándo son amigos? —le pregunto a Patrick.

—Años de años. Fue ella la que me presentó a mi esposa.

Por reflejo, le miro la mano izquierda, en la que sorprendentemente no hay ningún anillo.

—Y fue ella la que me instó a dejar de usar mi sortija tres años después de que mi esposa murió. Al parecer, eso ayudaría a que dejara de verme atormentado.

Ahí está la respuesta. Es viudo.

—¿Funcionó?

—Dígamelo usted. ¿Parezco muerto en vida?

—De haberlo parecido, le informo que ya revivió.

Mira al frente y sonríe, como si aquella frase le hubiera quitado una venda de los ojos y por fin pudiera ver con claridad. Tiene esas líneas de expresión alrededor de la boca que mamá asegura que son las únicas arrugas que no le preocupan, porque tenerlas es la prueba de que se ha vivido entre alegrías.

—Gracias. Perder a alguien es horrible, así que es una buena noticia. —Vuelve a mirarme con una calidez que resulta reconfortante, como si estuviera hecho para comprender—. ¿Puedo tutearla, majestad?

—Todavía no lo soy, así que puedes.

—Invítame a la coronación para saber cuándo parar.

Su sentido del humor es contagioso. Sin darme cuenta, ya estoy riendo.

—Tengo conocimiento de que eras una plebeya.

—Así es. ¿Tiene algún problema con ello? —cuestiono a la defensiva.

—Ninguno. Y si es posible, también tutéame, por favor. Yo era un plebeyo. Soy hijo de sirvientes y, bueno... nos costó llegar al título que ahora poseemos —explica mientras el cabello le cae en el rostro—. Servíamos a un duque, el cual poseía la villa que ahora es de mi propiedad. Poco a poco fuimos avanzando hasta que se nos abrió la puerta al mundo de los negocios.

—¿Qué tipo de negocios?

—Si ves por la ventana, te darás cuenta.

Me levanto, intrigada, y camino hacia el ventanal rectangular. Afuera se ven los jardines del palacio, el lugar en el que Magnus y yo nos dimos un beso. Miro hacia cada lado sin saber qué buscar. Solo

hay doncellas caminando, guardias en sus rondas, árboles, césped. Y una fuente. ¿De eso se trata?

—¿Tú la construiste?

Me vuelvo y Patrick asiente.

—La diseñé. Suelo diseñar cúpulas, catedrales, puentes y todo lo que puedas imaginarte. Me fue difícil aprender el oficio; sin embargo, me ha salido bien.

—¿Y por ello obtuviste el título?

—Sí. Comencé a mostrarle mis diseños al duque, quien se los enseñaba a sus amigos. Empezó a presentarme con personas influyentes, conseguí algunos trabajos pequeños, gané cierta fama y, por ende, dinero. Hasta que me volví el gran marqués que soy ahora. No intento alabarme contándote esta historia, solo me resulta gratificante saber que hay más plebeyos con títulos importantes.

—Hablas como si aún fueras uno.

—Ciertamente lo soy. Una manzana no deja de ser manzana así sea vendida en una sucia plaza de mercado o enviada al extranjero.

—¿De qué tanto hablan ustedes dos?

Elisenda sale en un vestido blanco precioso con escote de corazón y mangas que caen como olanes en sus brazos. Gira para enseñarnos la espalda, compuesta por un largo corsé que explica por qué tardó tanto en probárselo y un velo extenso aunque sencillo que no le roba la atención a su traje. Luce como una autentica princesa.

—¿Qué les parece?

—Te ves hermosa, Eli. —Patrick se levanta de la silla y une con orgullo las manos delante del pecho—. Todo esto me recuerda al día en que me casé.

—Ya quiero que Gregorie me vea.

Las bodas tienen algo que me hace feliz. Las sonrisas, las palabras, la caminata al altar con los nervios en punta, la espera del día, los detalles, los bailes y la complicidad con los invitados, presentándoles aquello que quieres que dure para siempre. Sé que es solo una de las tantas maneras de celebrar el amor, pero es mi favorita.

—Emily, ¿sabías que Patrick tiene una villa hermosísima con jardines inmensos? Fue mi segunda opción para la boda. Ojalá pudieras conocerla. Estoy segura de que este vestido se vería increíble allí.

—Pues que no se quede con las ganas —dice él—. Debes ir a verla. Estás invitada.

—Suena fantástico, aunque a Magnus no le gustan las flores.

—También puedes ir sin él. Seguro que no le molestará, ¿no?

Por supuesto que le molestará. Sin importar nuestras peleas y mis gigantescas ganas de alejarme de él, no voy a excluirlo. Sus celos son una ridiculez sin fundamento; aun así, no lo dejaría aquí para visitar al causante de su molestia.

—Vinimos juntos. No veo prudente dejarlo solo en el palacio, porque seguramente Elisenda querrá ir con Gregorie.

—No lo dudes, querida. Y no pueden juzgarme. Seré una mujer recién casada mañana.

—Entonces convéncelo. Te quiero en la villa y ya no puedes negarte. Es casi una cita.

Miro con disimulo al guardia que me vigila. Estoy segura de que escucha y anota en su memoria cada palabra de esta conversación, y esa última frase será lo primero que reportará. Sonrío para mis adentros. Ya imagino la cara que va a poner el amargado cuando le cuente.

* * * *

Es casi medianoche. Todos nos fuimos a las habitaciones temprano para descansar antes del gran día, y aunque la noche iba perfecta, ahora parece que el cielo se partió en dos y el agua almacenada cae en cascadas violentas, como vasijas que se estrellan contra el suelo creando ruidos estrepitosos. Los rayos llenan de luz el dormitorio por fracciones de segundo, formando una atmósfera fantasmagórica digna de las peores pesadillas infantiles. No me gusta esto para nada.

Siento escalofríos en todo el cuerpo y el corazón me late casi con la misma violencia con la que cae la lluvia. La ventana está empañada y el frío no solo se cuela por las paredes, sino también por mis huesos. Me escondo bajo la sábana, como si eso pudiera hacer que desapareciera el exterior. Respiro profundo una, dos, tres veces, intentando mantener la calma y espantar el miedo. Ahí me quedo mientras los minutos pasan y entonces, en medio del golpe de los truenos, escucho que tocan la puerta.

—¿Quién es? —grito por encima de la tempestad.

—Magnus.

Es justo lo último que necesito, porque no saldré de aquí hasta que esto acabe.

—¿Qué necesitas?

—Vine a saber si estás bien. Recuerdo que no te gustan las tormentas.

—Estoy bien —miento.

—¿Puedo pasar?

Veo a través de la sábana cómo se ilumina la alcoba una vez más a causa de un relámpago y su característico sonido, que me recuerda a un látigo muy largo.

—Sí —digo por instinto y me arrepiento de inmediato. Fue culpa del rayo.

Oigo la puerta abrirse y luego unos pasos pesados que se detienen de repente.

—¿En dónde estás?

—Debajo de la sábana.

—¿Y no piensas salir de ahí?

—No hasta que se acabe el aguacero.

—¿Y qué hacías cuando estabas en tu casa de Mishnock?

¿Por qué tanto interés de repente? No quiero hablar.

—Iba a dormir con Liz y Mia.

—¿Ellas también les temen a los rayos?

—No, pero me hacían compañía. Somos hermanas, eso hacen los hermanos. Si tuvieras uno, lo sabrías.

—Prefiero no tener. Me quedaré aquí si me lo permites.

—Da igual. Podrías incluso desnudarte y no lo notaré, porque no sacaré la cabeza de esta colcha.

—¿Me estás pidiendo que me desnude? —Escucho en su voz el tono descarado que usa cuando quiere fastidiarme.

—No me hagas enojar, Magnus.

—De acuerdo, tregua. Mejor hablemos. Si te distraes, no pensarás en la tormenta. Cuéntame algo que yo todavía no sepa de ti.

Me tomo mi tiempo para responder porque no sé qué decir. Solo pienso que no debería abrirme con él. Lo escucho arrastrar una silla hasta el lado derecho de la cama y, aunque no puedo verlo, sé que se sienta y estoy segura de que ahora se inclinó hacia adelante para apoyar los codos sobre las piernas. Lo conozco a la perfección.

—Mi mejor amiga quería casarse contigo —revelo.

Es una buena táctica. En parte, no es algo directamente mío.

—¿Cómo se llama esa amiga?

—Rose Alfort.

—Pues la que terminó comprometida fue otra. ¿Qué crees que piense ella?

—No creo que le importe. —En realidad, no lo sé. Cuando hablábamos de sus planes, siempre tuve claro que lo de hacerse millonaria, así fuera usando a los hombres, lo decía en serio, pero no sé si lo que decía sobre Magnus era igual—. ¿Crees que debería sentirme culpable?

Una vez la pregunta sale de mi boca, me doy un golpe mental. Por supuesto que no. Yo la quiero muchísimo, pero nunca mostró sentimientos reales por él y solo hablaba del poder y el dinero que Magnus podría ofrecerle. Sacudo la cabeza, despeinándome. Estoy llevando mis pensamientos en la dirección incorrecta. Su único amor era el imbécil de Maloney.

—Ni siquiera la conozco y no estoy interesado en esa mujer, así que deja de darle vueltas al asunto.

—¿Cómo sabes que estoy enmarañándome la cabeza?

—Te quedas en silencio. Algo que, por lo general, nunca ocurre.

Levanto la sábana y lo miro. Efectivamente, está en la posición que creí. La mitad de su cara se encuentra ensombrecida y la otra está iluminada por la lámpara en mi mesa de noche.

—Hola, Emilia.

El cabello le cae como si quisiera adornarle el rostro para suavizar sus facciones. Sonríe, genuino, sin intentar ser o parecer nada más que un hombre que mira a una mujer. Es simple y… agradable.

—¿Qué vas a hacer si la tormenta no acaba en toda la noche? —le pregunto.

—Me quedaré aquí a hacerte compañía. No te preocupes.

—Me preocupa tu espalda, aunque no debería.

—He dormido sentado muchas veces. Las batallas no son cómodas.

—Apuesto a que te rendirás esta noche.

—¿Qué quieres que gane?

—Nada. No te dejaré obtener nada de mí.

—Entonces, crees que sí soy capaz.

Él sabe cómo acorralarme, cómo usar mis palabras en mi contra, y no duda en ponerme la daga en el cuello.

—Dejaré que lo elijas. Confío en que te caerás de esa silla.

—Otra cita.

—No sabía que te gustaban tanto.

—Contigo me fascinan.

Siento que se me eriza la piel y no voy a culpar a la lluvia. ¡Vida santa, qué difícil es esto!

—Es tu turno, Magnus. Dime algo que no sepa sobre ti.

La respuesta tarda en llegar. Piensa demasiado, y cuando la tiene, rompe el contacto visual.

—No he vuelto a visitar a mis padres en el cementerio. La primera y única vez que lo hice fue en su funeral.

¡Vida mía! Eso es triste, es horrible. No lo culpo. Debe ser muy doloroso ver una placa con el nombre de las personas que más quisiste mientras sabes que sus restos están bajo tus pies.

—¿Por qué?

—Para responderte, tú debes contarme otra cosa.

—Aún guardo la capa que me regalaste en casa.

—Que te robaste —apunta—. Puedes usar todas mis capas si eso quieres. Y con respecto a lo otro... —Su ánimo decae deprisa. Baja la cabeza y se queda en silencio un momento antes de continuar—. No soy digno. No soy capaz de ir sabiendo que fue mi culpa. La única forma de que vuelva es para entregarles el cuerpo de Silas.

—No eres culpable, Magnus. Eras solo un niño.

—La gente no lo ve así y yo tampoco. Yo los asesiné.

—Por supuesto que no.

Mi voz es dura, implacable. Me enoja que piense eso, que siga atormentándose por una muerte que solo es responsabilidad de Silas Denavritz. Salgo de debajo de la colcha y me siento en la orilla de la cama, atestiguando la fragilidad que por fin me deja ver.

—Por eso hice lo que hice —continúa sin levantar la cabeza—. Haría cualquier cosa para vengarlos. Obtener justicia es lo único que me ha mantenido en pie estos años. De otra manera, habría entregado mi título, mi corona y me echaría a mi suerte.

Me paro de la cama y me acerco a él. Pongo la mano en su mentón y lo obligo a mirarme. Sus ojos están plagados de agonía, pero no hay rastro de lágrimas, ni siquiera de amenazas futuras.

—Quiero que te grabes esto en la cabeza, Magnus Lacrontte. Ese príncipe de doce años no asesinó a sus padres. Silas se aprovechó de la bondad de un niño y merece morir del peor modo posible. Y escúchame bien, porque hay algo en lo que sí creo: tú vas a lograr arrodillarlo y cortarle la garganta hasta que se ahogue en su propia sangre.

No gesticula ni reacciona. Se queda ahí, mirándome. Yo de verdad espero que lo cumpla por él, por sus padres, por Shelly, por Rose y por todas las temerarias.

—Dime, por favor, que entiendes por qué lo hice y por qué no me arrepiento.

Le suelto la cara como si me pesara. Esa última frase duele igual que un golpe en los pulmones. Es un conflicto entre mi comprensión

y mi orgullo. Es difícil darle la razón cuando el objeto de burla fui yo. Quiero que se vengue, por supuesto, pero no apruebo que haya usado mis sentimientos por él para jugar conmigo y ofrecerme a Stefan como un par de monedas que compran información.

—Buenas noches, Magnus. Voy a dormir. Puedes irte si gustas, y es lo que preferiría que hicieras.

No espero respuesta alguna. Voy a la cama y me arropo justo antes de que otro rayo estalle.

6

EMILY

Cuando desperté esta mañana, Magnus seguía ahí, sentado en la silla con la cabeza recostada sobre el hombro. Se despertó justo cuando yo caminaba hacia el baño y empezó a quejarse de dolor de espalda, repitiéndome al menos seis veces que sí había cumplido con su palabra y que le debía otra cita. Yo no podía creer que de verdad siguiera ahí.

Antes, me quedé en la orilla de la cama viéndolo dormir, vigilando cómo su pecho subía y bajaba a causa de su respiración lenta, cómo tenía los pies clavados firmemente en el suelo y cómo el cabello le caía hacia un lado, pintándole la cara con las hebras rubias. Me hizo sentir tanta ternura que por un momento dudé sobre despertarlo y darle las gracias por el esfuerzo. Al final desistí y me encerré en el baño después de decirle «buenos días». Ahora lo tengo a mi lado mientras Elisenda y Gregorie hacen su primer baile como esposos. Giran y ríen al compás de las palmas de los invitados y, por un momento, siento tristeza. Quisiera que mi día fuera igual a este.

—¿Te gustaría bailar? —me pregunta cuando tocan una nueva pieza.

—¿Ahora sí te gusta hacerlo?

—Siempre que sea contigo. Lo sabes.

—Bueno, será en la siguiente. Patrick ya me pidió esta canción.

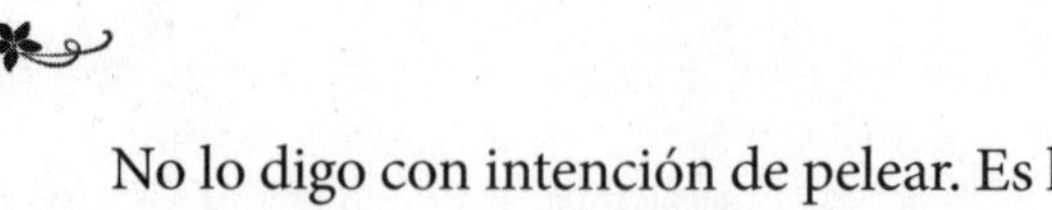

No lo digo con intención de pelear. Es la verdad: el marqués me pidió la siguiente pieza y yo acepté.

—¿Vas a bailar con ese hombre? —Levanta la ceja, indignado—. Yo soy tu esposo, Emily.

—Es justo lo que te estoy diciendo. Y, no, todavía no nos hemos casado. Además, ¿qué tiene que ver eso con un baile?

Chasquea la lengua y entrecierra los ojos como si lo hubiera injuriado.

—Te lo preguntaré de nuevo. —Su tono conciliador no es más que una fachada—. ¿Bailarás con él?

—Sí, Magnus. Bailaré con Patrick.

No dice una palabra más, pero la rabia en su cara grita por él. Se da media vuelta y camina hasta salir del salón. Miro a los lados para verificar que nadie haya visto ese drama innecesario. Pese a que la mayoría está en la pista de baile, hay unos ojos miel que sí capturaron toda la escena.

—¿Algún problema? —pregunta el marqués, extendiéndome la mano para llevarme al centro—. El rey parecía enojado y no quiero causar problemas.

—Ninguno. Magnus tenía algo que hacer.

—Por supuesto —dice cuando empezamos a bailar—. Me enteré de que mañana es su cena de compromiso. —¿Qué debería decir o, peor, qué espera que diga? ¿Quiere que lo invite?—. Tranquila. Así recibiera una invitación, no podría asistir. Tengo otros pendientes.

¿Cómo supo eso? Vida mía, qué terror ser tan obvia.

—No pensaba en nada.

—Tengo el don de leer a las personas. Ni siquiera sonreíste cuando hablé de la cena. Es evidente que en tu relación existe cierta tensión.

Niego con la cabeza en un intento flojo por eliminar sus sospechas. Trato de crear un discurso rápido para decirle que está equivocado, pero nada viene a mi mente. Esa es la verdad: no me emociona casarme de esta manera, y lo cierto es que, así estuviera bien con Magnus, nuestra relación no estaría en el momento adecuado para una boda.

—En un mundo completamente diferente, ¿qué te gustaría estar haciendo ahora? —cuestiona mientras giramos alrededor de las parejas.

—Responde tú primero.

—Iría al día en que perdí a mi esposa y le diría más cosas de las que pude.

—¿Cómo se llamaba?

—Darcie. Es tu turno, Emily.

—Iría a visitar a mis padres después de un día largo en la floristería que añoro abrir.

—Fuiste al futuro —dice al tiempo que nos movemos hacia atrás al ritmo de la melodía rápida—. Eso es algo bueno. No te aferras al pasado como yo.

—Me gusta pensar que vienen mejores cosas.

—Aunque no incluiste al rey Magnus en ese futuro.

—Te gusta mucho hablar de él.

—Me gusta hablar de ti y eso lo incluye porque es tu prometido. Soy curioso, nada más.

—Qué casualidad. Yo también. ¿Qué es lo que más te gustaba de tu esposa?

—Responde tú primero.

—No la conocí.

Aquello lo hace sonreír y a mí también. Sé lo que quiere y no va a conseguirlo.

—¿Eres una chica lista o de verdad evades hablar del rey?

—Ambas. —Él se queda en silencio, esperando que continúe.

No voy a negar que hay muchas cosas que me gustan de él, pero ¿cuántas es prudente revelar?

—Es muy bueno escuchando y es capaz de volver especial un momento simple, como con las hojas del viñedo. —El marqués intenta preguntar a qué me refiero y yo no lo dejo hablar. Tengo mucho más por decir—. Recuerda cada cosa que le cuentas, hasta la más insignificante, y es muy inteligente, aunque si no le agradas, te hará sentir tonto. Eso cambia cuando entras en su lista de favoritos. Tiene una

sonrisa hermosa y sabes que es genuina porque no se ríe demasiado. Además, da los mejores abraz…

En el momento en que noto mi intensidad, me detengo. Esto es vergonzoso.

—Y yo que iba a decir que lo que más me gustaba de mi esposa era su personalidad. Al menos me queda claro que la relación de ustedes dos no siempre fue así.

Por fortuna, la música acaba y me siento liberada de las cadenas de esa conversación. No me desagrada el marqués. El problema es que quiere llegar a temas pantanosos que no deseo tocar.

—¿Qué tal un cambio de pareja? —Gregorie aparece por la derecha, igual que un ángel. Jamás había estado tan feliz de verlo.

Asiento, emocionada. No quiero que un desconocido siga ahondando en mis dudas.

—Fue un placer, Emily —se despide Patrick. Me toma una mano y me besa el dorso para luego caminar hacia su mesa.

—Ya te llama Emily. ¡Qué confianza! ¿La crearon bailando o viene de antes?

—¿Magnus te envió a vigilarme?

—No. Reúno información, es todo.

Desvío la mirada, cansada de estos dos.

—No te enojes, solo me preocupa que te proponga lo mismo que yo mientras bailan —bromea con ese buen humor que me gusta de él.

—Felicidades. —Opto por cambiar el rumbo—. ¿Qué se siente estar casado?

—Maravilloso. Lo recomiendo a ojos cerrados. Muchas veces, la vida cambia para bien, ¿no lo crees? ¿Recuerdas esa madrugada en la cocina cuando me sentía miserable por tener el corazón roto? Mira lo dichoso que estoy ahora. No cambiaría este momento por nada en el mundo.

Ojalá mi vida estuviera en el mismo punto. El camino ya me ha exprimido las fuerzas lo suficiente. Me merezco una recompensa después de tantas pruebas.

—Serás feliz, Emily. Créeme.

—¿Cómo puedes estar tan seguro?

—Magnus se está esforzando para que lo seas, aunque los dos sabemos que la felicidad es una decisión personal. Date una oportunidad. No por él, sino por ti misma. Puedes arrastrar el rencor tantos kilómetros como quieras, solo prométete que lo soltarás algún día.

—¿Y si nunca soy feliz con él?

—Siempre puedes huir. Aquí tienes una mano amiga. Por cierto, recuerdo que ibas a decirme algo. ¿De qué se trata?

Casi me detengo. Ayer por la tarde habría aceptado esa ayuda sin dudarlo. Hoy, en cambio, después de ver a Magnus agotado al despertarse en esa silla, no estoy tan segura de contarle mis planes. Quizás sí deba cumplir mi promesa y darle un año a este desastre de matrimonio. Luego me iré sin remordimientos y sin mirar atrás.

—Nada, olvídalo. Era una tontería.

—¿Segura? No me lo pareció —insiste y yo asiento con el plan deshecho en la cabeza—. De acuerdo. Qué bien que no nos besamos, porque ahora esto sería muy incómodo.

* * * *

Gregorie me lleva a la mesa, que por fortuna está vacía, una vez que la canción acaba. Solo quiero sentarme y comer algo para luego irme a dormir. Me siento exprimida. Pero, antes de que él se aleje, una pareja mayor, tomada de la mano, se acerca y me sonríe con una añoranza que me resulta familiar.

—¿Es usted Emily Malhore? —pregunta el esposo, mirándome con asombro.

—Disculpe, ¿nos conocemos?

—No. Justo estamos aquí para remediarlo —habla ella con voz maternal—. Estás preciosa, mi niña. Qué alegría nos da verte. Y no está de más felicitarte por codearte con los reyes.

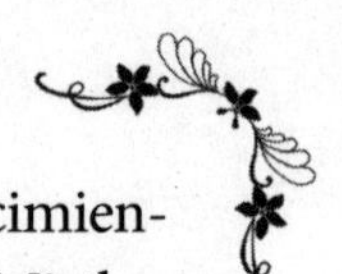

—Emily —Gregorie se adelanta para sacarme del desconocimiento—, déjame presentarte al barón y a la baronesa Lanreb. Phier y Mirtha.

Me quedo congelada y con un vacío tan grande en el estómago como mi resentimiento por estas dos personas. Son mis abuelos maternos. No puedo evitar detallarlos: su cabello y los ojos oscuros, así como la forma de la cara de Mirtha y la nariz de Phier, iguales a las de mamá. Tengo enfrente a la gente que repudió la relación de las personas que más amo en la vida.

—Seguro se te están pasando miles de cosas por la cabeza ahora —dice él, tratando de controlar la situación—, pero si nos das un espacio para hablar, te aclararemos algunas, mi niña.

—No me llamen así —exijo, enojada. Un calor abrasivo me inunda el cuerpo—. No estoy interesada en hablar con ustedes.

—¿Qué sucede? —el rey Fulhenor me pregunta directamente. No oculto la rabia cuando lo miro. Estoy hirviendo—. Les puedo pedir que se retiren si es lo que quieres, Emily.

—Majestad, ella es nuestra familia.

—Imposible. Lo sabría. Emily es la prometida de mi primo. ¿Cómo iba a desconocer el parentesco?

Ambos jadean, sorprendidos. Se miran y vuelven a sonreír como si hubieran encontrado un tesoro.

—¿El rey Magnus? —dice la mujer, juntando las manos—. Eso es maravilloso. Seremos los abuelos de la reina de Lacrontte.

La piel se me eriza de rabia y tiemblo. ¿Qué diantres acaban de decir?

—La única abuela que tengo se llama Clarise Malhore. —Los señalo con la más profunda de las iras—. Les pediré que no vuelvan a dirigirme la palabra ni hoy ni mañana y les prohíbo que vayan por ahí diciendo que son mi familia. No los conozco y no quiero hacerlo. Pueden ahorrarse sus intentos por empatizar conmigo porque no perderé mi tiempo escuchando a dos seres manipuladores, desdeñosos y clasistas como ustedes.

Me despido de Gregorie después de asegurarle que estaré bien, que no tiene de qué preocuparse, y salgo de la fiesta directo a mi

habitación con un sabor amargo en la boca, como si hubiera tomado vinagre en vez de champán. La ira se siente en cada uno de mis pasos mientras voy escalera arriba; resuenan aún por encima de la lluvia torrencial que no se escuchaba dentro del salón. Hoy parece que ni los rayos me asustan. Una vez me encierro en mi alcoba, me doblo de la impotencia, como si me hubieran golpeado en el vientre, y me deslizo por la pared hasta llegar al suelo. Quería decirles tantas cosas a esos dos, quería gritarles y reclamarles por el dolor que le hicieron pasar a mamá, por el desprecio desconsiderado hacia mi padre y el repudio hacia mis hermanas y hacia mí.

Golpeo los puños en el piso, iracunda. Es una rabieta descontrolada. Puedo soportar muchas cosas, excepto que hagan sufrir a mi familia. ¿Cómo tienen la osadía de decir que serán los abuelos de la reina? Ellos nunca fueron parte de mi familia. ¡Que se pudran junto con su estúpido título!

¿Por qué la vida les dio la oportunidad de ascender a nobles? No se lo merecían. Fue lo que buscaron por años y lo obtuvieron. No se merecen ser barones, no se merecen la buena vida que se ve que tienen, no se merecen ser los padres de una mujer tan bondadosa como mamá.

—Emily, voy a entrar.

Oigo la voz de Magnus poco antes del ruido de las llaves en la cerradura de la puerta y solo cuando lo veo pasar me doy cuenta de las lágrimas de cólera que me nublan la visión. Se agacha frente a mí hasta quedar en cuclillas y me toma de las manos.

—¿Qué sucedió? ¿Qué te hicieron? Dímelo. Dame un nombre.

—¿Por qué viniste?

—Gregorie envió un guardia a avisarme que no estabas bien a causa de unos invitados. Tus abuelos.

—¡Ellos no son mi familia! —No pretendía gritar, pero no me contengo—. No vuelvas a decir eso.

—De acuerdo. —Me jala despacio hacia él y no opongo resistencia. Estoy tan sobrecargada que lo último que quiero es discutir mis límites. Necesito ese abrazo y solo lo tengo a él aquí.

Me rodea, fuerte y protector. Mi llanto no se detiene, se extiende. El cuerpo se me sacude con enfado y exasperación. Él me sostiene y se queda en silencio mientras recuesto la cabeza en su pecho. Empieza a acariciarme el cabello, despejándome la frente del enredo que se ha formado, y yo me sostengo de su camisa, como si fuera a caerme, mientras aprieto los dientes.

—¿Qué te hicieron esas personas, Emily? —pregunta después de un rato de silencio—. Puedes decírmelo. Y quiero que lo hagas. No soporto ver que sufres.

—¿Recuerdas que te conté la historia de mis padres? ¿Que a mi madre la despreciaron en casa por enamorarse de papá?

—Son esos abuelos —deduce y yo asiento sin mirarlo—. En la nota, Gregorie dijo que los conocía. Son nobles honorarios y estimados en Cromanoff. Por eso estaban en la boda.

—Yo vi a mamá llorar muchas veces por ellos. Mi hermana Liz me contó que mamá iba con ella a su antigua casa y se quedaba al otro lado de la acera intentando ver a sus padres, como si no fuera digna de visitarlos, como si hubiera cometido un delito. La razón para ir era presentarles a sus nietas. Yo era muy pequeña para recordarlo, pero a Liz se le guardó aquello en la memoria. Un día, esa mujer nos vio y le pidió a gritos a mi madre que nunca más volviera, que su hija había muerto el día que dejó la casa y que todo lo que naciera de esa penosa relación no era más que una cadena de errores. Mamá nunca volvió a ir desde entonces, al menos no que sepamos.

—Es una maldita —dice más calmado de lo que me gustaría que sonara. La verdad es que no hay mejor manera de describirla.

—Y me da tanto coraje, Magnus, que ahora tengan un título. Ellos se morían por uno, por eso despreciaron tanto a papá. Y pudieron obtenerlo. ¿Por qué la gente mala se sale con la suya?

—Podemos invitarlos a Lacrontte y allá los sentenciamos a la horca. —Levanto la cabeza y lo miro. Tiene sus grandes ojos puestos en mí. No deja de sorprenderme que su primera opción siempre sea asesinar—. Olvidaba que los Malhore son pacíficos. Otra opción es enviarlos a prisión.

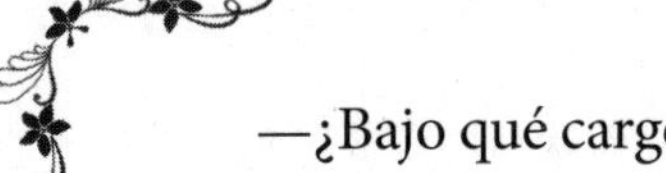

—¿Bajo qué cargo?

—Cualquiera. Serás la reina, Emily. Tendrás poder absoluto en las decisiones. Aquí no lo tenemos, pero podemos convencer a Gregorie.

Me separo y salgo de sus brazos. Me limpio las lágrimas y, con el corazón bombeando rápido, me recuesto de nuevo en la pared para revelar lo que mi mente acaba de planear. Sí hay una cosa que deseo con todas mis fuerzas.

—Quiero quitarles su título.

—¿Nada más? Piensa en grande.

—Quiero que sean iguales a nosotros. Plebeyos.

—Tú ya no eres plebeya —me recuerda.

—Da igual. ¿Podemos hacer eso?

—Podemos hacer cualquier cosa. Somos la familia Lacrontte y no hay nadie en el mundo con más poder que nosotros.

Con sus pulgares me limpia cualquier rastro de llanto de las mejillas. Sus manos rasposas incluso me resultan suaves, y su atención, reconfortante.

—Puedes llorar todo lo que quieras. Pero quiero que recuerdes que ellos no se lo merecen.

Tiene razón, pero la ira no se desvanece. Me siguen golpeando en la memoria sus caras felices, creyeron que solo con hablarme yo me olvidaría de lo que hicieron y podríamos jugar a ser una familia feliz.

—Deberías dormir; son casi las tres de la mañana.

—Cuando termine de llover, lo haré.

—Conozco un lugar en donde solo hay una ventana pequeña que podemos tapar fácilmente para que no veas los rayos. ¿Me acompañas?

—¿Dónde es?

—La torre a la que fuiste a buscarme una vez. Tendríamos que correr hasta allá. ¿Te atreves?

Se pone de pie y me extiende la mano. Me quedo sentada meditando si quiero estar a solas con él, aunque sé que si no acepto se

quedará aquí como anoche. No tengo ánimos de discutir y Magnus lo está haciendo con la mejor intención. Además, ir hasta allá no significa que haya dado pasos atrás, así que lo hago.

Salimos del palacio por una puerta trasera y corremos por todo el jardín bajo la lluvia. Las gotas caen pesadas, me golpean la cara con fuerza y hacen que el vestido pese como plomo. Magnus se apresura a abrir la puerta de la torre mientras un rayo alumbra el cielo. Por instinto, me agarro de su brazo en busca de protección y él a su vez me toma de la mano. El agua me empapa el cabello, la cara y me baja por el cuello y la nuca. Esto es casi un diluvio. Subimos por la escalera en forma de caracol y una vez estamos arriba nos encerramos en la habitación. Aquí parece que el tiempo se detiene, pues el piano sigue ahí y la cama también. Todo sigue tal como lo recordaba.

Vamos directo al pequeño baño que ni siquiera tiene espejo. Magnus se quita la camisa mojada y yo aparto la vista de las gotas que se le derraman por los pectorales; bajo la luz amarilla que nos alumbra brillan como aceite. Es una imagen sugestiva que, por mi bien, prefiero perderme.

—¿Me permites? —pregunta para llamar mi atención.

Me doy la vuelta y veo que tiene una toalla en la mano. Me la acerca a la cabeza para luego secarme el cabello con cuidado, mirándome a los ojos con esa intensidad que solía desarmarme. No digo que ahora no surta efecto en mí, solo que frente a mi rencor pierde eficacia.

—Mucho mejor —dice antes de hacer lo mismo con su pelo—. ¿Qué quieres hacer? Tenemos toda la noche para divertirnos.

—¿Dormir después de conseguir ropa seca?

—Qué aburrida eres, Malhore.

Registra cada gaveta del cuarto de baño hasta dar con una bata, una única bata blanca.

—Parece que tendré que dejarme el pantalón.

En otra ocasión, habría propuesto que ninguno la usara, pero ahora se la arrebato de las manos y le pido que se dé la vuelta para vestirme, y aunque lo hace, rápidamente me doy cuenta de que necesito su ayuda.

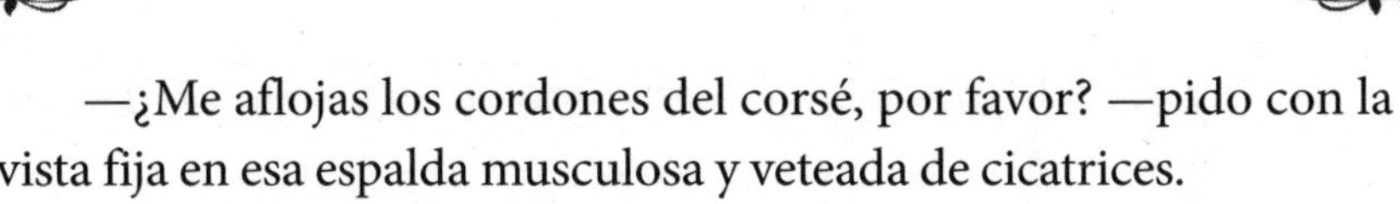

—¿Me aflojas los cordones del corsé, por favor? —pido con la vista fija en esa espalda musculosa y veteada de cicatrices.

—Todo un honor —dice cuando se vuelve.

Sus manos llegan rápido a mi espalda cuando me doy la vuelta. Me hace cosquillas en la piel, como si se aprendiera un camino. Jala los lazos del corsé mientras yo tiemblo de frío. Cuando termina, sale del cuarto de baño casi espantado, no dice una palabra y yo tampoco le pregunto qué sucede. Me visto rápido y salgo minutos después para encontrarlo sentado en el banquillo del piano.

—Tenías razón. Aquí no se escucha la lluvia. —Trato de hacer conversación. Estamos solos; es mejor llevarnos bien—. ¿Preparado para nuestra cena de compromiso mañana?

Ni siquiera sé por qué le pregunté eso.

—Estoy desesperado por darte un beso. Y ya sé que no me lo darás, que no me lo merezco, pero eso no quita el hecho de que lo deseo.

—Prefiero que hablemos de otras cosas.

—Lo sé, y no quiero ponerte en una posición incómoda. Te traje hasta acá para que te sientas segura. Ignora cualquier cosa que salga de mi boca.

La última vez que estuvimos aquí, él estaba distante, queriendo alejarse de cualquier manera y pidiéndome repetidamente que me fuera. Es curioso el giro que dio nuestra vida.

—¿Mejoraron tus habilidades para el *ballet*? —cuestiona cuando me apoyo sobre la tapa del instrumento.

—No, el Gobierno de Lacrontte prometió pagarme las clases y no lo hizo.

—Ahora tú eres el Gobierno.

—No es el mismo que hizo la promesa.

Eso suena a coqueteo. No es apropiado.

—Recuerdo que dijiste que nunca habías tocado el piano. Puedo enseñarte si me dejas.

—No eres el hombre con mayor paciencia. ¿Piensas que serás un buen profesor?

—Siempre intento ser bueno para ti.

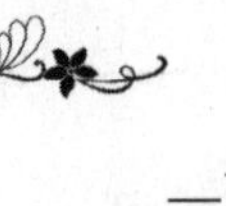

—No se te da muy bien —contrataco, sentándome a su lado en el banquillo—. ¿Qué vas a enseñarme?

No responde. En cambio, me toma las manos y comienza a deslizarlas de tecla en tecla, usando mis dedos para crear el principio de una melodía, una muy bonita, tranquila y pausada que se siente como estar en casa en una noche fría, con la chimenea crepitando, en paz, relajada, feliz. Quizás hasta enamorada.

Su piel roza la mía, me guía sin mirarme y, cuando cree que puedo seguir el ritmo, me deja hacerlo por mi cuenta. Fallo varias veces antes de aprenderme la secuencia, pero no me detengo en ningún momento. Magnus se une después con unos movimientos ágiles que le dan la fuerza que le faltaba a la música. No sé qué es, pero sé que me está diciendo algo y lo mejor es no preguntar. No quiero saber.

—Estás muy silenciosa —señala cuando llegamos al final.

—Si no me equivoco, te gustaba que me mantuviera callada.

—Eso era antes. Me encanta escucharte hablar, Emily. Por eso puse como condición que fueras al palacio a leerme cada noche.

Lo sabía. Buscaba mi compañía. Y no lo pongo en duda, porque para ese entonces su estúpido plan todavía no estaba en marcha. Aunque eso significaría que… No, solo le agradaba y punto.

—Creí que jamás lo admitirías.

—El Magnus de antes nunca iba a reconocer que le gustaba escuchar a una plebeya mishniana. Habría quemado el palacio primero.

—¿Acaso hay una nueva versión de ti?

—¿Debo ser más obvio? De no ser así, no habría insistido, no te habría propuesto matrimonio, no me habría importado si llorabas, no habría buscado otras formas de decirte que te quiero.

—¿Lo acabas de hacer?

—Lo hago a diario, así sea en mi mente.

No debería hacer la pregunta, por mi bien. Pero una parte de mí, esa que aún late por él, desea la confirmación.

—¿De qué iba la pieza?

Mira hacia el frente y traga fuerte. El silencio se levanta en la habitación y solo ahí logro escuchar un poco de la lluvia de afuera.

No insisto en la pregunta y él tampoco contesta. Supongo que es lo ideal.

—¿Qué tan honesto puedo ser? —dice finalmente.

—Tienes completa libertad.

—Habla de lo mucho que te voy a… —Hace una pausa y me devuelve su atención, observándome con esos grandes ojos verdes, tan brillantes e intimidantes—. Habla de cómo no tienes que vivir de ensoñaciones, esperando que te amen de la manera que has idealizado, porque yo lo haré. Y no sé si algún día vas a perdonarme, pero quiero que sepas, Emily, y esto no hace parte de ninguna canción, que si no lo haces, igual tendrás mi corazón hasta el último día de mi vida.

Capítulo 7

MAGNUS

Emily se ha quedado dormida a mi lado, con la cabeza apoyada en mi brazo y las manos sobre el regazo, evitando tocarme. En otras circunstancias, sé que estaría sentada sobre mí, recostada en mi pecho. La tomo por la espalda y las piernas para levantarla y la llevo con cuidado a la cama. Se inquieta, pero no se despierta. No es consciente de lo que sucede; pese a que abre los ojos y me mira cuando su cabeza toca la almohada, vuelve a cerrarlos enseguida.

La observo por un momento. Tiene la boca entreabierta y las pestañas largas le protegen esos ojos cafés que tanto me desesperan. Todo sería más sencillo si nunca me hubiera cruzado con ella. Mi vida sería tranquila, controlada y… miserable. Me pesa aceptar lo mucho que la necesito.

Me saco del bolsillo del pantalón la brújula que me obsequió mi abuela. La abro y la cierro pensativo, como queriendo que hable y me diga qué hacer. Juego con la cadena entre los dedos y entonces notó algo en el anillo que la sostiene. Siempre creí que tenía grabado un VI, pero, viéndolo más de cerca, me doy cuenta de que es un VII. El otro número está desgastado, cosa que indudablemente hicieron a propósito, como si lo hubieran querido borrar. ¿De dónde salió? De cualquier forma, no es algo que me interese ahora. Tengo otras cuestiones que necesitan ser atendidas.

Salgo de la torre cuando el sol se asoma por la pequeña ventana. Son casi las siete de la mañana y yo necesito un baño. Voy a mi alcoba, me aseo y me visto para después buscar a Gregorie. Lo encuentro en su habitación; está desayunando con Elisenda. Sé que está mal llenarlo con mis problemas un día después de su boda, pero es urgente. Ambos salimos hacia su oficina y ahí nos encerramos como dos niños que se esconden de sus padres.

—Tienes la misma cara que te vi la primera vez que mataste a alguien —avisa. No he dormido nada y he sobrepensado más que en las noches de guerra.

—No fue mi intención sacarte de tu desayuno.

Divago y pierdo tiempo. No me siento preparado para decirlo. Es más, no sé si en realidad quiero hablar sobre esto.

—¿Qué pasa, Magnus?

Se acerca y me empuja despacio hacia su sillón. Tomo asiento, pues no tengo demasiada fuerza para resistirme, y me llevo las manos al cabello, pesimista.

—Estoy agotado, Gregorie, y no de intentarlo, sino de la situación misma. Jamás le había rogado a alguien su perdón y en el fondo mi ego lucha contra lo que siento por ella.

El cuero del sillón se hunde cuando se sienta a mi lado. Suspira y en un principio no dice nada, solo se queda ahí, asimilando el panorama.

—¿Vas a rendirte?

—Por supuesto que no. El problema es que no sé si esto está sirviendo de algo. ¿Me perdonará alguna vez o estoy perdiendo el tiempo?

— ¿Tratas de decir que solo insistirás si tienes la seguridad de que ella va a darte otra oportunidad?

—No, claro que no, pero esto es una agonía. Sentirla tan distante, ver cómo me repudia en silencio. Me acerco y ella da dos pasos atrás, y cuando por fin nos encontramos en alguna curva, pone una cerca entre nosotros. ¿Qué más puedo hacer? Estoy desesperado por esa mujer y me encoleriza saber que alguien me tiene de esa forma.

A mí, al rey, al hombre que se ha visto a sí mismo como indiferente. Es irritante, como si mi propio orgullo ahora me pinchara las costillas para burlarse.

—¿Qué es más importante? ¿Eso o Emily?

—Sabes que ella. —Revelarlo hace que me duela la cabeza—. Me siento como un papel que por años estuvo doblado en cuatro partes y ahora le piden que se convierta en un lienzo liso. Los dobleces me obligan a volver a la forma a la que he estado acostumbrado.

—Sonaste como Francis —se burla.

—Eso solo muestra lo mal que estoy. Mi ego me exige que deje de insistir.

—¿Y lo que sientes por ella?

—Que no la deje ir. La cuestión es que Emily no quiere quedarse.

—¿Quieres cancelar la cena de compromiso?

—¿Qué harías tú en mi lugar?

—Evaluar si vale la pena dejar a un lado mi orgullo o si es mejor preservarlo. Porque esa sensación va a seguir ahí, diciendo que ya es suficiente. Ella está muy herida, Magnus. Estoy completamente seguro de que, al igual que tú, Emily está luchando contra el suyo.

No lo había visto de esa manera. Asumí que no quería perdonarme, no que en el fondo peleara con su dignidad para no ceder. Puedo contra eso. Soy capaz de demostrarle que vale la pena volver a arriesgarse.

—Entonces, ¿sigue en pie lo de esta noche? —pregunta frente a mi silencio.

Lo miro con un nuevo problema que me ronda la cabeza: los padres de Emily llegan hoy y no sé que decirles. La verdad es que deberían estar felices de que su hija se vaya a casar conmigo, el asunto es que me detestan porque la hice sufrir y ahora me cuesta buscar una buena forma de darles la cara.

—¿Qué le puedo decir a su padre? Es decir, él ya sabe que lo arruiné. ¿Cómo te enfrentas a tu suegro después de eso?

—Practiquemos —propone, levantándose del sillón—. Imagina que soy él.

—Sería una ridiculez. No te puedo tomar en serio a ti.

—No soy Gregorie, soy el señor Malhore. —Imposta una voz de anciano poco creíble—. Dígame, majestad, ¿qué intenciones tiene con mi hija?

No puedo evitar reírme. Es un idiota. Ojalá Erick Malhore fuera la mitad de relajado de lo que es Fulhenor. La familia de Emily es muy diferente a la de Vanir. Ellos casi me veneraban; en cambio, este grupo de plebeyos me tiene siempre entre ceja y ceja.

Me levanto también, dispuesto a intentarlo, porque no pierdo nada que no haya perdido ya frente a mi primo.

—Señor Malhore, siempre es un placer verlo. No, no, eso sonó falso. Debo ser más casual. Por todo el oro de Lacrontte, ¡es un mishniano!

—Ese mishniano es tu suegro.

—Me cuesta saber que debo ser amable con…

—¿La familia de tu prometida?

—Sí. Me cuesta. Vamos de nuevo. —Respiro profundo antes de continuar. Si haré el ridículo, que sea con Gregorie—. Señor Malhore, un gusto tenerlo aquí.

—Majestad, qué palacio tan magnífico. Todo el reino, en realidad, y ni hablar del rey de Cromanoff. Es mucho más apuesto en persona, creo que incluso más que usted.

Mi risa se extiende por toda la oficina y la de Fulhenor igual. Esto es una pérdida de tiempo, más si lo incluye a él. Debí buscar a Francis, solo que me dio terror ir y encontrarlo con mi abuela quién sabe cómo.

—Por cierto, ¿qué hacían los abuelos de Emily en tu boda? —pregunto.

—Entonces, sí eran sus abuelos.

—Los padres de su madre, quienes la abandonaron cuando se enamoró de Erick Malhore. Emily los odia. Al parecer, todos en general. Que los hayas invitado se traduce en traición.

—No lo sabía. Mi madre es muy amiga de la mujer y mi abuela se les une en las conversaciones. Se llevan bien. Ella fue la de la idea de darles un título, y no es mucho, son solo barón y baronesa.

Qué malos gustos tienen por aquí. Darle un título a un plebeyo mishniano solo porque te agrada no podría ser más indigno, a excepción de Emily, por supuesto. Eso es justificable, porque no solo me agrada, sino que la quiero.

—Emily quiere quitarles el título, así que lo haremos.

—¿Bajo qué cargo?

—¿Se necesita un cargo, Gregorie? ¿Qué eres? ¿Mishniano? Abandonaron a la madre de la reina de Lacrontte. No importa que no haya cargo, se hace y punto.

En ocasiones, es fastidioso que sea tan correcto. Se pierde de lo maravilloso de ser un tirano.

—Entonces, tengo una excusa para quitarles el título a los padres de Elisenda.

Esos son otros imbéciles. Su hija favorita es Hazel, la hermana mayor de Elisenda, y por ello suelen abandonar a su hija menor. Hazel todavía no perdona que ella no se haya quedado con Gregorie. Por eso ni siquiera vinieron a la boda de su hija menor. Eso es despreciable, incluso para mí.

—¿Por qué no lo has hecho?

—Ella los ama a pesar de todo.

De repente nos interrumpen. Un guardia toca la puerta para avisar que la familia Malhore llegó. Mi primo me mira casi riéndose de la pequeña desesperación en la que me sumerjo. No es que me atemorice enfrentarlos, es que me cuesta ser amable con las personas y necesito serlo con ellos.

—¿Preparado para ver a tus suegritos? —se burla y siento que me tiembla una vena en la frente.

—Deja de hablar con diminutivos. Sabes bien que los detesto.

Salimos a reunirnos con ellos en la sala principal. Son las ocho de la mañana y estoy seguro de que Emily sigue dormida. Están los tres con unos baúles de viaje sencillos, todos bien arreglados y, por supuesto, perfumados. Ni siquiera parece que hayan viajado por horas para llegar acá. El padre me mira directamente a mí, tan seguro de sí mismo que me hace dudar de lo que diré. Su esposa

tiene a la menor de los Malhore tomada de la mano. Ambas miran el palacio, aunque la niña lo hace con mucho más ímpetu. Su madre solo parece admirar un lugar bonito. Les falta ver mi palacio, eso sí es deslumbrante.

—Buenos días, familia Malhore —mi primo rompe el silencio—. Es un placer conocerlos. He escuchado muchas cosas de ustedes. Soy el rey Gregorie Fulhenor Lacrontte, aunque pueden llamarme solo Gregorie.

Erick Malhore presenta a las mujeres que lo acompañan y luego se presenta él. Me saluda con una reverencia corta, casi como si no quisiera hacerla. Parece incómodo, o al menos esa sensación me da. Detesto tener que esforzarme por impresionarlos.

—Emily estará muy emocionada de verlos. —Es lo primero que digo.

—¿Dónde está?

Ni yo soy tan impaciente.

—Antes de que la vean, me gustaría hablar con ustedes.

—¿Eres mi cuñado? —pregunta la niña. Mirna, creo que se llama.

¿Por qué me habla con tanta ligereza? Que sea la hermana de Emily no le da derecho a adjudicarse esa confianza.

—Algo así.

—Por supuesto que lo es —Fulhenor interviene—. Es tu cuñadito.

Lo miro de reojo, ordenándole que desaparezca. Gracias a mis antepasados, obedece. Llevo a los Malhore a la biblioteca y los invito a tomar asiento en las mesas de estudio. Ninguno acepta. Parecen vigilantes enviados por el enemigo.

—Señor Malhore, señora Malhore, señorita Malhore —digo con el cuerpo tenso—, un placer tenerlos aquí.

—Su majestad —los padres de Emily responden al unísono. Hacen una reverencia tan coordinada que da la impresión de que la han practicado. En cambio, la niña los sigue perdida.

Estoy tan rígido que no me siento yo, y si continúo con esta actitud insegura, me verán igual que a Denavritz y prefiero que me peguen un tiro primero.

—La noticia de su matrimonio nos tomó por sorpresa. —El padre toma la palabra—. Como usted podrá entender, no somos partidarios de la realeza y menos de aquella que le ha hecho tanto daño a mi pueblo. Me gusta ser honesto y espero que mi confesión no sea castigada.

Lo habría hecho si no fuera mi suegro.

—Cada uno de mis ataques ha sido justificado, señor Malhore, y siempre he dado la orden de no atacar civiles.

—Nada justifica la violencia. A mi hija la amenazó de muerte uno de sus soldados en un ataque, se la llevaron como prisionera a Lacrontte y la secuestró uno de los suyos.

Es una versión masculina y anciana de Emily. Necesito la paciencia de Francis para enfrentar esto. Me siento bombardeado. Su esposa no interviene, solo mira la escena. Le ha dejado el mando del cañón a su marido.

—Y ahora lleva en la mano un anillo que indica que la protegeré con mi vida —me defiendo—. Jamás volverán a tocarla.

—Eso no borra el pasado.

—Y no pretendo hacerlo, pero a cambio le ofrezco un mejor futuro.

Para mi sorpresa, se queda en silencio, reflexionando sobre lo que acabo de decirle o lo que llevamos hablando. Su cara es el mapa de un terreno desconocido que no sé cómo interpretar.

—Majestad, no he venido a discutir sobre eso —menciona calmado, aunque no muy convencido—. Mi hija lo eligió y confío en su juicio pese a que no lo entiendo. Lo único que necesito como padre es que usted me jure que jamás la va a lastimar y que, si en algún punto siente que no va a respetar este matrimonio, la devolverá a casa, a su casa. No mediaremos palabras si no lo desea, solo llévela de vuelta al lugar donde nunca le faltará amor.

Eso fue insultante. Ni yo mismo alcanzo a entender lo mucho que quiero a Emily Malhore, así que no me sorprende que ellos duden de mis sentimientos, pero si una cosa tengo clara es que la única manera de que Emily se vaya de mi lado es si ella lo decide. He

abierto el futuro en mi cabeza miles de veces, buscando todas las salidas y atajos. ¿En dónde creo que estaré en unos años? ¿Cómo? ¿Por qué? Solo hay una cosa que siempre dibujo igual y es con quién. Emily está ahí en cada posible opción. Desde que la conocí comenzó a cambiar mis escenas. En el comedor ahora hay dos sillas ocupadas, en los pasillos se oye su voz, en el lado derecho de mi cama está ella y en el armario sus vestidos cuelgan junto a mis trajes oscuros. No soy capaz de imaginar algo en lo que no esté presente.

—Si hay algo en esta vida por lo que no deba preocuparse, señor Malhore, es por el respeto que le tendré a este matrimonio.

La madre me mira recelosa, ansiando detectar la mentira en mis palabras.

—¿Y por qué sí debería preocuparme? —contraataca, tan severo como suelo serlo yo.

Me cuesta mantener el diálogo. No me gusta que me reten, que me discutan. No soy un mentiroso, al menos no en estas situaciones.

—Si Emily me dio una oportunidad, deberían plantearse la posibilidad de hacer una tregua conmigo. Ya usted lo ha dicho, soy la persona a la que su hija eligió y no sería agradable para ella tener que ver las riñas entre sus padres y su esposo.

Ni siquiera en los acuerdos de paz con Denavritz fui tan conciliador. Meridoffe estaría decepcionado.

—Tiene un punto, cariño. —Su esposa lo toma del brazo y lo acaricia—. No pongamos a Emily entre los rosales. Yo seré honesta, majestad, y usted sabe que, de los tres, soy la persona que más rencor debería tenerle. —Me mira con una furia similar a la que mostraba en esa villa de Mishnock—. Mi Emily tiene mi bondad, pero también mi coraje. Esta es la segunda oportunidad que le doy y puede que no le interese si se la otorgo o no; sin embargo, quiero que le quede claro, con todo respeto, que no existirá una tercera. De lastimarla, no me cansaré hasta que mi hija lo repudie de tal manera que no quiera verlo nunca más. Y podrá construir un castillo frente a nuestra casa, esperando que lo dejemos pasar para hablar con ella, pero le juro, por el amor de una madre, que se morirá esperando que la puerta se abra.

Esta señora resultó ser más agresiva que su esposo. Su manera de hablarme es merecedora de la guillotina. De todo lo que se salvan los Malhore por haberle dado la vida a mi mujer.

—Es un trato —le digo, mirándola a los ojos con la misma tenacidad. Podría haberle dicho que destruiría su casa con tal de ver a Emily, pero estaría asegurando que volveré a lastimarla y no es algo que tenga planeado hacer.

—¿Tiene caballos, majestad? —pregunta la niña. ¿Qué tiene que ver eso ahora?—. Porque si Emily todavía no lo perdona, podría ayudarlo. Soy su hermana favorita, ¿sabía?

Por fin alguien dice algo interesante.

—Mia, no es momento de intervenir —su padre la reprende.

Conque así se llama. Le quedaba mejor Mirna.

—Pero no miento. Yo sí vine a la cena de compromiso, Liz no.

Eso es cierto. Falta una.

—Piénselo, majestad —me dice la hermana—. Yo puedo ayudarlo.

Erick Malhore me pide que lo deje ver a Emily antes de que todos puedan reunirse con ella, aunque me suena más a una excusa para alejarme de las intenciones descaradas de su hija menor.

—Antes de marcharnos, quiero reiterar lo que Emilia ya les contó. Su deseo de que ustedes vengan a vivir a Lacrontte con nosotros, un deseo que no me es indiferente. Quiero que ella sea feliz y sé que lo sería con ustedes cerca.

—¿Emilia? —pregunta el padre, confundido. ¿Eso es lo único que retuvo de lo que acabo de decir?

—Así la llamo yo. ¿Hay algún problema?

Ahora falta que me digan que tuvieron una hija que se murió y se llamaba así. Con todo lo que tengo que escalar para agradarle a esta familia, esa sería una piedra que me lanzaría hasta el fondo del despeñadero.

—Emily se iba a llamar así —explica la infanta locuaz, mi única aliada por el momento—. ¿Ve que yo le puedo contar cada cosa que necesite, cuñado?

La mirada de la madre calla cualquier otra intervención.

—En fin, lo que quería decirles, familia Malhore, es que tengo todo preparado para ustedes: una nueva casa en el barrio noble de Mirellfolw, un local impresionante para su perfumería y los mejores tutores para su hija menor. Lo único que deben hacer es mudarse a Lacrontte.

Nadie contesta, solo la cría, quien chilla, aceptando la propuesta. Les estoy dando completa comodidad e incluso tendrán un título. No es tan difícil ceder ante una oportunidad como esta. Son exasperantes estos dos.

—Nos lo pensaremos —dice Erick en un tono que no indica más que negativas—. Y de aceptar, tenga por seguro que se lo pagaremos.

Son unos mártires, por favor. ¿Con qué familia me junté?

—Como usted guste —suelto, ya frustrado—. Dadas las circunstancias, no hay nada más que hablar. Lo llevaré con Emily.

Ambos salimos de la oficina y caminamos rumbo al ala sur. No nos decimos demasiadas cosas y yo intento ignorar las miradas ocasionales que me lanza, llenas de presión silenciosa.

—¿Por qué vamos hacia el patio trasero? ¿No debería estar en una habitación dentro del palacio? Emily no es conocida por ser una gran madrugadora.

Me detengo en seco, me vuelvo y lo miro. Sus ojos me escudriñan con sospecha; es como si me enfrentara a tropas armadas. Le explico que ella pasó la noche en una torre y, por la expresión en su cara, no creo que haya ganado la batalla, sino que fui herido antes de siquiera iniciarla.

—¿Qué hace allí sola? —cuestiona con una molestia que no logra ocultar ni medir—. Estoy seguro de que lo último que querría mi hija es dormir apartada del resto. No suena a mi niña.

Me juzga sin ningún reparo. ¿Cree que no le permití dormir en el palacio y por eso la envié lejos? Erick Malhore de verdad me tiene en el peor de los conceptos. Sé que he asesinado mishnianos y robado a su gente, pero es nefasto que crea que haría eso con mi prometida. Tenso la mandíbula. ¿Qué es peor? ¿Que le diga que durmió conmigo allá porque vio a sus abuelos o que crea que sí la aislé? La decisión está clara. Necesito sumar puntos.

—Se lo contaré a usted porque no quiero ocultarle nada y porque supongo que tarde o temprano ella se lo contará. Emily anoche vio a los padres de su esposa.

La rabia que siempre concentra en sus ojos cuando me ve se esfuma. Es igual que un soldado que se ha enterado de que las tropas de ayuda no vendrán.

—¿En dónde? ¿Cómo? ¿Qué le dijeron?

La preocupación lo hace fruncir el ceño. Mira hacia atrás, cuidando que nadie escuche la conversación, que su esposa no se entere. Hay una mezcla de dolor y rabia que se lee con facilidad en la manera en que empuña las manos y las suelta.

—Son nobles de Cromanoff. Los invitaron a la boda del rey.

Se echa hacia atrás, como si alguien le hubiera dado un empujón leve. Es un disparo a su corazón la noticia de que tienen un título, tal como lo fue para Emily. Creo que yo también empiezo a odiar a esos dos ancianos.

—¿Continúan aquí en el palacio? —pregunta y niego—. Lléveme con mi hija, por favor.

Llegamos a la puerta de la torre. Erick casi corre por el jardín trasero hasta la construcción de calicanto. Pero, antes de que abra la puerta, soy yo quien saca a relucir una duda:

—¿Puedo preguntar por el miembro faltante?

—¿Quiere que sea honesto?

—Es lo mínimo que espero.

—Mi hija mayor, Lizzie, dijo que preferiría morirse antes que venir a verlo.

No me asombra. Emily ya me había comentado que no le agrado. Lo que no sabía era que el odio la hacía tan renitente. Me importa menos que nada que no haya venido; es un resentimiento menos contra el que luchar. No necesito que nadie de esta familia ponga más obstáculos de los que ya se han construido entre nosotros.

—Creo que es mejor que sea usted quien suba —le digo una vez que abro la puerta—. Es una conversación que, debido al pasado

familiar, todavía no me concierne presenciar. Estaré aquí, en guardia, por si necesitan algo.

—¿Está muy mal? —inquiere, preocupado.

—Lo estuvo anoche. Le doy mi palabra, señor Malhore, de que, si ella así lo quiere, ellos pagarán por lo que hicieron.

—¿Ella? Mi niña no es rencorosa, majestad. Jamás le pediría que actuara en contra de los Lanreb.

—Hay muchas cosas de su hija que solo yo conozco. Emily es más que la joven a la que usted crio. Ahora es una Lacrontte y los Lacrontte somos vengativos.

8

EMILY

Todavía no puedo creer que mis padres estén aquí, es decir, no me lo esperaba. La cena de compromiso fue tan inesperada como esta visita y no puedo quejarme. Cuando papá subió a la torre, me quedé paralizada. Lo miré desde la cama sin decir una palabra mientras él me sonreía, pidiéndome que me acercara. Pensé que soñaba, que lo imaginaba, hasta que, sin más remedio, él caminó hacia mí y me abrazó. Solo ahí supe que de verdad estaba pasando. ¿Cómo los convenció Magnus de venir? Ni siquiera yo pude hacerlo. Pregunté por todos y me dolió el corazón al saber que Liz no quiso acompañarlos. Padre intentó maquillar el asunto, sacando algunas excusas a medio construir sobre su negativa. Sin embargo, sé que la única verdad es que no le apetecía ver al rey, ni siquiera en la cena de compromiso de su hermana.

Papá y yo hablamos durante una hora y no tuve que contarle lo que viví ayer a causa de los Lanreb, en su cara se notaba que lo sabía. Magnus ya se lo había revelado y estuve agradecida de no ser la encargada de dar la noticia. Reviví la rabia y sentí la suya. Al final, acordamos no decirle a mamá. No merece atormentarse, no hasta que por fin les quite su título, decisión con la que él estuvo de acuerdo. Me pidió, de ser posible, que le permitiera estar presente.

Ahora Magnus me recibe en el comedor, mueve la silla para que yo pueda tomar mi lugar y vuelve a su puesto después. Una vez

que regresé al interior del palacio y mientras hablaba con Mia y mi madre, Elisenda llegó a mi habitación para informarme que el rey Lacrontte había solicitado almorzar a solas conmigo. Acepté por insistencia de mi hermanita, algo que es bastante sospechoso.

—¿Hay algo que debería saber? —le pregunto a Magnus cuando veo a Francis entrar.

—Buenos días, prometida —responde con una felicidad extraña—. Pensé que deberíamos almorzar juntos, ya que estuviste en la mañana con los tuyos. Además, tenemos un itinerario por cumplir.

—Sé más directo, por favor.

Señala a Francis, quien hace una reverencia y saluda como si yo estuviera al tanto de todo. Saca unos lentes gruesos y me lee una lista de cosas por hacer.

—Lo primero será un entrevista para el periódico de Cromanoff y de Lacrontte solicitada por el rey Fulhenor. Luego se requerirá de su presencia para una sorpresa importante y, para cerrar el día, su cena de compromiso.

¿Sorpresa? ¿Qué se inventó Magnus ahora?

—¿Sobre qué es la entrevista?

—De su historia de amor, por supuesto. Somos conscientes de que no es la candidata favorita del pueblo para ser la reina, así que debemos acercarla a ellos. El rey jamás le responde preguntas a la prensa y las veces que lo ha hecho ha sido por usted. Esta vez no será diferente.

En Cristeners. Esa ocasión en la que inventó que nuestro beso en la fiesta de máscaras no había sido más que un teatro. Todo para protegerme de Silas, algo que al final no resultó como esperaba.

—¿Creen que con una entrevista el pueblo dejará de odiarme?

—Sería demasiado ingenuo, señorita, pero estamos seguros de que encontrará simpatizantes. Reducir el número al menos en una mínima parte es una ganancia poco despreciable.

Supongo que no pierdo nada con intentarlo. Y la verdad es que no puedo culparlos. Yo represento todo aquello que les han inculcado despreciar, y ahora no solo tendrán que tolerarme en el trono, sino venerarme. Debe corroerles el orgullo.

—¿Y qué vamos a contar? —le pregunto a Magnus.

—Lo que desees. No está de más pedirte que omitas el lado triste de la historia.

—Tu crueldad. —Lo pongo en las palabras correctas—. Quizás que te odien a ti le ayude a mi imagen. ¿No lo crees?

De repente, el ambiente se pone tenso. Francis dirige su atención al suelo y Magnus borra cualquier alegría de su cara. Toma una hogaza de pan y parte un pedazo que no se come. No lo hace con rabia, sino con algo que no logro deducir. ¿Es tristeza o remordimiento?

—Ellos ya me odian lo suficiente.

Es evidente que solté un comentario desafortunado, algo de lo que no quiere hablar, o ya me habría dicho de qué se trata. Ni siquiera el señor Modrisage deja pasar mi imprudencia, al levantar la mirada encuentro en sus ojos un reproche de padre protector con el que me juzga profundamente. No lo entiendo, ¿lo odian? Magnus lucha por su pueblo de una manera en la que me habría gustado que el asqueroso Silas Denavritz lo hiciera por nosotros. ¿Por qué no les cae en gracia? Podría acusar a su altanería como responsable; sin embargo, no me parece razón suficiente para que él mismo considere que lo repudian, menos a un nivel que perjudique su comodidad, porque es indudable que le afecta.

—¿Pueden explicarme de qué manera lo he arruinado?

—Es mejor no agarrar la espada por el filo. ¿Algo más que debas comunicarnos, Francis?

—Sí, una cosa más antes de retirarme —dice, quitándose los lentes. Tal parece que ignorarán mi pedido—. Señorita Malhore, el sastre ya trabaja en su vestido de boda y de coronación. ¿Alguna petición que quiera hacerle?

¡Por mi familia! No lo había pensado. Cada evento me atropella sin permitirme levantarme del choque anterior. Nunca había imaginado cómo quería que fuera mi vestido de boda. La veía tan lejana que no me dio tiempo de idear la fantasía, y aunque mi matrimonio no incluye el amor, una emoción pequeña late al lado de la melancolía al saber que mi día no será como se espera que

sea. Siento emoción por vivirlo y aflicción porque solo es una actuación.

—¿Flores? —digo, no muy convencida—. No lo sé. Díganle a Remill que le doy completa libertad.

—¿Estás segura? —La pregunta viene de Magnus—. Sueles emocionarte cuando se trata de tus trajes llamativos.

¿Debería responder lo mismo? ¿No agarrar la espada por el filo?

—Creo que entiendes el motivo de mi desinterés.

—Estoy dispuesto a ayudarte a recuperar el entusiasmo. Para el día de la boda, lo tendrás. Es una promesa.

Él y sus promesas.

—¿Tan confiado estás?

—Absolutamente. Ya dependerá de ti si lo admites o no. Y, no siendo más, comenzaré por reclamarte que no me hayas saludado.

—Buenos días, Magnus.

—¿Lo ves, Francis? Me dijo buenos días. Ya estamos avanzando.

—Tú me lo pediste —apunto, mirándolo.

—Pudiste no haberlo hecho. Antes ni siquiera querías hablar conmigo y huías de acompañarme en el comedor. Ahora estás aquí.

—¿Te das cuenta de que al decir eso me recuerdas mi resentimiento?

—No te recordaba tan orgullosa.

—Ni yo a ti tan amable.

—Soy capaz de cambiar por ti, Emily, y quiero que me permitas demostrártelo. Dame al menos un poco de crédito.

Solo lo haré por su última atención.

—Gracias por convencer a mis padres de venir. Todavía no entiendo cómo lo hiciste.

—Eso no fue complicado. Lo difícil es convencerlos de que acepten venir a vivir a Lacrontte. Costará, pero lo conseguiré. Tus padres me querrán. Ya verás.

—Claro, señor humildad. Es mejor que comamos. Tienes un ego grande al que alimentar.

* * * *

—¿Estás preparada? —inquiere Magnus una vez que estamos frente a la puerta cerrada del salón donde se llevará a cabo la entrevista. Yo asiento sin mirarlo—. Intentemos que esto sea natural y cordial. Al menos delante de ella.

—¿Cordialidad? Eso quisiera verlo en ti.

Les pido a los guardias que abran la puerta y entro con Magnus a mi lado. Él avanza erguido y pétreo, como si nuestros caracteres no acabaran de chocar. En el salón de cortinas verdes y alfombras blancas hay una mujer sentada en una de las mesas redondas que decoran el sitio. Se levanta y hace una reverencia para después ofrecernos lugar frente a ella. Delante tiene unos pliegos de papel con pluma, tintero y una lista de preguntas que se nota que están recién terminadas, por sus dedos manchados.

—Una disculpa, majestades —declara con una sonrisa tímida—. No podía dejar pasar un par de preguntas interesantes. Soy Aliha Menfurt y estoy encantada de tener la oportunidad de conocer su historia de amor. ¿Hay algo de lo que no quieran hablar?

El rey me mira de inmediato, esperando que sea yo la que se niegue a tocar algún tema. Sus ojos muestran una comprensión paciente que se me hace muy extraña. La verdad es que yo no quisiera hablar de nada; no quiero decir más mentiras.

—Entonces, comencemos —continúa la mujer ante nuestro silencio—. Primero, quiero felicitarlos por su compromiso y también desearle la mejor de las suertes en su futuro como gobernante, majestad —dice, sonriéndome—. Ahora, todos, y me incluyo, deseamos saber cómo se conocieron. Son de distintos reinos y vidas, ¿cómo fue que sus caminos se cruzaron hasta llegar al matrimonio?

Magnus me observa de reojo, esta vez sin mostrar alguna emoción por la pregunta, dándome a entender que seré yo quien la responda.

—En Mishnock —comienzo a relatar, fingiendo el mejor de los ánimos—. En una ocasión en la que entré sin tocar a una habitación y él estaba allí. Fue la primera vez que hablamos.

—¿Disculpa? —El rey Lacrontte levanta las cejas, se acomoda en la silla para darme su atención, se inclina hacia adelante y busca mi mirada—. No recuerdo ese suceso.

—Así fue, pero ya no importa.

—No, nada de «ya no importa». Quiero saber qué pasó y ella también.

—Me reprendiste por mi mala educación y me amenazaste diciendo que, si hubiéramos estado en Lacrontte, habrías acabado conmigo. Una muy bonita forma de empezar la relación.

Magnus traga en seco y no sé qué otra cosa esperaba. Él siempre ha sido igual de altanero.

—Lo lamento —dice y yo me petrifico.

¿Escuché bien o me dio fiebre y estoy alucinando? Sus ojos están sobre mí tal como lo estuvieron ese día, con la misma intensidad, solo que el sentimiento de desprecio se ha esfumado y en su lugar, y aunque me pese, reconozco completo arrepentimiento.

—Lo digo en serio, Emilia. Lo lamento mucho. Sabes que no te haría algo semejante.

Asiento porque le creo. No batallaré con el rencor cuando mi corazón ya se convenció de su sinceridad, al menos con esto. La sala se llena de silencio por un instante mientras los dos nos miramos más tiempo del necesario. ¿Qué estará pensando Aliha Menfurt? ¿Creerá que de verdad estamos enamorados o se habrá dado cuenta de que apenas logramos cubrir una grieta de esta extensa carretera?

—¿Alguna otra pregunta? —digo al aire después de romper el contacto visual.

—Honestamente, esta es una de las que más me interesan y va dirigida a usted, majestad —anuncia con la vista puesta en Magnus—. Dado su historial contra los mishnianos, ¿qué hizo que su corazón se fuera hasta tierras enemigas a buscar el amor que al parecer no encontró en Lacrontte?

—Siguiente pregunta —contesta serio.

Supe, tan pronto como escuché, que él no sería capaz de responder. No esperaba algo romántico; sin embargo, habría sido lindo que se atreviera.

—Puedo responderla desde mi punto de vista —ofrezco y con eso me gano la atención de los dos—. ¿Por qué con el rey enemigo y no con un hombre de mi pueblo? Supongo que al corazón le gusta complicarse. Quizás sea una cuestión de masoquismo juntarse con quien no se debe.

—¿Juntarse o amar? —inquiere ella mientras escribe en sus notas.

—Se refiere a amar —Magnus interrumpe—. Una vez, un hombre al que consideré desafortunado dijo que el corazón no conocía de guerras ni nacionalidad. Hoy me doy cuenta de que tenía razón.

Percival Gastrell. Eso lo dijo el prometido asqueroso de Liz en la ceremonia de compromiso que organiza su abuela. Lo único valioso que salió de la boca de ese hombre.

—¿Por qué lo consideró desafortunado, majestad?

—Comprometerse con mishnianos me resultaba impropio.

—¿Y cambió de opinión? Al final, usted ha caído preso de lo que consideraba un error.

—Ya lo dijo mi prometida: al corazón le gusta complicarse.

—Acabas de darle la razón al Magnus del pasado… O puede que siga siendo el mismo —lo confronto, dispuesta a hacerlo hablar.

—Me cosería la boca antes de llamarte inapropiada a ti o a lo que tenemos. —Su tono es duro, prácticamente un regaño. Por fin me mira y lo hace con la fuerza de diez leones.

Es evidente que no le gustó mi comentario y yo no me arrepiento de haberlo hecho. Quiero que sea capaz de admitir lo que dice sentir frente a alguien que no sea yo.

—¿Quieren que nos tomemos un par de minutos de descanso? —concilia la mujer al notar la tensión.

—No hace falta. Recién comenzamos —sentencia Magnus, medio irritado—. Avancemos con lo que sigue.

La naturalidad y cordialidad que debíamos aparentar no se esfumaron, ya que ni siquiera entraron con nosotros.

—De acuerdo. —Carraspea, incómoda—. ¿Cuáles son esos detalles del otro sin los que no podrían vivir y cuáles los separan?

—Su orgullo y prepotencia —no tardo en responder. Es eso lo que nos ha separado desde el principio.

—Su falta de fe en mis palabras y acciones.

Tuve mucha en un tiempo y luego lo único que conseguí con ella fue llorar por semanas.

—¿Y lo que más aprecian? —nos recuerda.

Debe ocurrir un milagro para que esta mujer de verdad se convenza de que estamos enamorados, porque hasta ahora no hemos demostrado nada parecido al cariño.

—Todo lo demás —se adelanta mi prometido—. No hay nada que cambiaría de ella. Ni siquiera su lugar de nacimiento.

—¿No cree que su pueblo se tomará mal esa respuesta?

—Soy el rey, señorita, y en mi relación lo último que me interesa es la opinión que tenga el pueblo. Puede arder cada rincón de Lacrontte en contra de nosotros, pero no por eso voy a separarme de la persona a la que elegí para que sea mía. Los únicos que debemos estar a gusto con esta relación somos nosotros dos. Y yo estoy extasiado.

El pálpito rápido que siento en el pecho podría hacerme rabiar. Él sabe cómo debilitarme y no me siento tan fuerte como para ser inmune a sus declaraciones.

—¿Y usted, señorita? —pregunta, emocionada. Su mirada ha cambiado. Hay una alegría que antes ocupaba la incredulidad. Un buen discurso es capaz de convencer a cualquiera. Díganmelo a mí, que creí muchos de esos.

—Aunque se alce contra mí cada habitante de Mishnock y Lacrontte, ninguno logrará erradicar lo que siento por Magnus.

Y cómo me gustaría que se tratara de una mentira.

—Por favor, háblenme de su primer beso —pide con un tono romántico con el que seguramente le hablé a este hombre un día. El amor es una perdición engañosa—. ¿Cómo fue? ¿En dónde?

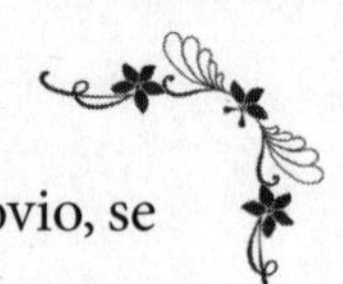

—Emily quiso que fuera bajo la nieve y, como un buen novio, se lo concedí.

¿Se puede ser más descarado? La forma pícara en la que me mira, retándome a contradecirlo, hace que quiera discutir, tal como él lo ha hecho.

—¿Quise? —reclamo solo porque es un delito callarme esto y darle la razón.

—Tú fuiste la que quiso salir. Todavía puedo recordar ese gesto lastimero que hiciste para convencerme.

Este es un completo embustero. Es decir, en parte es cierto. Francis me había enseñado que para convencerlo debía dar una buena actuación y fue por un hecho justificado. La nieve es un hecho justificado.

—Tú no te opusiste demasiado. —Lo señalo y él sonríe.

—Ese es mi problema. Me gusta complacerte.

Le sostengo la mirada, aunque me sienta sofocada, como si el aire se hubiera desvanecido de repente. Es tan fuerte el furor que crea en mí que debo clavarme las uñas en las palmas para evitar sonrojarme y que él lo vea.

—Si tenemos que lanzarnos de un risco, no caería solo —asevera, confiado. Sé que leyó las señales de mi cuerpo y, vida mía, qué vergüenza.

—Quiero que quede claro que él fue quien me besó —pido en vano. Ya perdí esa batalla.

Esto es ridículo, más al notar la risa cómplice de la entrevistadora.

—Descuide, majestad. Yo le creo. Hay algo con lo que toda historia de amor debe contar para ser épica y es: ¿cuándo supo que era hora de pedirle matrimonio?

El silencio se esparce y se cierne sobre nosotros. No creo que él tenga una respuesta y sé que no revelará su plan de usarme, destruirme el corazón y luego sentirse culpable.

—En el momento en que bailó conmigo en aquel vestido rojo —dice, tocándose los anillos.

Lo miro de golpe, incrédula.

—¿Inventarás que ahí ya sentías algo por mí?

—Lo hacía, aunque no era consciente de ello.

—¿Y cuándo lo fue, majestad? —Aliha se adelanta a exponer mi duda.

—Cuando nos rompí el corazón.

—¿Nos? —Enarco una ceja.

—*Nos*, Emily. No seré descarado al decir que he vivido lo que tú has sentido, pero yo tampoco he estado cómodo. Ha sido violentamente doloroso darme cuenta de lo que…

—Perdiste —concluyo lo que no es capaz de terminar.

Su ánimo decae deprisa. Se sacude el cabello con impaciencia y pide un vaso con agua. Una doncella aparece pronto y se lo sirve, pero él no lo bebe. Se levanta de la silla y le avisa a la entrevistadora que hemos terminado, que no hay nada más que contar y que ya nos retiramos, pero no sin antes ordenarle que esa última parte no debe salir en el periódico por ningún motivo. Por un instante, creo que se marchará solo, pero no se mueve hasta que acepto ir con él a la sorpresa que mencionaron en el almuerzo.

—¿Ya estás mejor? —pregunto cuando salimos.

—No. Y no lo estaré hasta que solucionemos nuestra situación.

—¿La sorpresa tiene algo que ver?

—Un poco. No quiero asegurar que es tu regalo de compromiso, así que piensa que es el inicio de las múltiples cosas que he preparado —informa mientras caminamos por el pasillo.

¿Teníamos que dar un regalo de compromiso? Yo no preparé nada.

—¿Debería asustarme?

—Enojarte, aunque no conmigo.

Ni siquiera ahondo en esa respuesta. El temor ya me golpea los huesos. ¿Qué hizo?

Nos detenemos frente a unas puertas dobles que abren rápido para nosotros y, una vez me atrevo a dar un paso, me doy cuenta de que me trajo a la sala del trono de Cromanoff. El lugar está decorado con los mismos tonos verdosos y beis que hay en las cortinas y paredes, respectivamente. Además, cuenta con el mismo estilo de

estrado con escaleras y un trono alto que está alineado con el escudo del reino pintado en el piso, igual que en Lacrontte.

En la sala, reconozco a Gregorie sentado en su trono, con Francis a su derecha, y a mi padre, a un lado de este, mirándome con orgullo. Es entonces cuando comprendo de qué se trata. Tiene que ver con los Lanreb y ambos ansiamos ver la sentencia.

—Bienvenida, cuñada —saluda el rey Fulhenor extendiéndome la mano—. Mi primo me ha pedido que estés a mi lado, así que ven aquí.

Magnus me sigue el paso cuando camino hasta posicionarme a su izquierda. Nadie dice una palabra, aunque en el silencio nos lo decimos todo.

—Puedes hablar con entera confianza —dice Gregorie—. Mi poder aquí te respalda. ¿Algún consejo, primo, para su primer juicio?

No logro volverme a mirarlo. Él se adelanta y me pone una mano en la espalda, me empuja levemente para enderezarme la postura. Luego lleva la otra a mi mentón y me levanta la cabeza un poco más de lo que estoy acostumbrada.

—La vista siempre al frente, no dudes al hablar y sé impiadosa. No temas imponer ninguna pena. Sea cual sea la que determines necesaria, se cumplirá. Nadie te contradecirá, Emily. Hoy debes comportarte como la reina de Lacrontte. Confío en que lo harás bien.

—No quiero llorar frente a ellos —susurro sin mirarlo.

—Cada vez que quieras flaquear, trae a tu memoria el sufrimiento que le causaron a tu familia. Y aunque tu dignidad esté peleada conmigo, ten presente que estoy a tu lado.

Su toque desaparece y me lamento por dentro. Lo necesitaba un rato más.

Cuando Gregorie pregunta si estoy lista, asiento. Estoy llena de nervios, pero de nada vale tomarme más tiempo para buscar valentía. Es mejor enfrentarse al oso de una vez. Hacen pasar a los Lanreb poco después. Ambos entran confiados y se detienen en seco al notar la presencia de mi padre. La confusión en sus caras al darse cuenta de porqué los han llamado es exquisita. Ambos centran su atención en papá y en mí, entendiendo lo que hemos planeado.

—Señor Malhore, ¿le gustaría saludarlos? —propone el rey Fulhenor.

—Por supuesto. El rencor no me quita lo cortés.

Jamás había escuchado hablar a mi padre de esa manera. No es altivez, es orgullo. El orgullo de haber llegado a donde llegó y de conseguir lo que ha conseguido. El orgullo de saber que venció obstáculos y se demostró a sí mismo que podía ofrecer todo lo que mamá merecía, aunque lo hayan repudiado y tachado de no apto. Hasta donde tengo conocimiento, nunca buscó a la familia de mi madre para mostrarles en lo que se había convertido, pero hoy me doy cuenta de que es algo que deseaba hacer.

—Buenas tardes, Phier y Mirtha. Ha pasado un tiempo desde la última vez que nos vimos. Me gustaría presentarme nuevamente, porque antes se dirigían a mí como «sucio y pobretón pueblerino», un «infeliz jardinero», un «aprovechado malagradecido», un «don nadie» y ahora soy el perfumista Erick Malhore.

—Con todo respeto, majestad —Phier mira directo a Gregorie como si no hubiera escuchado nada—, no entendemos la razón del llamado, pues me niego a creer que su buen juicio ha sido nublado por comentarios malintencionados de un hombre ajeno a nuestra familia.

—¿Ajeno? —No tarda en apoyarnos—. ¿Qué no es Erick Malhore el padre de la mujer a la que ayer llamaron nieta frente a mí?

—Por supuesto. Porque Emily es nuestra descendencia. Sin embargo, este señor no tiene ningún valor dentro de nuestra familia.

—¡Es mi padre!

La mano de Magnus en mi hombro me alerta del impulso que tomé y de ese primer paso que di sin notarlo. ¿Qué pensaba hacer? ¿Zarandearlos? ¿Arrancarles las vestiduras? No, quería gritárselo a la cara.

—Ser un monarca tiene muchos beneficios, Emily —me susurra al oído—. No debes ser tú quien ejerza la fuerza si no quieres ensuciarte las manos. Das órdenes y otros las cumplen. Si quieres acercarte, que sean ellos los que caminen hacia ti.

Eso hizo él conmigo la primera vez que estuve en su palacio.

Respiro profundo y clavo bien los pies en mi lugar. No quiero que ellos me vean perder los estribos, no voy a darles ese poder.

—Es mejor que tenga cuidado con la manera en la que se refieren al hombre que le dio vida a la futura reina de Lacrontte. —La firmeza en la voz del monarca de Cromanoff es intachable—. Si los hemos reunido aquí, barón y baronesa, es porque estoy escandalizado con el trato que les dieron a los padres de Emily hace algunos años. Alguien que repudie de esa manera a la familia de un Lacrontte no merece piedad alguna.

—Emily todavía no es una Lacrontte, majestad —Phier es el unico que se defiende. Mirtha se ha quedado de piedra y se dedica únicamente a mirar a mi padre con un rencor que podría pintarle de rojo el cuerpo—. Con una disculpa debería ser suficiente.

—Emily ya es una Lacrontte. —La voz de Magnus es implacable. Retumba en la sala y golpea las paredes—. Y omitirlo para beneficio propio es insultante. ¿Cuántas faltas más piensan cometer antes del veredicto?

—Seamos claros, entonces. —La mujer por fin toma la palabra. Sus párpados caídos no logran ocultar la rabia de sus ojos—. ¿Para qué hemos venido?

—Como su rey y absoluta autoridad —Gregorie mantiene el mismo tono—, revoco su titulo nobiliario. A partir de ahora, y por el resto de su vida, no podrán ostentar el título ni proclamarse barón y baronesa de Cromanoff, y pertenecerán de nuevo a la plebe del reino.

—¿Su madre está al tanto de esta decisión?

—¿Un rey debe pedirle permiso a su madre para ejercer la ley? No pongan más peso en su balanza.

—Emily, por favor. —Es Phier el que ruega y no es al que quiero oír—. Ten consideración. Nos acercamos en busca de una oportunidad. No queríamos ofenderte ni lastimarte.

—Reina Emily Lacrontte para ustedes. —No soy yo quien habla, es Magnus—. Hay dos reyes y una reina frente a ustedes y ninguno les ha dado autorización para tutearla.

—Es increíble que después de tantos años sigan guardando rencor —dice Mirtha y se mantiene firme, engreída. Con lo que no cuenta es con que no me iré de aquí hasta verla quebrantarse, tal como mi madre lo hizo por su causa.

Las piernas me tiemblan de rabia, la piel se me eriza y siento calientes las mejillas. No soporto que se burle de nosotros con esa actitud digna. No somos nosotros los que hacemos mal.

—No pretendan convencerme de que ustedes olvidaron el pasado cuando hoy comenzaron denigrando al hombre que me dio la vida por las mismas motivaciones bajo las que se escudaban antes. Es mi padre y lo será hasta el final de mis días. Será el abuelo de mis hijos y el bisabuelo de mis nietos. Es la persona que se esforzó por darme un hogar, por cuidarme, por hacer de mí la mujer con la que buscaban relacionarse en esa fiesta. Y si aun así no tiene valor a sus ojos, ustedes tampoco lo tienen a los míos.

Agarro la tela de mi vestido y la aprieto con fuerza. No quiero que nadie vea cómo la ira hace que me tiemblen los dedos. Tengo tanto por decir y no quiero que nada se me escape. He guardado este resentimiento por años y hoy al fin tengo el poder para expresarlo y castigarlos con él.

—Ustedes no solo fueron desdeñosos con alguien que no lo merecía —continúo, tratando de que mi voz no se quebrante—, sino también con su propia hija. ¿Cómo alguien que profesa ser respetable es capaz de dejar de lado a su primogénita porque no aprueba a la persona de la que se enamoró? Señora Lanreb, veo que es la más implacable y la felicito, porque necesitará esa dureza para volver a Mishnock y explicar por qué es de nuevo una plebeya.

—No regresaremos a Mishnock, majestad —dice en el tono más altivo que le he escuchado hasta ahora.

Exhalo, con el corazón frenético. La cólera me sobrepasa y amenaza con convertirse en llanto. La falda de mi traje no es suficiente. La suelto y estiro los dedos en busca de control hasta que, de repente, siento que una mano me toca y se entrelaza con la mía. Reconozco esa palma áspera y esos dedos largos llenos de anillos. Su agarre

es fuerte y alentador. El metal de sus joyas se siente frío contra mi piel y tintinea cuando roza mi sortija de compromiso. Ahí esta, para mí, tal como lo prometió.

—No estoy pidiendo su opinión acerca de mi decisión, señora Lanreb —vocifero con fuerza—. Lo hará porque le pediré al rey Fulhenor que los destierre a ambos de Cromanoff. Y deben suponer que en mi reino tampoco tendrán cabida.

—Primo —la voz de Magnus es baja, aunque lo bastante audible para llamar la atención de Gregorie—, hazle el honor a mi prometida.

—Entenderán, señores Lanreb —inicia él con la misma sonrisa prepotente que veo en el amargado—, que soy un hombre familiar y mi núcleo es caprichoso. Cromanoff les cierra sus puertas y estarán detenidos en el palacio hasta que un guardia reúna sus pertenencias y los acompañe hasta la frontera con Mishnock. Quedan relegados como personas no gratas en esta nación y sus aliadas. Pueden retirarse.

—No, no lo haga, majestad.

Por fin escucho lo que tanto anhelaba. Las caras de ambos se deshacen de angustia, pero la de ella es una absoluta proeza de terror.

—No es a mí a quien debe convencer de cambiar de opinión. —Gregorie me señala por diversión. Debe saber que no daré un paso atrás.

La mujer toma del brazo a su marido y veo cómo lo aprieta para que sea él quien se excuse.

—Yo tampoco quiero sus disculpas, señora Lanreb —me adelanto—. Hay una persona aquí a la que sí se las debe.

Mira de inmediato a mi padre, quien se ha mantenido en silencio, pero con la cabeza en alto. Su gallardía no titubea y se enfrenta sin miedo alguno al ego casi desfallecido de quienes lo pisotearon.

—Erick —inicia Phier—, como hombres que somos, y en nombre de mi esposa, quie…

—¡No! —Levanto la voz. Los labios me tiemblan ligeramente y tengo la piel caliente. Esa mujer no puede ser tan cobarde después de lo que hizo y ocultarse detrás de las palabras de su marido—.

Quiero que las disculpas vengan de ella. La escuchamos, Mirtha. Haga el honor.

Sé bien que fue ella la principal agresora de mi padre, la que más humilló a mi madre cuando fue a presentarnos, y no la dejaré hasta doblegarla. Juro que comprendo a Magnus en parte. El frenesí que entrega el poder es adictivo. Siento la energía en el cuerpo, vibra como lo hacen las cuerdas del violín cuando el arco las toca con violencia.

—No lo haré. —Levanta el mentón y me mantiene la mirada—. Sé que eso no cambiará su veredicto, majestad.

Para su mala suerte, yo tampoco claudicaré.

—Es eso o ir a prisión. Decida qué vale más para usted.

Escucho la exhalación baja que precede a una sonrisa. No me vuelo a ver a Magnus, pero lo sé.

—Solo hazlo, Mirtha. —La desesperación con la que su esposo le ordena no me regocija.

—Erick, lamento haber sido tan cruel cuando no lo merecías. Y gracias por amar a mi hija como es debido.

—Es mi esposa. —La voz de mi padre es inflexible, tan dura como lo era al defendernos del Mercader—. Amanda dejó de ser su hija el día en que la despreció con dos niñas en sus brazos—. ¿Lo sabe? Pensé que Liz y yo éramos las únicas—. Y no crea que lo afirmo en un arranque de furia. Amanda misma me lo dijo en medio de su dolor. Ese día, usted le arrancó el corazón y ella los sacó de su vida. Así que no es su hija, es mi mujer.

Y entonces, por fin mi corazón siente alivio. Supongo que esta es la ira justa de la que una vez habló Magnus.

9

EMILY

Mi madre me ayuda a arreglarme para la cena de esta noche. Los nervios hacen que me tiemblen las manos mientras me visto. Jamás había estado en una cena de compromiso y la primera a la que asistiré es la mía. La reina madre ha insistido en que use algo blanco y me ha traído un atuendo precioso, aunque pesado. La pieza no tiene mangas o tirantes y el escote es completamente llano, muy recatado. La prenda se me ajusta al torso, moldeándome la cintura, y cae en grandes capas por mis piernas hasta cubrirme los pies. La parte trasera de la falda es algo más larga debido a una pequeña cola pintada con grandes flores desproporcionadas y asimétricas en rojo y negro. Sé que Magnus tuvo que ver con la elección de este vestuario. Hay un poco de él en los detalles y en las sandalias rojas de tacón que lo acompañan.

—Hija —susurra mamá mientras me ayuda a peinarme—. Hay algo que no pude preguntarte frente a tu padre y que en serio necesito saber. ¿De verdad lo perdonaste?

De nada vale ser sincera con ella. Lo único que causará eso es que se atormente cada día al pensar que su hija se casó con alguien que todavía le lacera el corazón, así que…

—Nuestras diferencias están en el pasado, madre. Él de verdad lo intenta y yo estoy dispuesta a hacerlo también.

No he podido concentrarme desde esta tarde. Magnus se comporta tan diferente que en ocasiones me cuesta mantener en pie la frialdad con la que he decidido tratarlo. Hoy me sostuvo, me respaldó, me ayudó a tener confianza. Hoy fue el hombre que me había pintado en la cabeza.

—Ni siquiera Mia lo cree —Mamá me trae de vuelta—. Yo confío en ti, lo sabes. Es solo que mi presentimiento de madre me dice que todavía hay una herida abierta. Lo veo en tus ojos, cariño.

—Seré tan feliz como lo es usted con mi padre —miento—. No debe preocuparse, y si en esta cena no ve con sus propios ojos el amor que sentimos, no dudaré en darle la razón.

—Has cambiado, mi niña —afirma, acariciándome la mejilla—. Erick me contó lo del juicio y la fiereza con la que nos defendiste. No quiero que te arrepientas de lo que hiciste. Vi el alivio en los ojos de tu padre mientras me contaba lo que aconteció. Le quitaste la barra de hierro de los hombros.

—¿Y a usted?

No quiero que siga sufriendo por ellos. Si castigarlos desvaneció el dolor de mi padre, pero no el de mi madre, no habré logrado mi objetivo.

—Ya cosiste la grieta de mi corazón, amor. Ellos no son mi familia, tú sí. Los saqué para siempre el día que hicieron a un lado a tu hermana y a ti. No podía seguir guardándoles cariño a quienes no querían a mis niñas. Soporté su rechazo hacia mí, pero no iba a permitir que hicieran lo mismo con ustedes.

Nadie puede culparme por llorar. Siento ese burbujeo en el estómago que produce la felicidad. Estoy satisfecha. Si no me hubiera escapado con Rose esa noche, no habría conocido a Stefan y, por consiguiente, a Valentine, quien luego me acercó a Magnus más de lo debido. Y ahora, por medio de él, pude hundir el dedo en el ego de esos dos con tal ferocidad que, de poderse, mi huella habría quedado grabada en su sangre. Así que no me lamento por cada raspón de rodillas y por mi alma maltrecha. Lo haría una y mil veces por mis padres.

—Lo único que busco es que usted sea feliz.

—Ya lo soy. Y quiero que tú también lo seas. Por eso te apoyaré si crees que tu dicha está al lado del rey Lacrontte. Olvidaré cualquier ofensa que le haya hecho a nuestro pueblo si es el hombre al que amas, Emily. ¿Lo quieres de verdad?

—Con todo mi corazón.

Lamentablemente, no miento.

* * * *

Cuándo mamá y yo al fin bajamos, encontramos a Magnus y Francis, que nos esperan al pie de la escalera. La mirada de mi prometido viene directo a mí, detallándome de pies a cabeza sin ningún disimulo. Incluso mi madre lo nota y me toca el brazo con un gesto cómplice.

—Buenas noches, majestad —lo saluda ella para llamar su atención.

—Señora Malhore —contesta él sin dejar de mirarme.

Me siento bajo reflectores con sus ojos puestos en mí. Y recuerdo que era él quien decía que yo era poco disimulada. No sonríe ni gesticula, solo está ahí de pie, admirándome como si yo fuera la obra más reciente del museo.

—Aceptaré el halago, puedes soltarlo con confianza —lo reto.

—¿Delante de tu madre?

Al fin dice una palabra.

—¿Acaso es indecente? Ella no le dirá nada a mi padre.

Baja la cabeza para ocultar la sonrisa. De nada sirve. Fue evidente para todos.

—Verte de blanco me hizo pensar en el día de la boda.

—¿Y? —lo incito a continuar.

—Te luce.

¿Y ya? Esperaba algo más. Jamás me ha dicho que me veo linda directamente. Siempre se va por las ramas y usa cualquier cosa antes que el adjetivo. ¿Nunca lo dirá?

—Gracias… supongo. Nos estan esperando, deberíamos ir.

Tomo a mamá de la mano, paso de largo, saludo a Francis y sigo adelante.

—¿Dije algo indebido? —Magnus se apresura a alcanzarme.

—No. Aunque será un tema para uno de nuestros desayunos.

Llegamos al jardín, el lugar en donde se llevará a cabo la cena. La decoración es hermosa, no, divina. Es de ensueño. Las mesas están dispuestas de tal manera que forman una U, todas vestidas con manteles blancos y engalanadas con floreros de cristal y rosas rojas. En el espacio vacío de en medio hay arcos cubiertos de follaje, de los cuales cuelgan los candelabros que iluminan con una luz cálida que se refleja en la seda blanca como un bonito atardecer. Hay un bufé a nuestra espalda repleto de langostinos, calamares, vinos, cremas y tantos postres que ocupan la mitad del espacio. Entre ellos veo el favorito de Magnus: tarta de duraznos.

De todos los invitados solo reconozco a mis padres, a la familia Lacrontte, con Elisenda incluida, y a Francis, quien se reúne con la reina madre. Todavía no puedo creer que los dos estén saliendo. El resto de los asistentes son caras desconocidas pertenecientes a la nobleza de Cromanoff.

—Buenas noches —Gregorie empieza con el discurso—. Espero que a todos les guste la comida de mar. No puedo evitar ofrecerla si soy el encargado del evento. Estoy muy emocionado de oficiar la cena de compromiso de mi querido, estimado, respetado, mimado y adorado primo, el único integrante de la familia que entiende mi humor y lo comparte, el que ha ido de mi mano en cada enfrentamiento, em boscada y sustracción ilegal de oro por todo el continente. Magnus —lo mira como si él fuera alguna especie de ángel y, con el sarcasmo a plena voz, continúa—, eres mi alma gemela y sabes que te amo, te amo, te amo com…

—Deja de ser exagerado, Gregorie Allan —reprende él sin la más mínima pizca de humor.

—De acuerdo. Ya no sabía qué decir a partir de ahí. Solo quiero que seas muy feliz, primo, te lo mereces. Y, Emily —se dirige a mí y,

con la seriedad del caso, dice—, me alegra tenerte en la familia. Tienes mi apoyo hasta el día de mi muerte y estoy muy emocionado por ser el tío favorito de tus hijos. Estoy seguro de que Magnus será un gran esposo. Dale la oportunidad de demostrártelo.

La petición es contundente e imprudente. Si mamá sospechaba, ahora debe estar convencida.

—Quiero contarles una historia que me hará merecedor de una bala, pero, a decir verdad, no me importa. Habrá valido la pena con tal de que todos se enteren de la gran persona que es Magnus Lacrontte. Hace un tiempo, llegó al palacio en la madrugada con la idea de que iba a casarse con esta mujer. —Me señala con copa en mano—. Estaba frustrado porque quería encontrar la joya perfecta, por lo que nos pusimos a trabajar en ella. Tenía que ser específicamente un diamante azul, porque es el color favorito de la futura reina.

Me quedo paralizada al escuchar los detalles. A pesar de que Magnus le pide que se calle en muchas ocasiones, Gregorie cuenta sin detenerse cómo su primo diseñó más de una vez la sortija hasta estar satisfecho con el resultado, cómo desechó diamantes al no considerarlos idóneos y cómo no se fue a dormir hasta tener la pieza terminada.

Me siento sofocada y no de mala manera. Siento unas ganas feroces de lanzarme al pecho de este hombre y abrazarlo. Quiero convencerme de que no es real, que es una farsa para vender una historia de amor, pero algo dentro de mí grita que cada palabra es honesta, mucho más al ver el rostro de vergüenza del rey Lacrontte al no poder ahogar la confesión de su primo. Cada día me cuesta más mantener a flote mi rabia.

—Ahora me gustaría escuchar algunas palabras de los futuros esposos, comenzando por la dueña de la gema azul.

Cada persona pone los ojos en mí cuando me levanto. Me tiemblan las piernas, o eso quiero pensar para olvidar el latido fuerte de mi corazón, que no viene de enfrentarme al público, sino de tener al lado al hombre por el cual no he dejado de mirar una y otra vez mi argolla de compromiso. ¿Qué podría decir sin hacerle saber que ha borrado un gran trecho de mi rencor?

—Magnus es el hombre más extraño que he conocido. No podría definirlo en una palabra. Él es y siempre será un misterio, incluso para sí mismo —recito con la vista al frente. No soy capaz de mirarlo. Estoy segura de que vería mi debate interno—. Le agradezco haber aparecido en mi vida, porque me enseñó tanto que es imposible enumerarlo todo ahora. Él me ha ayudado de maneras inimaginables, desde cosas tan triviales como prestarme su abrigo para el frío hasta hacer de mí alguien libre, nuevo y con temple. —Esto último no es mentira. Su traición me hizo pasar por el fuego, igual que una vasija de barro, lo que endureció mi carácter de manera abrupta. Al menos así puedo ver cómo abandona día tras día el orgullo del que tanto presumía—. Admito que a veces quisiera agarrar mi equipaje y desaparecer debido al temperamento que impone, pero ahora me lo pensaré dos veces cuando levante la mano y vea el anillo que llevo en el dedo. Gracias por esmerarte en cambiar —me vuelvo hacia él porque necesito decírselo a la cara— y gracias por intentar dejar atrás las acciones que nos separaban. Es agradable tenerte cerca.

Espero haber dicho lo suficiente para que mis padres no duden de mi relación. Aunque pude haberme esforzado más, la mentira no es capaz de salir por mi garganta. Esto es todo lo que puedo dar y jamás diré qué fue cierto y qué no. Magnus sonríe y los ojos le destellan al hacerlo. El verde de sus iris es más brillante de lo habitual, haciéndolo lucir tan hermoso y varonil como solo él puede verse. Me siento un poco culpable. Parece que creyó que todo el discurso era real o quizás quiere convencerse de que lo es.

Las personas comienzan a brindar con sus copas y todos sabemos lo que eso significa: quieren un beso. El rey se levanta tras la insistencia de Gregorie y se mantiene distante hasta que yo no lo autorice. Al menos es consciente de que no es algo que me apetezca hacer.

—Estamos esperando que la beses, primo —insiste, golpeando su copa con el tenedor.

—Sabes que no me gusta el afecto en público —musita entre dientes.

—También sabemos qué es lo que ocurrirá en la noche de bodas, así que deja a un lado tus reglas —responde con otro susurro.

—Aquí están sus padres, por Dios.

—¿Y cómo crees que nació Emily? No la hicieron solo mirándose.

—Puedo escucharlos —intervengo en medio de los dos— y no creo que lo más educado sea estar murmurando frente a la gente.

—¿Eso quiere decir que puedo hacerlo?

Ni siquiera se esmera en ocultar la emoción al preguntar.

—No todo mi discurso fue real —aviso a quemarropa antes de que lo haga.

—Lo sé. Yo también soy buen actor, Emilia.

Sin esperar más, me acaricia las mejillas y me lleva hacia él, desbordando sobre mis labios un beso desenfrenado que me deja febril. La sala estalla en aplausos mientras su boca se mueve en sincronía con la mía. No puedo creer que en realidad esté sucediendo después de tanto tiempo. Cierro los ojos para no dar señales de sorpresa y entonces recuerdo cómo se sentía cada vez. Esa especie de explosión en el estómago como si todo me hiciera cosquillas en el interior, la firmeza con la que me sostenía, la fuerza del beso, su olor, su respiración pesada, sus dedos en mi nuca y sus brazos fuertes, que me rodeaban como una muralla. Es imposible negar lo increíble de la experiencia. El problema es que no soy capaz de disfrutarlo como lo hacía en el pasado, por lo que me separo más rápido de lo que debería, empujando su cuerpo con disimulo para escaparme de su agarre.

Vuelvo a mi asiento después de una tanda de aplausos. Bebo todo la champaña de mi copa para calmar la oleada de emociones, entre ellas la furia. Me encoleriza quererlo y mucho más saber que no es algo que pueda borrar.

—Primo, es tu turno ahora.

Respira profundo y me da un último vistazo antes de iniciar. No logro identificar qué emoción lo gobierna, pero la alegría no es una de ellas.

—Me considero muy bueno con los discursos, pero no creo serlo con este —recita tan rígido como una escultura—. En realidad, no

hay mucho que pueda decir. Nuestra historia no es fascinante ni romántica en lo absoluto: ella me odiaba y yo apenas la toleraba, así que mejor contaré otro relato.

Baja la mirada hacia la mesa y juega con el aro metálico que sostiene la servilleta. Me confunde. ¿Se quedó en blanco o trata de ganar tiempo para reunir coraje?

—Había una vez un hombre al que le encantaban los perfumes —continúa después de unos segundos y con la cabeza levantada—, exactamente uno en particular, una extraña combinación entre roble y miel, que era lo único que una joven perfumista vendía. El hombre iba dos veces por semana a comprar uno nuevo, pero un día la joven le dijo que ya no podía vendérselo más debido a que amaba los robles y no quería talarlos para crear aquella extraña mezcla, así que él, desesperado, le rogó que hiciera un par más, a lo que ella se negó. Al sujeto no le quedó otra opción más que irse a casa después de darse por vencido y, entristecido, miró la repisa en la que aguardaban los cientos de perfumes que había comprado y que jamás había usado. Fin.

—¿Fin? —cuestiona Gregorie, frunciendo el ceño.

—Sí, esa es la historia.

—¿Y cuál es la moraleja o el punto?

—Que no tales los árboles de roble para crear perfumes.

—Hablo en serio, primo.

—No todas las historia tienen una reflexión y esta es un ejemplo de ello.

—Bien. —Se rinde al darse cuenta de que no dirá otra cosa—. Yo he preparado una tradición lacrontier para la feliz pareja.

Llama a uno de sus custodios, quien se acerca con un frasco de cristal lleno de lo que parecen ser papeles. Gregorie lo toma y desenrosca la tapa, asegurando que no ha violado la confidencialidad de lo que hay dentro. Miro a Magnus en busca de una explicación, pero no tiene sus ojos puestos en mí, sino en su primo. Parece tan emocionado por la dinámica que me da terror pensar de qué se trata.

—Emily, te explico. Cada invitado ha escrito un deseo para ustedes, algo que quieren que nunca falte en su matrimonio. Ambos

deberán escoger tres y esos serán los que marcarán su relación. ¿Alguna pregunta?

—¿Por qué tres?

—Dos es muy poco, cuatro es mucho y tres es perfecto —me susurra el hombre de ojos verdes que está inclinado hacia mí.

—Espero que saquen el mío. Admito que lo escribí muchas veces para que haya mayor probabilidad de que lo encuentren. Cuñada, haznos el honor de empezar, por favor —dice, extendiéndome el frasco.

Meto la mano y, sin buscar demasiado, saco el primero. Desdoblo el papel y leo su contenido.

—Confianza.

Curioso que eso sea justo lo que nos falta.

—Eso estuvo aburrido —se queja antes de extenderlo hacia Magnus—. Primo, no me decepciones.

A diferencia de mí, se toma su tiempo en elegir. Busca y rebusca hasta escoger uno.

—Mucho y buen sexo —declara fuerte y claro.

Inmediatamente, se da cuenta de lo que ha dicho y se queda en silencio. Ya es demasiado tarde. Cada persona presente lo escuchó.

—Dios mío. —Es la voz de papá.

Rastreo rápido la sala hasta encontrarlo. Tiene la mano tapándole los ojos. Mamá me mira y no sé si es con vergüenza o confianza. ¡Vida mía! Debo estar tan roja como una grosella. Y es que no me avergonzaría el deseo si mis padres no estuvieran presentes.

—Señor Malhore —el gobernante de Cromanoff no está dispuesto a quedarse callado—, me disculpo enormemente, aunque no me arrepiento de haberlo escrito. Usted tiene tres hijas. Creo que alguien le deseó lo mismo en su cena de compromiso.

Juro que no me molesta que el rey Fulhenor sea tan conversador, pero necesito que en este momento se calle. Me apresuro a sacar el último deseo y a borrar los últimos segundos con lo que sea que salga. Nada puede ser más embarazoso.

—Unión —anuncio tan fuerte como me es posible.

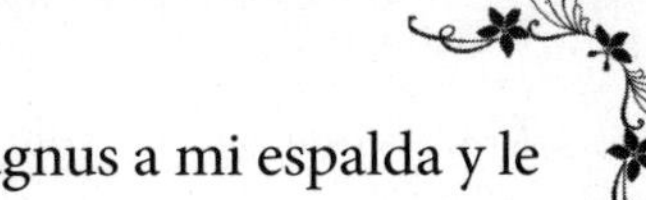

—Eso es algo que Francis diría —dice Magnus a mi espalda y le doy la razón.

—Esperaba que encontraran el mío —la reina madre se queja—. Era que tuvieran muchos hijos, porque quiero mínimo veinte bisnietos.

—Solo tienes dos nietos —Gregorie le recuerda.

—También pueden adoptar.

La mujer se encoge de hombros y Magnus se rasca la cabeza. Es un tema que lo asusta y lo acompaño en el sentimiento. No veo hijos en un futuro cercano.

—¿No tienes alguna otra cosa que decir, primo? —pide el amargado con la obvia intención de que lo salven.

—Por supuesto. Llegó mi parte favorita de la noche: desafío en el laberinto.

Al sonido de un aplauso rápido, unas antorchas se iluminan a lo lejos, encendidas por los guardias cromanenses, y dejan visible un gran laberinto formado por arbustos altos y enredaderas. Los uniformados sostienen banderas de diversos colores, atadas en una barra de metal que les saca un par de cabezas. El rey Fulhenor nos invita a desplazarnos hacia el campo de juego. Allí, sube a una bordura baja y desde ahí se dirige a nosotros.

—El juego es el siguiente: seis parejas entrarán al laberinto con el objetivo de encontrar la salida al otro extremo y quienes lo hagan primero serán merecedores de un premio: el honor de haber ganado. Todos llevarán una bandera por si llegan a perderse o rendirse. De ser así, deberán agitarla para dar aviso y un guardia irá en su búsqueda.

Las personas, animadas, buscan acompañante. Magnus y yo somos los primeros por designio. También se unen Francis y la reina madre, mis padres y tres parejas más. El grupo se forma en la entrada del laberinto y, con asta en mano, caminamos dentro.

—Detesto el amarillo —confiesa el rey Lacrontte mientras tomamos nuestra propia dirección. Ese es el color de nuestra bandera—. No estoy dispuesto a perder, nunca lo he hecho y esta no será la primera vez. Mucho menos perderé contra tus padres.

—Deberías dejarlos ganar.

—Ni hablar —dice, tajante—. Creerán que su yerno es un inepto que no puede contra un laberinto. Debemos ser los primeros.

Él dirige la marcha y yo me dedico a seguirlo. No me interesa ganar el juego, pero me entretiene ver su concentración por intentarlo. Pasado un rato de caminar sin parar, me detengo en seco para descalzarme. Magnus protesta, dice que perdemos el tiempo, algo que no podría interesarme menos. Ya estoy cansada de las sandalias altas. Me apoyo de su brazo para no tocar los rosales mientras vigila que nadie nos sobrepase, aunque no sé cómo determina eso.

—Emily, ¿puedo hacerte una pregunta?

—Supongo que sí.

—¿No me creíste cuando dije lo del vestido rojo?

—¿De verdad estás pensando en eso? —cuestiono al tiempo que peleo con la hebilla de mis zapatos.

—En realidad, lo que gobierna mi mente es el beso que nos dimos, pero sé que no querrás hablar de eso.

Tiene razón. Lo mejor es no rociar gasolina cuando el fuego por fin se apagó.

—Sí, no creo que hayas pensado en proponerme matrimonio por verme en un vestido —confieso—. De ser así, luego no me habrías vendido.

—Reponderé con una condición: me ayudarás a hacer trampa.

¿Tan interesante es la respuesta? Espero una explicación larga para someterme a cometer fraude.

—Es un trato. —Le extiendo la mano y él la estrecha.

—Bueno, quizás no llegué hasta la idea de arodillarme, pero cuando te vi supe que quería tenerte en mi vida para siempre.

—¿Para siempre o hasta que Stefan te propusiera algo mejor?

—Para siempre. Y estoy tratando de cumplirlo. ¿Querías honestidad? Te la doy. Ahora es tu turno. Voy a levantarte y tú te aprenderás el camino hacia la salida.

—Sí sabes que me verán la cabeza, ¿cierto?

—Gregorie y Elisenda no dirán nada. El resto son ancianos que no pueden verse la cara en el espejo.

—Eres demasiado competitivo.

Me toma por la cadera y me levanta con agilidad. La barra de metal de la bandera me sirve de apoyo para escalar por su cuerpo y así llegar a pararme sobre sus hombros.

—Cuidado pierdes el anillo en los arbustos —amenaza al verme tocarlos—. Ahora que sabes cuánto me costó conseguirlo, te enviaré a la horca si lo extravías.

—Deja de fastidiarme.

—Si continúas hablándome así, señorita, voy a soltarte.

Omito su amenaza y me enfoco en subir. Una vez que llego, se me revela el laberinto como si estuviera frente a un cuadro. Veo a los demás caminar, tratando de hallar la salida. Muy al fondo, noto las luces del jardín en donde esperan el resto de los invitados. Busco el camino varias veces, estrellándome con pasillos sin salida mientras sorteo la premura de Magnus, y cuando doy con el correcto, lo repito hasta grabármelo. Incluso cierro los ojos, como si eso pudiera evitar que lo olvidara.

—Ya lo tengo —aviso.

Magnus me baja con cuidado y, justo en el momento en que piso el suelo, un dolor enorme me atraviesa. El grito que lo sigue es fuerte, aunque no lo suficiente para lacerarme la garganta. Levanto la pierna izquierda y me toco la planta del pie. Tengo algo clavado. No tardo en darme cuenta de que es una espina del rosal. La preocupación de mi compañero aparece de inmediato y se intensifica cuando, sin importarme ensuciar mi vestido, me siento en la tierra para sacarme la espina del pie.

—¿Qué sucedió? —pregunta mientras se agacha frente a mí. Me toma la pierna y revisa la planta—. Por todos mis muertos, Emily Malhore, ahora sí que vamos a perder.

Mi instinto es reírme mientras me quejo de dolor. No sería el hombre que conozco si olvidara la competencia por esto. Hay sangre, aunque no mucha. Es él quien encuentra la púa y la retira con poco tacto. ¿Qué más podía esperar? Le doy crédito por el esfuerzo. Busca un pañuelo en el bolsillo interno de su chaqueta y luego me cubre la herida con una ajustada venda.

—¿Sientes los dedos? —inquiere a medida que los toca.

—Por supuesto que sí. Deja de ser exagerado.

Su mirada está puesta en mí, oscurecida por las sombras. Me sonríe cuando lo empujo despacio, obligándolo a que se deje caer en el suelo.

—Tus padres pensarán que soy un perdedor.

—No lo harán. Ganar o perder en un juego no les resta a tus hazañas.

—¿Y cuáles son las hazañas que me dan puntos a ojos de tus padres?

—Casarte con su hija, por ejemplo. Esa es tu mejor hazaña.

—Todavía no lo hago. Debo cuidarte bien para cumplirlo.

Me agarra las piernas y las pone encima de la suyas para luego revisar mi herida como si se hubiera olvidado de algo importante.

—Hiciste un gran vendaje.

—Mejor que el tuyo en Lacrontte.

Vida mía, ya no lo recordaba. Habla de esa vez en la que accidentalmente le clavé la daga en el brazo mientras estábamos en el patio del palacio.

—Quiero preguntarte algo más —dice una vez que nota que bajé la guardia—. ¿A qué te referías con lo de que hablaremos de un tema en otro de nuestros desayunos?

La sonrisa no se me borra, se hace más grande. Pensé que lo olvidaría, pero aquí está, le da vueltas en la cabeza.

—Que nunca me haces un halago directo. Siempre se reduce a «te ves bien» o «te luce».

Levanta las cejas y se inclina hacia atrás, apoyándose en los brazos.

—No creas que no lo pienso, solo que no lo pongo en palabras. La única persona a la que se lo decía era a mi madre; desde que no está, no he vuelto a hacerlo. Siento que decirlo es darle mucho poder a alguien. Es todo.

—Soprepiensas demasiado. Un halago es solo eso.

Casi me asegura que no lo hará nunca. Y, siendo sincera, no me molesta, pero tampoco es mi noticia favorita de la semana.

—Deberíamos irnos. —Me pongo de pie y me sostengo con la pierna derecha—. Quizás todavía podamos ganar.

—Estás molesta, eso es evidente.

—No, no lo estoy.

Bueno, sí, un poco.

Ambos nos miramos y sé que mis ojos expresan más de lo que me gustaría. Sus hoyuelos aparecen cuando lo confirma, acompañando una risa fuerte que me expone.

—Estamos progresando —dice, altivo—. Me encanta cuanto tu enojo se basa en caprichos.

—Te estás confundiendo.

—¿Yo? Jamás. Estoy tan seguro de eso como de mi nombre.

—¿Puedo hacerte una pregunta y prometes contestarla? —No duda en asentir—. Él la quería, ¿cierto?

—¿Perdón? —inquiere confundido.

—En la historia que contaste —explico—. El hombre quería a la joven y la compra de cada perfume era una oportunidad para decírselo, pero él nunca tuvo el valor para confesarle lo que sentía y, cuando ella ya no quiso crear más perfumes, él se quedó sin tiempo.

Sonríe vagamente, dándome a entender que tengo la razón.

—¿Así te sientes tú? —Ladeo la cabeza, esperando su respuesta.

—A veces.

Ahora entiendo por qué eligió ese cuento.

—¿Y ella por qué nunca se dio cuenta de que él la quería? —le doy la opción de que se sincere.

—Es lo mismo que yo me pregunto.

—Quizás lo sospechó, pero las acciones del hombre la confundían y prefirió no creer.

—¿Así te sientes tú? —me devuelve la pregunta.

—A veces —replico.

—Pues que no quede espacio a la duda. En mi silencio, en mis gestos, en lo que permanezca y en lo que me falte, estás tú, Emily. Tú le das paz a este corazón en constante guerra.

Algo dentro de mí se rompe en silencio. Trato de sostener mi resistencia, quiero seguir aferrada a esa rabia que me protege, pero sus palabras destruyen poco a poco mis murallas.

—¿No lo dirás? —lo insto a ser directo.

—Prometí no hacerlo, solo demostrarlo. Que las acciones hablen por mí.

En un arrebato, me agarra las piernas y me levanta, sosteniéndome de la espalda con su otro brazo.

—Eres molesto, Magnus VI.

—Y tú, caprichosa. Para tu buena suerte, estaré dichoso de cumplir cada uno de tus requerimientos.

—Uno de esos es que me bajes —ordeno, oponiéndome con poca fuerza.

Soy una tonta con una actuación pésima que ni siquiera a mí me convence.

—Sé que disfrutas que te lleven en brazos y a mí también me fascina, señora Lacrontte.

Tenso el cuerpo, y no de enojo, sino por el terror de escuchar mi nuevo apellido; en la voz de Magnus, suena tan maravilloso que hasta podría pedirle que lo repita.

—Señora Lacrontte —vuelve a decir, como si yo hubiera gritado mis pensamientos.

—¿Tan obvia soy?

—No te culpes. Ambos nos conocemos a la perfección. No hay emoción que no pueda leer en ti y sé que te pasa lo mismo conmigo.

—¿Qué crees que me pasa por la cabeza ahora mismo?

—Te aterroriza darte cuenta de que serías capaz de perdonarme.

Desvío la mirada hacia su cuello, su pecho y cualquier otro lugar en donde no tenga que verle la cara. Pagaría lo que fuera para que estuviera errado.

10
EMILY

Magnus ha sido maravillosamente atento desde ayer. Está pendiente de cada cosa que necesito y de cada paso que doy para no dejarme caminar. Me llevó en brazos hasta mi habitación anoche y esta mañana hizo lo mismo para traerme al automóvil a pesar de que mi padre le aseguró que él podía hacerlo. Mi herida ni siquiera es grave, pero ambos son igual de exagerados y ya me cansé de decirles que puedo caminar por mi cuenta.

Mis padres decidieron no acompañarnos a Lacrontte, así que la despedida en Cromanoff fue larga y triste, igual que el viaje de regreso. No estaba de ánimo para entablar conversación. Mi atención se fue a las nubes, al igual que mi cabeza. Ahora estoy con Luena en mi habitación. Ella me ayuda a vestirme y, aunque al principio estuvo reacia, parece que ya hemos retomado un poco la confianza que se había perdido. Me habla con más soltura y menos sumisión, aunque aún no logro que vuelva a tutearme.

—¿Ya sabe qué pedirá para la recepción? —pregunta mientras busca mis sandalias.

No, la verdad es que no he pensado en nada. Hoy tendremos una reunión con la organizadora de bodas, que, según lo que me contó Luena, es la misma que llevaba los preparativos del matrimonio entre Magnus y Vanir. Me sentí decepcionada al saberlo. Ella lo notó de

inmediato e intentó arreglarlo diciendo que siempre se contrata a la misma agencia, así que no había otra opción. No comenté nada más, pero para mí sí que la había.

El llamado en la puerta me roba la respuesta. Es uno de los guardias, que pasa a avisar la llegada del rey. No lo esperaba. Me desperté tarde con la única intención de evitar cualquier otro acercamiento como el de anoche. Y es que, siendo honesta, me pasé la noche en vela recordando el beso que nos dimos y lo perdida que me sentí por un momento. Es como si en un lapso de tan solo segundos se me hubiera olvidado lo que me hizo y lo único que hubiera deseado era que siguiera besándome. No puedo permitir que eso vuelva a ocurrir. La prioridad somos mi dignidad y yo.

—¿Puedo pasar? —Es la voz de Magnus.

Entra después de ser autorizado y me mira de inmediato el pie aún vendado, como si lo viniera a ver a él y no a mí.

—¿Cómo sigue tu herida?

—Estoy perfecta. Puedes dejar de preocuparte.

—Tengo una razón especial para hacerlo. Todavía no puedes apoyarte y eso arruina la sorpresa.

¿Otra? Ahora se cree animador de eventos.

—¿De qué hablas? —inquiero, asustada y emocionada al mismo tiempo. Sus ocurrencias últimamente terminan en cosas buenas.

—Te lo mostraría, pero seguro no quieres que te lleve y tú no puedes caminar hasta allá.

Eso es chantaje. Por todo Mishnock, este hombre no puede ser más tramposo.

—¿Por qué todo siempre es tan conveniente para ti?

—Porque soy el rey. Entonces, ¿me dejarás llevarte?

—Sé que no te irás hasta que acepte.

—Me conoces tan bien como yo.

Se acerca y me levanta de la silla con tal ligereza que casi siento que floto.

—¿A dónde me llevarás?

—A saldar una deuda que tengo contigo desde el año pasado.

Bajamos al segundo piso, perseguidos por la mirada curiosa de los guardias. En un principio, creo que iremos a su oficina, pero nos desviamos hasta una habitación que no recuerdo haber visto antes. El custodio de la puerta se hace a un lado para permitirnos pasar. Una vez dentro, descubro mi reflejo en un gran espejo que va de pared a pared. Mis pies tocan el suelo de nuevo mientras asimilo lo que tengo enfrente y Magnus se deleita con mi cara. Es increíble que esté viendo esto, es decir, ¿en qué momento lo construyeron?

—Esto es… —inicio, pero me quedo sin palabras.

—Un estudio de *ballet*.

Estoy conmovida, feliz, impresionada. Se tomó en serio la promesa y no entiendo cómo lo hizo posible. Hablamos de esto en la torre del palacio de Cromanoff. ¿Cómo logró hacerlo tan rápido? Si envió una carta, el mensaje debe haber tardado en llegar acá y no habrían podido terminarlo a tiempo. A menos que haya mandado a hacer esto con antelación, mucho antes de que yo le recordara que me debe las clases.

—¿Hace cuánto? —expongo mi duda.

—Desde antes de proponerte matrimonio. Me alegra que hayas aceptado, porque esto habría sido un recordatorio constante de que te perdí.

El salón tiene paredes blancas llenas de ornamentos, molduras y paneles tallados. El suelo es de madera pulida, con un patrón de parqué rectangular y marrón que es simplemente hermoso. El techo es alto y está repleto de lámparas de cristal que iluminan la habitación como si fuera un gran prisma. Hay una barra de *ballet* que se extiende a lo largo de la pared y frente a ella está un gigantesco espejo que engaña la vista, dando la impresión de que la sala es infinita.

—Hoy debía ser tu primera clase —avisa, orgulloso, al notar que cumplió su cometido—. Por el accidente debí reprogramarla.

—Esto es precioso, Magnus. No tengo la menor idea de cómo agradecerlo.

—No tienes que hacerlo. Con una sonrisa basta. Y todavía no acaba.

Camina hasta el otro lado y de una especie de casillero toma una caja gris que me trae y que me pide abrir. Sin resistirme a la curiosad, obedezco y… Por todos los cielos, cuánto quiero a este hombre. Se trata de unas zapatillas azules, envueltas con un lazo transparente lleno de brillantes plateados, que se curvan como las enredaderas de un árbol. La coraza tiene un bordado de hilo argentado que pinta preciosas espirales; alrededor están decoradas con pedrería, además de una pieza central en forma de copo de nieve. Es una verdadera belleza.

—¿El copo es por lo que creo que es? —pregunto, embelesada. Soy incapaz de dejar de verlos.

—Absolutamente.

Nuestro primer beso bajo la nieve en Cromanoff y lo mucho que insistí para que fuéramos a verla.

—Antes odiaba todo lo que tuviera que ver contigo y ahora odio todo aquello que no te incluya.

Sus palabras me revolucionan el estómago y siento como si bajara a toda velocidad por una cuesta empinada. Cada vez que Magnus muestra su lado dócil, me hace dudar hasta de mi nombre.

—Te detesto muchísimo.

Las palabras me saben a reclamo y a mentira. No lo odio. Él ha sabido borrar el sentimiento con acciones, y pese a que la declaración me ayuda a ocultarle mi verdadera emoción, sé que ya lo sabe.

—Aborréceme todo lo que quieras y por el resto de tu vida, pero nunca dejes de sentir algo por mí, Emily.

—¿Eres consciente de que no solo me haces feliz, sino que estás sanando el corazón de la niña que una vez fui y que soñó tanto con esto?

Me acaricia las mejillas, me levanta la cabeza hacia la suya y nos quedamos en silencio, mirándonos el uno al otro. Se acerca despacio y sin romper el contacto visual. Su respiración me acaricia la nariz y el olor de su perfume me invade. Sé lo que quiere hacer y no voy a permitírselo. No es bueno para mi corazón seguir dándole paso cuando mi decisión es no perdonarlo.

—Muchas gracias por hacer esto. —Doy un paso a un lac go de su agarre.

Lo oigo suspirar, pero no dice nada al respecto y en el f agradezco. No quiero discutir ni dar explicaciones.

—Hay otra noticia importante —informa, fingiendo que bo de rechazarlo.

Se pasa las manos por la cara y las baja hasta el cuello. N liz, aunque tampoco diría que enojado. ¿Resignado? En el fc pero que no se trate de eso. Ya lo ha dicho, soy caprichosa.

—¿De qué se trata?

—Tenemos un invitado en el palacio. Llegó muy tempr mañana y estará aquí por un tiempo. Te aviso que es una per la que no te llevas muy bien.

¿Lerentia? No, imposible después de como se hablaron dida de mano. Vida mía, ¿Vanir? No, no. Eso sería una locu la soporta. Quizás puede ser…

—Lorian —revela—. Es el encargado de administra ralmente Dinhestown. En el palacio se iniciaron ciertas laciones, por lo cual no es habitable, así que nos acompañ semanas.

¡Por todos los cielos! Ese sujeto es una víbora que no du roscarse en mi cuello. ¿Desde cuándo se llevan bien? Mag pre era hostil con el príncipe.

—¿Nos acompañarás en el almuerzo hoy?

—No sé si quiero verlo.

—En algún punto te lo cruzarás. Fue él quien me confe nes de su hermana y por eso pude encontrarte en aquel hc

—Una razón más para no estimarlo.

Cierro los ojos y aprieto los labios. No quería decir e alta.

—Ya veo. —Percibo la decepción en su voz—. Si te an drás un lugar reservado en el comedor.

Su tristeza me remueve algo por dentro. No importa tente ignorarlo, me duele verlo desanimado.

—Magnus —lo llamo y ni siquiera sé para qué. Busco en mi mente algún invento para deshacer lo que pensaba crear: esperanza—. ¿Por qué nuestra organizadora de bodas es la misma que se encargaba de tu boda con Vanir?

Esa fue una gran estrategia de huida. Noto cómo se le tensa el cuerpo. Supongo que no es lo que esperaba escuchar, menos aun que yo estuviera al tanto de ese detalle. ¿De verdad pensaba ocultármelo?

—Podemos cambiarla si eso quieres.

—No fue lo que pregunté.

Se relame los labios como si de un momento a otro estuvieran resecos. Si al principio de este año me hubieran dicho que podría reclamarle algo al rey Magnus y con ello ponerlo ansioso, me habría reído un día completo.

—Por seguridad y confidencialidad se trabaja siempre con las mismas personas que han dado buenos resultado antes. En este caso, esa misma agencia fue la encargada de la boda de mis abuelos, de mis padres y en su momento de mi otro compromiso.

No es capaz de mencionar su nombre.

—Repito, si quieres a alguien más, la buscaremos.

—Descuida, no me importa.

Y, en parte, es real. No es como si esa mujer fuera la mejor amiga de Vanir, ¿o sí?

* * * *

Decidí almorzar con Luena en mi habitación porque la idea de ver a Lorian me sigue pareciendo terrible. No imaginé que el precio por verlo abdicar sería convivir juntos. Y pienso seguir así, porque estoy segura de que, en el instante en que nos crucemos, no dudará en escupirme veneno.

—Te esperé en el comedor —confiesa Magnus a mi lado.

Estamos fuera de la sala de reuniones, a punto de enfrentarnos a Angelique, la mujer que se encargará de los preparativos de nuestro matrimonio. ¿De dónde saqué el nombre? No me pude resistir y se le pregunté a Francis.

—No quería verlo.

—Me alegra que la razón sea él y no yo. De ahora en adelante lo confinaré en una habitación a comer solo para que así te animes a venir conmigo.

No reprimo la sonrisa. Quiero que se dé cuenta de que la idea no me desagrada para nada.

Pasamos a la sala con una caminata lenta debido a mi pie vendado. Magnus me presta su brazo como apoyo después de que me niego a que me lleve en brazos. La mujer nos espera de pie con una sonrisa grande y amable. Parece inofensiva, no sé por qué me imaginaba que agitaría una bandera con la cara de Vanir y que una banda con su nombre le cruzaría el pecho. Creo que estoy delirando.

—Buenas tardes, majestades. Soy Angelique, su organizadora de bodas —dice después de hacernos una reverencia. Su voz es dulce y enérgica. Se nota que está emocionada—. Hay muchos asuntos que resolver y poco tiempo.

Se sienta y rápidamente saca una agenda con muestras de diferentes telas para los manteles, paletas de colores para la decoración y papel para invitaciones y tipografías. Me queda clara la razón para seguir eligiéndola a ella. Es excelente en su trabajo. Comienzo a escoger algunas opciones, tratando de sacarme de la cabeza la tormentosa pregunta de si estas propuestas eran las mismas del antiguo compromiso del rey. Angelique me debate algunas opciones, asegurando que podrían no ser del gusto de Magnus. Cedo en varias cosas y me dejo guiar. A fin de cuentas, ella debe saber lo que hace. Sin embargo, comienzo a fastidiarme cuando trata de reemplazar el azul que elegí por el blanco, afirmando una vez más que a su majestad le gustan más los colores sobrios.

—¿Hay algo que le gustaría agregar? —dice la mujer.

Magnus se mantiene reservado, aunque no desinteresado. Me ha dejado la voz cantante; pese a que no me desagrada, sería interesante que se mostrara más emocionado. ¿Con ella habrá estado más atento? ¡Ya debo parar! Me masajeo las sienes, tratando de no pensar en eso. Es ridículo. Ni siquiera debería importarme.

—Majestad —repite Angelique—, ¿no hay nada que desee agregar?

La vista se me aclara de repente. Estoy tan concentrada en comparaciones que olvido lo único que me interesa.

—Flores de cerezo, por favor.

—¿Flores? —Frunce el ceño, extrañada—. ¿Su majestad quiere flores? —le pregunta directamente a Magnus.

Entiendo que todavía no soy reina, pero ¿qué le ocurre? ¿Mi palabra no es suficiente?

—Es su día. Si ella desea flores, flores tendrá.

—No es mi día, es nuestro —le recuerdo—. Y me gustaría saber si cada cosa que elija tiene que ser aprobada por ti.

—Tienes completa autoridad para decidir, Emily.

Pues alguien notifíquele eso a Angelique.

—Me disculpo, majestad —declara al notar mi molestia—. Es solo que ese no es el estilo de Lacrontte. El rey se caracteriza por poca parafernalia, así que me rijo por lo que sé que él aprobaría.

—Angelique —hago uso de toda mi paciencia al hablar—, te recuerdo que esta boda no es solo del rey. Quiero flores de cerezo, es todo. No es como si hubiera pedido entrar volando a la fiesta.

—Por supuesto. Reitero mis disculpas. Pasemos a lo siguiente: esta es la lista de invitados preconcebida. —Nos la extiende, arrastrándola por la mesa—. Agregué, por supuesto, a los padres de la novia, pero me gustaría que la revisaran por si desean eliminar a alguien.

Estas son las mismas personas que iban a asistir al matrimonio de Magnus con Vanir. Ojalá pudiera borrarlos a todos. Estoy convencida de que más de uno allí piensa que ella debería ser la reina y no quisiera tener ese tipo de gente en uno de los días más importantes de mi vida, así sea falso.

—Podemos hacer una nueva —asegura Magnus, mirándome. Me disgusta ser tan transparente para él.

—No es necesario. Mejor escoge algo tú. Yo he hecho la mayoría de las elecciones. Es tu turno. Hazte sentir.

—Lo que tú elijas está bien para mí.

—Si no lo haces, escogeré pavo para la cena.

—Cuánta maldad hay en ti, Malhore. —Entrecierra los ojos—. La música, entonces, y tarta de durazno.

¿Música? Espero que no ordene tocar el himno de Lacrontte para mi entrada. Conociéndolo, sé que es capaz.

—Considero que es todo por hoy. —Magnus se levanta, resuelto, y extiende la mano hacia mí para que lo acompañe—. Tenemos algo más que hacer.

Dejamos que la organizadora tome apuntes y salimos rumbo a las escaleras. Se ve feliz, como un niño ansioso por mostrar su juguete nuevo. Bajamos hasta el primer piso y nos dirigimos hacia la salida. Le pregunto a dónde vamos, pero me dice que será una sorpresa. Me sostiene firme y, aunque no tengo intención de soltarme, quiere asegurarse de que no lo haga, por lo que enlaza sus dedos con los míos.

—Majestades —la voz a nuestra espalda nos detiene—, ¿se dirigen a algún lado?

Antes de darme la vuelta, ya sé de quién se trata. Lorian está de pie en el pasillo con uno de sus trajes ceñidos de manga larga y el porte soberbio típico de los Wifantere.

—Era la idea. —El amargado es quien contesta.

Hasta siento que me duele el estómago al verlo. Todavía tengo memoria de la ocasión en la que dijo que me era fácil pasar de monarca en monarca.

—Lamento haberlos interceptado, entonces. Emily —camina lento hacia nosotros—, un gusto verte.

—Lorian.

No seré hipócrita. Ya no tengo la necesidad de aguantarlo. No estamos en su palacio, estamos en el que será mío.

—Ya no me dice «alteza» —apunta mientras ladea la cabeza.

—Porque usted ya no lo es.

Hace una mueca que imita una sonrisa. Falso, falso, falso como la amabilidad de Vanir.

—¿Emocionada porque usted sí lo es?

—¿Debería? Si lo tomo a usted como referente para medir la alegría de tener un título, lo que debería estar es preocupada.

—No recuerdo que tuviera una lengua tan filosa.

—Ni yo —resalta el rey de Lacrontte.

—¿Podemos dejar la salida para otra ocasión? —le pregunto a Magnus—. Prefiero ir a descansar.

Él entiende mis razones. Asiente y me suelta la mano. Paso al lado del expríncipe y, sin determinarlo, subo los escalones. Pensé que había dejado a la familia de rubios en el pasado, pero ahora tendré que suplicar que este hombre no le envíe cartas a su hermana contándole todo lo que sucede en el palacio.

11
MAGNUS

—Parece que a Emily no la hizo feliz verme —Lorian habla desde el otro lado del comedor.

Tampoco quiso acompañarnos hoy, ni anoche para cenar, ni para el desayuno esta mañana. Me siento torturado cada vez que desaparece y maldigo la sensación. Es riesgoso que mi humor dependa de la presencia de otra persona.

—Nunca fuiste amable con ella.

—¿Sugiere que lo mejor sería disculparme?

—Si lo consideras necesario, sí.

Usted me pone en una situación difícil y luego no me ayuda a resolverla. ¿Por qué están arreglando el palacio en primer lugar? Si frenamos la construcción, podría volver y todos estaríamos felices.

—Cuestiones futuras de las que no pienso hablar.

Parece que la gente se ha puesto de acuerdo para molestarme. El Consejo hoy estuvo fastidiándome con el mismo tema: Emily. No entiendo quién les ha hecho creer que tienen la autoridad para opinar sobre mi vida privada. El único con un mínimo derecho es Francis y él está de mi lado con respecto a la boda. Incluso el mayor de los Brayden tuvo la osadía de darme una última advertencia para que desista y así evitar una posible guerra civil. Yo le di un ultimátum a él: «Vuelve a abrir la boca y queda suspendido indefinidamente». No dijo

una palabra más, pero sé que se arrancará la barba cuando se entere de lo que hice, y lo cierto es que no me arrepiento en lo más mínimo.

—¿Estaré aquí para su boda? —pregunta, tenso.

Me queda claro que no quiere asistir. Quizás debí comenzar con las remodelaciones después del matrimonio.

—Así es. Estás invitado, a menos que Emily no quiera que vayas.

Sonríe, pero no porque mi comentario le haya agradado. Sé que aún no la tolera por más que se esfuerce.

—Con todo respeto, majestad, ¿no cree que la consiente demasiado?

—Tengo el tiempo, el dinero y las ganas para hacerlo. No veo por qué se consideraría un problema, entonces.

Se queda callado y desvía la mirada como si lo hubiera ofendido. ¡Por Meridoffe! Soy yo el que debería quejarse de la pleitesía que le rindo a esa mujer, pero no lo hago. Lo oigo suspirar y no de alivio. Parece que quiere refutar, pero se lo piensa de nuevo y cierra la boca. Espero que se mantenga así por el resto de la noche o de su estancia.

—Mis padres me enviaron una carta al palacio de Dinhestown pidiendo que regrese a Cristeners. Nunca les respondí.

Está esperando que pregunte qué le decían en la misiva. No lo haré.

—Me hicieron una propuesta tan loca que me sorprende que algo así se les haya ocurrido.

Intenta de nuevo. No caeré. La única persona a la que le exprimiría información para enterarme de lo que sus padres le piden sería a Emily.

—Tus padres siempre han estado dementes —comento, condescendiente.

—Antes no lo comprendía como ahora. Es que accedieron a que no me case, pero para volver debo asegurarles la existencia de un heredero, y como por fin entendieron mis preferencias, harán que sea mi hermana quien me dé su primer hijo para que yo lo críe como mío.

Esa familia está peor de lo que pensé. No le daría ninguno de mis intrusos a nadie. Ni siquiera a Gregorie.

—¿No es más sencillo adoptar? —propongo lo más sensato.

—Quieren uno de sangre real.

—¿Lerentia aceptó algo así?

—Ella me ama mucho. Además, no quiere que esté aquí, prestándole un servicio a usted.

Y yo que me consideraba el más orgulloso.

—¿De casualidad no te ha dicho en dónde está Silas?

—No hablamos sobre eso y creo que no me lo diría tampoco. Aunque parezca increíble, Stefan y ella han empezado a llevarse bien y la pérdida de su primer hijo los ha unido más.

Se queda callado de inmediato. Se mete una cucharada de comida a la boca, como si eso borrara lo que acaba de revelar. ¿Lerentia embarazada? No quiero verme interesado, pero necesito conocer los detalles. Un heredero unirá más los lazos entre los Wifantere y los Denavritz, ahogando cualquier posibilidad de traición por parte de los primeros. Tenía la esperanza de lograr convencerlo, si algún día llego a necesitarlos.

—Cuando le pedí matrimonio a Emily, ¿Lerentia ya estaba embarazada? —No soy capaz de reprimirme.

—No. Ya lo había perdido.

Yo soy el fruto de varios intentos. Mi madre no lograba embarazarse y perdió uno antes de que yo llegara. Sin importar cuán cruel suene, en parte fue un alivio. Si no, yo ahora estaría destinado a ser un príncipe que ve cómo otro se lleva la corona.

—¿Y piensas volver por tu título?

—Probablemente. Primero dejaré que se angustien un rato más. Se lo merecen.

Igual que un rayo en una noche de tormenta, Francis entra al comedor agitado y con un sobre en la mano que intenta ocultar cuando ve que tengo compañía. Trae sus gafas de lectura y un semblante sombrío que no augura noticias buenas. Si es lo que creo que es, entiendo la razón.

—Majestad, disculpe que lo interrumpa. Hay un asunto que requiere de su atención.

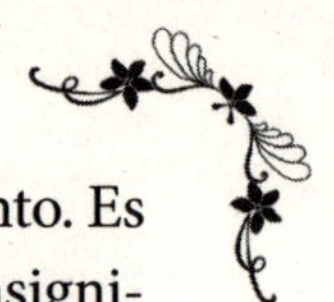

Puedo ver la magnitud del problema en su comportamiento. Es un hombre prudente que no interrumpiría una comida por insignificancias. Me levanto de la mesa y me despido de Wifantere. Salimos directo a mi oficina, pero a mitad de camino abre una puerta aleatoria y me pide que entre. Si actúa con tal desespero es porque el problema tiene el nombre que conozco.

—Léala rápido —dice, extendiéndome una carta.

Magnus Lacrontte,

¿Qué tal has estado?

Espero que no te moleste que me tome la libertad de tutearte.

Me enteré de que estuviste celebrando tu compromiso en Cromanoff y no tuviste la decencia de invitarme, aun cuando sabes que soy yo quien debería estar ahí. Espero mi invitación a la boda... ¿o acaso piensas dejarme fuera? De cualquier modo, quiero ser amable y darte un obsequio por tu matrimonio, el cual seguro disfrutarás.

Necesito que vengas por él esta noche. ¿Las diez te parece una buena hora? La dirección ya la conoces.

Quiero confiar en ti y tú puedes confiar en mí.

Espero verte llegar sin compañía, como en los viejos tiempos.

—¿Llegó hoy? —pregunto lo obvio. La verdad es que quiero hacer tiempo para pensar.

—Sí, y la cita es dentro de unas horas. ¿Qué haremos?

—No iré. No soy un idiota, está claro que es una trampa.

—Evidentemente. La cuestión, majestad, es que si quiere reunirse es porque lo que tiene en las manos es gigantesco.

Siento que hiperventilo. No quiero abrir mi pasado ahora, no cuando mi presente está comprometido y sé que es Emily la razón de tantas amenazas.

—¿No fuiste a ver a esa mujer como te lo ordené?

—Se enviaron guardias y no la encontraron. Buscamos en los sitios de siempre y nadie sabía nada. Vio venir que iríamos tras ella, así que se adelantó.

Esto es un calvario que yo no debería llevar en los hombros.

—Entonces tampoco estará ahí —concluyo—. No me pondrá las cosas tan fáciles.

—Le doy la razón. —Se rasca la frente, no por ansiedad, sino por falta de respuestas—. Debemos enviar a alguien. Un guardia. No es la opción más confiable, pero hay que intentarlo. Escojámoslo al azar. Así hay menos probabilidad de que alguno esté confabulado.

—Que vayan dos. Cuando regresen, los interrogaremos por separado. Uno vigilará al otro.

Corremos el riesgo de que sea una emboscada y los asesinen. Es el precio que hay que pagar siempre que se necesita encontrar información, y yo tengo que averiguar por qué últimamente se está exponiendo tanto.

—¿De qué crees que se trate, Francis?

—No lo sé. Hasta donde tengo memoria, no hemos dejado ningún cabo suelto del que pueda sacar provecho.

Y tiene razón. No debería preocuparme. He sido cauteloso. A menos que el error no haya sido mío.

* * * *

Los guardias ya salieron al encuentro y yo también lo haré, aunque mi dirección será distinta. Intento concentrarme mientras me visto. Siento que me arden las cicatrices mientras las miro en el espejo. Cada una cuenta una historia diferente, una en la que sobreviví, pero que me marcó para siempre. Detesto verme en la piel las huellas de lo que mis acciones han causado. Repudio cada una de ellas.

Cuando tenía siete años, me caí de un columpio y me raspé la rodilla. Madre me asistió y me curó cuidadosamente para que no me

quedaran marcas. Cumplió y no hay seña que registre ese tropiezo. Recuerdo lo aliviado que me sentí cuando me di cuenta de que la piel me había quedado intacta. La abracé, agradecido, y ella me sonrió, diciendo que nunca dejaría que me lastimaran. ¿Qué pensaría ahora si viera mi cuerpo? Le ocultaría cada una de las marcas para que no se sintiera culpable. Soy yo quien debe cargar con el peso de mis equivocaciones.

Me abrocho los botones de la camisa y descarto la capa. Hoy no quiero ser quien destaque, debe ser ella, mi Emily, la que sabe brillar con esos vestidos de jardín inmundos que me gusta verle. Salgo de mi habitación directo a la suya. Los guardias me anuncian y yo espero a ser autorizado. Es extraño pedir permiso para entrar a las alcobas de mi palacio. Es todavía más extraño que este lugar ya no sea solo mío. Cuando al fin paso, la encuentro frente al tocador: se arregla el cabello. Se ha puesto uno de sus trajes verdes que me recuerdan al musgo.

—¿Estás preparada? —pregunto, impaciente. Ya quiero que vea la sorpresa.

Ayer iba a llevarla al taller y hoy voy a llevarla al sitio final. De alguna manera, fue buena idea que desistiera de ir.

—¿No nos encontraremos a Lorian en el pasillo?

—Lo encerré en su habitación.

Casi. Envié a Francis a distraerlo.

—Entonces, sí, vamos.

El automóvil nos espera afuera. Nos ponemos en marcha, con guardias que nos siguen el paso en otro transporte. Las rejas del palacio se abren y vamos derecho al puente de armas. La veo mirar por la ventana las luces de los barcos que navegan a esta hora. Yo, sin embargo, tengo la cabeza en otro asunto: las placas doradas con los nombres de los reyes de Lacrontte. Pronto el suyo estará ahí. El orfebre ya hizo la nuestra. Nos detenemos antes de llegar a la glorieta que desde este lado marca el inicio de la calle Real. Bajamos y caminamos con los custodios a nuestra espalda.

—Esto parece un secuestro —bromea, echando un vistazo hacia atrás.

—Mira al frente y lo entenderás todo.

Obedece y fija los ojos en la rotonda. Tarda en darse cuenta y no entiendo la razón. El lugar está lo suficientemente iluminado para verlo con claridad. Da un paso adelante y se tensa, se paraliza. Solo observa y observa en completo silencio, como si el resto del mundo hubiera desaparecido. Y entonces hace algo que no esperaba. Su mano se mueve, buscándome. Quiere que la tome. Lo hago. Sus dedos aprietan los míos, pidiendo fuerza, valor o quizás tratando de convencerse de que no es un sueño, de que de verdad yo hice esto.

—Te dije que te pondría por encima de Meridoffe, Emily, y yo cumplo mi palabra.

Su figura frágil parece una sombra delante de mí. Todavía no se vuelve y tampoco me suelta. Sigue en trance, admirando lo que he hecho para ella. Una estatua.

La imagen de mi antepasado ya no está. Pedí que la quitaran y que en su lugar instalaran una efigie en mármol de Emily. Pasé muchos días pensando en cómo quería retratarla y busqué a los mejores escultores para que hicieran mi idea realidad. Pedí que estuviera de pie con un vestido de capa y una corona de flores en la cabeza. Ubicaron la pieza sobre una tarima circular que está rodeada por un jardín del mismo material. Debajo de la plataforma se lee su nombre junto a la frase: «Primera reina mishniana de Lacrontte».

—Magnus. —Por fin dice algo, aunque esperaba que fuera un «te quiero»—. Esto es...

Vuelve a quedarse en silencio un rato más. La brisa le mueve el cabello, desprendiendo ese olor a verbena del que me he vuelto admirador. Se ve espectacular aun si está de espaldas.

—¿Qué opinas? —cuestiono, desesperado por una respuesta.

Al fin se vuelve y me mira a la cara. Esos expresivos ojos cafés brillan tanto como los diamantes cuando les da el sol. En su cara hay una sonrisa gigante de alegría mezclada con miedo. Abre la boca y vuelve a cerrarla. No sabe qué decir y lo que encuentro más fascinante es haber dejado sin palabras a la persona más conversadora que conozco.

—El pueblo va a estar muy molesto.

—¿Tú estás feliz? —inquiero y ella asiente—. Entonces no me importa cuánto se enojen. Deben acostumbrarse. Serás su reina quieran o no.

—¿En dónde dejaste la antigua escultura?

—Está en otro lugar. No soy tan tonto como para quitársela de raíz. Quiero verte feliz y este monumento es el más cercano al palacio. No quería que despertaras cada mañana viendo por la ventana al hombre que tanto odias.

—¿Te refieres a ti?

—¿Eso fue un chiste? Vamos avanzando.

La jalo hacia mí y la encierro en mis brazos. No se resiste. Es la primera vez desde hace un tiempo que no siento el alambrado que puso entre nosotros. Emily recuesta la cabeza en mi pecho y, pese a que no corresponde del todo el abrazo, me permite sostenerla tan fuerte como quiero.

—De verdad, tengo miedo de que me odien.

—Van a hacerlo, pero sabremos sortearlo. Y no temas: recuerda que ellos me odian incluso a mí.

—¿Por qué dices eso? La vez que pregunté en Cromanoff no quisiste responderme. ¿Lo harás hoy?

—No. Es suficiente con decir que las personas son injustas. Puedes hacer mil cosas buenas, pero si en la mil ciento una te equivocas, te crucificarán por ello, tachándote como el peor ser humano que ha nacido.

—Tú en el fondo eres una gran persona, Magnus.

—¿En el fondo? —Levanto su barbilla para que me mire.

—Sí —dice, riendo—. Muy, muy en el fondo.

—Eso significa que dimos un paso más.

—Quizá. Todo depende de que me digas cuándo se te ocurrió esto.

—Cuando me retaste. Eras tú o Meridoffe y ya ves a quién elegí.

—Me harás llorar.

—No quiero que lo hagas nunca, Emily, a menos que sea de felicidad.

—¿Es decir que ahora puedo hacerlo?

Sonrío, satisfecho. Su felicidad es lo único que quiero y estoy dispuesto a hacer cualquier cosa para obtenerla.

—¿Ahora sí puedo decirte que te quiero? —inquiero, con la esperanza que me late fuerte en el pecho.

—Supongo que te lo has ganado esta vez.

—¿Supones? ¿Qué debí haber hecho para que estuvieras completamente convencida? ¿Poner flores reales?

—Esa sería una gran opción.

Uno de sus brazos me toca la espalda en un abrazo. Con su mano libre, se sostiene de mi camisa, apretándola como si temiera perderme.

—Te quiero, Emily.

—Yo también te quiero.

El corazón se me podría estallar en cualquier momento. Lo dijo, por fin me correspondió y ni siquiera titubeó al decirlo. ¿Me perdonó? ¿Es lo que creo o es una falsa ilusión? Tengo tantas ganas de besarla, de levantarla y de que vuelva a enredarme sus piernas en la cintura como lo hacía antes. ¡Por todos mis muertos, qué peligro quererla como lo hago!

—¿Eso quiere decir que estoy perdonado?

—Quizás un poco. Ya podemos volver a desayunar juntos.

—¿Almorzar y cenar también?

—Escoge alguno de los dos.

—¿Si te pongo otra estatua no tengo que elegir?

Su risa me vibra en el pecho tan fuerte y dulce como la recordaba. Y entonces las cicatrices del cuerpo ya no me resultan tan detes tables. Cada una me trajo aquí, a ella, a nosotros.

—*Ramé*, Emilia.

—*Ramé*, Magnus.

12

EMILY

Una estatua. Tengo una estatua.

Anoche no pude dormir bien, es decir, ¿quién lo haría? Lo último que imaginé alguna vez fue que tendría una estatua en el barrio noble del reino enemigo. Es increíble darme cuenta de hasta dónde he llegado y de la mano de quién.

Después de volver al palacio, me quedé viendo al techo de mi habitación, sonriéndole a la nada, mientras recordaba la noche y el abrazo de Magnus. Su olor se quedó en mi ropa y su tacto en mi cuerpo. Me parecía que aún podía sentirlo en mis brazos y en mi espalda. ¿Qué pensaría la Emily de diez años, que se aprendía en las tutorías aquel cántico con el que se aseguraban de que sintiéramos rencor hacia los lacrontters? Esa joven que solo quería cuidar plantas y tener una vida tranquila, esa mujer que tanto miedo le tenía a lo que el nombre de Magnus representaba en su mundo. Ahora hago parte del suyo y del de muchas personas que me repudian por lo mismo.

Admito que me escapé varias veces de la alcoba para mirar por las ventanas que hay en el pasillo la estatua en la lejanía. Fue un momento íntimo, con grietas mentales y pellizcos reales para procesar mi presente. Me quedé ahí un rato en medio de un frenesí extraordinario que me hacía dar pequeños saltos bajo la mirada esquiva de los guardias nocturnos. Si odian la idea de que yo sea su reina, en ese

momento lo olvidé o no importó. Lo único que brillaba en mi cabeza, con grandes reflectores, era la demostración escandalosa de compromiso que su rey me había regalado.

Hoy me desperté temprano para cumplir con la cita que concerté con Magnus. Al parecer, bajar a desayunar se considera una cita. Al salir, fue inevitable volver a asomarme y divisar a lo lejos la efigie; noté que alrededor ya había un grupo numeroso de personas reunidas. Aunque es imposible saber qué cara tenían, estoy segura de que no estaban felices. Bajo hasta el comedor, tratando de borrar la emoción que me causa la expectativa. Ayer, pese al gesto, no tuve intención de besarlo, pero en el fondo sé que no es una idea que descarte para el futuro próximo si las cosas siguen como ahora. Es decir, no quiero apresurarme y salir lastimada una vez más. La cuestión es que Magnus se está esforzando y, por más que he tratado de ignorar sus acciones, hay cosas que es imposible dejar pasar. No soy un roble o una montaña impenetrable. Él está ganando espacio y hay barreras que ya derrumbó.

Al entrar, sorprendentemente encuentro la sala vacía y me fijo en el reloj de pared para verificar la hora pese a ser consciente de que he llegado a tiempo. ¿En dónde está? Él jamás se retrasa y siempre es el primero en despertarse.

Decido esperarlo, porque sé que vendrá. Igual que antes, cuando me sentaba y esperaba con paciencia a que fuera la medianoche para verlo, tomo lugar en el comedor y pido que aún no sirvan la comida. Pero los minutos pasan lentos y el tictac de las manecillas se me clava en la cabeza como una gotera molesta. Somos solo mi respiración y yo. Ella, cada segundo más fuerte y desesperada por miedo a un desplante; yo, tratando de mantener la cabeza serena como si no me asfixiaran los tormentos del pasado. Pasa una hora y no hay rastro de Magnus, y mucho menos de mi recién despertada esperanza de una tregua. Me siento decepcionada conmigo misma, es decir, ¿por qué pensé que las cosas serían sencillas? Quizás no lo debería juzgar por no cumplir la cita. Quizás debí marcharme después de los primeros quince minutos. Evidentemente, no soy buena con las decisiones.

Me pesa la rabia en el cuerpo cuando me levanto. Siento como si cargara esta mesa larga en la espalda. La silla raspa el suelo cuando la empujo hacia atrás con el impulso propio de la ira. Antes de volverme, la puerta se abre, pero mi furia no se marcha, porque la voz que me saluda no es la del rey Lacrontte, sino la de Lorian.

—Señorita Malhore. —Se detiene en seco al verme. Es obvio que intentan que no nos crucemos—. No esperaba verla.

—Ya me retiraba.

El fastidio en mi tono es difícil de disimular. En estas circunstancias, encontrármelo es casi igual que comerme una cucharada de sal.

—No tiene que hacerlo. —Se acerca, aunque no demasiado. Sabe guardar la distancia—. La invito a acompañarme. Nos debemos una conversación.

—Créame cuando le digo que ahora no es un buen momento.

—De acuerdo. —Levanta las manos a la altura del pecho y me muestra las palmas, como quien se ha rendido—. Solo quería disculparme por cualquier ofensa que haya hecho contra usted en el pasado.

—¿Lo hace porque seré reina o porque de verdad lo lamenta?

Se queda pensando un segundo. Ladea la cabeza y me mira, decidiéndose.

—Ambas cosas. No fui la persona más amable.

—Acepto la conversación con la única condición de que prometa no comentar nada de lo que ocurra al interior del palacio con alguien del exterior.

Su expresión se relaja y una sonrisa se le instala en el rostro.

—No está en mis planes informarle nada a mi hermana —concluye antes de extenderme la mano—. ¿Tenemos una tregua?

—Supongo que sí. La cuestión es que no me resulta agradable confiar en usted.

—De verdad he manchado mi nombre a sus ojos.

Tengo la respuesta filosa en la punta de la lengua, casi me corta los labios. Él intentó mancillar el mío más de una vez. Estoy a punto de devolverle las humillaciones, pero me detiene un trote pesado que

retumba en el suelo y proviene de afuera. No debo pensar demasiado para concluir que se trata de los guardias. Ambos nos alertamos, porque no es común que corran a menos que se trate de un ataque. Lo extraño es que nadie ha venido a avisarnos sobre alguna situación de peligro.

Lorian se adelanta y abre la puerta. Tal como lo sospechábamos, los custodios se apresuran hacia la salida de la casa real, y entre ellos va Francis, quien, por la manera en que se alivia al verme, deduzco que me buscaba. Me mantengo en mi lugar y miro al perdido príncipe. Él tampoco entiende la razón del afán.

—¿Sucede algo por lo que deberíamos preocuparnos? —La angustia me cierra el estómago mientras pregunto. ¿Es por esto que Magnus no vino?

—¿El rey Lacrontte está bien? —Lorian expone mi inquietud.

—Perfectamente —contesta el consejero sin dejar de mirarme—. Señorita, permítame guiarla hacia su habitación. Es necesario que permanezca allí.

Es un fastidio que no hablen con la verdad cuando sucede algo grave. Si Magnus está bien, ¿por qué no apareció?

—Se lo contaré todo si va a su alcoba —asegura al ver la incredulidad que grita mi cara.

Me sigue a medida que subo las escaleras, vigilante, como asegurándose que no me desvíe. En el camino, noto que todas las cortinas están cerradas y que hay guardias delante de ellas, y ahí comprendo de qué se trata.

—¿En dónde está Magnus? —inquiero cuando llegamos.

Si algo le ocurrió, me voy a sentir terriblemente culpable por estar juzgándolo en el comedor. Francis se adelanta a cubrir mis ventanas para que no vea el exterior. Un impulso poco pensado. Lo único que logro ver desde aquí es el jardín.

—Tuvo que empezar el día antes de lo previsto. El Consejo se reunió temprano para organizar algunos asuntos.

—Quieren quitar la estatua —concluyo lo obvio—. Se trata de eso, ¿no?

Se queda en silencio. Me mira unos segundos y, cuando pienso que hablará, se retrae, camina hacia la puerta y asegura que le pedirá al rey que venga a hablar pronto conmigo.

—Prometiste contármelo todo, Francis —lo insto, impaciente—. Cumple tu palabra.

—En este momento están sucediendo muchas cosas, señorita Malhore. —Se da la vuelta antes de continuar—. Hay caos alrededor de la Corona y mucha presión en los hombros del rey por su matrimonio. Usted es inteligente y entiende las razones. Hay cosas tan complicadas que requieren de su ayuda.

—Magnus no me cuenta mucho.

—Lo hará más adelante. Se acercan fechas importantes para el reino. El siete de junio no es solo el cumpleaños de su majestad, sino que también se lleva a cabo la noche de las velas. Usaremos cualquier evento posible para ganarnos el afecto del pueblo, y usted deberá estar involucrada.

Francis me cuenta los pormenores. A Magnus no le gusta celebrar su cumpleaños; en su lugar, usa la noche para conmemorar a los reyes caídos. El pueblo se reúne en el coliseo de Lacrontte con velas encendidas. Magnus da un discurso y luego enciende dos velones principales que representan a sus padres. El señor Modrisage me informa que este año yo encenderé uno de ellos. No entiendo cómo me ganaré al pueblo con ello. Creo que me odiarán más al ver que una mishniana se involucra en el aniversario de la tragedia que ocasionó su propio rey.

—¿Hay manifestaciones? —La pregunta se me sale. Desde que Magnus me mostró la estatua anoche, sabía que algo así pasaría. Lo que no imaginé fue que sería justo al día siguiente.

—Sí, por eso es mejor que usted se quede aquí. Estamos planeando acciones para aplacar el ambiente.

Cualquier cosa que hagan será solo una venda, no una cura definitiva.

—¿No es más sencillo quitarla? Magnus ya demostró lo que quería, con eso me basta.

—No lo hará. Hay guardias custodiándola. El Consejo ya se lo pidió y él se negó con brío. Nunca dude de lo que el rey es capaz de hacer por usted.

No seré injusta. Magnus ha intentado ganarme y le ha salido bien, pero tampoco quiero que se ponga al reino en contra por mí.

—Se necesita que ambos estén comprometidos en esto. Las cosas no serán sencillas y usted deberá ser fuerte. Quitarla sería restarle poder frente al pueblo.

—Así jamás me van a querer.

—Un rey no necesita ser querido. Con que lo respeten es suficiente. Haremos que la acepten, al menos una gran parte de ellos. Mientras tanto, manténgase firme sin importar los señalamientos. Quienes estamos en el palacio somos sus aliados.

No creo que el Consejo lo vea igual.

—Y, por último —dice mientras agarra el pomo de la puerta—, no crucifique al rey por no presentarse en el comedor. Primero escúchelo y luego saque la espada. Sea fuerte, que él también necesita que lo respalde.

* * * *

Decidí obedecer y no intentar escaparme de la habitación a pesar de que cada segundo encerrada fuera una agonía. Los guardias me trajeron el almuerzo y me lo comí en completa soledad. Que no hayan permitido que Luena viniera a servírmelo es una prueba más del nefasto drama que ocurre afuera. Esto es tan grave como lo imaginé.

Llaman a la puerta justo a las tres de la tarde y corro a abrirla cuando escucho la voz de Magnus al otro lado. No da un paso adentro, sino que se queda ahí, esperando una autorización para entrar, y en el fondo sé que no se debe a un acto de respeto. Lo veo nervioso. No sabe cómo empezar a decirme aquello de lo que viene a hablar.

—Es mejor que pases a que lo cuentes todo a un lado de los guardias —comento antes de tomarlo de la mano para obligarlo a entrar.

Se deja guiar, aunque su caminar es lento. Parece que hay imágenes rondándole la cabeza tan rápido que lo marean y no lo dejan pensar. Está agobiado y en sus ojos se nota el cansancio.

—Hola. —Su voz es firme y alta; contrasta con lo agotado que luce.

—Después de que regresamos, ¿lograste dormir?

No puedo evitar preocuparme por él.

—Un par de horas, nada más. El Consejo de Guerra llegó muy temprano. Desde entonces hemos estado en reunión y por eso no me presenté a nuestra cita. Quiero ofrecerte una disculpa por haberte fallado.

En este momento, en lo último que pienso es en el desayuno que no tuvimos. Él está exhausto física y mentalmente, tanto así que no es capaz de ocultarlo, como lo hacía antes. Quizás se deba a que ya hay confianza entre nosotros y, por ende, me deja ver las grietas de sus murallas o simplemente sabe que el cristal con el que se cubre ya es demasiado delgado como para que intente actuar con fortaleza.

—¿Qué sucede? —pregunto—. Puedes contarme cualquier cosa.

Necesito la verdad, no que ponga vendas delgadas sobre nosotros.

—Está pasando lo que el Consejo me dijo que pasaría —admite, mirando por encima de mi cabeza. No es capaz de verme a la cara—. El pueblo no está contento y la estatua fue la puntada final que abrió una gigantesca brecha. Quieren que la quite y no lo haré. La gente se está rebelando y ha venido a gritar al palacio como protesta. La situación está controlada y no tienes nada que temer, ellos no entrarán aquí. Aun así, debes saber que, si cruzas las rejas, hay una multitud con un odio inclemente que se ha empezado a derramar en las calles.

—No me quieren en el reino.

Era de suponerse. Que me convierta en reina es una completa falta de respeto para ellos. Lo habría sido para mí si un Lacrontte viniera a gobernar Mishnock. No tanto por creerlo insignificante, sino porque estaría viendo a mi verdugo tratar de convertirse en héroe.

—¿Qué haremos, entonces? —La presión en el pecho me dificulta hablar—. ¿Cancelaremos la boda?

Su mirada cambia, como si hubiera dicho que me alegra que Silas se siga saliendo con la suya. El cansancio parece esfumarse y lo reemplaza una rabia que le tensa la mandíbula. Sus ojos, por fin, vuelven a los míos, oscurecidos y acusadores.

—No vuelvas a decir algo semejante —exige, furioso—. Me he pasado toda la mañana discutiendo con el Consejo, dejándoles claro que así las ciudades enteras, desde cada una de las fronteras, marchen hacia el palacio, no lograrán que yo me separe de ti. Estoy peleando por nuestra relación y necesito que tú también lo hagas. Requiero de tu ayuda para calmar al pueblo.

—No creo que un discurso calme el revuelo.

—Lo sé. No querrán escucharte, pero no podrán resistirse al verte actuar.

—Sé más específico.

Empieza a explicarme que los nobles en Mirellfolw mueven a más personas de las que le gustaría, ya sea por relaciones o causas benéficas, y que tenerlos de nuestro lado servirá para que otros se pasen a este bando.

—No soy una persona que se relacione mucho con la nobleza —admite mientras se quita la capa y la deja caer al suelo—. No tengo bases sólidas para llamar a alguien y pedirle que sea nuestro portavoz, pero, aunque me cueste, Emily, en este momento necesitamos de ellos. Mi principal plan era ignorar cualquier queja, porque tarde o temprano tendrán que acostumbrarse a tu presencia. Sin embargo, Francis me hizo ver que eso solo haría que te guardaran más rencor y no necesitamos una guerra civil que debilite el reino. Por eso, tú serás ese lado de la Corona que se mezcle con la gente, empezando por la nobleza de Lacrontte.

Una cena. Me pide una cena con los nobles del reino. Si acepto, enviará las invitaciones de inmediato y el evento se llevará a cabo mañana en el mismo lugar donde se desarrolla la ceremonia anual de compromisos organizada por su abuela. La mente se me nubla,

porque quiero ayudar, pero no me siento preparada para enfrentar a nadie. Esto es lanzarme a la fosa de los leones con nada más que una vara.

—¿Por qué no se puede hacer aquí? —Veo las murallas que se alzan en medio de nosotros. La razón es de peso y no quiere decírmela. Esto no va a funcionar si no es honesto. Merezco la verdad—. Si quieres que lo haga, debes ser sincero.

—Promete que no escarbarás en mi pasado.

El silencio es mi respuesta. Es difícil hacer un pacto con este hombre. Siempre impone sus reglas y soy yo la que se tiene que someter a ellas. No pretendo sacar a la luz cada uno de sus días anteriores, pero si hubo un evento decisivo, es necesario que su futura esposa lo conozca. Ambos estamos rodeados de tiburones y solo hay dos opciones: escapar juntos o morir de la mano.

—Estoy esperando a que contestes, Magnus. —Me mantengo firme—. ¿Por qué no puede hacerse en el palacio?

—Elline Etheldret es una de las nobles más respetadas de Lacrontte. Aunque contamos con el poder para dejarla por fuera, no nos conviene hacerlo ahora. Ella es la madre de... —No continúa, confía en que entenderé a lo que se refiere.

Es la madre de Vanir. ¡Qué pesadilla! No quiero tener que hablar con ningún familiar de esa mujer y menos con la persona que le dio la vida.

—¿No hay una opción que no la incluya?

—Francis me pidió que te dijera esto: un director de teatro tiene el poder de tomar muchas decisiones sin requerir de la autorización de alguien más, igual que nosotros; sin embargo, si el público llegara a repudiar su obra, la mayoría perdería la fe en su siguiente puesta en escena, así que requerirá de algún elemento que le ayude a ganar otra oportunidad, como un actor amado por la gente. Elline sería nuestra actriz. Los nobles la estiman lo suficiente como para confiar en su palabra. No te atacará, es muy educada para ello y tiene un nombre que mantener, pero tampoco te querrá. Estoy seguro de que soltará un par de dardos venenosos y nada más.

Al final fingirá que le agradas, porque no le conviene hacerse tu enemiga, y que te «acepte» hará que la mayoría de las personas de su círculo también lo hagan.

—¿Tan importante es?

—Aunque sigas sin creerlo, yo no soy la persona favorita de este reino. Elline ya era relevante desde antes de que yo saliera con su hija. Su esposo tiene negocios con casi cada noble. Tenerlo en contra se traduce en perder dinero y conexiones.

—La conexión más importante serías tú, ¿no?

—Lo sería si me juntara con ellos. No lo hago y nadie cruza las rejas del palacio a menos que sea parte del Consejo o tenga información relevante sobre Silas Denavritz. Por eso, tú te convertirás en esa conexión. Querrán acercarse a ti sin importar que no te toleren. Elline, mucho más. Eso reforzará su imagen frente al resto.

Comienzo a entender cómo se mueven los hilos, pero no me agrada el titiritero principal.

—Algo más. Cada año, Elline realiza una gala benéfica que recauda millones. Para las cortas mentes de aquí, que te inviten es un gran honor. Seguramente te invitará. No dudes en aceptar, que luego enviaremos a alguien en nuestro nombre. Eso es lo que siempre hacía y lo que debí seguir haciendo.

—¿Ahí fue donde conociste a Va…?

—No menciones su nombre, Emily —me interrumpe sin clemencia—. Sí, es lo único que diré. Así la conocí. ¿Alguna otra pregunta con respecto a la cena?

—¿Iré sola?

—Un grupo de guardias te acompañará y te enviaré con un salvavidas.

—¿Francis?

—No, él sería un distractor. Al ser cercano a mí, lo atacarían con preguntas, dejándote de lado. No es lo que necesitamos. Irás con Wifantere.

Prefiero ir sola. Que me acompañe una víbora al nido de otra no me parece la mejor idea.

—Sé que no te agrada —dice al ver el rechazo en mi rostro—, pero, para ellos, él todavía representa a la monarquía. Verlo junto a ti como un aliado le dará peso a tu presencia.

Voy hasta mi cama y me dejo caer. Tengo el estómago revuelto, como si hubiera olas violentas dentro de mí y alguien remara contracorriente. Me siento pequeña y expuesta. La verdad es que preferiría seguir escondida en el palacio, aunque eso no es lo que una reina haría.

—¿Tengo que fingir ser amable con ella si no llega a agradarme?

Magnus me sonríe a la distancia. Sé que entiende mi tribulación. Arrastra la silla de mi tocador y la pone frente a mí para luego sentarse. Me toma de la mano y me acaricia el dorso, mostrándose comprensivo.

—Tú sé como quieras ser. Ella es quien fingirá, te lo aseguro. Solo recuerda que necesitamos aliados.

Sigue sin convencerme. No es como si fuéramos a citar a toda la nobleza del reino y, aunque entiendo el punto de ir paso a paso, buscando personas que cambien su percepción sobre mí, no sé si empezar con estas sea lo correcto.

—Es una prueba, nada más —avisa, soltándome—. Los nobles son el tronco de una gran sociedad. A los plebeyos nos los ganaremos con acciones, créeme. Cuando un nuevo rey es coronado, debe imponer un decreto, y sé que sabrás darles algo que ellos quieran. Con eso te los meterás en el bolsillo.

—Lo haré. No quiero levantarme todas las mañanas y ver las cortinas del palacio cerradas. De todos modos, te aviso que en un futuro próximo me gustaría conocer la razón de tu separación de Vanir.

—¿Eso en qué beneficia el plan?

—Parece que peleo sin armas. Esa mujer sabe algo que yo no. Tiene ventaja. Y fuera de eso, como tu esposa, debería tener detalles de tu vida, y eso lamentablemente la incluye a ella. Tú has hecho preguntas sobre mi relación con Stefan y yo te he respond...

—Me fue infiel con Cournalles —revela mientras se levanta de la silla. Yo me quedo fría.

No me da la espalda, pero tampoco me mira. Tiene una mano en la cintura y la otra en la cabeza. Está pensando, pero no logro deducir qué.

Era eso. Una infidelidad. ¿Cómo pudo? Se vendía con una imagen de amor completo y lealtad. En esa carta que me pidió entregar, expresaba lo desolada que se sentía por el desprecio repentino del rey, básicamente rogando por una conversación, como si Magnus de verdad fuera todo su mundo.

—Di algo —pide con la vista dirigida al suelo—. No me gustan los silencios contigo.

—Ya veo por qué no tolerabas verlo en Cristeners.

—Te equivocas. Odiaba verlo a tu lado, buscándote, queriendo ser tu amigo. Me da igual lo que pasó con ella.

—No te da igual. Detestas mencionarla.

—Porque no se lo merece. Me juré no perder una sílaba más diciendo su nombre.

—Ella no lo sabe, ¿cierto? —pregunto al recordar cada palabra de su desesperada misiva—. No está al tanto de que lo descubriste.

—Preferí jamás decírselo. Que viva con la incertidumbre. Se la merece.

Pero Ansel sí que está enterado. Esa es la razón de las cicatrices en su espalda. Jugué con la verdad sin descifrarla.

—¿Puedo preguntar cómo fue?

—Ya lo hiciste. Con lo que te conté es suficiente.

—¿La amabas? —La pregunta sale y, aunque me dé vergüenza, no me arrepiento de formularla.

Necesito que se sincere. ¿En qué posición estoy? ¿Siente por mí lo mismo que sintió por ella o lo que tuvieron fue más fuerte? Le pidió matrimonio; eso significa que cariño hubo de sobra. No se le pide matrimonio a cualquiera.

—Esas son preguntas autoflagelantes, Emily. No compares lo nuestro con nada que haya pasado.

—Eso no aclara mi duda.

—No. Puedes apostar el reino entero a que te digo la verdad. Si hubiera querido a esa mujer al menos un cuarto de lo que te quiero a

ti, Emily Malhore, te aseguro que Cournalles estaría muerto, y tú sí que te habrías enterado de que los descubrí, porque una traición tuya sería mi perdición. Me destruirías eternamente.

Si el corazón pudiera gritar, diría su nombre tan alto que lo escucharían hasta en Mishnock. Las ganas de ir a abrazarlo me recorren cada centímetro del cuerpo. Lo quiero tanto que me debilita y lo más peligroso es que me encanta la sensación.

—Yo jamás haría nada semejante.

—Lo sé. Por eso estoy dispuesto a luchar por ti. Dime que me crees cuando te digo que te quiero.

—Te creo.

El pueblo está allá afuera, manifestándose en nuestra contra, y los dos estamos aquí, alejados de todos, burlándonos del mundo entero. No lo he perdonado del todo, pero también es cierto que este hombre se ha adueñado por completo de mí.

* * * *

Cuando Magnus sale de la habitación, camino rápido hacia el baño y me encierro con llave. Me recuesto en la puerta y me cubro la cara con las manos. Tengo la respiración agitada y el cuerpo cansado. Estoy cargando armas demasiado grandes para mis brazos. Allí, en completa soledad y segura de que él ya está lo suficientemente lejos como para escucharme, me permito derramar la primera lágrima. Por supuesto que me duele, por supuesto que me afecta. Siento como si la fiebre viniera a tumbarme en la cama, a debilitarme el cuerpo. ¿A quién le gusta que lo odien? No he hecho nada para merecer su ira, su desprecio, y pese a que no me han dejado verlos, imagino que gritan mi nombre con desdén, repitiendo una y otra vez que no me merezco haber llegado hasta acá; que no me merezco esa corona, este palacio; que no me merezco ser su reina.

13
MAGNUS

Mi vida no es sencilla, aunque ¿cuál sí lo es? Me he equivocado tantas veces que, cuando acierto, siento que en el fondo he errado. Supongo que hay encanto en tropezar. Nos gusta contarle a la gente cercana cuando lo hacemos, ya que queremos que nos escuchen, nos compadezcan o comparen sus errores con los nuestros. Eso ayuda de alguna manera a curar los raspones. Es una cualidad absurda del ser humano. Me pesa confesar que a veces también soy víctima de ella. Pero hay caídas que hieren tanto que preferimos callarlas. Esas son mis preferidas. Tengo un cementerio de errores, de fallas que viajan conmigo a donde quiera que vaya, que no se borran, que ni el cerebro las bloquea y que reviven cada vez que junio empieza.

Durante este mes, me duele el pecho más que de costumbre. Es una opresión constante y difícil de explicar para alguien que no sea yo. Me siento estrangulado, señalado, muerto. Recuerdo esa noche en mi habitación cuando tenía once años: estaba emocionado por mi cumpleaños, adoraba tener un día exclusivo para mí. Mis padres vinieron como siempre a desearme las buenas noches; sin embargo, en esa ocasión, papá se quedó un poco más. Iba a partir a un viaje pronto y antes de irse quería saber qué deseaba para mi cumpleaños. Ojalá se hubiera ido sin preguntármelo.

La última vez que lloré tenía doce años. A esa edad, no sabía que el corazón podía desgarrarse, que existía la necesidad desesperada de un dolor físico para tratar de olvidar el emocional. Lloré en cantidades inhumanas hasta tener los ojos tan hinchados que no podía ver bien a la mañana siguiente, lloré de tal manera que luego las lágrimas perdieron efecto. Lloré hasta que me cansé y ya no pude hacerlo más. Esa noche, antes de mi gran equivocación, pensé en muchos regalos, cosas banales que debí haber elegido, pero había algo que de verdad ansiaba. Crecí en medio de la guerra, despidiéndome de papá y suplicando en una habitación, escondido con mi madre, que él regresara. La vi destrozada muchas veces, nerviosa y con miedo de perderlo. Yo me sentía igual. En los días de ataque, ella se quedaba conmigo, y cuando creía que yo me había quedado dormido, se arrodillaba a un lado de la cama y empezaba a sollozar. No quería verla así nunca más, no quería vivir con la incertidumbre de si mi padre iba a volver o no. Por eso deseaba tanto la paz. Por eso la pedí ingenuamente ese día. La paz fue y siempre será mi mayor equivocación. Para este punto, no creo que siquiera exista; es solo un concepto. Es efímera, engañosa y va de la mano con las tribulaciones. Desde mi decimosegundo cumpleaños no supe qué era sentir esa calma finita, no hasta que conocí a Emily. Ella, sin saberlo, me ha devuelto lo que perdí, y por esa razón me niego a perderla a ella.

«Puede que solo esté jugando con nosotros», esa fue la mentira que me dijo Francis cuando regresé al palacio ayer en la noche. Él sabe tan bien como yo que esto no se trata de un juego. Los guardias que enviamos no encontraron más que tres sobres beis iguales a los que ya hemos recibido. Abrí uno al azar y encontré fotografías de Emily y un recorte del periódico. En la primera, está limpiando la vitrina de lo que supongo que es la perfumería de los Malhore; en la segunda, va por la calle de la mano de su hermana menor; y en la tercera está con Denavritz en una especie de juego de polo. Son fotos viejas, me queda claro, pero no dejan de ser peligrosas. Adjunta también encontré una hoja del periódico con un titular que señala a Emily

como la nueva pareja del «intento de rey». Y escrito a mano con la letra que ya conozco, el siguiente mensaje:

Se te ha hecho costumbre.

Esa frase me retumbó en la cabeza hasta causarme dolor. Francis me miraba en silencio desde el otro lado de la mesa. Él ya la había leído y entendía a qué se refería. No era una comparación entre las mujeres a las que he dejado entrar en mi vida; era entre nosotros.

En un segundo sobre había una nota y un par de fotografías adicionales. Esta vez eran de los padres de Emily. En la primera se los veía salir de casa y en la siguiente estaban de espaldas, caminando por la calle. Ambas tenían la fecha escrita al respaldo. Eran de hace una semana. No se necesitaron palabras para advertir que era una amenaza.

El tercer sobre no quise abrirlo. El Consejo había llegado y todos estaban furiosos. Tuve que levantarme e ir a una reunión que parecía más un mitin en el que yo era el público. La ira de los Brayden era pintoresca. No los había visto tan enojados desde que me gritaban en mi formación. Cada miembro del Consejo se les unió y bramaban en mi contra. Todos fueron suspendidos. Ingellus incluso estuvo a punto de insultarme y su hermano tuvo que sentarlo de un tirón antes de que se sentenciara a muerte. Ese hombre es un riesgo andante que en cualquier momento apuntará en mi contra. Sabe demasiados secretos de la Corona como para dejarlo ir. La única manera de asegurarme de que no me traicione sería asesinándolo, y todavía no me ha dado razones de peso para hacerlo.

—¿Cuál es el reporte? —le pido a Francis, quien se mantiene de pie y me mira a través de sus lentes gruesos desde la ventana.

—La placa con el nombre de la señorita Malhore ya fue instalada en el comedor comunitario y las invitaciones para la cena han sido entregadas.

—¿Alguna reacción positiva?

—Ninguna hasta el momento. Creemos que la gente piensa que se le está robando el crédito a la señorita Etheldret para dárselo a la señorita Malhore.

Por todos mis muertos, cada cosa que intentamos sale peor.

—¿Qué se supone que hagamos? ¿Que salga yo a decir que la idea sí fue de Emily?

—Quizás usted no, ni ella, pero puede que una confesión de la señorita Etheldret ayude.

Prefiero asesinar a cada persona que esté en contra de Emily antes que pedirle ayuda a esa mujer.

—No hay manera de que algo así suceda. Y no solo porque nunca la buscaré, sino porque ella tampoco lo haría. Debe detestar a Emily incluso más que el resto.

—Le doy la razón. Aunque lo de jamás buscarla debería pensarlo un poco.

Me tenso al instante. ¿Qué diantres planea?

—Sé claro, Modrisage.

—Si estas cartas continúan llegando, no debemos descartar la idea de interrogarla.

No había querido pensar en esa posibilidad, y sé que a él se le ocurrió solamente por la maldita frase del periódico.

—¿Alguna otra cosa que quieras reportar?

Se me calienta la sangre de ira al pensar en ella, porque la conozco. Se aprovechará de la situación para entablar una conversación que no quiero iniciar. No la quiero de vuelta en mi vida, no quiero que ronde en mi espacio igual que las moscas. La quiero lejos hasta el final de mis días.

—Piénselo —insiste—. Esas fotos nos indican que la conocía de antes.

—Es así. Emily me lo contó una vez.

—Entonces, hay que sacar a los Malhore de Mishnock cuanto antes. Hay que quitarle cualquier opción con la que pueda debilitarnos.

La única manera de que Erick Malhore tome la decisión de venir es si le cuento la verdad, y por Emily soy capaz de hacerlo. Hace

años cerré el ataúd de mis padres, y con ellos, este tema. Me juré jamás abrirlo, pero al parecer había una ranura demasiado grande que pasé por alto y que ahora amenaza con comerme vivo.

—Envía a un mensajero con las fotografías y el nombre. Escribe una nota que diga que eso llegó al palacio. Él entenderá el resto.

—¿Y luego qué? Él querrá saber qué sucede con exactitud.

—Y yo se lo explicaré todo.

—No me parece buena idea contárselo primero al señor Malhore que a la señorita Malhore.

—Es mi decisión, Francis. Con eso erradicaremos dos problemas de un solo tiro y nos centraremos en otros temas que merecen nuestra atención.

Las órdenes salen con rapidez. Armé un plan sencillo que nos dará la ventaja si es que las cosas se complican. La Guardia Real siempre será fiel a la Corona. Me he encargado de no dejarles el camino abierto a una traición si no quieren ver morir a los suyos. El problema es la Guardia Negra. A ellos los tengo lejos. No los controlo directamente y acabo de suspender a quien lo hace. Un hombre con el ego herido es patético y sé que el general ahora mismo debe estar maldiciendo mi nombre al lado de su esposa, planeando en vano alguna jugada que quizás nunca lleve a cabo, pero a la que es mejor armarle un plan de contraataque.

—Envía otro mensajero a Wellsinberg y dile al rey Buckminster que necesito nuevas armas. Algo que no haya creado antes. Y que cuando las tenga listas, las lleve directamente a Cromanoff.

—¿Piensa contarle al rey Fulhenor?

—No por ahora. Es su luna de miel y no voy a molestarlo. Pero si hay riesgo de un golpe de Estado, debo estar preparado con armamento nuevo y tengo que resguardarlo en un lugar al que la Guardia Negra no tenga acceso. Ese sitio es Cromanoff.

—De ser así, no formalice la unión de Dinhestown con Lacrontte.

Su mente va demasiado lejos. ¿Perder el reino? No me veo en esa posición ni por la guerra civil más potente.

—¿Ves el panorama tan árido?

—Seamos precavidos. ¿Por qué tropezar con una piedra cuando se puede limpiar el camino?

Me lo pensaré. Ya tenía planes para Dinhestown.

—¿Algo más?

Las ansias me carcomen por abrir el tercer sobre.

Por fin, se aleja del ventanal, aunque no se detiene frente a mí. Sigue de largo hasta llegar al otro extremo de la habitación. Se quita los lentes y los guarda en el bolsillo interior de su chaqueta. Cuando da largas, quiere decir que va a tocar un tema que le cuesta.

—Sí —habla por fin—. Tenía una cita hoy y, como no puedo salir, ella vendrá al palacio.

—¿Ella?

—Mi esposa.

Cierro de golpe el cajón que había entreabierto. Estaba a punto de sacar la carta. Un segundo… ¿Su esposa? ¿Han pasado los años y todavía no se ha divorciado?

—¿Y a qué viene esa mujer?

No lo pregunto solo por mi abuela, sino también por mí. Ella me ve como a un enemigo y yo la veo de la misma forma. Para Helena, soy quien destruyó su matrimonio, y para mí, ella es la dueña de una de mis mayores pesadillas mientras crecía. Siempre tuve miedo de que volviera y convenciera a Francis de irse, de que me abandonara por su causa.

—Vamos a firmar el divorcio.

No puede ser. Mi abuela sí se convertirá en la señora Modrisage.

—Más te vale comprarle un buen anillo.

La sonrisa desaparece al segundo de hacerse presente. Ese es un detalle que heredé de él.

—Si se lo comento es porque necesito autorización para recibir a un visitante dadas las circunstancias.

¿Desde cuándo necesita mi permiso? Él sabe bien que no lo requiere. Si me lo cuenta es porque está al tanto de mi recelo hacia esa mujer.

—Esta también es tu casa, Francis —me limito a comentar. No va a sacarme nada más.

—Le tomaré la palabra. Ahora, lea la carta y confírmeme si es lo que creo que es.

No me toma mucho tiempo. Me pican las manos mientras la busco y rasgo el sobre. Al principio, parece que no hay nada y, por un instante, la decepción me llena. Rebusco dentro, a punto de perder la paciencia, porque, si de verdad está vacío, el viejo tendrá razón. Este sería un juego ridículo en el que hemos caído. Por suerte, en una de las esquinas hallo un papel doblado con el que mi mundo se pone de cabeza. Habría sido mejor no encontrarlo, no saberlo; habría sido mejor morir ese siete de junio.

No reacciono en un principio. Lo leo un par de veces, incrédulo, antes de pasárselo a Francis. Y es que el mensaje no es lo único que me alarma, sino el uso del parentesco. Jamás volvimos a llamarnos así desde que lo vi sonreír a lo lejos en el funeral de mis padres, y ahora parece que todo ha vuelto a iniciar.

Me fallaste. Una parte de mí creyó que sí vendrías, pero la otra sabía que no podía confiar en ti. No iba a lastimarte, jamás lo he hecho. Esperaba mostrarte lo que descubrí, explicártelo en persona, porque al fin tengo pruebas.

La última vez que viniste a verme, me trajiste un regalo y justo ese día decidí hacerte a un lado. No imaginé que iba a encontrar satisfacción pronto. Vi tu tristeza y me sentí recompensado. Ya nadie lo tenía, era lo justo, pese a que tú seguías teniendo lo que debía ser mío.

Ahora puedo pelear por lo que me corresponde, Magnus, lo que tú y ese hombre me arrebataron. Y lo haré. Nunca dudes de eso. Le pondré fin a tu reinado.

Con estima,
Tu hermano mayor, el legítimo rey de Lacrontte

14

EMILY

En dos días es mi boda y las cosas no pueden ir peor. Remill me avisó por la mañana que mi vestido de novia ya estaba terminado. Fui a verlo con el ánimo en el piso y una sonrisa falsa en la cara. No me encuentro bien. Las personas siguen a las afueras del palacio como una horda gigantesca que va a comerme en cualquier segundo. Aun así, no puedo quitarle mérito al trabajo del sastre. Mi traje de novia es una belleza que me habría hecho feliz en otras circunstancias, pero ahora ni siquiera puedo enseñárselo a alguien, porque incluso a Luena todavía la mantienen apartada de mí.

Me he sentido sola hoy. Magnus ha estado distante: lo vi en el almuerzo y ciertamente no estuvo del todo presente. No hablamos demasiado. Se veía distraído y exhausto. Me hizo un par de preguntas triviales y luego estuvo callado el resto de la comida. No quise insistir; era evidente que no quería hablar. Algo en su cabeza lo turbaba y estoy segura de que el protagonista de ese lío es el reino. Pese a su carácter fuerte, él siempre busca lo mejor para su pueblo, y ver que están en su contra debe afectarlo.

—¿Lista? —pregunta Lorian a mi lado. Su calma me inquieta. No es divertido ser la única nerviosa.

El automóvil se detuvo hace más de cinco minutos frente al edificio en donde se llevará a cabo la cena con los nobles y todavía no

encuentro el valor para bajarme. El expríncipe está a mi lado, callado y paciente. Me ha preguntado varias veces si me encuentro bien y yo me limito a asentir y a mirar por la ventana a los guardias que nos esperan.

—Puede tomarse el tiempo que necesite. Usted es la reina, no ellos.

—Deja la formalidad a un lado. Eso lo vuelve más difícil.

—Como gustes. Nada malo va a pasar. No pueden insultarte, no delante de los guardias.

—¿Delante de ti sí?

—Magnus me pidió… No, creo que más bien me exigió que te cuidara. Para eso estoy aquí.

Sus intentos por ayudarme no dan el resultado que espera. Tengo el pecho oprimido y el corazón en la garganta. Me siento mareada y con ganas de vomitar. La valentía la perdí en el camino mientras salíamos por la parte de atrás del palacio custodiados por la Guardia Real. No me permitieron mirar por la ventana y Lorian estuvo haciéndome conversación todo el trayecto, como si eso pudiera camuflar los reclamos del exterior.

—Escucha, ¿recuerdas a Claire, mi prometida?

Cómo olvidarla. Todavía veo su cara de angustia frente al altar cuando él se negó a casarse.

—Ya veo que sí —se responde a sí mismo—. Cuando ella me dijo que me amaba por primera vez, fingí un desmayo para no contestarle. Me tiré al suelo en una actuación patética y la pobre Claire salió a buscar ayuda.

¡Por todas las flores! Este hombre es un imbécil.

—Es lo más ridículo que he escuchado.

—Seguramente, pero te relajaste. Vi que bajaste los hombros.

—Fue una suerte que no se casaran. Ella se merece algo mejor.

—Ya te has cobrado una de las que te hice.

—Tengo una lista de reclamos. Quizás le pida a Magnus que te convierta en mi asistente y te haga contar cada diamante de mi vestido de novia.

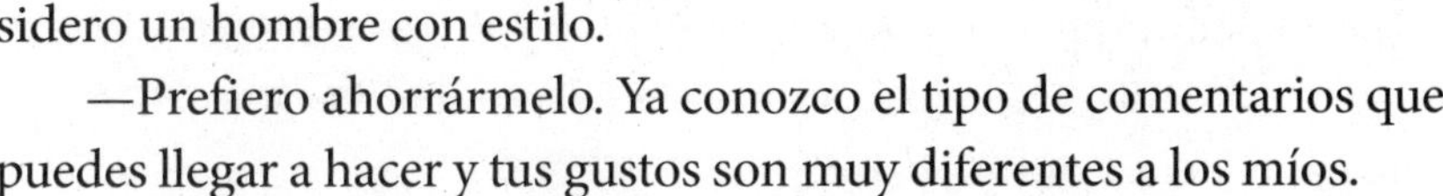

—Acepto, me gustaría verlo. Podría darte mi opinión. Me considero un hombre con estilo.

—Prefiero ahorrármelo. Ya conozco el tipo de comentarios que puedes llegar a hacer y tus gustos son muy diferentes a los míos.

—Te aseguro que compartimos los mismos gustos.

Un momento, ¿estoy demente o acaba de admitir lo que creo? Abro los ojos por la sorpresa antes de poder controlarme. Por más que lo pienso, lo único que tiene sentido es que su furia de aquella ocasión en la que nos encontró en el mariposario a Magnus y a mí no fueran más que celos.

—¿Estás tratando de decir…?

—Así es. Y él lo sabe.

Es por eso que no quería casarse con Claire ni con Aphra o con esa tal Gretta. Bueno, al menos mi instinto no siempre falla.

—Parece que ya estoy lista para entrar.

Los guardias son una sombra delante y detrás de nosotros. Mi paso es lento y el resto se acopla a mi andar. Esta vez vamos a un salón diferente, uno en el que, nada más con entrar, me gano la atención de todos los presentes, sentados en una única mesa larga, vigilantes como las panteras. Cada uno se levanta para recibirme. Los puestos de las cabeceras siguen libres, reservados para nosotros. Por un instante, me tienta la idea de pedirles que permitan que Lorian se siente a mi lado, pero no quiero que me vean como la futura reina insegura que requiere de un acompañante, así que ocupo mi lugar sin alegar. El techo del comedor está adornado con estucos tallados y un fresco lúgubre que, más que distraerme, me causa tristeza. Irónicamente, se trata de un grupo de ángeles que señalan a otro a la distancia. Parece que lo han excluido y, por ende, refleja una cara de aflicción o, más bien, de vergüenza que indica que ha cometido una falta. Me suena familiar, solo que mi falta viene por mi lugar de nacimiento.

Observo cómo los asistentes le hacen reverencias a Lorian después de saludarme a mí apenas asintiendo con la cabeza. No me afecta en lo más mínimo. Tengo problemas más importantes que resolver.

Hay unas treinta personas y yo solo tengo afán de hallar el rostro de una, a pesar de que desconozco cómo luce. Miro a cada lado y lo único que encuentro es la cara sonriente de la pesadilla que se supone que había dejado atrás. Vanir.

—Es un placer tenerlos aquí. —Una mujer se queda de pie mientras el resto vuelve a su sitio—. Me presento, soy Elline Etheldret, marquesa de Lacrontte. Y espero, señorita —dice, mirándome directo a mí—, que no le moleste que mi hija haya venido a acompañarme.

No se parecen demasiado. Hay algunos rasgos en común, como la forma de la nariz y las cejas. Fuera de eso, nada más. No las habría relacionado si no se presentaba.

—No tendría por qué —contesto con calma.

Magnus me comentó que esta era una posibilidad. Si habían invitado a la madre, Vanir podría aprovechar y unirse. Tuvo razón. Intento no mirarla, actuar como si no estuviera aquí. No pienso darle importancia ni pie para una confrontación. Ella tampoco comenta nada y me sorprende. Pensé que iniciaría con los dardos a la primera oportunidad.

—Buenas noches a todos —Lorian interviene desde el otro lado—. Me alegra que hayan acudido a nuestro llamado. Uno amistoso, he de recalcar. La Corona está feliz por este acercamiento.

—¿Se nos permite ser honestos durante la cena? —habla un hombre de cabello completamente blanco a unos tres puestos de distancia—. Porque no entiendo muy bien la función de esta comida.

—No hay un trasfondo profundo —miento con firmeza. Estuve practicando la mayor parte de la tarde un tono seguro que impostar y no me está saliendo tan mal—. Sé que el Gobierno de Lacrontte es distante en cuanto a reuniones sociales. En mi reinado, empezaremos a cambiar y esta es la primera prueba de ello.

—En un tiempo no lo fue. —La voz de Vanir es inconfundible—. Estuvo en casa muchas veces y asistió a la gala benéfica que mi madre organiza.

Ya se había tardado. ¿Qué se supone que responda? Porque lo único que quisiera pedirle es que se largue de aquí.

—Está en lo correcto. Cuando esté en el palacio, le preguntaré al rey por qué dejó de asistir.

Espero que haya sentido la flecha.

—¿Y por la estatua? —alguien interrumpe. Es una mujer mucho mayor que la madre de Vanir—. No es mi intención irrespetarla, pero no entendemos la función de esa estatua. Un honor así conlleva años de trabajo, de logros, y su reinado ni siquiera ha iniciado.

—Señora Brayden, tranquila —Elline se inmiscuye y con eso me da la respuesta. Estoy segura de que es la esposa de ese hombre Ingellus que me miraba con tanto desdén en Cristeners—. Ellos han venido a responder cada duda que tengamos, ¿no es así?

—Las que podamos contestar se las aclararemos —menciona Lorian como mi salvador personal.

La misma pregunta se repite con cada invitado: «¿Quitarán la estatua?». No puedo mentir y asegurar que estas personas son antipáticas. No han sido tan desagradables como lo imaginé, aunque sí son insistentes. Cada uno da su opinión de por qué no es justo que al pueblo le impongan mi presencia y defienden a Meridoffe como el único merecedor de un tributo así. Ellos no ven mi lado de la historia y no voy a desgastarme con explicaciones. No lo entenderán. Hay un muro impenetrable de empatía que no lograré atravesar.

—Opino que debió ser el rey quien viniera a hablar con nosotros —dice Vanir antes de dejar su copa en la mesa—. ¿No lo cree, majestad? —le pregunta directo a mi compañero—. A fin de cuentas, él es el único regente que actualmente tiene la nación.

La sutileza se le escapa de la manos. Tarde o temprano me señalará sin dudarlo.

—Si el rey Magnus tomó la decisión de enviar a la futura reina —Lorian enfatiza mi título—, es para darles la oportunidad de que la conozcan, de que la escuchen y de que ella los escuche a ustedes.

—Yo ya la conozco lo suficiente y tengo mis reservas sobre su nombre —replica con acidez.

—¿Cuáles son? —no puedo evitar preguntar.

Quiero ver qué cosas es capaz de revelar.

—Una reina no violaría la privacidad de sus nobles o traicionaría su confianza.

Lo dice por la carta que leí. Es una hipócrita. Una reina tampoco engañaría al rey con alguien del Consejo de Guerra. Siento que me arde la lengua. No caeré en provocaciones hasta que me dé un buen motivo.

—¿Se refiere a algo en específico? —Las ansias de información del expríncipe no son nada discretas.

—En lo absoluto. —La sonrisa vil de esa mujer me pone de los nervios. No la soporto—. Solo digo que una reina necesita al pueblo de su lado y que eso no se gana con traiciones o ínfulas de grandeza.

—No comparto su opinión sobre mí, señorita Etheldret —suelto con la paciencia al límite—. Yo, como futura reina, busco conciliar, no imponerme. He dejado mucho resentimiento atrás para venir aquí. Si me guiara la venganza, les habría pedido a los guardias que la sacaran de la cena, tal como una vez sucedió conmigo. Lamentablemente, en una ocasión —le explico al resto— se aprovecharon de mi ingenuidad y me vendieron a la Guardia Civil después de que serví de mensajera. Podría sacar mi rencor para pagarle igual y no lo he hecho, porque así no es como actúa una futura soberana.

—El problema, señorita Emily —la defiende la madre—, es que, así se reserve todo su rencor, la nación no lo hará. Y no quiero que se lo tome personal. Si usted asciende al trono, lo hará y la felicito por ello. El rey es sabio en sus decisiones. No por nada salió con mi hermosa Vanir. El asunto es que el pueblo no tiene la misma visión. Menos aún cuando ya les habían vendido otro amor de cuento. ¿Conoce usted la historia del soberano?

—Soy toda oídos, señora Etheldret. —Finjo mi mejor sonrisa—. Cuéntemela.

No me va a clavar el puñal que presiento que tiene en la mano. No se lo dejaré fácil.

—No, no me corresponde. Es una simple historia para niños con la que comparaban la antigua relación del rey.

—Nos alegra mucho que la enorgullezca que su hija haya salido con el rey Magnus —el rubio venenoso interviene nuevamente—, pero no hemos venido a eso. Pensé, por ejemplo, que nos hablaría de su gala benéfica. Estamos seguros de que eso la llena de mucho más orgullo que una relación pasada y fallida. ¿Cierto, señora Etheldret?

Lo llevaré a ver mi vestido de novia solo por esto y luego lo arrastraré hasta la biblioteca para que busquemos de qué se trata ese cuento infantil.

—Ya veo que es cierta la fama de los Wifantere —replica ella y la mesa entera se ríe, incluyendo a Vanir. Han cambiado la dirección del cañón.

—Ilumíneme. ¿Qué es lo que se dice de mi familia?

—No quise ofenderlo, alteza.

—Todavía no lo ha hecho. Considero que el propósito de este encuentro se ha desviado. Ambos hemos venido con el afán de unir lazos y sus comentarios cortan cualquier nudo. ¿Quieren reunirse con el rey Lacrontte? El primer paso sería entablar una relación con la reina, no atacarla cuando trata de ser amable.

La mirada de todos recae sobre mí tras el regaño. Magnus, de nuevo, estuvo en lo correcto. Él aún tiene autoridad frente a ellos, algo que yo debo ganarme. El comedor queda en silencio, esperando un discurso que no se imaginan que ya he preparado y que, a su vez, ya olvidé.

—Entiendo el rechazo que sienten hacia mí. —Oculto mis manos temblorosas—. No se sientan obligados a aceptarme si no lo quieren, pero, tal como lo dijo la señora Elline, yo seguiré aquí y me convertiré en reina. Ustedes tienen la opción de decidir si me quieren lejos o a su lado. No soy una amenaza a la que deban temer, soy la gobernante que se esmerará por escucharlos. No hay otra cara más que esta.

—Suena a imposición. —Vanir es la única que responde. Ojalá pudiera someterla al mutismo.

—Le habrán enseñado sus tutores que esta es una monarquía absolutista, no democrática —contesto con la misma acidez—. No tienen el poder de decidir quién los gobierna, pero sí cómo se llevan con sus reyes.

—¿Eso quiere decir que usted y el rey asistirán a la gala de Elline? —inquiere alguien a mi izquierda.

Acepto, tal como lo acordamos. Las expresiones en sus caras cambian cuando ven a su monarca incluido en la promesa. Me aceptan por él, no porque haya causado el efecto buscado. Aunque al menos sembré la semilla. Solo queda confiar en que germinará y no será ahogada por los rumores que seguro vendrán.

Lorian me mira y me sonríe igual que un hermano mayor, orgulloso de las agallas recién adquiridas de su hermanita. Desconozco si es por el frenesí del momento, pero ya no me parece tan malévolo como antes.

* * * *

Elline, por el resto de la noche, fue falsamente amable, y los demás, aunque no tan descarados, sí bajaron las armas con las que pensaban acribillarme. No creo que las hayan guardado. Por ahí están, esperando un error para volver a asestarme un golpe. Mi compañero me da un par de palmadas en la espalda después de que salimos del comedor mientras repite lo bien que lo hice. Sin embargo, antes de entrar al transporte, alguien me llama. Es la inconfundible voz de Vanir. Me vuelvo y la veo apresurarse para alcanzarme. Sigue siendo igual de hermosa , con el cabello rojo que le adorna la cara y su figura esbelta cuidada al extremo.

—Aún puedo llamarla Emily, ¿cierto? —Duda cuando se detiene frente a mí—. La coronación no ha pas…

—Sé breve —la interrumpo—. Quiero irme a dormir.

Fuerza una sonrisa y luego mira hacia Lorian. El mensaje es claro y él lo entiende. Dice que me esperará dentro del automóvil y se marcha, pero no sin antes pedirles a los guardias que se mantengan cerca. Está cumpliendo a cabalidad con su papel.

—¿Por qué tan a la defensiva? ¿La historia de llevarnos bien fue una patraña?

—Tienes cinco minutos, Vanir. Decide de qué manera quieres gastarlos.

—Intento ser amable, lo juro.

—¿Amable como lo eras en tu casa o en el palacio con tus comentarios agresivos cubiertos de simpatía? No me hagas perder el tiempo si no tienes nada interesante que contar.

Estoy dispuesta a darme la vuelta e irme, y ella lo sabe. Me toma de la mano antes del primer impulso y me pide de nuevo que aguarde.

—Quiero hablar de Magnus. Merezco saber cómo inició todo. ¿Fue mientras estabas en el palacio como prisionera?

Creí que ese tema ya estaba aclarado.

—Tú no mereces nada de mí —sentencio, zafándome de su agarre—. No voy a contarte ni el más insignificante detalle, pero, si te tranquiliza, cuando inició, a ti ya te habían borrado del mapa.

—Las cosas no serán diferentes contigo, Emily. Magnus solo piensa en él. Con verte sé que no tienes la paciencia para soportarlo.

No contesto. Las explicaciones no se las reservo a nadie.

—Él jamás va a amarte —continúa—, y no porque no te lo merezcas, sino porque el único cariño que le entrega es al poder, a la ambición, a la guerra. Nunca estarás dentro de sus prioridades. Ni siquiera yo lo estuve.

Ahí va de nuevo con su filosa daga disfrazada de pluma. ¿Ni siquiera ella? Lo dice como si yo fuera un milagro que no debió ocurrir y ella fuera la legítima elegida a la que no valoraron lo suficiente.

—¿Algo más?

—Intento abrirte los ojos. Esta no es una batalla y no debes sentirte amenazada por mí.

La sonrisa que aparece en mi cara podría transformarse en una risa burlona. Ruego no caer jamás en un papel tan ridículo como este.

—Y no lo estoy, Vanir. Deja de preocuparte por mi relación. Tú dedícate a dar pasos hacia adelante y a olvidarnos. Tu insistencia no cambiará tu estatus ni lo que representas para nosotros. Venir aquí esta noche demuestra lo mucho que te aferras a algo que ya no es. Eres hermosa y calculadora. Usa tu inteligencia para algo más.

Parece que se convierte en otra persona. Levanta el pecho y me fusila con la mirada, como si hubiera ofendido a todos sus antepasados e intentara rescatar la dignidad de su familia.

—No necesito tus consejos. —La rabia le hace temblar ligeramente el labio superior.

—Ni yo los tuyos.

—Lo único que intentaba hacer era ayudarte. Se acerca la noche de las velas y es una fecha sensible para él. Cuando se abrió conmigo con respecto a ese suceso, dijo que era la primera persona a la que le permitía entrar. Lo conozco como a cada línea de mi rostro. Te será difícil pasar esas murallas, Emily. Él necesita a alguien que pueda comprenderlo sin juzgarlo.

Si la magia existiera, la usaría para enviarla lejos.

—¿Crees que yo lo juzgaría?

—Lo sabrás cuando llegue la hora y decida encerrarse antes que sentarse a hablar contigo. En cambio, yo podría ayudarte para que él te considere confiable.

Magnus y Vanir tienen una cualidad en común: la insistencia. Ninguno sabe cuándo desistir y hacerse a un lado.

—Tendré suficiente tiempo para conocerlo.

—Eres testaruda y él odia que lo contradigan —me advierte como una maestra a su alumna—. No le gustan los escándalos de ningún tipo, ni siquiera tolera que se rían en un volumen alto, odia que las personas lloren y solo bailamos en una ocasión porque lo detesta, así que no te preocupes si no te invita a bailar. —El rostro se le ilumina al hablar de él, y para este punto ya me da lástima—. Le desagradan los colores llamativos y le molesta que toquen sus hoyuelos o que lo acaricien en general.

En esa última confesión le doy la razón. Recuerdo las veces en las que se ha enojado porque lo he tocado. Aunque es curioso que ahora no pierda ninguna oportunidad para pedirme un abrazo. Ella sigue enumerando un sinfín de detalles que debo tener en cuenta, como: no es un hombre celoso, ya que es demasiado arrogante como para demostrar tal inseguridad; no sonríe muy a menudo, y me recomienda no ofenderme si conmigo no lo hace, porque es parte de su personalidad.

Me pide, además, que trate de no hablar demasiado porque suele irritarse rápido y que no lo obligue a hacerlo o perderá la cabeza. Mi conclusión de esto es que Magnus de verdad fue un terrible novio con esta mujer, aunque haberle sido infiel no es que la convierta en una buena novia tampoco.

—Ya se acabaron tus cinco minutos, Vanir. Buenas noches.

—Si vas a tomar esa actitud, no te sorprendas cuando un día te aleje de su vida sin darte la más mínima explicación. Cuando pase, vendrás a darme la razón y te preguntarás, al igual que yo, qué fue lo que pasó.

¿Se puede sentir la victoria de una batalla que ni siquiera te esforzaste en pelear?

—Es curioso. —Me mantengo pétrea; ni siquiera le regalaré una sonrisa—. Porque ahora yo tengo la respuesta a tu duda.

—¿Te lo dijo?

—Seré su esposa. Era obvio que me lo contaría.

Veo en su cara la desesperación por arrancarme las palabras. Haré lo mismo que Magnus: la castigaré con la incertidumbre.

—¿No me lo dirás?

—¿Todavía te interesa? En la cena parecías muy despreocupada, ¿o acaso me equivoqué?

—No te creí tan ruin.

—Yo tampoco, y aun así terminé en prisión por tu culpa.

La ira que se esmeraba en ocultar sale a flote. Se queda estática, como si pensara de qué forma sería mejor atacarme, y aunque no se mueve, en su mente ya me ha golpeado.

—Pues si de guardias se trata y tienen una gran comunicación entre ustedes —me mira con un odio similar al que Silas me profesaba—, pregúntale por qué envía custodios a vigilar mi casa. Debería estar entregado a hacer feliz a su esposa y no estar pendiente de la persona que… ¿Cómo fue que dijiste? Ah, sí. La persona que ya borraron del mapa hace tiempo.

Se da media vuelta y regresa al interior del edificio con un aire victorioso, convencida de que en verdad ha ganado algo diferente al

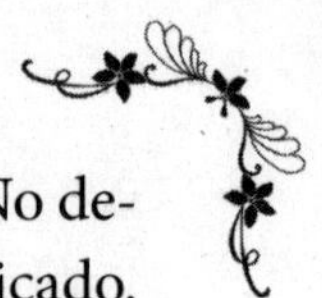

premio mayor de la estupidez. Respiro una y otra y otra vez. No dejaré que esto me coma la cabeza sin antes aclararlo con el implicado. No le daré el control de mis emociones. Pero más vale que, de ser cierto, Magnus tenga una buena explicación, porque, así mi mente intente mantenerse serena, mi corazón ya se sumió en la tormenta.

* * * *

El viaje de regreso se siente interminable y tortuoso. Lorian y yo no cruzamos muchas palabras. Sé que él percibe mis ansias por llegar y decide ser prudente. Cuando al fin estamos frente al palacio, tomo una larga bocanada de aire antes de salir y camino hacia la oficina una vez que me informan que ahí se encuentra Magnus. Los guardias no me anuncian, solo abren la puerta y la cierran detrás de mí. Él está de pie, como si ya le hubieran avisado que llegamos. Me doy cuenta rápido de que eso no ha sido lo único de lo que se ha enterado.

—¿Qué tal te fue? ¿Wifantere te cuidó como debía?

Magnus, Magnus, Magnus. En este momento solo quiero hablar de una cosa y no incluye a Lorian.

—¿Ya lo sabes? —pregunto lo que me interesa.

—Sabías que existía la posibilidad pese a que la invitación la excluía sin tapujos. ¿Ocurrió algo?

—¿Puedo hacerte una pregunta y prometes responder honestamente?

Levanta las cejas por la bala que le lanzo. Asiente lento, no muy convencido. Estoy segura de que su corazón debe estar agitado.

—¿Por qué envías guardias a la casa de Vanir?

—¿Ella te dijo eso?

—Sí, y no me has contestado: ¿por qué enviaste guardias a la casa de Vanir?

Su silencio me impacienta porque siento que está formulando una mentira. Si la explicación es sencilla y no oculta malicia, debería

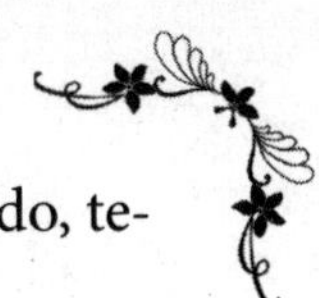

ser fácil confesar. Ahora es mi corazón el que late desesperado, temiendo otra decepción.

—Seguridad —dice al final.

Suena patético. ¿Seguridad de qué?

—Si esperas que crea eso, debes estar subestimándome, Magnus Lacrontte.

—¿Desde cuándo eres tan complicada?

—Magnus, por favor. —La voz se me quiebra y empiezo a perder toda la fuerza.

El terror se me instala en la cabeza y me cierra la garganta. ¿Qué esconde?

—¿Qué estás pensando?

Mi angustia se traslada a él; recuerda que, después de lo que pasó, mi confianza es susceptible.

Antes de que salga mi primera lágrima, Magnus me lleva hacia su cuerpo y me abraza fuerte. Apoyo la cabeza en su pecho mientras me acaricia el cabello.

—Emily Malhore, yo jamás te traicionaría de esa ni de ninguna otra forma.

Me sostengo de su camisa, apretándola en un puño. Lo último que deseo es vivir desconfiando de cada una de sus acciones. La cuestión es que es difícil no sobrepensar si hace de lo más mínimo un misterio.

Me levanta la barbilla y encuentra mi mirada. Veo sus ojos verdes inclinados hacia mí en busca de comprensión, de una pizca de fe.

—No quiero que llores por mí ni por nadie —me pide mientras me pasa los pulgares por el rostro para eliminar el pequeño llanto que dejé escapar.

—Sigues sin responderme.

—Ya te lo dije: por seguridad. Necesito conocer sus movimientos para adelantarme a ellos.

Le cuesta un momento continuar. Respira profundo y levanta la vista. Parece que va a separarse, pero no lo hace. Y así, con la atención puesta en otra cosa, por fin lo revela.

—Como lo entenderás, no acabamos bien. Ella fue muy insistente durante meses enteros con que volviéramos a estar juntos. Intentaba una y otra cosa para acercarse a mí, para tratar de comunicarse conmigo. Y luego, de un momento a otro, se detuvo. En el fondo, sé que no es porque haya desistido, sino porque cambió de planes y debo saber cuáles son. Mucho más ahora que está enterada de que nos casaremos. Lo hago como medida de prevención.

—¿Tan peligrosa es?

Es decir, por supuesto que sé que es una arpía inescrupulosa, solo que, en mi cabeza, no la veo disparar un arma o prenderle fuego al palacio.

—Lo es, porque es silenciosa. Esa mujer no va a lanzar pintura contra tu estatua; va a tratar de destruir tu imagen. Hablará con periódicos para contarles su versión de la historia, vendiéndose como la víctima. Es capaz de viajar a Mishnock y reunir cualquier información que la ayude a mancillarte. Buscará que el pueblo te odie usando el cariño que le tienen. Ella pondrá la gasolina y la gente hará el resto.

¿La veo capaz? Absolutamente. Fingió ayudarme para luego entregarme y quedar frente a la Guardia Civil como la más patriota. Es una falsa, una mentirosa que tendrá que tragarse el veneno mientras me ve, a la distancia, portar la corona del reino.

—El pueblo ya sabe que fui novia de Stefan, ¿no?

—Seguro la noticia se ha regado. No obstante, debemos asegurarnos de que no logre ponerlo en el periódico. No necesitamos ese titular ahora.

—Ni nunca.

—Me gustaría poder asegurártelo, pero ocurrirá, Emily. Un día nos despertaremos y, pese a cualquier advertencia que haga, algún panfleto rodará por Mirellfolw. No es una noticia que pueda censurar.

15
EMILY

Solo queda un día para la boda, por lo que el palacio se ha llenado de personas y de correspondencia. Gregorie, su madre Georgiana, Elisenda y la reina madre han venido desde Cromanoff. El rey de Wellsinberg ha enviado una carta disculpándose por no poder estar presente, al igual que los nuevos reyes Denavritz, a los cuales Magnus les envió especialmente una invitación con el propósito de fastidiarlos. Los únicos que quedaron fuera de la lista son los Wifantere, quienes tampoco dudaron en enviar un comunicado desaprobando su exclusión dado que en el pasado prestaron su reino y palacio para los acuerdos de paz. Lorian es feliz al saber que sus padres fueron descartados, y creo que, en el fondo, su unión con el amargado fue lo que lo hizo posible.

Por mi parte, invité a Rose y espero que llegue esta noche con mis padres. Envié también una invitación a casa de los Mernels, por si Willy no estaba de servicio, pero nadie contestó. Pensé en mandar otra a casa de los Maloney; sin embargo, recordé lo que Valentine me contó una vez: la madre de Amadea ya no quería que su hija se acercara a mí porque me creía una mala influencia, así que los descarté. Tampoco quería que Cedric se sintiera con el derecho de asistir.

Hoy en la madrugada, en medio de la soledad de mi habitación, me dediqué a idear mis votos. Caminé de un lado a otro, pensando

aquello que quería decirle a Magnus, algo que estuviera a la altura, pero que tampoco le subiera el ego demasiado. Quise ser sincera, sin dejarme llevar por las emociones, y presiento que lo logré. Él se merece cada palabra que escribí.

—¿Qué les parece? —le pregunto a mi público fiel mientras salgo del probador.

Elisenda, Lorian y Valentine me han insistido en que les enseñe mi traje, y aunque la verdad sigo con el ánimo en el suelo, supongo que es necesario probármelo antes de la boda, por lo que les permití que me arrastraran hasta el salón del sastre. Sus caras de asombro me devuelven el ánimo. La manera en la que detallan cada pieza como si fuera una pintura extraviada que acaban de encontrar es reconfortante.

El vestido es pesado y de color marfil, con un corsé de tirantes y corte plano, recamado con diamantes de diferentes tamaños que crean líneas y curvas y me recuerdan los pétalos de una flor. Fue así como Remill tomó mi idea de agregar flores sin ser tan literal. La falda amplia y pomposa sigue el mismo patrón, cayendo hacia los pies en arcos cada vez más grandes que terminan en una cola larga. La espalda del traje es baja y circular, y tres cascadas de cadenas con pedrería cuelgan desde los hombros para adornar el escote.

—Ya lo sé. —El sastre sonríe con orgullo y levanta el pecho—. Soy un genio y ese tipo de grandezas no nacen en todas las helias. Están frente a un verdadero artista.

Elisenda es la primera en acercarse. Extiende la mano para tocar los tirantes bordados con lentejuelas y canutillos, pero el costurero es más rápido y le da un golpe con la cinta métrica para que no lo logre.

—Cuidado, querida. Podrás ser la reina de Cromanoff, pero yo soy el rey de este vestido y no necesito que se ensucie antes del gran día.

Los halagos empiezan a llegar y hay uno que se me queda en la cabeza: el que Valentine me regala con su mirada. Me sonríe mientras admira mi traje con el orgullo y el amor que suelen sentir las hermanas, me recuerda a esa ocasión en su casa en la que me prestó uno de sus vestidos para asistir a la fiesta de cumpleaños de la reina madre. Todavía no se lo he dicho, pero tengo uno reservado para ella.

—Por cierto, Emily —interviene Lorian—, Aphra te envía saludos y te desea lo mejor en tu boda.

Por un instante, no proceso lo que ha dicho.

—¿Hablas con ella? Pensé que se detestaban.

¿Cómo se comunican? ¿Él sabe en dónde está? No he escuchado sobre ella ni sus obras en un buen tiempo.

—Nos llevábamos mal porque nos obligaban a casarnos. Luego, ya no había razones.

Si hay alguien con quien me gustaría hablar respecto a mi situación en el reino, es Aphra. Siempre mostró interés por los problemas de Plate y no le importaba lo que opinaran de ella. Me gustaría tener una pizca de su irreverencia.

—¡Emily! —Elisenda chasquea los dedos frente a mi cara—. ¿De qué color será tu vestido de coronación?

Miro a Remill, que hace un gesto con las manos como si se estuviera cosiendo la boca con un hilo y aguja. Le dejé completa potestad para hacer de mi traje lo que él quisiera. Aún no me ha dicho qué ha preparado y yo tampoco se lo he preguntado. No es un secreto que cualquier elemento relacionado con mi ascensión al trono me enreda la cabeza.

—Querida, no tengas miedo. —Valentine nota mi tribulación y camina hacia mí. Me toma de la mano y la aprieta fuerte—. Hay gente que te apoya. Conozco lacrontters casados con mishnianos que están de tu lado, igual que sus amigos y familiares. Hay personas en el comedor que te recuerdan y te defienden cuando alguien busca señalarte. Hay a quienes no les interesa de dónde vienes.

—Después de la coronación podemos escaparnos de aquí —propone Elisenda—. Iremos a la villa de Patrick una semana entera si quieres.

—¿Quién es Patrick? —cuestiona Lorian.

—Un marqués y mi mejor amigo. También pueden venir ustedes dos.

Valentine acepta de inmediato y algo en el corazón me duele. Ella era la chica más sociable que conocía. Te llevaba a cada fiesta que

pudiera y nunca te abandonaba en el evento. Ahora ha sido reducida a una vida llena de trabajo para mantener a su familia. Cuando sea reina, voy a devolverle el título que perdieron en Mishnock para que pueda cubrir con él a sus hermanos y se dedique a cualquier otra cosa que desee.

—No me gusta el campo —el expríncipe se queja—. Muchas gracias por la invitación.

—¿Prefieres quedarte encerrado en el palacio con tanto lío? Será divertido. A Patrick le parece linda Emily y a Magnus no le agrada mucho.

¿Cómo? ¿El demente amargado tenía razón? No, no. Que le resulte atractiva no se traduce en que le guste.

—¿Qué acabas de decir?

No se afana en ocultar su interés.

—Me lo confesó —dice ella—. Mi querido príncipe, te aseguro que será entretenido ver a Magnus celoso.

—Percibo un odio no expresado por el rey, ¿estoy en lo correcto? —Al antiguo heredero no se le pasa nada.

—En lo absoluto. Solo me gusta vengarme de cada vez que dice que mi nombre es horroroso. ¿Vendrás, entonces? —insiste Elisenda y él sonríe.

—Únicamente porque me gusta el drama.

El plan ya no me resulta inofensivo. Sería trasladar el caos del palacio a la villa.

—¿Creen que sea buena idea abandonar el reino en plena crisis? —inquiero, insegura. De verdad deseo ser una buena reina.

Los tres se quedan en silencio, pero solo uno parece estar pensando en lo que digo, uno que entiende desde niño lo que es ser parte de la Corona.

—Los monarcas son odiados tomen la decisión que tomen —Lorian se adueña de la palabra—. No deberías preocuparte por eso. No se trata de un tema externo que debas resolver con prontitud para beneficiar al pueblo, se trata de un problema que ellos mismos han creado y para el cual ellos mismos creen tener la solución. Esperan

que tú cedas, y no lo harás. Es algo que vas a solucionar poco a poco. E irte una semana no hará ninguna diferencia.

Todavía no he empezado mi reinado y ya siento como si tuviera un consejero real. Sé que tiene razón. Nada cambiará por ahora.

—De acuerdo. Hagámoslo.

* * * *

Valentine se fue después de la cena. Hoy el comedor estuvo lleno y mi mente vacía. No quise llamar la atención, por lo que sonreí tanto como pude y participé en la conversación sin que nadie descubriera que me perdí varias veces. No veía la hora de subir a mi alcoba y encerrarme con mis pensamientos. Las cortinas en el palacio siguen cerradas y, aunque no puedo escuchar las protestas, el aumento en la cantidad de guardias en los pasillos demuestra que las personas continúan exigiendo que me vaya. Vine a la cama temprano para no pensar en el deseo de ir a las ventanas del corredor y torturarme con la imagen del pueblo enfurecido, pero lo único que he conseguido es dar vueltas sobre la sábana con el corazón arrugado.

—Señorita Malhore, ¿puedo pasar?

Salto de la cama al escuchar la voz de Luena. Abro la puerta y me aferro a ella en un abrazo fuerte. Trae consigo un baúl mediano que se tambalea en sus manos por mi arrebato. Asegura que vino a entregármelo.

—Se lo envía el sastre, señorita.

—¿Es que acaso no me extrañaste como yo a ti? —le digo una vez que cierro la puerta.

—Muchísimo —dice, dejando el recado sobre la mesa—. Ya estaba pensando en una manera de dejarle notas debajo de la puerta. No imagina lo feliz que me puse cuando me pidieron que le trajera esto.

—Deja eso a un lado. Cuéntame cualquier cosa, ¿cómo has estado?

—Emocionada por lo que nos espera mañana. ¿Está usted preparada para la boda?

Ojalá pudiera decir que sí.

Ayer, algunos nobles me pidieron que los invitara a la ceremonia. Por supuesto, no acepté y solo les prometí que les llegaría una tarjeta para que asistieran a mi coronación. Las caras de la mayoría cambiaron, y es que no sería un problema para mí tenerlos ahí si no fuera por su mal nombrada líder, quien no querrá perderse el momento. Ruego que se presente sola, porque no deseo un escándalo penoso cuando los guardias le nieguen la entrada a Vanir.

—Por supuesto —miento.

—Bueno, el señor Remill dijo que estas eran cosas para su noche de bodas y que no quiso dárselas en frente de sus amigos.

Había olvidado por completo la noche de bodas. Yo no quiero una. ¿Magnus habrá pensado que la tendremos por nuestra reciente cercanía? Él y yo ya hemos dado pasos gigantescos en nuestra intimidad, pero no estoy lista para dar el salto. No todo está perdonado y no cambiaré de opinión.

Me acerco al cofre y abro la cerradura, esperanzada de que no sea lo que creo. Gran error. Ahí está lo que imaginaba: lencería. Luena jadea de sorpresa y se lleva la mano a la boca. Yo habría reaccionado igual el año pasado. Ahora me preocupa, porque veo muchos corsés junto a otras piezas diminutas que no he pedido. ¿Lo habrá ordenado el rey Lacrontte? Hay tantos con diferentes colores, formas y tipos de encaje que no sé cómo les alcanzó el tiempo para confeccionar toda esta variedad. Son preciosos y, exclusivamente por curiosidad, saco algunos para revisarlos con cuidado.

—¿Usted y el rey ya han… eso? —La duda de mi doncella viene cargada con vergüenza.

—Si vas a preguntarme esas cosas, deberías al menos tutearme.

—Una disculpa. No quise ser imprudente.

—No lo eres. Y no, todavía no hemos… bueno, no del todo.

Luena sonríe. Un gesto inocente que vi en mi cara incontables veces. No es un tema que toque a menudo.

—Me alegra que haya encontrado a alguien para usted.

Su alegría se convierte en melancolía. Me es fácil reconocer la emoción porque somos parecidas. Se da media vuelta para ocultarse de mí y dice que pondrá las cosas en los cajones de mi vestidor.

—¿Estás bien? —Me cruzo en su camino para no permitirle huir—. Puedes sincerarte conmigo.

—Descuide, de verdad.

Veo lágrimas que se le agolpan en los ojos y me preocupo. Quiero pensar que se trata de nostalgia por ese guardia que la atraía y no de algo grave.

—Si no deseas hablar ahora, lo entenderé. Aun así, yo siempre voy a escucharte. No eres solo mi doncella, eres mi amiga. Y las amigas siempre están la una para la otra.

Se lanza en un abrazo que me toma desprevenida y me hace trastabillar. Es curioso cómo todo se pone al revés en un parpadeo: cuando pides valentía, la vida no te la concede, sino que te pone en una situación que te obliga a ser valiente.

—¿Ocurrió algo que quieras contarme? —insisto, asustada.

—No. Es que pienso que debe ser lindo tener a alguien. Mi vida es muy solitaria, ¿sabe?

—No sé si sirva de algo, pero me tienes a mí.

Asiente, aunque en el fondo sé que no se refiere a la falta de amigos.

—Encontrarás a alguien de la forma más inesperada, te lo aseguro.

—¿De verdad lo cree?

La llevo conmigo hasta la isla de joyas que hay dentro de mi vestidor y saco una cadena delgada con una esmeralda cuadrada. Tomo su mano y dejo la pieza en su palma, asegurándole que es toda suya.

—No se me permite recibir regalos —asegura mientras trata de devolvérmelo.

—En mi escasa experiencia en temas románticos, me he topado con personas que demuestran su amor regalando joyas. Puedes tener esta hasta que encuentres a alguien. Si deseas regresármela, la única regla es que lo hagas cuando la persona indicada para ti te dé la suya.

—¿Y si no llega?

—Entonces, igual la habrás tenido. Esa cadena será tuya para siempre.

No aseguro que el gesto le haya curado el corazón, pero al menos veo el alivio en sus ojos y con eso me basta. He sembrado la esperanza en ella de nuevo. Por desgracia, no conoce otra vida que no sea la de servir en el palacio y, pese a que dice que le gusta, sé que no sale de aquí porque afuera no tiene a nadie más. Es un alma sin compañía en el mundo.

—Majestad. —Los guardias tocan la puerta—. Majestad, sus padres están aquí.

Luena sonríe como si no acabara de mostrar su vulnerabilidad ante mí. También notó la debilidad en mi cuerpo frente a la mención de mi familia. Me disculpo con ella antes de salir corriendo de la habitación. Necesito verlos, abrazar a Mia y a mi padre y hablar con mi madre urgentemente, desahogarme a su lado. Me levanto el ruedo del vestido mientras bajo las escaleras con ese nerviosismo que me recuerda a mi época infantil, cuando esperaba impaciente que mis padres regresaran de la perfumería. Lo que no esperaba esta vez era quedarme paralizada en el último escalón al verlos a los tres con maletas, cajas y baúles que solo vi una vez en mi vida: cuando nos mudamos a nuestra casa.

—¿Me perdí de algo?

Estoy pasmada y ellos se ven tranquilos. Papá incluso más. Mia chilla de felicidad diciendo que se viene a vivir conmigo al palacio, pero mi madre la corrige y asegura que tendrán su propio lugar. Magnus y Francis no dicen una palabra, aunque el primero me sonríe medio inseguro, como si esperara una reacción positiva que no está viendo en mí. Y, es decir, claro que estoy contenta, es solo que no entiendo. Hace menos de un mes dijeron que no podían venir aquí, que Mia debía terminar sus tutorías, que no podían dejar a Liz en medio de su embarazo y que la abuela Clarise los necesitaba. ¿Qué los hizo cambiar de idea?

—No me digas que los amenazaste, Magnus.

Lo miro y él niega con la cabeza. Parece divertirle la conclusión a la que llegué. Incluso Francis relaja el ceño, y eso es mucho viniendo del señor más serio que he conocido.

—Los convencí.

—¿Con qué?

No soy capaz de ocultar mi intranquilidad. Magnus es tenaz y por demostrarme que es capaz de cualquier cosa por mí haría locuras.

—¿Nos permitirían una habitación para conversar? —pide mi padre y el rey Lacrontte nos ofrece su oficina.

Mia se queda en la primera planta mientras mis padres y yo subimos a encerrarnos en el lugar donde empezaron muchos de mis problemas.

—Sean honestos, por favor —les pido con las ganas reprimidas de abrazarlos. Primero necesito saber que todo está bien.

—El rey nos contó lo que está pasando en el reino —inicia mamá— y no podíamos dejar que lidies sola con esto, amor.

—Eso no explica por qué decidieron venirse a vivir aquí.

—Porque no será permanente —explica papá—. Veremos cómo avanza el asunto y eso definirá nuestra estadía en el reino.

—¿Eso quiere decir que si los problemas continúan por dos años se quedarán aquí ese tiempo?

Ambos asienten y, por primera vez, no me molesta tanto que el pueblo me desprecie.

Me lanzo a sus brazos y los aprieto fuerte sin decir una palabra. Mamá me acaricia el cabello y papá la espalda. Es tranquilizante, como si hubiera corrido por horas y al fin me hubiera detenido. Ellos no solo sostienen el peso de mi cuerpo, sino también de mis emociones. Por supuesto que los necesito aquí conmigo, pero no quería que se enteraran de lo que está sucediendo. No voy a llorar frente a ellos, y no porque me avergüence, sino porque no quiero preocuparlos de más. Con adaptarse a una nueva nación es suficiente.

—¿Y Liz no vino con ustedes?

La pregunta golpea contra la pared y regresa a mí con un estallido fuerte. Claro que no vino, y no me refiero a mudarse al reino, hablo de asistir a mi boda.

—Querida —mamá pone esa voz dulce que usa cuando quiere explicar algo doloroso—, su embarazo está muy avanzado y no quiso arriesgarse a un viaje largo y pesado.

Comprendo. Aun así, no deja de doler en el fondo. No vino a mi cena de compromiso porque no quiere ver a Magnus, pero pudo haber enviado una carta para felicitarme. Parece que solo finge que nada está pasando.

—¿No me envió ningún mensaje?

En esa pregunta va mi última esperanza.

—Ella te quiere mucho, lo sabes.

Fue un contundente no.

Me queda claro que es poco probable que Liz venga a verme algún día. No quiero que mi relación con Magnus nos separe, pero al parecer ya es tarde.

* * * *

A pesar de que hoy fue un día estupendo, mi corazón está incompleto. Tengo miedo del destino, del matrimonio y de mis sentimientos.

Mi idea era conversarlo con mamá e incluso busqué un espacio para ambas en mi habitación en el que nadie nos molestara. La tuve ahí, sentada, dispuesta a escucharme, mientras yo trataba de ocultar las marañas de mi cabeza. Ella insistía en que podía hablarle de cualquier cosa y yo tenía las palabras en la lengua, pero nunca salieron. Allí, de pie, mirándola a los ojos, supe que solo había una persona a la que quería contarle lo que me pasaba, y no porque hubiera perdido la confianza en mamá, sino porque algo dentro de mí unía mis emociones a su presencia, así que fingí que quería consejos para la noche de bodas. Una vez que se marchó, después de la reunión, mandé a llamar al contradictorio remolino que tranquiliza mis aguas.

Los guardias van en su búsqueda, dejo la puerta abierta y corro al baño para meterme en la tina vacía con mi ropa de dormir puesta.

Intento no llorar. Centro la atención en cada elemento de mi tocador, contando lo que veo mientras me froto las yemas de los dedos con impaciencia.

—¿Emily? —Escucho su voz y mi zozobra aumenta.

—Aquí estoy, Magnus.

Debido a los matrimonios arreglados que ocurrían con frecuencia hace algunas helias, se temía que el novio se arrepintiera de casarse si veía a la novia antes y no le resultaba atractiva. A lo largo de los años, este tipo de uniones fueron disminuyendo, aunque no por completo, pero la tonta tradición sigue. Ahora aseguran que es de mala suerte, y la verdad es que me da igual. La mala suerte siempre me acompaña, así que no creo que vernos cambie nada.

Oigo sus pasos rápidos y luego veo su figura. Viene hacia mí y se agacha a un lado de la bañera. Toma mi rostro, como suele hacerlo, y lo levanta hacia él.

—¿Qué sucede? —pregunta con la calma que busco.

Mirarlo a los ojos hace que mi llanto caiga como lluvia, que cada emoción reprimida sea liberada, y entonces, sin decir nada, me abraza igual que anoche.

—Estoy agobiada —confieso con la voz estrangulada.

Se quita los zapatos y se mete a la tina conmigo. Se sienta al frente, me agarra los pies y se los pone encima de sus piernas.

—¿Es por la boda? —Sus ojos preocupados cuando asiento me hacen sentir culpable.

—Es todo, en realidad. La boda, la coronación, mi reinado.

—¿Quieres cancelar los planes?

—No —contesto, segura—. Es solo miedo.

Los hombros se le relajan y el ceño fruncido desaparece.

—¿A qué le temes? Yo voy a estar contigo.

Lo único que quiero escuchar de él es algo que me convencí de que jamás volvería a creer.

—Promete que nunca vas a abandonarme.

—Te lo juro por mi corona.

—¿Pase lo que pase? —insisto con el temor en los labios.

—En las buenas y en las malas.

—¿Y en las peores?

—Ahí estaré. Voy a pelear por ti cada día de mi vida. Serás la reina que pase a la historia. ¿Ya pensaste en tu decreto? Serán tres.

¡Por mis flores! Ni siquiera he pensado en uno y ahora tengo que inventar dos más. ¿Cuáles podrían ser? ¿No odiar a los mishnianos?

—¿Cuál fue el tuyo? —cuestiono, curiosa.

—La noche de las velas.

Pensar que fue un joven de quince años frente al reino y que usó su decreto para conmemorar a sus padres me conmueve un poco.

—No te devanes mucho la cabeza, Emily. De pequeño quería que mi decreto fuera tener un león.

Con eso me saca una sonrisa. Habría preferido que lo tuviera y ahorrarle el sufrimiento.

—Piensa en grande. —Redirecciona la conversación a un lugar menos pantanoso—. Esto es Lacrontte.

—¿Grande como la salud gratuita?

—¿A quiénes son los que debes ganarte? —inquiere y entiendo lo que trata de decirme.

—Salud gratuita para los plebeyos —corrijo y él sonríe.

—Haremos una división más grande que esa, pero es un buen inicio. Faltan dos.

Pienso en mi vida como habitante de Lacrontte. Cada cosa que viví debe darme alguna idea. El comedor comunitario me dio de comer, el tranvía me ayudaba a llegar a mi trabajo, aunque…

—Que los viajes en tranvía sean gratis —propongo—. Recuerdo que en ocasiones no me alcanzaba el dinero y tenía que irme caminando.

—No podemos financiar dos cosas al mismo tiempo.

—Este es un reino próspero. ¿Por qué no se podría?

—Regalar también es malo. Imagina que tienes el único pozo de agua del mundo: es grande y acumula millones de litros que durarán años, así que les das el agua gratis a miles de personas que la necesitan y destinas todos tus recursos a mantenerlo limpio y seguro. Con esa

agua riegas las plantaciones de comida, las cuales también son de uso libre. Todo va de maravilla hasta que un día el pozo amanece seco y ya no te queda más dinero para construir otro. Las personas se enojarán frente a la noticia y exigirán a gritos que les des lo que no les has negado por años. Los cultivos se secarán y ya no habrá comida. Todo será un caos y serás la única responsable por no saber administrar los recursos. Hay que dar y recibir. Puedes dar el agua gratis y cobrar por la comida. Es un ciclo constante que mantendrá en pie al reino. ¿Entiendes a lo que me refiero? —pregunta y asiento. Me siento en una tutoría con el señor Field—. Escoge lo que consideres más importante por ahora. Salud gratuita o transporte.

—¿Podríamos al menos bajar el costo del boleto a cinco quinels?

—Siete quinels y se aplica a todo el reino.

—Tenemos un trato, majestad. —Le extiendo la mano.

—Un gusto negociar con usted, futura majestad. ¿El tercero?

—Creo que ya sabes qué es.

—Te van a amar.

Aquello es un alivio momentáneo que intento que dure más de lo que en realidad podría. No quiero atormentarme con el futuro, es solo que temo que su cariño se vea influenciado por ayudas y luego, cuando ya no les dé nada nuevo, vuelvan a detestarme.

—¿Podemos hablar de algo más? —pido para no arruinar el avance de esta noche.

—Propón el tema.

Sí, hay una cosa que muero por sacarme de la cabeza pese al bochorno que pueda causarme.

—Lencería —susurro y de inmediato cierro los ojos.

—¿Qué dijiste?

Su duda es genuina. Es imposible que me haya oído.

—El ajuar de bodas, Magnus. —Levanto la mirada y la voz.

Ya está. Lo dije.

—¿De verdad quieres hablar de eso, Emilia? —Ladea la cabeza, juguetón—. Haberlo dicho antes, soy todo oídos.

—Trajeron las prendas hoy.

—¿Quieres mostrármelas?

—¡Por supuesto que no!

Seguro tengo la cara tan roja como el granate. Desvío la mirada hacia el lavamanos y me cubro los ojos.

—Oye —dice, destapándome—, no debes avergonzarte conmigo.

—¿Cómo no hacerlo? Siempre estás burlándote de mí.

—Deberías irte acostumbrando. Desde mañana tendré toda una vida para hacerlo. Ahora, dime, ¿qué pasa con las prendas?

—Olvida eso, ¿quieres?

—Si no me lo dices ahora, no podré sacarme ese tema de la cabeza.

—Mi punto era dejar claro que no las usaré.

—Espero que sí lo hagas.

La seriedad en mi expresión es más que suficiente para que él note que no bromeo. Una noche de bodas no está en mis planes cercanos.

—Sé que no pasará nada entre nosotros —me avisa y me tranquiliza que sea consciente de ello—. Y tampoco soy tan ingenuo como para creer que me lo merezco. No te extraño de esa manera. Es decir, por supuesto que sí, pero, a lo que voy es que quiero estar contigo en las cosas más sencillas. El sexo se ha quedado en un segundo plano en mi cabeza. Lo único que ruego es volver a tener tu confianza.

—Por algo estás metido en una tina vacía.

Su risa llena el cuarto de baño. Ese placentero sonido de carcajadas varoniles que golpea las paredes y forma un eco pequeño que se esfuma rápido. Me fascina escucharlo reír.

—¿Qué tal es tu vestido? —pregunta mientras juega con mis pies, tamborileando con mis dedos como si los contara—. Me preocupa opacarte con mi sublime uniforme de gala.

—¿Será amarillo? Me encantaría verte en ese color.

Pagaría por no olvidar jamás la manera en que su buen humor se hiela al igual que una cascada en invierno. Es mágico.

—Dime que bromeas, Malhore.

Disfruto hacerlo dudar. Es lo más divertido de mi vida por el momento. Me muerdo el labio inferior para reprimir una sonrisa.

—Tranquilo. Me gustas en negro.

—Estoy ansioso por verte mañana con tu vestido.

Eso sonó a despedida.

—¿Ya te vas? —pregunto sin timidez. No quiero que lo haga.

—¿Quieres que me quede?

—¿Has dormido alguna vez en una de estas cosas?

—Esta podría ser una buena noche para intentarlo.

—Nos dolerá la espalda en la mañana —le aviso cuando propone traer almohadas.

—No tendremos sexo, da igual que nos fastidie.

Ahora no solo es su risa la que elimina el silencio y rebota entre nosotros, sino también la mía. Dos voces burlándose del otro en medio del caos que vivimos.

Todas las tradiciones y supersticiones pueden irse a la basura. Esta es la mejor noche previa a la boda con la que pude haber soñado.

16

EMILY

Cuatro de junio, esa es la fecha que marca el calendario.

Es el día de mi boda.

La aguja de la catedral acaricia el ocaso de esta tarde lacrontter, tarde en la que comenzará mi nueva vida al lado de la persona con la que jamás imaginé pasar el resto de mis días. Esta mañana, Magnus se escabulló de mi habitación minutos antes de que Luena llegara. De nada sirvió, ya que dejó sus zapatos y ella los reconoció. Me miró con complicidad, como si acabara de descubrir el más perverso de los secretos y jurara guardarlo para siempre.

Todos ya se encuentran reunidos, esperando mi llegada, sin imaginar que a mí los nervios me consumen al lado de mi padre, quien me acompaña rumbo a la iglesia. A medida que nos acercamos, aprieto el ramo de novia para aligerar el temblor que me invade. No pude haber hecho una mejor elección con las flores: cada una representa un elemento que deseo que nunca falte en nuestro matrimonio. Me decanté por calas blancas para la pureza, magnolias para la fidelidad, tulipanes rosados para el amor, espigas de astilbe en el mismo tono para la paciencia y peonías para la riqueza. Pensé que no las encontrarían a tiempo. Viajaron desde Dinhestown, uno de los reinos de los que Magnus se adueñó.

Antes de salir del palacio, nos informaron que la zona está acordonada y custodiada, que Mirellfolw se ha decorado con las banderas del reino, extendidas en inmensas cuerdas que cuelgan de los edificios hasta las lámparas callejeras, y que varios automóviles nos siguen en la travesía. Sin embargo, no puedo ver ni las sombras debido a que nos han puesto cortinas en las ventanas para que no veamos hacia afuera. Me siento como arropada por las telas que hay en las paredes de un ataúd, me esconden del exterior para que no se me dañe el humor, como si adoptar todas estas precauciones no fuera ya lo bastante malo.

—Todo va a salir bien —dice mi padre, tomándome de la mano—, pero si quieres huir aún tenemos tiempo.

—¿Le agrada Magnus?

—No me desagrada. Solo que aún no concibo la idea de que vayas a ser una mujer casada. Te miro y veo a mi niña pequeña, afanada por querer acompañarme a vender perfumes.

—Y mañana seré reina de Lacrontte —le recuerdo con una sonrisa de incredulidad.

El transporte se detiene de repente, un guardia abre la puerta y enseguida las figuras de mi madre y Mia saltan a la vista. Hemos llegado. Mi padre enlaza su brazo con el mío mientras mi hermana corre a tomar el velo de mi vestido. Por su parte, mi madre me rodea en un abrazo con el que intenta ocultar las lágrimas que le corren por las mejillas.

—Te ves hermosa, mi amor. Te deseo toda la felicidad del mundo —me susurra al oído.

Los cuatro avanzamos hacia el interior de la catedral elegantemente arreglada por Angelique. El pasillo central está decorado con un espejo que refleja el altar mayor, el fresco del techo y las lámparas de araña, creando un efecto visual precioso que me hace levantar la mirada. Al pie de las bancas hay arreglos de gipsófilas en cilindros transparentes que guían el camino hasta el púlpito. Además, hay velones en candelabros de cristal altos cuya luz titila como si se tratara de luciérnagas. Los asistentes se ponen de pie al verme entrar. Hay muchos a los que no reconozco, pero también hay muchas caras familiares,

entre ellas las de Valentine y sus hermanos, los Fulhenor, Luena, Lorian y… ¡Atelmoff! Me hace muy feliz que esté aquí. Junta las manos cerca del pecho y me mira con nostalgia y orgullo desde su fila. No me había dado cuenta de cuánto lo extraño.

Miro hacia el frente cuando la música empieza a sonar. Es una combinación de piano, violín y un grupo pequeño de cantantes que acompaña a los instrumentos con un coro suave. Habría esperado más del excéntrico hombre que aguarda en el altar y que me mira con una sonrisa en la cara. Hoy luce una chaqueta negra con una línea vertical dorada que sube hasta el cuello alto y recorre las solapas de su traje. Una banda roja, que tiene un broche con el escudo del reino, le atraviesa el pecho. Su pantalón es oscuro, pero esta vez fue resaltado por una línea en un tono oro a cada lado. Sus dedos, por primera vez, no traen anillos y tiene el cabello ligeramente peinado, conservando ese desorden tan propio de él. Se ve hermoso, como todos los días.

Camino nerviosa del brazo de papá bajo la vista de cada persona en la iglesia y solo ahí reconozco la melodía suave que tocan los músicos. Es aquella que me enseñó a tocar Magnus en el piano de la torre del palacio de Cromanoff. El corazón me palpita rápido, emocionado, desbocado. Parece que de un momento a otro estamos de nuevo en esa noche, sentados en soledad, refugiados de la tormenta de un reino ajeno. Recuerdo las palabras que me dijo, que la canción hablaba de lo mucho que iba a amarme, y aquí está, sonando en nuestra boda gracias a él.

Se frota las manos a los costados del cuerpo. Está nervioso y yo también. Su primo Gregorie se encuentra a su lado y le aprieta el hombro en señal de apoyo al darse cuenta de que no es capaz de sostenerme la mirada por períodos largos. Mis pasos se ralentizan a medida que me acerco. Cuando me detengo frente a él, veo esos ojos verdes brillar cristalizados. No suelta ni la lágrima más pequeña, pero ahí está su emoción, agolpada en sus párpados, luchando por no salir. Es la primera vez que veo su muralla abajo, es la primera vez que se deja ver vulnerable en público, y es por lo que jura sentir por mí.

—Le pido que cuide de uno de mis tesoros más preciados —le dice mi padre en un tono que no esconde la amenaza—. Mi esposa y yo la criamos para ser una gran mujer, que ahora va a estar a su lado, y aunque no creí que la mereciera, ahora me convenzo de que tuvo que hacer algo muy bueno en el pasado para que ella decidiera convertirse en su compañera hasta el último día de su vida.

—Haré todo lo que esté en mis manos por hacerla feliz, señor Malhore.

—No olvide nuestra conversación —le advierte antes de ir a sentarse junto a mamá.

¿Qué conversación? Un tema más en la lista de pendientes.

—Supongo que me lo contarás después —musito para que solo él me escuche.

—Solo si dices «acepto». —Me mira de soslayo—. ¿Preparada, Emilia?

—¿Tú lo estás?

—Completamente.

—Entonces, *ramé*.

Aquella respuesta lo hace sonreír y la calidez del gesto hace que mi ansiedad baje al menos un grado.

—Estamos reunidos aquí hoy para ser testigos de la unión de dos almas enamoradas —inicia el sacerdote, mirando hacia las bancas—. El destino ha traído a Emily hasta los brazos del rey Magnus y a partir de ahora caminarán juntos, por el resto de sus días. Desde hoy sortearán la adversidad apoyándose en el otro. Serán esposos, amantes y amigos. Se complementarán para edificar juntos una mejor persona.

Cada palabra es un peso en la espalda, y no porque me desagraden, sino porque son una bofetada de realidad. Este no es un juego que pueda deshacer en un año; seremos dos bajo la vista furiosa del cañón del enemigo. Huir sería abandonarlo en batalla y no sería capaz de hacerlo.

Observo cómo el pecho del hombre que tengo a mi lado sube y baja al escuchar el discurso. No se muestra inquieto o preocupado.

De verdad me sorprende la tranquilidad con la que asimila el paso que estamos dando, como si estuviera convencido de que nació para este instante.

—Majestad, rey Magnus VI Lacrontte Hefferline, ¿acepta a Emily Ann Malhore Lanreb como esposa y promete serle fiel en las alegrías y en las penas, en la salud y en la enfermedad, en la riqueza y en la pobreza, amarla y respetarla hasta el final de los días?

Los ojos de Magnus se ciernen sobre mí, muy claros, posesivos y extrañamente dulces. Me mira como si fuera el postre favorito de su mesa, el obsequio por el que tanto había rogado, la persona que más anhela. Cuando los hoyuelos aparecen, sé que la respuesta viene en camino.

—Acepto —pronuncia con voz varonil.

Estamos a un paso de ser dos para siempre.

—Emily Ann Malhore Lanreb, ¿acepta a Magnus VI Lacrontte Hefferline como esposo y promete serle fiel en las alegrías y en las penas, en la salud y en la enfermedad, en la riqueza y en la pobreza, amarlo y respetarlo todos los días de su vida?

Respiro profundo al sentir un cosquilleo en las manos y los labios, como si estuviera a punto de lanzarme cuesta abajo desde una gran montaña.

—Acepto —respondo sin reconocer por un momento mi propia voz.

Mia inmediatamente se acerca con una almohadilla en la que reposan las alianzas de matrimonio. Ambas están hechas en oro, pero se diferencian en los detalles. La de Magnus es lisa por fuera, mientras que la mía tiene pequeños diamantes combinados con diminutas figuras geométricas que unidas forman una secuencia floral; las mismas que se encuentran grabadas al interior del anillo de mi ahora esposo.

—Emily Malhore —comienza, mirándome—, prometo ser el esposo que mereces y acompañarte en cada nevada, madrugada y noche de tormenta. Prometo mantener a los caballos alejados de ti, no juzgarte al verte bailar *ballet* y cuidarte de ti misma, de mí y del mundo en

cada momento de mi vida —dice mientras me pone el anillo en el dedo—. En los días buenos caminaré a tu lado y en los días malos te sostendré para que no sientas el peso de los problemas. Y, con el corazón sincero, prometo amarte aun cuando no sepa cómo hacerlo.

Me parece difícil entender la punzada de felicidad y al mismo tiempo de incertidumbre que siento en el pecho. Una parte de mí le cree y la otra prefiere no hacerlo. Esta relación no será sencilla, por nuestra causa y por la de los demás. Aun así, no puedo ocultar que cada palabra se sintió como un arropo en el alma. Yo en serio quiero que este hombre me ame.

—Magnus Lacrontte —mi turno empieza y me cuesta controlar el sobresalto de mis emociones—, prometo tener paciencia para soportar tu peculiar sentido del humor, escucharte y darte palabras de aliento —recito mientras le pongo la alianza en el dedo anular—. Prometo guardar silencio si soy el motivo de tus turbaciones, prometo considerar el color rojo para mis vestidos, prometo guardarte en cada fiesta una pieza de tarta de durazno y, si estás de suerte, hornear una para ti. Y, por encima de todas las cosas, prometo siempre confiar en ti.

Soy sincera aunque me cueste. Ayer, mientras lo veía dormir incómodo en esa tina solo para acompañarme, entendí que, si vamos a enfrentarnos al reino como matrimonio, debo volver a confiar aunque me tome un año, dos o tres. Anoche, después de regresar de la cena, me planteé el peor escenario en la cabeza y sufrí sin razón alguna. No quiero que cada vez que pongan en duda nuestra relación yo me atormente de esa manera.

—Espero que cumplas lo último.

—Lo haré si te portas bien.

El sacerdote pronuncia las palabras finales sin mencionar la famosa manifestación matrimonial. Supongo que nadie tiene derecho a oponerse a la boda de los reyes. Y entonces llega la parte más esperada.

—Puede besar a la novia.

Todo dentro de mí flota cuando se me acerca y, una vez más, me acuna las mejillas con sus manos. Se inclina y pone sus labios contra

los míos. Su boca se siente cálida y suave, jugando con la mía en un beso firme, igual al primero que nos dimos esa noche bajo la nieve de Cromanoff. Este también es un primer beso, uno de esposos.

Los aplausos se extienden como una avalancha por la catedral, retumbando en las paredes y posteriormente llenándome los oídos. Mi madre llora, al igual que la reina madre, y mi padre intenta no hacerlo. Gregorie nos abraza y Francis nos mira, orgulloso.

—Ante ustedes, el señor y la señora Lacrontte.

* * * *

Nuestro viaje de regreso es lento. Somos los últimos en salir para despistar al pueblo con los muchos automóviles idénticos que partieron primero con los invitados. Magnus y yo no sabemos cómo mirarnos. Es decir, hay un ambiente nuevo entre nosotros. Ya no somos dos extraños que juegan a mantener una relación, ahora estamos atados el uno al otro en un papel mucho más retador. Él intenta hablar y yo me río, nerviosa; él me toca y yo me remuevo en mi asiento. Es ridículo.

Cuando cruzamos las rejas doradas de la entrada, el chofer nos indica que podemos correr las cortinas de las ventanas. Magnus lo hace rápido por mí y entiendo la razón. El palacio está repleto de flores, desde el puente que lleva al jardín hasta las escaleras que dan directo al pórtico. Miles de especies diferentes intercaladas en una colorida bienvenida que hace años no se veía en el reino. Es precioso.

—Es tu primer regalo —dice, atento a mi cara de asombro.

Yo no preparé ningún obsequio para él.

—¿Primer?

—¿Pensaste que iba a darte una sola cosa? No me conoces, entonces.

Al bajar del transporte, el olor dulzón de los arreglos guía nuestro andar hasta el salón en donde se llevará a cabo la fiesta. Mi ahora

esposo me toma de la mano y me indica el camino, pero no damos más que un par de pasos antes de detenernos. El lugar es majestuoso, divino. Angelique hizo un trabajo espléndido. Las personas se levantan y brindan con sus copas cuando el maestro de ceremonias nos anuncia. Desde aquí veo las caras sonrientes de cada invitado en las mesas. Sin embargo, algo me paraliza: la forma en la que caen esas cadenas de luces desde el techo, como si estuviéramos bajo la lluvia; nuestras iniciales pintadas en el piso de la pista de baile; la pirámide de copas de champán que burbujean desde la zona de bebidas; las flores de cerezo que pintan el ambiente de rosa; el olor de la comida y las tartas de durazno que tanto le gustan a Magnus; los músicos que tocan sin descanso; los vítores de la gente y las luces cálidas que nos bañan como si fuera un atardecer intenso.

—¿Y bien? —me pregunta al oído—. ¿Esto es lo que querías para tu día?

Asiento, emocionada. No soy capaz de pronunciar palabra.

—Quizás la pedida de mano no fue como la hubiera querido, pero esto es exactamente lo que habría planeado para mi día.

—¿Y cómo se supone que habría sido tu pedida de mano soñada?

—Solos y rodeados de flores.

—¿Como ahora?

—Ahora no cuenta. No lo planeaste tú.

—¿Quiere decir que tu propuesta soñada me incluye?

—Supongo que decir que no se consideraría infidelidad.

La sonrisa le ilumina la cara. Está feliz y ni sus cientos de murallas son capaces de ocultarlo. Me toma de la cintura y me lleva hacia el centro para el primer baile. Me siento intimidada por la cantidad de ojos que hay sobre nosotros, cada uno atestiguando los pasos que damos al ritmo de la música.

—Todos nos miran —le aviso mientras nos movemos.

—En realidad, me miran a mí y se preguntan: ¿cómo hizo ella para conseguir a un hombre tan despampanante?

Y pensar que soportaré esto por años.

—Eres muy arrogante.

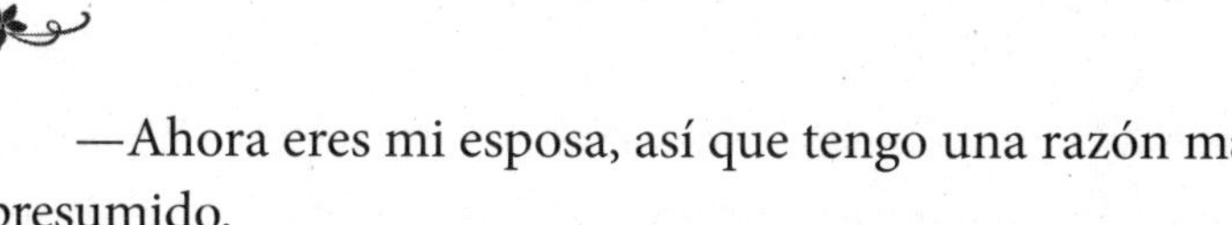

—Ahora eres mi esposa, así que tengo una razón más para ser presumido.

Mi corazón se mueve a nuestro ritmo, luchando por no caer tan deprisa al fondo de la fosa en la que nos hemos lanzado. Pero allá voy, directo hacia abajo, esperanzada de que haya un colchón que amortigüe mi caída o que sea Magnus quien aguarde para recibirme.

—Eso fue romántico… a tu manera.

—No soy romántico, Emilia, aunque puedo intentarlo por ti.

—Lúcete y deslúmbrame —lo reto, arqueando una ceja.

—Te ves hermosa.

Casi dejo de moverme. Jamás había usado esas palabras. Se rehusaba a decírmelas por más que se lo pedía. ¿Es una treta o lo dice en serio?

—No te sientas presionado a romper tus costumbres.

—Sería imperdonable no hacerlo. ¿Te has visto al espejo? Te ves preciosa, mujer.

Es maravilloso escucharlo. Imaginé varias veces que me decía eso y todo se quedaba en una fantasía triste. Ya había dado por hecho que jamás lo oiría.

—¿Ese es el segundo regalo? —pregunto.

—En lo absoluto. De ser así, la tarjeta estaría a mi nombre, no al tuyo.

—Si vas a halagarme, hazlo bien.

—Saber que eres mi esposa es el regalo.

—Faltó una cosa —insisto. Deseo que lo repita.

—Saber que tengo una esposa hermosa es el regalo, y no me refiero solo a su físico, señora Lacrontte. Es usted divina en todos los aspectos.

Ahí está él, cumpliéndome el capricho.

* * * *

La mesa es mi sitio para descansar después de tantos bailes. En la lista figuraron mi padre, Gregorie, Lorian, Francis y Atelmoff, quien me acompaña tras escabullirse del resto de la fiesta.

—Querida, te ves radiante y feliz. ¿Pudiste perdonarlo?

Pregunta difícil. No lo he hecho, aunque, tal como él lo dijo una vez, sé que podría hacerlo si continúa como va.

—Lo intento. No es sencillo, pero...

—No imposible —termina por mí—. Me alegra que los tres estén saliendo adelante.

¿Los tres? ¿Stefan igual?

—¿Por qué lo incluyes?

—Porque él también sigue adelante —La necesidad de preguntar me pica en la boca y peleo contra ella. No lo haré. No soltaré los fantasmas en mi día—. No lo digo para atormentarte, sino para liberarte. No debes preocuparte por lo que dejaste atrás. Pon tu vista al frente y camina.

Así entierre a Stefan para siempre, su nombre aparecerá en alguna esquina del periódico. Él está atado a Nahomi y yo también deseo encontrarla.

—Si sabes algo, ¿prometes que me lo dirás?

—Por supuesto, pero tú prométeme algo. Dime que cortarás los grilletes que escondes en tu cabeza.

—¿A qué te refieres?

—Magnus no es un hombre fácil. Si me lo preguntas, te diría que no te merece. No obstante, si vas a esforzarte por que esto funcione, tendrás que dejar ir las piedras que sostienen la ira. Yo lo he hecho con él incontables veces.

—¿Consideras que merece el esfuerzo?

—Me envió una carta de su puño y letra pidiéndome que viniera. No es la primera vez que lo hace. Desde que sucedió lo que sucedió, me puse en su contra. Me escribió algunas veces y yo no contesté. No hasta que me contó que empezó a plantar flores.

Abro los ojos y me dejo caer en la silla. No me había querido hacer ilusiones. Pensé que las cosas cambiarían después de mi coronación, pero para el pueblo, no para nosotros.

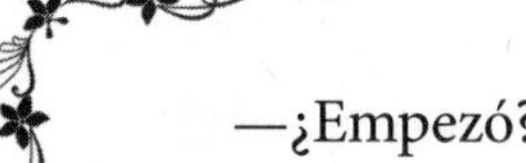

—¿Empezó?

—Me apena haberte arruinado la sorpresa. Pensé que lo sabías. Ya ha sembrado semillas. Es un paso enorme para él. No solo por lo que siente por ti, sino también por lo que el acto mismo representa.

—Sé a lo que se refiere. Sus padres. Plantarlas sin que yo se lo pida es cortar la cuerda que lo une al recuerdo de su funeral. Es plantarle la cara al pasado y pelear por el presente. Es dejar ir para no perder lo que tiene—. Hay un niño de doce años en él que está empezando a sanar. Si vas a ayudarlo, te apoyo. Si te rindes y quieres huir, cuentas conmigo. Por ahora, si de verdad estás dispuesta a intentarlo, no borres sus antiguas huellas, esas que te hirieron. Ocúltalas y deja que marque el camino nuevamente. Si él se dedica a cumplir su palabra de nunca lastimarte, esas pisadas se desvanecerán solas.

—No quiero justificarlo por su pasado, Atelmoff.

—Y jamás lo hagas. Él pone sus límites, tú pon los tuyos. Grita cuando estés harta y pelea por tu respeto. Al punto al que quiero llegar es que, mientras estés aquí y él se esfuerce por demostrarte que ha cambiado, no le apuntes con tu resentimiento, recordándole el pasado. Una herida nunca sanará si se abre cada hora.

Pese a lo mucho que me cueste aceptarlo, tiene razón. No quiero un matrimonio que admita las faltas de respeto, pero si no hay ninguna, no debo escribir en las paredes sus fallas anteriores si es que ya las he perdonado. No se trata de olvidarlas, se trata de empacarlas y ponerlas bajo llave, lejos de nosotros. La única excusa para sacarlas de ahí sería dictar un alto si por algún motivo se vuelve a tropezar. Que sea él quien se caiga, no yo.

—¿Puedo unirme a la conversación? —inquiere la reina madre, asomándose a mi izquierda.

—Toda tuya, querida Aidana. —Atelmoff se levanta y le cede su asiento—. No olvides mis palabras —me susurra antes de marcharse.

—Espero no haber sido inoportuna —empieza ella una vez que estamos solas—. Yo venía a agradecerte, Emily.

—¿A mí? ¿Por qué?

—Ay, querida —pone su mano sobre la mía—, ¿sabes que existen las mujeres que se convierten en reinas por actos heroicos, las que lo son por herencia y las reinas consortes?

—Soy la última.

—Eso es lo que pensaría el pueblo. Yo, en cambio, considero que eres reina por el acto heroico de ayudar a Magnus a salir de la oscuridad en la que ha vivido sumergido.

Dos personas con un discurso similar. Y no digo que me moleste; más bien, me sorprende. Nunca habría imaginado que el mismísimo rey de Lacrontte necesitaría el apoyo de una mishniana para liberarse.

—Su nieto es el hombre más fuerte que conozco.

—No, no, Emily. No hablo de fuerza, hablo de sensibilidad. Magnus se metió en una coraza que se negaba a romper. Yo perdí la batalla. Cada vez que quebraba una capa, él construía otra más fuerte. Y contigo fue diferente. Lo veo en la manera en que actúa cuando estás cerca. Estoy segura de que tu cincel se desgastó en cada esfuerzo, pero te mostró sus grietas, te enseñó el camino, la vía por la que podías pasar. Tú persististe y te dejó entrar. Soy su abuela, lo conozco. Aún hay concreto duro a su alrededor con el que batallarás, pero no va a dejar que esas paredes te caigan encima. Va a derribarlas antes de que te golpeen porque te ama.

Me siento sedienta, como si hubiera sido yo la que ha soltado todo eso. No me cegaré con declaraciones que no ha proclamado. Él dice quererme y una parte de mí lo cree. ¿De ahí a amarme? No, falta un sendero largo.

—¿Trata de decirme que hay más secretos? —Cambio de rumbo. Necesito refugiarme en terreno seguro.

—Eso no me corresponde a mí. No sé cuánto te ha dicho.

Los hay, entonces.

—Majestad —un guardia nos interrumpe y me cuesta entender que se dirige a mí—, la señorita Angelique quiere verla. Dice que es sobre su discurso.

¿La organizadora de bodas? No hablamos de ningún discurso.

—¿Le puede decir que se acerque? No quiero abandonar la fiesta.

—Lo hice. Aun así, fue insistente al pedir que la viera afuera. Es extraño. A Aidana y a mí nos queda claro que algo sucede.

—¿Quieres que te acompañe? —ofrece ella.

—No hace falta. Vuelvo enseguida.

No me da buena espina. Es decir, puede entrar y decirme lo que sea que vaya a decirme. No soy tonta. Si salgo del salón es solo porque sé que los pasillos están llenos de guardias que no permitirán que nada me pase. Además, la reina madre está enterada y sé que irá corriendo a contárselo a su nieto.

Varias personas que bailan se dan cuenta de mi escape: Magnus, seguramente obligado, con su tía; Gregorie con Elisenda y mi madre con mi padre. El custodio y yo caminamos un par de metros hasta un corredor vacío, en donde en efecto se encuentra Angelique. Me sonríe, inofensiva, me felicita y halaga mi vestido. Parece amigable; aun así, no me fío.

—¿Qué sucede? —pregunto sin rodeos.

El guardia sigue detrás de mí, pendiente de la interacción.

—Solo quise darte un obsequio de bodas.

—No hace falta. Con lo que hiciste fue más que suficiente. Cada detalle fue perfecto.

—Insisto. Es una pequeñez.

Me ofrece un sobre beis abultado. Ese es el color de los nobles. ¿Ella lo es?

—¿De qué se trata?

—Ábrelo en tu habitación. Iba a dejártelo allá, pero no se me permite subir. Debo irme —se mueve, como si tuviera miedo de que lo abra frente a ella—, pero ten un feliz resto de noche.

La llamo y no se vuelve. El guardia me pregunta si quiero que la detengan, pero no doy la orden. Es obvio que quiere escapar.

Una corriente me atraviesa el cuerpo. Me debato entre obedecer y aguardar o abrirla aquí mismo. Desafortunadamente, mi mayor pecado es ser curiosa. Rasgo el sobre y empiezo a sacar lo que hay dentro.

Lo primero es una nota sencilla, escrita a mano, que no tardo en leer.

No soy tan mala como imaginas. Por eso, te daré un regalo. Dentro del palacio hay una habitación que debes encontrar. Serás la reina, así que busca la llave.

Vanir

¿Qué hace Angelique con esto? ¿Es cercana a Vanir? ¿Desde cuándo? Pudo haberle estado pasando información de lo que sea que haya visto o escuchado. Le pido a un guardia que vaya por ella y espero impaciente a que aparezca antes de sacar algo más. Nadie la encuentra. Ya se ha escapado del palacio. Estoy frustrada y ansiosa. Voy hacia las escaleras y me siento en el primer escalón, ignorando la pregunta del custodio sobre ir hasta su casa y traerla de vuelta. La verdad es que no creo que sea tan tonta como para ir a refugiarse allí. Debe dirigirse a otro lugar, que tampoco será la casa de Vanir. El vestido me estorba y es difícil acomodarlo. Pongo el sobre bocabajo y el contenido cae como una tormenta frente a mí. Hay muchas notas iguales y escritas a mano. Me armo de valor, tomo una al alzar y la leo.

No te recordaba tan bonita. Te aceptaría.

No tiene firma y eso es lo que más me asusta. ¿Ya me conoce? ¿De quién se trata? ¿Por qué dice que me aceptaría? ¿Es un hombre o una mujer? ¿Es la propia Angelique? Juro que empieza a dolerme la cabeza. Los guardias se acercan y preguntan si necesito ayuda o si llaman al rey. No les contesto. Voy por la siguiente.

Ven al palacio a las diez. Necesito verte.

Magnus Lacrontte Hefferline

Me arranco el velo de un tirón. Se me despeina el cabello y algunos mechones me caen en la cara. Siento que se me va el aire, que el corsé me asfixia y que todo me da vueltas. ¿A quién le escribió esto? Es su letra. La reconozco tan bien como la mía. Y, para mi dolor, hay más.

Agosto 15

Vanir,

No podré llegar a tiempo para tu fiesta. Nos vemos a mi regreso. No quiero encontrarte enojada. No necesito más escándalos. Feliz cumpleaños, de cualquier manera.

Sabes que te pienso y te deseo,

Magnus VI Lacrontte Hefferline

Una gota aterriza en el papel y hace que la tinta se corra. Me limpio las lágrimas con el dorso de la mano y con la otra arrugo la carta. Es evidente que se trata de correspondencia antigua, pero eso no impide que me afecte. Tengo el corazón pequeño y la vista empañada. Hoy era mi día. Esto no tenía que suceder.

Tu compañía me fue útil hoy. Ven mañana otra vez.
Sé puntual. No me gusta que me hagas esperar.

Magnus VI Lacrontte Hefferline

Otra más.

Con respecto a tu pregunta: tu cabello.
Me gusta el color de tu cabello.

Magnus VI Lacrontte Hefferline

La última es la más dolorosa. No la escribió él. Esta es de ella directamente para mí.

Jamás he sabido qué es ser un reemplazo. Deberías contármelo.

Feliz boda. Es bueno saber que encontró una segunda opción.

Vanir

Tiene una cinta blanca pegada al respaldo y de allí cuelga un anillo atado. Es un diamante incoloro, circular y con un aro de oro blanco. Es su anillo de compromiso. ¿Qué tan patética hay que ser para hacer algo así?

—¡Emily! —La voz de Magnus retumba cuando se acerca.

Levanto la mirada y escondo las notas debajo de mi falda a pesar de saber que las encontrará rápido. Separo dos y las pongo en el escote del vestido antes de que aparezca. Aunque aún no lo veo, sé que no está lejos.

—¿Por qué estás llorando? —pregunta sin dejar de caminar.

Viene con grandes zancadas y se arrodilla frente a mí. Me pide que me levante varias veces y yo sencillamente lo ignoro. Me siento hundida entre las letras de lo que fueron, en la evidencia que vi, en su pasado.

—¿Por qué llora? —le pregunta al hombre que vino a acompañarme.

No lo culpo cuando le cuenta todo. Más bien, la exposición me hace sentir estúpida. ¿Qué hago sufriendo por esto? No debería y tampoco me detengo. Magnus me pide que se lo enseñe y yo no le contesto. Me levanto y voy escaleras arriba, dejando a la vista lo que me enviaron. En el momento en que las toma y lee la primera, le esquivo la mirada. Lo escucho seguirme, pidiéndome que me detenga, que hablemos, que no me vaya.

—No hagas esto por culpa de dos personas que no te quieren. En el salón hay un montón de hombres y mujeres que te aman y estás dejándolos solos por gente que no vale la pena.

Sigo adelante. Me duele demasiado el corazón como para enfrentarlo. ¿Es una tontería? Quizás. Lo que me molesta no son las notas viejas, es la intención, la burla, la cizaña.

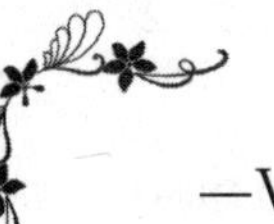

—Voy a asesinar a Angelique —declara a mi espalda y ahí me congelo.

—No, no lo harás.

Lo último que me falta es que mi esposo sea un asesino de mujeres sin una razón de peso.

—Así se castiga en Lacrontte.

—Envíala a prisión de por vida si lo deseas, pero no ha hecho algo lo bastante grave como para asesinarla.

—Te ha hecho llorar.

—Estoy hablando en serio. No es romántico.

—Sé que no lo es. No se trata de eso. La ley es simple: cualquier individuo que dañe a la monarquía será dado de baja.

—Aún no soy reina.

Suspira, enojado. Las venas en el cuello le aparecen mientras intenta controlarse. Esto no es por no poder enviar a la horca a Angelique, es porque lo desautorizo.

—A prisión, entonces —cede con poco humor—. ¿Podemos hablar?

—¿Sobre qué? Es tu pasado.

—Tus paredes son de cristal, Emily.

—Quiero estar a metros de todos. Volveré en un rato.

—Al menos déjame hacerle compañía a tu soledad.

Lo dudo. O sea, claro que quiero hablar con él aunque sea por capricho. Necesito que me diga lo que ansío escuchar, pero, al mismo tiempo, es innecesario arrastrarlo a mis turbaciones.

—¿Puedo? —insiste cuando no obtiene respuesta.

—Puedes.

Me gusta que esté a mi lado en las batallas sin sentido de mi mente.

Me lleva hasta su alcoba y ahí nos encerramos. Enciende la luz y me mira, como si en la fiesta no hubiera podido admirarme lo suficiente y esta fuera su oportunidad. Hacía mucho tiempo que no visitaba su habitación. Todo sigue igual que como lo recuerdo. Las cortinas oscuras, la cama con dosel y su perfume en el aire. Es la cueva del enemigo y de mi esposo.

—Te quitaste el velo —comenta mientras se desabrocha la banda roja y la deja a un lado.

—Sentía que me ahogaba.

—Emily, no quiero que ella ocupe tu mente ni un segundo. Jamás debes preocuparte por mi fidelidad.

Me vuelvo para que no me vea la cara y el rastro del llanto que me esmero por erradicar.

—Sé que no me traicionarás de esa manera, pero no deja de ser difícil. Yo vi su relación, su convivencia. Las notas no hicieron más que reforzar el recuerdo.

Me rodea la cintura con sus brazos. Se lo permito porque resulta reconfortante. Me estrecha despacio, temiendo una protesta de mi parte por el acercamiento.

—Me enoja tener que recalcarte esto —dice en voz baja cerca de mi oreja—: tú no eres el reemplazo de nadie. Eres mi esposa. La única que he querido.

—¿Te puedo preguntar una cosa?

La inseguridad dentro de mí es demasiado grande como para retenerla. La Emily del año pasado estaría decepcionada.

—¿Qué es lo que más me gusta de ti? —Adivina lo que hay en mi mente—. Más que tu cabello, sin duda.

—No, no contestes. No me rebajaré de ese modo.

—Lamento tanto haberte hecho esto, Emily.

—¿Haberme hecho qué?

—Causarte inseguridades.

Sí. Es el absoluto culpable de muchas de mis inseguridades y me aterra pensar que jamás van a desaparecer.

—Eres de las peores cosas que me han pasado, Magnus Lacrontte.

—Lo sé.

Ni siquiera medita la respuesta. No parece dolido u ofendido por el comentario. Ya lo esperaba, y no solo esta noche.

—Pasaré el resto de mi vida compensándolo hasta demostrarte que valgo la pena.

—¿Qué te hace pensar que tienes más del año que habíamos acordado?

—Ya no me miras con el mismo odio de hace unas semanas y yo prefiero perder mi corona antes que perderte a ti.

Salgo de sus brazos y doy dos pasos adelante. Me limpio el llanto, aunque no me vuelvo. Es él quien aparece frente a mí. Daría cada cosa que tengo para que Magnus hubiera sido así la noche en la que quebró mis fuerzas.

—Eso no era lo que creías cuando me traicionaste.

—Me convencí de ello una vez que me di cuenta de mi error.

—¿De qué sirve? No te arrepientes.

—Necesitaba esa información. No era la forma, tú misma lo dijiste. Yo estaba ciego y tenía miedo de lo que empezaba a sentir por ti. Fui un imbécil, egoísta y arrogante. No hay excusas que me justifiquen. No te lo merecías. Si pudiera borrar mi pasado, lo haría. Eliminaría a cada persona de mi historia, a Silas y a ella. Dejaría que todo empezara y acabara contigo, pero es imposible.

—Yo de verdad lo intento —me sincero, ya cansada de dar vueltas—. Trato de dejarlo atrás con todas mis fuerzas; la cuestión es que siempre regresa a mi cabeza. No sé cómo dejarlo ir. Me atemoriza que vuelvas a lastimarme.

El silencio nos envuelve. Se ha quedado sin palabras, sorprendentemente. Es una guerra que no sabe cómo pelear y se nota en la manera en que se mira las manos, los pies, el cuerpo, perdido. ¿Qué busca?

—Déjame una cicatriz —me pide después de un rato—. Cada evento importante en mi vida me ha dejado una. Quiero la tuya también.

¿Se volvió demente? Él las detesta.

—¿Eso en qué ayudaría?

—Estarás conmigo para siempre. Es una representación física de mis palabras. No quiero separarme nunca de ti.

Me niego. No voy a herirlo de esa ni de ninguna otra forma.

—Entonces dime que no dudas de mis sentimientos, Emilia. ¿Recuerdas la vez en la que te dije que cuando alguien te ofrece el mundo se refiere a su mundo?

Asiento. Muchas noches me arrepentí de haber cruzado esa puerta.

—Sí. También dijiste que ya estaba dentro del tuyo.

—Porque eres mi mundo. Sin ti no existe el mío. No me dejes sin él, no me dejes sin ti.

Magnus me da un beso en la frente mientras sus pulgares recogen mis lágrimas. Lo quiero con el alma entera. Me muero por abrazarlo y rodearle la cintura con mis piernas, por que me sostenga como lo hizo en Cristeners esa noche frente al espejo, por que me jure mil vidas juntos, por que me cuide como debió haberlo hecho.

—Me agradas más de lo que supones.

Mi única respuesta no lo desalienta; más bien, lo hace sonreír.

—En mi mundo, eso sonó como un *te quiero*.

—Todavía no te lo has ganado.

—Es decir que tengo razón. Me quieres.

No está en mis planes confesárselo esta noche y él lo entiende, para bien o para mal.

—Existirán personas que te dirán un sinfín de cosas sobre mí —cambia la conversación al no obtener lo que esperaba—. Antes de sacar conclusiones, por favor, pregúntamelo. Solo hay una mujer a la que he querido a mi lado para siempre y se llama Emily Lacrontte, ¿la conoces? Siento que se parece a ti —asegura, besándome la nariz—. Mi Emilia, mi esposa, mi calma.

Levanto la mirada hacia él y sus feroces ojos verdes me invaden. No podría compartir a Magnus jamás porque lo quiero solo para mí y, aunque me cueste reconocerlo, no hay nadie más con quien desee estar ahora que no sea este hombre arrogante y desesperante.

Mi Magnus, mi esposo, mi tormenta.

—Tenemos un trato. —Cedo porque tiene una pizca de razón. Solo una migaja.

—Y yo, un obsequio para ti —me avisa mientras camina hasta la mesa de noche.

Lo veo abrir uno de los cajones y sacar un par de hojas que luego me entrega.

—¿Qué es esto? —pregunto, examinando los papeles.

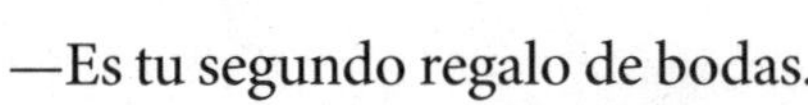

—Es tu segundo regalo de bodas.

Leo por encima tan rápido como es posible y, a medida que descubro de qué se trata, se me agita la respiración, emocionada. Es un derecho de propiedad de los jardines de Refcold, en el que se indica que ahora ese lugar me pertenece por completo.

—Puedes cambiarle el nombre a «Los Jardines de Emily». A mí me parece una gran idea. Todos sabrán que te pertenecen, así como yo.

—¿No habías dicho que nos pertenecemos a nosotros mismos?

—Cambié de opinión. Me gusta la idea de ser suyo tanto como la de saber que usted es mía. Porque lo es, señora Lacrontte.

—Porque llevo tu apellido. No por lo que crees.

—Yo no creo nada. Estoy seguro. La mejor intimidad es aquella que no requiere de dos cuerpos desnudos.

—¿Desde cuándo eres tan poético?

—Es el efecto Emily Lacrontte. Me encanta llamarte así por fin. —Me quita el papel de las manos y lo deja sobre su cama para luego regresar a mí y tomarme de las manos—. ¿Me permite un segundo baile, señora Lacrontte? —propone para mejorar mi humor.

—Pensé que no le gustaba bailar, señor Lacrontte.

—Ya te lo dije una vez en Cristeners: hay cosas que se hacen solo por una persona, y esta es una de ellas.

La música de la primera planta se escucha lejana y suave, y es todo lo que necesitamos para comenzar a mover los pies en medio de la soledad de su habitación. La luna es testigo de los pasos de un corazón rígido y uno frágil, de uno que se ablanda por el otro y que ayuda a unir los pedazos de aquel que estaba roto, de dos almas distintas que ahora están unidas más allá del matrimonio y que en silencio desean no separarse en lo que les resta de tiempo.

Hoy sí nos denudamos sin quitarnos ni una sola prenda.

17

MAGNUS

No he podido dejar de mirar la argolla en mi dedo. Es como si alguien fuera a robármelo, o yo a perderlo, y tuviera que, al igual que en el campo de batalla, estar pendiente a cada minuto. Es estúpido e inevitable. Emily lucía tan preciosa ayer que me desagradó que permitiera que nos arruinaran la noche. Me esmeré por hacerla feliz. Incluso le insistí a Atelmoff para que viniera, y yo soy el primero en negarme a hacer algo semejante. Todo para que terminara llorando en las escaleras a causa de esa mujer.

—¿Cómo estás? Te veo feliz.

La pregunta de Gregorie no me sorprende. He estado más alegre que de costumbre. Le permití abrazarme esta mañana cuando me saludó y le sonreí a mi abuela en el desayuno. Es inaudito. Sin embargo, no dejaré que me saquen información. Lo que he dejado ver hasta ahora será lo único que tendrán.

—Lo estoy.

—Ya eres un hombre casado.

—Lo soy —digo, mirando una vez más mi anular.

¡Tengo una esposa! Una esposa a la que le faltaron varios centímetros de estatura, que parece un bastón con falda, que acaba con mi paciencia, que se viste de todos los colores y, sobre todo, con una mujer que me hace creer que merezco algo más. ¡Me casé con mi Emilia!

—¿La noche de bodas estuvo bien?

—¿Qué te hace pensar que te hablaré de mi noche de bodas?

Anoche fue una gran noche. Nos quedamos juntos, no volvimos a la fiesta y hablamos hasta el amanecer. Le insistí para que se quedara en la habitación conmigo y le prometí que nada ocurriría, que solo quería la compañía. No aceptó y me di por vencido, porque lo importante ya lo habíamos vivido. Por fin avanzamos. Al fin veo el amanecer después de un combate intenso contra su rencor. Estamos volviendo a lo que éramos antes, a lo que debimos ser siempre. Ella da pasos hacia mí y yo corro a encontrarla.

—Se escaparon de la fiesta. Esa es una buena señal.

Fue un mal inicio para un buen final. Por eso no voy a permitir que nadie lo arruine.

—¿Ya te perdonó? —insiste como el ser entrometido que es.

Me arrepiento de haberlo llamado. Pensé que era buena idea tener una mente serena en el juicio, alguien que reemplazara a Francis, quien se fue a quién sabe dónde con mi abuela. Se está dando demasiadas libertades últimamente.

—Cierra la boca e idea una buena sentencia, Gregorie Allan. Esa es la razón por la que te invité. De otra forma, lo habría hecho solo.

Justo cuando Emily dejó mi habitación, mandé a traer a esa mujer. No fue fácil encontrarla, según me contaron. No estaba en su casa ni en la de la dueña de las cartas. ¿Cómo pude fijarme en una persona tan miserable? Es patética, una completa maldita al usar mi correspondencia antigua como arma para dañar a mi esposa. Es un movimiento débil, grotesco y tan poco inteligente que me repugna recordar que le pedí matrimonio. ¿De verdad iba a casarme con alguien tan cretino? Es una vergüenza haber puesto mis ojos en ella.

Si hay algo que se pudo rescatar de esta bajeza fue que pudimos revocar la invitación de la madre a la coronación. Estoy seguro de que sabe lo que pasó. Ambas son demasiado unidas como para no conocer los movimientos de la otra. Es por esa misma razón que les pedí a los custodios que hicieran hasta lo imposible por traerme

encadenada a Angelique. Las Etheldret ya debían haber armado un plan y a mí solo me quedaba usar el poder para someterlas.

Ellos entraron a la fuerza a casa de Gadea, buscaron en cada rincón alguna señal y amenazaron con dañar los negocios de su esposo si no obtenían una ubicación. Nada daba resultado. En las habitaciones no había ni medio indicio y ella no flaqueaba. No hasta que le advirtieron que, de no cooperar, se les retiraría su título nobiliario. Me comentan que ahí empezó a quebrarse y luego a pedir clemencia, alegando que su hija no era más que una joven con el corazón roto, una que veía cómo el amor de su vida se casaba con alguien más. Una historia que, estoy seguro, ella misma no se traga. De la misma forma en que se enteró sobre esto debió enterarse de la relación que mantuvo esa mujer con Cournalles. Las dos son igual de manipuladoras.

La dirección del lugar en el que se encontraba la organizadora de bodas no me es familiar. Está a las afueras de Mirellfolw, en un pueblo pequeño de poca atención. Se trata de una casa cercada, escondida por un muro alto de concreto con picos de hierro que la protegen del enemigo exterior. Investigué a nombre de quién está registrada y el dueño tampoco tiene espacio en mi cabeza. No es un noble cercano. Debe ser un testaferro más. La cuestión es que solo estaba Angelique, junto a una mujer mayor, que pronto se descubrió que era su madre. De la plaga restante no había nada, ni la más delgada hebra de su cabello. Seguimos tras su pista.

—¿Tú qué harías con ella? —le consulto a mi primo.

—Torturarla si no me dice lo que necesito.

—Me informaron que no paraba de gritar que la obligaron.

—¿Quién? ¿Vanir?

—No menciones ese nombre aquí.

—El primer paso para sacarla de tu vida es hacerle frente. No decir su nombre es seguir dándole poder. —Ahí va con su versión barata de Francis—. La olvidarás cuando al escucharlo o decirlo no sientas nada. Por ahora solo la arrastras sin reconocerlo.

Detesto cuando adopta ese papel y escarba en mi mente como un insecto fastidioso.

—Su historia está borrada, Fulhenor.

—Entonces, dilo. Pisa su recuerdo.

Vaya infamia. Me quema la garganta incluso intentarlo. Y, por encima de todas las cosas, lo que más me irrita es que tiene razón. Traigo su recuerdo anudado al cinto de mi pantalón, alargando nuestra relación de alguna manera mientras castigo a todo aquel que la mencione. El rencor que le guardo es demasiado grande para soltarlo.

—Hágala pasar —le ordeno al guardia.

No tengo tiempo para enfrentarme al espejo ahora mismo.

La mujer trastabilla mientras camina, aterrorizada. No nos mira hasta que Gregorie lo exige. Leo el miedo en sus ojos cuando me da un vistazo rápido, como si verme fuera ya un delito grave que no quiere agregar a la lista. Esa debería ser la última de sus preocupaciones.

—Buenos días, señorita Angelique —mi primo la saluda en vano. Ella no responde—. Entenderá por qué está aquí hoy.

—Tiene cinco minutos para convencernos de no enviarla a la horca.

Mi sentencia es clara, aunque falsa. Le prometí a Emily que no lo haría y cumpliré. Pero quiero los detalles y evitar los rodeos. La solución está en presionar.

—No sé por dónde empezar. —Veo que le tiemblan las manos, el cuerpo entero—. No quiero morir.

Habla lento, con miedo, y me enfurece. La victimización no es algo que acepte después de lo que hizo.

—Está restándole segundos a su tiempo —le aviso, con la paciencia escasa.

—Me dijeron que, si no lo entregaba, harían algo en contra de mi madre.

—¿Le dijeron? ¿Quiénes?

Estoy a punto de caminar hacia ella y apuntarle. Detesto que no sean claros.

—Ellos. Ese hombre también —contesta ella.

—¿Qué hombre? —Fulhenor toma la palabra.

—No lo conozco. No dijeron su nombre y no se me permitía preguntar. Les pido que confíen en que digo la verdad.

—¿Y por qué creería que eso es cierto? —pregunto.

Ella evita mirarme cuando le hablo. Pone los ojos en Gregorie, como si él pudiera salvarla de mí.

—Lo juro por mi vida. No traicionaría a la Corona. Trabajo con ella, ¿por qué lo arruinaría? Vanir no representa ninguna autoridad frente a ustedes. Sería un suicidio servir de mensajera a voluntad. Me amenazaron usando a mi madre. Lo hice por su bienestar.

Habla al fin. Dice que antes de los preparativos de la boda no la conocía, pero que, después de pasar tiempo juntas, planeando los detalles, se volvieron cercanas, muy amigas. Vivieron nuestra separación y fue Angelique la primera persona a la que le pidió que me entregara cartas, esas mismas que luego le envió a Emily. Ella se negó y no hubo insistencia, así que el tema se perdió entre sus conversaciones.

—¿Qué pasó cuando Vanir se enteró de la boda? ¿Cómo lo supo? —inquiere mi primo, más interesado por la historia que por el objetivo de esta audiencia.

—Yo se lo conté. —Las lágrimas le bajan por la cara con rapidez—. En la agencia, me dijeron que tendría una reunión con los reyes una vez que regresaran de su viaje. Fui directamente a casa de Vanir y se lo dije. Enloqueció. Era otra persona. Siempre la había visto tan educada y centrada que me sorprendí. Me gritó y maldijo a la reina una y otra vez. Me exigió que le dijera todo lo que pasaba. Lo hice como su amiga en un principio, pero luego me pidió concertar una reunión con la señora Lacrontte y me negué. Las cosas tomaron otro rumbo desde entonces. Parecía desconfiar de mí. Percibió que me había puesto del lado de la señora Emily y que la había traicionado. No podía hacer algo así, por lo que dejé de frecuentarla.

Nada me resulta exagerado. La veo capaz de todo y de un sinfín de otras idioteces. Ya se veía con la corona sobre la cabeza, gobernando Lacrontte a su antojo y con la fantasía lejana de que también lo podría hacer conmigo.

—¿Cómo era el sujeto? —Me intereso en saber.

—Nunca lo vi. Vanir decía que era mejor que supiera a qué bando unirme, porque ellos tenían el poder. Jamás entendí a qué se refería.

Gregorie me mira de reojo. Ya lo sospecha y yo estoy seguro. Sé de quién se trata. Es el peor error de mi vida o, más bien, el peor error de mi padre. Gerald Heinrich, mi medio hermano o, para otros, El Mercader.

Las señales se disparan en mi cabeza ante una posibilidad que me había cegado. Y no puedo criticarme por haberlo dejado pasar, ya que no creí que estuviera involucrado.

—¿Él también envió un mensaje? —inquiero con angustia.

—Uno, hasta donde tengo conocimiento.

La ira hace que me palpite una vena en el cuello; aprieto los dientes y tenso los hombros. Y no solo porque ese maldito se haya atrevido a escribirle a Emily, sino porque ella no me lo haya dicho. ¿En dónde estaba esa nota? No la vi, y es que habría sido imposible obviarla.

—¿Qué decía? ¿Lo sabe?

Ella niega y siento que parte de mi tranquilidad se rompe en pequeños fragmentos. ¿Lo sabe ya? No, la conozco. De ser así, me habría reclamado. Entonces, ¿qué le dijo y por qué Emily lo calla? ¿Fue eso lo que la hizo llorar ayer y fingió que se debía a las otras notas?

—La casa en donde la encontramos —Gregorie comenta, ahondando de nuevo—, ¿a quién le pertenece? ¿A ese sujeto?

—No lo sé. Dijeron que allí encontraría a mi madre después de cumplir el trabajo. Fui a buscarla y Vanir estaba con ella. Me pidió disculpas y dijo que no había querido llegar a estos extremos, pero que era necesario. Ella sabía que irían por mí. Lo vi en su cara a pesar de lo mucho que me aseguró que el sitio era seguro. Me avisó que podía quedarme los días que necesitara y se marchó. No sabía a dónde ir, porque intuí que ya me buscaban. Una parte de mí guardaba la esperanza de que de verdad nadie nos encontrara, pero ya ven que me equivoqué. Soy inocente, majestad.

No puedo quedarme a escuchar nada más. Ya ni siquiera puedo concentrarme. La cabeza me da vueltas y todo a mi alrededor parece distorsionarse igual que cuando cabalgo a toda velocidad. Le dejo el mando a mi primo, pidiéndole que la sentencie. Luego me encargaré yo de darle más o menos años. Por ahora, hay alguien con quien debo

hablar, y no es Emily. La confrontación con ella la haré de otra manera, porque primero quiero ver hasta dónde es capaz de fingir.

* * * *

He dilatado esta conversación desde que la familia Malhore llegó. Ayer, Erick me pidió que habláramos antes de la boda y simulé estar cansado para no abrir la caja de mi pasado con él. Ya no puedo ocultarme ni disfrazar el problema. Juré que se lo contaría por el bien de Emily, y lo voy a cumplir. Les pedí a los guardias que lo trajeran a mi oficina y llegó más pronto de lo que esperaba. Desde entonces no ha dicho una palabra. Espera que sea yo quien empiece. No lo haré, y no porque me niegue, sino porque no sé cómo iniciar.

—¿Sabe quién envió esas fotografías? —dice, desesperado por el silencio.

Lo miro. Son los mismos ojos de mi esposa.

—Tengo mis sospechas y eso me preocupa. ¿Cómo lo conoce?

—¿Cómo lo conoce usted?

—Yo hice la pregunta primero.

—Hizo negocios con nosotros.

—Es mi hermano —confieso aunque decirlo sea como masticar vidrio.

Su cara es una absoluta tragicomedia. Se apoya en la pared a su lado como si hubiera perdido el eje y le costara mantener el equilibrio. Se queda estático, procesando, pensando, buscando alguna explicación razonable que le indique que no hablo en serio. Lamentablemente, no hay ninguna. El color se le va de la cara por un momento y frunce el ceño mientras me mira. Sé que trata de unir piezas con las que no cuenta.

—¿Cómo? —dice lento—. Es decir… no lo entiendo.

Tenía nueve años cuando me enteré. Fue un error y me he arrepentido cada día de haber estado ahí. Me escondía de mi tutor en la

habitación de mis padres. De allí nadie podía sacarme, ni siquiera Francis. Me metí debajo de la cama con una porción de tarta. La puerta se abrió y yo guardé silencio. Pensé que era una doncella que me buscaba. Gran equivocación. Mis padres discutían sobre una carta que le había llegado a él. Mi madre le reclamaba furiosa, con el temple que siempre tenía cuando debía enfrentarse a situaciones que no le gustaban. No podía hacerme el sordo. Quisiera o no, oía a las personas que más amaba en el mundo pelear. El corazón me dolía y la preocupación me llevó a dejar a un lado el postre. Ahí lo descubrí todo. Existía un niño tres años mayor que yo que compartía mi sangre. Un niño que mi padre no reconocía como suyo, un niño del que nadie hablaba. Un niño llamado Gerald cuya madre era una plebeya.

—¿Es su hermano? —repite, sin estar convencido, y yo asiento—. Ese hombre por poco destruye nuestra familia.

Típico de él. Es capaz de destruirse a sí mismo si con eso logra lo que desea.

—¿Ve por qué es necesario que se queden en Lacrontte? En Mishnock, Gerald tiene muchas libertades. Se mueve a su antojo. Aquí no puede hacerlo. Yo lo busco y él lo sabe. Jamás va a acercarse al palacio.

—¿Por qué lo busca? ¿Teme que revele el parentesco?

—Él jamás se lo diría a alguien. Me guarda demasiado rencor para presumir de un parentesco. Quiere asesinarme, señor Malhore. No dudará en cuanto tenga la oportunidad, pero yo no se la daré. Si alguien va a morir, será él.

Se me ha escapado muchas veces. Sale y entra del reino bajo distintos nombres, identidades falsas imposibles de rastrear. Si doy con una, ya tiene cuatro más.

—¿Cuál es la razón del odio?

Está preguntando demasiado. Ese tipo de entrevistas se las permito únicamente a su hija. Podrán tener los mismos ojos, pero no es ella.

—No es algo de lo que me apetezca hablar, señor Malhore. Le cuento esto porque confío en su buen juicio. Si tomó esas fotografías, es capaz de tomar más, acercarse, violar la seguridad de su casa y

amenazar a Emily usándolos a ustedes. No hay que darle armas. Ya tiene suficientes.

—De ser ese el caso, es imperioso que mi Lizzie también venga. No estaré tranquilo dejándola allá.

La otra. La que siempre falta.

—Convénzala si lo cree necesario. No está de más decirle que no le puede revelar esto a ella o a Peterson. Ni siquiera puede contárselo a su esposa.

—Amanda y yo no nos guardamos secretos.

—La trajo aquí sin informárselo, ¿no? Siga así. Es sencillo.

—Me hace pensar que, entonces, usted le oculta cosas a mi hija.

—Todos guardamos secretos. Este es el mío.

—No quiero que ese hombre le haga daño.

—Le juro por mi vida que jamás la tocará.

Ese día, el día de la revelación, era su cumpleaños y había llegado una invitación a la celebración. Mi padre no asistió y mamá se enojó con él por eso. Repetía una y otra vez que no entendía cómo podía ser tan indiferente, cómo era tan cruel con un inocente. Podía sentir el odio en sus reclamos, la rabia. Salí rápido después de que pasó el estupor. Nunca los había escuchado pelear, no a ese nivel. Cuando los dos me vieron, se enmudecieron. Abrieron los ojos, horrorizados, como quien ve caer un rayo cerca de sus pies. Se quedaron ahí de pie, mirándome, hasta que recobraron la fuerza para hablar. La primera en acercarse fue mi madre, se inclinó hacia mí y preguntó cuánto tiempo llevaba escondido. Mi respuesta terminó de hundir su humor. Tuvieron que explicármelo todo. Me quedé inmóvil, sin respiración, sin un pensamiento claro.

Había ocurrido antes del matrimonio. Una falla, decía mi padre. Una de la que no se enteró hasta mucho tiempo después. No querían que me enterara y mucho menos así. Iban a ocultármelo para siempre si yo no los hubiera descubierto. No sabía cómo sentirme. Por un lado, tenía rabia a causa de la mentira, pero, por el otro, ganas de saber quién era, felicidad al ver que no era el único en el mundo y miedo por no saber si me querría.

—¿Quién más sabe sobre esto? —pregunta el señor Malhore.

—Pocas personas. Mi círculo más cercano.

—¿Y cuál es la razón de que ahora aparezca? ¿Su matrimonio con Emily?

—Es lo que estoy averiguando. Gerald no es imbécil. Para dar un paso, debe estar seguro del camino, y eso es lo que me preocupa.

—Quiere el trono —deduce rápido.

Sí, pero no hay manera de que lo obtenga.

Mi padre no dejaba de repetir que yo era su único hijo, el legítimo heredero de la Corona. Que lo olvidara, que él no importaba. Eso era imposible. Lo primero que les pedí fue que me permitieran conocerlo. Mi padre se negó por más que supliqué, mientras que mamá aseguraba que lo haríamos pronto. Otro de mis errores más grandes. Jamás debí ir a verlo. En efecto, Gerald era hijo de una vendedora del mercado llamada Ayla. Años después descubrí que fue producto de uno de los tantos encuentros que tuvo mi padre con las mujeres del reino. Desde entonces me juré jamás pasar por algo así. Me repugna la idea de que cualquiera tenga acceso a mí.

—¿Mi niña lo sabe?

¿Mi niña? Se lo dejaré pasar por ser el padre.

—No. Otra persona a la que le debe ocultar el secreto.

—¿No considera apropiado que ella esté al tanto? Son una pareja ahora.

—Lo haré cuando lo considere necesario.

—¿No lo es ahora?

Detesto que intenten retar mis palabras, pero no quiero retarlo. No a él, no sabiendo lo importante que es para la mujer a la que quiero, para *mi mujer*.

—No me haga arrepentirme de habérselo contado.

Su silencio es una victoria amarga.

—¿Ha intentado acercarse? —Desvía el tema.

—Lamentablemente.

—¿A Emily también?

Es lo que me gustaría que ella me dijera. De ser cierto, ¿por qué no me lo ha hecho saber?

18

EMILY

—¿Por qué no podemos dar el anuncio nosotros? —le pregunto a Magnus.

Ha estado callado hoy. Pensé que después de lo que vivimos ayer estaríamos unidos de algún modo. Es decir, fuimos honestos y nos acercamos, pero parece que para lo único que sirvió fue para reforzar la cueva en la que se esconde de mí.

—Porque es peligroso. Todavía no les agradas. Es mejor evitar algún atentado. El coliseo no es nada parecido a la cena que tuviste con los nobles. Allí entrará el pueblo y, aunque podemos revisar que no porten armas, no podemos precisar qué tan volátiles estarán.

—¿Y mis decretos?

—Francis puede dar el anuncio.

—Me gustaría hacerlo a mí.

En parte es un alivio. La última vez que hablé en público fue en las tutorías, cuando di a conocer cómo me atacó Faustus esa noche. Sin embargo, estuve preparando el discurso y me quedó muy decente. Con él, pensaba tener una segunda oportunidad para estar frente a la gente con un tema mucho más bonito.

—No es buena idea, Emily. El enemigo está por ahí, acechando, esperando una oportunidad. No hay que dejar que den ni siquiera un paso.

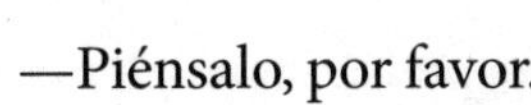

—Piénsalo, por favor.

Siento que mi petición golpea contra la pared y cae a mis pies, vacía. Daría lo que tengo por saber qué hay en la cabeza de Magnus. Me mira como si estuviera estudiándome. O quizás es simple preocupación. ¿Cree que lo de ayer aún me afecta? Por supuesto que sigue en mi mente. Necesito saber qué se esconde en esa habitación y descubrir quién es la persona que envió la nota sin firma. Dudé muchas veces anoche sobre revelárselo o no y, para bien o para mal, ganó el reservármelo.

—Te ves hermosa —comenta en su lugar.

—No sé si lo dices de verdad o si es solo para ignorar mi petición.

—Ambas. En serio, te ves impresionante en rojo.

—Y yo también hablo en serio.

—Lo harás en la iglesia —cede al fin—. Es lo máximo que puedo aceptar. Francis lo hará para el resto en el coliseo. Dale las gracias por esto a tu elección de ropa hoy.

Al vestido que llevo puesto hoy pedí que le agregaran algo verde. Los ojos de Magnus siempre me han fascinado y, ya que se eligió el vestido en su color favorito, quise ponerme algo que a mí también me gustara. El traje es de un carmín precioso que me hace resaltar la piel y las mejillas. Tiene intrincados bordados florales en el corsé de corte cuadrado y en los tirantes gruesos, todos en tonos dorados que suben y bajan como las ramas de un árbol y que están acompañados por jades de diversos tamaños que pintan el atuendo igual que lo harían las hojas de un avellano. Atada en la espalda tiene una capa delgada en color borgoña que termina con una lista gruesa de oro que se arrastra a mi ritmo. Además, llevo un collar de esmeraldas que me cae sobre el escote para potenciar las vetas verdes que me visten. Es un sueño, una proeza, y es para mí.

—Ya quiero verte convertida en reina.

—Espero que no se me caiga la corona.

—Jamás dejaría que eso pasara.

Las puertas del salón se abren de par en par y él entra en la sala con paso seguro, una marcha ensayada y protocolaria. Los asistentes

lo siguen con la mirada. El salón es mediano, pensado para tener menos invitados; aun así, son más las caras desconocidas. Atelmoff no está. Me habría encantado que se quedara, pero se marchó temprano de la mano del sol. No sé si tenerlo aquí habría hecho la diferencia. Quizás estaría menos intranquila... o mucho más. Cuando Magnus llega al frente, empieza mi turno. El lugar está repleto, pero la confianza que estas personas tienen en mí no llena ni un vial de muestra. Muchas apenas logran disimular el desprecio, mezclándolo con sonrisas hoscas que me clavan cuchillos en la cabeza y que harán sangrar por siempre los recuerdos de este día.

Voy hacia delante, a mi ritmo, como si estirar el tiempo con mi lento avance los pudiera hacer cambiar de opinión sobre mí antes de que pise el altar. Quizás sí debimos hacerlo en la catedral y no al interior del palacio. Tendría más tramo que cruzar. Todo sea por la seguridad. No queremos que un balazo me atraviese la frente y mi reinado se convierta en el más corto de la historia de la nación. Cada paso resuena sobre el mármol y se mezcla con el eco de un coro que empieza a elevarse desde lo alto. Voces puras, casi celestiales, llenan el aire. Cantan mi nombre, mi destino, mi carga. No miro al público; si lo hago, temblaré. Miro hacia la corona que reposa sobre el cojín de terciopelo rojo, bajo la luz de las vidrieras. Brilla como si esperara, paciente, el momento de caer sobre mi cabeza y sellar lo inevitable. Una vez que llego, Magnus toma asiento en el trono y el encargado de oficiar la ceremonia da inicio a su discurso.

—El mundo se mueve de extrañas maneras. —La voz del sacerdote tiembla debido a su edad—. Las entrañas de Lacrontte han parido a grandes mujeres y hombres que forjan la raíz y el tallo de esta nación. Sin embargo, el destino nos enseña que para florecer también hay que cuidar y aprender a cambiar. Las aguas que regaron nuestro árbol no son nacionales. Vienen de la mano de una mujer extranjera que hoy se compromete a entregar su vida por su nuevo hogar, por el reino Lacrontte.

No me vuelvo. El caos que tengo en la cabeza ya es suficientemente dramático. Las respiraciones de la gente a mi espalda parecen

reclamarme por usurpar el lugar de alguien más, de alguien digno; parecen gritar que me vaya, que acabe con el castigo de verme convertida en monarca. Miro hacia la gran silla real vacía, lleva grabada mi nombre de manera invisible. Fue reservada para mí desde el día en que nací, sin que me lo imaginara ni lo esperara. Sin quererlo. Yo creo en el destino, en que hay cosas que están unidas a cada quien. Y esa corona estaba reservada para mí desde el momento en que se extrajo de la tierra el primer gramo de oro con el que fue elaborada. Y ese trono también es mío. No me dejaré intimidar por nadie.

—Esta corona —dice mientras la levanta y la presenta a los asistentes— no es solo una joya divina que adornará su cabeza; es un recuerdo de lealtad y deber con el pueblo. Cada gema incrustada simboliza las responsabilidades que asume y que nunca debe olvidar. La Iglesia y las cortes son testigos de su ascenso, así como quienes confiamos a plenitud en su papel como reina. Emily Lacrontte, ¿promete gobernar conforme a las leyes, procurando el bien, la paz y la justicia?

Magnus me vigila desde su asiento, igual que un maestro a su aprendiz en la prueba final. No hay un gesto explícito en su cara que pueda reconfortarme, pero sus ojos exponen lo que su cuerpo oculta. Me mira con un fervor inmenso que haría arder el más frío de los inviernos. Me convierto en lo que ha soñado desde el día en que me pidió que fuera suya, observando cómo la fantasía trasciende a la realidad. Sé que contiene el aliento, y no por teatral, sino porque teme que el más pequeño respiro rompa el cristal en el que ha guardado este evento. Ese hombre me quiere tanto como yo a él.

—Sí —me esfuerzo por hablar alto y claro—. Lo prometo.

—Por el poder que se me ha conferido, te corono a ti como Emily I, reina de Lacrontte —anuncia a medida que me pone la corona—. Bienaventurada seas y que tu tiempo en el poder se extienda por años ininterrumpidos.

El metal parece arder sobre mi cabeza. Los aplausos se levantan y es extraño. Algunos se escuchan vacíos, huecos, sin alma, mientras que otros, unos pocos, abrazan los pedazos de mi desconfianza, uniéndome antes de que me desarme. Esos son los que deberían

importarme. ¿Algún día van a quererme o perderé el tiempo intentando ganarme su afecto? Puede que Magnus tenga razón, como suele pasar la mayoría de la veces. No importa el cariño, sino el respeto. No tengo ninguno de los dos y no sé si en un futuro tendré alguno.

El coro se eleva una vez más. Las voces se multiplican, poderosas, y el sonido vibra dentro de mí. El cetro llega a mis manos; lo tomo con cuidado, casi con miedo. Es más pesado de lo que imaginaba. Parece una promesa, o una sentencia. Levanto la mirada y el pueblo se pone de pie. Pueden odiarme en el fondo y con toda su alma, pero ahora doblan sus cuerpos ante mí, porque he subido un escalón del que ellos no podrán bajarme. Nadie tiene la potestad para negarse a inclinarse, me deben respeto. Y, aun así, siento un temblor. No de duda, sino de conciencia: el mundo acaba de cambiar y yo con él. Sonrío. Soy su reina y, desde este instante, ya no me pertenezco.

—Larga vida a la reina.

Se me da la palabra para mi alocución, un ritual que Francis me enseñó y que yo aprendí como corresponde. Trago fuerte. Parece que me envolvieran la garganta, que me ahorcaran, como la maleza lo hace en las edificaciones abandonadas. Miro al frente, a los muchos ojos. Me cuesta concentrarme, porque ya no es mi momento, sino casi un juicio y, más que expresarme como la gobernante que debo ser, parece que voy a defenderme de una abominación que he cometido. Mis padres me observan desde las bancas, me sonríen con el alma llena de un orgullo que podría brillar alrededor de sus cuerpos. Mia también lo hace, con la espalda recta y las manos juntas en el regazo, expectante. Ve en su hermana no a la joven con quien compartía las noches de lluvia intensa y que necesitaba su compañía para no correr a la alcoba de sus padres, sino a un ser gigante que voló lejos y que ahora no solo es capaz de no temerles a las tormentas, también de detenerlas. Es ella quien me da el empuje. Jamás permitiré que dude de sí misma y el paso inicial es no dudar de mí.

—Yo, Emily I Lacrontte Malhore, gobernaré como reina consorte con el único objetivo de proteger, amar y respetar a este, mi pueblo —proclamo con la espalda recta y los hombros tensos—. Dejaré que

sean mis actos los que demuestren la monarca que pretendo ser, porque quedaré en la historia no como la primera gobernante mishniana, sino como la reina que lo cambió todo. Es por eso que… —En ese momento, anuncio mis decretos, desde la disminución del precio del tranvía, pasando por la salud gratuita hasta llegar al último. Recibo más aplausos y con cada uno me gano la oportunidad de eliminar una que otra cara despectiva. Al final, continúo—: Las familias ya podrán plantar jardines sin miedo a desagradar a su rey, pues ahora el reino se vestirá de colores y flora sin que haya ningún tipo de represalias.

La confusión se cruza por el rostro de cada asistente. Miran a Magnus, buscando su aprobación, para creerme. Nada vale mi palabra si no tiene su respaldo. Es triste. Espero que no sea siempre así o seré solo una reina de pintura.

—Si la reina quiere flores, flores habrá —afirma Magnus, extendiéndome la mano para llevarme a su lado—. La historia ha visto a muchos coronarse, pero nunca a alguien como ella. Estaremos aquí para ustedes, no en contra. Esta es su monarca, la que yo he elegido. No desconfíen o pongan en duda su palabra y sus capacidades, porque, pese a lo que piensan, lo que murmuran, terminarán viéndola, a las buenas o a las malas, como lo que es: su soberana.

* * * *

Mi ceremonia fue un momento hermoso que duró poco. Después de salir del salón, el Consejo convocó una reunión a puerta cerrada con el rey, de la cual me excluyeron, dejando claro que todavía no les interesa mi papel en la monarquía.

—¿De qué crees que hablen? —pregunta Elisenda, también cansada de esperar a que Gregorie salga.

—De cómo no soy necesaria.

—Que no te importe. Eres reina; ellos no.

—¿Alguna vez has sentido que no te mereces lo que tienes?

Sonríe, nostálgica, y baja la vista hacia sus pies, como si se avergonzara de lo que se le pasa por la mente.

—Existió una época en que sí —confiesa—. Ya me convencí de que no hay nadie que lo merezca más que yo.

—¿Hablas de tu reinado?

—De Gregorie. Se suponía que él estaba destinado a comprometerse con mi hermana mayor: Hazel.

Bueno. Esto sí que va a distraerme.

—¿Y qué pasó?

—Se la presentaron en un baile. Yo me quedé atrás y él me miró. Ahí supe que iba a ser para mí. De acuerdo, no tan así, pero me vio. ¿Entiendes? Yo era la hermana a la que pocos notaban, eclipsada por el sol brillante que es Hazel. Y, no me malentiendas, no me molestaba estar siempre a su espalda. Era cómodo la mayoría del tiempo, pero, entre todas las personas que escogían no verme, él me vio.

Entiendo su posición, aunque no he pasado por algo así. Mis hermanas y yo siempre hemos sido ramas que se mueven juntas, seres distintos que se acompañan y resplandecen al lado de la otra. Además, antes de Stefan nunca nos habían invitado a un baile en el palacio.

—No tuve la oportunidad de conocer a tu hermana en la boda —le digo.

—No asistió. Nuestra relación no es la más cordial.

—¿A causa de Gregorie?

—A causa del ego. Se podría pensar que él es la razón, pero es ella quien decidió tomar esa actitud conmigo. No es mi culpa. No había ninguna profecía que aseverara que ambos debían enamorarse. Yo no lo planeé y entre ellos nada ocurrió. Al principio, comprendía las raíces que edificaban su actitud. Mis padres le habían vendido la idea de que sería ella, de que no existía nadie más idóneo, de que lo merecía. El sueño se quebró y me vio a mí como la responsable. Me tomó un tiempo grabarme en la cabeza que no había pecado en su contra.

Es una posición complicada. No conozco la historia a fondo, pero tiene razón. No es su culpa que Gregorie pusiera sus ojos en los

suyos, no es su culpa que sus padres no la vieran también como una opción. Liz está enojada conmigo por unir mi camino al de Magnus y me duele horriblemente; sin embargo, yo no ideé quererlo. Al corazón le gusta complicarse.

—Eli —suspiro mientras busco las palabras idóneas—, lamento escucharlo. No es justo que su relación se haya roto por ello.

—Fue lo mejor. Mientras intenté mantenerla cerca trató de convertir mis días en una pesadilla. En el fondo, la sigo queriendo, pero amo mucho más que esté a kilómetros de mí. Cuando mi relación con Gregorie acabó y se enteró, fue a visitarme con la única excusa de lanzar comentarios ácidos. La aliviaba ver que no había prosperado. Ansiaba verlo, como si fuera algo que debía pasar y al fin se hacía justicia. Al menos Mia no te hará eso.

No, no lo hará, aunque no puedo decir lo mismo del chantaje que suele usar con todos para que le den lo que desea. Falta poco para que también lo haga con Magnus.

—Nunca reemplazaré el papel de una hermana —digo con honestidad—, pero puedo ser tu *amirmana.*

—¿Qué es una *amirmana*?

—Mitad amiga y mitad hermana. No lo sé, me lo acabo de inventar.

Ambas reímos, un acto necesario en estas épocas de guerra. La tensión de la incertidumbre se disipa igual que el humo que sale de las chimeneas del tren. Es bueno olvidar los problemas y me alivia que se relaje. Una sombra pesada se estaba acomodando en su cuerpo y yo ya empezaba a rogar que su ánimo no decayera por la oscuridad del pasado.

—Jamás pensé ver a Magnus con una mujer como tú. Y no me refiero a tu nacionalidad, sino a tu espíritu. Eres muy noble, Emily, y él es, más bien, innoble.

—¿Es el mejor adjetivo que se te ocurrió? No olvides lo que dice de tu nombre.

—Es un maldito vil.

—Lo es. A veces, también es muy romántico a su manera.

Abre mucho los ojos y parpadea rápido, como si la vista le fallara e intentara recuperar el enfoque.

—¿Magnus siendo romántico? Tengo que verlo. Es la persona más seca que he conocido, y mis padres son una gran competencia.

—En la muñeca, usa una cinta azul que se robó de uno de mis vestidos —confieso y me arrepiento en el acto.

Ni siquiera sé si aún la usa. Además, presumirlo me sonó patético. A mi favor, no es lo único que ha hecho.

—Ahora me siento en la obligación de comprobarlo y de que Gregorie salga ya de esa reunión para contárselo.

—¿Qué es lo más romántico que ha hecho él?

La emoción le borra cualquier pensamiento triste. Juega con las ondas de su cabello mientras piensa, sonriéndoles a sus memorias hasta encontrar una digna.

—Me encanta el teatro. Durante una gran parte de mi vida quise ser actriz. Mis padres no lo aprobaban. La cuestión es que, en una de nuestras citas, cerró el teatro de la ciudad para nosotros dos. Escribió un monólogo en el que se alababa a sí mismo y me pidió que lo leyera. Al final, había agregado la confesión de que yo le encantaba. Ahí me propuso ser novios.

Eso sí que es romántico. Quizás yo también necesite que Magnus salga para reclamarle que no haya hecho algo así conmigo.

* * * *

La junta acabó y Magnus no vino a verme. En la cena, con todos nuestros residentes temporales, estuvo callado, distante, pensativo. Participó poco y sus respuestas eran monosílabos. Me preocupa. Todos lo notaron, pero nadie dijo nada.

Me revuelvo en la cama de un lado a otro, como si tratara de apagar un fuego que me incendiara el cuerpo. Ya es medianoche y no puedo dormir. La luz de la luna y el movimiento de las cortinas

pintan figuras extrañas en las paredes. Me distraigo con ellas, buscándoles forma. Es mi excusa para no agobiarme con los pensamientos que me enredan la cabeza. En los pasillos se impone el silencio; ya me paseé por ellos rumbo a la cocina. Todos duermen y todas las luces están apagadas, excepto una: la oficina del amargado. Me he levantado y vuelto a acostar. No quiero molestarlo, no quiero buscarlo, pero me intriga saber qué le pasa y por qué tampoco puede descansar.

Apoyo los pies en el suelo mientras lucho con la razón. El frío en las plantas me pide que me detenga y la emoción me dice que busque unos zapatos y continúe. Miro hacia atrás con ganas de regresar bajo las sábanas. Es el lugar seguro, lo más sensato. Aunque puede que no quiera ser cuerda. De verdad, me preocupa y no quiero dejarlo solo cuando está claro que hay una espina en su costado.

Abro la puerta, despacio, y salgo observada por mis custodios. El corredor parece una obra sombría de un pintor entristecido. Bajo las escaleras, que hoy se me hacen larguísimas, y en el segundo piso me desvío hasta encontrar la puerta por la cual se filtra la luz. Les pregunto a los guardias si puedo pasar. Temo que haya dado la orden de no ser molestado. Para mi suerte, ambos asienten y se hacen a un lado. Paso y me quedo justo en la entrada al verlo de pie frente a su escritorio. Sostiene unos papeles que deja a un lado en el momento en que se da cuenta de que estoy aquí.

—Hola —me saluda antes de mirar hacia el reloj de la pared y comprobar la hora—. ¿Pasa algo?

—¿Por qué estás despierto todavía?

—Porque no puedo dormir. ¿Tú por qué estás despierta?

—Es contagioso, supongo.

—Estás de buen humor —señala al verme sonreír—. Toma asiento.

—Es extraño —comento una vez que ocupo el lugar que antes tenía cada noche—. La última vez que estuvimos aquí los dos, me obligabas a leerte libros aburridos.

—*Paz armada* no es, en lo absoluto, un libro aburrido.

—Permíteme dudarlo. Hay cosas más interesantes.

—¿Como tú?

—Sí. Ese es un magnífico ejemplo.

Sus hoyuelos aparecen y, con eso, la calma en el ambiente. Me encantaría no tener que preguntar nada para no arruinar el avance, pero ese era mi objetivo al venir acá.

—¿Qué te ocurrió durante la cena? —inquiero y entonces él se deja caer en la silla.

—Los días venideros no son mis favoritos.

—Se acerca tu cumpleaños.

—Lamentablemente.

—¿Qué sueles hacer el 7 de junio?

—Encerrarme en mi soledad. Es bueno avisártelo para que no te sientas excluida.

—No tienes que excluirme. ¿Recuerdas lo que me dijiste ayer? Yo también puedo acompañarte en tu soledad.

—Esto es diferente. De verdad necesito estar lejos de todos. Y, si es posible, no me gustaría seguir hablando sobre ello.

Es una muralla impenetrable para una daga que ha perdido el filo después de intentar abrirse espacio en otras luchas. Lo dejaré pasar. No quiero presionarlo.

—¿Qué no te deja dormir a ti, Emily?

—Tú —confieso—. Estaba preocupada.

—No hay razón. Estoy bien.

—No lo estás. Puedo verlo y me duele.

—Entonces, ven —pide en un tono bajo y me pierdo.

¿Ir a dónde? ¿Hacia él? ¿Para qué?

—No sé si esa sea una buena idea.

—A mí me parece fantástica.

Los nervios se me encienden en la piel. Estoy intimidada por su presencia, por la habitación cerrada, por la hora, por todo y por nada. Tengo las manos frías y la cabeza caliente. Sé bien lo que pasa cuando me acerco y no quiero hundirme en esas aguas. Lo miro y me tienta. Es por la manera en que se le marca la clavícula cuando se inclina

hacia adelante, por cómo esos ojos vibrantes me estudian, cómo el último rastro de su perfume se pasea entre nosotros, invitándome a ceder.

Aparto la mirada, ya casi presa en una jaula de la que yo tengo la llave; la estaría tirando al vacío si, por decisión, me encierro. Agarro la placa de cristal que se encuentra encima de un montón de papeles para detallarla en un intento estúpido por desviar la tensión, pero al levantarla noto que es más pesada de lo que parece y se me resbala de los dedos, cae al suelo y se quiebra en pequeños pedazos.

—Lo lamento —digo, alarmada—. Prometo pagarla. Lo juro.

—Esa placa me la obsequió el padre de Gregorie cuando ascendí a rey —informa sin la más mínima pizca de rabia—. Para reponerla, tendrías que desenterrarlo, revivirlo y pedirle que te dé una nueva. ¿Crees poder hacer eso, Emily? —inquiere, burlón.

—El año pasado, cuando me llamabas acusada, me advertiste que, si la tiraba, me enviarías a la horca.

Lo recuerdo y me río. Fue la ocasión en la que inventé que tenía información del paradero de Silas después de que me secuestraran en mi cumpleaños y me trajeran aquí como prisionera de guerra. Justo ese día lo encontré con Vanir haciendo… Bueno, eran novios.

—Sé en qué estás pensando.

—¿No lo olvidas?

—Me enfureció la interrupción. Ahora la agradezco. Esa debías haber sido tú.

—Eres un idiota, Magnus Lacrontte.

—Lo digo en serio. No debí perder el tiempo con otra persona. No entiendo cómo no me di cuenta. Siempre tú, con tus ansias de hablar, de irrumpir sin autorización, de arrancarme la paz e imponerte. Me fascina tu carácter. Nunca te dejaste de mí, te defendías de alguna manera y eso me volvía demente, de una muy mala manera, por supuesto, pero loco, sin duda. Sigues causando el mismo efecto.

—Se suponía que te resultaba insoportable.

—Insoportable es que todavía no estés aquí. Por favor, ven o yo iré a buscarte.

—¿Por qué no lo has hecho si es tan imperioso?

—Porque quiero que seas tú la que se decida, que seas tú la que borre la distancia que me has impuesto. Eso me hará saber que avanzamos.

Me quedo congelada en mi sitio, pero algo por dentro se derrite. Él se inclina hacia atrás, abriéndome un espacio que no estoy segura de llenar.

—No me hagas rogarte —insiste.

—Quizás es lo que busco.

—¿Qué te frena?

—No lo sé. Mis pensamientos o la mesa.

—Puedo contra lo último. Sería fácil tirarla por la ventana en este instante.

Intenta levantarse y, con el impulso, llevarse el escritorio consigo. Le pido que se detenga y lo hace. Su risa llena el vacío al ver el asombro en mi cara cuando entiendo que en verdad iba a hacerlo.

—Soy demasiado caprichosa como para ceder —revelo pese a lo mucho que me molesta.

Se pone de pie y camina hacia mí, como si yo fuera el enemigo que debe castigar. Me pone sus manos en la espalda y detrás de los muslos para cargarme y luego dejarme encima de la mesa que hace poco pretendía volcar. Se encuentra peligrosamente cerca y siento el calor emanar de su piel. El pecho le sube y baja a un ritmo acelerado mientras me mira esperando el permiso para su siguiente movimiento. Aún no me toca y la sensación es desesperante. Ya estamos aquí. Quiero que lo haga. Él lo entiende, sonríe y, con eso, la mirada se le oscurece. Me separa las piernas con las manos; es sutil y preciso. Se abre espacio y luego se pone en medio.

Levanto el rostro, dándole la señal que necesita. Magnus dobla el cuerpo para alcanzar mis labios y entonces, por fin, me besa. Su boca juega con la mía, adueñándose de ella, reclamando lo que le ha sido negado, lo que antes se le daba por compromiso. Es un beso sincero y desenfrenado que ambos necesitábamos. Le muerdo el labio inferior y él gime contra mí. Su respiración agitada marca lo

descontrolado que está. Entrelazo las piernas alrededor de su cadera mientras él me rodea la cintura, explorándome con sus manos. Me aprieta fuerte y me estrecha contra sí. Es maravilloso. Es un cúmulo de emociones que no sentía hace mucho. Me inquieto por la necesidad de tocarlo. Me aferro a su camisa, buscando los botones para desabrocharlos. Paso los dedos por su abdomen y me muevo hacia sus costados, clavándole las uñas en su piel.

Me desata la bata y la deja caer por mis brazos hasta sacármela por completo. Comienza a bajarme los tirantes del camisón al tiempo que desciende hacia mi oreja, juega con su boca un instante y me muerde el lóbulo, lo que me envía por los huesos una corriente que me hace arquear la espalda. Va luego al cuello, dejando una línea de besos a su paso. Se mueve a su antojo, probándome como si necesitara una dosis para seguir vivo. Cuando la prenda cae, Magnus se separa. Mis pechos quedan desnudos para él. Ya no hay vergüenza, ya los conoce, ya han sido suyos. Me observa como si hubieran pasado años y ya no recordara su forma.

—Eres hermosa, Emily Lacrontte, y eres mía.

Tarda en moverse, aunque ya tiene las pupilas dilatadas. Trae sus manos a mi cuerpo y me toca, me palpa. Me roza las aureolas, enviciándose con ellas. Se inclina lento, deseoso. Respira contra mi piel, reconociendo mi perfume, como si lo percibiera de otra manera en esa zona de mi cuerpo. Su aliento caliente se estrella en mi senos y luego abre la boca, saca la lengua y la desliza en trazos largos, dejando un rastro que cubre con besos. La piel se me eriza y el primer jadeo se me escapa cuando repite la acción. Me muerde con suavidad el pezón derecho y luego el izquierdo, soltándolos y volviendo a atraparlos entre sus labios varias veces hasta escuchar mis gemidos.

—Cuánto extrañaba esto —sisea con la voz rasgada.

Llevo la mano a su cabello, sometiéndolo un poco. No quiero que hable, quiero que actúe. La intensidad aumenta. Se llena de mí a medida que chupa, jala y se funde; yo le araño la piel de la nuca. Me encanta que me demuestre cuánto me desea, cuánto quiere que sea suya. El eco de mi voz acompaña sus movimientos. Me pone la mano en el

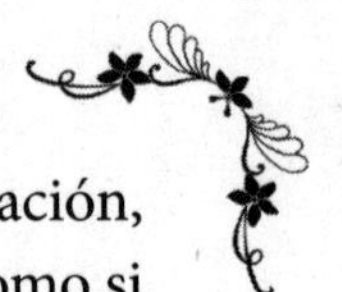

cuello y la cierra fuerte, no lo suficiente para frenar mi respiración, pero sí para provocarme aún más. Es inclemente, posesivo, como si no pudiera parar, como si se tratara de una adicción que solo acabará cuando yo lo detenga.

Su nombre me sabe dulce cuando lo pronuncio. Es un suspiro que acompaña mis sollozos de placer. Es curioso lo bien que se siente obtener lo que no creías necesitar. Él sigue prendido a mí, succionando cada vez más fuerte, aunque sin llegar a lastimarme. No abandona mi cuello ni afloja su agarre; aparta la mano de mi cintura y la lleva a mis muslos, buscando un espacio debajo de la bata para colarla entre mis piernas. Sus dedos suben mientras su lengua no deja de acariciarme. Lo siento llegar a mi ropa interior, ansioso. Se ata a ella y tira con suavidad para quitármela. Es entonces cuando sé que debo detenerme.

—Magnus, hay que parar —murmuro.

Le agarro una mano mientras aparto la otra de mi cuello. Separa la boca de mis pechos y de inmediato me molesta la falta de contacto. Da igual, es necesario. Se yergue, agitado, con los labios húmedos y un tanto hinchados. Se ve precioso y carnal. Tiene los ojos oscurecidos y una expresión férvida que casi me hace arrepentirme. Vida mía, me fascina este hombre.

—Pensé que íbamos bien —apunta, confundido.

—Lo estamos. Solo que no es el momento de llegar a eso.

—Usa las palabras correctas. Todavía no quieres tener sexo.

—Ya lo dijiste.

—De acuerdo. No pasa nada, lo sabes.

Me sube el camisón y me cubre nuevamente. Se pasa las manos por la cara, tratando de encontrar una calma que es más rápida que él. A mí también me cuesta. Los estragos de todo no están solo debajo de su pantalón, sino que también hay un rastro en mí que me tomará un largo baño quitar.

Se inclina y me abraza. Me acaricia la espalda y el cabello, anhelando otro tipo de tacto. Tengo la mejilla contra su piel caliente. Escucho su corazón martillar con prisa, con violencia. El mío reacciona igual. Es una emoción por poco indomable.

—Lo mejor es que me vaya a dormir —aviso cuando siento mi entereza flaquear.

—Puedes dormir en mi habitación. La cama es grande.

—Eso no terminaría bien.

—Prometo comportarme.

—El problema no es solo tuyo.

Su risa no tarda. Le encanta saber que tiene el mismo efecto en mí. Desgraciado egocéntrico.

—¿Puedo ir yo a dormir contigo?

Cambia de estrategia.

—¿En el piso?

—¿No tienes una silla?

¡Por todas mis flores, es tenaz!

—Nos vemos mañana, señor Lacrontte.

¿Quién diría que tengo tanta fuerza de voluntad? Ver su torso desnudo sigue siendo una inmensa tentación.

—Bien. —Se rinde—. Nos vemos en unas horas, señora Lacrontte.

19

MAGNUS

Me arde la piel al recordar lo que pasó anoche. Soy honesto. No creí que fuéramos a llegar tan lejos. Me sorprendió. Imaginé que ella me detendría desde el primer beso. Tengo que acabar con las migajas de resentimientos que todavía le quedan porque ayer me di cuenta de que la ira ya no le gobierna la cabeza, al menos no lo hizo en ese momento. Había un anhelo herido que buscaba ser sanado. Me necesita tanto como yo a ella, me quiere, me desea. Juro que puedo sentir cómo me toca, me araña la piel. Me vuelve loco cada vez que está cerca de mí. Su cuerpo hace que mi mente se pierda, que no razone, que me confunda. El lunar en medio de su escote y sus pechos son mi perdición. No puedo resistirme a ellos. Me atraen. Emily es el veneno que siempre estoy ansioso por beber. No me importan las consecuencias. Exijo que sea mía hasta el día de mi muerte. Sus caderas en mis manos, sus piernas enredadas en las mías y el olor dulce de su cuello, como a flores blancas, me fascinan. Cada parte de ella parece haber sido moldeada para mí. Me impresiona cómo antes no lo vi, cómo pude un día decir que era simple y que no tenía gracia. No hay nada en ella que no tenga chispa, que no logre quemarme vivo.

¿En qué momento decidirá que ya es tiempo de mudarse a mi alcoba? Es la principal, es nuestra y le pertenece tanto como a mí. Quiero ver sus vestidos horrorosos mezclados con mi ropa en el

armario y sus zapatos a un lado de los míos, porque siento que la tengo cerca, pero no que estamos viviendo juntos.

Me meto en la ducha para un baño frío. Ya casi es medianoche y no quiero escuchar las campanas del reloj y la pirotecnia de afuera. El agua me golpea y baja por mis cicatrices como cascada. Ojalá fuera capaz de borrarlas. No lo hará, no existe nada que sea capaz de hacerlo. Me miro mientras me pongo el jabón y casi puedo leer la historia de mi vida en cada marca. Algunas pequeñas, casi invisibles al tacto y la vista. Otras muy profundas y tan largas que ni la vejez logrará mermarlas. Detesto hasta la muerte los obsequios. No me gusta la idea de recibirlos ni de pedirlos, pero, si pudiera regalarme algo a mí mismo, sería la posibilidad de eliminar las cicatrices que me rayan el torso. Daría muchas cosas por quitar ese capítulo de mi vida.

Me enjuago y cierro la llave. Siguen ahí cuando paso la toalla para quitar la humedad. Brillan bajo la luz del cuarto de baño. Sigo algunas líneas con los dedos después de ponerme el pantalón. Son como caminos ocultos que me llevan al pasado y me dejan en la nada del presente. Caminos que toman otra dirección cuando Emily los toca.

—¿Puedo pasar?

Reconozco la voz de Gregorie al otro lado, en el pasillo. Tomo el reloj de bolsillo y leo la hora. Es medianoche del 7 de junio. Es patético que ni siquiera se esmere en ocultar sus intenciones.

—No. Voy a dormir.

—De ser así, ya estarías bajo las sábanas.

La puerta se abre y él entra. Viene con ropa de dormir de ese horrible color olivo y una botella de vino tinto en la mano. ¿Qué se supone que celebramos?

—Voy a dormir contigo. Ya Elisenda sabe que me quedaré aquí.

—De querer pasar la noche con alguien, habría ido a la habitación de mi esposa.

—Pues invítala y dormimos los tres.

Lo atravieso con la mirada, advirtiéndole que se calle. No olvido que le propuso un beso. Eso debería considerarse traición sin importar que en ese momento no fuéramos una pareja real.

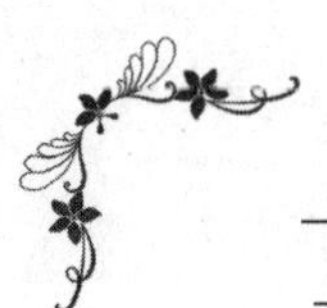

—¿Qué necesitas, Fulhenor? —Soy directo con él.

—Quiero acompañar a mi primito hermoso. ¿Es un delito?

—Si vas a quedarte, deja los diminutivos.

Ha intentado esto por años: hacerme hablar. Nunca lo logra. No me apetece tocar el tema de cómo fue que maté a mis padres.

—¿Cuánto tiempo le diste a la organizadora? —La pregunta es únicamente para meterlo en mi terreno.

—Diez años. ¿Fue mucho?

—Da igual. Emily la terminará sacando cuando se entere.

—Hablando de ella, ¿ya sabes qué fue lo que Gerald le escribió?

—Aún no lo menciona y anoche se me olvidó cuestionarla.

—¿Y qué hacían? Pensé que sería lo primero en tu lista.

¡Si supiera!

Ojalá todos mis problemas se redujeran a olvidarme de preguntar sobre cualquier asunto. Después de la coronación, Lanfer, el menor de los Brayden, vino a llenar el vacío que dejó su hermano. Todavía no vuelve de la suspensión. Me atacó con preguntas sobre mi papel como rey frente a Silas, tratando de decir que no había logrado el objetivo como cada año. Cada vez que reclamaba, mostraba más y más miedo. Está claro que no fue su idea, que solo cumplía las órdenes de Ingellus. Busca fastidiarme sabiendo que esta no es una buena época para mí. ¿Cómo terminaron las cosas? El menor de los Brayden volvió a ser suspendido. A mí nadie me interroga.

—¿Hay pistas sobre Vanir? —Fulhenor tantea el terreno con esa pregunta—. No debe estar lejos.

—No lejos, pero sí bien escondida. Ya vigilo a la madre. Si se encuentran, la tendremos.

—¿Ella estuvo contigo aquí el año pasado?

Ahí va de nuevo a revolver las aguas. Me ofrece la botella y le doy un trago largo antes de responder.

—Sí. Se quedó a dormir.

—¿Por qué no invitaste a Emily?

—A ella no le gusta quedarse acá. La invité anoche y se negó.

—Esto es diferente. Si se lo explicas, seguro aceptaría.

—No me gusta tener que explicar. Si dijo no, es que no.

—¿Te abriste con Vanir?

El sabor terroso y especiado del vino no oculta la amargura que me causa en la boca escuchar su nombre.

—Sí. Uno de mis mayores errores.

—¿Se sintió bien?

—¿A qué se debe el interrogatorio?

—Trato de entender. Responde, por favor.

—En su momento, sí.

Era buena escuchando. Sabía cómo cumplir con su papel de maldita mentirosa interesada.

—¿Crees que ahora estén hablando de lo que le dijiste?

—Gregorie, no entiendo cómo se supone que eso vaya a ayudarme.

A esta hora, dormía feliz sin saber lo que venía, la pesadilla que empezaría a ser mi vida. Mi memoria no ha querido bloquear los detalles. Es un castigo merecido que no me quejo de tener. Esa tarde conocí a Denavritz hijo. Estaba emocionado al igual que yo. Me agradó; era un niño amable. No olvido que se sorprendió cuando le dije que mi padre solía decirme cuán orgulloso estaba de mí. Su cara se sumió en la pena. Silas siempre ha sido un mal padre con él, por eso no lo veo como una amenaza. Es una víctima más sin una pizca de valentía para hacerle frente. Eso es lo que más reprocho de su carácter. En la sala del palacio, me confesó que lo golpeaba con la excusa de que eso lo convertiría en un mejor hombre y rey. Enorme error de la infame cucaracha. No es ni lo uno ni lo otro. Cuando mencioné que mi padre jamás me había puesto una mano encima, vi un reproche interno de por qué a él sí y a mí no. Hoy no se lo dejo pasar. Vivía con ese hombre y le habría sido fácil asesinarlo. Tuvo muchas noches para asfixiarlo y comidas para envenenarlo. Un tiro en la cabeza mientras tomaban té pudo haber sido una gran opción. ¿Qué sé yo? Pero, no, lo quiere. ¿Cómo puede amarlo? Supongo que algo similar le pasa a Gerald con mi padre.

—Por eso traje el alcohol. —Levanta la botella y bebe de ella—. Ayuda a dormir.

—No debo estar ebrio para la conmemoración.

—¿Irás? Pensé que la cancelarías.

—No existe esa opción cuando se trata de ellos. La gente lo espera.

—Si mueres, no habrá valido la pena. Gerald puede estar por ahí, esperando para apuntarte.

—No lo creo. Protegí a Emily por Vanir. Él es capaz de matarla si Vanir se lo pide. Pero a mí no me hará nada.

—¿Vanir o Gerald?

—Ninguno. Vanir, porque cree que tiene una oportunidad y que soy yo el que se ha equivocado; Gerald, por ego. Él quiere humillarme como sintió que lo hicimos con él cuando éramos niños. No me matará y punto. No le hará a mi dignidad las cosas tan sencillas. Buscará avergonzarme, dañar mi nombre y el de mi padre. Eso no lo conseguirá con un francotirador.

—Lo que sea que tenga, ¿de dónde lo sacó?

Es la gran incógnita. No sé qué demonios encontró ni quién diantres se lo dio, mucho menos por qué ahora. Si su madre tenía algún documento, sabía algún secreto o dónde conseguirlo, ¿por qué se lo dijo ahora? Y si no fue ella, ¿quién? ¿Es algún miembro del Consejo de Guerra en el que mi padre confiaba? A veces pienso que Ingellus lo sabe, que en vida se lo confesó a Gerald y que, debido a su evidente desprecio por Emily, lo buscó para contarle que hay un testigo de peso que puede servirle para corroborar su historia. He estado tentado de encararlo, pero no tengo ninguna prueba que lo vincule. Y si Ingellus Brayden no sabe nada, no seré yo quien lo ponga al tanto.

—Ese plan que tienes para Emily en su cumpleaños —me apunta con la botella— deberías abandonarlo.

—¿Consideras que es tan riesgoso?

—Hay que cubrir cada frente.

Eso fue lo que mi padre no hizo, debido a mi equivocación. Confió como yo quería que lo hiciera. Cedió para hacer feliz a su hijo sin imaginarse que caía en un plan meticuloso y cruel. Si se hubiera triplicado la seguridad ese día en mi fiesta, a pesar de los acuerdos,

habríamos podido, quizás, defendernos. Es mi culpa. Mi petición le abrió la puerta a Silas.

—No está de más, supongo —le doy la razón—. No me apetece volver a escoger entre dos personas, y menos si Emily está incluida.

—No digas eso, Magnus. —Su humor cambia. Deja el vino a un lado y me reclama con la mirada—. ¿Qué podías hacer? Eras un niño.

Silas me pidió que eligiera a uno de mis padres. En ese instante, pensé que uno de los dos se salvaría. Yo ahí, de pie, en medio del caos, mirando la cara de mi padre y de mi madre, tratando de decidir a quién dejaba a mi lado, a quién necesitaba más. Porque no era una cuestión de cariño; a ambos los amaba sin límite. En el fondo, sé que me habría quedado con mamá, ya que es lo que papá hubiera querido. Él habría dado, sin dudar, la vida por ella, tal como yo la daría por Emily. Evidentemente, esa decisión no era más que una burla para ese niño de doce años. No se refería a quién quería salvar, sino a quién quería ver morir primero. ¿Qué iba a decir, entonces? ¿Cómo podría decir algo?

—Los echo de menos, Gregorie.

—Lo sé. Tienes que perdonarte. Es lo que ellos querrían.

Bajo la cabeza y me miro las manos, los anillos en los dedos. Fueron de las pocas cosas que rescataron ese día. Eran de mi padre. Los guardé celosamente hasta que me quedaron. En mi cumpleaños dieciséis, por fin, pude usarlos.

—¿Cuándo irás a visitarlos?

—¿Para qué? No notarán que estoy ahí.

—Te ayudará.

—¿A qué? ¿A recordarme que no he logrado nada? —El reclamo no es para él; es para mí—. ¿Que Silas sigue respirando y ellos no? ¿Que he sido un inútil en cada intento que he tenido?

—Has hecho todo lo que has podido.

—¡Y no ha sido suficiente! —grito, desesperado.

Me levanto de la cama y camino en círculos. El pecho me sube y baja con violencia. Hasta me duele respirar y me arden las fosas nasales, como si estuviera luchando por el oxígeno. No quiero mirarlo a la cara porque no quiero su consuelo. No quiero que me diga que

no es mi responsabilidad. Claro que lo es. Yo los asesiné, todos lo saben. Fue el titular en el periódico por meses. Solo se detuvieron cuando mi abuela pagó para que ya no me señalaran.

—Lo seguiremos intentando, Magnus. Día tras día, si es necesario, pero, y lo digo muy en serio, no quiero verte así en esta fecha. Si lo logramos mañana o en veinte años, no quiero que te pases la vida clavándote el cuchillo.

—Tú no lo entiendes.

—Seguro no al nivel en el que tú lo haces, pero lo entiendo. Me pongo en tus zapatos desde ese día. Me encantaría que sacaras todo lo que tienes. Enójate y llora. Es lo que necesitas. No te dejaron llorar lo suficiente y te pones ese yeso por fuera para que no se te caigan los pedazos de adentro.

No es que no quiera. Es que las lágrimas ya no salen. La última vez que lloré fue hace años. Seguía siendo un niño, y es un recurso que no he vuelto a utilizar desde entonces. Olvidé cómo hacerlo, supongo.

—Podemos hablar las veces que sean necesarias —persiste.

—No sé de qué hablaríamos. Ya conoces la historia.

He comprobado que el tiempo no cura, sino que entierra, y lo que se pone bajo tierra algún día germina. Yo jamás podré sanar. Los años pasan y lo único que crece dentro de mí son las ganas de obtener venganza. Papá fue el primero en morir. Estaba sometido, arrodillado y con las manos en la cabeza como un criminal. Me enoja que esa sea la última imagen que tenga de él. El maldito Denavritz dijo que me había tardado, que él elegiría. Le disparó en la cabeza. No tuvo tiempo ni siquiera de volverse a mirarme. Antes de que le arrebataran la vida, no cesó de pedir que me dejara ir, que no me tocara, que yo era inocente. Silas disfrutaba verlo suplicar. Me propuse, años más tarde, jamás hacerlo. Si iba a morir, lo haría. No le regalaría a nadie la satisfacción que tuvo ese hombre. No rogaría por mi vida ni por la de nadie. Ahora entro en duda cuando la cara de Emily aparece en mi cabeza. Mi padre cayó con un estruendo que me hizo temblar. Fue siempre sólido, aguerrido, y verlo endeble, impactando el piso sin poder controlar su cuerpo me pareció irreal.

—Elizabeth lo único que desearía es que fueras feliz, que te centraras en otr…

—No la menciones, Fulhenor.

Ella es un tema prohibido. Recordarla me duele muchísimo más. Mi madre solía cantarme. Tenía una voz hermosa, un tono delicado que me hacía sentir seguro. Ya no lo recuerdo. Su voz se esfumó en mis recuerdos, y cómo me pesa. Me esfuerzo en buscar el sonido en mi cabeza. La veo mover los labios, pero ningún ruido la acompaña. Se cumplen catorce años desde la última vez que la escuché. Su última frase fue un «te amo» que susurró corriendo hacia mí, justo cuando el cañón de Silas la atravesó. Luego cayó al piso y no dejó de mirarme. Fui lo último que vio, a su hijo que lloraba, perdido, solo, con un dolor indescriptible en el corazón. Se fue pensando que yo sería el siguiente, que no había podido salvarme, que nunca me iba a convertir en el hombre que soy. La vi tirada, con sangre que manaba de ella, manchando el piso de un rojo oscuro, tiñendo su cabello rubio y su cara. Sus ojos quedaron abiertos y se podía leer el terror en ellos incluso después de que murió. Me reproché incontables noches no haber sido lo suficientemente grande y fuerte para salvarla. Miraba mi figura infantil en el espejo y odiaba lo que veía. Pensaba que de ser más robusto yo habría hecho… ¿Qué cosa? El cuerpo humano no puede pelear contra una bala.

Comencé a odiar el rojo. No quería verlo ni que nadie lo usara. Pedí que quitaran las cortinas y alfombras y eliminé de mi dieta cualquier alimento que fuera de ese color. Fui creciendo, me encontré con la guerra, con más sangre, y mi perspectiva cambió. Quise ver a Silas vestido de ella, quise ver que se desangra poco a poco. Lo soñaba, imaginaba varios escenarios en los que moría de diferentes formas. Lo asesinaba de una manera y se reiniciaba. Volvía a la vida para ser torturado de otro modo. El carmín ya no me desagradaba tanto. Me reconfortaba, porque sabía que un día él también estaría bañado en escarlata. Cuando Emily me dijo que no le gustaba porque le recordaba justo eso, la entendí. Fue igual para mí un tiempo.

A mi madre también le encantaba llenarme de obsequios. Exageraba siempre en la cantidad. Me hacía feliz despertar cada mañana de fiesta porque sabía que habría cajas y cajas esperándome. Ahora tal cosa no existe, y si la hay, no la quiero. En Lacrontte hay una tradición: cuando los reyes y príncipes cumplen años, el pueblo envía regalos. Así fue toda mi vida y lo sigue siendo. No obstante, cuando cumplí los trece, solo alguien del exterior envió un presente: Gretta. En ese momento, el pueblo me detestaba, nadie estaba feliz conmigo. Este día se volvió conmemorativo; no había nada que celebrar y comparto la misma opinión. Esta fecha es de ellos, no mía.

En ese mismo cumpleaños número trece, el primero sin mis padres, Francis ordenó que me prepararan un pastel. Recuerdo estar en el comedor cenando después de un largo día de tutorías. Él se levantó y me deseó buenas noches. Luego, un guardia entró con una porción de tarta y un par de velas que puso delante de mí. Después también se marchó. Me quedé ahí, con las cortinas haciéndome compañía. La llama de las velas peleó contras mis lágrimas cada vez que le caían encima. No toqué el plato y me dediqué a llorar. Miré hacia el cuadro de mis padres en la pared y me odié. No podía detenerme. Arrastré una silla y me subí en ella para alcanzar la pintura. Me senté luego en el suelo mientras la abrazaba contra el pecho. Lloré hasta que dejó de ser 7 de junio, lloré hasta que me dolió la cabeza, hasta que me quedé dormido. Yo no quería pastel, quería a mi madre y a mi padre. A la mañana siguiente, Francis me encontró. Me levantó y me dijo que podía tomar mis comidas en otro lugar. No volví a ese comedor por años. No era capaz de mirar su retrato sin despreciarme. Ciertamente, en ocasiones aún lo hago.

Habría dado mi vida por salvarlos. Sin embargo, me dolería jamás haber conocido a Emily. Eso me molesta todavía más: dudar entre ella y ellos. Lo tengo claro. ¡Y vaya que me pesa!

20

EMILY

Un día como hoy, mi esposo vino a la vida y no sé qué hacer para celebrarlo. Estoy acostumbrada a dar tantos regalos como me sea posible, flores y atenciones que él no va a recibir. Entiendo cuánto le cuesta este día y no quiero irrespetar sus límites, pero tampoco quiero dejarlo pasar. Estuve planeando una manera de hacerme presente, de hacerlo sentir bien, y mi solución es no excederme. Algo sencillo funcionará: hornearle una tarta de durazno.

Me desperté temprano y corrí a la cocina. Los cocineros me pidieron varias veces que dejara que ellos se encargaran. No lo permití. Estuve al mando hasta tenerla lista para llevársela como postre para el desayuno. Y aquí estoy, caminando hacia el comedor con un pedazo en la mano.

—Buenos días, Magnus —lo saludo sin sonreír. No quiero que lo vea como un festejo.

—Buenos días, esposa.

Me acerco a su puesto y deslizo por la mesa el plato sin decir otra palabra.

—¿Esto se debe a qué?

—A nada. En mis votos, prometí que lo haría y estoy cumpliendo.

Se queda quieto y mira la porción con recelo, como si buscara vidrio molido escondido en alguna parte. Aunque estoy segura de que eso no es lo que está pensando en realidad.

—¿No vas a comértela? —insisto para tratar de rescatar la situación.

Por fin levanta la mirada y sonríe forzadamente. Leo su duda, su conflicto. Intenta no reclamar, pero tampoco parece enojado.

—¿El catador real ya probó esto? Quizás le agregaste algo para envenenarme y quedarte con el reino.

—Debí traerte té, entonces.

—¿Envenenado también?

—¿Tú harías algo así?

—Depende. Si no te quisiera y representaras un peligro para mí, sí.

Doy un paso atrás. No me molesta la respuesta, más bien me sorprende.

—¿Me envenenarías? —repito con una mezcla de desconcierto e incredulidad.

No parpadea; asiente. Tan tranquilo como si acabara de decir que después de comer irá a dormir.

—Ya te di las razones. Además —toma un poco de tarta con el tenedor y la prueba—, yo soy el que debería estar preocupado. Tú eres la que sabe de plantas. ¿Con cuál podrías matarme?

—Adelfas o acónito.

—Ambas con A de *asesinas*. Debería prohibirlas en Lacrontte como medida de protección.

—Solo come, Magnus.

Se echa hacia atrás en la silla, deslizándola por el suelo. Mc mira mientras inclina la cabeza hacia un lado, con esa expresión suya que aparece cuando trama algo y está decidido a obtenerlo.

—Venga aquí, señora Lacrontte.

No lo pienso. Me acerco, sintiendo cómo el calor me sube por el pecho, y me acomodo en sus piernas. Él me rodea en un abrazo

fuerte, mucho más que los que suele dar. Lo necesita, no hay otra explicación. No es un día fácil y no es alguien que suela pedir ayuda. Este es su método para reconfortarse.

—Te quiero mucho, Magnus —le confieso lo que he querido decirle desde hace tiempo y lo que él también ha estado esperando.

Frunce el ceño, enredado, como si necesitara un momento para analizar lo que he dicho, para convencerse de que sí ha escuchado bien, de que no es un invento de su cabeza. Enseguida, viene otra sonrisa, una genuina y luminosa. Parece que hubiera cobrado vida de repente. Me encanta hacerlo feliz.

—Dilo una vez más.

—Lo quiero mucho, señor Lacrontte.

No me responde, al menos no con palabras. Se acerca a mis labios y me besa. Al principio es suave, dulce, algo poco propio de él. Casi como si quisiera probar en mi boca la confesión que acabo de hacerle. Luego viene el hombre que conozco, el que me somete tanto como puede. Es un beso impaciente. Encajamos el uno en el otro, perfectos de alguna extraña manera.

—Te has ganado un trozo —dice, extendiéndome el tenedor.

—Lamento decepcionarte, pero no me gusta ni un poco.

Lo suelta, dramático, y lo deja caer al suelo en una escena exagerada que solo a él se le ocurriría.

—Júrame que es una broma o tendré que divorciarme.

—¿Tan grave es? No miento. Sabe mal.

—¡Por todos los muertos que cargo en mi espalda! Quc alguien llame a Francis y le diga que busque los papeles del divorcio.

—Jamás pensé verte hacer un drama.

—Uno muy bien justificado.

—Siendo así, ¿en dónde están Gregorie y Elisenda? Me iré con ellos a Cromanoff. No pensé que me despidieran de mi cargo al segundo día.

—Por fortuna, se fueron en la mañana. Se lo pedí a Fulhenor. Me gusta estar solo hoy.

—¿Eso me incluye?

Y entonces la conexión se pierde. Mira la tarta, embelesado, como si recordara algo importante. Suelta el cubierto y se limpia la boca con la servilleta de tela. Su humor va en picada y me alarmo. ¿Qué sucedió?

—Dime que no hiciste estas cosas porque es mi cumpleaños, Emily.

¿Qué le digo? ¿Miento?

—Traté de ser especial, nada más.

Me pide que me levante y, a regañadientes, obedezco. Está molesto. La ira le arde en los ojos.

—Fui muy claro con respecto a los regalos —sentencia, poniéndose de pie—. No es un capricho. Es una decisión. Tenías que respetarla. No es difícil, ¿o sí?

—Fue un detalle.

—Uno que no pedí y que no quiero.

—No digas eso, por favor —pido con el corazón apretado.

—No todos somos como tú o tu familia.

—Estás siendo injusto.

—¿Lo soy? Pedí que respetaras una cosa, una sola, Emily.

Se da media vuelta y empieza a caminar hacia la puerta con las manos en la cabeza y la espalda tensa.

—¿A dónde vas? Tenemos que hablar.

—Tengo un discurso que preparar para esta noche. Nos vemos entonces.

No se detiene por más que lo llamo. Me deja sola y de inmediato las lágrimas fluyen. No las paro ni las limpio. La vista se me empaña y se me arruga hasta el alma. No esperaba que las cosas terminaran así, no era mi intención. No quiero tildarlo con ningún adjetivo, porque tenía clara su posición, pero me duele. No esperaba tampoco esta actitud. Podíamos hablarlo, solucionarlo. En cambio, decidió irse, y espero que no pretenda que lo busque, porque no voy a buscarlo.

* * * *

Me seco las lágrimas, ya cansada de llorar. Me refugié en mi habitación después de salir del comedor. No quise conversar con nadie. Además, mi familia ya se marchó para instalarse en su nueva casa. No tuve otra opción más que encerrarme en mi soledad. Tengo los ojos hinchados y los párpados pesados, como si cargara piedras y no pestañas. No lo pensé bien, es obvio. Pero no me merecía eso tampoco.

Es algo con lo que crecí. No tuve muchos obsequios cuando era pequeña. No podíamos permitirnos gastar en nada más que en comida. Mis vestidos fueron siempre heredados de mi hermana, al igual que mis zapatos. La primera vez que me dieron uno nuevo fue en mi cumpleaños número cinco. Nunca olvidaré la sensación de escoger uno propio. Ni siquiera lo creía. No era capaz elegir, y no por indecisión, sino por miedo. No quería que gastaran en cosas sin sentido. A papá le dolió mi respuesta y que su hija pequeña no se emocionara por pensar en asuntos de adultos. Me insistió y terminé escogiendo el más extraño de la tienda. Tenía tantos colores y detalles que se veía ridículo, pero me gustaba porque era diferente a todo lo que había usado antes.

A Liz la vestían con mucha modestia y ella conservó ese estilo al crecer. No era el mío, por supuesto. Cuando vi los brillos y los apliques, supe que era mi mundo. Fui inmensamente feliz. Amo los regalos desde entonces y pensé que lo había hecho bien. Fui sutil y no fue mi intención irrespetarlo. Además, si se considera un fallo, es solo uno, comparado con los tantos suyos.

Busco dentro de las gavetas de mi mesa de noche las notas que guardé al fondo, en específico una. La leo una y otra vez, buscando alguna pista que me dé la respuesta. Magnus no se abre conmigo, y si Vanir quiere que sepa algo, me encargaré de enterarme. Mando a llamar a la última persona con la que me habría unido a principios de este año. La razón: si esto es demasiado grave, no quiero meter en problemas a Luena, menos ahora que el rey y yo estamos enojados.

Lorian aparece rápido. Está bastante desocupado y viene con el primer llamado. Me mira, preocupado, igual que un amigo o

hermano lo haría. Pregunta qué sucede y yo niego con la cabeza. No voy a hablar con él sobre lo que pasó. Lo quiero a mi lado porque dos cabezas piensan mejor que una, nada más.

—¿Puedes ayudarme con algo? —consulto y en el acto me arrepiento de haberlo involucrado.

Ya no me desagrada como antes, pero no sé si debería confiar en él.

—Te escucho.

—Hay algo que debo buscar y no me atrevo. Tú pareces valiente.

—Específicamente, ¿qué es?

—Es lo que no sé. Solo dijeron que estaba en alguna habitación.

—¿Te lo dijo quién?

—No hagas tantas preguntas, por favor.

—Si no me explicas, no tengo razones para unirme.

Vida mía, qué tipo más difícil. Dudo, de verdad lo hago. Me cuesta mostrar mis inseguridades y mucho más ante él.

—Vanir —digo, y pierdo la dignidad—. Vanir me lo dijo en una nota, me indicó que hay algo en el palacio que debería ver.

Su rostro cambia por completo. Ya no hay indecisión; hay emoción. Sonríe y levanta la ceja. Hasta parece que se ríe de mí.

—Cuenta conmigo. ¿Tienes las llaves?

—No, pero soy la reina. Me las darán.

No es difícil conseguirlas. Theobald, el mayordomo, no hace ninguna pregunta. Ni siquiera duda en entregarme su llavero. Estar en el poder trae sus beneficios. Claro, tuve que negarme cuando se ofreció a acompañarnos.

Empezamos desde la tercera planta. Es complicado buscar sin saber qué queremos encontrar. La única pista es que debe tener relación con ella, pero ¿qué? ¿Es grande o pequeño? ¿Es acaso simbólico? ¿Está en la habitación de Magnus? Espero que no. Del segundo piso también nos vamos con las manos vacías. Abrimos y cerramos puertas, buscamos en estantes, mesas y hasta debajo de las alfombras. Me voy a sentir bastante ridícula si al final esto es una treta de Vanir para burlarse de mí.

—Déjame leerla de nuevo, por favor —pide Lorian por tercera vez—. Es que podría ser hasta un mechón de cabello que se cortó una vez mientras visitaba al rey.

—No, tiene que ser sobre su relación. Alguna otra carta, una fotografía, un regalo, algo que siga aquí.

—¿Y para qué quieres encontrarlo? No lo tomes a mal, que ahora yo también quiero saber de qué se trata, pero la cuestión es que está logrando su cometido: atormentarte. Lo que tuvieron ya pasó. Tú eres su esposa, Emily, y ni ella ni nadie pueden quitarte de ese lugar… lamentablemente.

No puedo evitar la carcajada. Es tan descarado que resulta divertido.

—Lorian, no hagas que me arrepienta de haberte contado. ¿Quieres que nos detengamos?

—Por supuesto que no. Ya estamos enlodados. Lo que digo es que a la próxima no te afanes en abrir la correspondencia. ¿Qué duele más? ¿Leer una carta y nunca contestar o no leerla siquiera?

Lo segundo, sin lugar a dudas.

El primer nivel es nuestro nuevo espacio. Recorremos las alcobas, desde la más cercana a la entrada hasta la más lejana, y cuando estamos a punto de darnos por vencidos, en una de las últimas puertas, al fin hallamos algo. Y no es solo una cosa, son varias. Sobre unos maniquíes hay dos vestidos. Uno blanco y uno negro. Deduzco fácilmente de qué se trata esto. Son los vestidos que habría usado en su boda con Magnus y su posterior coronación. Los complementos también están allí. Hay dos pares de zapatos dentro de unas cajas, joyería y una corona encima de un pequeño busto.

—¿Quién diría que esto estuvo todo el tiempo aquí? —La sorpresa de Lorian no iguala la mía. Abro tanto los ojos que parece que se me van a caer. No me molesta; más bien, me intriga. ¿Por qué siguen estas cosas aquí?—. ¿Quién crees que las envió acá? —me pregunta, acercándose para tocarlas.

Yo no me muevo. Es como si hubiera visto un cadáver. No tengo respuesta a la duda, pero espero que no haya sido Magnus.

—Remill —digo no muy convencida—. Quizás cuando se dio cuenta de que no habría boda, le dio pesar dañar los vestidos que tanto le tomó hacer y prefirió esconderlos.

—¿Para hacer eso no necesitaría un permiso?

—Basta, Lorian. No le ayudas a mi cabeza.

Esto era lo que Vanir quería. ¿Cómo supo que esto seguía en el palacio? ¿Quién se lo dijo?

—Son unos vestidos muy lindos.

—¿De qué lado estás? —reclamo, mirándole la espalda. Aún sigue concentrado, detallando las prendas.

—Del tuyo, por supuesto. No me malinterpretes. Tiene buen gusto.

—Sigues sin ayudar.

—Los que usaste son preciosos. Mucho más.

Camina hacia la corona y la levanta. Yo prefiero no tocar nada. No me interesa. Una completa contradicción si se considera lo mucho que me esforcé por hallar esto.

—Si fue Magnus, en su defensa, esto no es causal de divorcio —asegura mientras se prueba la pieza.

—Depende de a quién se lo preguntes.

—¿Tú qué opinas? —Se vuelve con la corona en la cabeza.

—Te luce —comento para evitar la verdadera respuesta.

—No te hagas la tonta.

Estiro el cuello hacia cada lado para enfocarme. Me siento distraída, perdida. Pese a lo mucho que trato, no dejo de imaginar que Magnus trajo esto aquí y que baja a verlo de vez en cuando.

—Sí, supongo que no es razón suficiente. ¿Alguna vez los viste juntos?

Necesito la visión de alguien que me confirme lo que yo también noté en su momento. Eran la pareja más conflictiva que he visto.

—Por fortuna, no. ¿Tú?

—A punto de tener sexo, prácticamente.

Pone la corona en su lugar y viene hacia mí. Encontró algo más interesante en que centrar su atención.

—¿Y te les uniste?

—Eres el peor compañero del mundo, Lorian Wifantere.

—Intento relajarte. Estás rígida. —Me pone las manos en los hombros y me los masajea de la manera menos sutil—. Esto es una pequeñez. ¿Entiendes lo estúpida que se vio al armar este drama? Eres la reina, Emily. Hay una estatua tuya allá afuera. Suéltala y no le permitas entrar de nuevo.

—Es difícil. Ella sigue aquí. —Señalo detrás de él.

—Tirémoslo. Prendámosle fuego. Está en tu palacio y, por ende, es tuyo. A lo que voy es a que ella nunca saldrá de tu vida si no dejas de mencionarla, de pensar en lo que tuvo con Magnus o en lo que les faltó. Eres mejor que eso. No me decepciones.

Tiene razón. Es un barco que no partirá si lo sigo anclando a mi muelle. La quiero lejos y para eso debo dejar de atraer su recuerdo. No le permitiré gobernar mi cabeza a la distancia.

—Igual, quiero esto fuera de aquí.

—Su familia hace una gala benéfica, ¿no? —inquiere con los ojos entrecerrados.

—Su madre. Es una gala con subastas.

—Pues creo que ya encontramos qué llevar.

* * * *

Llega la hora de la ceremonia. Lorian y yo vamos rumbo al coliseo en un transporte propio, pues me negué a ir con Magnus cuando un guardia me indicó que él me esperaba. No sé qué cara puso o qué actitud tomó, pero no insistió y salió adelante. Estuve tentada de ir para preguntarle sobre los vestidos, pero hoy no es un buen día para cuestionarlo y no quiero abrir otra grieta en nuestra convivencia.

Aunque resulte insólito, el expríncipe estuvo conmigo mientras Luena me ayudaba a prepararme e incluso se ofreció a ir por

compresas frías para deshincharme los ojos. El secreto nos ha unido inesperadamente. No deja de repetirme en el camino que no está mal distanciarme si lo creo necesario y que solo hable con Magnus cuando me sienta preparada. Tiene razón, lo sé; aun así, no deja de ser incómodo. Hoy le confesé que lo quería y después de esas palabras las cosas se fueron en picada. Fue como un mal augurio, una maldición que acabó con la tranquilidad que habíamos tocado. Intento culpar a la fecha y no a nosotros. Es difícil, porque he cambiado. Unos meses atrás, me habría disculpado hasta el cansancio, pero ahora prefiero alejarme tal como él lo hace.

En el automóvil ya no hay cortinas, pues las personas han detenido las protestas después de que se hicieran públicos mis decretos. No digo que ya no me odien, solo que me han dado un tiempo, hasta que algo malo suceda y me tomen a mí por culpable. En el camino, descubro la devoción patria que este evento le trae al reino. Las aceras se visten con velones que marcan el camino hasta el coliseo. Una imagen preciosa que adorna un día de luto.

Al llegar, pasamos directamente al escenario. Un vocero ya le habla a la gente mientras nosotros, detrás de una cortina roja, en un camerino, aguardamos. Francis se halla silencioso como de costumbre. Cruza miradas con Magnus, comunicándose. Esto es algo que han hecho por años, solos los dos. Soy la nueva, la que intenta entender cómo afrontar este día tan delicado al lado de su protagonista, y por eso he optado, si se me permite, por no intervenir.

—Tome, majestad. —El señor Modrisage me entrega una vela blanca—. Cuando estén al frente, el rey encenderá la de él y luego usted acercará la suya para prenderle fuego a su pabilo. ¿Alguna duda?

—¿Tendré que dar un discurso?

—No es necesario. Acompañará la tradición, es todo.

Gracias a la vida. No me sentía con derecho para dar un discurso.

—¿Verme allí no hará que el desprecio hacia mí se vuelva a encender?

—Es probable, pero usted es la reina. Debe estar al lado del rey en momentos como este.

Lo entiendo y daré la cara. Lo que me preocupa es que relacionen mi nacionalidad con la muerte de los reyes a los que tanto quisieron. No quiero avivar el fuego que tanto me costó calmar.

—¿Alguna otra duda? —cuestiona y yo niego—. De acuerdo. Entonces, adelante.

—Ciudadanos de Mirellfolw, ante ustedes, sus reyes, Magnus VI y Emily I Lacrontte —el vocero nos anuncia.

Él pasa al frente y yo lo sigo. En el acto, me estrello con la inmensidad del coliseo y con las luces directas que me exponen ante ellos. Las gradas están repletas: son un medio círculo al que no le cabe una aguja. La gente que no alcanzó a encontrar asiento está de pie, atenta. Son miles de rostros que se funden en la oscuridad de esta noche y aparecen como sombras y siluetas lejanas. No puedo verlos a la cara y aun así siento que su mirada me mancilla. El aire está quieto. El frío inclemente me hace lamentar no haber traído un abrigo, envidio los guantes de cuero y la gabardina de mi esposo.

—Pueblo de Lacrontte —empieza con su característico tono autoritario—, esta noche recordamos uno de los eventos más desafortunados que ha vivido nuestra nación. Hace catorce años, perdimos a los más entregados gobernantes. Su lucha por protegernos fue incansable y será recordada por las helias de las helias. Ellos escribieron una historia que no se volverá a repetir y su partida abrió un vacío imposible de llenar.

Me lastima el corazón la manera en que habla de ellos. No veo ese amor que usualmente muestran sus ojos cuando los menciona. Aquí está un hombre enojado describiendo a unos monarcas que formaron parte de la crónica del reino, no a sus padres.

—Los Denavritz acabaron de manera cruel con quienes solo entregaron devoción absoluta. Se burlaron de su esmero por alcanzar la paz, de su fe en el futuro, y mancharon de rojo la casa real. Mishnock quiso borrarnos del mapa, pero nos levantamos fuertes, cimentados en acero, demostrándoles que, aunque segaron la vida de nuestros líderes, no podrán nunca segar nuestro espíritu —Aquí estoy, presenciando el discurso que por décadas se les ha vendido a los lacrontters.

Y ahora soy una de ellos, soy su reina—. Silas Denavritz no es un rey, es un cobarde que prefirió vivir escondido que enfrentarse a la muerte en el trono. —La ira le endurece la voz y la mirada. Es filoso y violento, como si con sus palabras fuera capaz de degollarlo—. Es un líder mentiroso al que los mishnianos le han creído por años. Pero una cosa es segura: la justicia no suele llegar pronto, pero siempre llega, y yo les juro que no descansaré hasta traer su cabeza y arrojarla a sus pies. El fuego que prenderemos no será para encender una vela, sino su cuerpo, porque no hemos olvidado ni perdonado y jamás lo haremos. Fuerza, lealtad y riqueza.

Levanta una vela dorada con la mano derecha, y con la izquierda acerca un yesquero para encender la mecha. Me mira, una señal para que me acerque. Lo hago. Las luces me tragan mientras me exponen todavía más. Hay guardias rodeándome, como una muralla humana que no logra ocultarme, aunque sí protegerme si es que un disparo se escucha. Magnus me regala su flama y la suave llama se menea frente a mi cara.

De repente, algo casi mágico sucede. De adelante hacia atrás, y muy sincronizado, el pueblo empieza a encender sus velones. Unos puntos naranjas aparecen como manchas que bailan. El pueblo se levanta y grita el lema del reino con los nombres de los reyes caídos: «Fuerza, lealtad y riqueza para Magnus v y Elizabeth ii». Lo repiten una y otra vez, como si no quisieran olvidarlos, como si temieran que se borren de los libros si no los dicen lo suficientemente alto.

—Esta es mi historia, Emily, y la comparto ahora contigo —asegura, y por más que se esmera en mantenerse firme, yo veo esas curvas que le doblan el temple.

—De verdad deseo que cumplas tu objetivo.

Juro que soy honesta.

—Lo haré así muera justo después.

* * * *

No sé si alguien más lo nota, pero soy capaz de ver a Magnus quebrarse por dentro cuando salimos del coliseo. Está protegido de la vista de las personas, sabe que aquí puede soltar su postura recta y dejar caer los hombros. Se da la vuelta antes de meterse al transporte y me mira, invitándome. Reconozco la tribulación en sus ojos. Está agotado. No sé si del día, del discurso o de todo. Debe ser terrible pararse ahí y repetir las mismas palabras a sabiendas de que promete algo que no es fácil de cumplir. Eso lo atormenta a cada hora.

—Solo ven, Emily —pide cuando no me muevo.

Pese a mi rabia, me muevo porque lo necesita. Estoy aquí para acompañarlo, para escucharlo. Subo al transporte y me quedo tan lejos como es posible. No por miedo, sino por respeto. Su humor hoy es difícil de descifrar y no quiero lanzarme por la ventana si hay otra pelea. Se quita el abrigo y me lo ofrece. No lo dudo; el frío ya me hiela los huesos.

—¿Quieres hablar? —propongo cuando empezamos a andar.

Diré cualquier tontería con tal de romper este silencio.

—No sobre eso.

—Entonces, ¿sobre qué?

—¿Todavía me quieres?

No es capaz de esconder la angustia. Me examina, pendiente de cualquier movimiento que le dé la respuesta.

—Eso no cambia en menos de veinticuatro horas.

—¿Me quieres?

—Sí, aunque fuiste grosero conmigo.

Exhala y cierra los ojos. No sé si es por alivio o porque le cuesta admitir que lo fue.

—Lo lamento. Me comporté como un idiota. La tarta estaba deliciosa.

¡Al fin! Aunque esperaba más. A la próxima, tendrá que componerme una canción.

—Lo sé. Yo misma la hice.

—Perdóname.

—Me lo has dicho tanto que empieza a perder su efecto.

—Emily, por favor.

—Te perdono, Magnus, pero estas cosas no pueden pasar cada 7 de junio. Entiendo tu posición y te dejaré solo, si es lo que quieres. No hablaremos en todo el día si con eso te sientes más tranquilo. Lo que no puedes hacer es enojarte cuando intento demostrarte que te quiero. No es justo para ninguno de los dos. Tú también mereces que te demuestren afecto, porque sigues aquí. De no ser así, no me tendrías y no sentirías por mí lo que afirmas sentir.

—No pongas en el paredón mis sentimientos. Yo te quiero con mi vida.

—Entonces, alégrate de estar vivo y de enterarte de que siento lo mismo.

—Lo único que no quiero son regalos.

—Era una simple tarta.

—Eso también es un obsequio.

Lo es. Claro que lo es. Simplemente procuraba que no lo pareciera.

—Bien. —Acepto mi error—. No debí imponerme. Tú prométeme no volver a comportarte así.

—¿Así cómo?

—Como un imbécil.

Esperaba una sonrisa, pero no la hay. Se queda pensando mientras el transporte avanza. Se arrastra por el sillón para acortar la distancia y entonces me pone la mano en la pierna.

—No lo puedo prometer. Lo que sí es seguro es que, siempre y cuando no haya obsequios, el día irá bien.

De acuerdo. De ser así, puedo negociar.

—¿Puedo hacerte alguno por fuera de esta fecha?

—¿Por qué el afán?

—Recuerda lo que acabo de decirte. Sigues aquí, y parte de vivir es recibir muestras de cariño. No digo que lo haré a diario; sin embargo, lo haré en algún momento y no me gustaría que me rechazaras. Quiero que avancemos juntos.

—Dos al año. Punto.

—Tres —propongo, dispuesta a no rendirme—. Dijiste que ese era el número perfecto.

Al fin veo la sonrisa que tanto buscaba.

—Tres, y ya llevas uno. —Me levanta la falda, buscando mi piel—. Queda prohibido desearme feliz cumpleaños. No es negociable.

—¿Solo hasta que asesines a Silas?

De nuevo el silencio. Sopesa la opción y eso ya es ganancia.

—No. Sigue sin ser negociable. No soporto escuchar esa frase.

No insisto. Queda claro que es una asociación directa con lo que pasó, así que podemos omitirla de nuestra vida.

—Bien. —Le extiendo la mano—. Tenemos un trato, señor Lacrontte.

La estrecha, aunque no con mucha fuerza.

—Hay algo de lo que no tengo duda, Emily —declara mientras me acaricia el muslo—. Tú eres la recompensa por todo lo que he vivido, por cada cicatriz, por cada batalla y por su pérdida. Me alegra estar vivo para poder quererte.

21
MAGNUS

La casa en la que se ha estado quedando Atelmoff Klemwood es demasiado pequeña para mi gusto. Consiste en una habitación y una sala minúscula. Así lo pidió él y nosotros solo cumplimos. Estar aquí es como estar atrapado en una jaula de ratón, pero, según sus palabras, no llamaría mucho la atención. Tuvimos que mentirle a Emily, diciéndole que ya se había marchado a Mishnock. Desde entonces, aguarda aquí la reunión.

—¿Tienes noticias de la anciana? —cuestiono, ya harto de caminar en círculos con esta búsqueda.

—Ninguna, y no la llames así —se queja desde su asiento—. Su nombre es Nahomi.

Me parece inaudito que ni ellos hayan podido dar con el paradero de esa mujer. ¡Viven en el palacio! Es imposible que allí no haya una pista. A veces creo que me mienten en la cara. Nosotros, por más que lo intentamos, no damos con nada. Es como recorrer el océano buscando a un pez en específico. Puede estar en cualquier lugar.

—¿De verdad no tienes idea de a dónde se la llevó? —insisto.

—Hemos ido a cada lugar que represente una posibilidad. No hay nada. Silas la escondió muy bien.

—¿Y sobre él? —Francis no tarda en hablar—. ¿Hay alguna posibilidad de que salga de su escondite o perdemos el tiempo?

Este viejo nunca estuvo de acuerdo con el plan. Sabíamos que tal vez no funcionaría, pero nada perdíamos con intentarlo. Ahora lo veo con sus ojos. No ha dado el mínimo resultado, por lo que debo darle la razón.

—Justo sobre eso quería hablarles. No creo que podamos continuar con ese plan —dice Atelmoff.

Se queda callado, como si nosotros tuviéramos que adivinar el resto.

—¿Qué? Sé claro —exijo, con la paciencia en los pies.

—La persona que nos ayuda está aquí.

—¿Aquí en la casa? —inquiere Modrisage—. ¿Nos estuvo escuchando todo este tiempo?

—No. Aquí en el reino.

El silencio se extiende mientras pienso. Esto es una traición. ¿Cómo pudo mezclar el azúcar con la arena? Es un desastre. Parece que pierdo la fuerza por un segundo mientras proceso la revelación. Me niego a creerlo. Miro a Francis y él ya niega con la cabeza. También comprendió de qué se trata y la gravedad de la situación.

—No, Atelmoff. —Lo señalo con ira—. Dime que no fuiste tan estúpido.

—Era nuestra mejor opción.

¿Cómo pudo ser la mejor? No lo entiendo. De tantas personas en el mundo, tuvo que elegir a Erick Malhore.

—¿Él lo sabe? —inquiero, con el cuello tan rígido que podría quebrarse.

Si ese hombre lo supo todo el tiempo, deberían darle el premio al mejor actor, porque lo hizo fenomenal. Me vio la cara de idiota cada vez que hablamos.

—No. —me asegura Klemwood—. No habría aceptado. Él creía que me ayudaba a mí.

Desde hace un tiempo, Atelmoff le ha ocultado un secreto a su apreciado intento de rey. Quiere ver muerto a Silas tanto como yo y por esa razón me da información. ¿Cuánta? Jamás lo sabré con exactitud. Por desgracia, el consejero real de Mishnock ama a ese

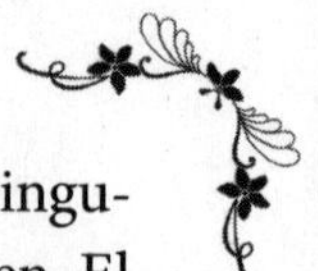

imbécil de Denavritz, quien a su vez ama a su padre. Así que ninguno de los dos es capaz de hacerle daño a la persona que quieren. El primero no actuó directamente por miedo a represalias contra… ¿Cómo le llama? Ah, sí, «su niño». Aunque también sé que Genevive tiene que ver ahí. Y el segundo no tuvo ni tendrá los pantalones para acabar con la vida de quien ha destruido la suya. Por todo eso, Klemwood actúa a espaldas de Stefan y me ayuda para que sea yo quien haga justicia. Me ha suministrado datos, nombres y documentos que me han servido para actuar o seguir pistas. Fue él quien muchas veces me envió planos de la ciudad para que supiéramos en dónde ubicar a mis hombres en un atentado, tal como lo hice en el festival del reino del año pasado. Incluso desalojó, días antes, algunos de esos edificios para que pudiéramos entrar sin problemas. Fue él quien me avisó sobre la fiesta de Daniel Peterson para que yo secuestrara al maldito rey, pero el imbécil se fue antes de que yo llegara. Esa vez en particular dudó si debía contármelo. Daba igual, el barón Russo ya me había dado el lugar y la fecha. Solo hay una cosa de la que no me habló nunca: Emily. Jamás me dijo que la mujer a la que yo tenía retenida como prisionera de guerra era la novia de su protegido. En eso también me falló Dominic Russo.

—Tendré que decirle, Magnus —anuncia lo que ya me esperaba—. Ya no me sirve su ayuda si vive aquí.

—No hemos sacado nada con eso. Me da lo mismo en este punto. Solo pido que no se lo comenten Emily.

En un intento desesperado, planeamos una jugada sencilla que nos ayudara a tener alguna pista de los movimientos de Silas desde que se escapó. No nos pareció una gran idea, pero nada se perdía con intentarlo. En ocasiones, muy pocas, la rata pide algunas cosas. Muchas son para despistar: libros, herramientas, armas, perfumes. Con esa última, a Atelmoff se le ocurrió algo: poner en su perfume un elemento que le causara alergias e incluso intoxicación, algo que lo obligara a pedir ayuda, a salir de su escondite o llevarnos a él. Atelmoff se encargaría de buscar a un perfumista lo bastante ambicioso como para que aceptara sin preguntar. Lo que él no sabía era

que esa persona era mi suegro. En su momento no había manera de relacionarlo en esto. Emily había inventado que su padre se dedicaba a vender perfumes en el mercado. ¿Cómo lo conocería Atelmoff? No era de su círculo.

Denavritz hijo es quien se comunica con Silas. No muy seguido, pero lo hace. Atelmoff dice que, genuinamente, ambos desconocen el paradero real, pues, al parecer, cambia constantemente de posición. Dice que las cartas que llegan vienen de una ciudad cercana al pueblo natal de Genevive y que se envían de vuelta a ese mismo lugar. La cuestión es que allí se pierde la línea. No sabemos cómo, pero, por más que seguimos a los mensajeros, nunca hemos encontrado nada.

—Creo que no los usa —Francis expone lo mismo que he venido pensando—. De ser así, habría descubierto que se trataba de los perfumes y habría investigado más. Atelmoff ya estaría muerto.

—Eso lo tengo claro —se defiende Atelmoff—. Si los seguía enviando era para ver quién se los quedaba, al igual que el resto de las cosas. Algún guardia u otra persona.

—¿Como un familiar? —Entiendo lo que intenta explicar.

—Así es. He comprobado que la mayoría de los objetos que se le regalan al servicio terminan en manos de sus familiares. Ellos no desaprovecharían un perfume creado para el rey. Si alguien lo usaba y presentaba una alergia o algún otro problema, daríamos con su paradero. Tendríamos algo con lo que amenazar a alguno de los custodios, pero nadie apareció. Es como si toda la humanidad fuera inmune.

—Un médico particular podría haberse encargado de eso con facilidad.

—Tenía en la mira a todos los que pude sobornar. Ninguno atendió un caso. De cualquier forma, Mishnock es grande. Una curandera cualquiera serviría para tratarlo, y eso ya no podía controlarlo.

Cuando llega la correspondencia al palacio de Mishnock, viene con un nombre nuevo, puede ser de mujer o de hombre. Atelmoff me mantiene al tanto, pero Silas no le da todos los detalles. Desde hace mucho sabemos que no confía plenamente en él. Tiene un grupo de guardias que se encargan de la mayoría de las cosas, guardias cuyas familias

han dejado Palkareth o quizás el reino también. Son familias que han cambiado su nombre y parecen haber dejado de existir. Cada vez que rastreamos a algún pariente cercano para amenazar a los custodios, no obtenemos resultados. Debo admitir que Silas ha sabido usar sus pocas cartas. Investigando, me he encontrado con una característica común en el grupo: cada custodio es hijo único, la mayoría tiene un solo padre vivo y muchos de ellos no tienen esposas o descendencia.

—Invertimos tiempo en una tontería —me quejo.

—Sabíamos que era una posibilidad. Hasta el plan más hueco nos parecía buena opción. Estás desesperado por encontrarlo.

Y no soy el único.

—¡Tú estás desesperado por encontrarla a ella!

—¡Magnus! —Francis me detiene antes de que diga otra cosa.

Genevive es un tema delicado para Klemwood.

—Sí —me da la razón—. Si me quedé en ese palacio fue por Stefan y por la reina, y a ella la voy a encontrar con o sin tu ayuda.

Me agrada más cuando es verdaderamente él, no el tipo pasivo que siempre finge ser.

Hay una razón por la que jamás he forzado a este hombre a obedecerme, por la que jamás lo he amenazado, por la que he respetado su miedo. Él me salvó. El día de la masacre, él me sacó del palacio, me entregó a los guardias lacrontters y a Francis. Por esa razón sigo con vida. Lo honraré hasta el final de mis días. Gracias a Atelmoff tengo la vida que tengo al lado de mi Emilia.

—¿Le pagaste alguna vez? —pregunto, refiriéndome a Erick Malhore.

—Sí, al principio no quería recibir el dinero. Al final lo aceptó porque su familia lo necesitaba.

—¿Es decir que todo el tiempo supo que era para Silas?

—Él no es tonto y es obvio que se lo conté. Lo que no sabía era que se trataba de un plan en el que estaba confabulado contigo. Erick detesta a Silas. ¿Acaso Emily no te ha contado todo lo que vivió?

¿Qué diantres le hizo y por qué no me lo ha contado? No soy el único que tiene secretos. Entiendo que Emily no está obligada a

decirme qué sucedió con Silas y se lo respeto, pero entonces no debe juzgarme por ocultarle detalles de mi pasado.

—No necesito más problemas. Con el estorbo de Gerald es suficiente.

Atelmoff me mira con desaprobación. Si hay algo que no tolero en él es la lástima que siente por Heinrich. Sé que en el fondo juzga a mi padre por no quererlo. Puede adoptarlo si lo desea, que así me lo quitaría de encima. Siempre ha tenido un instinto paternal que no aguanto aunque haya sido esa la razón por la que sigo vivo.

—Entonces, ¿cuál es el paso a seguir ahora? —cuestiona Francis, tan confundido como yo.

* * * *

Mi matrimonio es un desastre elegante. Actuamos bien incluso entre nosotros, nos enfrentamos al mundo para defender lo que tenemos mientras nos mentimos y nos sentamos en el comedor como si no tuviéramos un armario lleno de interrogantes. Si lo pongo en sus palabras, es una danza ensayada en la que intentamos no pisarnos el corazón.

Yo también puedo fingir que sé lo que piensa.

—Ya es hora de que los dos hablen —dice Francis de pie a un lado de mi librero.

Desde que regresamos de la reunión, nos encerramos en mi oficina para idear un nuevo plan o descubrir una pista que no hayamos visto antes. Seguimos en ceros y ya la noche ocupa su lugar en el cielo.

—Le he dado varios días para que me lo cuente.

—Confróntela. Aunque, al hacerlo, usted también tendrá que despertar sus fantasmas.

Lo tengo claro y eso me molesta. Parecemos un par de adolescentes en una primera relación.

Cuando pensaba en el matrimonio, sabía que no tendría nada como lo que mis padres vivieron. Estaba dispuesto a conformarme con una mujer que me agradara, con la que pudiera conversar de vez en cuando y disfrutar de mi silencio la mayoría del tiempo. Alguien que estuviera ahí, pero que no se sintiera demasiado. Una compañera y punto. Ahora no puedo soportar la idea de tener algo así. Necesito que ella no tema contarme lo que sucede, que se haga presente hasta con el más minúsculo inconveniente. Es extraño lo mucho que me incomoda que alguien adopte la misma actitud que llevo años usando.

—¿Opinas que lo estamos haciendo bien?

—En lo absoluto. Espero que mi matrimonio con Aidana no se parezca al suyo. —Su sinceridad a veces es innecesaria—. No me malinterprete. Un matrimonio debe tener espacios tanto físicos como mentales. No todo debe ser compartido al cien por ciento. Porque lo conozco, le aconsejo que no lo lleve al extremo. Hay cosas relevantes que se deben contar, pero hay otras que no importa en lo más mínimo si se dicen pronto o nunca. Las personas siempre tenemos cosas que son solo nuestras, y mantenerlas así no es un indicador de lo poco o mucho que queremos a los demás.

—¿Qué tratas de decir? ¿Que tiene el derecho de no decirme nada?

—Le pedí que no se fuera a los extremos. Si su majestad no le ha contado lo que sucedió con Silas, tendrá sus razones y eso no significa que le oculte cosas. Puede que lo haga en un futuro o nunca. Si quiere saberlo, pregúnteselo, pero no vaya con la idea de recriminarla. Lo de la nota de Gerald es diferente. Eso es un asunto que a usted también le concierne.

—Lo de Silas, igual. Ella sabe que quiero atraparlo.

—Que le cuente su pasado no va a interferir en el futuro a menos que lo sucedido le dé una pista sobre el paradero Silas y ella se lo esté reservando. Ahí cambiaría la situación, pero no creo que sea el caso. A lo que voy, majestad, es que, si hay cosas que no son importantes, se pueden guardar sin que eso se tache de traición. La señora Emily pudo haberse roto la pierna cuando tenía seis años. Si su

hermana se lo cuenta y ella no, no quiere decir que su esposa le oculte cosas.

Entiendo el punto, pero el enojo no se me pasa. Voy a preguntárselo y voy a reclamarle que me haya ocultado lo de Heinrich. Me da igual.

—Majestad. —Un guardia golpea la puerta—. Tiene visita.

Francis y yo nos miramos por instinto. ¿Quién? Si fuera Emily, entraría sin que la anunciaran. Esa fue la orden que di.

—Es la señorita Mia Malhore —avisa, aún sin abrir.

No puede ser. ¿Qué hace esa niña aquí?

—Ha llegado un miembro de su nueva familia —el viejo se burla de mí—. Me iré para que la reciba.

Camina hacia la salida y deja entrar a la cría para luego marcharse. Ella no espera a que la autorice y se sienta en la silla frente a mi escritorio. La acerca hacia adelante tanto como puede, empujándola con su cuerpo, y deja sobre la mesa libros y unos lápices que ruedan hasta detenerse contra mi tintero.

—Hola, cuñado. ¿Cómo estás? Yo, muy bien. Hoy tuve mi primera clase de tutorías.

Parlanchina, igual que la hermana. Además, no entiendo la conversación. ¿Desde cuándo cree que somos amigos?

—¿Tutorías? Se suponía que tendrías un maestro en casa.

—Así es aburrido. No puedo presumir de que mi hermana es la reina. ¿Te puedo llamar «Magnito cuñadito»?

Respiro profundo una, dos y tres veces. ¿Quién le dijo que podía tutearme?

—No. —No puedo ser antipático con ella. Se autodenomina «la hermana favorita de Emily». No me conviene tenerla en contra—. ¿Qué haces aquí? —Eso no sonó bien—. ¿A qué se debe la visita?

—Vine a ver a Mily, pero primero vine a verte a ti porque quiero hablar contigo. ¿Mi hermana ya te perdonó?

Otra vez con lo mismo. Francis no debió dejarla pasar.

—Sé directa, Minerva.

—Me llamo Mia, Magnito cuñadito.

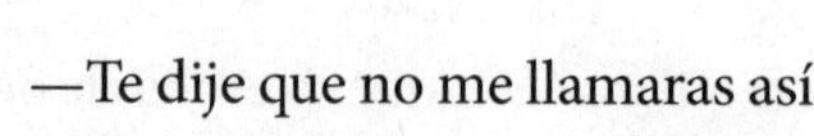

—Te dije que no me llamaras así.

—Eres muy serio. Eso no me gusta. Aun así, te ayudaré. —Se inclina sobre la mesa y me mira con esos ojos marrones idénticos a los de mi esposa—. Te puedo vender información de Emily si la necesitas.

Ese tema sí me gusta.

—¿Qué tipo de información?

—Lo sabía. —Me señala mientras se ríe—. No te ha perdonado. ¿Ves? Te conviene tenerme de tu lado.

—¿Quién te trajo?

Si vino su padre es porque seguro ya debió enterarse de lo que hice con Atelmoff. Definitivamente no estoy de humor para discutir con ese hombre.

—Un carruaje.

—Aquí no hay carruajes.

—Sí hay. Pocos, pero hay. Papá contrató uno para que me llevara a casa de un amigo a hacer la tarea y luego de vuelta. ¿Lo conoces? Se llama Thomas, es hermano de Valentine. Es medio amargado, pero me agrada.

—Preferiría no saber los detalles.

—Además —continúa, ignorándome—, el tutor dijo que es el mejor de la clase. Aunque yo creo que soy más inteligente. Cuando le dije que vendría acá, se emocionó. No lo invité porque no me habló mucho por la tarde.

¿Por qué los Malhore hablan tanto?

—Eso no explica qué haces aquí a esta hora, niña.

—Ah, sí. Eso. Le dije al paje que, si no me traía al palacio, les diría a mi cuñado, el rey, y a mi hermana, la reina.

La miro sin una pizca de buen ánimo.

—Deja de usar el nombre de Emily y el mío para amenazar a la gente.

—Hacía lo mismo con el de Stefan.

¡Ay, por favor! ¿Qué autoridad representa ese idiota con corona?

Levanto la ceja y no aparto la mirada de su cara. Si vino aquí a chantajearme, perdió cualquier oportunidad al nombrar a Denavritz.

—Tú me agradas más —se corrige, tratando de salvar la situación—. Siempre supe que Mily se merecía un mejor novio. Es más, yo sabía que terminarían casados. ¿Stefan? No, él no es mejor que tú.

¿Y la noticia? Quien piense lo contrario debería estar preso.

—¿Qué quieres, Miranda?

—No me cambies el nombre. Sé que te lo sabes. Además, con eso no me vas a fastidiar, Magnito cuñadito.

Es lista. Le doy un punto por eso.

—¿Qué quieres, Mia? —repito sin relajar mi expresión.

—Un caballo y ser princesa.

Respiro de nuevo.

—Te daré lo primero. Lo segundo, te lo recuerdo, no es posible.

—Entonces, un caballo y una corona de verdad.

—Confórmate con el caballo, niña.

Tiene la desfachatez de echarse hacia atrás en la silla, sopesando mi propuesta. Se agarra la punta de la trenza y se la pasa por la cara, como si se sacudiera el polvo con un pincel.

—De acuerdo. Me conformaré con eso por ahora. ¿Qué quieres saber de mi hermana?

—No sé qué podrías decirme. Yo la conozco mucho más que tú.

—Claro que no. Yo la conozco de toda mi vida, desde que nací.

En eso le doy la razón. Aquí va, una infante causándome sentimientos que antes me parecían irracionales y débiles. Gracias, Emily, por volverme un estúpido envidioso.

—¿Sabías que les teme a las tormentas? —pregunta, emocionada, como si estuviera revelando la ubicación de su posesión más preciada.

—Sí.

—¿Y a los caballos?

—Sí.

Qué pérdida de tiempo.

—¿Sabías que Liz dijo que se sentía decepcionada de Emily por haberse casado contigo y que jamás vendría a Lacrontte porque no soportaría verte?

Por fin, algo. Liz, la esposa de Peterson. No me sorprende que los mishnianos sean tan ridículos. ¿Se supone que debería ofenderme que no quiera venir a mi palacio a ver a mi esposa?

—Yo te defendí —afirma y no le creo—. Dije que yo sí vendría. ¿Te das cuenta? Estoy de tu lado. Liz dijo que Emily podría haberse dado otra oportunidad con Stefan y yo dije que no, que tú sí eras bueno.

¿Es posible convencer a Erick Malhore de sacar de su familia a esa mujer? Estoy a punto de nombrarla persona no grata en el reino.

—¿Cómo se llevaba Emily con Silas cuando era novia de Denavritz?

—Eso te va a costar más que un caballo.

Jamás imaginé que una niña estaría chantajeándome en mi oficina.

—Bien, te daré una tiara pequeña.

—Se llevaban mal.

—¿Y ya?

¡Qué fastidio es que respondan como yo!

—Eso fue lo que preguntaste. Si quieres saber más, tendrás que darme una tiara grande.

—De acuerdo, solo habla.

—Él era grosero. Emily no decía nada, pero mis papás lo sospechaban y yo siempre lo escucho todo. Una vez, días antes de su cumpleaños, Mily llegó del palacio con un golpe en la cara y dijo que se había caído. Papá no le creyó, así que ella confesó que el rey Silas le había pegado.

Cada músculo del cuerpo se me convierte en piedra. No me muevo. Es como si ni siquiera respirara. La ira me sube del estómago a la cabeza mientras el corazón me late con violencia. ¿Qué demonios hizo Silas Denavritz?

—Papá estaba furioso y quería ir al palacio a reclamarle, pero mamá le dijo que no, que lo encerrarían en un calabozo y sería peor, así que no fue. Después de un tiempo, supimos que estaban matando a las amigas de Emily e hicimos una manifestación en la plaza mientras el rey Silas daba un discurso. Hubieras visto su cara, Magnito cuñadito, parecía que se iba a incendiar de la ira.

Una parte de eso lo supe. Lo acusaban de matar meretrices. Pero ¿Emily qué tenía que ver ahí?

—¿Algo más que quieras contarme, Mia? No te reserves nada.

—Fueron un montón de cosas, pero no sé si deba contártelas. Son cosas privadas de Emily.

No, no. Ahora no necesito que se ponga moralista.

—Si son privadas, ¿cómo las sabes?

—Porque soy su hermana.

No la obligaré a hablar. No soy una bestia con los niños. Mando a llamar a Francis y, una vez que aparece, lo dejo a cargo de la menor para que le dé lo que prometí. No puedo fingir que nada pasa. Tengo muchas preguntas y quiero respuestas para cada una.

Subo al tercer piso y voy directo a la habitación de Emily. Dar cada paso es como arrastrar escombros. Los guardias me abren la puerta y entro con la misma tenacidad con la que voy a enfrentar al enemigo. Está hablando con su doncella, cuyo nombre no recuerdo. Ambas se quedan paralizadas cuando me ven, pero solo mi esposa habla.

—¿Qué sucede, Magnus?

—Déjanos solos —le pido a la mujer de cabello corto.

Me ofrece una reverencia torpe y sale rápidamente. Cuando oigo el seguro del cerrojo, suelto mi reclamo.

—¿Por qué no me habías dicho que Silas te golpeó una vez?

No me esfuerzo por ocultar mi rabia. Al demonio las recomendaciones de Francis. Estas son cosas que yo debería saber.

—¿Cómo supiste eso?

Su cara es pura sorpresa. Inclina la cabeza hacia un lado y entrecierra los ojos. Espera a que conteste, pero no lo hago. No hasta que ella diga algo.

—Dime, Emily.

—No se me había ocurrido decírtelo. —Es lo más flojo que he oído—. ¿Quién te lo dijo? ¿Mi padre?

—Tu hermana.

Se relaja. ¡Se relaja! ¿Por qué soy el único que le está dando importancia a esto?

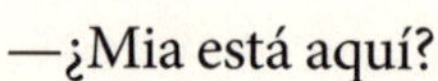

—¿Mia está aquí?

—La dejé con Francis. Pero eso no es lo que quiero oír. ¿Me dirás qué sucedió o tendré que esperar a que la niña me lo diga?

—No entiendo tu enojo. Te lo contaré, tranquilízate.

Revela tantas cosas que me confundo. Una amiga. La golpeó por causa de una amiga que resultó embarazada de ese idiota. ¿Quién se embaraza por gusto de Silas Denavritz aparte de Genevive? Llevar un hijo suyo es una maldición.

—¿Solo te golpeó esa vez? Quiero que seas honesta.

—Sí, ocurrió una vez y ya.

Eso fue antes de la época en que la tuve prisionera aquí. Por todos mis muertos. ¿Cómo fui tan ciego? Pude haberla protegido desde un principio. No teníamos que perder el tiempo con nadie más.

—¿Es la misma amiga que decías que se quería casar conmigo? —inquiero y, para mi pesar, asiente.

—Se llama Rose Alfort.

—¿Sigue viva?

—Sí, pero discutimos la última vez que nos vimos. Nuestra relación no está bien y ya no es la misma.

Al fin, buenas noticias. No la quiero cerca de Emily. Alguien que se acuesta con la rata es una peste para mí.

—¿Es por esas meretrices que lo quieres muerto?

—Sí, por Shelly. Ella me ayudó en mi juicio y él la asesinó sin ningún tipo de piedad. Quiero que pague, que se lamente y que, mientras espera su hora, le griten a la cara cada uno de sus delitos. —Sus ojos tienen una furia que solo vi la noche en la que lo arruiné todo—. Quiero que escuche los nombres de Shelly y de las Temerarias antes de morir. Que recuerde que morirá por lo que hizo y que ellas son una de las razones.

Entiendo su herida: un corte abierto y tan profundo como el mío, causado por la misma persona y que solo se cerrará cuando los ojos de Silas también lo hagan. Ella siempre fue la calma en medio del ruido, con esa manera de hablar que logra bajar la voz de los demás y esa forma de mirar que siempre me hace sentir en paz. Aquí

veo de nuevo a esa mujer que puede llenarse de rabia y rencor. Es esa parte de ella que no sale a menudo. Una furia silenciosa, precisa y que lleva el filo de una espada que ha sido reservada cuidadosamente para alguien desde hace tiempo. Reconozco la emoción porque vive también dentro de mí.

—Te juro que se lo recordaré. Me aprenderé cada nombre de esas mujeres y los repetiré en su cara. Lo juro por mi vida, Emily. Cada persona que te ha hecho daño en este mundo pagará. Nunca dudes de lo que soy capaz de hacer por ti. Jamás.

Viene hacia mí sin decir ninguna palabra, agitada y conmovida, casi como si viniera de un lugar lejano, aunque no en el espacio, sino en recuerdos. Me abraza en busca de protección. La sostengo fuerte para ni siquiera dejar caer sus lágrimas. No dejaré que nadie la lastime, ni mi enemigo más letal ni esa hermana que detesta verla conmigo. Voy a estar aquí por siempre.

—Emily, ¿puedo hacerte una pregunta más?

El cabello se le mueve de arriba abajo contra mi camisa cuando asiente despacio.

—¿Por qué no me has dicho que Gerald Heinrich te envió una carta?

Entonces se separa y veo la confusión en su mirada. Ahí me queda clara una cosa: ella sabe de lo que hablo, pero no sabía que era él quien se la había mandado.

22

EMILY

—¿Fue Gerald Heinrich quien me envió la nota? ¿Gerald, El Mercader?

No entiendo nada. ¿Por qué lo haría? ¿Qué gana con eso?

—Primero muéstrame la nota.

Lo hago de mala gana porque no está en posición de darme órdenes. Busco el papel en la gaveta, se lo paso y él lo lee rápido. Espero a que me lo devuelva, pero lo arruga y se lo mete en el bolsillo del pantalón con una rabia indicativa de celos.

—Explícame, Magnus. Quiero entender mi rol en este enredo.

La petición le hunde los hombros y lo hace tragar fuerte. No quiere decírmelo. No sé si por vergüenza, rabia o dolor.

—Gerald Heinrich es mi medio hermano mayor, hijo de mi padre con otra mujer.

Ni siquiera sé cómo reaccionar. Me quedo ahí, esperando una risa que me haga saber que es broma o una explicación larga para entender cuándo se enteró y cómo. Su rostro mantiene la seriedad habitual. Él también espera que diga algo, pero en mi boca no hay ni media letra.

—Tu... ¿qué? —pregunto, y no porque necesite que lo repita, sino porque necesito espacio para procesarlo—. ¿Acabas de enterarte?

—Lo he sabido desde niño.

Me cuenta los detalles. La fama de hombre mujeriego de su padre y la mujer con la que pasó una noche pese a lo mucho que juró jamás haber tocado a una plebeya. Dos años de diferencia entre los dos hijos de Magnus v y kilómetros de distancia entre sus vidas. Siento que las palabras viajan por mi cerebro tan rápido que se estrellan entre sí. Tuve cerca a su hermano, me senté en la mesa con él, hablé y peleé con él. Esto es increíble.

—Al principio lo vigilaba para asegurarme de que no conspirara contra mí —revela sin mirarme—. La Guardia Negra en la frontera me informaba cuándo salía y entraba al reino. Viajaba mucho y fue haciéndose con negocios en otros reinos y, por supuesto, con dinero. Luego ya no lo hacía tan seguido, pero me enteraba de pactos que hacía con comerciantes en diferentes capitales, de modo que deduje que usaba otras identidades para salir sin que lo ficharan. Supe que visitaba Mishnock con regularidad, que se reunía con los Denavritz, y desde entonces empecé a verlo como una amenaza latente. Me arrepentí de no haberlo capturado todas las veces que tuve la oportunidad.

No sé si molestarme. Entiendo que es su vida y que todo su pasado es un asunto complicado, pero me habría gustado saberlo. Me siento engañada de alguna manera. Ya habíamos hablado de Gerald y no comentó nada al respecto.

—Me quiere muerto y yo a él.

—¿Por qué?

—La corona, el rechazo y el amor que no tuvo de mi padre. Cree que usurpo su lugar.

¡Por todas mis flores! Cuando me secuestró para arrastrarme a Mishnock, recuerdo que dijo que la única manera de que no me llevara de regreso era que yo le ofreciera algo mejor. Al pedirle explicaciones sobre a qué se refería, dijo que ese era el problema, que yo no era importante para él. ¡Para él! En ese momento no lo entendí. Ahora sé que se refería a Magnus. Quería chantajearlo usándome.

—Tú no le has robado nada.

—Pues ahora él quiere robarte a ti.

¿Qué? Yo no le atraigo. Lo dejó claro en esa cena con mis padres. Hablaba de lo hermosa que era su novia, que era una de las grandes bellez… ¡No, no puede ser! ¿Es Vanir? ¿Esa novia de la que hablaba era Vanir?

—¿Vanir es su novia?

—No lo sé.

Me suena a evasión.

—¿Lo fue en algún punto?

—Sí. Cuando la conocí era su novia.

Vida mía. Siento que se me va el aire de golpe. Lo entiendo todo. Magnus se metió en su relación y ahora él quiere meterse en la nuestra.

—¿No dijiste que no te gustaban las amantes? Eras uno.

—Ella terminó con él antes de que empezáramos a salir.

¿Y por qué ahora confabulan juntos? ¿No deberían odiarse?

—También me está enviando notas a mí —confiesa, pensativo.

—¿Qué te dice? ¿Te amenaza?

—A tus padres. Es la razón por la que se vinieron a vivir aquí.

Exhala como si alguien le hubiera estado aprisionando los pulmones y por fin lo soltara. Deseaba revelarme el verdadero motivo del viaje repentino de mi familia. Y esto solo significa una cosa: mis padres ya lo sabían.

—Solo tu padre lo sabía —aclara, como si me leyera la mente—. Y le pedí que no te dijera nada.

—De no ser por esta nota, ¿te lo seguirías callando? —Su silencio es una respuesta dolorosa. Habérselo ocultado no me hace inocente, solo no creí que esa línea llevara un trasfondo tan profundo—. ¿Pensaste que te juzgaría?

Detesto darles cabida a las palabras de Vanir, pero parece que tenía razón.

—No. No me gusta hablar de mis asuntos personales, es todo.

—Yo soy tu familia más cercana ahora, Magnus. Deberías poder contarme estas cosas.

—Ambos fallamos en lo mismo. Tú tampoco me lo cuentas todo.

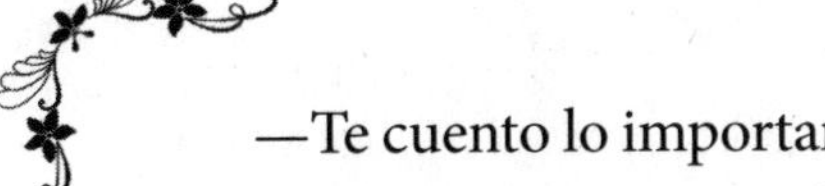

—Te cuento lo importante.

—¡Esto era importante! —Levanta la voz con prepotencia.

Me enfurece que adopte esa actitud. He sido yo, la mayoría del tiempo en esta relación, la que ha insistido en que hablemos con la verdad, y hoy quiere crucificarme por mi primer fallo de comunicación.

—¿Lo es? —Me pongo a su nivel. Si quiere imponer su mal carácter, yo también puedo hacerlo—. Supongo que es igual de importante decirme que aún tienes los vestidos de Vanir guardados en una habitación, ¿cierto? ¿O solo es relevante cuando consideras que es mi error?

Su rostro se convierte en una tormenta contenida. No es miedo, exactamente. Tampoco rabia. Es una mezcla entre confusión y sorpresa.

—¿De qué demonios estás hablando, Emily Lacrontte?

Saco el último papel, el que da la pista, y se lo entrego mientras le digo justo en dónde los hallé. Él rompe la nota, molesto, y la deja caer en pequeños pedazos a sus pies.

—No tenía la menor idea de que esa basura seguía aquí —afirma, pétreo—. Soy honesto. Yo pedí que sacaran cualquier cosa que tuviera que ver con ella del palacio. Incluso mi cama. No iba a dormir en el mismo lugar en el que estuvo. La borré por completo. Si esas cosas siguen por ahí, no es obra mía. Castigaré a quien las haya escondido si con eso estás contenta.

No respondo. Me pesa notar que es sincero. Veo en sus ojos la transparencia de sus palabras y siento dentro de mí esa certeza que no necesita pruebas, esa misma que me mete en problemas y que poco me ayuda. Los reclamos filosos que había preparado para lanzarle a la cara se esfuman, al igual que mi rabia.

—No la dejes entrar en nuestra relación, Emily. Cuéntame las cosas, permíteme protegerte de sus intenciones y de las de Gerald.

—¿Crees que me lastimarían?

—Ya lo hicieron. Y no dudo ni un poco que él buscará la manera de dañarte para chantajearte. No permitiré que te toque. Si pudiera ponerte en un lugar donde nadie pudiera llegar a herirte, lo haría.

Hay una manera, al menos momentánea. Esta es mi oportunidad de darle a conocer un plan que no sabía cómo presentarle.

—Elisenda me invitó a la villa de Patrick. Podría ser un buen refugio.

—¿Ese no es el tipo que coqueteaba contigo enfrente de mí?

—No lo hacía.

—No lo defiendas. Sabes que no miento.

—Exageras, entonces. Era amable.

—Es un no rotundo. No vamos a discutir más sobre eso.

—Tú también puedes ir. Lorian y Valentine irán.

—Todos sabían, excepto yo.

—Porque era evidente que te opondrías. Ven con nosotros —lo interrumpo antes de que vuelva a quejarse—. Al menos piénsalo. Será divertido.

Parece que se relaja, como si esa última frase le hubiera dado una mejor idea.

—Podemos ir a cualquier otro lado los dos solos.

Ladeo la cabeza y lo miro. Sus pensamientos tomaron otro rumbo. El brillo lascivo en sus ojos me da la señal. Extiende sus manos hacia mí y toma las mías para llevarme hacia él.

—Lo que sea que estés pensando, córtalo —le advierto con una indignación que ni yo misma me trago.

—En el fondo, te encanta el lugar al que se están yendo mis pensamientos.

—¿Y qué lugar es ese? —lo reto.

—¿Quieres que te lo demuestre?

Asiento solo porque sé que lo hará. Me rodea la cintura y me levanta el mentón, en busca de un beso. Me pongo de puntillas para acortar la distancia. Lo nota y sonríe. Se ve precioso. Sus dedos juegan con mi vestido, como si le fastidiara, y entonces se inclina.

—Mily, ¿estás aquí?

Me separo abruptamente al reconocer la voz de Mia, como si pudiera vernos a través de las paredes. Magnus maldice en voz baja y yo lo golpeo en el brazo. Después de todo es mi hermanita.

—Mily —vuelve a llamarme. —¿Puedo entrar? ¿Estás con Magnito cuñadito?

—¿Magnito cuñadito? —le pregunto al amargado mientras intento no reírme—. ¿Ya son mejores amigos?

—No te atrevas a decir nada al respecto, *Mily* —se burla de mi apodo—. ¿La dejarás entrar?

Veo su expresión de tedio cuando asiento. Voy a la puerta y le abro el paso. Entra con una sonrisa malévola, esa que la expone cuando trama algo, y una tiara en la cabeza, que sostiene con la mano porque no le queda bien.

—¿Qué hacían? —inquiere, caminando alrededor de nosotros—. ¿Cosas de esposos?

Me cubro los ojos y siento calor en las mejillas.

—¿Qué haces aquí? —le reclamo—. ¿No deberías estar en casa?

—Vine a verte. Y ya le pedí al señor Francis que le avisara a mamá que voy a dormir aquí.

—¿Qué? —Mi voz y la de Magnus se mezclan al unísono.

No contesta. Mira cada rincón de mi habitación con los ojos bien abiertos, como si fuera un universo desconocido que debe memorizar.

—¡Vaya! —dice en un susurro—. ¿De quién es esta alcoba? ¿Mía? ¿O acaso tú duermes aquí, Emily? ¿Los esposos no duermen juntos?

—¿Cómo que dormirás aquí? —El amargado no tarda en cuestionarla—. Pensé que ya te ibas.

—Pensaste mal, cuñadito. Emily —se sienta en la cama y da pequeños saltos sobre el colchón para probarlo—, ¿recuerdas que Stefan siempre nos pedía que nos quedáramos en el palacio?

Ella no me ve a mí, sino a él. Le lanza una mirada cómplice de las que se intercambian cuando existe un secreto compartido. Ahí está. Estos dos planearon algo.

—¿Adecuaron esta habitación para mí? —insiste, dejándose caer hacia atrás—. Me gusta.

—Disfrútala. —Magnus sonríe—. Te dejaremos para que te acomodes.

Son muy evidentes.

—No —me resisto—. No dejaré a Mia dormir sola aquí.

Por más que me insisten, me detengo. Puede que Magnus confíe ciegamente en sus guardias, pero yo no. No confiaré en nadie si se trata de mi hermanita. Jamás permitiré que ella pase por lo que yo pasé. Él alega que estaremos en la habitación de al lado y Mia dice que gritará si necesita algo. No me convencen, no hasta que proponen a Luena como acompañante. No me calma del todo, pero es un paso. No nos movemos hasta que ella llega. Me dejo guiar hasta el pasillo porque no hay otra opción y porque, no seré mentirosa, me gusta que se esfuerce en buscar un espacio conmigo. Nos encierra en su habitación y se queda pegado a la puerta sin ocultar la emoción que le causa tenerme aquí solo para él.

—¿La tiara era el premio por ayudarte?

—Y un caballo, aunque esta jugada no la acordamos.

—¿Y qué se supone que haremos?

—Lo dices como si estar conmigo fuera aburrido —comenta y se acerca con lentitud—. Tenemos la noche entera.

—¿Para dormir?

—Espero que eso sea lo último que hagamos.

Me doy cuenta de lo que trata de hacer.

—Bien. Entonces, iré primero al baño y luego a dormir. ¿Lo ves? Es lo último en mi lista.

No insiste, aunque sé que debe estar planeando otra jugada.

Voy al baño y me desvisto. Magnus me presta una de sus camisas y me cubro con ella. Hace frío, aunque no lo suficiente como para correr a meterme debajo de las sábanas. Tomo el peine de su tocador y me desenredo el cabello. El cuarto está en silencio, excepto por el sonido de las cerdas que me rozan el pelo. Es raro estar aquí, y no porque me sienta incómoda, sino porque me trae recuerdos de esa ocasión en la que me lanzó a su bañera y fue grosero conmigo. Ahora soy su esposa, pero tuvo que hacer tratos con mi hermana menor para que pisara de nuevo este sitio.

—¿Puedo pasar? —dice tras golpear la puerta.

—No sabía que ahora pedías permiso.

Siento sus pasos y hallo su figura a través del espejo. Tiene esa media sonrisa que tanto me gusta.

—Me encanta verte con mi ropa… y sin ella.

—Hoy prefiero la primera opción.

—Jamás te obligaría a nada que no desees. Hace calor, ¿no? —dice en un tono casual que no le creo ni por un segundo.

Levanto una ceja sin dejar de cepillarme.

—¿Calor? —repito al tiempo que veo que no tiene ni una gota de sudor en la frente.

—Estoy hirviendo. Me daré una ducha en completa soledad… —Se detiene un momento—. A menos que quieras hacerme compañía.

Me vuelvo hacia él para examinar sus movimientos y me desanima que no intente nada más. Solo me sostiene la mirada, retándome a aceptar.

—¿Ducharnos juntos a causa del calor inexistente?

—Exacto.

Se quita la camisa y cruza los brazos sobre el pecho. Por un instante parece que el aire se vuelve denso y que ese calor del que habla quizás sí existe. Se le tensan y se le tornean los músculos. No puedo apartar la mirada y su ego lo disfruta. Es como si su cuerpo hablara en un lenguaje que solo yo entendiera. La firmeza de sus hombros, la curva poderosa de su espalda y la definición marcada de su abdomen son un conjunto tentador que, aunque me resisto, deseo tocar.

—Me estoy sofocando —dice mientras camina a la ducha—. ¿Tú no?

Se esmera por mantener el gesto pétreo, pero es obvio que está a punto de reírse.

—Eres un pésimo actor, Magnus Lacrontte.

—Y tú, un pésimo público. Ya ven, por favor.

No me muevo y él continúa con su camino. Soy capaz de resistir un poco más. Me quedo quieta, observando cómo se desnuda, cómo la luz cálida se le desliza por la espalda con cada movimiento. Tiene una fuerza salvaje que me resulta tentadora. Ese cuerpo lleno de violencia y de una esencia varonil hace estragos en mi

cabeza. De repente, se vuelve y su mirada oscurecida se encuentra conmigo. Ya es tarde para fingir que hacía algo más. Me ha descubierto. Trato de no bajar por la línea de su abdomen hasta su pelvis; no quiero ver lo que no debería. Me centro en su cabello, en cómo le cae en la frente, despeinado y... divino. Me siento casi obligada a soltar el peine y correr hacia él. Ahora sí siento ese calor del que hablaba.

—Todavía estás a tiempo de venir conmigo, Emilia.

Puede esforzarse más.

—Tengo mucho cabello por peinarme aún.

Intento no perder el foco. Vuelvo a mi posición y sigo con mi rutina. Magnus entra a la ducha y oigo el chorro; sin embargo, antes de que yo pueda reaccionar, abre la puerta y me lanza agua a la cabeza. Corre hacia mí y me abraza para mojarme la camisa. Se sacude el cabello sobre mí y crea una lluvia rápida que me empapa.

—¿Se puede saber qué haces?

—No te quejes. Es por tu bien. Se supone que las plantas crecen cuando las riegas, así que quizás también funcione contigo.

Me aproximo a tomar una toalla para secarme la cara, pero él me la quita antes de que la alcance.

—Jugaremos tal como antes. Tienes prohibido usar algo de mi tocador.

—Estás siendo ridículo.

—Nunca se lo digas a nadie. Ya deja de hacerte la difícil y ven. No tienes que quitarte la ropa, si así lo prefieres.

No haga nada. Quiero que dé el paso, otro. No importa si da cien y yo solo doy uno. Es mi capricho y me apetece que lo cumpla.

—Di que no y me detendré —pide para tentar el terreno.

No doy respuesta. Ese es mi paso. Amo cuando es capaz de interpretarme. Me toma de las piernas y me levanta para llevarnos al lugar del cual he tratado de alejarme en vano. Me deja en el suelo y, sin pedir permiso, empieza a abrirme los botones de la camisa. Me saca las mangas por los hombros y tira la prenda a un lado, exponiéndome tal como lo está él. No tengo queja alguna. Esto también

estaba entre mis planes. Me carga nuevamente, entonces yo cruzo las piernas alrededor de su cintura y me sostengo de sus hombros. El agua me cae encima de inmediato y Magnus me aparta el cabello de los ojos cuando se da cuenta de que se me dificulta hacerlo.

—Señora Lacrontte, me fascina —susurra a medida que pone su frente contra la mía—. Aunque no entiendo por qué es tan caprichosa.

—Es su culpa, señor Lacrontte. Antes no me comportaba así.

—Me encanta ser el responsable del cambio. ¿Qué otra cosa es diferente desde que me conoció?

—Usted.

—¿Yo? —Enarca una ceja—. Ilumíneme.

—Afirmaba que no cumplía los caprichos de nadie, que no insistía y que no toleraba escenas.

—Las suyas se han vuelto mis favoritas.

—¿Mis escenas o mis caprichos?

—Ambos. He encontrado un gran placer en darle lo que me exige.

Hace frío y calor al mismo tiempo. Me fascina estar así; es íntimo y delicado. Siento su fuerza, su olor, su piel áspera. Es tan masculino que me hace más delicada de alguna manera.

—¿Me considera exigente?

—Tanto como yo lo soy. ¿Cederá usted a mis propias exigencias?

—¿Debería?

—Es un trato justo.

—Lamento informarle que me gusta más recibir que dar.

—Me emociona informarle que estoy dispuesto a darle tanto como guste.

Me aprieta duro para darles fuerza a sus palabras. Sus iris ya casi no existen. Está excitado; puedo sentirlo.

—Se está desviando del tema, señor —apunto, luchando con esa vergüenza absurda que siempre trata de ganarme.

—No, es usted la que ha revelado sin causa sus pensamientos. Y si va a llamarme «señor», al menos úselo junto a un adjetivo posesivo.

Me aprisiona contra él para no que escape. Si supiera que eso es lo último que intentaría…

—De acuerdo, mi señor. —Le doy lo que quiere oír—. Dígame una de sus exigencias.

—Quiero que se quede así un rato. Me encanta sentirla contra mí.

No he conocido a nadie tan lujurioso como Magnus, y justo termino casada con él.

—Pensé que habíamos superado la etapa de hablar sucio.

—Ah, ¿sí? Mi intención es que sea usted la que empiece a hacerlo.

—¿De qué modo?

—Con preguntas. ¿Hay algo de lo que hemos hecho hasta ahora que le guste más que el resto?

No, no voy a tocar ese tema. Y no porque no sepa qué decir, sino porque de inmediato se me vienen a la cabeza las imágenes de lo que es y la sensación que me causó.

—Siguiente pregunta, Magnus.

—No hay siguiente. Si tú respondes, yo respondo.

—¿Por qué es tan fácil para ti?

—En realidad, no hay nada difícil en ello. Somos adultos. La clave está en llamar las cosas por su nombre.

—Entonces, responde tú primero.

—Me fascina cuando baj… —Le pongo la mano en la boca, interrumpiéndolo.

—Dilo sin decirlo.

Ladea la cabeza, lascivo.

—¿Quieres que lo haga? Porque no me molestaría en lo absoluto arrodillarme ahora y…

—Busca otra forma, Magnus. —Lo detengo de nuevo.

En el acto, se acerca a mi boca y me besa. No es gentil, aunque tampoco es brusco. Va con esa precisión posesiva que me desarma y me estimula. Me entrelaza sus dedos en el pelo para sostenerme la cabeza. Es una estrategia para que no me separe, no hasta que logre su objetivo. El agua, sus besos, su lengua. Justo esta última. Juega con ella, rozándome la mía como si así pudiera robarme las palabras que me niego a decir. En esa acción está la respuesta.

—Es tu turno —dice una vez que se aleja.

Tengo la respiración agitada y unas ganas inmensas de que continúe. No hay forma de explicar lo mucho que me fascina que este hombre sea mi esposo.

—No lo haré. Es un secreto.

—No voy a rendirme, Emily Lacrontte —declara mientras me da unas palmaditas—. Dime un secreto. El último que hayas creado.

Mi risa llena el espacio y compite con el sonido del agua que choca con nuestros cuerpos. Es imparable.

—Eso es, ¿no? —concluye lo obvio—. Te gusta que lo haga.

No importa cuánto insista, no obtendrá nada. Aunque, sí, es justo eso.

—Dime algo que nadie sepa de ti. —Cambio el tema mientras le acaricio el cabello mojado—. Algo que no tenga que ver con el tema sexual.

Lo piensa. Por un momento, parece que va a soltarme, pero lo que hace es reacomodarme para dejar un brazo libre y quitarse las gotas de agua de los ojos.

—Mi padre fue quien me enseñó a nadar. Cuando murió, no quise volver a entrar a ningún mar o río. Al principio era porque no tenía tiempo. Luego, ya no lo hice nunca más. Esa noche, contigo en el lago de Cristeners, lo retomé después de muchos años.

Me encanta cuando me cuenta estas cosas, cuando no esquiva las preguntas y profundiza en la respuesta sin tener que pedírselo. Amo que me enseñe las vetas de su escasa vulnerabilidad.

—Te toca.

Sé muy bien lo que voy a decir.

—Te tenía un pavor inmenso.

—Eso lo sé.

—No, de verdad. Quería que perdieras tu poder para que dejaras de hacernos daño en Mishnock.

—¿Querías que muriera?

—No, nunca deseé tu muerte.

—Pero sí que tuviera algo… ¿cómo dijiste? Que tuviera algo que quisiera tanto que me aterrorizara perderlo.

Jamás dejará de sorprenderme que recuerde todo lo que le he dicho.

—¿Y ya lo tienes?

—Está desnuda sobre mí, mirándome fijamente.

La cara se me calienta; me sonrojo en el acto. Agacho la cabeza y me oculto en la curva de su cuello, medio queriendo desaparecer, sin poder borrar la risa tonta que se me escapa.

—¿Por qué dices esas cosas?

—Diría que me arrepiento, pero no soy un hombre mentiroso. ¿Aún me tienes miedo? —inquiere y niego con la cabeza—. Yo a ti sí, un poco.

—¿En qué sentido?

—Cuando te enojas, eres un huracán.

—¿Quién lo diría? —Vuelvo a mirarlo.

—¿Quién lo diría? —repite.

—El rey Magnus le teme una mishniana.

—No. El rey Magnus le teme a la reina Emily.

23

MAGNUS

Por fin duerme a mi lado. Ella, solo ella, porque yo no he podido cerrar los ojos. No quiero perderme un minuto de verla aquí conmigo. Se levantó dos veces para ir a ver a su hermana y en las dos ocasiones temí que no volviera, que sacara cualquier excusa para quedarse allá y abandonarme. Fue un alivio que regresara cada vez. Ahora, el alba se asoma entre las montañas, irradia su luz en las cortinas y baña el lado de la cama en el que Emily se encuentra. Tiene la cabeza sobre mi brazo, el cabello regado en la sábana y los labios entreabiertos. Hay algo hipnótico en verla así. Algo que me deja sin defensas. Siempre pensé que el amor era peligroso, debilitante y distractor. Lo he comprobado. La diferencia es que ahora no me importa. La sensación apasionante de tenerla hace que lo demás se vuelva un problema secundario.

De un momento a otro, escucho los nudillos de mis custodios contra la madera. Tres golpes secos, que se usan cuando se trata de algo serio, seguidos de un anuncio que se repetirá si no contesto las primeras veces. Me pongo alerta. Espero que no tenga que ver con Mia. No lo creo, ya que todos saben que es intocable y que en mi palacio no se toleraría una infamia de ese nivel. Busco mi reloj de bolsillo en la mesa de noche: son las cuatro de la mañana. Deslizo un brazo hasta sacarlo y lo reemplazo con una almohada. Soy sigiloso al

levantarme de la cama. No quiero despertarla. En el mismo instante en el que la puerta se abre, Francis entra. Si él irrumpe de esta manera, la cosa es grave. Se detiene al ver a Emily y, con señas, me pide que lo acompañe afuera.

—Habla en voz baja —ordeno—. ¿Estamos bajo ataque?

—El rey Stefan está aquí.

No me muevo. No por miedo, sino por asombro puro. Por la locura de que ese tipo se haya atrevido a cruzar mi entrada sin avisar, como si esto fuera un juego de bar y no una guerra vieja con muertos enterrados de los dos lados. ¿Qué hace aquí a esta hora?

—¿Solo? —pregunto, aún sin poder creerlo.

—Con un par de guardias, nada más. Dice que quiere hablar con la reina Emily a solas.

Perdió la cabeza si cree que voy a permitirle acercarse a mi mujer.

—¿En dónde está?

—Abajo. En el pasillo principal.

Voy directo a las escaleras. Solo escucho el eco de mis pasos ahogados en la alfombra y en los muros pesados de esta casa que he hecho fuerte para que nadie logre penetrarla, pero él ha tenido la osadía de acercarse. Bajo hacia el primer piso; Francis me sigue el paso. Al llegar, lo veo de pie bajo la luz mortecina de unas pocas lámparas y rodeado de un pequeño grupo de guardias. Está confiado en que no le haré daño. Lleva un traje azul que parece colgarle, como si estuviera más delgado desde la última vez que lo vi. La oscuridad alrededor de sus ojos muestra su cansancio, no sé si por el viaje o por unas noches tormentosas anteriores. De cualquier forma, no me interesa.

—¿Qué quieres, Denavritz? —Soy hosco sin esfuerzo.

—Buenos días, Magnus. —La voz le sale tranquila, pero no me hace efecto. Quiero que se vaya—. Pedí una conferencia privada con Emily.

—¿Qué quieres? —repito—. No vas a verla.

—No he venido a lo que supones. Es un asunto importante y personal.

—Ella es mi esposa ahora. No existe nada personal entre ustedes.

Se pasa las manos por el cuello, impaciente.

—Llámala, Magnus. Lo digo en serio.

—Tú no vienes a darme órdenes en mi palacio. Lárgate, Denavritz. Es tu oportunidad de hacerlo por las buenas.

—No tienes que preocuparte por mí. Soy un hombre casado.

—¿Y qué? Se te nota que no has dejado de quererla. ¿Sabe tu esposa que estás aquí?

—Sí. —No duda, como si con eso pudiera dejarme en ridículo.

—¿Y sabe ella que todavía quieres a la mujer que vienes a ver?

—Sí.

Maldito infeliz.

—No todas las relaciones son como la tuya con Lerentia.

—¿Qué intentas decirme?

—Nada que no puedas entender, así que retírate.

—Soy consciente de mi error, Magnus, y no vengo a enmendarlo. Sé que la perdí. Pero, si puedo ser honesto, ella no debería ser tu esposa. La traicionaste igual que yo. —Ya hemos tenido esta pelea y detesto que me compare con él. No caeré en su juego idiota—. ¿Tú de verdad piensas que la harás feliz? —continúa—. Eres egoísta, solo te amas a ti mismo.

—Tengo el mundo bajo mis pies, Denavritz, y lo dejaría todo por ella.

Los ojos se le iluminan de furia y mi ego se ensancha al ver cómo mis palabras lo ahorcan.

—Nunca vas a amarla ni la mitad de lo que la amo yo.

Le daré la razón por primera vez. Jamás voy a quererla como él dice hacerlo. Yo la odio en ocasiones, porque me incita a actuar diferente, no con el mundo, sino con ella. Me hace dócil e insistente cuando estoy a su lado. Y, por todos mis antepasados, no voy a decirlo, pero es evidente: Emily es lo único que quiero. No me imagino la agonía que sería perderla y ese es el motivo por el cual no estoy dispuesto ni siquiera a considerarlo. Se convirtió en más de lo que alguna vez creí que pudiera ser una persona en mi vida. Es mi Emilia, mi

esposa, mi calma. Tiene mi corazón hasta el final de mis días, y si existe otra vida, le pertenecerá igual, porque la amo.

Es una confesión ya dicha, allá, en el fondo de mi mente. Me negaba a verlo, supongo, porque mi soberbia a veces trata de ser más fuerte. ¿En dónde quedó la vez en la que dormí en una maldita silla para cuidarla? Ahí ya estaba amándola sin reconocerlo. No la quiero, la amo. La amo con mi alma entera.

—Si no te vas ahora mismo, Denavritz, haré que te saquen a la fuerza.

—Es sobre Atelmoff —suelta cuando ve a mis guardias acercarse—. Debo hablar con ella sobre Atelmoff.

Una frase. Una sola, pero me cayó encima como una bala que no escuché venir. No parpadeo, sino que me mantengo alerta. ¿Qué sabe? ¿Qué descubrió? ¿Que es él quien me ha ayudado todo este tiempo? Mantengo la compostura para que no pueda leerme. No es temor ni rabia, no todavía. Es algo peor: esa sensación amarga de cuando la verdad busca desarmarte sin esforzarse, porque no hay manera de que puedas refutar ninguna acusación.

—¿Qué sucedió con él?

—Solo se lo diré a ella.

Denavritz tuvo que haber salido ayer de Mishnock. Para ese momento, Klemwood y yo teníamos la reunión. Es decir que no se han visto. Mientras este viajaba hacia acá, Atelmoff apenas iba de regreso.

—A ambos. —Me mantengo firme—. Voy a estar allí o no la verás. Tú decides.

Suspira, irritado, y cierra los ojos para calmarse. Un drama infantil que no voy a creerle.

—De acuerdo. ¿Hay un lugar en el que podamos hablar?

* * * *

Mi oficina es el lugar elegido. Lejos de todos y, por supuesto, lejos de Lorian. A Emily le costó levantarse, pero una vez que ve a Denavritz, cualquier somnolencia se le borra. Nos mira a ambos sin entender nada. No sé qué la conflictúa más, si verlo aquí en el palacio o vernos a los tres reunidos tranquilamente como si fuéramos un grupo de viejos amigos.

—¿Stefan?

Se frota los ojos para comprobar que lo que tiene en frente es real.

—Emily, ¿cómo estás?

La atención del intento de rey se va hacia la bata abierta de mi esposa, la cual deja al descubierto que está usando una de mis camisas. Ella lo nota tarde y se hace un nudo rápido. Ya de nada vale.

—No era mi intención interrumpirlos —dice, tan patético como siempre—. Es urgente que hablemos.

—¿Sobre qué? —Su voz tiene ese rasgado de quien acaba de despertarse—. ¿Encontraste a Nahomi?

Esa vieja me causará pesadillas, lo juro.

—Viene a hablar de Atelmoff. —Redirecciono el tema—. Sé conciso, Denavritz, necesitamos regresar a la cama.

Ambos me miran como si hubiera maldecido a una generación. ¿Acaso miento?

—¿Qué ocurrió? —La preocupación de ella le arruga el entrecejo—. ¿Está bien? En la boda se veía bien.

—No sé cómo decir esto. —Suspira de nuevo, esta vez para tomar fuerza—. Por favor, Magnus, nunca te volveré a pedir nada en mi vida, pero, como ser humano, te ruego que no comentes esto con nadie. Si vas a saberlo es porque me obligas a decirlo frente a ti.

—Depende de lo que sea.

—Es un asunto familiar del que tú no tendrías que estar enterado.

—No dirá nada —Emily le promete por mí—. ¿Qué ocurre?

¿Por qué le promete cosas? Debería ser la primera en alegrarse al ver lo atribulado que está y pedirme que llame a un periódico justo cuando se vaya para exponerlo todo.

—Tienes mi palabra, Denavritz —miento.

La verdad es que mi palabra se mantiene con quien me convenga. Es lo que me ha servido para conservar mi mandato.

—De acuerdo. —Toma una bocanada de aire—. Atelmoff me ha mentido toda mi vida… y mi madre igual. Sé que ambos eran cercanos —confiesa, mirando a Emily—, así que, por favor, cuéntame cualquier cosa que él te haya confesado. Lo necesito. Necesito llenar los espacios. No pediría que traicionaras su confianza si no fuera importante.

Contengo la respiración. ¿Qué sabe? Le he dicho a Atelmoff que sea cuidadoso y me consta que lo ha cumplido. Es el actor más prodigioso que ha parido esta helia.

—¿Qué fue lo que descubriste? —pregunta, preocupada.

No se mueve, pero se nota que quiere acercársele. Ella, como siempre, sigue con su alma ingenua. Esto también puede ser una treta de Denavritz para ganarse su afecto. Yo lo haría.

Él me mira y juro que una pizca de nerviosismo se me posa en el hombro. No por mí. Si este tipo nos descubrió, Klemwood estará en graves problemas con Silas, y ya está muy lejos como para salvarlo.

—Buscando a Nahomi, envié a algunos guardias hasta ese pueblo en el que nació. Al principio no me daban ningún reporte. Atelmoff repetía lo mismo, que nadie sabía nada, cosa que me resultó extraña. Era como si nadie la conociera. ¿Cómo es eso posible si vivió ahí la mayor parte de su vida y, además, se casó y tuvo sus hijos? Era ridículo, así que envié a dos mensajeros con la excusa de que iban a informarles a las tropas que se retiraran y volvieran. Lo hicieron, por supuesto, pero esos dos se quedaron a investigar y ahí lo supe todo.

—¿Qué diantres es *todo*, Denavritz? Sé claro.

—Atelmoff y mi madre ya se conocían —revela por fin—. Él también vivió en ese pueblo. Es de ahí, al igual que ella y esa señora Nahomi. Ambos me mintieron.

Emily se lleva las manos a la boca, aunque no parece del todo sorprendida. Es como si ya lo hubiera sospechado.

—¿Entienden lo que trato de decir? Mi madre conoció primero a Atelmoff que a mi padre.

Ella suspira, impresionada. Baja la mirada al suelo y se queda así unos segundos. En ese instante, parece que algo se encendiera dentro de mí con unas gigantes luces que cegaran todo a mi alrededor. ¿Es acaso lo que creo que es?

—¿Tratas de decir que Atelmoff es tu padre? —Me adelanto.

Este día ha mejorado significativamente. A Gregorie le encantaría estar aquí. Quizás le envíe una carta más tarde con la noticia.

—No lo sé. —Niega con la cabeza, exasperado—. Puede que solo fueran amigos.

—De ser así, ¿por qué lo ocultarían? Tuvieron que haber sido pareja.

Los dos se quedan en silencio, pensando, tan sincronizados que hasta puedo ver por qué un día fueron... Ni siquiera voy a decirlo.

—No, yo... Es imposible, ¿por qué lo h...? —Le cuesta terminar las oraciones—. Hay tantos huecos que me tragan entero y ni siquiera puedo confrontar a mi madre.

—¿Por qué no a Amoff? —interviene ella y enseguida se detiene. Ha comprendido algo—. ¿Porque quizás él no lo sepa?

—Es una posibilidad. ¿Quién podría ser la fuente confiable sino mi madre?

—Eso explicaría por qué Silas te odia tanto —comento con el buen humor en las nubes—. Aunque puede que él tampoco lo sepa.

Quizás Silas lo sospeche y esa sea la razón por la que nunca ha actuado en contra de ninguno de los dos. No tiene cómo cerciorarse. Atelmoff Klemwood es peor que yo.

—Emily, ¿él te contó algo que me ayude a resolver esto?

Ella abre la boca y vuelve a cerrarla, como si alguien se lo hubiera ordenado.

—Hay algo... No sé si sea suficiente para resolver el lío, pero quisiera pedirte una cosa a cambio.

¡Qué orgullo! Así necesito que sea siempre.

Denavritz parpadea, perplejo. Eso no lo habría dicho la mujer que fue su novia. Se le olvida que ahora es mi esposa.

—¿Desde cuándo pones condiciones?

—Desde que puedo ponerlas. Te diré todo lo que sé si tú, a cambio, permites que Willy Mernels pueda trasladarse a la Guardia Civil de Lacrontte.

Él suspira como si ese nombre le fastidiara. Es evidente que no es eso. Es, más bien, la persona que lo lleva.

—¿Quién es? —La intriga me gana.

—Mi mejor amigo. Stefan lo envió al Ejército por celos.

—¿Había razones?

—Sí —responde él.

—No —contraataca ella.

Que se quede allá, entonces.

—De acuerdo. Tú ganas, Emily. Solo dime lo que sabes.

—Le pregunté cómo supo que tu madre podía confiar en él y dijo, básicamente, que habían tenido muchos años para crear ese lazo. Además, ha asumido su papel como padre contigo desde que viniste al mundo. Lo insté a ir más profundo, a que me dijera si ese lazo se había creado antes o después de que nacieras, pero no contestó. Solo sonrió. Sin embargo, eso no confirma que sea tu padre.

—Tampoco lo niega. —Tiro el dardo a donde sea que caiga—. ¿Cómo llegó Atelmoff a ser consejero real?

—No lo sé. —Denavritz se rasca la cabeza—. Se supone que ha sido el consejero de mi padre desde siempre.

—¿Ese *siempre* es desde cuándo? ¿Después de que tu madre se casara con la rata o antes? Esa es la primera pregunta que debes resolver, porque hay dos incógnitas ahí. ¿Atelmoff consiguió ese trabajo para estar al lado de Genevive o Genevive se fue a vivir a Palkareth para estar al lado de Atelmoff?

—La más lógica es la primera, ¿no? —comenta Emily con el ceño fruncido—. Si amaba a Atelmoff, ¿por qué se casaría con Silas?

—Eso abre otra pregunta —apunto, encantado con este descubrimiento—. ¿Silas sabe que se conocían desde antes?

Su expresión cambia de golpe. Esa es una puerta que él no había visto.

—¿Qué se supone que haga ahora?

—¿Lerentia lo sabe? —La pregunta viene de mi mujer.

—Es mi esposa. Le conté. Ella me recomendó que viniera aquí aprovechando que Atelmoff no está.

—¿No está en Mishnock? Se fue después de mi boda.

Emily Ann Lacrontte Malhore, no podrías ser más inoportuna.

—Lo sé. Dijo que, después de eso, viajaría a seguir una nueva pista. Una que ya sé que no existe.

—Te voy a dar un consejo, Denavritz —digo sin poder creerlo—. Sé un hombre y confróntalo. Dile lo que sabes y pregúntaselo directamente. No tienes a tu madre, lo tienes a él.

—¿Y si me dice que sí es mi padre?

—¿Te asusta perder tu título?

—No. Me asusta haber gastado mi vida protegiendo y soportando a alguien que no lo es.

Más allá de los problemas que Silas le haya causado, sé que vino a ver a Emily, por la duda y los nervios. No solo busca respuestas, sino esperanza. Ruega no ser hijo de Atelmoff para asegurarse de que el maltrato que recibió no fue en vano y también porque significaría que perdió a la mujer que dice amar a causa de nada.

* * * *

—¿Hay algo de lo que deba enterarme? —repite Francis por tercera vez desde que llegó a mi oficina.

Denavritz se fue después del almuerzo. Emily lo invitó a quedarse y no pude desautorizarla. Parecía un mal chiste: vernos ahí a los tres junto a Wifantere hijo, pendiente de cada sílaba que se decía. La sorpresa de ver a su cuñado fue fenomenal. Se notaba que ya escribía en la cabeza el mensaje que le mandaría a su hermana para informarle que su esposo había venido a visitar a su exnovia. Nadie le confesó la razón real de por qué estaba aquí sin importar

cuánto lo pidió. Entre menos personas sepan, mejor. Bueno, al final sé que Lerentia se lo terminará contando.

—¿Tú tienes algo que decirme? —pregunto en su lugar.

Trae la correspondencia, pero aún no me entrega nada. Está esperando a que yo lo ponga al día con las noticias primero.

—El intento de rey cree que Klemwood es su padre.

No gesticula, y no porque no lo sorprenda, sino porque él es así. Si Francis no parpadeara, algunos días creería que se murió con los ojos abiertos.

—Se parecen —responde tras analizarlo.

—¿Crees que Genevive de verdad pudo serle infiel a Silas?

—Eso depende de muchos factores. Se necesita mucha valentía para serle infiel al hombre que tiene un cuchillo contra la garganta de tu madre.

Tiene un punto.

—¿Tú crees que sí lo fue? —cuestiono. Su punto de vista suele ser mejor que el mío.

—No sé si ella sería capaz, pero, si lo quería, el señor Klemwood sí se atrevería a enredarse con la esposa del rey.

Le doy la razón. Atelmoff no es el hombre alegre y gentil que todos conocen, al menos no todo el tiempo.

—De ser el padre —continúa—, el rey Stefan tendría que dejar automáticamente su cargo y Mishnock se quedaría sin gobernante.

—Entonces, ojalá que sea cierto. Ahora —señalo el sobre que sostiene en la mano—, ¿tienes algo para mí?

—Sí, aunque no sé si entregársela. Al principio pensé en tirarla, pero es mejor que usted decida si quiere o no leerla.

—¿No la has abierto?

—No. Sé que es auténtica.

Se acerca al escritorio y me da la carta. Está en un sobre civil de Cromanoff. Pero eso no es lo importante, sino los nombres escritos con una letra que reconozco.

De: Perla
Para: Maximus

Miro a Francis y veo que espera una orden, una reacción, que me enoje y le pida que tire esa carta, pero no lo haré y en el fondo lo sabe. Es por eso que no la descartó. Conoce el trasfondo de este juego de palabras.

Cuando éramos niños, Gretta y yo conseguimos un libro que explicaba el significado de los nombres. Nos sentamos en la mesa de la biblioteca a buscar los nuestros. Gretta significaba *perla* y el mío significaba *grande, poderoso*. Ella le dio la vuelta y empezó a decirme Maximus. Éramos los únicos con derecho a llamar así al otro, casi como si fuera un código. A medida que fuimos creciendo, reservamos aquello para contarnos confidencias. Si me enviaba una carta en la que me llamaba así, sabía que era importante, una noticia urgente o una conversación delicada. Si yo la llamaba así en una fiesta era porque quería marcharme o pactar algo que luego le diría. Era nuestra manera de comunicarnos.

—¿Por qué no la revisaste?

Me niego a abrirla. Mi resentimiento es mayor que las ganas de obtener información.

—Porque es la segunda vez que lo escribe completo.

Esa era la manera de proteger nuestro estúpido secreto: solo decir las primeras tres letras en público para que nadie lo descubriera. Solía enviar las misivas usando ese truco porque estaba al tanto de que Francis era el encargado de la correspondencia y no quería que ni él se entera. Por supuesto que el viejo me lo preguntó y me lo reservé. Fue hasta después de su traición, aliada con Sigourney, que se lo conté. Envió por primera vez una carta usando los nombres completos. Él la abrió y leyó tres hojas llenas de disculpas y remordimiento. No sabía quién era Perla, pero allí lo supo. Yo le expliqué lo demás. No respondí y Gretta no volvió a escribir. Hasta ahora. Era la única, sin contar a mi familia, a quien le permitía usar seudónimos para mí.

Desde su ataque, los prohibí completamente. No los tolero. Solo hay una persona que incumple la regla: mi abuela.

—No quiero leerla.

—En estos tiempos, hasta la línea más incómoda es importante.

—¿Qué crees que sea?

—No ha vuelto a pedir disculpas desde esa ocasión, así que las descarto. Ábrala y descubrámoslo.

Rompo el sello y la saco. ¿Qué más da? Lo único que perderé, si es otra de sus tonterías, será la paciencia.

Francis, por favor, entrégasela. Es importante.

Es irritante que conozca tan bien el funcionamiento interno del palacio.

Maximus,

¿Cómo has estado? Yo no tan bien, aunque sé que eso no te interesa. Me enteré de que ahora eres un hombre casado y te felicito. Uno de los dos logró ser feliz, porque espero que sí lo seas.

No te desesperes, que este no es el punto. Intento ser cordial, es todo.

No sé por qué terminó tu relación con Vanir y no me importa la razón. Me alegra. Ella no era la mujer para ti y estoy feliz de que te hayas dado cuenta. Estoy al tanto de que perdí toda tu confianza y tu respeto, pero necesito que me creas ahora. Vanir vino a verme. Me sorprendió que supiera en dónde vivo. He intentado ser cuidadosa y esconderme bien de todos.

A mí no me sorprende. Ansel es la conexión entre ambas. Él debió decírselo.

Dijo que había hecho algo de lo que se arrepentía. Incluso lloró frente a mí. Me contó que había tenido que huir de Lacrontte porque le envió correspondencia a tu esposa para desestabilizarla el día de su matrimonio. Confesó que estaba arrepentida, que no quiere lastimarte a ti ni a ella y que Gerald la obligó. Fue por eso que decidí contártelo. Al parecer, todavía tiene comunicación con su exnovio. Y no lo entiendo. ¿Por qué él la obligaría a hacer eso? ¿No se supone que cortaron la relación de la peor manera?

Si la buscas, está conmigo. Te daré la ubicación sin ningún tipo de trampa. Lo único que pido a cambio es que modifiques mi estado en el reino para que pueda volver a ver a mi familia y mi ciudad. Por favor, piénsalo. Y si te decides, haz un anuncio real sobre cualquier cosa hoy o mañana entre las ocho y las diez de la mañana. Ese es el tiempo límite. Después te enviaré la dirección, lo juro. Estaré atenta a cualquier noticia.

P. D. Anoche vino a verla Gerald Heinrich y le dio un sobre con una cantidad absurda de dinero. No se llevan mal en lo absoluto, Magnus. Creo que te estuvieron engañando todo el tiempo.

Francis reacciona primero que yo, me quita la nota de las manos y la lee. Físicamente, no me muevo, pero todo dentro de mí lo hace. Es como un sacudón de energía que me revuelve la cabeza y el estómago. ¿Será cierto? ¿Todo el tiempo esos dos estuvieron juntos y solo fingieron terminar para que ella pudiera acercarse a mí? No es descabellado. Él haría cualquier cosa por tener una vía directa. Pero ¿por qué no actuó en mi contra? Si la utilizaba para su beneficio, podía haberla persuadido de envenenarme o pegarme un tiro mientras dormía a mi lado. No tiene sentido.

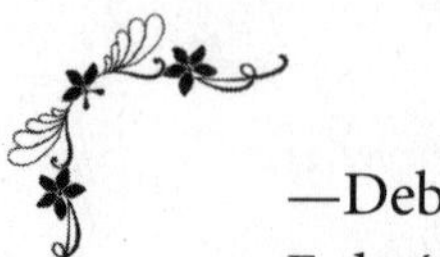

—Debe hacerlo —me dice.

Es la única solución. Cromanoff es inmenso. Me tomaría mucho tiempo buscar en cada lado. Además, al primer aviso, Vanir huiría.

—¿Y qué se supone que anuncie?

No puedo revocar mi decisión contra ella en público. Heinrich y los Etheldret sospecharían.

—Mi matrimonio con Aidana.

Me levanto de la silla como si ardiera. Una noticia peor que otra.

—¿Le pediste matrimonio a mi abuela?

Esperaba que lo hiciera; de otra forma, lo despediría. Solo que no creí que lo haría tan pronto. Se acaba de divorciar de manera oficial. ¿Es debido a eso que se perdía por horas algunos días?

—Es lo que un hombre enamorado hace.

Un miedo irracional se me instala en el pecho ante el posible desenlace de esa decisión. ¿Se irá? La única manera que he imaginado de dejarlo libre es cuando se muera.

A veces me cuesta encontrar las palabras. No porque no las tenga, sino porque no quiero decirlas. Desde hace unos años, parece que el tiempo corre rápido, como si quisiera llevarse a Francis, y no sé cómo prepararme para eso. No me molesta el silencio que dejará, sino el desasosiego de no saber cómo seguir sin su consejo. No quiero que se marche.

—Vendré todos los días. —Lee mi angustia—. Solo que ya no dormiré en el palacio.

—No me importa —miento.

—Supuse que esa era una mejor opción a que su abuela se viniera a vivir aquí también.

—Lo digo en serio, no me importa.

Siento sus ojos en mí cuando empiezo a escribir el discurso de mañana. No le daré vueltas a esto en la cabeza. Es lógico que deba vivir en otro lugar o se repetirá la historia de su antiguo matrimonio.

—Si me necesita para un asunto en la madrugada, puede enviar un automóvil por mí —sigue con la idea—. Le aseguro que atenderé el llamado.

—Esa es tu función como consejero.

—De acuerdo, entonces no vendré los domingos a menos que sea necesario.

Con cada intervención, empeora más la situación. Sé que lo que ansía no es sacarme las palabras y tampoco que le diga lo que quiero, sino que sea honesto y muestre mis emociones. No le daré el gusto. Tengo un plan en el que concentrarme.

—Mañana, después del anuncio, nos iremos a la villa de Salvarata, el amigo de Elisenda. Envíale una carta a Buckminster para que prepare nuevo armamento y una más al Consejo de Guerra, incluyendo a Ingellus. Vanir no se nos puede escapar.

Ahí está. Dije su nombre al fin. Vamos avanzando.

24
EMILY

Los cambios de humor de Magnus van a volverme loca. Anteayer estaba decidido a que no fuéramos a la villa de Patrick, pero anoche me avisó que iríamos. Cuando lo cuestioné por la repentina decisión, dijo que era parte de un plan del que luego me hablaría. Insistí en que se abriera conmigo, pero lo único que me dijo fue que por la mañana anunciaría que el señor Francis y la reina madre van a casarse. Ni siquiera sabía que esos dos tenían una relación formal. ¿Cuándo pasó? Magnus pasará de tener un padrastro a un nuevo abuelo.

Toda la noche tejí teorías sobre lo que está ocurriendo. ¿De qué se trata el plan? ¿Tiene que ver con su hermano y Vanir? Mi instinto dice que sí. Solo espero que su intención no sea tenerme lejos para protegerme de algún ataque. Y lo segundo, lo que se ha robado mi paz desde que lo supe, ¿de verdad es Atelmoff el padre de Stefan? Recuerdo la sonrisa que me dedicó cuando le pregunté si amaba a la reina. Eso fue sospechoso. La cuestión es que no creí que ocultara algo tan serio. Amoff sabe bien cómo esconder sus secretos. La cara de angustia de Stefan no era algo lindo de ver. Pese a lo mucho que lo desprecio, deseo que pueda encontrar la paz en las respuestas y, de todo corazón, espero que su padre no sea Silas.

Llegamos al palacio de Kilmwarth para avisarles a Elisenda y Gregorie que sí haríamos la visita. Mientras las doncellas empacaban

el equipaje, el amargado se llevó a Gregorie a una reunión de la que salieron una hora después y en la cual también participó un general de la Guardia Verde de Cromanoff. Lo que sea que planean se llevará a cabo aquí; de otra forma, Magnus se habría quedado en Lacrontte. La villa no está muy alejada de la ciudad. A pocos kilómetros vemos las rejas que la resguardan. Dentro hay una gran cabaña de madera de dos niveles, varias chimeneas y una terraza amplia. La casa está asentada sobre un amplio pastizal que se extiende hacia un largo lago y que de fondo tiene una vista impresionante de cordilleras nevadas con picos imponentes que se elevan hacia el cielo despejado.

—Este lugar es hermoso —comenta Valentine, deslumbrada.

Tenía tanto tiempo sin salir de su rutina que ve Cromanoff con otros ojos. Magnus la mira, decepcionado por el comentario. Todo el que esté a favor de Patrick será su enemigo estos días.

—¿Cómo es ese tipo Salvaret? —pregunta Lorian a mi lado.

—Es un imbécil irrespetuoso. —El comentario ácido de Magnus les llama la atención a todos.

—Es muy amable. —Rescato la situación—. Ya lo conocerás.

Patrick aparece en la entrada antes de que Elisenda pueda defenderlo. Sale a recibirnos con una sonrisa amplia, la camisa abierta hasta el pecho, el cabello recogido en un moño bajo y ese aire confiado de quien está en casa incluso cuando no lo está. Él sabe que se ve bien.

—Qué bueno que vinieron. Estoy feliz de tenerlos aquí —dice, mirándome a mí, aunque habla para todos—. La vamos a pasar increíble.

—Mi primo estaba emocionado por venir. —Gregorie le pone la mano en el hombro—. ¿Cierto?

Sus ojos se clavan en el rey Fulhenor. Lo atraviesa, lo desarma, lo reduce a nada… y, luego, parpadea, forzando una sonrisa que estoy segura de que todos notan que es falsa. Un punto para él por no salpicarnos con sus mordaces comentarios.

—Patrick —Elisenda lo abraza—, permíteme presentarte a dos invitados. Ellos son Lorian Wifantere, príncipe de Cristeners, y Valentine Russo, mejor amiga de Emily e hija de nobles.

—Eso quiere decir que la señorita Valentine y yo somos los únicos sin una corona en la cabeza.

Nadie puede negar la calidez que emana el marqués. No hay forma de sentirse incómodo, a menos que se trate de Magnus.

—No se preocupen por su equipaje —dice a medida que entramos—. Mi personal se encargará de llevarlo y de adecuar las tres habitaciones.

¿Tres? Miro hacia el grupo para contarlos, aunque sé que no hemos olvidado a nadie.

—Serían cuatro, mi querido —Elisenda le explica—. Hay dos solteros aquí.

—Soy muy joven para el matrimonio —comenta Lorian.

—No toda pareja debe casarse —difiere él.

—Yo sí espero hacerlo.

—No se olvide de invitarme, entonces.

El silencio es pesado. Magnus se gira hacia mí con una sonrisa burlona en la cara. Ya tiene otro aliado en su pleito contra Salvaret.

—¿Qué les parece un juego de bádminton? —propone la reina de Cromanoff—. Hay mucha energía por aquí que necesita ser descargada.

—Normal, por supuesto —dice su mejor amigo.

—No, el tradicional.

—El tradicional es el de siempre, amor. —Gregorie parece tan perdido como nosotros.

¡Bádminton sin ropa! ¿Desde cuándo existe eso? Patrick nos explica que es una regla que ellos se inventaron. En cada juego, él o los perdedores se quitan una prenda. A Gregorie casi se le cae la boca e incluso los ojos. La mira, asombrado, y le pregunta si lo han jugado siempre así. Ella asiente con una naturalidad que nos hace sentir como un grupo anticuado de ancianos.

—¿Hasta con Darcie? —cuestiona, estupefacto. Parece como si le hubieran cambiado a su esposa e intentara desenmascarar a la impostora.

—Ella era la más tenaz —comenta el marqués, orgulloso—. No se movía de esa cancha hasta ganar o perderlo todo. Llegó a quedar

desnuda junto a Hazel incontables veces. Siempre eran nuestros oponentes.

La risa de Magnus no hace otra cosa más que amargar a su primo, quien todavía no asimila aquello de lo que se acaba de enterar. Patrick vio a su esposa sin ropa, muchas veces, y seguro antes que él. No me imaginé que fuera así de celoso.

—Me encanta haber venido —dice Lorian, aplaudiendo y animado.

—Es algo en lo que tú habrías participado, Fulhenor. —Magnus le pincha el humor—. Te imagino feliz con la raqueta de un lado a otro.

No es por defender a mi esposo, pero es cierto.

Por un instante, da la impresión de que va a refutarlo; sin embargo, cuando su desconcierto se convierte en una sonrisa de diversión pura, nos queda claro que tiene algo malévolo en mente.

—Tienes razón, primo. Me gustaría tanto que lo haré ahora mismo. —Da dos pasos hacia mí y engancha su brazo al mío—. Emily, ¿quieres venir a jugar conmigo? Estoy seguro de que seremos un gran equipo. Nuestros rivales podrían ser Patrick y Valentine, ¿qué te parece?

Lo dice tan en serio que no queda lugar ni para la más pequeña duda. Está dispuesto a desnudarse con tal de devolverle el dardo a Magnus. La cara de Val me causa pena. Está sonrojada, sosteniéndose del brazo de Lorian, como si él pudiera protegerla, y no es la única. El carácter burlón del rey de Lacrontte también se esfuma. Separa el agarre de su primo y lo acribilla con la mirada.

—Prefiero quedarme con mi ropa, si no les molesta —pide Valentine, medio asustada.

—Y lo haremos —le asegura Patrick—. Bádminton tradicional es lo que se jugará. Los dueños de las propuestas serán un equipo.

—¿Tú sabes jugar bádminton? —le susurro a Magnus—. Yo no sé hacerlo.

—Soy un Lacrontte, Emily. Los Lacrontte podemos hacer cualquier cosa.

—Antes de que escogieran el nombre de Magnus, mis tíos querían llamarlo Bádminton —Gregorie lo respalda.

Cuando se unen para apoyarse, parecen un par de adolescentes.

—Claro. Bádminton I Lacrontte —digo, irónica.

—Bádminton I Lacrontte Hefferline, mi señora —replica, igualando mi sarcasmo.

—¿Alguien quiere ser mi compañero? —Salvaret lanza la pregunta al aire, pero su atención cae directamente sobre mí.

—Hay tres personas más disponibles, Salaverde —Magnus reacciona enseguida—. Puedes invitar a cualquiera y dejar de fijarte en mi esposa.

Gregorie y Lorian se ríen. Las discusiones los entretienen. Valentine me mira con complicidad y Elisenda es quien de nuevo sale al rescate y se propone para reemplazarme pese a las negativas de Gregorie por su estado. Pide su raqueta, el volante y se adelanta al grupo. El resto la seguimos hasta la cancha que hay en la parte trasera de la cabaña. Los que no jugaremos nos ubicamos en unas mesas cercanas. El marqués les pide a las doncellas que nos sirvan bebidas y unas jarras frías de limonada aparecen justo cuando el juego comienza.

—Para tenerlo claro —Lorian rompe el silencio—, ¿nadie se quitará la ropa?

—¿Lo harías tú?

—En un ambiente controlado, sí. Es decir, con gente de mi entera confianza.

—¿No lo somos? —pregunta Valentine.

—Está el exnovio de mi hermana y su esposa embarazada. Claro que no.

—¿Te parece extraño estar aquí con los Fulhenor? —inquiere. Agradezco que sea tan curiosa. Yo también quiero saberlo.

—No lo suficiente como para que sea incómodo. El rey Gregorie es un buen sujeto. Lerentia no lo supo valorar.

Hay una pizca de reproche en esa última frase que me alerta. ¿A Lorian no le agrada el nuevo matrimonio de su hermana?

—¿Ella te contó sus intenciones? —digo, intrigada.

—Por supuesto. Nos lo contamos —hace una pausa— casi todo. No pude estar más en desacuerdo. Eso no iba a funcionar. ¿El primo de su novio? Por favor, jamás se iba a fijar en ella y jamás lo hizo. Además, Vanir estaba por ahí, merodeando igual que una mosca.

La cara de Valentine es una joya que me gustaría poner en mi corona. Ella no sabía cuál era la razón de la ruptura entre esos dos. La comprendo. Sentí lo mismo cuando me enteré. En la monarquía hay más secretos que alianzas y los secretos derrumban imperios.

* * * *

El juego continuó con un Magnus que quería arrancarle la cabeza a Patrick cada vez que este miraba en mi dirección. Al principio, solo fueron advertencias y miradas duras; luego, el volante voló directo a la cara del marqués cuando me pidió que observara bien el juego para que aprendiera de él; y, al final, la raqueta de mi esposo cruzó hasta el otro lado de la red e impactó directo en la frente de Salvaret, lo que lo sacó del juego, de modo que Val tuvo que reemplazarlo.

—Tu esposo no mide su fuerza —comenta a medida que se acerca, sosteniendo un pañuelo que le entrega una de sus doncellas.

Él nos vigila desde la distancia, bastante arrepentido de ese último ataque, que lo único que logró fue reunirme con su nuevo enemigo.

—¿Alguno de ustedes se anima para la siguiente ronda?

—De verdad no sé jugar —replico.

—Puedo darte unas clases rápidas.

—Yo puedo dárselas —Lorian interviene y me sorprende el tono aprensivo de su voz—. O Magnus también.

¿En qué momento pactaron que Wifantere fuera mi chaperón?

—Es decir, alteza, que usted sí sabe y no ha querido participar.

—Es usted tan perspicaz como me lo han contado.

—¿Ha escuchado sobre mí? —inquiere él, claramente intrigado.

—Solo un par de cosas. —contesta el expríncipe.

—¿Se me permite saber qué tipo de cosas?

—¿Siendo honesto? —contraataca a Patrick.

—No espero otra cosa de usted, alteza.

Lorian mira en mi dirección, como si buscara aprobación para continuar. Intuyo de qué se trata, aunque no puedo asegurarlo. No lo creo capaz de decirlo.

—Usted le coquetea a Emily.

Fue capaz.

Quiero desaparecer, camuflarme con el césped o evaporarme. Lo que sea más rápido. Patrick arquea una ceja, divertido, pero sin decir nada, y ese silencio me taladra el estómago más que cualquier palabra. ¡Qué vergüenza!

—¿Y a usted qué le parece? —al fin habla—. ¿Le coqueteo?

—No he tenido el tiempo suficiente como para juzgarlo, aunque le presta demasiada atención.

—¿Lo hago? ¿Me recomienda poner mi atención en alguien más?

—Entonces, admite que lo hace.

—Ya parece haberme condenado. No creo que ninguna defensa me ayude. No sabía que era tan severo.

—Solo cuando se trata de personas cercanas.

—Deme su veredicto por la mañana.

Hay un ambiente extraño aquí, como una neblina que me confunde. Lorian asegura que el marqués me coquetea, pero da la impresión de que ellos dos son los que lo hacen entre sí. Necesito a un segundo jurado aquí que me confirme que no estoy loca.

—Si me permiten —se levanta de la silla—, pediré cambio para volver al juego.

Empieza a trotar de vuelta a la cancha; el cabello se le mueve de un lado a otro. No mira atrás, como si supiera perfectamente que alguien —que nosotros— lo observa. A decir verdad, mi atención no se centra por completo en él. También me fijo en Lorian. Él lo sigue con los ojos y no de una buena forma. Tiene el ceño fruncido, la mandíbula apretada y los labios en una línea dura que ya le he visto antes.

Lo está torturando en su cabeza, tal como lo hacía conmigo. La cuestión es que no me trago ese rechazo por completo.

—Parece que te agradó —suelto para sacarle los pensamientos.

—¿Agradarme? —Bebe de su vaso hasta acabarse la limonada—. Entiendo por qué a Magnus le molesta. Va por ahí con un aire casquivano insoportable.

—¿Casquivano? Estuvo casado y tardó tres años en dejar de usar la sortija. Si te quedas mucho tiempo con él, te aseguro que te hablará de Darcie.

—No parece del tipo que se casa. Además, pudo ser un libertino con el anillo en el dedo.

—Estás siendo muy duro con él.

—Lo dudo. Jamás me equivoco con las personas.

—Te equivocaste conmigo.

—Un error en medio de cien aciertos. Apunta lo que te digo, Emily. Ese marqués oculta su verdadera personalidad.

25

MAGNUS

Ha pasado una semana desde que llegamos aquí y he vivido en zozobra cada día. Tuve que enviar a Lorian estas últimas tardes a vigilar al Salvarata porque no soy capaz de concentrarme en otra cosa que no sea el plan. Además, en los primeros días estuve discutiendo tanto con el marqués que me planteé agarrar la maleta y largarme con mi esposa. Al menos no se les ocurrió otro maldito juego de bádminton; de lo contrario, sí que le habría abierto la cabeza por mirar a Emily como lo hace. Y no, no exagero. Se vanagloria como si fuera inocente cuando sus intenciones son más que obvias.

Ayer, justo después del almuerzo, un hombre de la Guardia Verde apareció con la información que tanto deseábamos. Ya Francis había llegado a Cromanoff con la carta que contenía la ubicación de Gretta y el Ejército salió en su búsqueda. No lo niego, tuve ganas de marcharme de inmediato. Gregorie fue quien me contuvo, argumentando que lo más inteligente por ahora era esperar, y así lo he hecho, solo que con cada minuto que pasa mi mente se desespera más. Y cómo no. Hay una mínima esperanza de que Heinrich también esté ahí y al fin podamos capturarlo.

Son las diez de la noche y, ya en nuestro dormitorio, escucho cómo Emily cierra la llave de la ducha tras darse un baño. Ni siquiera tuve ánimos para acompañarla. Lo único que me ronda la

cabeza es el interrogatorio al que someteré a Vanir. ¿Cómo demonios se alió con Gerald? ¿O es que acaso volvieron? Y no porque me moleste, sino porque eso abriría una posibilidad que nunca tuve clara.

—¿Qué te pasa? —La voz de Emily me sorprende. Viene envuelta en una bata de baño y se está secando el cabello con una toalla—. Has estado muy callado desde que vino el guardia. ¿Es por tu plan?

—Asiento. Da igual, pronto se enterará—. Es decir que se llevará a cabo aquí —dice más para ella que para mí. Ya lo sospechaba—. ¿Tiene que ver con tu hermano?

—Prefiero que no lo llames así.

—De acuerdo, ¿tiene que ver con El Mercader?

Asiento de nuevo. No es una mentira del todo. No he encontrado una manera de decirle que es probable que vuelva a ver a Vanir. No sé cómo se lo tomará y, por el momento, no necesito reclamos.

—No quiero hablar sobre eso. No he obtenido noticias desde la tarde, así que entenderás lo nublada que tengo la cabeza.

—Entonces, ¿qué quieres hacer? No me gusta verte así. Haremos lo que sea que te apetezca.

Su mirada preocupada no denota nada más que ganas de ayudar. Sé que piensa en una charla sencilla. En cambio, a mí se me ocurre otra cosa.

—¿Lo que sea?

Hay algo con lo que la intranquilidad no puede: mi deseo por Emily.

—Sí, lo que sea.

—Quítate la bata.

—¿Eso fue lo que se te ocurrió? —inquiere con una sonrisa entre tímida y orgullosa.

—No le preguntes a un rey si quiere oro.

—¿Yo soy oro?

—Del más puro.

—Estoy desnuda abajo —alega con una vergüenza que no se cree ni ella.

Este tipo de actuaciones solo me dan ánimos para continuar. Le encanta que le insista. Ya lo he notado.

—¿Es en serio, Emilia?

Ella suelta una risa tímida que le hace brillar los ojos a medida que se desata la bata de baño hasta finalmente dejarla caer al piso. De inmediato, detallo su figura, admirando la manera en que los bucles de su largo cabello le caen sobre el pecho, contrastando con la palidez de su piel. Extiendo la mano hacia ella para guiarla al espejo que hay en la alcoba. La pongo delante de mí y le corro el pelo hacia atrás para mirarla sin obstáculos.

—¿Por qué siempre me traes al espejo?

—Porque me gusta que veas lo que yo veo —le susurro al oído—. Mire ese cuerpo, señora Lacrontte. Es perfecto.

Empiezo a pasearle mis manos enfundadas de anillos por el torso, dándole color con el metal dorado. Le recorro la curva de la cintura, acariciándola. Viajo hasta su abdomen, bajando y ascendiendo por la línea natural que se crea en medio para luego detenerme en sus pechos. La atracción que siento hacia ellos es innegable, casi como si estuviera hipnotizado. Sus senos son perfectos para mí: redondos, suaves y con el tamaño perfecto para que me entren en la boca. Nos observamos por medio del reflejo del cristal y me vuelvo testigo de cómo lucha por sostenerme la mirada.

—La figura de una mujer nunca me había vuelto tan loco. —Soy incapaz de esconder la lujuria en mis ojos—. Podría admirarte todo el día sin cansarme.

—No me mires así.

Las mejillas se le tornan rojizas y agacha la cabeza, escondiéndose de mí. Intento no intimidarla; dejo que sean las joyas las que le toquen las areolas.

—¿Cómo te estoy mirando?

Mis ojos descienden hasta la unión de sus piernas, esperando una respuesta. Me encanta poseerla, probarla, porque se siente mía y parece que nadie puede quitármela. Cada vez que la tomo con la

boca con agresividad y ella gime en respuesta, me siento el monarca más poderoso que ha tenido Lacrontte.

—No te hagas el inocente. —Su voz suave me saca de mis pensamientos—. Tú sabes cómo.

—Soy cualquier cosa, excepto inocente, y, en el fondo, aunque jamás lo admitas, ni siquiera a ti misma, sé que esa es una de las cosas que más te gustan de mí.

—¿Por qué piensas eso?

—Porque sabes que no dejaré que nadie te dañe y te gusta esa sensación de seguridad. Saber que estoy dispuesto a cualquier cosa por ti.

—Ya me has lastimado.

—Es cierto. Y sufrí las consecuencias. Pero asesiné a Sigourney por tocarte, a Nicholas Pantresh por privarte de comida y haré lo mismo con cualquiera que te hiera.

—¿De qué me sirve? Quien no quiero que lo haga eres tú.

Le tomo una mano y pongo la palma hacia arriba. Me quito uno de mis anillos, lo dejo en el centro, luego le pido que cierre el puño y me mire a través del reflejo. Si con esto no entiende lo que busco decirle, tendré que gritárselo y no es lo que quiero. No por el momento.

—Me tienes justo ahí, Emily Lacrontte. Puedes sostenerme o dejarme caer en el abismo. Sabes que, a diferencia de lo que tenías antes, lo nuestro no está condicionado por nada ni por nadie. Y eso te fascina. Nunca tendré que escoger entre la corona y tú, nadie me pedirá jamás que te deje de querer, nunca dependeré de otro para protegerte, porque jamás lo permitiré, porque nadie tiene el poder suficiente para obligarme, porque nadie está por encima de mi cabeza, solo tú.

Intenta girarse, pero no se lo permito. La mantengo frente al cristal, con la espalda en mi pecho y su cuerpo a mi disposición. Le agarro el cuello, llevo su cabeza hacia atrás y la beso. Me fascina que me permita someterla a mi antojo. Mis labios se adueñan de los suyos, dominantes. Le meto la lengua en la boca, tal como ella lo hace en la mía. Le aprieto la garganta con los dedos mientras la muerdo despacio. Se siente frágil y delicada en mis brazos. Me prende la

manera en que me cede el control para moldearla y tocarla, sin temor a que la lastime.

Percibo el olor dulce de su cuerpo limpio y el frío de su piel bajo mi tacto caliente. Su cabello me acaricia las cicatrices que llevo en el pecho cuando se remueve, inquieta. Quiere ir más allá. Ya se decidió, y si su cabeza no lo ha hecho, su cuerpo sí que da los primeros pasos. Emily me guía una mano hasta su pecho, indicándome en silencio que la toque, y lo hago. Comienzo a apretarle el pezón para generarle placer. Con la mano que me queda libre le acaricio el otro seno. Al principio voy lento, pero después adopto un ritmo fuerte, agresivo y acelerado que la hace gemir contra mi boca.

—¿Estás segura de que quieres esto? —Le doy la última oportunidad de arrepentirse.

—Cállate, Magnus.

Le aprieto los pezones, arrancándole jadeos desesperados. Emily recuesta la cabeza en mis pectorales, con los ojos cerrados, mientras se deja llevar. La observo temblar a través del espejo. Me clava las uñas en los antebrazos a medida que muevo los dedos en círculos para calmar la sensación antes de volver a intentarlo.

Voy hasta su cuello y lo beso, dándole pequeñas lamidas que, junto al movimiento de mis manos, le erizan la piel. Estoy completamente excitado y con el miembro apretado debajo de los pantalones. Me muero por pasar el escalón en el que nos hemos quedado todo este tiempo.

—Ve a la cama y siéntate en el borde con las piernas abiertas —le ordeno.

Emily acata, camina y se acomoda para mí. Me observa acercarse con esos expresivos ojos cafés. No dice nada, ninguno lo hace. Lo único que se escucha es el sonido de su respiración y mis pasos. Me arrodillo en medio de sus muslos y la recorro con la lengua desde la entrepierna hasta el cuello. Vuelvo a su abdomen y me detengo en los pechos, lamiendo en medio y alrededor. Me los meto en la boca y comienzo a succionar, empeñándome en dejarle marcas que le recuerden mi nombre.

Emily me sostiene con firmeza la cabeza para que no me separe. Sé que lo disfruta tanto como yo. Los tomo entre los dientes y ejerzo presión contra ellos, haciéndola jadear alto. Nunca ha habido alguien que me excite de esta manera. Es un ansia depredadora que me sobrepasa y me bloquea el raciocinio.

Me separo después de dejarle vetas rojas en la piel. Emily vigila, extrañada, cómo me acomodo en el suelo, a un lado de ella, y recuesto la cabeza en el borde de la cama, con una nueva idea en mente.

—Ven y siéntate —le pido, dominante.

—¿Dónde voy a sentarme?

Su confusión es real. Aún no hemos hecho esto. Sé que no se lo imagina.

—En mi boca, Emily. Siéntate en mi boca.

Pestañea, como si intentara calcular ángulos imposibles en su cabeza. Me dan ganas de reír, pero me contengo. No por burla, sino porque este instante de torpeza tiene algo honesto, casi inocente. Es esa clase de reacción que no se puede fingir: la de alguien que quiere intentarlo, pese a que no tiene idea de por dónde empezar.

—¿Lo dices en serio?

—Cada cosa que digo es en serio. Ven.

En este momento, la impaciencia amenaza con ganarme, pero no quiero presionarla. Necesito que esté tranquila para que pueda disfrutarlo. No quiero ser el único que sienta placer. Se levanta tras unos segundos y, con cuidado, se arrodilla sobre la cama. Abre las piernas, ubicándomelas a cada lado de la cabeza, aprisionándome en ellas. Comienza a agacharse y la excitación me consume mientras veo su entrepierna húmeda acercarse hasta posarse sobre mi boca. Sus labios llegan a los míos y se rozan, dándome a probar de ella. Un calor denso se me desliza bajo la piel, como si estuviera en el centro de un fuego violento. Se me eriza el cuerpo y la respiración se me vuelve pesada. Es increíble lo mucho que necesitaba volver a hacer esto. Saco la lengua y relamo lo que ha dejado a mi alrededor, pero sé que en segundos tendré mucho más para calmar mi adicción. Emily gime

mientras le doy pequeñas lamidas a su centro. Se inquieta y se mueve, sometiéndome entre sus muslos.

Me desabrocho el pantalón y libero mi erección al tiempo que su sabor me invade la boca, poniéndome frenético. Me agarro el miembro y empiezo a masajearlo de arriba abajo sin dejar de consumir cada rincón de su feminidad. Me clavo en ese punto sensible y lo aprieto con los labios. Emily se inclina hacia adelante y parece que se apoya en el colchón para luego mover las caderas en círculos contra mí. Es un movimiento lento e ininterrumpido que me obliga a tocar solo aquellas zonas que ella quiere que le estimule con la lengua.

Mi nombre se le escapa varias veces mientras me pide que no me detenga. Me paso el pulgar por la punta del miembro, al tiempo que voy a su entrada y la tomo con la lengua, presionando, queriendo entrar en ella. Suelto mi virilidad para sostenerle las piernas una vez que se sobresalta. Ella gime suave, llenando la habitación con su voz, a la que secunda mi agite. Es una sed insaciable que solo ella despierta en mí. Doy lamidas largas y rápidas de abajo arriba y viceversa, recorriendo cada espacio con una devoción que no había tenido antes.

—Magnus —susurra, estremecida. Le cuesta hablar y respirar.

No puedo verla, pero me imagino el bermellón en sus mejillas, su boca seca y su apuro. Le golpeo el trasero y le jalo el cabello hacia atrás, imponiéndome de la manera en que puedo, como si no fuera ella quien me monta la boca tal como lo he fantaseado. Me encanta cómo tiembla sobre mí mientras chupo y suelto, cómo arquea la espalda con cada caricia húmeda, cómo dicta el ritmo con el que más siente placer. Yo no tengo prisa. Quiero saborearla y tomarme el tiempo de memorizar sus reacciones. Quiero alargar este momento y alimentar mi ego con su éxtasis.

Me llevo una mano de vuelta a la erección dura y palpitante. La envuelvo con los dedos mientras sigo saboreando a Emily. El contraste de sensaciones hace que me arda el pecho: su piel húmeda y suave en mi boca y mi piel caliente y tensa. Voy lento, moviendo la mano y la boca al mismo tiempo. Me lleno de ella mientras me complazco. Mis jadeos son un sonido gutural que vibra y se pierde entre sus piernas. Una corriente me baja por el cuerpo y se extiende por cada rincón hasta el punto de nublarme la cabeza. Aumento la velocidad y me prendo de ella hasta hacerla temblar. Está cerca, demasiado. Se mueve como si algo la sacudiera con fuerza. La escucho chillar bajo cuando subo la mano libre hasta su pecho y vuelvo a estimularla. Se choca despacio contra mí, meneándose en busca de su liberación. Me empapa de ella poco a poco y entonces lo siento en la boca. Ha obtenido lo que anhelaba. Gime alto y sin restricción. Se sostiene de mi antebrazo y me clava las uñas en la piel mientras me aprisiona cada vez que tiene un espasmo. Este es el único sometimiento en el que estoy dispuesto a caer. Sin embargo, hay un detalle: yo no he acabado y, siendo honesto, lo agradezco.

Emily se levanta y se hace un lado. Está agitada, sonrojada y agotada. Se ve preciosa con las mejillas enrojecidas y el cabello despeinado. Su pecho sube y baja, con la respiración medio entrecortada. No dice una palabra, solo sonríe.

—No recuerdo haberte dicho que podías moverte —le recrimino, irritado.

—Lo lamento. Yo pensé que... —Hace una pausa y me mira el pantalón—. Lo lamento.

Me pongo de pie después de abrocharme la pretina. Esto es incluso doloroso.

—¿Hay algo que quieres que haga? —pregunta mientras se pone el cabello hacia atrás.

La sostengo del brazo para que se baje de la cama. No se resiste y se pone frente a mí. Le encanta ser dócil conmigo, completamente sumisa a cualquiera que sea mi decisión. ¿Hasta dónde es capaz de subordinarse? Le agarro el cuello y la tomo por sorpresa, pero no se asusta ni retrocede. Deja que la sostenga y que le apriete la garganta. Esta es otra de las cosas que le gustan.

—Primero debes decirme que aceptarás hacer cualquier cosa que yo te ordene.

Asiente sin siquiera dudarlo, pero no es esa la manera en la que quiero que me responda.

—Usa tus palabras, Emily —ordeno, cerrando un poco más el puño—. ¿Dejarás que haga contigo lo que me apetezca?

—Sí.

Eso tampoco es lo que deseo oír. La aprieto con más vigor y entonces la oigo jadear. Le está costando respirar.

—¿Obedecerás sin refutar cualquier orden que te dé?

Me mira al fin, emocionada. Ya entendió el tono que busco. Se queda quieta, disciplinada. En sus ojos ya no está esa chispa inocente que tiene cada día frente a los demás.

—Sí, majestad.

—Te gusta que te trate así, ¿cierto?

Sonríe y yo también lo hago. No contesta, porque ahora es ella la que busca algo de mí. Se lo doy. Puedo sentir su pulso acelerado cuando la someto con mayor firmeza.

—¿Cierto? —pregunto una vez más.

—Sí, majestad —dice con la voz estrangulada.

—Desabróchame el pantalón.

Lo hace tan rápido que evidencia su propio afán. Toma el miembro y lo acaricia despacio. Espera que la suelte del cuello para arrodillarse frente a mí, pero ese no es el plan que tengo.

—¿Qué quieres que haga? —inquiere cuando ve que no la suelto, sino que solo aflojo el agarre.

—La única manera de terminar es que tú lo hagas en mi boca. ¿Entiendes?

Asiente, aunque no muy segura.

—¿Harás cualquier cosa? —pregunto una vez más. Necesito que esté segura.

—Sí, majestad.

Me desarma la manera en la que me habla. Sin chistar o refutar. Se entrega por completo y sin miedo.

—Me encantaría besarte, pero ni siquiera contigo compartiré tu sabor.

Traga fuerte cuando la suelto. Veo las marcas que le dejé en la garganta: son de un rojo suave. Sé que se le borrarán pronto. Ella sonríe

y se masajea en busca de alivio. Le gusta que le hable y la trate así. Tiene el mismo nivel de perversión para el sexo que yo, aunque le cueste mostrarlo.

—¿Te duele?

—Ni un poco.

—Si algún día no mido mi fuerza y necesitas que me detenga, solo dilo. No te sientas obligada a resistir lo que no soportas. ¿De acuerdo? —Ella asiente como quien está orgullosa de las lecciones que acaba de aprender—. Ahora te daré una indicación sencilla. Y, sí, antes de que lo dudes, te informo que sí es seguro. Tu deber se reduce a cumplir.

—Contigo nada es seguro.

—El placer sí. Escúchame. Voy a acostarme y tú vas a sentarte en mi pecho con las piernas abiertas a cada lado de mis hombros. Es una orden.

Voy a la cama y me tumbo bocarriba. Emily me sigue y se acomoda sobre mí, cuidándose de no dejar caer todo su peso de golpe. Vuelve a cercarme la cabeza con los muslos y a dejar su feminidad expuesta sin tapujos ante mis ojos. No soy capaz de apartar la mirada. Me encanta observarla, memorizar cada parte y línea de su cuerpo, y esta no es la excepción.

—¿Qué es lo más cercano que ves, Emily?

—Tu boca.

—Antes de eso hay algo más.

Se queda mirándome. Busca algo más, la zona que no encuentra, a pesar de que la tiene enfrente.

—¿Tu mentón?

Sonrío. Ahí está. Lo halló.

—Quiero que te pongas contra él y te ma…

—No lo digas —me interrumpe—. Ya comprendí.

—No entiendo por qué todavía no empiezas.

¿De dónde saqué esta idea? No lo sé. Emily tiene la capacidad de volverme creativo. La verdad es que quiero verla, cerciorarme de qué es capaz. Se toma su tiempo. Parece no estar segura de lo que debe

hacer o de si lo hace bien. El corazón me late violento, expectante, mientras la siento sobre mí. Ella se acomoda y entonces inicia. Es lenta y precisa. Está caliente y húmeda. En el primer movimiento jadea. Se tapa la cara con las manos y se detiene.

—Lo último que debe haber aquí es vergüenza, Emily. No conmigo.

—Estás demente —se queja, tratando de no reírse.

—Tú igual. ¿Acaso no ves en dónde estás?

Se toma un par de segundos antes de volver a intentarlo. Con un poco de duda, pone el clítoris contra el hueso de mi mentón y comienza a moverse lentamente. La escucho gemir casi de inmediato por el roce dócil. A pesar de estar tan cerca, es como si la estuviera mirando a través de un cristal. Las luces caen en ángulos perfectos sobre su figura, iluminando su rostro mientras se llena de placer. Esto es una locura. Un fetiche extraño que provoca en mí. Que esté así, sobre mí, no solo demuestra la complicidad que hemos creado, sino también lo perdido que estoy por ella.

Sus jadeos me prenden como a una bestia. Ella se inclina hacia atrás y me apoya las manos en el estómago. Ya no está atenta a mí, sino a su goce. Cualquier vergüenza se ha esfumado de su cabeza.

—Mírame —le ordeno.

Abre los ojos marrones y me observa desde arriba mientras se muerde el labio inferior. Sus caderas van en círculos ininterrumpidos que la arrastran poco a poco al final. Me agarro de inmediato el miembro y retomo el ritmo, bajando y subiendo con firmeza. El cuerpo me tiembla cuando la miro, cuando me toco, cuando la siento. Sus gemidos se hacen más sólidos y constantes. Sonrío desde abajo, totalmente orgulloso al ver cómo arquea la espalda, disfrutando del acto. Quizás sea un capricho: hacer algo que nadie más va a conseguir con ella.

En el momento en que presiente que su orgasmo se aproxima, se levanta y me estampa la entrepierna contra la boca de nuevo. Muevo la lengua veloz, dedicada, recorriéndola con hambre. Su cuerpo vibra sobre mí, sus caderas se rinden a mi ritmo. Y mientras esta así, tan viva, me concentro en ayudarla, en deleitarla hasta que tiembla por segunda vez, derramándose una vez más en mi boca. Muevo la mano, buscando mi propio placer, y pocos segundos después el líquido caliente me cae sobre el abdomen al tiempo que ella termina en mis labios. Todo el cuerpo se me sacude y por un instante estoy paralizado. Esto es mucho más de lo que he experimentado en mi vida. Es un escalón más alto del cual caigo en picada, y esa sensación de adrenalina, de vértigo, me atrapa hasta hacerme pedazos. Es una euforia que me vuelve errático, que me relaja y desespera. Esta mujer acaba de abrir el camino a un tipo de satisfacción que no creí que existiera.

Se cae hacia adelante cuando solo queda el eco de su placer en las respiraciones pesadas que emite. Gruño en tanto el acto acaba para mí, aún sosteniendo su sabor en la lengua. Trago varias veces antes de que ella se haga a un lado y se acueste bocarriba, sofocada. Me sonríe cuando me incorporo y me recuesto en la cabecera de la cama. Se quita el cabello de la cara al tiempo que yo alcanzo mi camisa y limpio con ella el desastre que tengo arriba de la pelvis.

—Señora Lacrontte. —Es lo único que alcanzo a decir.

—Señor Lacrontte —contesta con la voz entrecortada—. Tenemos que darnos un baño.

Se adelanta y se baja de la cama. Por mi parte, me despojo del pantalón y voy tras ella. Bajo el agua de la ducha, me limpia el mentón y el resto del rostro, quitando cualquier rastro que haya dejado. Me sonríe a medida que me enjuaga la cara, pero con un gesto nervioso que me hace entender que está pensando en lo que hicimos.

Emily Ann Lacrontte Malhore acaba de montar a su antojo la boca del rey que una y mil veces juró que jamás se fijaría en ella por ser una simple plebeya. Me ha tocado tragarme todo mi orgullo, altivez y prepotencia, porque ya estoy rogando que esta mujer a la que tanto desprecié vuelva a someterme entre sus piernas pronto.

—¿Algo que decir? —pregunto mientras me llena de jabón.

—Prefiero reservarme los comentarios.

—Eso me decepciona. Siempre eres tan parlanchina, pero de lo que quiero que hables, no hablas.

—Ya hablé demasiado allá fuera.

—Solo decías mi nombre.

—¿Querías que dijera otro?

Es absurda la manera que tiene esta mujer para borrarme el buen humor. Doy un paso atrás y dejo que el agua se lleve la espuma. Me quedo viéndola, esperando a que se arrepienta. Lo nota de inmediato. No estoy feliz.

—Fue una broma.

—Vaya broma.

—Para ser tan sarcástico te ofendes muy fácil.

—Sucede que se trata de ti. Espero que te quede claro que no tolero ese tipo de comentarios.

—¿Tendré que disculparme de nuevo?

—Puedes, a cambio, decir algo más.

—Me gustó. Solo eso obtendrás.

—Puedes esforzarte más.

—Nunca creí que algo así me gustaría. —Me apoya la frente en el pecho para no darme la cara—. Más bien, nunca me imaginé que algo así se podía hacer.

—¿Te puedo hacer una pregunta y prometes ser honesta?

Asiente sin decir una palabra.

—¿Por qué te gusta que te agarre por el cuello?

Se separa y la sorpresa en sus ojos es casi cómica. ¿De verdad pensó que no me había dado cuenta?

—No lo sé. Lo hemos hecho desde que nos conocimos. Me acostumbré, supongo.

La costumbre es algo muy diferente al disfrute. No respondía con tal de que la apretara más fuerte. No se lo diré, porque la conozco. Se cerrará.

—¿Nunca te lo había hecho nadie?

—Eres el primero con el que hago algo así.

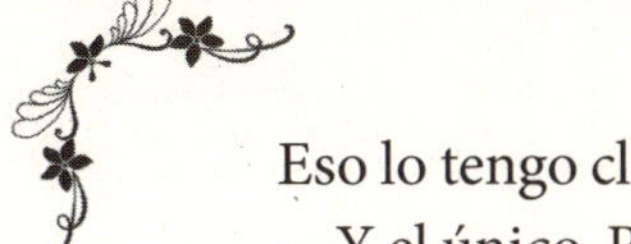

Eso lo tengo claro.

—Y el único. Repítelo.

—El primero y el único.

Estiro el brazo y cierro los dedos sobre su garganta una vez más. Ella jadea, pero me lo permite. La obligo a caminar hacia atrás y la empotro en la pared. Los ojos le brillan. Le gusta verse sometida y a mí me encanta someterla.

—¿Sabes a qué se asemeja esto? A esa ocasión en mi oficina, cuando te puse contra la puerta y te revelé mi definición favorita de poder. ¿Lo recuerdas?

—Sí. —Su voz es baja y dócil.

—Sí… ¿qué?

Soy duro al hablar y me vuelvo más severo con cada error que comete.

—Sí, majestad.

—Dime qué fue lo que dije.

—Que había algo que disfrutabas más que el poder: dominar.

—Que apreciaba absolutamente la sumisión voluntaria y dejé a tu criterio cuál de las dos vías querías para tu rendición. Te pedí que, cuando tuvieras la respuesta, vinieras a dármela, pero todavía no la he obtenido. ¿Te sometes o te someto?

—Pensé que había quedado claro.

—Me gusta que uses tus palabras, Emily.

—Un poco de ambas. Aunque solo en este aspecto.

—No esperaba algo diferente.

Me le acerco a la oreja e inhalo un par de veces. Me fascina el aroma a flores blancas que emana en cualquier situación y que me revuelve hasta el mínimo pensamiento. Ella es lo que más deseo en el mundo.

—Me va a encantar usarte a mi antojo —susurro antes de apretarla más.

Suspira, pero no se opone. Tiene una debilidad por sentirse domada, por entregar el control y permitirme manejarla, poseerla, y para mí no hay nada más erótico que verla desarmarse sin reservas. Es un indicador de la confianza que he vuelto a ganarme, de la

vulnerabilidad que no teme mostrarme, una que, incluso, desea que tome y explote.

—Abre las piernas —pido y lo cumple.

Llevo los dedos a su feminidad. Solo quiero comprobar lo que ya sospecho, lo que ella no me dirá en voz alta. La siento enseguida. Está húmeda, tal como lo estaba al inicio. Esta es una versión que ninguna otra persona conocerá, que ni ella misma se imaginó que existía. Estoy dispuesto a medir sus límites, hasta dónde es capaz de llegar cuando estamos a solas.

—¿Me quieres? —le pregunto.

—Mucho. —No titubea al responder pese a la presión en la garganta.

—Entonces, ponte de rodillas y demuéstrame lo mucho que me quieres.

No tengo que repetirlo. Obedece como si hubiera estado esperando la orden.

Emily Ann, si supieras las ganas que tengo de gritarte que te amo, de que te enteres de que te cedí el control de mi corazón a pesar de lo reacio que he estado la mayor parte de mi vida y del miedo que me causaba entregarle a una persona un mérito tan importante. Estoy a tus pies y te lo haré saber, pero no ahora. Tengo algo en mente que es digno de confesión, por más que lo niegue, soy lo que una vez temí: un hombre enamorado.

* * * *

Son las cuatro de la mañana cuando llaman a la puerta. Emily está desnuda y enroscada a mi lado. Me abraza y me pone una pierna sobre el abdomen, como si temiera un escape. Quizás lo predijo. Veo en su piel las consecuencias de lo que hicimos. Esta vez se grabaron claras, como si le hubieran arrancado con violencia un collar, dejando su marca. Salgo de la cama despacio al oír la voz de Gregorie del

otro lado. Ella se remueve y parece que me busca, pero no se despierta. La cubro con la sábana antes de abrir. Afuera no solo está mi primo, sino un grupo considerable de guardias que esperan, atentos.

—¿Qué sucede, Fulhenor?

—La tenemos.

¡Por todos mis muertos, al fin!

—¿Y a él?

—Ella dice que sabe en dónde encontrarlo, pero que solo te lo dirá a ti. Está esperándote.

Miro hacia atrás, a mi mujer. Sigue dormida, inocente, mía. ¿Debería ir sin consultárselo? Creo que este es un asunto que debo resolver por mi cuenta.

26

MAGNUS

No despierto a Emily aun cuando algo dentro de mí me dice que debería hacerlo. Se lo contaré después y lo entenderá. Al menos eso espero. No me siento culpable porque tengo claras mis intenciones. No la quiero cerca de esa mujer y no quiero que Vanir se dé cuenta de que es capaz de desestabilizarla.

—¿Estás preparado? —inquiere mi primo y me guía a la salida.

No sé qué responder, porque no quiero sobrepensar. Evidentemente, lo último que deseo es verla. Tan solo imaginarla me pone de mal humor, me recuerda lo estúpido que fui y todo lo que se burló de mí cuando yo creía que tenía el control, mientras que en realidad eran otros los que movían las fichas.

—¿Cómo te sentirías si tuvieras que enfrentarte a Lerentia?

No hay respuesta, solo un apretón en el hombro. Su silencio me sabe a apoyo. No es sencillo. Hay una parte de ira y ego que busca su lugar.

Nos subimos al transporte y viajamos sin hablar hasta el palacio. Yo no soy capaz de decir ni media palabra; tengo tantas cosas reprimidas que prefiero mantenerme sereno antes de que exploten con la persona equivocada.

Francis nos recibe en la entrada con una calma que me encantaría adoptar. La adrenalina me hormiguea debajo de la piel. Subimos

las escaleras hasta el interior y noto enseguida el ambiente tenso que me sigue pese a lo mucho que me alejo.

—¿En dónde está? —le pregunto a Modrisage.

—En el calabozo del palacio. La atamos por seguridad.

Me dirijo hacia allá. No voy a perder el tiempo postergando mi desazón. Quiero enfrentarla y arrancarle la verdad.

—Majestad. —Francis me toma del brazo cuando llego a la puerta que da hacia el patio—. No pierda los estribos. No le dé ese gusto. La ha tratado con indiferencia y le ha funcionado. Mantenga esa ventaja.

Tiene razón. Me niego a darle el control de mis emociones.

Camino hacia los calabozos sin titubear. Puedo sentir las miradas en la espalda y el frenesí de mi corazón. Bajo hacia el pasillo que comunica a las bóvedas y me encuentro con un largo corredor de piedra en el que se intercalan barrotes y puertas de madera aseguradas. La tercera es la suya. Los custodios la abren para mí y se quedan de pie en la entrada. Me debato entre dejar mi arma fuera o traerla conmigo, pero algo me dice que lo mejor es tenerla cerca.

—¿Hola? —La escucho antes de verla—. ¿Eres tú?

El piso de cemento se me hace blando cuando camino hasta el centro. El aire es espeso, está cargado de humedad y huele a piedra mojada, óxido y restos de cosas que hace tiempo dejaron de tener nombre. El lugar está sumido en una penumbra densa, rota apenas por la luz temblorosa de las antorchas clavadas en la pared. Y allí aparece ella: atada a una vieja silla de madera, seguro con las muñecas enrojecidas por las cuerdas, la cabeza inclinada como si le pesara más que el cuerpo y el cabello cobrizo hacia el frente, cubriéndole el rostro, aunque no lo suficiente como para esconder esos ojos ámbar que vi tantas noches. La reconocería así estuviera cubierta de fango, porque el odio que vive dentro de mí es suficiente para no olvidar ningún detalle que la conforma.

—Magnus —pronuncia mi nombre y se escucha como un insulto—. Este trato es inhumano, por favor. ¿Cómo pueden hacerme esto? Casi fui reina de Lacrontte.

Esto tiene que ser una comedia mal armada. No puede ser tan descarada, tan patética.

—No te atrevas a mencionar a mi patria.

Es extraño verla. El golpe seco de su traición todavía vive en alguna parte de mí, escondido, esperando momentos como este para despertar. Las manos no me tiemblan, pero el calor me sube por la cara, como si el cuerpo quisiera reaccionar antes que la mente.

—También es la mía —protesta, luchando contra las cuerdas que la atan.

—Lo fue hasta que conspiraste en contra de tu reina.

—No. —Se le corta la voz al entender el trasfondo de mis palabras—. No puedes hacerme algo tan cruel.

Sus lágrimas son inútiles conmigo. No creo en ninguna emoción que muestre. Lo que alguna vez creí cierto no fueron más que mentiras bien ensayadas.

—Magnus, ¿qué fue lo que te hice para que me trates así? Mi único error fue quererte.

—Soy tu rey, Vanir. Tienes prohibido llamarme con tal ligereza.

—¿Cómo pudiste cambiar tanto conmigo? No lo entiendo.

—No vine a perder el tiempo. Tengo una lista de preguntas que vas a contestar. De eso depende que vivas o mueras.

Desenfundo el arma que guardo en la pretina del pantalón y la ubico en una mesa envejecida que hay cerca de la pared izquierda. No voy a ensuciarme las manos con ella, pero necesito que me considere capaz.

—No tienes que amenazarme —me pide al ver la pistola—. Si me desatas, te contaré lo que sea que quieras saber.

—No veo por qué la soga interferiría en tu capacidad para hablar.

Camino hacia ella, aunque no me acerco demasiado. No deseo ni siquiera oler su perfume.

—¿Por qué enviaste esas notas?

—Por estúpida —responde más rápido de lo que esperaba—. ¿Esto es por ella? ¿Tú la quieres?

—La amo.

Tensa la mandíbula y pestañea, como si intentara ahuyentar el dolor de sus ojos. Se queda quieta y me mira, tratando de entender lo que he dicho, buscando la mentira en mis palabras. No me trago la actuación. No le duele de verdad, es imposible.

—Me aseguraste que nada pasaría entre ustedes. Que era una prisionera, una mishniana. Que no existía forma en que alguien así te interesara. Que preferías morir antes que tener al lado a una enemiga.

—¿Quién diría que el rey Lacrontte se equivoca? —menciono. Mi sarcasmo es filoso.

—No te burles de mí.

—¿Por qué finges que te afecta?

—Porque lo hace. Yo te amo, Magnus. Me cansé de demostrártelo.

—No me hagas reír.

—¿A qué te refieres? ¿Acaso no fui lo suficientemente obvia? Te esperé horas en tu habitación, paciente. Siempre tenías algo que hacer, algo que ponías por encima de mí. Una reunión, un plan, tu soledad. Me pusiste en segundo plano muchas veces y yo seguía ahí. Me sacabas del palacio porque te enojabas con tu gabinete y yo pagaba las consecuencias, pero en cuanto te calmabas, me mandabas a llamar y jamás me negué a regresar. Saltaba cada vez que querías, te escuché en cada cosa que decías, estuve ahí a pesar de lo mucho que te esforzabas por echarme. ¿No fui una buena novia?

Es buena. De verdad es muy buena. Parte de su queja es cierta. Lo veo ahora si comparo mi comportamiento en ambas relaciones. No fui la mejor pareja; sin embargo, ella tampoco.

—Me tiene sin cuidado cómo te sientas —respondo, inclemente. No hay una pizca de culpa dentro de mí. No con ella—. Responde o me iré. ¿Por qué enviaste esas notas?

—Magnus.

Aparta la mirada, como si ya no pudiera sostenerla, como si mirarme fuera demasiado, como si tratara de no derrumbarse frente a mí.

—Es la última oportunidad que te doy —le advierto.

—Porque me obligaron. Gerald me obligó.

¿Él le habrá contado de nuestro parentesco?

—A ti nadie podría obligarte a hacer nada que no quisieras.

—Soy completamente honesta.

—Tu palabra no tiene valor para mí, Vanir.

—Entonces, ¿para qué vienes a interrogarme si no vas a creerme? Él llegó a mi casa y me obligó a buscar nuestra correspondencia, a enviarla; me quitó mi anillo, el único recuerdo que tengo de ti, y lo envió contra mi voluntad. Me pidió que llamara a Angelique y la amenazó con su madre. Ambas somos víctimas.

—¿De verdad me piensas tan ingenuo? —Doy pasos al frente mientras me pongo los guantes de cuero—. Gerald apareció en tu casa de la nada y te pidió que buscaras unas cartas que no tendría que saber que tú tenías. Te pidió que llamaras a una mujer que no sabía que era tu amiga. Te ordenó que le escribieras a mi esposa para que hallara unos vestidos que no se imaginaba que existían. ¿Me crees tan imbécil? Dime una cosa, ¿ustedes en realidad terminaron o solo planearon engañarme?

Titubea al fin. Empieza una frase y no la termina. Le tiembla la voz con angustia. Está acorralada y yo también. Es peor de lo que pensé.

—Te juro que yo sí me enamoré de ti.

Ahí está. Nunca terminó su relación. Lo planearon todo y yo caí. Desde el primer momento me tendieron la red y ni siquiera tuvieron que empujarme. Yo mismo di el paso hacia adelante. Siempre me jacté de ver las jugadas antes de que pasaran. Siempre tuve un sexto sentido para la mentira, para las trampas. Y me doy cuenta de que delante de estos dos no fui más que un aprendiz ingenuo. Heinrich es mi verdugo. Lo planearon juntos, como si yo fuera un premio que podían compartir en secreto y reírse después. Me duele más el ego que el corazón, porque no solo me engañó: me demostró que no soy tan audaz como pensaba, no frente a él.

—Cuéntame cómo empezó esto. ¿Gretta está involucrada?

La mando a la horca de ser así. Ella fue quien me llevó a esa gala en la que conocí a Vanir. Si es parte de esto, no me va a temblar la mano para sentenciarla.

—No. Ella no sabía nada, aunque yo la convencí para que te llevara esa noche. La verdad es que no imaginé que te fijarías en mí. Pensé que Gretta y tú tenían algo.

No entiendo cómo Gerald permitió una cosa semejante. Soy un hombre ventajoso y no temo usar a quien deba para alcanzar un objetivo, pero en este punto de mi vida jamás podría pedirle a Emily que sedujera a otro hombre o que se acostara con él, si fuera el caso. Me enferma la idea de que alguien más la toque, ni siquiera tolero que el marqués la mire. Ahora, estar de acuerdo con que prácticamente se case con alguien más me parece inconcebible. Es una prueba de que Heinrich no la ama y no la amó nunca.

—Sigo sin comprender cuál era la meta.

—Desátame y te lo contaré —me pide de nuevo—. Te juro que mantendré la distancia.

Me río. Es una carcajada amarga, seca, como metal raspando hueso. ¿Desatarla después de lo que hizo? ¿Después de venderme, traicionarme y escupirme en la cara con una sonrisa?

—¿Por qué debería?

Baja la mirada por un segundo. Tal vez por culpa, tal vez por cansancio o solo para manipularme… otra vez.

—Por favor —suplica—. No puedo más. Me duelen las manos. Me arde todo. No voy a huir, no tengo otra opción. Solo suéltame.

Silencio. Solo se oye su respiración entrecortada y la furia me muerde por dentro, gritándome que la deje ahí, que le dé un poco más, que no se lo merece, porque no se lo merece. Me debato. Le exijo que hable y se niega. No se mueve de su posición, de su pedido. Podría obligarla, pero no quiero tocarla y, pese a lo que ocurrió, no soy capaz de golpearla. No soy ese tipo de persona.

—Magnus, te lo ruego, desátame.

Entonces me mira. No como antes, no con orgullo o manipulación. Me mira derrotada, humillada, exactamente como lo hizo ese

día en el que terminé nuestro compromiso sin explicación. Y me doy cuenta de que esto no se trata de justicia, sino de poder. Y en este momento, yo lo tengo.

Me saco la navaja del bolsillo del pantalón y con cuidado me acerco. Le ordeno que se quede inmóvil y empiezo a cortar la cuerda, cerciorándome de no rozarla. La cuerda cae al suelo y ella de inmediato lleva las manos al frente. Se las observa como si no fueran suyas: rojas, marcadas, con las muñecas inflamadas por la presión. Empieza a frotárselas con torpeza, con los dedos débiles. Primero una, luego la otra. Me agradece mientras yo me alejo y, para mi sorpresa, cumple su palabra. Se queda sentada, deshaciéndose el nudo que le amarra los pies.

—Sigo esperando —aviso cuando se pone de pie, ya por fin libre—. Dime qué pasó.

Se peina el cabello con los dedos y se alisa el vestido. Siempre tan vanidosa, como si su figura aún representara algo, como si pudiera tentarme con ella. La única persona capaz de borrarme el raciocinio con su cuerpo está dormida a kilómetros de aquí.

—Sacar información del palacio y de ti —inicia con un tono lastimero, dramático—. Eso era lo que buscaba. Gerald estaba al tanto de que lo seguías y quería saber qué tan enterado estabas de sus movimientos. Pero me enamoré. No te preguntaba nada y solo le inventaba cosas para que estuviera tranquilo. Tú sabes que es cierto. Mis intenciones se desvanecieron desde el primer momento.

Si no la hubiera descubierto con Cournalles, le compraría esta fachada.

—¿Y qué ganabas tú con esto? ¿Por qué poner tanto esfuerzo en conquistarme si el único que obtenía algo era él?

—Porque era tonta y lo quería. Quería ayudarlo y él sabía bien cómo manipularme. Fue mi primer novio y mi intención era hacerlo feliz. Gerald dijo que nos casaríamos si lo ayudaba. Y, por favor, Magnus, eres el rey. Mírate. Tampoco es tan difícil aceptar algo así. No lo niego, al inicio me parecía inconcebible que me estuviera pidiendo conquistar a otro hombre. Sentía que no me valoraba, pero él

me prometió tantas cosas que confié. Dijo que solo serían unos meses. Tres, como mucho. Luego seríamos los dos para siempre. —La voz le tiembla, como si se resistiera a llorar—. Él tampoco pensaba que yo lo conseguiría, y lo hice. Te fijaste en mí, me mostraste tu mundo y algo dentro de mi corazón cambió. No quería lastimarte ni usarte. Me deslumbré contigo y tu hosca personalidad. Tus ideales y convicciones tan marcadas. Sabía que jamás me pedirías una cosa semejante y eso me encantó.

—No te desvíes, Vanir.

—Y no lo hago. Gerald siempre viajaba y me dejaba sola. No; me dejaba contigo. Tenía todo el tiempo para conocerte, frecuentar el palacio, dormir a tu lado. Él desaparecía por completo de mi vida y quedabas tú. ¿Cómo no me iba a enamorar de un hombre que estaba dispuesto a ponerme la corona del reino en la cabeza? A pesar de nuestras peleas, no pude evitarlo. Él lo notó y juro que sí nos separamos. Estaba herido, se sentía traicionado y fui honesta. Le confesé que empezaba a quererte, que ya no podía seguir con el plan. Te fui fiel, Magnus.

Vuelvo a reírme. Otra carcajada que parece abofetearla. ¿Fidelidad? Ella no conoce esa palabra.

—¿De qué fidelidad me hablas? —La enfrento con la rabia que me quema la garganta—. ¿La que dices haberme tenido con Gerald o la que se te olvidó con Cournalles?

Parpadea, incrédula. No dice nada porque, lo sé, no se le ocurre. Tiene los músculos del rostro tensos, la respiración contenida y un temblor ligero en la boca.

—¿Cuál es tu nueva excusa? ¿Que Cournalles te prometió algo mejor? ¿Que él no te dejaba sola por ir a reuniones? ¿Que él sí te cumplía los caprichos? ¿Cuál es la razón, Vanir? ¿Querías saber por qué terminó nuestra relación? Ya te di la respuesta.

—No sé qué te inventó ese idiota, pero es mentira. —Da un paso al frente, hacia mí—. ¿Qué fue lo que te dijo? —exige, desesperada—. ¡Dime, Magnus!

Se lleva las manos a la cara cuando le digo que lo vi, cómo los vi. Aprieta los ojos e intenta decir algo que se convierte en nada. Una súplica sin palabras. Por un instante, da la impresión de que va a justificarse. Niega con la cabeza varias veces, pero sigue sin palabras, quizás hasta sin voz.

—No sabes cómo me arrepiento de haberte involucrado en mi camino. —La rabia me guía—. Me da asco reconocer que me fijé en ti, que pretendía hacerte mi esposa. Es una maldita vergüenza haber sido tan ingenuo.

—Magnus, perdóname. Fui una idiota, lo sé y lo lamento. Solo pasó esa vez, de verdad.

—¿Acaso la cantidad de veces justifica la traición?

Titubea. No va a ponerse de rodillas. Si hay algo que tenemos en común es el orgullo. No llegará hasta ese punto por más angustiada que esté. Arrastra los pies con un impulso desesperado, se lanza hacia mí y me abraza. Se aferra a mi cintura mientras llora con un desconsuelo ridículo.

—Lo siento —repite una y otra vez con la voz quebrada contra mi pecho—. Lo siento, por favor... por favor, no me odies.

Cierro los ojos y aprieto los puños. Quiero que se suelte, que se aparte, pero no voy a tocarla. No puedo ponerle una mano encima, porque si la empujo, si la separo con mis propias manos, va a estallar todo lo que estoy conteniendo. La ira, la decepción, el asco, la tristeza, y no quiero perder el poco control que me queda.

—Suéltame, Vanir. Es una orden —le digo, firme y tenso. Sin gritar, sin violencia. Solo un límite. Una línea que no quiero cruzar.

Ella no lo hace. En su lugar, me aprieta más fuerte.

—No me dejes sola —susurra—. No me sepultes por eso. Jamás volverá a suceder, Magnus. Escúchame.

Me entierra el rostro en el cuello e inhala tan profundo que su aliento me llega hasta la oreja. Los recuerdos de nuestro pasado aparecen y me causan repulsión. Sin pensarlo, la tomo del brazo y la empujo hacia un lado lo suficientemente fuerte como para separarla.

—Quedas desterrada de Lacrontte, Vanir Etheldret. —Mi tono es implacable. La repudio con mi alma entera.

Sus ojos, aquellos que solían mirarme con tanta seguridad, ahora reflejan una mezcla de incredulidad y pánico. Se aleja. Arrastrando los pies. Arrastrando su culpa.

—No me hagas esto, Magnus. ¡Te amo! —solloza—. Fue un error. ¡Uno! ¡Hazme pagar de otra forma, pero no me destierres, por favor! ¡Te lo ruego! ¿Quieres encontrar a Gerald o a Ansel? Te ayudaré. Te diré lo que sé. Podrás encontrarlos.

—No amas a nadie más que a ti misma.

—Te amo a ti.

—Solo quiero saber cómo supiste que esos vestidos seguían allí.

—Ansel me lo dijo —no tarda en responder—. Tiene guardias aliados dentro del palacio. Ellos le pasan información. Me lo contó una vez, y cuando Gerald llegó a casa con…

Dejo de escuchar porque hay una campana que me suena en la cabeza. Hay traidores en mis filas. Hay hombres encargados de mi seguridad que están confabulados con el enemigo. ¿Quiénes y cuántos son? Este es un problema que no necesitaba.

—¿Por qué?

—Porque te odia. El rencor que siente hacia ti es inimaginable. Te detesta. Ha hablado por meses sobre lo mucho que quiere verte muerto, sobre cómo lo haría si tuviera la oportunidad.

—¿Es decir que lo sabes?

—¿Que es tu hermano? Sí, me lo contó cuando me planteó el plan. No le creí, pero dijo que tenía pruebas. Cartas y regalos. Cartas tuyas, cartas de su madre a tu padre y una fotografía de ellos dos. Tiene una caja entera con cosas.

Recuerdo mis cartas y mis obsequios. Se los enviaba con Keriel, mi mejor amigo, cuando no podía verlo, y le regalé tantas cosas como podía. También entiendo las misivas de esa mujer a mi padre, pero ¿la fotografía? ¿De dónde salió? ¿Quién la tomó?

—Te ayudaré a que encuentres cada cosa. Sé en dónde las guarda. Sé de las casas que tiene en diferentes reinos. Puedo ser tu mejor

aliada, Magnus. Jamás abriré la boca. Tendrás mi silencio absoluto, mi ayuda para siempre. No me destierres.

—¿Por qué tendría que confiar en ti?

—Porque sugirió un plan para asesinarte y no acepté —confiesa con unas ganas ávidas de que eso la salve—. Una cosa era seducirte y otra era ser tan estúpida como para matarte. No saldría viva de ello por más garantías que él me ofreciera. El plan era que yo te sacara del palacio y él haría el resto. Un atentado simple. Yo nada más debía ponerte de carnada. La primera vez me inventé una excusa; la segunda, le confesé que te quería, y ahí supo que ya no podía contar conmigo, que había perdido la influencia que tenía sobre mí. Me gritó, casi me golpeó y amenazó a mi familia. Nada me importó, solo tú, Magnus. Nunca cumplió ninguna de sus advertencias. ¿Sabes por qué? Porque él me ama. Es una cadena estúpida, ¿no? Soy su debilidad, tú eres la mía y esa mujer es la tuya. Nadie parece ganar.

Claro que hay un vencedor aquí. Emily es mi recompensa. La victoria más alta que he podido alcanzar. ¿Y de amar? No parece que él la quiera. Un hombre enamorado no permitiría que su mujer se acostara con otro.

Tomo el arma de la mesa y voy hacia la salida, dispuesto a terminar con esta conversación. Ya me ha dicho lo que deseaba saber y aliarme con ella no es un plan que me sepa dulce.

—Magnus, no te vayas. Dime que me ayudarás —pide mientras corre para alcanzarme—. Sabes que puedo serte útil.

Aparto la mano antes de que vuelva a tocarme. Le apunto con el arma y le pido que dé dos pasos hacia atrás. No tiene derecho a exigirme nada. Puedo comprar su información y luego silenciarla, mandándola a la celda más oscura del palacio.

—Vas a quedarte aquí —le advierto—. Si requiero de tu ayuda, será Francis quien se encargue. No quiero volver a verte nunca más.

* * * *

Afuera, Modrisage me espera igual que un águila vigilante, con la preocupación marcada entre las cejas. Me pide los detalles y solo le cuento los necesarios. No parece sorprendido de que Heinrich y ella hayan urdido ese complot. Quizás lo sospechó, quizás me lo dijo una vez y no quise escucharlo, quizás sí lo hice y preferí ignorarlo, porque de verdad me gustaba esa mujer.

Lo otro, lo de que sabe mi parentesco con ese cretino, le saca una reacción, aunque no demasiado dramática. No esperaba que ella estuviera al tanto y mucho menos que él tuviera una fotografía como prueba. No se opone cuando le pido que la interrogue; al contrario, se nota que quiere desquitarse. Me asegura que se hará cargo y que obtendrá las direcciones. Confío en él, es el mejor para doblegar personas, ya que tiene paciencia y resistencia. No es fácil de engañar y ve más allá que los demás. Además, sabe ocultar su rechazo hacia Vanir. Yo, por mi parte, lo que deseo es tomar una ducha y sacarme su presencia del cuerpo.

—Por cierto, majestad. —Me detiene cuando empiezo a alejarme—. La señora Lacrontte está aquí. Le dije que usted estaba ocupado; no obstante, debo advertirle que no está feliz de que la haya abandonado en la villa.

¡Por todos los muertos que cargo en la espalada! Estiro el cuello hacia ambos lados para relajar los músculos. Se aproxima mi ascenso al paredón. No pensé que llegaría tan temprano. No sé si lo más conveniente sea enfrentarla ahora. No tengo ánimos y mucho menos paciencia para reclamos. La cuestión es que me perseguirá si la evito y no me dejará en paz hasta que se lo cuente.

Le pregunto a Francis en dónde se encuentra y camino hacia allá. Los guardias abren la puerta para mí cuando llego a la habitación en la que la han instalado. La encuentro junto a una doncella, desempaca nuestro equipaje. En el momento en el que me ve, le pide que nos deje solos y, con un movimiento de manos, me dice que cierre con pestillo.

—¿Por qué te fuiste así de la villa? —inquiere enseguida—. ¿Por qué no me avisaste?

Me sorprende. No parece enojada, sino preocupada.

—Buenos días para ti, Emily.

—No lo fueron cuando me desperté y no estabas.

—Tenía que resolver unos asuntos.

Su mirada se suaviza, aunque estoy seguro de que su humor no.

—¿Esos que tienen que ver con tu hermano?

—Prefiero que lo llames por su nombre.

—¿Los que tienen que ver con Gerald?

—Algo así.

—¿Por qué no me incluyes en tus planes? —reclama y se acerca—. ¿Lo capturaste?

—No, pero al parecer tenemos una pista.

Cuando está frente a mí, la tomo de las caderas y la levanto despacio; ella me lo permite sin renegar en el proceso. Me envuelve las piernas alrededor de la cintura y apoya su cabeza en mi hombro. Es un abrazo silencioso y suave.

—Lamento haberme marchado así. Te veías tan tranquila que no quise ser inoportuno y despertarte.

—¿De quién es ese perfume, Magnus? —pregunta, levantándose, y se me hiela la sangre.

Se tensa, la expresión se le endurece y en sus ojos aparece una sombra. Ni siquiera yo lo había percibido. ¿Cómo no lo iba a notar? Es hija de perfumistas. El calor me sube por el cuello en una mezcla de culpa, torpeza y rabia. No es lo que parece, pero ¿cómo se lo explico? Cualquier palabra parecerá una excusa.

—Tengo una razón válida, te lo aseguro —me defiendo en vano.

—¿De quién es, Magnus Lacrontte?

—De Vanir. Puedo explicarlo. No es lo qu…

Antes de poder decir una palabra más, Emily se suelta y me abre con ira la camisa, haciendo volar cada uno de los botones. Me baja las mangas por los brazos con tanta violencia que me deja las marcas de sus uñas sobre la piel. No hago ni digo nada. Le permito hacer trizas la prenda sin interferir, o me hará pedazos a mí.

—¿Por qué haces esto? ¿Por qué siempre me mientes?

Se le humedecen los ojos, como si el dolor hubiera encontrado por fin una grieta por la que escapar. Lucha por unos segundos,

dispuesta a no mostrarse vulnerable, pero entonces le tiemblan las pestañas y las primeras lágrimas caen, silenciosas, acusatorias.

—Emily, no llores. Te lo imploro.

Le quito la camisa de las manos y la dejo caer mientras ella solloza, ardiendo de furia. Maldita sea cada una de mis decisiones.

—Me mentiste. Dijiste que tenía que ver con tu hermano.

—Y es cierto.

—No, no lo es. Tiene que ver con ella. Siempre es ella. ¿Por qué hueles así? ¿La tocaste?

—Ella me abrazó.

—Y tú lo permitiste —concluye, como si esa fuera la mayor traición que he cometido—. No quiero que te vuelvas a acercar a esa mujer. ¿Me entendiste? —brama, caminando de un lado a otro.

No respondo, solo asiento. No sé qué decir. Cualquier palabra podría arruinar más las cosas.

—¿Que si me entendiste? —grita, mirándome a los ojos.

—Sí, te entendí.

Nadie en mi vida me había gritado para obligarme a responder una pregunta como si fuera un prisionero a punto de ser condenado. En serio amo a esta mujer si soporto este comportamiento.

—Si quieres que esto funcione, no la quiero cerca de ti. Creo que ya he aguantado lo suficiente y no estoy dispuesta a ceder un centímetro más.

—Tienes que escucharme, Emily.

—¡No, escúchame tú! —Me señala con el índice—. Siempre soy yo la que debe callar, pero ahora tú eres el que debe prestarles atención a mis palabras. Si ella es parte de tu pasado, quiero que la dejes ahí, porque ahora yo soy tu presente, y si quieres que también sea tu futuro, es mejor que pienses bien tus actos.

—¿Me estás amenazando? —La molestia se me nota. No estoy acostumbrado a esto.

—Tómalo como quieras, pero ya te lo advertí. Lo mejor es que me vaya a casa.

—Estoy de acuerdo. Lo podemos hablar en el palacio.

—No, me voy a casa con mis padres.

¿Es en serio?

—No puedes irte con ellos cada vez que tengamos un problema.

—Ah, ¿no? ¿Tengo que esperar a que estés dormido para irme? Déjame en paz, Magnus Lacrontte.

Ni siquiera toma sus cosas. Se dirige hacia la puerta, como si no olvidara nada, como si no me olvidara, y de inmediato el pánico me atraviesa. No puedo dejar que se marche, no sin que me escuche.

—Emily —digo con un tono suplicante—, no te vayas. Primero debemos hablar.

Ella se gira apenas lo suficiente para mirarme con esos ojos cargados de rabia y tristeza.

—Ya es tarde para eso —dice. Su voz es casi un filo que se me clava en el pecho—. Estoy cansada de las excusas y de los secretos.

—Solo escúchame un momento. Lo necesitamos. Yo te necesito.

—¿Sabes qué es lo que yo necesito? Que esto se acabe. Me atormenta cada día el recuerdo de lo que ustedes fueron, de lo que ella significó en tu vida, de ese estúpido cuento infantil con el que los relacionan y que siempre está ahí, tentándome a buscarla, como un puñal que yo misma quiero enterrarme. ¿Soy idiota por no dejarlo atrás? Sí. Pero ¿cómo quieres que lo haga si a la mínima oportunidad te escapas y apareces oliendo a su perfume? Estoy harta de que viva como un fantasma entre nosotros.

Me duele cada palabra y me duele alimentar su inseguridad. Intento tomarla del brazo, pero ella se zafa con un movimiento seco. No me grita ni me insulta, solo gira el rostro y se va con unos pasos rápidos que parecen empujados por un dolor más grande que cualquier palabra que yo pueda ofrecerle.

Me quedo inmóvil, con la mirada en la puerta abierta y con el peso del silencio en la espalda. La parte racional me dice que le dé este espacio, que está dolida y enojada, que le permita tranquilizarse y me tome ese tiempo para armar una defensa que me salve de su odio. La otra dice que corra tras ella y la obligue a escucharme, que aplaque su rabia con mi tiranía, que me imponga y le recuerde que solo a ella la

amo. Tomo la decisión cuando me dejo caer en la cama, derrotado y culpable.

Iré tras ella, cada día de mi vida lo haré, solo que no ahora. Tengo que encontrar la forma de quitar las ruinas de su mente y crear nuevos cimientos.

27

EMILY

Jamás en mi vida había sentido algo parecido a esto. Es una mezcla de ira, capricho y celos que no abandona mi cabeza y me hace doler el corazón.

No es solo que se hayan visto, sino el silencio, el ocultamiento, como si mi confianza no importara. Él dice que nada ocurrió, y le creo. Pero no supero la amargura de saber que estuvieron cerca, que hubo contacto, que estuvieron hablando. Fui testigo de lo que tenían, soporté los comentarios amenazantes de Vanir y vi lo entregada que estaba a la relación. Sé de lo que es capaz y no tolero que se mueva a su alrededor. Me até a la idea de que es mi esposo, de que me pertenece, y ahora me estrello con la fría realidad de que, pese a lo mucho que lo crea mío, él siempre puede elegir sacarme del camino y virar hacia otro lado, hacia ella.

Siempre he sido una persona confiada, quizás demasiado. Creí que cuando dos personas se amaban la honestidad venía sola. Ahora me doy cuenta de que el silencio también puede ser una forma de mentir. Magnus se vio con Vanir y no me lo dijo. No porque se le olvidara, no porque no fuera importante. No me lo dijo porque sabía que me dolería. Pese a ello, lo hizo. Me duele terriblemente el pecho, como si el corazón me sangrara. No he parado de llorar desde que salí hacia Lacrontte con Lorian y Valentine. Ninguno de los dos

sabía qué decirme, y es que en realidad nada podría calmarme. Sentir al extremo es parte de mí.

Llego a casa y mamá me recibe. Mia está con un amigo y papá en la nueva perfumería. Se lo cuento todo porque necesito desahogarme. Me lanzo en sus brazos en busca de apoyo, de contención, de lo que sea que una madre pueda hacer por el dolor de una hija. Ni siquiera sé cómo luzco, y no me interesa. Lo único que busco es llorar un poco más y estar lejos de Magnus.

—¿Qué sucedió, mi amor? —pregunta cuando camino en busca de una habitación.

No conocía su nuevo hogar en Mirellfolw. Es hermoso. Un lugar inmenso con chimenea, techos altos y paredes labradas. Como esas casas de nobles que veía en Palkareth, solo que mucho mejor.

—Amor, dime qué sucede. —Su preocupación me sigue hasta un dormitorio. Parece el de Mia. Me lanzo a la cama y me abrazo a una almohada.

Siendo honesta, lo que deseo es que Magnus entre por esa puerta y me suelte uno de sus discursos idiotas y me jure que esa mujer jamás volverá a atravesarse en nuestra vida. Y, si es posible, que ese olor que sentí en su camisa sea exterminado del mundo. Pensé que vendría tras de mí. Me dolió volverme y ver el pasillo solitario.

—Emily, ¿te pegó?

Me quedo petrificada. ¿Cómo puede pensar una cosa semejante? Me incorporo, suelto el cojín y la miro, buscando alguna explicación.

—¿Qué?

—¿Magnus te pegó? —repite el disparate—. Si es así, debes separarte ahora mismo. Jamás lo permitas. Nunca. Ni porque sea el rey, mi amor.

—Él nunca haría eso. ¿A qué se refiere?

—Entonces, ¿qué tienes en el cuello?

¡No puede ser! Vida mía, qué vergüenza. ¿En qué momento lo vio?

—¡Ay! —Las palabras me fallan. No sé qué decir—. Eso es otra cosa.

—¿Qué cosa? Y no me digas que te lo hiciste tú misma. Yo no soy ingenua. Emily, me puedes contar cualquier cosa. Dime si lo hizo.

—No, mamá. No me pegó.

—Entonces, ¿por qué tienes eso?

No puedo evitar reírme. ¿Por qué me pasa esto? Quería un día reservado para llorar y punto. No para contarle a mamá lo que Magnus y yo hacemos.

—Emily, no te rías. Esto es muy serio.

—No se trata de lo que cree. Es un asunto privado.

Ni siquiera sé cómo explicarle esto a la única persona que me gana en inocencia.

—¿Privado? —Se queda pensando. No encuentra la respuesta lógica para lo que ve. No se lo imagina—. ¿Cosas de esposos?

Habla igual que Mia, así que vuelvo a reírme. ¿Cómo es que mamá tuvo tres hijas? No debe ser tan inocente. Yo asiento y enseguida su expresión de angustia cambia.

—Emily Malhore. O, más bien, Emily Lacrontte —se acerca a mí, me abraza y me acaricia el cabello y luego la espada—, será mejor que te pongas una bufanda, porque, si tu papá te ve, será difícil que se lo expliques y que él lo entienda. Tampoco dejes que Mia las vea.

Se separa y vuelve a mirarme el cuello. Esto es insólito para ella. No quiero ni imaginar lo que tiene en la cabeza ahora mismo.

—Ay, niñita —se queja—. ¿Cómo puedes hacer esas cosas?

—Olvide el tema, por favor. Distráigame, cuénteme cualquier otra cosa. ¿Cómo está Liz?

—Muy embarazada. Pronto tendrá a su bebé y quiere que estemos con ella en Palkareth.

—No esperaba otra cosa.

—Tu padre también quiere ir. Mia, en cambio, no quiere regresar a Mishnock. Todos los días pregunta cuándo se volverá lacrontter. La idea es irnos en unos días. Entiendo que no es un buen momento, pero ¿podría Mia quedarse contigo mientras estamos fuera?

—¿Y si yo quiero ir con ustedes?

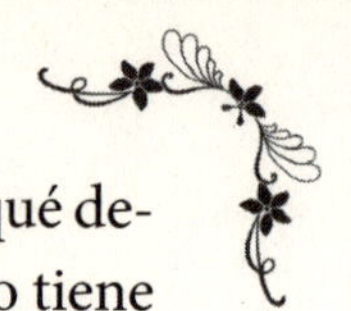

Suspira y baja la mirada. Da la impresión de que no sabe qué decir o, más bien, de que sabe que la respuesta me va a doler. No tiene que decir nada más. Imagino de qué se trata.

—Liz no quiere verme —deduzco y ella vuelve a mirarme, compasiva, casi con lástima.

—Amor, Lizzy te ama.

—No adorne su rechazo, por favor.

—Es que se le ha metido esa idea tonta de que te casaste con el enemigo de su esposo. Hemos tratado de hacerla entrar en razón, pero no quiere verte. Dejemos que se le pase, ¿sí? —me pide, tomándome de las manos—. El embarazo no es sencillo. Puede que, cuando termine, vuelva a ver la situación con claridad.

—¿Y si no? ¿Y si me sigue despreciando?

La extraño tanto. Es mi hermana, mi primera amiga. Detesto la distancia y la frialdad en la que nos hemos refugiado. Quiero saber de ella, hablar como antes, visitarla, sentirla. Es doloroso, porque la amo y, aunque lance palabras contra mí o contra Magnus, no podría dejar de quererla. Ella es tan valiosa como la corona de Lacrontte.

—Amor, yo las crie a ambas. Sé que en el fondo no pueden vivir la una sin la otra. Se reconciliarán. Te lo aseguro.

Yo no estoy tan convencida.

* * * *

La única que faltó en la cena fue mi hermana mayor. Mia llegó primero y papá unos minutos más tarde. Vernos a los cuatro sentados en la mesa del comedor me transportó a nuestra antigua vida en Mishnock, antes de Magnus y de Stefan. Fue como revivir una fotografía del pasado familiar. Las risas, las voces, la rutina sencilla. Sentí que podía respirar otra vez, que no tenía que fingir estar bien, porque ahí, entre ellos, podía dejar caer el peso sin miedo a que se rompiera algo.

—¿Esa bufanda es mía? —cuestiona Mimi con las manos en la espalda una vez que entra a su alcoba, la cual estoy invadiendo. Mamá preparó un dormitorio para mí, pero prefiero molestar a mi hermanita por hoy.

—Espero que no te moleste. La devolveré.

—Claro.

Camina igual que un cangrejo, rodeando la cama para no darme la espalda. Se detiene justo contra su armario, como si no quisiera que descubriera lo que tiene allí.

—¿Peleaste con Magnito cuñadito?

—¿No puedo pasar la noche contigo sin que sea sospechoso?

—Dime la verdad.

—No sé si debería responderte. Se nota que lo quieres mucho.

—No más que a ti.

Sonrío. Si Mia supiera que daría mi vida por ella.

—En ese caso, sí. Las parejas discuten a veces.

—Pues está abajo y quiere verte.

Me levanto de golpe de la cama. Me quedo unos segundos quieta, apretando las sábanas con las manos, tratando de ordenar el torbellino que tengo en la cabeza. ¡Vino! Parte de mí quiere correr a verlo, abrazarlo, pero la otra, la que aún sangra por lo que pasó, me ordena que no. Respiro hondo, pongo la mirada en la puerta y, aunque la voz me tiembla, le digo a Mia que no bajaré.

¿De verdad? Se ve muy culpable. Si le pides que cambie el nombre de la ciudad por el tuyo, yo digo que lo haría.

—Me gusta que se llame Mirellfolw.

—También podría llamarse Mialópolis.

—Ya, Mia. Solo dile, por favor.

Su respuesta es una risa cómica. ¿Se lo inventó? ¿No vino?

—Ya se fue. Te dejó esto.

Extiende las manos y me da un libro de cuero marrón medio desgastado. Eso era lo que escondía detrás de la espalda. Lo tomo y casi lo suelto al ver el título en la portada: *La historia del soberano.*

—Dijo que lo leyeras hasta el final. Ya yo lo hice.

¿Por qué no me sorprende?

Hojeo las páginas del cuento corto y leo cada palabra como si fuera agua de sal, hasta llegar a la última, en donde el párrafo final ha sido tachado, reemplazando «El soberano y la afortunada joven vivieron felices para siempre» con un desenlace alterno, escrito a mano, en el que se lee:

Ahí, en medio de la sala, el rey supo que el amor no estaba frente a sus ojos, que había llegado hasta allí confundido, indiferente. Y tuvo la certeza de que la verdadera razón de su existencia se encondía lejos de sus tierras, entre las filas enemigas, sosteniendo la bandera del pueblo que tanto despreciaba, y tal revelación le amargó el alma. No quería ceder, no quería doblegarse ante una rival, aunque en el fondo sabía que era inevitable. Caminar entre el campamento adversario lo llamaba. Ella lo atraía igual que la chispa al fuego. Él sabía que ella podía quemarlo y, aun así, deseaba arder. No conocía su nombre ni el sonido de su voz, pero sabía que lo esperaba y tenía que encontrarla, porque, donde fuera que estuviera, ella también vivía al lado de la persona equivocada. Aquella desconocida le pertenecía, era tan suya como la sangre es de la guerra, y no podía permitir que nadie se quedara con su sanadora.

Él la buscó, la halló y la hizo su esposa. Se incendió, tal como lo predijo. Se la robó al enemigo y le dio una nueva bandera. Ahora conocía su nombre y el sonido de su voz. Se encargó de hacerle saber al mundo que era suya, que él había ganado, que nadie podía quitársela jamás. Ahí, en medio de la sala, con esa nueva mujer al frente, supo que el amor estaba frente a sus ojos y que había llegado hasta ahí, lúcido, enamorado.

Ramé = R de reinos, A de amor, M de Magnus y E de Emily.

Para mi Emilia, la historia en la que el caos se enamoró de la divinidad y la luz se apoderó del oscuro corazón del soberano.

Despreciable. Eso es lo que es.

Suelto el libro y me muerdo el labio inferior para no llorar. Mia se burla, con otra de sus risas traviesas, las mismas que he aguantado cada vez que se mofa de mí. Magnus va a volverme demente. ¿Por qué no se quedó para poder pedirle que se fuera? Quiero decirle cuánto lo odio mientras lo abrazo. Quiero escuchar su voz hasta que me quede dormida después de implorarle que no me dirija la palabra. ¿A quién engaño? Lo amo, y cómo lo amo. Lo amo más que a a cualquier otra persona. Lo amo tanto que es doloroso y no quiero que sea así. Lo amo como nunca he amado a un hombre y como sé que jamás volveré a hacerlo. Lo amo mil millones de veces, lo amo pese a que representa lo que rechazo. Lo amo porque es mío, porque me impacienta, porque me fastidia, porque nací para él. Lo amo, lo amaré por el resto de mi vida y solo ruego que él me ame también.

* * * *

Mi hermana ya descansa, metida debajo de las sábanas sin la menor preocupación. Yo, por el contrario, estoy perdida en mis pensamientos y las ganas de dormir están a kilómetros de distancia. Doy vueltas en la alcoba, caminando de un lado a otro mientras leo la nota que cayó del libro poco después de que terminé de leer la declaración de Magnus. Es sencilla y directa. Es la razón por la que esta noche no insistió.

Emily,
Mañana pasaré a buscarte a las ocho en punto.
Hay un lugar al que quiero llevarte. No te resistas
y acompáñame. Te aseguro que valdrá la pena dejar
el rencor en el pasado.
Tu esposo,

Magnus VI Lacrontte Hefferline
P. D. Es extraño estar sin ti. Te quiero.

—Hija. —Escucho a papá detrás de la puerta—. ¿Puedo pasar?

Voy a la entrada y abro la puerta. No trae su ropa de dormir; al contrario, parece que está preparado para salir.

—¿Cómo supo que estaba despierta?

—Puedo oír tus pasos desde nuestra habitación. ¿Ocurre algo de lo que quieras hablar? —pregunta y niego con la cabeza—. ¿Te gustaría ir a la perfumería y crear algo juntos como en los viejos tiempos?

Esta vez asiento. Mi padre es el primer hombre de mi vida y jamás pensé que tendría que compartir espacio con otro hasta que llegó Magnus y se instaló a sus anchas en mi corazón. Me pongo los zapatos y me cubro con un abrigo de mi madre. El frío hace de las suyas cuando pisamos el umbral y todavía más cuando seguimos adelante.

—¿Caminaremos? —pregunto, deseosa de que sea así.

—Si es lo que quieres.

—Lo necesito.

—Entonces, en marcha, mi niña. No hay nada mejor para un corazón dolido que una mente distraída.

Ninguno de los dos se sorprende al notar que un grupo de guardias poco discretos nos siguen en la penumbra. Las calles están solas y ellos se mantienen vigilantes. No nos piden explicación sobre nuestros planes, pero tampoco piden autorización para acompañarnos. Ventajas y desventajas de ser reina.

La luna colorea el cielo de Lacrontte; unas nubes espesas la ocultan por momentos. Las casas pálidas y grisáceas se mezclan a medida que avanzamos. Los cristales de las tiendas sirven como espejos y los edificios altos crean sombras largas bajo nuestros pies. Los custodios se quedan en la entrada cuando llegamos a la perfumería. Puedo verlos a través de la vitrina, me cuidan. Mi padre enciende las luces y todo cobra vida ante mis ojos: los cristales llenos de perfumes, los frascos con pedrería y metales, los escaparates grandes, las sillas de cuero para los clientes, las lámparas vistosas y una mezcla potente de muchos olores que encerrados son una bomba para mi olfato.

—¿Qué tal? —dice mientras se quita su gabán—. ¿Justo como la soñábamos?

Recuerdo la ocasión en la que paseamos por las calles de Mirellfolw y vimos todas las tiendas despampanantes del comercio de esta ciudad, cada una más lujosa que la anterior. Entonces noté el anhelo en la mirada de mi padre por tener algo similar. Hoy es una realidad.

—Mejor, porque es nuestra.

Me observa, como si yo tuviera algo que no había notado antes.

—Tengo enfrente a la reina de Lacrontte. ¿Debería hacer una reverencia?

—No soy digna de su reverencia, padre.

—¿En qué momento pasó todo esto? Eres una mujer casada.

—Por favor, no hablemos de mi esposo.

—¿Estás enojada con Magnus, hija?

—Muchísimo.

—¿Y lo amas?

—Muchísimo.

—¿Qué fue lo que hizo, entonces, para que estés aquí sin poder dormir?

—Ser un idiota.

—Pues no pensemos en ese idiota. Se siente bien decirlo. Es un idiota —repite. Se lo tenía guardado—. ¿Qué quieres hacer? ¿Quizás un Emily II? El primero es aun más famoso aquí que en Mishnock. Creo que una segunda versión aumentaría las ventas.

—Tengo en mente algo mejor. ¿Tiene pimienta negra?

Mi padre asiente y yo sonrío. Me siento tonta por querer hacer esto.

—¿Alquitrán de abedul, ámbar gris, madera de agar?

Levanta las cejas e inclina la cabeza. Ya me descubrió.

—¿No soy yo el perfumista? Haremos un perfume de hombre, el cual, supongo, no es para mí.

—¿Qué le hace pensar que no?

—Soy más de cítricos. Sea lo que sea que planeas, hay que suavizarlo con algo. Podría ser cardamomo o sándalo.

—Magnus no es en absoluto suave, papá.

—Cuero reforzado, entonces, para intensificar el lado del alquitrán de abedul, aunque habrá sándalo de por medio. ¿Cómo se llamará?

—¿Lacrontte? —contesto, no muy segura.

—Eso es algo muy genérico. Ponle algo especial.

No hay que pensar mucho. Lo tengo.

—*Ramé.*

28

EMILY

Anoche, papá y yo regresamos tarde. Él cree que podrá terminar el perfume antes de viajar a Palkareth y yo confío que así será. Después de llegar, me lancé a la cama y dormí tanto como pude. Me desperté justo para almorzar con mi familia. Mia chillaba de felicidad al saber que se quedará en el palacio y mamá me apoyaba cada vez que el resto preguntaba por qué no me quito la bufanda. Al parecer no está haciendo el frío necesario para llevar una dentro de casa.

Después, cuando me disponía a subir las escaleras, llamaron a la puerta. Mamá fue quien abrió y recibió una caja grande que traía consigo un guardia del palacio. Desde entonces, la observo. No he sido capaz de abrirla porque la escena me trae recuerdos: esa ocasión en Palkareth, en nuestra antigua casa, cuando Stefan me envió un regalo que deseché y que contenía una nueva identidad para que huyéramos juntos. Hoy estoy otra vez en casa de mis padres, con una caja nueva en frente y tal reminiscencia me forma un nudo en la garganta. Si la vida quería darme un don, ¿por qué escogió el de atraer hombres que solo me hacen sufrir?

Falta una hora para la cita con Magnus y yo todavía no me decido. Me miro el anillo, nerviosa, como suplicándole que hable. Y entonces sucede: habla. No literalmente, por supuesto, pero recuerdo la palabra escrita en el aro, la que pronuncié justo ayer. Respiro,

suplicando que este matrimonio sea más hermoso que caótico, y, con miedo, levanto la tapa. Hay algo de encanto en el dramatismo, supongo. Lo primero que veo es un vestido. Es grande. Cuando lo saco, noto que es pesado. Es de un precioso rojo intenso que lleva el nombre de Magnus como quien lo eligió. Tiene un escote recto que cae en pliegues anchos sobre los hombros y un corsé adornado con pedrería bordada en forma de pequeñas hojas que lo hacen brillar. La falda es amplia y fluida, con una cola larga que cae hasta el suelo, con un aire sofisticado. De reina. Debajo hay un par de sandalias altas doradas y una caja pequeña transparente con una nota pegada al costado. No hay que abrirla para descubrir de qué se trata. Es el collar que Magnus me obsequió, el diamante rojo.

Vuelve a usarlo. Fue diseñado para ti.
Tu esposo

Parece que alguien encontró una forma favorita de firmar las notas.

Me ducho y me arreglo, peleando con las capas de tela y la altura de los zapatos. Después, me pongo frente al espejo y ahí, de pie, me doy cuenta de que este no es solo un vestido; es su mirada, su sonrisa al verme, su forma de hablarme. El rojo no está entre mis favoritos, pero entiendo por qué es el suyo. Me siento luminosa, viva, como si cada latido de mi corazón se reflejara en ese carmín. Parece que me vuelvo más segura, más atrevida, más yo, aunque también un poco suya.

Cuando el reloj marca las ocho, bajo las escaleras con cuidado de no tropezar con los tacones y la cola del vestido. El corazón me late un poco más rápido. En el momento en que pongo un pie en el último escalón, veo a mis padres y a Mia en la sala. Los tres ponen su atención en mí, sorprendidos.

—Mi niña, ¡mírate! —exclama mamá—. Ese vestido te queda precioso.

Papá, que rara vez opina de ropa, deja el periódico a un lado y asiente con un gesto solemne. Mia, por su parte, aplaude y vitorea como si fuera jueza en algún concurso.

—Magnito cuñadito tiene buen gusto.

—¿Lo dices por mí o por el vestido?

—Ambos.

Un calor agradable me sube por las mejillas. Esta escena es extraña, como si fuera un mundo paralelo en el que él y yo apenas nos estuviéramos conociendo y viniera a buscarme a casa para una primera cita. Se supone que nos habíamos saltado esa etapa.

De repente, escuchamos que golpean la puerta y el cuerpo se me pone frío. Si antes sentía hormigueo por debajo de la piel, ahora lo siento incluso por fuera. ¡Llegó! Mia se adelanta a abrir, más emocionada que yo. Al verlo en la entrada, se abraza a sus piernas igual que una garrapata y no lo suelta por los siguientes quince segundos.

—Magnito cuñadito. ¿Qué me trajiste?

Él no es el más feliz por la euforia de mi hermana, pero tampoco la hace a un lado. Se esfuerza. No sé si es porque en el fondo le agrada o porque mis padres están al frente.

—Un gusto verte también, niña —dice él antes de levantar la vista.

Cuando me encuentra con la mirada se queda rígido y, por un momento, casi me río. Los ojos se le encienden y una sonrisa se le escapa. Tiene en la cara una mezcla de orgullo, deseo y satisfacción por verme justo como me había imaginado. El ambiente parece haberse paralizado. Nadie dice nada, respiramos en medio de un hechizo que se rompe únicamente en el momento en que Magnus se da cuenta de lo transparente que es. Ahí desvía la mirada hacia otro lado, pues sabe que mi familia lo está observando.

—Señor Malhore —saluda después de aclararse la garganta—. Señora Malhore.

—Majestad —mis padres responden al unísono con una reverencia.

Tendré que pedirles que ya no hagan esas cosas frente a él.

—Magnito —mi hermana vuelve a interrumpir. Lo toma de la mano y lo jala hacia abajo, enérgica—. ¿Es verdad que si Emily te pide que cambies el nombre de Mirellfolw por el suyo lo harías?

Noto las ganas de Magnus por soltarse, pero, de nuevo, no lo hace.

—Eso sería complicado, aunque no imposible.

—¿Ves, Mily? Te dije que sí lo haría.

—¿Así lo deseas? —me pregunta, como si de verdad lo estuviera considerando.

—Por supuesto que no —digo, medio ofendida—. El egocentrismo no es lo mío.

—Tienes una estatua —me recuerda. —Detesto que siempre tenga una buena respuesta con la cual contradecirme—. Señores Malhore, ¿ya han ido a verla?

Me vuelvo hacia ellos y los dos asienten, orgullosos, mientras que yo solo quiero desaparecer. ¿Por qué esto me causa tanta vergüenza?

—Falta la mía —se queja mi hermana.

—Hija —mamá la reprende—, ¿puedes venir, por favor?

Cuando por fin se siente libre, vuelve a mirar en mi dirección. Lo conozco. Le incomoda que lo toquen.

—Esposa. —Me extiende la mano y, con cierta resistencia, la tomo.

—Magnus.

—Puedes hacerlo mejor —susurra cuando estoy a su lado—. Por ahora, lo aceptaré. Vamos. Hay un lugar que quiero mostrarte.

Ni siquiera voy a intentar imaginar lo que ha planeado.

* * * *

No sé a dónde nos dirigimos y tampoco pregunto. Él parece emocionado. Mira su reloj de bolsillo y luego a mí. Mucho más a mí. No me quita la mirada e incluso parpadea menos, como si prefiriera irritarse los ojos antes que perderse un microsegundo de mi presencia.

—No quise decirlo frente a tu padre, pero luces majestuosa.

—Sí. Lo vi en tu cara al llegar —digo sin mirarlo—. El vestido es hermoso, por cierto.

—Como yo.

Su altivez no debería sorprenderme a estas alturas.

—Pensé que el halago sería para mí.

—¿No decías que no eres egocéntrica? —apunta—. Deberías aprender a ser un poco más humilde, así como yo.

Está particularmente de buen humor. Los chistes no son algo que tenga entre sus líneas de conversación y me preocupa cuando está demasiado feliz después de hacerme enojar. La última vez que le vi este optimismo lo dejé de pie en el patio del palacio esperando un abrazo.

—Jamás te había recogido en tu casa.

—Nos saltamos muchas partes. Fuimos directo al matrimonio.

—¿Te arrepientes?

En ocasiones. Y no porque no lo ame, sino por las circunstancias que nos llevaron a casarnos. No quería que mi pedida de mano estuviera ligada a un favor.

—No siempre. Solo cuando arruinas las cosas.

—Espero poder mejorarlo esta noche.

Desde la ventana reconozco el lugar al que hemos llegado. Es aquel edificio en el que se llevó a cabo la ceremonia de compromiso de la reina madre. Me vuelvo hacia él, de golpe, y me doy cuenta de que tiene una seda en las manos con la que juega, impaciente. ¿De qué se trata este disparate?

—¿Qué hacemos aquí, Magnus?

—Lo descubrirás adentro. Ahora necesito que confíes en mí, porque debo vendarte los ojos.

Me doy la vuelta, aceptando. Ya estamos aquí y no voy a poner obstáculos. Quiero saber qué planeó y por qué tanto misterio. Él me ayuda a bajar del auto y me guía por las escaleras que van rumbo al pórtico. No puedo ver más que oscuridad, pero siento cómo la brisa cambia, cómo se detiene el aire y el frío merma. Estamos adentro. El sonido de nuestros pasos rebota contra las paredes de lo que parece un corredor vacío. Siento sus manos en un hombro y en la cintura, me enseña el camino como un pastor a una oveja. Escucho una puerta abrirse y siento la respiración de Magnus sobre el cuello cuando se inclina a susurrarme:

—Espero que esto esté a la altura de lo que soñabas.

Desata el nudo detrás de mi cabeza, la venda cae al suelo y yo me quedo sin voz. Delante de mí, el salón en el que estuve en esa ocasión, junto a mi familia, se ilumina, brillante y divino. Mis ojos no saben en dónde detenerse. El lugar está lleno de cientos de flores suspendidas en el aire, como si hubieran decidido quedarse flotando solo para mí. Están sujetas a un lazo delgado, casi imperceptible. El aire está impregnado con el aroma dulce de las rosas y el herbal de los tallos recién cortados. Hay una mesa en el centro, rodeada por las flores colgantes e iluminada por una luz directa. Encima tiene un par de copas de cristal con vino tinto. Hasta allá me lleva el rey de Lacrontte. Mueve la silla para que pueda sentarme y, con el corazón desenfrenado, me acomodo. ¿Cómo tuvo esta idea? ¿En qué momento? La sorpresa me cala los huesos y la emoción me inunda los ojos. Lo miro. Es incapaz de ocultar su felicidad. Le estoy dando la reacción que quería.

—¿Por eso el vestido rojo?

—En realidad, fue al revés. La decoración hace juego con el vestido, aunque no con esa horrorosa bufanda amarilla.

Se tardó bastante en comentarlo. Aquí no tengo que fingir. Me la desenvuelvo del cuello y la dejo a un lado. Las marcas ya no son tan visibles, pero quedan algunas por ahí que quizás me habrían ganado un par de preguntas que no deseaba contestar.

—Ya veo. —Sonríe, dejándome ver sus hoyuelos—. No me arrepiento.

Yo tampoco.

—¿A qué se debe todo esto? —cuestiono, directa. No voy a olvidar mi rabia por una decoración linda.

—Vamos a hablar sobre lo mucho que lo siento.

—Eso lo dijiste ayer. ¿Qué lo hace diferente hoy?

—Sé que crees que lo seguiré arruinando, y es probable. Soy el ser más imperfecto que conocerás, pero estoy tan enamorado de ti que siempre intentaré arreglarlo.

—La peor manera de empezar un discurso de disculpas es asegurar que lo volverás a hacer.

—Soy honesto, Emily. De verdad lamento lastimarte.

—Solo quiero que me contestes una cosa: ¿cuántas veces tendré que escuchar este mismo mensaje? Porque voy a cansarme, Magnus. Te quiero, pero todo tiene un límite.

El silencio reina entre ambos. Necesitaba sacarlo pese a que él no quería escucharlo. Magnus detesta que se le impongan, que lo condicionen. Inclina la cabeza hacia un lado y hacia el otro, incómodo, como lo hace cada vez que se niega a sonreír, aunque es obvio que esta vez no hay sonrisa de por medio. Bebe de su copa con urgencia para luego bajar la mirada. Le golpea el orgullo que le hable así.

—¿Sabes cuál es la cosa que más odio en mi vida? —pregunta con una ira que no logra esconder.

No contesto. Estudio su lucha interna. Está enojado, pero no conmigo, sino consigo mismo y con lo que siente por mí. En sus ojos hay una sombra distinta: el dolor. Como si mi advertencia lo hubiera atravesado donde más podía herirlo.

—No sé si te vaya a gustar escuchar esto —inicia y vuelve a quedarse callado por unos segundos—. El amor es doloroso, Emily. Y no hablo de crueldad o engaños, no hablo de golpes ni de faltas de respeto. Hablo de la vulnerabilidad a la que te sometes cuando quieres a alguien. Yo no la conocía, no en el sentido de amar a una mujer. Tú me la enseñaste, y duele.

—¿Tratas de decir que es mi culpa?

—Nunca diría una cosa semejante. A lo que me refiero es a que no es perfecto. Duele en la espera, en los silencios, en las dudas, en la idea de perder lo que se quiere, y solo Dios sabe cuánto te quiero. El amor es doloroso, pero no por eso deja de ser amor.

Entiendo y al mismo tiempo no.

—Magnus, no sé qué intentas que vea. No quiero que lo nuestro duela de ninguna manera.

—Pues lo hará. Es parte de querer a alguien. El dolor siempre va a estar ahí, esperando un momento para inmiscuirse. Si yo muero, te dolerá. Si tú enfermas, me dolerá. Si estamos distanciados, dolerá. Si una mañana te doy los buenos días y olvido darte un beso, te dolerá.

Si me dices que te cansarás de mí, si sigo arruinándolo todo, dolerá. Si me equivoco, te dolerá. Si me dejas, me matarás.

Lo comprendo. De alguna manera. Lo entiendo, no como una queja, sino como una confesión. Comprendo que él no está diciendo que amar sea una tortura, sino que es inevitablemente frágil, que el mismo amor que nos une también puede desgarrarnos en cualquier instante. No habla desde el orgullo ni desde la dureza, sino desde la herida que implica querer tanto.

—¿Y eso cómo se relaciona con que no quiero que lo sigas arruinando y luego busques una manera bonita de disculparte para luego arruinarlo de nuevo?

—Justo eso. Que me creas cuando te digo que lo siento, que me esfuerzo en no dañarte y que, por favor, no vuelvas nunca a decirme que te cansarás de mí. Entiendo que no puedas entender a lo que me refiero. Hemos vivido cosas distintas. Yo he visto la vida de otra manera, desde el lado más violento. Y sé que eso no justifica mis errores, por eso no intento expiar las heridas que he causado con las que me han hecho. Eres mi mundo entero, no sé si lo has notado. Tú corres y yo voy detrás de ti. Te detienes y yo me pongo a tu lado. Quizás a veces me adelanto y crees que te dejo atrás, pero jamás lo haría. No daría un paso más si eso significa abandonarte en el camino. De verdad, con toda mi alma, Emily, lamento haberle dado paso al dolor en nuestra relación. Te juro que lucho por no volver a permitirlo.

Siento que este momento se quiebra en mil pedazos, como si se esfumara toda crítica, todo reproche y solo se mantuvieran sus últimas oraciones. Sus palabras entran en mí igual que un río desbordado y llenan cada rincón vacío que alguna vez creí imposible de habitar. ¿Qué puedo decir? Lo amo, y tiene razón: duele.

—¿Crees en mí? —pregunta, esperanzado.

—Muy a mi pesar.

Se levanta y me extiende la mano para ayudarme a ponerme en pie. Lo sigo, porque veo la necesidad en sus ojos. No me suelta y no deja de mirarme. Parece nervioso, aunque jamás lo admitirá.

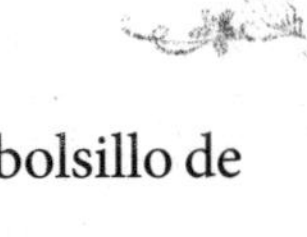

—Magnus —lo llamo cuando lo veo buscar algo en el bolsillo de su pantalón—, ¿qué haces?

Al fin sonríe, y cómo me encanta esa sonrisa.

—Cumplir la promesa de darte todo aquello que quieras.

Empieza a descender ante mi vista incrédula y una vez más se arrodilla. El mundo se detiene y las piernas se me vuelven ligeras. El corazón me golpea tan fuerte que cada latido es un eco mezclado con un vértigo insoportable. Magnus me mira con esos iris verdes, profundos, brillantes. Lento, saca una caja azul oscuro y levanta la tapa sin quitarme su atención. Dentro hay un anillo completamente diferente al que me dio la primera vez, pero tan mío que grita mi nombre. Es una sortija en forma de flor, con gemas que se asemejan a pétalos puntiagudos rosados y pequeños pistilos, todo sobre un aro intricado con diseños de ramas. No es de cerezo, es de durazno.

—Emily Ann Lacrontte Malhore, te amo.

El cuerpo entero se me estremece y siento un vacío en el estómago. Juro que estoy cayendo en picada desde lo alto de una montaña. El aire se me queda atrapado en los pulmones y cualquier duda, cansancio o miedo se esfuma. ¿Acaso escuché bien o es una fantasía de mi cabeza? Porque claro que quiero que me lo diga. Yo lo estoy amando con tanta intensidad que me muero por gritárselo, pero vivo con el miedo de que sea un sentimiento que solo yo haya cosechado.

—¿De verdad me amas?

Quiero que lo repita. Que se quede el día entero diciéndolo, si es posible.

—Estoy seguro de que nací para amarte, Emily. Y lo hago. Te amo.

No sé si sonreír, llorar o lanzarme a sus brazos. Solo sé que dentro de mí un murmullo se repite una y otra vez: él me ama, me ama de verdad. Las palabras se diluyen en mi boca por la impresión. Nunca me imaginé que el amor pudiera caber en dos pequeñas palabras y sentirse tan inmenso como el océano.

—Emily —retoma—, te amo con cada parte de mi alma. Lo sé desde hace un tiempo y estoy seguro de que lo supe en el momento en que te vi. No lo noté, por supuesto. Mi mente no dimensionó lo que ibas a significar para mí y fui un idiota, quizás lo sigo siendo. Pero si hay algo en lo que coinciden mis versiones del pasado, del presente y del futuro es en que te quiero cerca y te quiero mía. Tú eres la respuesta a cada noche de insomnio en la que me preguntaba por qué seguía con vida, por qué no había muerto ese día, por qué ellos y no yo. Siempre creí que mi único objetivo era vengarme. Ya no lo es. Emily, podría decirte tantas cosas que este discurso se extendería por horas, pero prefiero usar esas horas para demostrarte lo mucho que te amo y que te necesito. Sé mi esposa hoy, mañana y hasta el día de mi muerte. Y si es posible, sé mía aun cuando nuestro tiempo aquí haya expirado, sé mía en todos los universos incluso cuando este ya no nos sea suficiente.

Las lágrimas me nublan la vista. Cada frase me desarma más que la anterior. Me lanzo a sus brazos y caigo de rodillas en el suelo junto a él. Lo rodeo con fuerza, escondiéndome en su cuello. Las manos me tiemblan mientras me sostengo de su cuerpo, buscando fundir su pecho con el mío.

—Por favor, di que sí —murmura en un tono preocupado.

—Claro que sí. Mil veces sí.

Es como si estuviéramos en medio de una avalancha, aferrados el uno al otro. ¡Lo amo tanto! Amo cada cosa que hace y dice, amo su voz y su silencio, amo su risa y su ceño fruncido, amo cómo camina y se detiene, cómo se sienta y se levanta, cómo respira y duerme, cómo se despierta y se acuesta. Lo amo entero, amo que sea mío y amo que me ame tal como yo a él. Esto es lo que deseé desde que tengo memoria y por fin lo obtengo. ¿Quién habría dicho que el amor de mi vida sería justamente el hombre en el que no debía fijarme?

* * * *

El automóvil nos lleva de regreso al palacio. Avanza despacio, tal como Magnus lo pidió. Yo me muevo hasta sus piernas, acomodándome

en su regazo. Lo quiero cerca, muy cerca, y no deseo soltarlo hasta el amanecer.

—¿Puedo preguntar por qué escogiste una flor de durazno? —inquiero, mirando la sortija.

—Porque el significado de la flor de cerezo no fue mi favorito.

—¿Eres un hombre de significados?

—¿Te das cuenta de las ridiculeces que hago por ti? Pensé que podría ser algo de ambos. El diamante azul fue por ti; este es por los dos.

—Porque te gustan los duraznos —deduzco.

—Y a ti las flores.

Tiene un punto. Eso lo hace mucho más especial.

El transporte se detiene, anunciando que hemos llegado, y con mucha reticencia bajamos para volver a la realidad. Magnus me pide que vaya a su habitación, que me quede con él no solo esta noche, sino todas, pero, pese a la confesión de hoy, no acepto. Primero debo decidir algo importante.

—Emily Lacrontte —saluda Lorian en el pasillo cuando subo al tercer piso—. Volviste.

Me mira de arriba abajo como si buscara en mi cuerpo la razón de mi ausencia.

—¿Me extrañaste? —pregunto para que deje de estudiarme.

—Demasiado. Sin ti esto fue un caos.

—¿En qué sentido?

—Los guardias. ¿No ves todas las caras nuevas? Magnus llegó como un demente y los reunió. No sé qué ocurrió, pero esta mañana llegaron otros. Los rotaron a todos.

Ni siquiera lo noté. Estoy tan embelesada que mi alrededor solo es un borrón disperso en este instante. Miro hacia mi puerta y veo, igual que siempre, a dos guardias de pie; sin embargo, son dos caras que desconozco completamente. Me vuelvo hacia el pasillo y observo a los custodios hasta donde puedo distinguirlos. Lorian tiene razón. Son diferentes.

—¿De qué hablas?

—Me preocupa la comunicación en tu matrimonio, Emily.

Es fastidioso que sea tan evidente para cada persona en la Tierra. Finjo que se lo preguntaré a Magnus más tarde, como si de verdad fuera fácil hablar con él. Espero que después de lo de hoy sus murallas se derrumben al fin.

—No preguntaré qué pasó en Cromanoff, porque es evidente que no quieres hablar de eso, así que aprovecharé antes de irme.

—¿Te irás?

—Ya terminó la construcción en el palacio. En su mayoría, al menos. Es hora de partir. Se suponía que venía aquí a trabajar, cariño. Y ustedes son un matrimonio. No necesitan que un tercero merodee por aquí.

—No eres un estorbo.

—Eso espero. Me llevo los vestidos de Vanir para el día en el que los necesitemos. Iban a tirarlos y yo me interpuse. Son ridículamente pesados.

—¿Qué harás en Dinhestown? —Cambio el tema. No me gusta hablar de esa mujer—. ¿De verdad jamás regresarás a Cristeners?

—Lo que sea que tu esposo me ordene. Y no. Prefiero morir a casarme por obligación. Pero nos desviamos. ¿Te puedo consultar un asunto?

Se estaba tardando. Sabía que esta conversación tenía un trasfondo.

—Por supuesto.

—¿Qué vino a hacer Stefan aquí? Por más que se lo he preguntado a mi hermana, no ha querido decírmelo.

—Quizás haya una buena razón para ello. ¿No lo crees?

—Vamos, Emily. Estoy preocupado. Amo a mi hermana y no quiero que ese imbécil la lastime.

—¿No te agrada Stefan?

—En lo absoluto. Así que, por favor, dime. Y si no puedes, al menos júrame que no vino a pedirte una segunda oportunidad. Lerentia no se merece eso y mucho menos en su estado.

Se me calientan las orejas cuando mis alarmas se encienden. ¿Estado? ¿Qué estado?

—¿Lerentia está...? —No termino la oración. No me afecta, por supuesto, es solo que no esperaba la noticia.

—¿Embarazada? —concluye por mí—. Sí, desde hace un tiempo.

¿Qué tanto? Es decir, ¿desde antes de casarse? Porque, de ser así, Stefan es el hombre más hipócrita del universo.

—¿Este año?

—Sí, creemos que desde inicios de este año.

Vida mía. Eso quiere decir que en mi propuesta de matrimonio ya lo estaba y ¿ambos tuvieron la osadía de mostrarse molestos?

—¿Cuándo se enteraron?

—Sé lo que estás pensando. —Sonríe—. Se dieron cuenta un tiempo después de que te vinieras a vivir aquí con Magnus.

No es un alivio, porque tampoco es una herida. Sin embargo, la situación demuestra el descaro de Stefan. ¿Qué esperaba? ¿Que yo le ayudara a criar a su hijo junto a Lerentia?

—Pues les deseo lo mejor.

—Sé que mi hermana no es tu persona favorita, pero no es tan mala. Desde que tengo memoria, su sueño ha sido ser madre y aun así estuvo dispuesta a darme a su primer hijo para que yo no perdiera mi título como príncipe. Además, hay algo que ambas tienen en común.

—¿Haber salido con Stefan?

—No. A mí. Son muy afortunadas. Te voy a extrañar.

Y, para sorpresa de la Emily de inicio de año, yo también a él.

29

EMILY

Me encierro en mi cuarto, pensativa. No voy a señalar a Magnus por no habérmelo contado cuando su objetivo era reconciliarnos, así que no dejaré que ninguna mala noticia arruine esta noche. La sonrisa no deja mi cara mientras recuerdo sus palabras, su mirada, el anillo. ¡Por mis vestidos! El anillo es precioso. Una pieza única que no sabía que adoraría tanto. Lo miro y me parece irreal. Es una muestra de ambos, de nuestra unión, de lo que somos juntos. Una adrenalina extraña se mueve por todo mi cuerpo. Estoy enérgica y viva. Así se siente, como si acabara de despertar de un largo letargo y estuviera lista para vivir de nuevo. Corro hacia la cama y me subo de golpe. No puedo creer que me lo haya dicho, porque lo hizo y lo repitió. Me ama de la misma manera en que lo amo a él. De esta forma es como debió sentirse la primera vez, como debe sentirse siempre.

Me miro la mano una vez más, temblando de euforia. Ahí está el anillo, brillante y mío. Se me escapa un grito ahogado y después otro hasta que, de la emoción, empiezo a brincar sobre el colchón como lo hacía con Liz cuando éramos unas niñas, rebotando una y otra vez, riéndome sola, gritando sin poder controlar la felicidad que me recorre de pies a cabeza.

—¡Dios mío! —susurro, apretando el puño para ver el destello de la piedra.

Soy feliz. Soy la persona más feliz que existe en el mundo. No había experimentado nada igual, ni siquiera cuando me escapaba a verlo en Cristeners. Creo que es debido a la sensación de seguridad, que sirve de apoyo para todo lo demás. En ese momento no sabía que jugábamos. Ahora sé que no es un juego, que él de verdad me ama de la manera en que siempre he querido que alguien lo haga. Estoy perdida en mi cabeza sin importar lo que sucede a mi alrededor. Y justo cuando giro, en uno de mis tantos saltos, me encuentro a Magnus en la puerta: me mira con una sonrisa burlona. De inmediato me paralizo, pero ya es demasiado tarde. Me vio.

—No digas nada, por favor. —Lo señalo como advertencia.

La felicidad se diluye y se convierte en vergüenza pura. ¡Vida mía! Ojalá existiera la opción de desvanecerse. Siento las mejillas calientes y un frío inclemente que me abraza el resto del cuerpo.

—Adelante, continúa. Que mi presencia no frene tu celebración —se burla mientras se cruza de brazos, recostado sobre el marco.

—¿Qué haces aquí? ¿Por qué entraste?

—Los guardias me avisaron que estabas gritando. Pensaron que te pasaba algo malo.

Me tapo la cara con las manos y me dejo caer sobre el colchón con dramatismo. Esto es todavía peor. No voy a salir de aquí en un año. Se acerca y me descubre la cara. La sonrisa altiva sigue ahí, extendiéndose hasta sus ojos.

—¿Me lo vas a decir o tengo que esperar? —inquiere, inclinado hacia mí.

—Por hacerme pasar esta vergüenza, tendrás que esperar.

—Ven a dormir conmigo.

—No creo que pueda mirarte a la cara por un tiempo, Magnus.

—Siempre queda el cuello. ¿De verdad no vendrás?

—Prefiero lamentarme a solas porque me has descubierto.

—Bien. Te dejaré con tu fiesta. —Me suelta, pero no se va—. Te amo. Ya sabes, un estímulo para que sigas celebrando.

Justo tenía que enamorarme del más arrogante.

* * * *

El reloj avisa que son las once de la noche y yo aún no puedo creer que me haya propuesto matrimonio de nuevo y mucho menos que me haya descubierto festejándolo. Estoy recostada en mi cama, sin una pizca de sueño, mirando al techo como si él pudiera darme la receta para dormir. Miro a un lado, a la puerta que da al vestidor, indecisa y nerviosa. Entonces me levanto, camino hacia el lugar donde se esconde algo que había decidido olvidar y reviso las gavetas en las que guardé aquellas prendas que me dieron para la noche de bodas. Paso los dedos por la tela y me maravillo ante su suavidad. Viajo de color en color, dejando a un lado las diminutas prendas ocres, negras y azules, para detenerme cuando alcanzo un tono rojo que se oculta en el fondo.

Lo saco y lo detallo con un cosquilleo en el estómago. Quizás este color ya no me resulte tan indiferente. Se trata de tres piezas. La parte de arriba es un corsé con varillas y transparencias acompañado de una pequeña falda que esconde algo todavía más pequeño. Es precioso. Por simple curiosidad, empiezo a desvestirme para probármelo. Los broches me toman tiempo y peleo con ellos más de lo que me gustaría. Y la falda... bueno, no recuerdo haber estado nunca vestida con algo que mostrara mis piernas.

Voy al espejo y me quedo un rato mirándome sin saber qué pensar. Jamás había usado una cosa parecida. Todo es nuevo. Cada sensación, color, experiencia me encanta. El corsé se ajusta a mi silueta como si hubiera sido creado para mí, delineando cada curva de mi cintura. El contraste del rojo contra mi piel me hace sentir poderosa, femenina, casi hipnótica. Paso las manos suavemente por la falda y sonrío. Es como si fuera otra persona. Más atrevida y decidida. Me despeino para que el cabello tenga volumen y lo traigo al frente para que me cubra las mejillas carmín. Me siento linda, pero no solo en el sentido superficial; es como si esa prenda sacara a la luz una parte de mí que siempre estuvo apagada.

Me aproximo al armario después de salir del encanto y tomo un abrigo para cubrirme del frío que me consume y, si es posible, de la idea que se ha formado en mi cabeza. Agarro unas sandalias altas, pero me arrepiento de inmediato, me parece demasiado. Corro luego hasta mi tocador y tomo el perfume, rociándome un poco detrás de las orejas y en las muñecas. Froto las manos con nerviosismo al caer en la cuenta de lo que voy a hacer y lo que quiero que pase. ¿Qué tal si está dormido o si está de mal humor? No, no creo. ¿Será que debo ponerme alguna joya o será un estorbo? Decido no usar nada y solo humectarme los labios, pero inmediatamente me surge una nueva duda. ¿Debo maquillarme o quedarme al natural? Bueno, supongo que lo segundo, porque me voy a agitar... Es decir, si es que al final hacemos algo, porque en realidad no sé si él quiera. Creo que debo inventar una excusa, ¿no? Puede que Magnus no tenga ganas y me pregunte para qué fui a su habitación. ¿Será que llevo un libro y si nada surge leo? No, eso es estúpido. ¿Por qué iría a su alcoba a leer? Solo le diré que quería hablar y sacaré algún tema en el momento. O quizás lo mejor sea quedarme aquí y no intentar nada hasta que tenga ochenta años. Las últimas veces que hemos tenido algún tipo de encuentro él lo ha arruinado al día siguiente.

Sin embargo, mientras sopeso mis opciones, ya me encuentro caminando hacia la alcoba de mi esposo.

Al llegar, los guardias en la puerta me dejan pasar sin decir una palabra y justo ahí lamento que tengan la orden directa de permitirme el paso. Quizás con una pregunta de ellos me habría arrepentido, aunque, en el fondo, sé que no es cierto. Doy pasos hacia el interior con un cosquilleo intenso en el cuerpo. Estoy nerviosa e inquieta. Lo encuentro recostado en la cama, leyendo el periódico. Se sorprende al verme en su habitación, se incorpora y deja el diario en su mesa de noche para poner toda su atención en mí.

—¡Emily! —Suspira, confundido—. ¿Pasó algo?

Niego con la cabeza tras no encontrar las palabras para responderle. Tiene ropa de dormir oscura que se le ajusta en los brazos, insinuando su fuerza sin necesidad de mostrar nada más. Su pecho sube

y baja con calma, como si el tiempo no corriera para él, y el pelo le cae sobre el rostro de una manera rebelde, enmarcando su mirada y dándole un aire varonil, casi salvaje, que me estremece.

—¿Vas a salir? —pregunta al percatarse del abrigo.

Vuelvo a negar lentamente, con una sonrisa estúpida en la cara.

—¿Qué ocurre? ¿Hay algo mal en tu habitación? ¿Quieres cambiarle algo?

—No puedo dormir —contesto al fin.

—¿Te apetece dormir aquí? —inquiere, señalando el lado derecho de su cama.

—Sí.

Y entonces, tomando la valentía que muchas veces olvido que tengo, abro el abrigo y lo dejo caer.

—¡Por todos mis muertos, Emily Lacrontte! —Jadea—. No me tortures de esta manera. Creí que ya habíamos arreglado las cosas. Incluso me disculpé.

Los ojos se le ven ardientes, incapaces de apartarse de mi cuerpo. La respiración se le vuelve más pesada, urgente. Se pasa una mano por el cabello, despeinándoselo más, y sonríe con una mezcla de incredulidad y deseo. Me gusta causar ese efecto en él.

—No sabes lo que me estás haciendo —dice con voz grave.

Se levanta y viene hacia mí con pasos casi felinos, depredadores. Se detiene y me recorre la cintura con las manos, como si no pudiera decidir entre admirarme y devorarme. Su cercanía me envuelve y en su mirada arde un fuego que me hace sentir desnuda mucho más allá de la ropa.

—Estás preciosa —susurra mientras me mira con las pupilas dilatadas.

Se aproxima y me acuna las mejillas para luego inclinarse hacia mí y besarme con avidez. Sus labios son rápidos, desesperados. Lo sigo a mi ritmo. Yo también estoy deseosa por él. Tomo su rostro entre mis manos a medida que las suyas juegan con mi cuerpo, acariciándome la espalda para luego bajar por la cadera.

—¿Estás segura de esto? —pregunta después de alejarse.

Quiere comprobar que no haya duda en mis ojos a pesar del miedo que veo en los suyos ante la posibilidad de que me niegue.

—Muy segura.

Necesito sentirlo; quiero ser suya de la única manera que aún me falta.

Magnus no lo piensa. Lleva los dedos a las copas del corsé y las baja lo suficiente para dejarme los senos al descubierto. Se detiene un instante, contemplándome como si saboreara la espera, antes de inclinarse y rozarme la piel con la calidez húmeda de su lengua. El contacto se convierte de inmediato en un juego tentador en el que muerde y libera una y otra vez hasta arrancarme jadeos que no puedo controlar. Me acaricia con una mezcla de urgencia y calma al tiempo que sus labios se aferran con firmeza a mi pezón izquierdo. Pasa de uno al siguiente, reclamándolos con besos intensos que los dejan hinchados, sensibles.

Sin decir una palabra, me obliga a volverme y me estampa contra la pared. Mi mejilla ahora está contra el frío yeso mientras él me suelta los broches en la espalda. Un estorbo que se muere por erradicar. Siempre disfrutaré que me trate de esta manera. Lo habría creído imposible hace unos meses, pero ahora he descubierto el encanto de ser dominada.

—Me encantan tus senos, Emily —susurra a medida que me da media vuelta—. Y me encanta aún más saber que fui el primero en probarlos.

Magnus desciende, dejándome una línea de besos por el abdomen, hasta quedar de rodillas frente a mí. Se detiene un momento en mi cadera y la mordisquea con suavidad. Toma la cinturilla de la falda entre sus dedos y la baja lento. Ahí vuelve a mirarme, esta vez de pies a cabeza, con las pupilas dilatadas, mientras se relame los labios. Solo hay una cosa que lo separa de mi desnudez absoluta y en ella se concentra.

—Nunca había sentido tanta hambre con solo mirar a una mujer. A mi mujer.

Me besa por encima de la ropa interior, mostrando su necesidad de poseerme. Empieza a desnudarme. La última pieza cae y entonces

él me levanta los tobillos para sacarla y dejarla a un lado. Siento su respiración en la pelvis cuando se acerca. Es impetuoso. Parece que no será capaz de controlarse por mucho tiempo. Sus manos ahora están en mis muslos, inquietas, y, ejerciendo cierta presión, los separa para abrirse espacio.

—Déjame probarte, Emily —dice con la voz ronca.

No espera una señal, porque no la necesita. Me levanta la pierna y la sostiene sobre su hombro. Sin pensarlo, pasa la lengua caliente por mi centro. Al principio es lento, saborea con calma; luego, el ritmo aumenta. Es veloz y voraz. Se prende de mí y lame con avidez, tan entregado como sabe que ambos lo disfrutamos. Lo siento en todos lados, incluso en aquellas partes que ni siquiera sabía que podía tocar. Le tomo el cabello y lo aprieto en un puño mientras gimo. Magnus se mantiene concentrado. Para este punto, no sé si él lo disfruta más que yo. Esto me recuerda a nuestro encuentro en Cromanoff. Solo nosotros, siendo cómplices del placer del otro.

Es hipnótico verlo ahí, entregado, sosteniéndome con fuerza para no dejarme escapar. Cierro los ojos un instante, disfrutando de la manera en que parece adorarme. Puedo sentirlo mirándome desde abajo, tocándome con afán, buscando más de mí, exigiendo lo que quiere obtener. El sonido de mi voz rebota contra las paredes cuando gimo y vuelve a nosotros intensificado. Lo siento succionar mi punto sensible, despacio y luego fuerte. Lo masajea con la lengua para después desplazarse hasta mi entrada y regresar a la posición inicial. Es una ronda satisfactoria que me hace mover las caderas, buscando más, rogando que no se detenga.

El calor crece y se expande hasta que el mundo se reduce al roce de su boca y mis jadeos. Él no me suelta y yo tampoco quiero que lo haga. Los minutos transcurren y su ansia no decae. El calor se me acumula en el vientre mientras Magnus se mueve en torno a mi placer. No va a detenerse hasta conseguirlo. Es lo que le gusta. De la nada, me levanta la pierna con la que aún me apoyaba en el suelo y sostiene todo mi peso en sus hombros. No busca ternura, busca devorarme. Así, encima de él, me siento poderosa, viva, deseada.

Arqueo la espalda cuando siento el final después de un tiempo, como una luz que golpea directo a la cara en medio de la penumbra. Jamás podría acostumbrarme a la sensación. Siempre es nueva, como si se reiniciara en cada encuentro y se volviera más intensa. Me aferro al cuello de su camisa mientras gimo, porque no se detiene. Ahí está, intenso. Ambos obtenemos lo que deseábamos y él lo reclama con recelo, como si alguien pudiera quitárselo. No deja de lamerme y sigue, dominante, bebiéndose hasta el último eco de mi orgasmo.

Lo siento completamente mío, así como siento el calor de su piel y el furor del momento. Siento el cuerpo explosivo entre sus manos y la divinidad de su boca. Se separa por fin, tan agitado como yo. Sus pupilas están todavía más dilatadas y el pecho se le contrae, arrítmico. Yo todavía jadeo mientras me suelta las piernas y me observa. Tengo el cabello pegado al cuello debido al sudor y la garganta seca. Nunca creí que podría alcanzar un placer tan alto con la boca de un hombre. De mi hombre, mi esposo, mi rey y mi señor.

—Magnus —mi voz se oye cansada—, ¿cómo es que…?

Soy torpe. Parezco nublada y no termino la oración. Da la impresión de que no tengo fuerza. Las piernas y hasta el corazón me tiemblan. Quiero que mis días sean así hasta mi muerte.

—Devoción. Fuerte y fiel devoción a ti —contesta, sonriendo.

Nuestras miradas se encuentran mientras habla. Se relame la comisura de los labios, creando una escena obscena que yo admiro desde arriba. Su rostro está húmedo; he creado un camino por su mentón y su boca.

—¿Eres devota a mí? —pregunta, poniéndose de pie.

—Sí. Es lo justo.

—No te escondas en la justicia. ¿Lo eres o no?

—Lo soy.

La respuesta lo complace. Los ojos se le oscurecen y traga fuerte, como si esas palabras lo hubieran golpeado en el pecho.

—Amo cada parte de tu cuerpo y amo que cada parte sea mía —dice cerca de mi boca—. Dime que soy el único con el derecho de comer de ti.

—Magnus.

Su mano viene hacia mi garganta como una advertencia clara. Me estoy alejando de la orden. No era el inicio que esperaba.

—No voy a repetirlo. Contesta.

—El único.

Sin soltarme, me da la vuelta y me obliga a caminar hacia atrás. No me resisto. Doy pasos a ciegas, confiando en que no me lastimará, en que se detendrá antes de que mi cabeza golpee el muro al otro lado de la alcoba.

—Siéntate —ordena y deduzco que detrás está la cama.

Me empuja hacia abajo para que obedezca. Lo hago y me quedo en la orilla, justo a su merced. Él se desabrocha la camisa y la lanza a un lado. Veo su cuerpo: los abdominales marcados, el pecho, las cicatrices que lo recorren, la curva pronunciada de la mandíbula, las venas que le adornan los brazos y el camino hacia la pelvis. Es ahí en donde se queda mi vista cuando él empieza a desabrocharse el pantalón. Me sonríe con esa soberbia que jamás lo abandonará. Me encanta lo engreído que es. Me mira desde arriba con los ojos llenos de un morbo letal. Sé lo que va a pedirme, y voy a aceptar.

—¿Nos recuerdas antes de todo esto? —pregunta mientras se baja la cremallera—. ¿Cuando aún eras una prisionera de guerra? Sentía una fascinación por tenerte cerca que no entendía. Te despreciaba y al mismo tiempo te necesitaba cerca. Me volvía loco la contradicción. Me vuelves salvaje, Emily. No sé detenerme contigo.

Su mano vuelve a mi cuello, y el agarre es lo suficientemente agudo para dictaminar que él tiene el control. Con la derecha, sostiene su erección firme y la mueve despacio, dándome señales de lo que ocurrirá ahora. Hay algo irresistible en ese gesto suyo, en cómo sus dedos recorren la dureza de su miembro. Cada movimiento de su mano lo hace más rígido, más vivo y magnético. Lo quiero. Un cosquilleo me sube por dentro con solo observarlo y esperar. La piel tersa de su erección brilla bajo la tenue luz de la habitación. Este es un espectáculo dirigido solo a mí, uno que pronto será cedido a mi boca. El mundo se reduce a este punto, a la dureza en su mano, el temblor

en su respiración y el deseo irrefrenable de saborearlo, de envolverlo con mis labios hasta arrancarle la misma rendición que yo ya tengo en el cuerpo.

—Abre la boca, Emily —dice, autoritario.

No opongo resistencia. Separo los labios tanto como quiere, dispuesta a complacerlo. Se acerca lentamente y, sin dejar de mirarme, lo pone contra mi lengua. Nunca podré describir la sensación de hacer esto. Es extraño y placentero. Por un instante, tengo algo de poder, el suficiente para jugar con su paciencia. Lo envuelvo con mis labios y empiezo a moverme. Al principio soy lenta, disfrutando la manera en que su cuerpo responde, cómo su respiración se vuelve más profunda y entrecortada.

—No dimensionas lo que me provocas, mujer.

Disfruto de cada cosa mientras succiono. La textura contra la lengua, el grosor, el peso, el pulso vivo en la boca. Le toco la punta y vuelvo a meterlo en mi boca. Intento ir profundo y rápido. Siento el corazón desbocado y un cosquilleo en la piel. Busco el ritmo ideal. Por un rato, Magnus me deja explorar, experimentar, hasta que me desliza sus dedos por el cabello, no para apresurarme, sino para anclarme y retomar el mando. Ahora es él quien se mueve contra mí, usándome para su placer. Me dejo guiar, entregándome a su empuje, a esa fuerza masculina que marca el compás dentro de mi boca. Mis labios lo reciben una y otra vez hasta mis adentros, y ser sostenida, utilizada con deseo y confianza, me enciende más de lo que habría imaginado. Su respiración se vuelve errática y cada vez que me mira desde lo alto de su euforia me hace sentir mucho más moldeable y suya. Sus gemidos son roncos y bajos. No es que se resista, es que está tan concentrado en ver mi entrega que no se deja llevar del todo.

Sus caderas encuentran un ritmo que me arranca lágrimas de placer. No hay lucha, no hay resistencia. Yo deseo pertenecerle. Siento su poder en los labios, en la garganta, y esa rendición voluntaria me excita tanto como a él su posesión. Es la magia de nuestra relación. Estamos en los extremos y cada uno encontró cómo arrastrar al otro hacia el suyo. De pronto, se detiene y, antes de que yo pueda

reaccionar, me empuja hacia atrás. Caigo sobre el colchón en un golpe suave, enardecida por lo que viene ahora. Magnus se aproxima y se inclina sobre mí. Está en medio de mis piernas, apoyándose en una rodilla.

—Voy a recompensar cada cosa que hace esa boca tuya —dice, apretándome las mejillas con fuerza—. Te quiero siempre obediente, Emily Lacrontte. No luches contra lo que somos juntos. Es una orden que vas a cumplir.

Mi pecho tiembla. La adicción que tengo a su forma de tratarme me atraviesa como un filo. Es increíble.

—No te escucho, Emily. ¿Lo harás? —exige cuando no contesto.

No es brusco, es exacto. Me hunde la cabeza, suave, contra el colchón en busca de una respuesta. No hay violencia, solo la contundencia de su presencia. El peso de su cuerpo y la manera en que me exige me hacen arder.

—Lo haré.

—¿Cualquier cosa que pida?

—Lo que sea.

Algo en mi cabeza tiene claro que no voy a arrepentirme nunca de darle el control completo.

—¿Aún quieres esto? —inquiere, negándose a continuar.

Asiento sin la más mínima duda. Él vuelve a sonreír y, enseguida, me suelta.

—Estoy desesperado por estar al fin dentro de ti, Emily. No te imaginas lo mucho que he fantaseado con esto, pero necesito que estés serena.

Agarra de nuevo su virilidad y la ubica entre mis pliegues para empezar a rozarse contra mí. Primero va de arriba abajo y luego hace pequeños círculos con la punta para dilatarme. Se siente grande, caliente y duro. Me hace jadear mientras sube y baja. Me besa el cuello y los pechos hasta dejar las marcas que tanto disfruta hacerme. Existe un deseo codicioso que flamea entre nosotros y que hoy será consumado.

—Voy a hacer que nunca olvides esta noche —me susurra cerca de la oreja.

Sale de mis pliegues y se desliza en mi interior con suavidad. Sin embargo, ese cuidado no borra una nota de dolor que se crea debido a la presión. Mi gemido se convierte en un chillido mientras su miembro me abre, clavándose en un acto de placer y dolor.

—Si quieres que me detenga, no dudes en decirlo. ¿Bien? —Me mira fijo—. No quiero lastimarte y, sobre todas las cosas, deseo que te sientas cómoda.

Asiento, pero no digo una palabra. Quiero que continúe, y lo nota. Esta es una sensación electrizante que me golpea hasta los huesos y que no estoy dispuesta a dejar de experimentar. Le clavo las uñas en los brazos cuando vuelve a moverse. Gimo, sintiendo cómo me estira, cómo me adapta a su tamaño, a su fuerza. Su pelvis choca con la mía en cada embestida, en cada esfuerzo por ir más profundo. Él me agarra las piernas y las alza contra su pecho, buscando dominar el espacio entre nosotros y hundirse todavía más en mí. Me muerdo el labio inferior a medida que me dejo llevar, permito que me haga suya.

Le hui a este momento por mucho tiempo. Quizás por miedo, desconocimiento o simplemente preparación. No estaba entre las primeras cosas de mi lista, y lo agradezco. No me imagino a nadie diferente a Magnus para entregarle no solo mis primeras veces, sino todas. Cierro los ojos, experimentando cada una de estas nuevas sensaciones. Su piel desprende un calor que me arropa y el leve aroma de su colonia se mezcla con el de nuestro propio deseo, impregnando el aire de algo desconocido y embriagador. La manera en que me toma, me mira, en que disfruta de cada reacción que provoca en mi cuerpo me vuelve su cómplice perfecta.

Un grito ahogado se me escapa cuando sus embestidas se intensifican, sometiéndome a su ritmo, a su deseo implacable. Una mano va a ese lugar favorito contra mi garganta y me aprieta suave a medida que inundamos el dormitorio con el choque de nuestros cuerpos. Magnus exige que lo mire y le cumplo. Sus iris verdes observan cómo lucho por obedecer. Cada arremetida me arranca un suspiro nuevo, un estremecimiento que me hace más consciente de mi propio

cuerpo y de su despertar bajo el suyo. El dolor breve inicial se vuelve fuego. Un ardor distinto, una llama que no podrá apagarse jamás. No es solo él dentro de mí, es lo que me entrega. Es su hombría, su amor y el mío. La certeza de que me posee, de que lo elijo cada día de mi vida. Y en medio del torbellino, cuando mis uñas buscan su espalda, se me revela con claridad: me pertenece de la misma forma en que yo le pertenezco. Hasta el final de nuestros días.

El éxtasis me recorre entera. Cada fibra de mí se estremece bajo su control hasta que el placer se vuelve insoportable y dulce a la vez. Empuño las manos en la sábana en busca de un apoyo que no vendrá. Magnus me suelta las piernas, las deja abiertas a cada lado de su cuerpo, se inclina sobre mí y, apoyándose en los codos, me dice:

—Eres completamente mía.

Mis caderas comienzan a moverse a un ritmo uniforme a medida que pasa el tiempo y entonces se vuelve más difícil para mí no pronunciar su nombre entre jadeos. Emito pequeños gemidos entrecortados, avisando que el final está cerca. No creo que pueda aguantar mucho más y Magnus lo nota. Me toma por la cintura y levanta mi cuerpo del colchón, sosteniéndome la cadera en el aire mientras me embiste sin consideración.

—Quiero que cuando camines mañana, en cada paso que des, recuerdes cada detalle de este momento —dice sin dejar de moverse—. Cuando no puedas sentarte, quiero que pienses en cada estocada que te di, que recuerdes a quién le perteneces y que este es solo el inicio de todo lo que haré contigo.

En este momento, no soy la Emily de siempre. Me siento carnal y efímera. En el abdomen se me acumulan un millón de revoluciones mientras las piernas me flaquean y siento la boca seca. Arqueo la espalda y me aferro a sus brazos, dejándome arrastrar hasta el final del éxtasis.

—Magnus. —Su nombre me acaricia la lengua cuando la plenitud me alcanza.

Él termina justo después de mí, emitiendo un sonido animal que hace eco en la habitación y que acompaña la cadencia de nuestras

respiraciones agitadas. Lleva la cabeza hacia atrás mientras se suelta, haciéndome sentir el líquido caliente que derrama en mi interior. Está descargándose sin ninguna barrera. Y me encanta.

—Maldita sea, Emily.

Se desploma sobre mi pecho, cansado. Su corazón late frenético sobre el mío, el sudor lo vuelve luminoso bajo las lámparas y el cabello se le pega a la frente. Sonríe, aunque no dice nada. Es momento de hablar.

—Te amo, Magnus —confieso lo que he venido guardando celosamente.

Se tensa y levanta la cabeza de golpe. Es la primera vez que se lo digo y sé cuánto lo ha estado esperando. Su respiración se quiebra en un suspiro y me mira con los ojos llenos de alivio y sorpresa. Luego, sonríe, pero no es una de esas sonrisas pretenciosas de siempre, sino una que parece nacerle del ama. Se hace a un lado, saliendo de mí, y me lleva hacia él en un abrazo estrecho que alimenta con fuerzas mi cuerpo exhausto.

—Emily Ann Lacrontte Malhore —musita, todavía incrédulo—. ¿Lo dices de verdad? —Su voz está en un hilo, como si temiera estar soñando.

—Sí. Te amo, y lo he hecho desde hace un tiempo. No lo dudes ni un segundo.

—¿Eso significa que estoy perdonado del todo?

—¿Tú qué crees?

Me aprieta contra él y busca mi boca. El beso que me da es un reclamo por la tardanza y sosiego por la confesión.

—Te amo más que a nada en este mundo, mujer. Eres el centro de mi vida.

Cada movimiento a mi alrededor se detiene. El aire en los pulmones ya no me pertenece, no del todo. Mi respiración ahora está entrelazada con la suya.

—Una de mis versiones favoritas de ti es cuando eres así de romántico.

—Aprovéchame ahora. Puedo prometerte hasta mi alma entera.

—No. Quiero saber una cosa. Cuando dijiste que después de pasar ese día juntos te ibas a marchar y no me buscarías nunca más, ¿lo decías en serio?

—Por supuesto que no —no duda en responder—. Dejaría que pasaran unas semanas y lo intentaría de nuevo.

—Eres un mentiroso.

—Entonces, ¿querías que de verdad dejara de intentarlo?

Desvío la mirada por el orgullo y la vergüenza de revelarlo. Cruzo los brazos sobre el pecho desnudo, como si quisiera mantener una postura firme, pero la curva ligera en mis labios me traiciona. Claro que quería que insistiera. Ya lo perdoné y todavía deseo que se esfuerce como lo ha venido haciendo.

—¿Unas semanas no te parecen mucho tiempo?

Su risa llena cada rincón. Ese sonido grave, casi áspero, que le sale del pecho es tan genuino como lo que siento por él. Sin previo aviso, me pone la mano en la cintura y tira suevamente de mí hasta lograr que me siente en sus piernas. Es sencillo para él, cada vez que lo hace. Es asombroso que hasta en esto sepa someterme.

—Te amo, Emily Lacrontte. Te amo a pesar de lo mimada que eres.

—¿Puedes juzgarme? Mis padres venden un perfume con mi nombre.

—¿Quién compra un perfume llamado Emily? No es nada llamativo teniendo ese nombre. Uno llamado Magnus podría ser mejor.

—Debo ser yo la que se queje. ¿Cómo puedo amar a alguien tan egocéntrico?

—Y guapo —recalca—. A veces me miro al espejo y me pregunto: ¿cuánto tiempo se tardaron creándome? Tanta perfección debió tomar tiempo.

Algún día, su seguridad descarada va a sacarme de quicio. Su egocentrismo me desespera y me encanta a la vez, porque, aunque parezca que todo gira alrededor suyo, yo sé que en su órbita siempre estoy yo.

—Magnus, hay algo que quiero saber. ¿De verdad escribiste ese mensaje dentro de la historia del soberano?

—Ya te lo he dicho. Me esfuerzo cuando se trata de ti. Aunque Francis corrigió algunas cosas. Nada importante.

El calor de su cuerpo me envuelve, el peso de sus brazos me sujeta con seguridad y aparece el cosquilleo en el estómago que me da cada vez que me reclama de esa manera silenciosa, sin pedirme permiso. Me besa la cabeza y se queda en silencio, pensando.

—¿Qué ocurre? —pregunto, abrazada a su torso.

—Me habría gustado presentarte a mis padres.

Me quedo quieta, casi sin respirar. Ese es el tema prohibido y lo está tocando voluntariamente. Lo miro de reojo, intentando no asustarlo con mi reacción. Su voz suena distinta, más baja, más contenida. Le duele mencionarlo, pero lo hace. Sé que hemos creado un espacio seguro entre ambos. Avanzamos.

—Me habría gustado conocerlos.

—Mi madre te habría querido.

—¿Cómo era ella?

Es una de las preguntas que siempre he querido que responda.

—No lo sé. No puedo darte una opinión adulta.

—¿Cómo era ella para el Magnus de once años?

Sonríe. Es un gesto tan triste que me rompe el corazón. Está muy herido pese a lo mucho que se esfuerza por armarse cada vez que se derrumba. Sé que necesita a alguien que le ayude a sostener los pedazos. A pegarlos definitivamente.

—Era magnífica e imponente —inicia con la mirada perdida—. Solía regañarme mucho más que mi padre. La recuerdo muy inteligente. Tenía la respuesta para cada una de mis preguntas. Al menos la mayoría del tiempo. Era muy afectuosa, como tú. Era preciosa y divertida. Era mi madre.

Levanto la mano y le acuno la mejilla. Le doy el espacio para que siga hablando, pero no dice nada más. No hay rastro de llanto en sus ojos. Hay rabia y dolor. Culpa y anhelo.

—Yo quiero darte todo el amor que te ha faltado.

—Ya lo haces —asegura, calmado—. Si es posible, ahora prefiero hablar de cualquier otro tema. No arruinemos esto con recuerdos.

No lo presionaré. Hoy reveló algo que se negaba a decir antes. Soy paciente. Puedo esperar a que esté listo para otro de estos momentos.

—Lo que desees, excepto lo que ocurrió en mi alcoba.

—¿Tu fiesta? Debería molestarme porque no me invitaste. Fue ofensivo tener que enterarme por los guardias.

Sé que va a recordarme eso el resto de nuestro matrimonio. No entiendo por qué tuvieron que decirle lo que escuch… Un momento. ¡Ellos me oyeron! Eso significa que también…

—Si los guardias te avisaron, ¿quiere decir que nos acaban de oír ahora?

Di que no, por favor. Di que no.

—Por supuesto —contesta, como si fuera lo más natural del mundo.

¿Es muy tarde para renunciar a mi título de reina?

—¿Cada palabra?

—Si lo susurraste, no.

¿Cómo puede bromear? ¡Por todos mis vestidos! Esto es muy vergonzoso.

—¿Ahora cómo voy a mirarlos a los ojos?

—Ellos no tienen derecho a mirarte a los ojos a menos que tú se lo permitas. Está prohibido ese tipo de contacto salvo que haya autorización previa.

—No exageres. Somos reyes, no dioses.

—Me gusta eso —revela, besándome una vez más—. Somos reyes, y tú eres la reina a la que acabo de hacer mía. —Me muerde el mentón despacio, haciéndome reír.

—¿Tú eres mío?

—Desde el día en que me abofeteaste.

—Espera, ¿y si le dicen a alguien? —cuestiono, retomando el tema de los guardias.

—¿Y qué van a decir? ¿Que los reyes tienen sexo? Es lo que se espera, Emily, y más dada la mujer que tengo.

—Pero ¿no es raro para ti saber que alguien escucha todo lo que haces y dices?

—No, Emily. Tampoco es como si ellos se pasaran el día con la oreja pegada a la puerta. Hacen rondas, conversan entre sí, desenfocan la mente. Están entrenados para esto, para mantener la compostura y la privacidad. Lo han hecho por años y eso no va a cambiar ahora.

Si supiera las apuestas que hacen en los vestidores antes de entrar y al salir de sus turnos. No quiero pensar en las que harán ahora.

30

MAGNUS

UNA SEMANA DESPUÉS

Emily me mira a través del espejo mientras se peina tras salir de la ducha. Estos días han sido un caos interesante. He sido más abierto de lo que lo he sido nunca. Le hablé de mi madre y sobre mi reunión con Vanir. Sabía que tocaría el tema en algún momento y que preguntaría por el cambio de guardias. Se lo conté todo. No quiero tener secretos con ella, porque no quiero verla enojada conmigo de nuevo.

Desde esa noche que empezamos a tener sexo, se volvió muy recurrente. No tengo queja alguna, por supuesto. He sido cuidadoso, no como la primera vez, aunque he estado tentado muchas veces de dejarme llevar. Me sorprendió que se atreviera a ir a mi alcoba, y no por la forma en la que acabó todo, sino porque tuvo la valentía de atreverse. Me encanta someterla, pero admito que me gustó que se entregara a voluntad. No permití que se fuera ese día ni el día siguiente. Al fin se mudó conmigo y amo verla junto a mí al despertar cada mañana.

—No había tenido tanto sexo en mi vida como en esta semana —confieso, acercándome a ella.

Sonríe y baja la cabeza. Se esconde, usando el pelo como cortina. Hemos avanzado mucho, pero aún le cuesta.

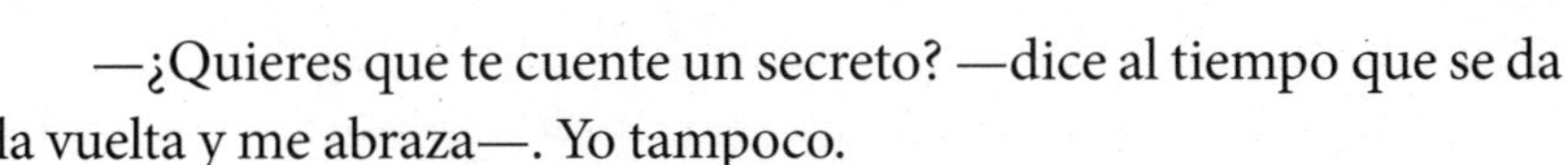

—¿Quieres que te cuente un secreto? —dice al tiempo que se da la vuelta y me abraza—. Yo tampoco.

—Podemos sumarle otra muesca al cinturón.

—¿No dijiste que tenías una reunión?

—Eso siempre puede esperar.

Aunque no. No debería postergar algo tan importante. En este momento necesitamos respuestas. Respuestas que no se irán porque me desvíe una hora del camino. Soy el rey, así que puedo tomarme todas las libertades que crea convenientes. Además, estar relajado antes de entrar en sesión es muy necesario.

—Majestad. —El llamado de Francis se escucha como un grito de guerra.

Justo ahora.

—Majestad —repite cuando no respondo—, es indispensable su presencia.

Francis cumplió y, tal como lo prometió, le sacó la información necesaria a Vanir y luego la liberó, por lo que debe estar por ahí, merodeando libre en las calles. Desafortunadamente, los datos que reveló no han servido demasiado. Es decir, son reales. Nos encargamos de comprobarlo antes de liberarla, pero no hemos encontrado a ninguno de los dos. Hallamos la casa de Ansel y todas sus pertenencias estaban ahí, incluso algunos documentos, pero no había rastro de él. El general del Ejército de Cromanoff teoriza que, una vez se dispersó la noticia de la captura de Gretta y Vanir, huyó.

En cuanto a Gerald, hemos dado con dos de sus propiedades. Una aquí, en Mirellfolw, y otra en Dinhestown. En ambas había contratos con diferentes personas, incluido Erick Malhore. Había boletos de cambio del Banco Civil de Mishnock, en los que figuraba un nombre: Nicholas Pantresh, quien se supone que era el hermano de Genevive Denavritz. Francis dice que le daban dinero a Gerald por medio de ese hombre. Eran pagos recurrentes y altos. Incluso después de su muerte. Por más que buscaron, no encontraron la dichosa caja con fotografías y cartas, solo un montón de papeles que no nos decían nada. Lo único relevante fue un mapa en el cual se marcaba

un punto en una zona poco poblada de Lacrontte, a pocos kilómetros de la frontera con Mishnock. Ya fuimos a revisarlo y se trataba de una cabaña vieja en la que solo había un catre y una mesa con frascos de vidrio, que indicaban que contenían comida en conserva. Gerald nunca viviría en un lugar así y, dado el polvo que cubría todo, nos dimos cuenta de que no había sido usado hacía mucho. No hablo de años, sino de meses. Quizás dos o tres. En el suelo había un pedazo de cristal roto que debió pertenecer a uno de los envases. Cerca de él, notamos un rayón bastante irregular en la pared, como si un niño pequeño hubiera estado jugando. Está claro que no se trataba de un infante. Alguien escribió algo ahí que luego intentaron ocultar con nuevas marcas.

Se usaron dos métodos sencillos para descifrarlo. Primero, grafito. Cabía la posibilidad de que al marcarlo los confundiera más, y sucedió, por lo que luego trataron de quemarlo superficialmente y marcar todavía más las hendiduras. Funcionó al final. No era un mensaje o una palabra completa. Era un nombre o, al menos, el inicio de uno: NAH.

Cuando la carta llegó con la información, lo supe de inmediato: Nahomi Pantresh. Gerald tiene a la madre de la reina. Esa es la razón por la que no podemos encontrarla. No la tiene nadie del círculo cercano. Lo que debimos haber hecho desde hace tiempo era ir más allá, ampliar la zona y revisar entre sus aliados. Ella estuvo ahí, fue astuta e intentó dejar un rastro. ¿Cuántos días se quedó en ese lugar? ¿Con quién? ¿La tiene todavía? ¿Sigue con vida? Algo me dice que sí. Donde sea que esté él estará ella. Es mi instinto y ese casi nunca se equivoca.

—Debo irme. Es urgente y lo sabes —le digo a Emily después de darle un beso.

Esto también se lo conté. Estuve tentado de reservármelo, pero odiaría un día despertar y no verla del otro lado de la cama. Su cara de horror casi me hace arrepentirme de habérselo dicho. Ama a esa mujer. Es como su abuela. Le prometí encontrarla y lo haré. Ahora no están en juego las respuestas que quiero obtener, sino también mi

palabra. Tengo que cumplir. Quiero que ella sepa que puede confiar en mí y en cada cosa que digo.

Salgo de la habitación y en el pasillo me recibe Klemwood. Se muestra tranquilo, aunque sé que no lo está. Parece que va a decirme algo. Si fuera un dato relacionado con la búsqueda, ya me lo habría dicho. Esto es otra cosa.

—Suéltalo de una vez —exijo, ya crispado por su indecisión.

—La señorita Tebeos está aquí y solicitó una reunión con usted.

Primero no pude volver a tener sexo y ahora esto.

—No tengo tiempo para las idioteces de Gretta.

—Dice que es urgente —insiste cuando intento pasar a su lado—. Puede que sea nueva información. Le pedí que hablara conmigo y se negó.

¿Acaso tiene derecho a hacerlo?

—Cinco minutos.

No me muevo. No le daré ningún lugar privado. Será aquí, en medio del pasillo. Es lo máximo que merece. Ella no tarda en aparecer. Llega con esa misma cara de siempre, como si nada hubiera ocurrido, como si todavía tuviera potestad para estar cerca de mí. Me sonríe y se inclina en una reverencia corta de las que solía hacerme cuando éramos niños. Algo dentro de mí se enciende al verla. No es emoción, no es alivio. Es rabia. Pura, directa, sin disfraz. La clase de rabia que hierve en silencio, que no necesita gritar porque ya lo está diciendo todo con la mirada.

—Maximus —saluda, incómoda.

Noto su conflicto interno. Su cuerpo quiere moverse y ella no lo permite. Es una sabia decisión.

—No me llames así —advierto—. ¿Qué quieres?

—¿Aún me odias? Te ayudé.

—Fue porque querías algo a cambio.

—Fue lo que tú habrías hecho.

—Se te acaba el tiempo, Gretta. ¿Qué quieres?

—Que me perdones. Sé que no es sencillo, pero te juro que estoy arrepentida. Desde el primer ataque de Aldous me arrepentí. No

imaginas cómo he vivido cada día después de eso. Fui vil y lo lamento tanto. No lo merecías. Actué desde la rabia y…

—Ahórrate el discurso —la corto—. No me interesa lo que tengas que decir. Si eso era todo, puedes irte.

No se mueve pese al dolor que muestran sus ojos por la manera en la que le hablo.

—¿Eres feliz con esa joven? Yo soy la persona más desdichada del mundo, Magnus. Me equivoqué tantas veces que no solo les hice daño a mis padres y a ti, sino a mí misma. Estar con Aldous era horrible. Ese hombre era una bestia.

—Créeme, Gretta. Lo descubrí cuando me quemó la piel con ese fierro —apunto, con la rabia que me arde en la lengua—. Si eres miserable, es lo único que mereces. No me conmueves. Solo espero que desaparezcas y que no intentes volver a acercarte jamás. Si esperabas que te diera las gracias por la información, significa que no me conoces en lo absoluto. ¿Querías volver a Mirellfolw? Ya lo tienes. No entiendo por qué sigues aquí y me haces perder el tiempo.

—No tengo en dónde quedarme —suelta al fin sus verdaderas motivaciones—. Todo mi círculo ahora me repudia. Incluso mis padres me gritaron a la cara que no cuento con ellos.

¿Esperaba otra cosa? En ese ataque murieron cientos de lacrontters sin que importaran los títulos o la edad. La gente celebró, en medio del dolor, que Gretta fuera considerada persona no grata, aun cuando lo que pedían era que fuera asesinada. El hecho de que esté en la calle representa un peligro gigante. En cualquier momento alguien podría atacarla. Es considerada una traidora. Es lo que es. Vendió a su pueblo y nos puso en manos de la muerte. Es una vergüenza para esta nación.

—No me interesan tus problemas.

Sé lo que va a pedirme y no quiero escucharlo.

—Necesito un lugar en el que vivir. No pido dinero, porque no lo merezco y yo misma lo conseguiré. Pido un lugar en el que pueda dormir. Es todo. No importa en dónde sea. El piso, madera vieja. Lo que sea. Solo quiero un techo sobre mi cabeza.

Tiene ese aire de víctima que no tolero. No lo es. No solo por lo que nos hizo a mi gente y a mí, sino también por lo que le hizo a Grace. Ella era la esposa de Sigourney y a Gretta no le importó irse a vivir al palacio sin considerar los sentimientos de esa mujer. La mayor parte de la culpa la tiene ese cretino asqueroso. Él debió respetar a su mujer, pero eso no exime de responsabilidad a Gretta.

—Existe un centro de refugio. Disfrútalo.

—Magnus, podrían darme un golpe en medio de la noche o envenenarme.

—«Rey Magnus» para ti. Y me tiene sin cuidado lo que sea que te ocurra.

Me doy media vuelta y sigo mi camino. Ella no merece mi consideración. Con la única persona que conozco la palabra piedad es con mi esposa, y están muy lejos de parecerse.

* * * *

Llevo dos horas aquí con el general de la Guardia Negra y el jefe de la Guardia Civil. Tener que explicarles de nuevo por qué es imperioso capturar a Gerald sin revelarles la verdad es agotador. La gente siempre quiere saber más e ir más allá de lo permitido. Estos dos no son muy diferentes.

—Hay guardias encubiertos vigilando cada propiedad —informa el hombre al mando del Ejército—. Sin embargo, majestad, es poco probable que se acerque. Han debido informarle que dos de sus casas fueron allanadas. Su madre tampoco aparece. Creemos que tiene una nueva identificación con la que quizás salió del reino.

No puede ser. ¡Ahí está la razón! Ha estado frente a nosotros por mucho tiempo y no hemos sabido atar los cabos.

—¿Desde cuándo no tenemos información de la madre de Heinrich? —le pregunto al jefe, quien de inmediato agacha la cabeza.

—No lo sabemos con exactitud. Meses.

—¿Le parece una buena respuesta?

—No era un objetivo crucial. La vigilábamos pocas veces al mes únicamente para cerciorarnos de que estuviera allí. Después del año que pasamos espiándola, dimos por hecho que el señor Heinrich no la visitaba.

Esto es una cadena de malas decisiones.

—¿En qué fecha se hizo el último reporte? —cuestiono. Mi paciencia está al límite.

—Marzo de este año.

Antes de que reportaran a Nahomi como desaparecida.

—¿Cuál es su teoría, majestad? —Francis me pregunta.

Estoy seguro de que ambos llegamos a la misma conclusión. Esto fue planeado desde antes. Heinrich necesitaba dejar a la anciana con alguien de su entera confianza. Él no podía hacerse cargo. Tiene demasiados negocios como para desaparecer y es muy vanidoso para encerrarse con una vieja quién sabe en dónde. Su madre sería esa pieza esencial. Por eso, primero se la llevó, la instaló en donde sea que estén y luego llevó a Nahomi. La cuestión es por qué. ¿Por qué ahora Silas sacaría del camino a su suegra y por qué Heinrich aceptaría ayudarlo? Lo mueve el dinero, claro, pero no se tomaría tantas molestias por unas cifras y nada más. Lo cual me indica una nueva probabilidad. Si Gerald tiene algo con lo que es capaz de destruirme, necesita aliados. Un movimiento así requiere de más que dinero, requiere de poder y de un ejército. La respuesta de un lado es obvia. Silas sabe que ese hombre es mi hermano mayor.

—Se levanta la sesión —ordeno con los hombros tensos—. No me importa el tiempo que nos tome o la gente implicada. Lo quiero y lo quiero vivo. De eso depende que mantengan sus cargos.

Me siento ahorcado y ni siquiera me han puesto la cuerda en el cuello. Si Gerald tiene a esa mujer, es probable que sepa también en dónde está Silas.

—No pierda la cabeza, majestad. —Francis se me acerca mientras camino a la salida—. El Ejército de Lacrontte está preparado

para cualquier guerra. Y el rey Conrad ya trabaja en el nuevo armamento. Tenemos el asa que mueve el sistema.

No si tenemos al equivocado.

Salgo de la sala con el zumbido de las voces en la cabeza. Respiro hondo, desabrochándome los botones de los puños de la camisa. Quiero darme un baño y dormir con Emily. Solo dormir. No tengo humor para otra cosa. Quiero tenerla cerca, es todo.

Subo las escaleras hacia la tercera planta en busca de mi dormitorio y, una vez estoy cerca de la puerta, la veo. Más bien, las veo. Mi esposa, con los brazos cruzados, intentando sonreír como si todo estuviera bajo control y, junto a ella, Gretta, con esa incomodidad en la mirada y la espalda encogida. No hay que adivinar demasiado. Ese es el precio de casarme con el ser más afable del continente de Karbelob.

—Magnus, ¿podemos hablar un momento? —dice mi mujer con ese tono agudo que usa cuando va a pedirme algo complicado.

Me quedo parado unos segundos, viéndolas, como si estuviera frente a un campo minado en el que ya sé dónde está cada explosivo. Y respiro otra vez, porque la jugada está clara: no se trata de lo que quiero hacer, sino de lo que sé que voy a hacer.

—En mi oficina. Ven conmigo.

Le extiendo la mano y ella me sigue hasta el segundo piso. Cierro la puerta con cuidado porque no quiero que nadie escuche esta conversación. Emily se queda de pie, sin saber por dónde empezar, y soy yo quien debe pedirle que se acerque y se siente en mis piernas. No exagero cuando digo que la necesito cerca. Ella no lo duda. Camina hacia mí y toma su lugar. Me pasa un brazo por detrás del cuello y me acaricia el cabello como si con eso pudiera amansarme.

—Sé lo que me vas a pedir.

—No quiero que te enojes. Ella no tiene a dónde ir. Solo sería por un tiempo, hasta que encuentre algo.

—No —contesto, tajante—. ¿Qué pensarías tú si traigo al palacio a una de las personas que te han lastimado?

Suspira y luego se queda en silencio, meditando. Sé que me comprende.

—Tienes razón. Lo siento. No lo pensé.

Intenta levantarse, pero no se lo permito. La rodeo con fuerza para que se quede justo donde está. No quiero que esto nos cause problemas.

—¿Te enojaste conmigo?

—No podría enojarme por algo así. ¿Te asusta que me enoje?

¿Asustarme? No lo sé. Solo no me agrada la idea.

—No me gusta.

—Pues estoy enojada —confiesa mientras vuelve a acariciarme el pelo—. No pierdo la cabeza tan rápido como tú.

—Entonces, ¿por qué te ibas?

—Iba a contarle que no es posible darle un espacio. Francis puede ubicarla en el refugio, ¿no?

—Ahí la matarán.

Su cara de horror me hace reír. A pesar de que no le resulta gracioso, tampoco me reprende por burlarme. Ya empieza a acostumbrarse.

—Entonces les diré a mis padres que la reciban unos días.

—¿Por qué quieres ayudarla si sabes que me lastimó?

Hace una mueca. Le dolió lo que le dije y no entiendo la razón. Tengo un punto válido.

—No lo pongas en esas palabras, por favor —pide y baja la mirada—. No quiero a nadie muerto. No es que la estime ni nada parecido. Me equivoqué y ya me disculpé por proponértelo.

—¿Qué es lo que sucede en tu cabeza? ¿Cómo interpretaste lo que acabo de decir?

—No quiero que pienses que soy aliada de quienes te dañaron. Me sentí mal por ser como soy, supongo. No tiene que ver contigo.

¡Por toda la sangre de los Lacrontte! ¿Quién de mis antepasados me envió a esta mujer? ¿Fue mi madre para poner siempre al límite mi paciencia? Ya entendí. La hice sentir culpable.

—Va a quedarse una noche y nada más, Emily.

—No tienes que ceder a esto. Lo digo muy en serio.

—Será por esta noche. Tus padres se van a Palkareth, ¿no? —digo lo que me contó hace unos días y ella asiente—. Pues tiene esta noche

en el palacio, pero no va a quedarse en la casa vacía de tu familia. Después de mañana, no nos va a importar lo que pase con ella, ¿entendido?

Tarda en aceptar, porque pelea con su bondad. Es una pesadilla.

—Sí. Es un trato.

—No hagas que me arrepienta.

Se lleva la mano a los labios y hace un leve giro de muñeca, como cerrando con llave un candado imaginario. Sé que le gusta que sea gentil con las personas. Si supiera que solo lo hago por ella.

—Te aviso que tendremos dos invitadas —dice, peinándome el cabello hacia atrás—. Mia no se irá con mis padres. Se quedará con nosotros.

Ese detalle no lo conocía, pero sabía que de alguna manera tendría que pagar la semana increíble que hemos tenido.

—Seguirás durmiendo conmigo.

Me da una media sonrisa que grita lo que ambos ya sabemos.

—Por supuesto que sí.

* * * *

Emily se encargó de Gretta, de llevarla a su nueva habitación y de suministrarle todo lo que necesitaba. Yo, en cambio, me mantuve al margen, como si observar la escena desde lejos me hiciera menos partícipe de la decisión. Mi objetivo es mantenerla a metros. El problema es que tengo una esposa insistente que la invitó a cenar con nosotros. Aquí estamos los tres, fingiendo normalidad, como si no hubiera un resentimiento espeso en el aire.

—Empezar de cero es difícil —le confiesa Emily a la intrusa—, pero no es imposible. Créeme, cuando llegué a Lacrontte nadie quería darme un trabajo y tampoco tenía en dónde dormir. Al principio es duro, pero lo lograrás. Yo conseguí un lugar en medio de esta enorme ciudad. Solo hay que saber buscar. Puedo llevarte, si quieres, aunque no sé si te guste. No era muy espacioso.

—Eres la reina —le advierto pese a las pocas ganas que tengo de intervenir—. No puedes pasearte como si nada por ahí.

—No lo recordaba tan protector, majestad —apunta Gretta, sin que yo le haya dado autorización de responderme.

—Lo soy cuando se trata de mi mujer. La única persona en el mundo por la que cedo a este tipo de infamias.

Mi esposa me mira. No. Me advierte con la mirada y con esos ojos cafés que creen tener autoridad sobre mí. Muy sabio de su parte, porque la tienen.

—Magnus es peculiar —me excusa como si lo necesitara—. Ya lo debes saber. Pero es muy buena persona… en el fondo de su corazón. Es uno de mis mejores amigos en el mundo.

—¿Uno? —reclamo sin importar lo ridículo que pueda verme—. ¿Con quién comparto el puesto?

—Con Willy.

Ese tipejo de nuevo, y ni siquiera sé quién es.

—Me alegra verlo tan enamorado, majestad. Vi la estatua de la reina. Fue un detalle hermoso. Porque eso fue, ¿no?

—Magnus tiene formas interesantes de demostrar su afecto.

¿Interesantes? ¿Le hice una estatua y la palabra que va a usar es interesante? La miro. Ahora soy yo quien reclama en silencio. Ella acerca su mano y toma la mía, tratando de calmar la rabia que se me enciende en la cabeza.

—Debe ser bonito encontrar a alguien con quien todo encaje.

El comentario de Gretta me sabe a reclamo descarado. Evito mirarla. Emily, por otro lado, le sonríe, serena, como si esa frase no escondiera nada.

—Sí, lo es —le responde—. Aunque, con Magnus, si la pieza no encaja, él la obligará a cooperar.

—Eso es porque te amo.

Mis palabras son más rápidas que mi mente. Lo pensé, por supuesto, pero no quería decirlo en voz alta. No porque me avergüence. Jamás me avergonzará amarla, sino porque no quiero darle a Gretta ni un solo detalle de nuestra relación. El silencio se apodera de la mesa.

Emily me mira, sorprendida, con una sonrisa que no puede contener. Le gusta que presuma de lo que siento por ella. Es el tipo de cosas que la hacen feliz. Gretta, en cambio, se remueve en su asiento. Trata de mostrarse indiferente, pero sus ojos la delatan. Hay una sombra en su mirada, una mezcla de impacto y dolor. Jamás se lo dije a ella, no como se lo esperaba. Nunca tuve esas palabras para dárselas y ahora las lancé sin pensarlo en su presencia.

—Qué suerte la tuya —dice, finalmente, con una sonrisa torcida—. Nunca pensé que el rey fuera de los que dicen esas cosas. Al menos no lo era antes.

¡Qué pesadilla de cena!

Uno de los nuevos guardias toca la puerta y anuncia una visita. Lo único que falta es que Sigourney reviva y se siente con nosotros. Emily se emociona cuando escucha de quién se trata y yo, en cambio, me hundo más en la silla. Mia Malhore. Lo que me faltaba.

—Magnito cuñadito, llegué.

La escucho antes de verla. Se pavonea por el comedor, luchando por no dejar caer la corona que me obligó a regalarle. Al ver a Gretta, se paraliza y se queda viéndola como si fuera un animal extraño.

—¿Tú quién eres? —cuestiona mientras se acerca a su hermana.

—Mia, eso no es educado —Emily la reprende en vano.

Ella solo se encoge de hombros y vuelve a preguntar.

—Es curiosidad. Quiero saber quién es.

—Soy una amiga de Magnus.

¿Una qué?

—¿Y yo por qué no te conozco?

Deja la corona sobre la mesa, pero no la suelta. ¿Acaso piensa que la traidora va a robársela? Esa niña me agrada cada día más.

—Porque lo fui hace un tiempo. Ya no.

—Ahora yo soy su mejor amiga. ¿Cierto, Magnito? Dile.

Creo que sí prefería a Sigourney resucitado.

—¿Por qué estás en el palacio? —la interroga sin la más mínima pizca de sutileza—. ¿Quién te invitó a venir?

—Tu hermana fue mu…

—Mily, ¿por qué la invitaste si ya no son amigos? —le reclama, molesta.

Por fin alguien tiene sensatez.

—Mia, ¿qué haces aquí? —pregunta mi esposa, tratando de mejorar la situación.

—Ah, sí, eso. Mis papás están afuera; quieren hablar contigo. Vinieron a traerme, porque se van en la madrugada.

¿Por qué no entran? Esa familia es extraña.

Emily obliga a su hermana a acompañarla. Y mientras van hacia la puerta, Mia se vuelve y le da un último vistazo de advertencia a Gretta y, por supuesto, se lleva la corona consigo.

—Tiene una cuñada peculiar, majestad. Veo que se llevan bien, ¿o me equivoco? —pregunta cuando quedamos solos.

No respondo. Un comentario más y me iré de aquí.

—Estoy feliz de que haya encontrado una familia que lo quiera tanto.

La silla chirría contra el suelo cuando me paro y empiezo a caminar hacia la salida. No voy a darle pie a una conversación.

—Te amo, Magnus. —La escucho unos metros detrás de mi espalda—. Ya no como crees, pero te amo.

Sus palabras no son más que una alfombra bajo mis pies, completamente desechables e inservibles. Nada hará que olvide la afrenta que planeó contra mí.

31

EMILY

La sonrisa extraña con la que mis padres me reciben en el pasillo de la primera planta grita información escondida. Los tres sabemos que hay cosas que no se han dicho y que ellos no quieren revelar. Se esfuerzan por mantener la paz y fingir normalidad mientras sostienen el peso del distanciamiento entre dos de sus hijas. No los culpo. No debe ser fácil.

—¿Por qué no entraron al comedor? —les pregunto después de abrazarlos.

—No queríamos ser inoportunos —se excusa papá—. Además, nuestra visita será corta. Venimos a despedirnos antes de partir a Mishnock.

—Le envié una carta a Liz el día siguiente de dejar la casa, preguntándole si también podía ir a verla, pero no me ha respondido. ¿Han hablado con ella?

—Mi amor, hay que darle tiempo —dice mi madre con ese tono maternal de quien intenta no lastimar con la verdad.

—¿Ella les dijo algo? ¿Les envió una carta a ustedes?

Los tres se quedan en silencio. Detesto que me oculten las cosas y, aun más, la actitud de Liz. No la entiendo. Iré sin Magnus. Soy solo yo. ¿Por qué me rechaza?

—Es porque nos mudamos aquí —revela mi hermana.

—Mia —mi madre la reprende antes de que diga otra cosa.

—Díganme —exijo, molesta—. No soy una niña. Díganme qué pasa.

—Ella no quiere verte, Emily —contesta papá con calma, pero lo recibo como un puñal filoso—. Siente que la abandonamos por mudarnos a Lacrontte. Que te escogimos.

Eso es ridículo. Es decir, en cierto punto la comprendo, pero no fue mi intención que se sintiera de esa forma. Liz ha tenido esa fantasía errática de que hay favoritismo, y no es correcto. Sé qué mi padre y mi madre jamás pondrían a una por encima de la otra.

—Amor —mi madre me toma de la mano y la aprieta despacio—, aunque ahora te cierre la puerta, en el fondo te quiere. Solo no sabe cómo manejar lo que siente.

Es como si me arrancaran un pedazo del corazón. No quiero tener que elegir entre Magnus y Liz. Es mi mejor amiga desde que nací.

—Necesito hablar con ella.

—No es un buen momento, amor.

—¿Cuándo lo será? Llevo oyendo eso desde hace un buen tiempo. Quiero ir con ustedes a verla.

—A Liz le llegó tu carta. —Papá se abre al fin—. Nos pidió que no dejáramos que te acercaras. Es lo único que te diremos.

El corazón se me termina de romper. Me siento débil y con la necesidad de sentarme para no caer. No exagero. Los ojos se me llenan de lágrimas. Mi hermana ha estado ahí desde que vine al mundo, nos hemos acompañado. Me ha dado uno de los peores golpes que se pueden recibir.

Escucho pasos detrás de mí y me vuelvo, desesperada. En medio del caos en mi mente, logro percibir la figura de Magnus y, por primera vez en mi vida, no corro a refugiarme a los brazos de mi padre, sino a los de él. Cada pisada es como un grito contenido. Me lanzo a sus brazos con la angustia de quien se aferra a un lugar nuevo, desconocido, pero necesario. Y cuando él me envuelve en un abrazo, entre preocupado y sorprendido, entiendo que he encontrado otro sitio seguro. No es que mi padre ya no lo sea, es solo que ahora no es el

único hombre al que puedo llegar en busca de refuerzos ni el único que puede protegerme.

—¿Qué sucede, Emily? —Su voz es intranquila.

No sé cómo decirle esto y no sé si quiero hacerlo.

—¿Erick? —le pregunta directo a mi padre con un tono amenazante.

—Ella se lo explicará después.

No me vuelvo, no quiero que me vean llorar. Sé que los hago sentir culpables y lo lamento con mi alma entera. Nunca será mi intención lastimarlos.

—Déjenme acompañarlos, por favor —pido cuando los escucho despedirse—. De verdad quiero verla.

Me giro con la esperanza en las manos. Necesito una oportunidad, solo una, para intentar arreglar este desastre.

—¿Ir a dónde? —cuestiona Magnus, implacable, porque no lo tienen en cuenta.

—A Palkareth con mi hermana.

—En lo absoluto. Eres la reina. No puedes pasearte por un reino enemigo como si fueras una plebeya cualquiera.

—Es por mi hermana.

—¿La misma que no vino a tu coronación ni a tu boda? ¿La misma que no te contesta las cartas?

—Majestad —mi padre interviene con el ceño fruncido y la rabia contenida en los puños temblorosos—, le exijo que respete a nuestra hija. Si hay un problema en nuestra familia, preferimos resolverlo en privado.

—Yo soy parte de esta familia ahora, señor Malhore. Soy la familia principal de Emily y mi papel es cuidarla. Sé que no soy de los afectos de su hija mayor y la verdad es que poco me interesa. Quien sí me interesa es mi esposa.

—Me tranquiliza que tenga claro su papel de esposo, majestad. Y por fin estamos de acuerdo en algo. Emily se queda en Lacrontte.

Resignada, lo miro en silencio cuando termina de hablar. Ya tomó una decisión. Una con la que no estoy de acuerdo, pero no

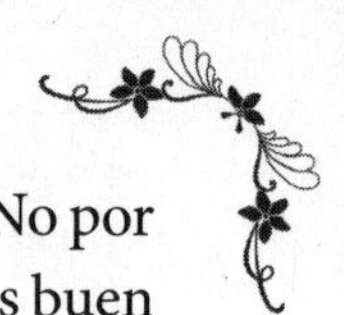

reclamaré. No voy a imponerme, no ahora y no con mi padre. No por esto. La lucha es con mi hermana. Y si ellos aseguran que no es buen momento para verla, lo acataré. Por ahora.

* * * *

Mis padres se llevaron a Mia con ellos por más que insistió en que la dejaran. ¿Fue una forma de corrección o una decisión sabia en momentos de crisis? Creo que tiene un poco de ambas. La despedida estuvo tensa: solo un par de abrazos y silencio. Mi padre me entregó el perfume que hicimos para Magnus antes de irse, aunque debido al enfrentamiento no se veía feliz de dejármelo. A mí las ganas de seguir con la cena se me esfumaron, y la huida de mi esposo del comedor me dejó claro que tenía un compañero con el que escabullirme a lamentarme en la habitación.

—No te atrevas a llorar por esa mujer —Magnus me reprende cuando llegamos.

Le doy la espalda para limpiarme las lágrimas. Por más que me pide que sea fuerte, soy incapaz. Es una herida gigante que solo se hace más grande. No me gustan las grietas en mi familia y mucho menos ser la causante de ellas.

—Es mi hermana.

—Quien ha dejado claro que no te quiere en su vida. ¿Por qué quieres verla?

—La quiero, Magnus. Ha estado a mi lado toda mi vida. No es fácil descartarla de repente.

—Lo es para ella.

Cada palabra suya es un puñal cruel.

—No me estás ayudando.

—Quiero protegerte. Tienes a tres de las cuatro personas que conforman tu familia y me tienes a mí. Entiendo que no quieras perder la relación que tenían, pero a ella poco le importa eso, y te

aconsejo que te des tu lugar. Si a tu hermana no le interesa tener comunicación contigo, a ti tampoco debería preocuparte.

—No puedo hacer eso.

—Emily, las personas crecen y toman decisiones para su futuro. Esa individua... Liz —se corrige cuando lo miro con los brazos cruzados— decidió casarse con Peterson y ahora esperan un bebé. Ellos se convirtieron en su prioridad y, por más que te quiera a ti, jamás te pondría por encima de esos dos. Así que no te tortures. El vínculo entre ustedes seguirá allí. Nosotros dos formamos una sola pieza, y si yo no le agrado por todo lo que he hecho, es comprensible. Me ve como una amenaza y protege de mí lo que es importante para ella: su nueva familia. Es justo lo que yo hago ahora. Eres mi mundo entero y no voy a permitir que nadie te haga daño. Ni siquiera tu hermana.

Es tarde. Me duele el alma.

—Magnus, te amo y sé que te opondrás, pero iré a verla. Si me odia, quiero escuchar ese odio de su boca, no esconderme aquí como una cobarde.

Mi terquedad hace que se le tense la mandíbula. Entrecierra los ojos, como si esperara que me arrepintiera de lo que acabo de decir. Muy a su pesar, no hay manera de que dé un paso hacia atrás.

—Emily —su tono es duro—, no me hagas enojar.

—Entonces, no te enojes.

—¿Y qué? ¿Vas a ir al territorio enemigo a ponerte una diana en la frente? Eres la reina. ¿Sabes bien lo que implica cruzar la frontera? No te voy a dejar ir. Es demasiado peligroso.

Su tono protector me aplasta el corazón, porque sé que tiene razón. Es estúpido pretender visitar a mi hermana como si media ciudad no se fuera a enterar de que la reina enemiga, esa que era una de los suyos y a la que seguro hoy consideran traidora, está en sus tierras.

—Escúchame, por favor.

—No, escúchame tú —dice tajante—. Las personas que están allá afuera saben que te adoro y que la única manera de destruirme es haciéndote daño. Me aterra perderte. No quiero estar sin ti. No vale la

pena. Tú eres sagrada, Emily. Asesinaría a medio pueblo solo si me lo pidieras.

—Yo jamás te pediría algo así. ¿Por qué siempre tienes que ser tan extremista?

—Cuando se trata de ti, no hay nada que no haría.

—Entonces, permite que vaya. Lo hacías antes tú, ¿no? Recuerdo que armabas todo un plan para visitar el palacio de Mishnock. Hazlo. Quiero ver a Liz. Será mi último esfuerzo. Si después de presentarme ante ella me repudia, lo dejaré atrás. O al menos lo intentaré, pero no voy a darme por vencida tan fácil.

—Un plan así requiere de tiempo. Además, se necesita el permiso de Denavritz o se consideraría invasión.

No disimula los obstáculos que impone. Para su mala suerte, yo tampoco claudicaré.

—Yo misma le escribiré si es necesario. Sé que aceptará.

—¿Te gusta hacerme perder la cabeza?

—¿Lo harás?

—Necesito tiempo. Francis irá contigo.

Acepto porque es un trato justo. Sé que, en otras circunstancias, me habría puesto como condición acompañarme. Está siendo sensato, pues sabe que presentarse conmigo causaría mayores problemas entre mi hermana y yo. Es un asunto que las dos debemos resolver y, pese a su miedo, me está dando el espacio. Ya lo he dicho y lo sostengo frente a cualquier persona en este mundo: Magnus no es tan malo como todos suponen.

* * * *

Tres semanas fue lo que le tomó a Magnus planear mi visita. A regañadientes, le escribió a Stefan para que autorizara la entrada de guardias lacrontters a Mishnock. Militares, específicamente, porque el amargado se negó a que los custodios reales se hicieran cargo de mi

seguridad. Quiere protección garantizada, al punto que la amenaza latente de revelar el secreto de Atelmoff y la reina Genevive fue una constante en las misivas. No le gusta tener que someterse a las reglas y mucho menos si la mano que da la orden es la de su enemigo, por lo que no ha estado del mejor humor. Sin embargo, he sabido sortearlo. El enojo no le dura mucho cuando me le acerco, y desde que Gretta se marchó del palacio he tenido un sinfín de oportunidades para contentarlo.

—¿Prefiere que la espere en el carruaje o que la acompañe? —pregunta Francis cuando nos detenemos frente a la casa de los Peterson.

Sé por qué me da la opción. No quiere sonar como un vigilante contratado, porque está al tanto de que adentro está Stefan. Él mencionó que me recibiría para asegurarse de que todo marchara bien.

—Si tienes que rendir cuentas, puedes ir conmigo —le digo antes de bajar.

Parece que todo el cuerpo me tiembla mientras camino hacia la entrada. Hace dos semanas, mis padres enviaron una carta anunciando que el bebé de Liz ya había nacido. No quise ser imprudente escribiéndole una nota que sabía que no iba a responder, aunque supongo que la mayor imprudencia es venir sabiendo que ella no quiere verme. Intento no verlo de esa manera. Es un empujón amigable, un esfuerzo sincero que ojalá logre evitar una ruptura.

Afuera ya se mezclan los guardias mishnianos con los lacrontters, creando un pasillo de honor hasta la puerta que me hace sentir ridícula. ¿Desde cuándo visitar a mi familia necesita de esta pantomima? Es difícil acostumbrarme a este cambio. Tal como fue prometido, Stefan me recibe con una sonrisa que no puedo corresponder.

—Siempre es un placer verte, Emily. —Extiende la mano en busca de la mía. No cedo, solo asiento—. ¿Cómo te encuentras?

—¿Podemos entrar? Francis viene conmigo.

Me vuelvo, pero no lo hallo. Está todavía dentro del carruaje, mirándome por la ventana. Es tan misterioso como Magnus, así que nadie negaría que lo crio.

—Tal parece que no —apunta el rey de Mishnock—. Daniel no está. Le avisé que vendrías y decidió darles su momento. No obstante, tu madre se negó a marcharse. Es quien ha estado acompañando a Liz. Ah, y tu padre se llevó a Mia para que no estuviera en medio del pleito.

Respiro profundo mientras medito el panorama. Esto no sería sencillo incluso si solo quedáramos las dos en el mundo. Pasamos adentro y enseguida el olor de un café recién hecho me recibe, pero la calidez del aroma no logra suavizarme el nudo del estómago. La sala está vacía, aunque llena de cajas de regalo y envolturas tiradas en el suelo. Quizás tuvo una fiesta. Una presentación para su hijo a la que tampoco me invitó.

—Te espero aquí —susurra mientras se queda cerca de la entrada—. Y si tienes tiempo, después me gustaría hablar contigo.

Asiento, pero no le doy mucha importancia. Mi cabeza no tiene espacio para otro asunto que no sea este.

Voy directo a la puerta de la habitación de Liz. La reconozco. Vine aquí un par de veces antes de que todo se complicara. La luz se filtra por el espacio que queda entre las bisagras y el marco. Está ahí, del otro lado, y me duele lo mucho que me cuesta hacerle notar mi presencia. No por su rabia, sino por el dolor que me causa su rechazo. Me armo de valor, tomo el pomo y lo giro. Entro despacio con los brazos pegados al cuerpo y la boca seca. Liz me ve antes que yo a ella. La encuentro reclinada en una silla, con la luz del atardecer en la cara. Parece tranquila, pero sus ojos me acusan, me señalan. No hay sorpresa en su mirada, solo reproche. Ella ya sabía que vendría.

—Hola, Liz, ¿cómo te encuentras?

—Emily —contesta sin emoción. No se mueve, aunque tampoco me quita la mirada.

—Ya eres madre —intento una vez más—. Me alegra que todo haya salido bien. ¿En dónde está el bebé? Me gustaría conocerlo.

—Lo tiene mamá. Están en la alcoba de al lado.

Se instala un silencio incómodo entre nosotras. No sé qué decir. Ella me habla con frases cortas, vacías. Ambas hemos madurado, por

supuesto, pero eso no tendría que significar ser distantes la una con la otra.

—Lo veré más tarde. Ahora me gustaría hablar contigo.

—No, no lo verás —apunta, fastidiada—. ¿Qué haces aquí, Emily? ¿O debería decirte *majestad*? ¿Señora Lacrontte?

—No he venido a discutir.

—Entonces, ¿a qué? ¿A recordarme que te casaste con el enemigo? ¿Que ahora eres uno de ellos?

—Soy tu hermana.

De nuevo, silencio. Ella aprieta los labios en una línea recta. Tiene la respuesta en la boca, pero no quiere soltarla. De nada sirve. Su actitud pesa más que cualquier insulto.

—¿Qué es lo que quieres? ¿Reclamarme por no haber ido a tu matrimonio o a tu coronación? ¿Por no responder tus cartas o felicitarte por tu estatua?

—Por supuesto que no. Vine a verte y a mi sob...

—Se llama Hans —me interrumpe para que no mencione el parentesco.

—¿Por qué estás tan enojada? No te he hecho nada.

Sonríe. Una sonrisa cruel que parece apuntarme directo a la cabeza con una filosa flecha.

—¿Juegas conmigo? —reclama con ira—. Al menos no viniste con él. Debo darte crédito por eso. Pensé que había sido clara. No eres bienvenida en mi vida mientras lleves un anillo que te una a él.

La respuesta no me sorprende; me lastima. Yo necesito que entienda que mi matrimonio no tiene por qué separarnos, pero sus ojos, duros, me gritan que cualquier palabra será inútil. Me quedo quieta, recordando las tardes en que reíamos por tonterías, cuando nada podía poner distancia entre nosotras. Ahora, una decisión, mi decisión, ha levantado un muro que no sé si podré derribar.

—Veo que ya te ha conquistado con los lujos y te has olvidado de todas las muertes que ha causado.

—Él no es como supones.

Amo a mi hermana. La cuestión es que también lo amo a él y voy a defenderlo.

—Ah, ¿no? Entonces, ¿cómo es? ¿No es el hombre que le disparó a Daniel en su cumpleaños? ¿El que ha perpetrado ataques por años a nuestro pueblo? Bueno, debería decir, a mi pueblo.

—Basta ya, Liz —advierto con el pecho oprimido. Me ofende y no voy a permitir que me hable de esa manera—. No te comportes así.

—¿Por qué? ¿Porque ahora eres una reina y debo tenerte respeto? Disculpe, majestad. Yo solo hablo con la verdad.

Intento contener mis emociones para no romper en lágrimas frente a ella. No se lo merece y no lo haré. Puedo pelear por ambas hasta estrellarme con la más alta de las murallas. Soy terca y tenaz. No dejaré que se pierda lo que construimos desde que vine a este mundo. No por dos hombres.

—Liz, no me hagas esto —suplico pese a lo pequeña que me hace sentir—. Somos hermanas.

—La única culpable eres tú. Yo te amo, Emily, pero mi hermana no se habría casado con ese hombre.

—¿Qué intentas decirme?

—Ya lo hice. —Su tono al hablarme es el mismo que usaba cuando discutía con Rose. Lleno de desprecio puro—. Y es mejor que no regreses. No voy a permitir que alguien que esté cerca de ese sujeto toque a mi hijo.

No voy a arrastrarme. Hacerlo solo le dará la oportunidad de que me insulte más. No es justo.

—Bien. —Le sostengo la mirada. Yo puedo ser igual de indiferente—. Él no va a dejar de ser mi esposo y, sobre todo, mi hermana jamás me habría dicho estas cosas.

—Entonces, ambas lo tenemos claro. ¿Cómo no te asusta dormir a su lado? En cualquier momento podría hacerte daño. Me sorprende no verte ningún hematoma, ¿o acaso los ocultas debajo del vestido?

—Él jamás me pondría una mano encima, Lizzie. Cuida tus palabras. —Levanto la voz más de lo que debería. Esa es una línea que no le permitiré cruzar—. Te exijo que lo respetes.

—¿Me amenazas? —Se pone de pie, hostil. Su mirada está plagada de rencor—. Has aprendido mucho de él. Leo el periódico, Emily. Sé la clase de hombre con la que te sientas a desayunar. ¿Cómo puedes defender a un ser tan despreciable?

—Tú lo haces con Daniel, yo lo hago con Magnus. Fue el hombre que elegí y me duele vernos en esta posición, pero no puedo dejar de quererlo solo para verte feliz. Esta era mi última carta para no dejar perder lo que tenemos y me acabo de dar cuenta de que no valió la pena el esfuerzo.

—Inténtalo de nuevo cuando entres en razón.

Me siento asfixiada y sin voz, como si hubiera gritado hasta quedarme sin ella. Esto es una pesadilla, es horrible. La amo con todo lo que soy y jamás voy a dejar de hacerlo. Pero esto es como si me arrancaran la piel. Podría ponerme de rodillas y suplicarle que no me trate de esta manera, que se retracte, decirle que podemos arreglarlo, pero no lo haré. Por mí y por Magnus. No sería justo con el amor que le tengo a él.

—No te preocupes, Liz. No volveré por aquí y no volveré a intentarlo. Si algún día cambias de opinión, las puertas del palacio estarán abiertas para ti. Solo ten en cuenta que mi esposo estará ahí y será de esa manera por el resto de mi vida. Es tu decisión aceptarlo o no.

Me doy media vuelta y salgo hecha polvo, con los ojos ardiendo por las lágrimas que no quise dejarle ver. He dado todo lo que tenía, he dicho lo que necesitaba decir y aun así sus palabras quedaron suspendidas entre nosotras como cuchillas.

Camino con la espalda recta y el orgullo herido. Voy directo a la salida, pero me detengo al ver a mamá en la sala, sosteniendo a Hans. Escuchó cada palabra de nuestra conversación y la prueba está en el dolor con el que me mira. No soy la única herida. Ella nos vio crecer como una sola, tan unidas que debían separarnos para conseguir que durmiéramos por la noche.

—Amor. —Se acerca y me enseña al bebé.

No lo toco, porque, pese a todo, voy a respetar la orden de Liz. Es su hijo y no pasaré por encima de eso. Lo observo. Está dormido con

las manos apretadas y los labios ligeramente abiertos. Es precioso. No sé si alguien tan diminuto puede parecerse a otra persona. Quizás es muy pronto para ver los rasgos dominantes o quizás no. Lo cierto es que veo a Daniel en una pequeña cara de mejillas grandes.

—Por más cosas que diga Liz, no olvides que es tu sobrino —susurra mi madre.

No contesto, no quiero entrar en una nueva discusión.

—Si él lo quiere, tiene derecho a conocerte.

Cuando sea un adulto tendrá esa elección. De otra forma, Liz no lo permitirá.

—¿Volverán a Lacrontte? —pregunto con temor.

—Por supuesto. En un tiempo regresaremos. A Mia le encanta vivir allá.

—Voy a ser egoísta, pero, por favor, no tarden. Exprésele mis felicitaciones a Daniel. Ya tengo que irme.

Me despido y salgo de casa. El carruaje sigue allí con Francis dentro, esta vez acompañado por Stefan. Hasta parece que son el dúo auténtico de rey y consejero. Subo al transporte y, para mi sorpresa, el rey Denavritz no se despide. Se me queda viendo, impaciente. Quería hablarme de algo, aunque seguro no piensa hacerlo frente al aliado enemigo. Por desgracia, no tengo otro espacio para él ahora.

—¿Querías comentarme algo? —le digo, intentando ocultar mi desánimo.

—Si no es un buen momento, podemos aplazarlo.

—Es tu única oportunidad si quieres que Magnus no esté presente.

Se lo piensa porque tengo razón. Si va a buscarme a Lacrontte como la vez pasada, no podrá sacarlo del camino. Es ahora o nunca.

—Francis está.

—No le comentará nada si no es importante.

—Pues lo es.

—Puedo salir si así lo requieren —ofrece el señor Modrisage—. No obstante, majestad, no me meto en los asuntos que no aportan al reino.

—Es sobre Atelmoff —confiesa ya sin nada que perder. Magnus sabe sobre eso.

—¿Descubriste algo? —Deseo saber, genuinamente interesada.

Me inclino hacia adelante, en mi asiento, dispuesta a escucharlo. Él niega con la cabeza y se frota los ojos, frustrado.

—No mucho. Lo enfrenté y admitió que sí conocía a mi madre antes de que ella se casara con Silas. Cuando le cuestioné si habían tenido alguna relación fuera de la amistad, se enojó y me culpó de querer entrometerme en su vida privada. Me di cuenta de que lo que sea que haya pasado antes es un tema delicado para él o no habría perdido la calma por una pregunta sencilla.

—¿No vino contigo?

—Se fue del palacio. Le pregunté si era mi padre y solo negó con la cabeza. No fue capaz de mirarme, de darme una respuesta clara, por más que le rogué. Hace semanas que no lo veo. Está en su casa, en la calle Noble. No es lejos de aquí. Está en el 935.

Esto es una comedia mal armada. Si se ve expuesto, ¿por qué le cuesta ser sincero? Dice amar a Stefan como a un hijo, así que no debería ser difícil sacarle la verdad.

—¿Y me lo cuentas porque…?

—Ustedes son cercanos. Yo estoy incluido en el secreto que guarda. Tú no. Quizás logres que admita algo. Se lo pediría a Lerentia, pero no es su persona favorita.

—¿Quieres que vaya a hablar con él ahora?

—No, si no es un buen momento.

Definitivamente, no lo es, pero aun así puedo tratar de conseguir información. ¿Qué más da? Un lío más en mi espalda no hará la diferencia.

—Una cosa antes. —Lo señalo—. Teníamos un trato sobre Willy que no has cumplido.

—Está en proceso de recuperación. Está bien —aclara antes de que pueda alarmarme—. Es por precaución. Debemos asegurarnos de que no tenga problemas de salud. Luego de eso, irá a Lacrontte. Ya fue informado.

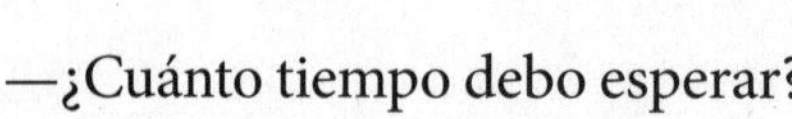

—¿Cuánto tiempo debo esperar?

—Un mes. Te juro por mi honor que vive. Sé que es pedir demasiado, pero confía en mí.

—De acuerdo. Llévame con Atelmoff.

—Si se me permite dar mi opinión —Francis se anima a participar en la conversación justo cuando Stefan va a pedirle al cochero que se ponga en marcha—, considero que el señor Klemwood no le dirá nada a la señora Lacrontte.

—¿Por qué tan seguro? —inquiero.

—Los secretos no son sencillos de revelar. De ser así, no serían secretos. Aparecer en su casa solo le indicaría que el rey Denavritz la envió a sacarle información. Eso lo coaccionará y usted caerá de su estima por intentar presionarlo cuando lo que busca al alejarse es justo eso: tener espacio. Tarde o temprano lo dirá. Por el momento, es evidente que no se siente preparado.

—¿Y cuándo lo estará? —reclama Stefan—. Lleva años mintiéndome.

—¿Qué sabe? —cuestiono a Francis. No lo conozco como Magnus, pero sé que es sagaz. Cualquier detalle es capaz de mostrarle la verdad.

—¿Yo? Nada —dice con la calma de siempre—. Sospechas de un viejo. Es todo.

—¿No nos dirá?

—¿Qué tal que esté errado y arme un revuelo? No es mi modo de actuar. Dele tiempo —dice, mirando a Stefan—. Estoy seguro de que vendrá y le contará todo.

Si Magnus estuviera aquí, lo habría obligado a hablar. Yo, por el contrario, no me siento con esa potestad.

—¿Y si se muere antes? —le contesta él.

—Entonces ahí le contaré mis sospechas.

—Dígame una cosa y me olvidaré del plan. ¿Usted cree que Atelmoff y mi madre tuvieron una relación?

—Absolutamente, sí. La evasión de la pregunta es la respuesta.

—Entonces, sí es probable que sea mi padre.

Repite: la evasión a la pregunta es la respuesta.

32
EMILY

No acepto quedarme a pasar la noche en Mishnock. Lo que deseo con ansias es volver a mi casa. El nudo en el estómago y el vacío en el alma me hacen sentir pulverizada todo el camino de regreso.

—¿Las cosas no salieron bien? —pregunta Francis, mientras cruzamos la frontera, después de un largo silencio en el que he estado luchando por no llorar.

Sé perfectamente por qué me he contenido. Ya no quiero sostener sola mi dolor nunca más. Necesito llegar y desahogarme con Magnus. Es con quien quiero hablar, a quien quiero contarle mis penurias, solo puedo desarmarme frente a él. Es el único al que le mostraré mi vulnerabilidad completa.

—Creo que ahora solo tengo a Mia —le confieso.

—Quedarse con quien construye es más sabio que empeñarse en cargar a quien destruye.

—Es difícil dejarla en el camino cuando la amo tanto.

—Bueno, majestad, por experiencia le digo que a veces el acto más grande de amor es soltar a quien no quiere quedarse. No es sencillo, pero es la decisión más valiente que puede tomar para preservar el bienestar propio.

—Me duele perderla.

—Estoy convencido de que no es usted quien pierde.

No recuerdo una ocasión en la que Francis haya sido tan cálido conmigo. Si pudiera describirlo como una figura, sería un cuadrado con esquinas imposibles de limar. ¿Debería aprovechar el momento?

—¿Puedo pedirle un abrazo? —inquiero al no tener a mi esposo cerca.

—No aprecio el contacto. ¿Le sirve un apretón en el hombro?

Puedo entender por qué Magnus es como es, si fue criado por este hombre.

* * * *

En el momento en el que llegamos al palacio en Mirellfolw, me bajo del automóvil con afán y corro hacia la entrada para subir las escaleras hasta el segundo piso, después de preguntarles a los guardias en dónde se encuentra el rey. Cada paso es una mezcla de agotamiento y urgencia. Lo necesito, esa es la verdad. Él es quien puede calmar el desasosiego que me atormenta el corazón.

Al llegar al final del pasillo, empujo suavemente la puerta de su oficina. Lo encuentro sentado en su escritorio, revisa un mapa que tiene extendido sobre la mesa. Al verme, los ojos se le iluminan, pero enseguida su expresión se torna seria.

—Emily —se levanta con rapidez, asustado—, ¿qué pasó?

Apenas alcanzo a responder. Tengo la garganta hecha un nudo. Avanzo hasta él y me hundo en su abrazo, dejando que todo el peso del cansancio y la tristeza se derrame contra su pecho.

—No lo sé —susurro, apenas audible, mientras me aferro a su camisa—. Discutí con ella otra vez. Me desechó de su vida. ¿Cómo pudo hacerlo? Es una de las personas a las que más amo en el mundo.

Se lo cuento todo, con cada palabra y gesto. Me sostiene con fuerza y me acaricia la espalda en círculos lentos, como si con ellos pudiera quitarme el dolor. Se deja caer despacio en la silla, llevándome con él. Mi llanto fluye en medio del abrazo. Me acomodo en sus piernas y

escondo la cara en su cuello. Solo quiero que me sostenga por horas hasta que se me olvide que tengo un cuerpo separado del suyo.

—Tu hermana es una idiota.

—Que la insultes no ayuda y preferiría que no lo hicieras.

—Ella no merece tu bondad. Si no te quiere cerca, deséchala también. No hay que bajar la cabeza con quien no es capaz de vernos a la cara. Tú eres una reina y un monarca no se inclina ante nadie.

Sus palabras son un remolino que se pierde en medio de la duda en mi cabeza. He apostado todo por lo que siento, aunque me asuste lo que pueda pasar si me equivoco.

—Magnus, ¿tú me amas? —inquiero con zozobra.

—Por supuesto —no duda en contestar—. Con toda mi alma.

—Júramelo.

—Emily…

—¡Júramelo!

—Te lo juro por mi vida, por mi corona, por cada cosa que poseo, por cada persona en este mundo y por los que lo han dejado. Te amo como estoy seguro de que nadie volverá a amar a otra persona. No lo dudes jamás. Te amo como no lo hace nadie más, ni siquiera tú misma.

Algo dentro de mí se afloja. Cierro los ojos y tomo bocanadas de aire hasta que mi respiración se acompasa con la suya. Por un instante, el ruido del mundo se desvanece y vuelvo a verlo tan claro como esa noche con mis padres. He encontrado un nuevo refugio del que no quiero salir nunca.

—Lo estoy arriesgando todo por ti, Magnus —digo, aferrada a sus brazos—. Prométeme que nunca me vas a fallar.

—Si hay una persona a la que no debes ver como tu enemiga, es a mí. No después de ser consciente de lo mucho que te amo. Jamás levantaría una mano contra ti. Yo siempre voy a estar aquí, Emilia. Soy tu familia y pretendo que sea así hasta mi último día en este mundo.

Me toma de las mejillas y me levanta la cabeza. Me pasa sus pulgares por los ojos para borrar las lágrimas que me azotan la cara. Lo miro y encuentro la certeza que necesito: no importa lo que pase allá

afuera, siempre tendré este lugar al que volver. Me quedo pegada a él, dejando que su calma me contagie. Amo su manera de sostenerme, de hacerme sentir que no debo ser fuerte todo el tiempo, que también puedo rendirme y dejar que me cuide. Amo a este hombre. Lo amo y sé que nada puede romperme del todo mientras lo tenga a mi lado.

* * * *

—No quiero que estés triste —dice cuando me ve más tranquila—. Ese estado de ánimo no combina con tus vestidos de jardín.

—¿Por qué los llamas así?

—Es lo que son. He imaginado muchas formas de llamarlos, y a ti. «Bastón», porque no eres muy alta. «Bastón con falda», «sauce llorón», «jardín andante» y puedo seguir.

—Pensé que no te gustaban los apodos.

—Espero que esa sea la razón por la que tú no me dices ninguno.

—¿Ninguno sobre qué?

—Pues... —Se rasca la nuca, sin saber qué responder—. Yo te digo «Emily», «Emilia», «esposa», «vestidos de jardín», «mujer», «mi señora». Tú solo me dices «Magnus».

—¿Quieres que te ponga un apodo? —pregunto, intentando esconder la sonrisa que amenaza con asomarse.

—No. No importa —dice, encogiéndose de hombros.

Lo observo, maravillada por ese matiz tierno que nunca muestra y que seguro nadie más conoce. El rey de la guerra pidiendo un apodo. Tan irónico como lindo.

—Nunca lo hice porque pensé que no te gustaría, pero puedo decirte «amor». ¿Qué te parece «amor»?

Frunce el ceño de inmediato, aunque la dureza habitual no está presente. Más bien, hay algo casi divertido en su mirada.

—Eso no es nada original. Yo estaba pensando en algo como «rey magnífico» o «esposo perfecto». Algo sencillo.

—En mi cabeza te digo «amargado» y «señor enojo». Es eso o «amor».

—Te daré tiempo para que pienses en uno mejor. Por cierto, llegó correspondencia mientras no estabas. Una carta es para ti. A nombre de Rose Alfort.

Abre la gaveta y saca el sobre que luego me entrega. No esperaba una carta suya, es decir, la última vez que hablamos terminamos discutiendo y creí que nuestra amistad se había roto después de que ninguna de las dos intentara arreglar el problema.

Mily,

¿Cómo has estado? Espero que mucho mejor que yo. Te felicito por tu coronación y matrimonio. ¿Quién lo diría? Obtuviste todo lo que no deseabas. Esta carta la escribo con la fe de que voy a predecir el futuro.

Hoy me di cuenta de que a la ciudad está llegando el Ejército de Lacrontte y todos comentan que es una visita de los reyes. Tu hermana acaba de tener a su hijo y sé que se trata de ti. Vendrás y no te imaginas la felicidad que eso me causa, pese a estar segura de que no vendrás a verme. Supongo que en algún punto dejamos de ser amigas y es doloroso, porque eres mi única aliada en el mundo. Sabes que te quiero y deseo verte. Yo puedo ir a Lacrontte. Estoy dispuesta a demostrarte lo mucho que significas para mí. No creas que te pido dinero. Yo misma pagaré mi viaje, solo necesito que me asegures que vas a recibirme. Me partiría el corazón llegar y que me rechazaras.

Si tengo tu apoyo, envíame una carta con la confirmación e iré cuanto antes. Ya sabes a dónde escribir.

Con amor,

Rose

El corazón me da un pequeño salto. Me quedo con la mirada fija en las palabras. Las emociones se me arremolinan en el estómago: sorpresa, un leve resentimiento todavía latente y añoranza. Hemos vivido muchas cosas juntas como para fingir que no significa nada. No soy capaz de ignorarla pese a que quizás no sea la mejor idea abrirle la puerta del palacio. Ella soñaba con esto y siento el filo de la espina al inicio de la misiva; aun así, debo comprobar que todavía existe algo que salvar entre nosotras o que definitivamente es mejor cortar para la eternidad.

—¿Esa no es la joven que me dijiste que quería casarse conmigo? —pregunta Magnus cuando bajo el papel.

—La misma. Quiere visitarme.

—¿Y aceptarás?

Sin verlo a la cara, puedo escuchar su duda. La idea no lo convence.

—Una semana, nada más. Ella es agradable. Hay que tenerle paciencia, es lo único.

—Suena a que es un lastre insufrible.

A veces lo es.

—¿Cuándo será esa semana? —inquiere a medida que saca otro sobre del cajón—. Nos invitaron al cumpleaños de Wifantere hijo y esperan una respuesta. Es en dos días. Además, se acerca también el tuyo y para entonces quiero que estemos solos.

—¿Tienes tan presente mi día?

—¿Qué clase de esposo sería si no? Tengo algo planeado y no quiero que ninguna Rose Alfort lo arruine.

—No lo hará —digo, no muy convencida—. Sobre el cumpleaños de Lorian, ¿será aquí?

—En Cromanoff. Tal parece que lo organizan Elisenda y el Salvarata. No comprendo cuándo se volvieron amigos. No iba a decirte nada, pero prefiero visitar a ser visitado.

—Entonces, ¿iremos?

—La decisión es tuya.

Claro que iremos, pero antes debo contestar una carta y enviar otra para Atelmoff. Tengo su dirección: calle Noble, casa 935. Y sé perfectamente qué voy a decirle.

* * * *

Desde que llegamos ayer a Cromanoff se siente el ambiente festivo en el palacio. Lorian arriba esta noche, justo para la fiesta sorpresa.

Magnus y yo bajamos hasta el salón para esperarlo junto a los demás invitados, aunque no creí que lo lograríamos, porque, cada vez que tuvo la oportunidad, se acercó a tocarme más de lo debido y eso solo nos hizo perder el tiempo.

El lugar al que entramos parece sacado de un cuento antiguo. Los techos altísimos están cubiertos por frescos y de ellos cuelgan inmensos candelabros de cristal que lanzan destellos cálidos sobre cada rincón. Las columnas, recubiertas de relieves y filigranas, enmarcan grandes ventanales con cortinas pesadas, de terciopelo, que dejan entrever la luz del exterior. En el suelo, el parqué bruñido refleja las luces doradas de las velas y sobre él se extiende un ordenado bosque de mesas redondas, todas vestidas con manteles marfil, copas de cristal fino, platos oscuros que resaltan sobre la blancura del lino y pequeños arreglos de flores blancas. Hay músicos en el escenario y una pista en el centro a la que ya le hacen falta los asistentes.

Magnus y yo vamos a la mesa larga dispuesta para los reyes después de recibir un mar de reverencias por parte de la gente. Elisenda me abraza al llegar, tan emocionada como si la fiesta fuera en su honor. Su embarazo se refleja en una barriga prominente debajo del vestido morado de gasa que luce. Se ve espléndida, como si hubiera obtenido un brillo especial del que carecemos todos aquí.

—¿De quién fue la idea? —le pregunto cuando tomamos asiento.

—De Patrick —confiesa ella—. Se han vuelto amigos cercanos, ¿sabías? Estoy muy feliz por Pat. Es tan solitario que verlo acercarse a alguien que no sea yo me enorgullece. Siento que ahora sí está avanzando.

Más le vale a Lorian llegar rápido, porque tiene muchas cosas que explicarme.

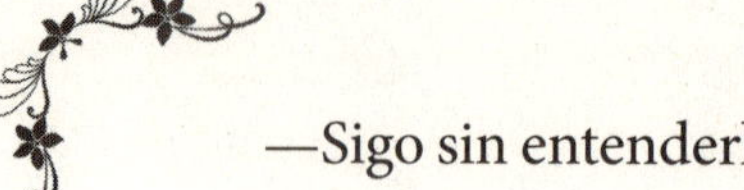

—Sigo sin entenderlo.

—Yo tampoco. Un día me escribió que el cumpleaños del príncipe estaba cerca y quería celebrarlo. Pensó en hacer algo pequeño en su villa, pero yo lo convencí de que fuera aquí y con muchas más personas. Lo hubieras visto planear los detalles.

Es como si no hubiera pasado poco más de un mes, sino un año. Miro hacia el marqués, quien habla con las doncellas y se mueve por el salón para cerciorarse de que cada cosa esté en su lugar y de que los invitados estén satisfechos. Es casi una hormiga obrera desesperada porque se avecina el invierno.

Lorian entra en escena poco tiempo después. Viene distraído, pensando que lo espera una cena pequeña y no una fiesta gigantesca. Todos en la habitación parecen contener el aliento mientras lo ven cruzar la puerta y entonces, cuando él se da cuenta de lo que le han preparado, se queda de piedra. Su expresión es un mapa de sorpresa pura: los ojos abiertos y la boca apenas curvada en un gesto de incredulidad, como si tratara de asimilar de golpe el brillo de los candelabros, las mesas impecables y los amigos reunidos para él. Aplaudimos para animarlo, pero él no sale de la consternación. Una risa nerviosa se le escapa antes de cubrirse la cara con una mano, saliendo así por fin del impacto inicial. Sin embargo, lo que más me intriga es ver la manera en que su mirada se desplaza, rápida, casi instintiva, hacia Patrick. Sus ojos se enganchan. Y entonces me viene a la mente la tensión de su primer encuentro. Aquellas palabras torpes, los malentendidos y la sensación de que nada podía ir peor entre ellos. ¿Qué ocurrió aquí?

Avanza entre las mesas con paso decidido, todavía con esa sonrisa incrédula que no termina de borrársele. Saluda a uno y otro, pero su atención parece imantada hacia el marqués, quien lo observa desde el otro lado del salón con las manos en los bolsillos y un aire de expectación y cautela. Cuando por fin se encuentran, hay un breve instante de vacilación, como si ambos midieran las palabras antes de lanzarlas. Después empiezan a hablar, primero con gestos medidos y, poco a poco, con una fluidez que no esperaba. Me

quedo quieta, fingiendo revisar mi copa, intentando leer en sus labios alguna pista, sin importar que la distancia y el murmullo creciente de la fiesta me lo impidan.

—¿Y esto cuándo pasó? —cuestiona Magnus, tan extrañado como yo.

—¿Esto significa que Salvaret no quiere la miel de Emily? —pregunta Gregorie y no tengo la menor idea de lo que habla.

—Más le vale. Soy el dueño de ese panal —responde el amargado.

—¿De qué están hablando? —Elisenda intenta no reírse.

—Era obvio que Patrick rondaba el panal, como una abeja enemiga, y quería robarse la miel —explica su esposo—. Ahora no estoy muy seguro.

Un calor me trepa por el cuello, resultado de la vergüenza que me causa oírlos. ¡Vida mía! Si la gente supiera cómo son estos dos en realidad, no les temería.

—Él solo era amable —lo defiendo—. Tal como lo es con Elisenda.

—En realidad, no —señala ella—. Patrick me confesó que, de estar soltera, te invitaría a salir. Lo atrajiste mucho, pero respeta que estés casada.

—Definamos respetar —Magnus se queja—. ¿Lo ves, vestidos de jardín? Tenía razón. Salvaret quería lo que es mío.

—Bueno, parece que no debemos preocuparnos, primo. La miel está a salvo.

Magnus entrecierra los ojos, no muy convencido. Para él, ya es un objetivo de guerra y sé que no dejará de serlo en un futuro.

* * * *

El amargado baila con su tía porque ella prácticamente lo obligara. Elisenda sigue los pasos de Gregorie y yo me quedo en la mesa a esperar a Lorian. No tarda demasiado. Es obvia su impaciencia por contarme su versión de la historia desde que me vio entre la gente.

—¿Debería decirte «feliz cumpleaños» o interrogarte? —le pregunto cuando, después de mucho hablar con el marqués, viene a saludarme.

Ni siquiera se esfuerza en ocultar la emoción. Se le ilumina la cara mientras se acomoda a mi lado.

—¿A qué crees que he venido, primor? Un día me envió una carta y yo respondí.

—¿Es todo?

—Yo no te pregunto de qué hablan Magnus y tú. Es amable. Quiso disculparse por si, quizás, no había sido cordial en la villa.

No existe duda de lo cordial que fue Patrick. Eso suena a excusa.

—Creo que no sabía cómo dar el paso y escribirte —expongo lo evidente.

—En realidad, no es como crees. La carta llegó al palacio de Lacrontte. Fue Francis quien me la hizo llegar hasta Dinhestown. Sus intenciones eran claras. Quería usarme y no como desearía. Trataba de convencerme de visitar la villa de nuevo y llevarte a ti. Me escribió por ti. No soy estúpido. Noté sus intenciones y se lo hice saber.

Así que los primos Lacrontte tenían razón. Son más perspicaces de lo que pensé.

—Entonces, ¿cómo llegamos hasta acá?

—Cambió de tónica. Se mostró sincero y solo seguimos intercambiando correspondencia. Ni yo logro entender en qué momento empezó a agradarme.

—¿No decías que era un descarado y seguro mujeriego?

—Somos humanos. Cometemos errores. Lo juzgué mal.

—¿Es decir que son amigos ahora?

—No sé si amigos, pero nos llevamos mejor de lo que creí.

—¿Es decir que a él…? —Dejo la frase en el aire, porque no quiero hacer juicios.

—No lo sé. —Toma su copa de vino y se la queda viendo, pensativo—. Prefiero no darle mucha mente al asunto y solo disfrutar de la compañía. Si no fuera por el correo, ya me habría vuelto loco en Dinhestown.

Quizás estoy dejando que mi mente vuele demasiado lejos y todo se trate de una búsqueda inusual de amistad. O quizás no.

—¿Le contaste por qué no te has casado con una mujer? —retomo el tema. La curiosidad me gana.

—No a fondo, pero sabe que esa es la razón por la cual ya no poseo un título. Siguió contestándome después de eso, así que parece que no vamos mal.

—¿Lo dudas? ¡Te organizó una fiesta de cumpleaños!

—Y qué fiesta —dice con una sonrisa amplia.

Lorian juega con el borde de su copa y yo no puedo evitar sonreírle. Está dichoso. Y entonces, de repente, lo veo. El marqués se acerca, atravesando el salón con paso seguro. Le doy un codazo por debajo de la mesa a mi compañero, quien todavía no lo ha notado. Enseguida, él se reacomoda y se estira un poco, como si quisiera verlo mejor sin llamar la atención.

—¿Es mi imaginación o viene hacia nosotros? —inquiere entre dientes.

—Es tan real como esta celebración.

Cuando llega a nuestra mesa, su mirada se posa primero en mí, amable.

—Majestad —saluda con un asentimiento de cabeza—, la invitaría a bailar si supiera que su esposo no va a golpearme de nuevo en la cabeza.

Claro. Me creeré esa excusa tonta.

—Lorian está disponible —propongo.

Él me fulmina con la mirada en un reclamo silencioso que apenas disimula. Sé lo que quiere decir: «¿Cómo se te ocurre?». Sus ojos hablan de prudencia, de ese temor a lo que la gente pueda murmurar en un salón donde cada gesto tiene peso.

—Es lo más descabellado que te he escuchado decir.

—A mí no me resulta tan insensato —dice Patrick sin mostrarse sorprendido.

—¿Habla en serio? —pregunta, entonces, interesado.

—Para el baile se necesitan dos personas. Nadie dijo de qué sexo.

Hasta yo estoy boquiabierta. Y pensar que Magnus no iba a contarme sobre la fiesta.

—¿Le incomoda bailar con un hombre, alteza? —inquiere Patrick al ver que no se anima.

—Nunca lo he hecho.

—Yo tampoco. Supongo que es parecido a hacerlo con una mujer.

—¿No le importa lo que opine la gente?

—No permito que el juicio ajeno limite el mío. Entonces… —Le extiende la mano—. Es solo un baile, no es como si fuéramos a matar a alguien.

Lorian parece dudarlo. Lo mira con sospecha para luego pasear la vista por las mesas y finalmente levantarse, pero sin tomar la mano del marqués.

—Supongo que puedo permitirme un baile.

Caminan hacia el centro y, con algo de torpeza, unen sus brazos para comenzar a moverse. Lorian parece bastante intimidado, mientras que Patrick refleja una calma y naturalidad envidiables, a pesar de que los asistentes ya han puesto los ojos sobre ellos con sorpresa o rechazo. El expríncipe es una de las personas más valientes que conozco. El ir en contra de su familia, renunciar a su título y a todas las comodidades a las que está acostumbrado para luchar por su felicidad no es un paso fácil de dar, y él lo ha hecho con la frente en alto todo el tiempo.

Magnus regresa a mi lado. Son claras sus intenciones: librarse de la pista de baile y obtener información. Le doy detalles mínimos, pues sé que luego irá a contárselo a su primo. Tanto que se quejaba de mis ganas insaciables de información y él es igual. Ambos ponemos nuestra atención en la pista, viendo cómo esos dos giran entre las parejas con las manos unidas, desafiando el murmullo de los invitados, y por un momento todo parece posible.

Estoy a punto de reírme con ellos cuando noto que Patrick fija la vista en la entrada. Su cuerpo se tensa de golpe y la luz en sus ojos se apaga. Sigo la dirección de su mirada y los veo: dos figuras rígidas cerca de la puerta, con semblantes duros y fruncidos. Sus ropas,

impecables, resaltan tanto como la desaprobación que traen en el rostro. Son los reyes Wifantere. El marqués se inclina hacia Lorian, todavía con la mano en la suya. Le susurra algo que hace que él cambie al instante. Su expresión abierta se cierra, como si una sombra le hubiera caído encima.

—¿Él los invitó? —pregunto al aire—. ¿Por qué?

—Es un idiota. ¿Qué otra cosa se puede esperar?

Los veo atravesar el salón sin mirar a nadie. El aire alrededor de ellos es tan pesado que nubla el sonido de la música. Lorian va adelante, con los hombros rígidos y una copa en la mano; detrás, Patrick lo sigue con pasos rápidos, intentando alcanzarlo antes de que llegue a la puerta. El murmullo de la fiesta queda suspendido un instante, como si todos dudaran entre seguir charlando y detenerse a mirar. Las luces doradas siguen brillando sobre las mesas, pero ya no tienen el mismo calor: algo se ha quebrado en el ambiente. Me siento terriblemente mal por él. Estaba tan feliz que es doloroso verlo de esta manera. De corazón deseo que logre obtener la paz que tanto anhela.

* * * *

Pasa casi una hora antes de que regresen. Magnus y Gregorie están al otro extremo de la larga mesa. Elisenda me acompaña, pero se levanta cuando ve a Lorian venir directo a mí, derrotado, con los ojos rojos y una botella en la mano de la que bebe compulsivamente. Ha estado llorando.

—¿Qué ocurrió? —inquiero cuando se deja caer en la silla, exhausto.

—Una nueva propuesta de matrimonio. Eso ocurre. Patrick tuvo la maravillosa idea de invitarlos para lograr una reconciliación y a ellos les pareció excelente proponerme que me case con una mujer que ya consiguieron para que así vuelva al reino a cumplir con mi papel. ¿Sabes qué dijeron? —Hace una pausa para darle un trago a la

champaña que sostiene en la mano—. Que están dispuestos a perdonar mis errores. ¡A perdonarme! ¿Qué error he cometido? ¿No ser lo que ellos esperaban? Prefiero morir hoy antes que agachar la cabeza y disculparme por quien soy. ¿Entiendes eso?

—Tienes un punto. No hay razones para pedir perdón. No eres tú quien debe decir esas palabras, eres quien debe recibirlas.

—Jamás lo dirán, porque les avergüenzo. Estaban convencidos de que aceptaría, porque me propusieron que no era necesario tener hijos. —Vuelve a beber—. Quieren que me case con cualquiera siempre y cuando sea una dama. ¿Aceptarías casarte conmigo, Emily? Si lo haces, juro que te besaré ahora mismo.

—Deja de tomar, Lorian. —Intento quitarle la botella cuando le da un nuevo trago, pero me esquiva con agilidad.

—Tú no me vas a decir qué hacer —brama con la torpeza propia que trae el alcohol—. Esta es la única forma que tengo para soportar esta estupidez. Mi vida es una farsa. Debo hacer lo que haga felices a otros. ¿Cuándo lo seré yo?

Veo las lágrimas llenarle los ojos mientras se ahoga en el dolor. Intenta reprimirlas, pasándose el dorso de la mano por la cara para borrarlas.

—¿Sabes por qué no puedo llorar, Emily? Porque soy un varón y los hombres no lloran, o eso dice mi padre. Pero hoy voy a llorar. Es mi cumpleaños y se me permite casi todo en este día.

—Puedes llorar si quieres. Eso no te hace débil.

—¿Sabes? Te envidio —arrastra las palabras—. Aunque te vaya mal, siempre obtienes una recompensa. En cambio, a mí la vida no me da mucho. Estoy solo, y cuando creí que había conseguido un amigo, hace esto. ¿No es maravilloso?

Suelta una risa amarga que se quiebra para convertirse en un sollozo. Agacha la cabeza, escondiéndose de todos. Los hombros le tiemblan mientras se desahoga y yo lo dejo ser. El bullicio del salón se vuelve lejano para mí, como si la fiesta estuviera ocurriendo en otra habitación. Solo lo veo a él. Tan distinto del muchacho que unas horas antes entró radiante, sorprendido por la fiesta. La impotencia me

abraza al no saber cómo sostenerlo sin empeorar las cosas, sin exponer su dolor frente a los demás.

—La gente espera que mi hermana haga lo que yo no soy capaz de hacer. Soy el fantasma de la perfecta Lerentia —dice entre jadeos—. Y todo porque no puedo amar a una mujer de la forma que corresponde. ¿Qué culpa tengo yo?

—Ninguna, Lorian.

Me acerco cuando levanta la cabeza para beber una vez más. El problema es que vuelve a esquivarme y levanta la botella hasta una altura que no logro alcanzar sin verme obligada a hacer una escena.

—Para ya de tomar, Lorian. No te hace bien.

—Nada me hace bien. ¿Por qué mejor no me das un beso, Emily? —pide, acercándose a mí.

Sus labios me buscan y yo me alejo con rapidez. Lo veo tambalearse en la silla y debo sostenerlo cuando parece que va a caerse hacia un lado.

—Detente —ordeno, quitándole esta vez la botella de la mano—. No estás bien. Hay que sacarte de aquí.

—No. No sin que antes dé mi discurso.

Se ajusta el traje y se pasa la mano por el cabello, intentando parecer lo más sobrio posible. Se levanta, retando su estabilidad en el proceso. Lo jalo hacia el asiento, pero me dobla en fuerza, por lo que se zafa fácilmente. Camina al escenario con todos los ojos puestos sobre él. Tomo el impulso para ponerme de pie, pero me detengo al verlo tan decidido. Siempre lo han reprimido y quiere que lo escuchen. Debo dejar que saque la rabia. Sube al escenario con los músicos y detiene la sinfonía. Toma otra copa de un mesero que pasa frente a él, pero no la bebe. La sostiene tal como dicta el protocolo.

—Buenas noches. Hoy es mi cumpleaños, pero seguro eso ya lo saben —inicia, y si no se le viera en la cara, su voz no delataría su ebriedad. Sabe bien cómo actuar—. Debería agradecerles por asistir a la fiesta o por haberme traído regalos. No lo haré. Estoy rompiendo el protocolo, ¿cierto, padre? —Lo señala con un odio que le oscurece la mirada—. ¡Qué vergüenza ha de darte tener un hijo así!

Las personas jadean y yo aprieto mi vestido, rogando para que exprese lo que siente sin que diga algo de lo que pueda arrepentirse.

—Este día ha sido un fiasco. Ni siquiera Emily quiso besarme... y ya bastante patético me veía pidiéndole un beso.

La mirada dura de Magnus me encuentra de inmediato. La línea de la mandíbula se le marca con fuerza y aprieta los labios en una mueca. Conozco esa expresión: no es solo sorpresa, es enojo.

—Lorian, ¡cállate ya y baja de ahí! —exige el rey Everett, encolerizado.

—No lo haré, padre, y, si no te molesta, seguiré con mi discurso. —Levanta la copa y vuelve a bajarla—. ¿Saben qué? Ya no lo haré. Solo tengo una cosa más que decir. Algo que siempre quise confesar. Ese será mi propio obsequio de cumpleaños. Rey de Lacrontte, ¿en dónde está? —Pone una mano encima de sus ojos para protegerlos de la luz que le da directo y busca en medio de la multitud—. Allí está, majestad. —Sonríe cuando lo encuentra—. ¿Se me permite tutearlo? Espero que sí. Ese será su regalo para mí. Magnus, me gustas. No, no. Hace un tiempo pensé que te amaba de una manera ilusa, por supuesto. Quizás todavía lo hago, quizás ya no. Da igual, porque lo hice. Magnus Lacrontte, te amo como se supone que un hombre no debe amar a otro hombre.

La copa que Lorian sostiene en las manos cae estrepitosamente, quebrándose en pedazos y salpicándoles su contenido a los asistentes que están más cerca de él. El rey Lacrontte no dice nada. No se muestra sorprendido ni enojado. Está claro que ya lo sabía; es un hombre prudente y en estos momentos lo demuestra. Camina hacia el escenario mientras el expríncipe baja de él. Lo toma del brazo y lo conduce por la puerta lateral del salón, por donde los sirvientes y doncellas entran a cumplir su labor. ¿Debería ir tras ellos? Algo me dice que esta es una conversación en la que no debo meterme.

Cuando ambos desaparecen, desvío la atención hacia la entrada. El lugar en el que aún permanece Patrick Salvaret. Hay algo distinto en su expresión después de la intervención de Lorian. Antes había culpa, ahora desolación. Sigue con la vista puesta en el escenario

desocupado. Da la impresión de que está perdido en el tiempo, demasiado impactado por aquella revelación. Puede que no supiera a lo que jugaban y ahora la verdad lo golpea. Puede que fuera consciente, pero la confesión pública de Lorian lo ha asustado. O también puede que el saber que él ama a otro hombre lo haya desilusionado. Está pálido y vacío, rodeado de un silencio que parece morderle el alma.

33

EMILY

Lorian se fue a Dinhestown sin decir una palabra y sin enfrentar a nadie. Salió en la madrugada y no se despidió. Me habría gustado hablar con él. En la mañana, le pedí a Magnus que viajáramos hasta el palacio en el que se encuentra, pero me dijo que lo mejor era dejarlo solo, porque él así lo había pedido. Sin embargo, mi preocupación no se esfuma. La primera plana del periódico de Cromanoff hablaba de la declaración de anoche, bajo el titular: *Susurros tras la fiesta: el expríncipe de Cristeners habría declarado, ebrio, sus sentimientos por un rey.* Este es un escándalo que se irá extendiendo de nación en nación y que Lorian no se merece, por lo que le envié una carta pidiéndole que, en el momento en que lo creyera conveniente, me dejara ir a visitarlo.

Los reyes Wifantere se fueron y ninguno consideró llevarse a su hijo de vuelta al reino. Quizás desistieron o quizás aprendieron que deben darle su libertad, aunque lo cierto es que solo fue por vergüenza. No lo aceptan y no sé si algún día lo harán.

Después de dos días, Magnus y yo regresamos a Lacrontte, porque hoy llega Rose al palacio. No mentiré: estoy muy emocionada. Es alguien de mi vida pasada que viene a la actual. Con la ayuda de Luena termino de preparar el dormitorio en el que se alojará, cuando, de pronto, un guardia informa que la visitante ha llegado. Corro fuera y bajo las escaleras de prisa para encontrarla. Quiero darle un abrazo y

escuchar su voz. Quiero recordar lo que solíamos ser. Al llegar al pasillo principal, la encuentro. Tiene el cabello más corto y los ojos igual de vivaces que antes, aunque ahora parecen contener algo que no sé si es nostalgia o simple curiosidad. Por un instante, me siento la misma de antes, la que reía sin pensar en promesas rotas ni en quién ha terminado casándose con quién. Mira hacia los lados, impresionada, detallando los candelabros, los grandes ventanales, los retratos de los reyes de Lacrontte que hay en las paredes y hasta el brilloso piso pulido.

—Emily. —Se lanza a mis brazos cuando me ve llegar—. Por Dios, Emily. Siento que ha pasado mucho tiempo desde que nos vimos. Este lugar es increíble. Es mejor de lo que imaginé. Es exquisito. Debería venir a vivir contigo. ¿No lo crees?

—También es un gusto verte, Rose.

—¿Puedo pasar tu cumpleaños aquí? —cuestiona sin prestar atención a lo que acabo de decir—. Quiero que estemos juntas como en los viejos tiempos.

Ya empezaron los problemas. ¿Cómo se lo digo sin que se enoje?

—Magnus quiere que estemos solos para esa fecha.

—¿No te parece extraño llamarlo por su nombre y nada más?

—Si supiera que me pidió que le pusiera un apodo—. No, espera.

—Junta y se frota las manos—. ¿En dónde está? Quiero conocerlo. ¿Le hablaste de mí?

—¿No quieres instalarte antes? Lo veremos en breve. Nos espera para almorzar.

La acompaño a su habitación en la segunda planta. Magnus opina que, por seguridad, es mejor que los invitados no tan cercanos no estén en nuestro piso y, aunque intenté protestar, en el fondo no es una mala idea. Subimos la escalera lentamente, con el eco suave de nuestros pasos sobre el mármol pulido. Arriba, abro la puerta de la habitación que he designado para ella y la dejo pasar primero. Rose avanza un par de pasos y se queda inmóvil. Sus ojos recorren el cuarto: la cama amplia cubierta con un edredón blanco, las cortinas que caen hasta el suelo, los muebles tallados y el pequeño balcón desde donde se ve el jardín.

—Esto es precioso —murmura, impactada.

Se acerca al ventanal y aparta la tela para asomarse. La luz de la tarde la ilumina. Estira los brazos, disfrutando el momento. Me quedo rezagada, admirándola, descifrando lo que hay detrás de su asombro. Es extraño verla aquí, frente a lo que deseó por años y que por azares del destino fue apartado para mí.

—Me alegra que te guste —digo para romper el mutismo—. Pensé que aquí estarías cómoda.

—Cómoda es poco —responde mientras se gira—. No sé cómo lograste esto, Emily. Teníamos una vida tan diferente. Aspirábamos a cosas tan distintas y después de lo que ocurrió ese día en la casa de playa todo se acabó.

—¿No has vuelto a saber de Silas?

La pregunta se me sale y agradezco que no me reproche la imprudencia.

—En lo absoluto. Desde que dejó el poder en Mishnock no es más que un fantasma en mi vida. Pero, dime tú, ¿qué se siente ser la reina de Lacrontte?

—Extraño. Cada día es un desafío.

—No te quejes. Eres reina, eres libre, tienes dinero y un esposo guapo. —Ahí vamos de nuevo—. No me malentiendas —se adelanta cuando ve la mueca de desagrado en mi cara—. Tienes todo aquello que una joven desearía.

Tengo lo que ella deseaba. Ese es el lío.

—¿Y tú? ¿Cómo vas? —redirecciono la conversación para no caer en provocaciones—. ¿Sigues trabajando con ese boticario del que me hablaste?

—No. No ganaba el dinero necesario. Odio mi vida, Emily. Soy tan desdichada que hasta me odio a mí misma. Siempre tuve ambiciones, una meta, y no conseguí nada. Tú, en cambio... —Se detiene y desvía la mirada.

Sé lo que ocurre. La conozco. Trata de no perder el control de sus palabras. Esto fue una mala idea. Está molesta. No sé si conmigo, con ella o con las dos.

—¿Tú eres feliz? —pregunta, devolviéndome la mirada—. Querías ser florista y ahora tienes un reino. ¿Eres feliz siendo aquello que no querías ser?

A pesar de los problemas y el rechazo de la gente, lo soy. Soy feliz por tener a Magnus a mi lado.

—Sí. Supongo que el destino tenía mejores planes para mí.

—¿Lo ves? No somos tan diferentes al final. Las dos queríamos lo mismo y una lo obtuvo. Felicidades.

Sus ojos bajan a mi mano izquierda, hacia mi anillo. La piedra azul atrapa en ese momento un rayo de sol que lanza un destello dramático en medio de nuestro silencio. Ella levanta la vista, como si la hubiera ofendido, y entonces fuerza una sonrisa, tratando de disimular que nada ha ocurrido, que no le ha dolido.

—¿Ya podemos ir a comer? —sugiero con la intención de bajar la intensidad en el ambiente.

—Sí, aunque hay algo urgente que necesito decirte.

Enseguida se me aprieta el pecho de preocupación.

—Te escucho.

—No ahora —musita casi sin mover los labios—. Te lo contaré más entrada la noche, cuando no haya tantas personas despiertas.

—¿Estás segura? —inquiero y asiente—. ¿No es importante?

—Es lo más importante del mundo, pero no es un buen momento. Tendrás que aguardar.

Bajamos la escalera hacia el comedor y entramos cuando los guardias nos abren la puerta. El aroma a madera pulida y a vino recién servido cubre la sala. Ya nos espera Magnus, sentado en la cabecera de la mesa, con las manos apoyadas sobre el mantel y la mirada fija en nosotras. No tiene la expresión serena que suele mostrar cada noche. Hay algo contenido en sus ojos, una observación fría con la que estudia a mi amiga, tratando de decidir si es alguien de fiar o no. Rose, al verlo, se detiene, quizás impresionada o intimidada. Luego, de la nada, sonríe como si acabara de encontrarse con un viejo conocido y le hace una reverencia teatral. Magnus no

corresponde el gesto; en cambio me mira, casi pidiendo una explicación de por qué acepté que viniera. Ya tomó su decisión.

Cuando tomamos asiento percibo el aire cargado con una especie de neblina espesa que asfixia la tranquilidad de una cena cualquiera. Mi amiga se acomoda la servilleta sobre el regazo con exagerada parsimonia, consciente de que la observamos. Está feliz, mirando hacia cada esquina, fascinada y a la vez molesta, como si los candelabros de oro le recordaran lo que ha perdido.

—Majestad —lo observa con una chispa nueva en los ojos—, es un placer al fin conocerlo. No imagina lo contenta que estoy de encontrarme aquí. —Ya no hay rastro de la joven que se quejaba de su vida hace unos minutos—. Me llamo Rose Alfort —continúa—. Soy la cómplice de Emily desde su infancia. Aunque seguro eso lo sabe. Ella le ha hablado de mí, ¿cierto? Gracias a mí fue que conoció a Stefan. Ocurrió una noch…

Magnus se pone rígido. Aprieta los dientes mientras con el índice de la mano derecha comienza a golpear el borde de su copa.

—Rose —la corto—, prefiero dejar el pasado atrás.

—Claro. Lo lamento. —Se reacomoda en la silla y asiente—. Tiene usted un palacio increíble, majestad. Siempre escuché que los Lacrontte tenían muy buen gusto, pero no imaginé cuánto.

—¿Lo dudaba antes de entrar aquí? —Magnus habla al fin con un tono duro que podría raspar hasta el algodón. Si antes la consideraba sospechosa, ahora la ha condenado—. Debió suponerlo desde el momento en que escogí a Emily como esposa.

—Tiene toda la razón. Es usted muy generoso.

Quiero pensar que eso trató de ser un halago que se perdió sin querer en el camino.

—Siempre fuiste buena para elegir, Mily —agrega ella, arrastrando mi nombre como si saboreara algo agrio—. Yo, bueno, yo nunca tuve tu suerte.

El aire se vuelve más ácido con cada palabra suya. Recuerdo aquella tarde en el parque Atark, cuando Rose no dejaba de hablar de Magnus, de lo bien que combinaban sus «ambiciones» y de la

increíble reina que sería a su lado. No imaginó que sería yo quien acabaría adueñándome de su meta. Le doy mérito. Yo tampoco me tuve esa fe.

—No fue cuestión de suerte —contesto después de forzarme a beber un sorbo de vino—. Solo pasó.

Ella sonríe, pero sus ojos permanecen duros, clavados en los míos.

—Sí, *pasó*. Y mira qué bien te pasó —dice, dejando escapar una risa breve y afilada—. Al menos alguien consiguió una buena vida.

El silencio cae sobre la mesa, apenas roto por el tintinear de los cubiertos. Sé, en ese instante, que esta cena no es una reunión inocente: es un examen, una forma de medir cuánto me importan sus palabras. Y, por más que me esfuerce, no puedo evitar sentir que hay algo en su tono que avisa que no se conformará con quedarse en simples insinuaciones.

—Mi padre solía tener un dicho —Magnus habla sin despegar la vista del plato—. Cuando un amigo te estima, lo sientes; cuando no, lo advierten los demás antes que tú.

—¿Trata de decirme algo, majestad? —Rose lo enfrenta con amabilidad.

—¿Cayó la flecha en su territorio?

Esto era lo último que quería.

—Amo a Emily con el corazón lleno, majestad. Por cierto —dice, devolviéndome su atención—, ¿puedo robarte esta noche y que te quedes a dormir en mi habitación?

Esa es una buena idea. Solíamos ser más sinceras cuando el reloj avanzaba hasta la madrugada. No había quien interrumpiera nuestras conversaciones ni quien nos vigilara el tema. Era divertido.

—Por supuesto que no —el amargado contesta por mí—. No se quedará en otro lugar que no sea nuestra alcoba.

—Magnus —advierto cuando lo veo apretar los cubiertos—, una noche no hará la diferencia. El resto de mis días son para ti.

No protesta, al menos no en voz alta. Permanece con los codos apoyados sobre el mantel, sosteniendo con tanta fuerza el cuchillo

que sus nudillos ya están blancos. Su mirada se clava en mí, pesada. Rose lo nota, pero finge no ver nada. El enojo en su cuerpo solo indica que me espera un sermón cuando estemos a solas. Uno que no voy a tolerar. Es mi amiga, y no es como si hubiéramos planeado salir a una taberna a emborracharnos por el reencuentro.

* * * *

La conversación con Magnus se extiende por más de una hora. Él no para de repetir que no le agrada Rose, que en tiempos como este es mejor tener alejado a cualquiera que pueda representar una amenaza y lo entiendo, pero es mi amiga. No es perfecta ni la mejor, pero ha estado allí cada vez que la he necesitado. Me despido de él mientras sigue insistiendo en que me quede. Tomo mi almohada y bajo hacia la alcoba de mi amiga. Frente a su puerta, ni siquiera debo tocar; los guardias me permiten el paso y ella, con una sonrisa amplia, me recibe.

—¡Al fin! —dice, jalándome hacia el interior.

La habitación está tibia, iluminada por la lámpara de mesa. Hay desorden de maletas abiertas, ropa doblada a medias y ese perfume suyo, dulce y familiar.

—Pensé que te habías arrepentido y no vendrías. Quise subir a buscarte y los vigilantes no me lo permitieron.

—Aquí todos son paranoicos —invento para que no se sienta mal—. Más bien, dime qué es lo que solo podías contarme en la noche.

—No sé cómo empezar —dice mientras arreglo mi lado de la cama—. Es importante y delicado.

—No me asustes. ¿Estás bien?

—Es sobre Silas —susurra tan bajo que apenas logro escucharla.

Mira hacia la puerta y sé lo que está pensando. Los custodios al otro lado deben estar atentos a nuestra conversación.

—¿Qué ocurre con él? —musito también.

—Te mentí. Me ha contactado.

Parpadeo varias veces porque la vista se me nubla, no sé si de rabia, de miedo o de pura sorpresa. Si esto es cierto, Magnus lo tiene que saber.

—¿Qué te dijo?

—No puedo contártelo aquí. ¿Hay algún lugar al que podamos ir? En el que nadie nos vigile.

—Dentro del palacio, ninguno. Los guardias siempre están ahí.

—¿De verdad ninguno? Es importante.

—Me asustas, Rose.

Me preocupa que esté siendo amenazada o que se haya vuelto a ver con él. ¡Por todos los cielos! Espero que haya aprendido la lección y no se haya dejado deslumbrar por cualquier regalo. ¿Sabrá Rose en dónde se esconde?

—Nadie puede saber lo que voy a decirte. Lo que él me confió.

—Al menos dame una pista que justifique arriesgarme.

Se levanta de la cama y va hacia la entrada. Pone la oreja contra la madera, como queriendo asegurarse de que nadie nos oye. Luego regresa y se sienta a mi lado, me toma de la mano y respira un par de veces.

—¿Qué tan sincero es Magnus contigo? ¿Te ha contado que tienc un hermano?

La sangre se me hiela. ¿Silas lo sabe? Es la única forma de que le haya llegado esa información. Entonces es cierto. Él se comunicó con ella.

—¿Te lo dijo él?

Asiente sin dudarlo.

—Hay más, pero no puedo contártelo aquí. Si un guardia se entera, estaría muerta al amanecer.

Pienso a dónde podríamos ir. El salón de *ballet* es una buena opción, pero ellos se quedarán en la puerta de cualquier forma. Podemos salir al jardín, pero allí también están haciendo rondas. Lo único que se me ocurre es que…

—Quizás en casa de mis padres —propongo.

—¿Podemos ir allí?

—Por supuesto. Los guardias pueden llevarnos. Se quedarán fuera. Adentro podemos hablar tanto como deseemos.

Los hombros se le relajan.

—Entonces, vamos.

No quiero darle falsas expectativas a Magnus, así que le pido al personal que no le avisen que saldremos. Da igual, estaremos protegidas. Pido la llave extra que por seguridad hay en el palacio y pronto y en silencio lo dejamos. Un grupo de guardias sale antes que nosotras, enviado para revisar la casa de mis padres y asegurarse de que todo esté en orden. Cuando llegamos, ellos ya nos esperan en el umbral, firmes, con las manos cruzadas frente al pecho y los ojos atentos a cualquier movimiento en la oscuridad. Se limitan a inclinar la cabeza, confirmando que la casa está vacía y segura. Detrás de nosotras viene el nuevo grupo, cerrando la pequeña comitiva. Sus pasos resuenan sobre la grava del sendero, un recordatorio constante de que incluso nuestras confidencias necesitan escoltas.

—Rose, estoy muriendo por dentro —confieso mientras caminamos por la sala, dejando a los hombres afuera—. Dime qué sucede.

—Júrame que no se lo dirás a nadie.

—Te lo juro —miento. He aprendido de mi esposo.

—Un guardia de Mishnock llegó un día a mi puerta con una carta. Al principio pensé que era de Stefan para preguntarme si sabía algo de ti. Al abrirla, me di cuenta de que se trataba de Silas. Hablaba de estar cansado de huir, de que lamentaba lo que había pasado, porque, de haber actuado mejor, de haberme escuchado, seguiría al mando del reino.

Me quedo en silencio y dudo. Silas no parece ser el tipo de persona que admite sus errores.

—Dijo que quería verme. Que, si aceptaba, me fuera con el guardia que había traído la misiva. Obviamente no acepté. No soy tonta. Podía ser una trampa para asesinarme. Le dije al sujeto que no iría a ningún lugar y que no volviera nunca más. Pasó un mes

antes de que me escribiera de nuevo. Esa vez me envió dinero. Él me vigila, Mily. Sabía que lo necesitaba. Sé que me consideras ingenua, pero no mentía cuando te decía que él me trataba diferente cuando estábamos en privado. Suena loco, lo sé. Difícil de creer después de como terminaron las cosas. Yo te juro que siente algo por mí. Muy pequeño, por supuesto. Es muy egocéntrico como para enamorarse de una meretriz. El problema es que hay una atracción hacia mí que no puede cortar.

—¿Lo viste?

Es lo que me interesa saber.

—No, pero varias veces me ha insistido en que nos reunamos. Dice que ya no soporta estar a solas con la reina, que es una prisión que lo asfixia, que me extraña.

Solos. Eso significa que Nahomi no está con ellos. Lo que confirma la teoría de Magnus de que es Gerald quien la tiene.

—¿Cómo fue que te dijo lo del hermano de Magnus?

—Me lo contó.

—Rose —advierto. Necesito que sea honesta.

—Vas a juzgarme. Prométeme que no lo harás.

—Solo dímelo. ¿Cuándo te he señalado por tus decisiones?

Suspira, porque sabe que tengo razón. Toda la vida he sido esa amiga fiel que la acompaña hasta a pelear con un león pese a saber que perderemos la batalla.

—De acuerdo. —Baja la cabeza antes de continuar—. Lo vi.

¡Por todas las flores! ¿Cómo es que no aprende?

—¿Por qué, Rose? ¿No recuerdas lo que te hizo? ¿Lo que les hizo a Shelly y Angust?

—Dijiste que no ibas a juzgarme.

Es difícil. Las temerarias sufrieron a manos de ese hombre. Unas mujeres perdieron la vida por un capricho, por ella. Y ahora va y lo visita como si fuera el amor de su vida que recién llega de un largo viaje. Es imposible no sentir rabia. Se me crispa el cuerpo. ¿Cómo se atrevió? Luchamos por ella, para salvarla de él, de su ira, ¿y va por voluntad propia a verlo? ¿Qué clase de burla es esta?

Camino en círculos, buscando calma. No puedo verla a la cara sin sentir ira. Arriesgamos todo para que no la encontrara, para que no la dañara, ¿y hace esto? Es una traición no solo a mí, sino a la memoria de Shelly y de todas aquellas mujeres inocentes que murieron.

—¿Por qué, Rose? —El enojo me quema por dentro mientras le reclamo—. ¿Qué ganabas? No me digas que lo hacías por amor, porque no te creo. Jurabas que el único amor de tu vida era Cedric Maloney.

—¿Por qué más, Emily? ¿Crees que yo me casé con un rey que me hace una estatua y les compra una casa a mis padres? ¡Por dinero! ¿Cómo piensas que pagué el viaje? ¿Con hojas de los árboles? Estaba en la miseria. Papá no gana dinero y ese inservible trabajo con el boticario solo me daba monedas que no alcanzaban para nada. Ya no se trata de lujos, se trata de sobrevivir en esta miserable existencia.

Respiro. No puedo discutir si lo que quiero es sacarle la información.

—¿En dónde? —inquiero, refiriéndome al lugar en el que se reunieron.

—En Mishnock.

—¿En qué sitio?

—No lo sé. No me permitían ver. Los guardias me llevaron casi vendada y luego, dentro del carruaje, todas las ventanas estaban cerradas. No podía distinguir. El viaje no duró demasiado; unas horas, quizás. Tampoco pasamos los controles de ninguna frontera. Lo que me hizo entender que seguíamos dentro de Mishnock, aunque ya no en Palkareth.

¡Se esconde ahí mismo! Pero ¿cómo? Magnus lo ha buscado por meses y no ha obtenido ni la más pequeña pista y ahora resulta que todo este tiempo ha estado allí.

—¿Qué viste cuando llegaste? ¿Estaba la reina?

—No. El carruaje entró a una casa grande. Es gigante, Emily. No vi nada del exterior. Él me esperaba. La propiedad tiene muros altísimos que no permiten ver hacia afuera y seguro que tampoco hacia dentro. Es una fortaleza. Se veía tan diferente, Emily. Demacrado,

cansado, con ojeras profundas y oscuras. La está pasando mal. ¿No es irónico? Tiene todo el dinero posible y aun así vive como un desdichado.

—No nos desviemos. Dime qué pasó cuando lo fuiste a ver.

—¿Qué crees? Sé que soy una estúpida por caer. Lo sé, pero eso no es lo importante. Después de tener sexo, mientras estábamos descansando en la cama, ya era otro. El mismo que conozco tan bien. Relajado, feliz, egocéntrico. Estando ahí, dijo al aire y sin ser consciente de lo que revelaba que quizás nuestro hijo habría sido mejor rey que Stefan. Luego, y cito textualmente: «Tanto que detesto a Magnus v y cometí el mismo error». No se dio cuenta de lo que había dicho hasta que lo cuestioné. Trató de echarse para atrás y acusarme de haber oído mal, pero ya la verdad había sido esparcida. Soy intrépida, Emily. Entendí que había otro hijo del lado de los Lacrontte. No le quedó más que confesarlo. Sé que es insólito, pero eso también te lo dije en su momento. Cuando estamos a solas, él me confía cosas.

Esto es demasiado para procesar.

—Algo me dice que no estás aquí solo para verme.

Una vez más agacha la cabeza. ¡Dios mío!

—Me dijo que hay un papel que comprueba el parentesco con el que le pueden quitar el poder a Magnus.

—¿Qué? —Mi voz es apenas audible, más aire que sonido.

Un frío helado me recorre la espalda y un zumbido me llena los oídos, ahogando el resto de la conversación, como si solo existiera ese dato brutal: mi esposo está en peligro.

—¿En dónde está? ¿Él lo tiene?

—No. Lo perdieron. Me dijo que Gerald tuvo que abandonar su casa sin previo aviso porque el rey de Lacrontte lo buscaba y ya no pudo volver a sacarlo.

—¿Está aquí? ¿De qué se trata? La Guardia Negra revisó ese lugar y no encontraron nada.

—¿Crees que lo dejarían a simple vista? Está en casa de ese sujeto, te lo juro. Por eso vine. Yo te amo, Emily. No te traicionaría de esa manera. Jamás lo he hecho. Sé que muchas veces he sido la peor

amiga del universo y te he metido en problemas, lo acepto, pero nunca jugaría en tu contra a propósito.

—Hay que avisarle a Magnus ahora mismo.

—No. —Corre a detenerme cuando me dirijo a la puerta—. Si Silas se entera de que ustedes saben, me matará a mí y a mis padres. Me pidió que lo buscara. Sé en dónde lo esconde.

—No puedes darle esos papeles, Rose.

—Y no lo haré. La cuestión es que no podemos involucrar a los guardias. Tendremos que ir nosotras sin que nadie lo sepa. Para eso necesito tu ayuda. Debo sacar a mis padres de Mishnock. Hay que planear una manera que no levante sospechas. No lo sé. Haz que Magnus ataque el reino y así, en medio de la confusión, puedan salir. Luego, ustedes ya podrán hacer lo que deseen con esa información. Antes no. El bienestar de mi familia está en riesgo.

No la juzgo. Yo haría lo mismo si se tratara de mis padres.

—Entonces, ¿ahora qué hacemos? —le pregunto.

—No lo sé.

Yo sí. Escaparnos. Se repite la historia como esa noche en Palkareth en casa de mis padres. Ella no quiere cargar con la responsabilidad entera, así que espera que sea yo quien lo proponga.

—No podemos salir por el frente. Tendremos que escalar la pared del patio —le aviso.

Además, a diferencia de esa ocasión, no siento la adrenalina por romper las reglas. Siento miedo.

* * * *

Avanzamos rápido, sin hablar y con el corazón latiendo fuerte. Rose tiene un papel en la mano con el número de una casa que Silas le dijo que se encuentra en el mercado de Mirellfolw. Hacia allá nos dirigimos; yo voy como voz guía. Conozco la ciudad, la recorrí como una plebeya cuando viví aquí la primera vez. El camino es más largo de lo que

recuerdo, y no sé si es el temor de hacer lo prohibido, pero cada sombra en la calle parece alargarse como si quisiera atraparnos y detenernos.

Cuando llegamos, la plaza está desierta. Las lonas de los puestos se sacuden con el viento tibio de la medianoche, impregnando el aire con el olor de las especias y los vegetales no vendidos, que después de un tiempo se pudren y terminan en el suelo. Es una peste ácida que me revuelve el estómago. Caminamos entre cajas vacías y charcos oscuros que reflejan un cielo sin estrellas. Mi amiga me guía por una callejuela que no he pisado antes, con casas de techos bajos, algunas de madera y otras de ladrillo sin revocar. Mientras mira su papel, lee los números pintados sobre las paredes hasta detenerse al fin frente a una puerta de un azul desteñido.

—Aquí es —avisa en voz baja—. En el 606 vive la madre de ese hombre.

—¿Estás segura de que no está ahí?

—Confía en mí. Está con Gerald.

—¿Cómo se supone que entraremos?

Del escote de su vestido saca una llave vieja, larga y marrón. Antes de ponerla en el cerrojo, Rose mira a nuestro alrededor, comprobando que no haya nadie, ni siquiera en la lejanía. Yo también verifico. Las calles están vacías, oscuras. No hay de qué preocuparnos. Recogeremos lo que sea que haya y regresaremos, rodeadas por la penumbra que nos oculta.

Apenas cruzamos el umbral, el olor a humedad y madera podrida me golpea en la cara. Rose cierra la puerta detrás de nosotras con un golpe seco. Le pregunto varias veces en qué lugar debo empezar a buscar, pero ella no me responde. La miro y sigue quieta contra la puerta, sosteniendo el pomo con ahínco, como si fuera una nueva guardiana. Ahí entiendo que algo va mal. Siento un escalofrío antes de siquiera verlo. Un hombre emerge de la penumbra y en el instante en que distingo su rostro sé que es una trampa. Lo conozco demasiado bien. Es Cedric Maloney.

—Emily Lacrontte —dice con una sonrisa torcida, avanzando hacia mí—. Te esperaba.

Lo único diferente en él es el pelo. Trae un corte a ras, militar, que indica que sigue activo en el Ejército, y sus ojos son el mismo pozo oscuro que se traga la luz y augura un final doloroso.

—Rose —la llamo—. ¿Qué es esto? —No hay respuesta—. ¡Rose! —grito, asustada—. ¡Contesta!

—En algo tenías razón, Emily —habla, serena y altiva—. El único amor de mi vida es Cedric Maloney.

El dolor llega primero, como un golpe seco en el estómago. Luego viene la rabia, una ola caliente que me sube al pecho y me deja temblando. Todo el peso de los últimos años, las confidencias, las risas, los secretos compartidos, se vuelve un veneno amargo.

—¿De verdad creíste que ella iba a ayudarte? —Maloney se burla.

Tiene en la mano un arma y verlo moverla me agita. Parece que mis pulmones se encogieron y no soy más que una flama pequeña a la que se le acerca la tormenta. Mi mente busca salidas: la puerta, la ventana de atrás, cualquier cosa, pero mis piernas no responden. No hay lugar alguno al que pueda correr.

—¿Qué se supone que harán conmigo? ¿Me asesinarán? —Tomo valor para preguntar pese al desenfreno de mi corazón.

—No, Gerald te quiere viva —dice Cedric—. Muerta no servirías de nada.

—Así que fue Gerald quien armó esto. No fue Silas.

—Fui yo. Convencer a tu amiga no fue difícil. El odio que ha sembrado contra ti solo necesitaba un empujón para florecer.

—¿Me odias, Rose? —Me vuelvo a encararla.

No imaginé que sus sentimientos llegaran hasta allá. Pensé que se trataba de celos simplemente. Una rabia que no escalaría si se daba cuenta de que podía confiar en mí, de que estaba para ella, de que siempre tendría mi apoyo. Ahora me doy cuenta de que ella no busca mi ayuda. Busca mi vida. Y como no la tiene, me hará pagar por arrebatarle lo que cree que le corresponde.

—¿Acaso es justo que sin esforzarte obtengas todo lo que yo he soñado? —La ira con la que se dirige a mí podría cortarme en dos—. Quería irme de Mishnock y tú lo conseguiste. Quería dinero y tú lo

tienes. Quería casarme con Magnus Lacrontte y te lo llevaste. Quería ser reina y eres tú quien tiene la corona. Cada una de mis metas ahora es tuya. ¿Con qué derecho? Debiste conformarte con tu estúpida floristería.

Su cuerpo tenso parece no soportar la rabia que siente. Enseña los dientes y aprieta las manos mientras escupe su resentimiento. Ahora la veo distinta, como si una máscara se hubiera caído y por debajo no hubiera nada de la mujer a la que pensé que conocía. Es una cobarde. Una traidora, envidiosa y maldita.

No soy capaz de responder. ¿Qué puedo decirle? Ya me tiene. Caí en su trampa. Maloney me apunta mientras le pasa una cuerda a su secuaz. Ella se acerca y me ata las manos. No opongo resistencia. Sería una idiotez.

—Vamos a llevarte con Gerald —avisa ella cerca de mi oído—. Espero que te pudras en el calabozo en el que te meterá, porque, aunque Magnus ceda el poder, morirás, así tenga que matarte yo misma.

Los ojos se me empañan. No esperaba esto de ella, no a este nivel. Me empuja para que camine hacia el otro lado de la casa. Maloney no deja de amenazarme a medida que llegamos a la parte trasera. Hay una reja oxidada que da hacia la calle y que chirría cuando la abre. Un carruaje espera en la acera únicamente con un cochero. Es el fin, van a separarnos. ¿Cómo podría encontrarme Magnus después de que me lleven? ¿Cómo podría yo vivir sabiendo que esto se dio gracias a mi irresponsabilidad, que es mi culpa? No creo resistir, no puedo. Por fortuna, me casé con un rey que siempre está un paso adelante y yo he aprendido a estarlo también.

El disparo llega primero. Justo a la mano de Cedric. Él grita y la pistola cae. El cochero intenta huir, pero lo embisten los guardias que brotan de las sombras como lobos, con trajes oscuros, armas listas y rostros tensos. Nos siguieron y han estado vigilando, esperando el momento justo. Grupos y grupos de soldados que llegan desde todas las direcciones con la misión de rescatarme. Hay gritos, órdenes, un caballo desesperado que se mueve con brío. A Cedric lo lanzan al suelo y lo ponen justo al lado del conductor. Estamos rodeados. Rose

refuerza su agarre en mi brazo cuando una luz la deslumbra. Alguien le apunta directo a la cabeza.

—¿Qué diantres es esto, Emily? —reclama sin soltarme. Me usa como escudo humano.

—¿De verdad creíste, Rose Alfort, que iba a ser tan ingenua como para creerte? Eres ambiciosa, pero te falta inteligencia.

No es la única con una máscara y es mi momento de quitármela. La rabia la carcome. No tiene posibilidad de hacerme daño. No porta un arma, cuchillo o flecha. No hay nada con lo que pueda lastimarme más que sus manos, y antes de que pueda ahorcarme, tendrá una bala en la frente.

—No actúes como si fueras la mujer más sabia del continente. Que tengas una corona en la cabeza no te hace mejor que yo.

—Mírate y mírame —le digo sin siquiera forcejear—. Estamos en dos posiciones completamente distintas, y no se trata del título que acompaña mi nombre, sino del tipo de persona que somos y de las consecuencias que trae consigo actuar de una manera u otra.

—Tiene tres segundos para alejarse de la reina —ordena uno de los lacrontters—. Pasado el tiempo, si no lo ha hecho, dispararé. Uno, dos…

Me suelta. Mi amiga, la que me sostenía todo ese tiempo como si fuera una aliada y a la vez mi carcelera. Camino hacia el guardia más cercano, quien me desata y me protege. Me quedo sosteniéndole la mirada a Rose mientras la someten y arrodillan. Me mira desde abajo con el desprecio marcado entre ceja y ceja. No me satisface verla así; no obstante, tampoco puedo negar que me alegra haber leído sus intenciones.

—Si crees que sigo siendo la misma Emily a la que podías engañar en Mishnock, es porque ya no me conoces en lo absoluto y no te imaginas lo feliz que eso me hace. Y tú, Cedric —lo miro con la misma crueldad con la que él lo hizo hace un rato—, eres patético. Te consideras invencible y no eres más que una burla que después de muchas repeticiones ya no hace gracia. Ya no soy esa joven a la que golpeaste en la fiesta, soy la reina de Lacrontte.

El rugido de un motor rompe el silencio del callejón. Un automóvil negro se detiene en seco frente a la casa y de él desciende mi esposo. Su sola presencia es capaz de cambiar el aire: pesado, cargado, tan denso que hasta a mí me cuesta respirar. Las manos de Rose tiemblan y su rostro está bañado en lágrimas de furia que la luna hace brillar. Yo no puedo apartar los ojos de ella ni de él. Siento un miedo extraño, distinto al de hace unos minutos. Es muy fácil de identificar. Es miedo de lo que mi esposo hará con ellos. Magnus viene sin capa y sin corona. Sin todo aquello que creyó que le estorbaría si necesitaba actuar. Camina directo a mí, me toma de las muñecas y las revisa para comprobar la gravedad de las marcas.

—Es incluso ridículo que pensaran que estas personas eran suficientes para secuestrar a mi mujer —dice sin soltarme—. Aunque supongo que pensaron que era la jugada más inteligente. Demasiado movimiento alertaría a la Guardia Civil. Ya lo ven, de nada sirvió.

Se acerca al medio y toma del cabello a Cedric para levantarle la cabeza. No es gentil, y por primera vez disfruto ver cómo ejerce su poder.

—¿Sabes qué arruinó tu plan, Maloney? La agudeza de mi esposa y tu ficha clave. Desde que entró al comedor, noté la envidia emanar de su cuerpo. Una sola frase nos alertó. ¿Qué fue lo que te dijo, Emily?

«Tengo algo urgente que decirte, pero solo te lo diré en la no che». ¿Por qué una cuestión importante se reservaría para un horario específico? En ese momento no sospeché, pero, al ver su actitud en la cena, algo dentro de mí encajó. Sus comentarios, su mirada, su actuar. Rose es directa. Suelta los comentarios, acusaciones, reclamos sin importar cuánto puedan herir. Fue así infinidad de veces antes, pero ahora trataba de ser prudente. Fingía. La molestia se le escapaba por momentos y luego intentaba ocultarla. Eso me generó dudas. En el instante en el que propuso que durmiéramos juntas, tuve la certeza de que algo planeaba. Por eso acepté. Y antes de ir a su habitación se lo conté a Magnus. No sabía qué pasaría, pero sabía que algo ocurriría y debía estar preparada. Él me pidió que no me arriesgara

y que desistiera de la idea. No acepté. Tenía que comprobar que ella de verdad era capaz de hacerme daño.

De algo estaba segura. Rose ama vivir, por lo que no intentaría lastimarme dentro del palacio. Un grito mío bastaría para que los guardias entraran. No es tonta; no lo haría allí sabiendo que estaba rodeada de militares. Así que cuando les avisé a los custodios que queríamos ir a casa de mis padres, supimos que era allí donde actuaría. Por esa razón, mientras preparaban el automóvil, algunos hombres salieron antes con la excusa de revisar el terreno y un par de ellos se quedaron dentro, escuchando nuestra conversación. Y, por supuesto, la primera persona en saber que saldría del palacio fue Magnus. Todo lo que dijimos fue escuchado, los planes que urdimos fueron interceptados. Cualquier esperanza fue asesinada y esta vez yo ayudé a apretar el gatillo.

34

MAGNUS

Esperar en el automóvil ha sido de las cosas más difíciles que he hecho. La agonía me carcomía las entrañas e, impaciente, estuve a punto de entrar no solo a esta casa, sino también a la de los Malhore. Cuando noté a dónde se dirigían, se me heló hasta el alma. Conozco el recorrido. Ni siquiera tuvieron que llegar para imaginar de qué se trataba. Emily, allí, frente a la puerta de una de las partes más oscuras de mi pasado; fue prácticamente una pesadilla. La orden ya estaba dada. Si no salían en cinco minutos, entraríamos. Estuvimos a nada de hacerlo hasta que se les vio huir por la parte de atrás. Ver cómo Maloney le apuntaba me hizo hervir la sangre. Deseará haber muerto en medio de la calle de un disparo frío después de todo lo que le haré vivir. Y esa tal Rose. ¡Por toda la sangre que he derramado! Lo supe en el momento en que la vi. Conozco a las personas de su clase. Soy uno de ellos en ocasiones: conveniente y traidor. La haré arrastrarse hasta que se arrepienta de haberse cruzado en el camino de Emily.

El calabozo está oscuro y húmedo. Mis pulmones sufren aquí abajo, respirando la piedra porosa mojada. Es el lugar que escogí para ellos, porque no permitiré que ninguno salga con vida de aquí. Desde donde estoy puedo verlos a los dos. Ambos con las manos atadas, sentados en sillas enfrentadas, bajo la luz amarillenta de una lámpara que pende de un cable. No necesito gritar. Basta con mirarlos. Me

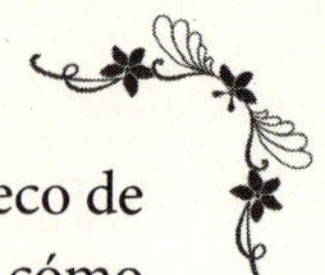

acerco y camino despacio alrededor de ellos, dejando que el eco de mis pasos llene el lugar. Cada vez que paso por detrás, escucho cómo sus respiraciones se vuelven más cortas, asustadas. Francis está de pie en un rincón. Mantiene su distancia, a la espera del momento en que todo se vuelva violento.

—Entiendo la motivación —inicio, meticuloso, estudiando sus reacciones—. Llevarse a Emily para chantajearme. Lo que no comprendo es cómo Gerald es tan estúpido para arriesgar a alguien tan cercano como tú —le toco el hombro a Maloney— en una misión que podría salir mal. ¿Tan convencidos estaban de que ella iba a caer?

Bueno, ya una vez Heinrich se la había llevado secuestrada a Mishnock. Supongo que creyó que iba a pasar lo mismo. La subestimó, por fortuna.

—¿Quieren que les cuente de qué estoy convencido yo? —continúo—. De que eso que buscaban sí existe, pero no está ahí. Esa es la razón por la que ustedes están aquí. Me lo van a contar en detalle.

Como era de esperarse, ninguno coopera, como si mentalmente hubieran acordado un pacto de silencio. Se limitan a mirarse, advirtiéndole al otro que no abra la boca.

—Les daré otra oportunidad —retomo, con la paciencia goteando—. Y solo porque prepararon con cuidado el ataque. Eso lo respeto. —Siempre lo he pensado y esto lo confirma: témele a la venganza del enemigo paciente, porque ha tenido tiempo de sobra para planear tu agonía—. Tengo dos preguntas principales: ¿qué es lo que tiene Gerald contra mí y dónde demonios está escondido? —Nada. Ni un gesto—. No quiero llegar a las medidas extremas. Maloney, no tengo ningún inconveniente en arrancarte uña por uña hasta que te animes a hablar.

Alrededor, los guardias forman un semicírculo silencioso con las manos cruzadas detrás de la espalda, atentos a mi orden. En la mesa que hay a un costado descansan varias herramientas: hierros oxidados, correas de cuero, llaves de hierro forjado, garfios, dagas, gasolina y muchas cosas más, listas para que las use. Tomo un deshuesador, me pongo detrás de Maloney, le levanto la cabeza y apunto el cuchillo directo a su ojo izquierdo.

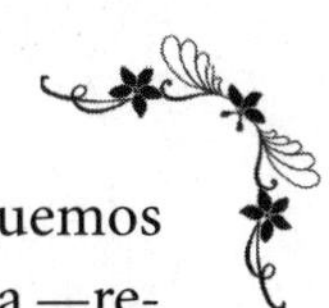

—Parece que piensan que esto es un juego, así que juguemos —digo, acercándome a su cara—. Por mantener la vista intacta —revelo el premio—, Silas está involucrado en esto, ¿sí o no?

—Sí —no tarda en contestar—. Es aliado de Gerald.

Lo suponía.

—Por mantener el cuello sin cortes —bajo y rozo el filo contra su piel—, ¿Heinrich tiene secuestrada a Nahomi Pantresh?

—Sí, él la tiene.

—¿Tengo que preguntar?

—No sé en dónde. No lo he visto. Él solo me manda cartas y dinero con los que me indica lo que tengo que hacer.

Lo sabía.

—Por un corazón sano —desciendo a su pecho—, ¿Silas está al tanto del parentesco entre Heinrich y yo?

—No lo sé. —Presiono la punta contra su ropa, hundiéndola un poco—. Digo la verdad. —Se desespera—. Supongo que sí, pero no puedo asegurarlo.

—¿La señorita Alfort sí se vio con Denavritz?

—No. —Traga saliva, agitado—. Fue un invento. Yo armé el plan con la información que me pasó Gerald.

—¿Qué información?

Vuelve a quedarse callado pese a lo mucho que presiono contra su cuerpo. Es claro que está dispuesto a morir, por lo cual es momento de cambiar de táctica. Lo suelto y redirecciono mis pasos hacia Rose, quien, aterrada, se ha limitado a observar la escena, aliviada de que la atención no esté en ella.

—Bien. Recuerdo que una vez le dije a Emily que si alguien se atrevía a tocarla le cortaría las manos. —Levanto el cuchillo para que la luz se refleje en su hoja—. Maloney no la tocó, lamentablemente, pero la señorita Alfort sí.

—¡No! —grita de inmediato—. Cedric, no voy a sacrificarme.

—¡Cállate, Rose! —le advierte, moviéndose inquieto como si quisiera liberarse e ir por ella—. No te atrevas a decir una palabra.

Abrieron la puerta. Ya sé cuál es el camino que debo tomar.

—Señorita Alfort, tanto usted como yo sabemos que el señor Maloney es capaz de dejarse arrancar las uñas para no traicionar a su amo. La cuestión es: ¿se dejará usted mutilar las manos? ¿Vale la pena? Piénselo.

La falsa esperanza es cruel, aunque necesaria. Ayuda a sobrellevar los malos momentos. Es reconfortante. Es justo eso lo que le daré. No existe forma en que incumpla mi juramento. Rose sigue resistiéndose. No sé si por miedo o por lealtad. Creo que la última. No quiere decepcionarlo. Sin embargo, estoy seguro de que, antes que el respeto del maldito imbécil querrá conservar sus extremidades, por lo cual le doy un nuevo empujón. Tres guardias caminan hacia ella. Uno le desata las manos y los otros dos se aseguran de sostenerla para que no logre complicar las cosas. Le ponen la mano derecha sobre el brazo de la silla y la anclan allí a pesar de lo mucho que forcejea. Mientras tanto, yo tomo mi papel, levanto el cuchillo, listo para hacer el primer corte, y entonces sucede lo esperado.

—Un documento —chilla, aterrorizada, con los ojos apretados—. Tiene un documento firmado por su padre.

¿Mi padre? Tiene que ser una broma. Miro hacia Francis y él ya me observa con los ojos entrecerrados, igual de perdido.

—Di lo que sabes —exijo, tratando de no perder la calma.

—No lo hagas, Rose.

—Tú me prometiste que nada iba a pasarme, Cedric —reclama con lágrimas de terror que le caen por las mejillas—. Que las cosas saldrían bien.

—Si dices amarme, no lo hagas.

Las súplicas son en vano. Ya se decidió. A él también lo traicionará.

—Es un documento en el que se dictamina que, si usted muere y no hay un heredero vivo, Gerald tiene la opción de ascender al trono como el segundo en línea.

Me quedo sin respiración. La noticia me cae como un rayo violento, desatando en mi pecho un tropel de latidos que vibran tan rápido que me nublan los sentidos. No suelto el cuchillo porque mi

fuerza no flaquea, pero mi interior parece desarmarse y colgar. Modrisage da un paso adelante, impactado, queriendo comprobar que ha escuchado bien.

—¿De qué estás hablando? —cuestiona.

—Esa es la razón por la que querían llevarse a Emily —explica sin importar lo mucho que Maloney le grita que cierre la boca—. Para evitar un embarazo y sacarla del camino. No sé mucho más. Lo juro.

Me niego a creerlo. Mi padre no me haría una bajeza semejante. Él detestaba a Gerald. No existe manera de que le haya dado una oportunidad tan grande, poniendo en peligro a mi familia y a mí. Sería estúpido. La decisión más idiota que podría haber elegido.

—¿Me toman por estúpido? —El reclamo me avinagra la boca porque temo que sea real.

—Rose dice la verdad —Maloney se decide a hablar—. Hay condiciones, por supuesto, pero básicamente la regla es esa. Sin herederos y sin usted vivo, Gerald sería el legítimo rey de Lacrontte.

—¿Cuáles condiciones, Maloney?

—Desáteme y…

Ni siquiera lo pienso. Le clavo el cuchillo en el hombro, arrancándole un grito que retumba en las paredes y cae a nuestros pies. La sangre mana de su cuerpo cuando saco el filo. No estoy para cumplir pedidos ni caprichos.

—¿Cuáles condiciones?

—No lo sé —dice entre quejidos de dolor—. Gerald no nos lo cuenta todo.

—Francis —me vuelvo hacia él—, ¿recuerdas haber escuchado sobre este trato?

Él niega con la cabeza. Baja la mirada hacia el piso y respira con inquietud. Ni siquiera él está seguro. El corazón me martillea, como si quisiera romperme las costillas. Mi padre se pasó la vida renegando de ese bastardo, despreciándolo. Es imposible que le haya dado una oportunidad. ¿Cuándo? ¿Quién lo aconsejó?

—De ser cierto, ¿por qué ahora? —pregunto al aire, porque nada de esto tiene sentido—. Si mi padre lo firmó en vida, ¿por qué hasta

ahora actúa? ¿Quién tenía ese dichoso papel si es que Heinrich desconocía su existencia?

—Eso tendría que preguntárselo a él. —La voz de Maloney se vuelve más baja con cada palabra—. Quizás era el momento adecuado o quizás antes no pensaba actuar y algo lo motivó.

O quizás no hay ninguna cláusula. Quizás es un invento en el que buscan hacerme caer.

—Majestad, ¿podemos hablar afuera? —pide Modrisage con un manto de calma en el que noto que ya se filtró la duda.

Él no se atrevería a interrumpirme si no fuera imperioso. Asiento y lo sigo con la incertidumbre de si me dirá algo que empeore la situación.

—Dime que no es cierto —pido con un nudo en la garganta—. Me niego a siquiera imaginar que mi padre me traicionaría de esa forma. Porque es eso: una traición.

—Deje el rencor a un lado por un segundo y revise cada posibilidad. Debemos prepararnos, sea cierto o no. Proteger a la reina y a usted. Nadie del exterior pisará este palacio en los próximos meses. Lo mejor es que no salgan de aquí.

—No voy a esconderme. ¿Qué tal si eso es lo que quiere? Tenerme encerrado en el palacio para asegurarse de que seré un objetivo fácil si es que ataca con ayuda de Silas.

—Le doy un punto. Es una opción. Entonces reduzcamos los lugares que pueden visitar. Únicamente palacios. Nada de villas o casas de amigos, incluyendo la de los Malhore. A quienes, por cierto, hay que cuidar. ¿Cuánto tiempo se tardarán en Mishnock? Debemos mantenerlos vigilados por su seguridad.

—No lo sé. Tendría que preguntarle a Emily.

—Hágalo hoy mismo. Y, lo más importante —me mira a los ojos, queriendo leer la verdad en ellos—, ¿la reina está embarazada?

Por todos mis muertos, espero que no. Sé que no. No necesitamos un bebé ahora. No este año, al menos.

—No.

—¿Seguro?

¿Cómo podría estarlo? Después del primer despiste, he sido muy cuidadoso. Ruego que una sola distracción no sea suficiente. Suspiro y me paso la mano por la nuca, dándome cuenta de lo imbécil que soy. Claro que es suficiente. ¿Cómo pude ser tan inconsciente?

—No tiene certeza, ¿verdad?

Ya leyó mi preocupación.

—No —confieso con las alarmas encendidas en mi cabeza.

—Hay que llamar al médico urgentemente.

—No hasta cumplir mi promesa con Rose. La quiero ver sufrir.

* * * *

Camino hacia la habitación después de lavarme las manos. El grito de esa mujer sigue en mi oído, igual que un pitido fastidioso que no se va. No soy tan cruel. Busqué la mejor forma de hacerlo para que no muriera todavía. Incluso hay alguien allí, estabilizándola. Eso habla de mi gran generosidad. La cara que puso Maloney fue maravillosa, con esa expresión de terror y asco que vale más que mil palabras. Sabe que si ella obtuvo un castigo, él obtendrá uno mucho peor. Vi sus ojos cristalizarse, se negaba a llorar como el cobarde que es. No hay escapatoria para su final. Mientras tanto, encadenado me sirve.

Subo para informarle a Emily que el médico vendrá a verla, pero debo tragarme el aviso cuando la encuentro hecha un ovillo en la cama, llorando desconsoladamente. Se me encoge el alma al verla así. Me enfoqué en vengarme y me olvidé de lo que ella estaba sintiendo. No puedo hacerle esto ahora. No es un buen momento para que lo sepa. Su amiga, a la que, para mi mala suerte, amaba, iba a venderla a un hombre, pese a ser consciente de que la asesinarían.

—Emily. —Me acerco despacio y me arrodillo a un lado de la cama—. Emily, podemos hablar si lo necesitas.

No responde. No se mueve. No me mira. El único sonido en la habitación es un sollozo bajo que no cesa.

—Vestidos de jardín —intento de nuevo con algo que le aligere el humor, pero tampoco funciona.

No espero un minuto más. La tomo del brazo y la levanto despacio. Me siento a su costado y la abrazo. Ella no se resiste.

—Eres lo más hermoso que tengo en la vida, Emily. No me gusta verte llorar —susurro mientras le acaricio el cabello.

Emily siempre obtendrá de mí un trato diferente al que recibe el resto del mundo. La crueldad que demostré frente a Maloney y Rose se queda atrapada en el calabozo junto a la sangre y las armas. Aquí no hay cabida para eso. Aquí soy alguien más. Un Magnus de voz tenue y toques suaves. Un hombre cálido que oculta bien la frialdad con la que se dirige a los demás, con manos lavadas que antes cargaban el filo de la agonía de otros, llenas de oscuridad y vidas cobradas, y que ahora fingen ser inocentes para que tocarla no sea indigno. El monstruo que soy se desarma cuando ella me mira, como si sus ojos fueran la única jaula capaz de contenerme. Ante su presencia, hasta mi violencia se arrodilla.

—Es lo único que quiero hacer. —Su voz es fina, rota y medio estrangulada. Me hace sentir culpable—. ¿Cómo está Rose?

Sin manos.

—Viva —contesto en su lugar.

—¿Crees que pueda ir a verla?

—¿Para qué? Es mejor que no vayas, y tampoco lo merece. Guardar rencor no siempre es malo. ¿Recuerdas cuando te hablé del odio justo?

—No es que no la odie. Es que no deja de doler.

—Créeme que a ella ahora le duele más.

Levanta la cabeza de golpe y me mira con los párpados hinchados.

—¿Qué le hiciste? Lo único que deseo es que viva en prisión el resto de su vida.

Aún le falta endurecerse, pero es algo de progreso. Una reina jamás puede ser débil y mucho menos con el enemigo.

—Es mejor que no lo sepas. Dime, ¿qué sueles hacer cuando te sientes así?

—¿Triste? Llorar hasta quedarme dormida.

—¿Alguna otra cosa?

—Mamá me preparaba *quecses.*

—¿Y qué se supone que es eso?

—Lo que te di cuando nos conocimos de niños en el palacio de Mishnock y que tus guardias te quitaron.

¿Quiénes eran esos guardias? Los despediría si supiera.

—Pues hay que hacerlos.

—No tengo ánimos de cocinar ahora, Magnus.

—¿Quién mencionó que te correspondería la tarea? Los haré yo.

Será un auténtico desastre, pero por ella haría cualquier cosa.

—¿Tú? —pregunta y asiento, seguro, como si supiera encender la estufa—. ¿Alguna vez has cocinado en tu vida?

—¿Servirse un vaso de agua cuenta?

—¿Tú lo hiciste o solo sostuviste el vaso?

—¿Qué no es lo mismo?

La sonrisa leve le levanta las comisuras de la boca; pese a ello, la tristeza le sigue ensombreciendo el rostro. Le quito los restos de las lágrimas cuando paso los pulgares por sus párpados y luego, lento, me inclino a besarla. Es fugaz, una muestra pequeña de apoyo, envuelta en el amor que le guardo a su nombre.

—Acompáñeme, señora Lacrontte. —Me pongo de pie y le extiendo la mano. No se mueve. Me mira, todavía dudando—. No sé cómo llegar a la cocina. Necesito que me guíe.

—Es que no quiero que la incendies.

Se burla en mi cara.

A pesar de lo irrespetuoso, es un buen indicio. La levanto tal como a ella le gusta. La cargo entre mis brazos, sosteniéndola de la espalda y las piernas. Se queja, pero es un teatro pobre. Sé que le encanta. Salimos de la habitación y bajamos las escaleras hasta el primer piso. Cuando llegamos al pasillo que da hacia la cocina, reconozco el asombro de los sirvientes a mi paso. Jamás vengo a esta zona. Creo que desde que me convertí en rey nunca he pisado este corredor. El cocinero aparece corriendo cuando entramos. No estaba aquí. Alguien tuvo

que llamarlo para informarle hacia dónde me dirigía. Viene con prisa y se acomoda el gorro alto con afán.

—Majestades. —Hace una reverencia mientras yo dejo a Emily en una de las bancas que hay en la isla—. Será un placer para mí servirles. Estoy a su completa disposición.

—Pues vete de aquí —digo sin hacerle mucho caso.

—¿Disculpe, majestad?

—Magnus… —El regaño de mi mujer viene seguido de unas disculpas para el hombre—. Dice que él va a cocinar, Bronson.

¿Lo conoce? ¿Desde cuándo? El sujeto parpadea varias veces. Me observa, contrariado, con ese brillo en los ojos que mezcla respeto y terror.

—¿Usted… cocinar? —repite, casi en susurro.

—Sí. Solo necesito encontrar lo que requieren los… lo que sea.

—*Quecses* —contesta Emily. Apoya los codos en la encimera y me observa desde allí—. Necesitas pan.

—Oh, majestad. —El cocinero se adelanta, camina hacia el otro lado y toma una hogaza de una canasta—. Este pan lo horneé esta mañana. Se lo juro. Si quiere uno más fresco, puedo hornear uno nuevo ahora mismo.

—Usará ese, Bronson —asegura mi esposa—. Muchas gracias. Te llamaré si veo que empieza a haber fuego.

—¿Ahora te ríes de mí con él? —reclamo cuando nos quedamos solos—. Serán los mejores *quecses* que probarás en tu vida.

Emily es quien me indica lo que debo hacer. Soy muy bueno con el cuchillo, aunque no para usarlo en los alimentos. Ella mira la escena con los ojos tristes, pero curiosos. Me inclino sobre la tabla, sujetando el pan como si fuera porcelana. El primer corte sale torcido, el segundo aplasta la miga y el tercero es el más parecido a un cubo… si se mira con los ojos casi cerrados.

—No está tan mal —me defiendo. Está terrible—. Se puede decir que acabo de inventar una nueva figura geométrica.

Le muestro mi colección de cubos deformes y ella de inmediato empieza a reír. Una risa breve, ligera, que llena la cocina y que a mí

también me hace feliz. Porque, aunque el pan terminó hecho migas, logré lo que buscaba.

Nunca en mi vida había visto una sartén hasta que la pongo sobre el fuego en la estufa. Tuesto el pan y lo remuevo tal como me dicta. Algunos se queman y otros salen volando cuando les doy la vuelta. Es un desastre. Lo más sencillo es ponerle la miel, si omitimos que también riego parte fuera del plato. Le paso el resultado para que lo pruebe y tiene la osadía de quedárselo viendo.

—Estoy buscando uno que no esté quemado —avisa mientras descarta algunos con el tenedor.

—¿Qué tal? —pregunto cuando lo prueba.

No contesta y, por toda la belleza de los Lacrontte, no debe ser difícil. Es pan tostado con miel. No hay dificultad en eso.

—¿No quiere probar su creación?

Agarro uno y me lo meto a la boca. Ella me observa. No. Me estudia. Va de mi cara a mis manos apoyadas en el borde de la mesa, pasando por el pañuelo de cocina en el hombro y las mangas de mi camisa, recogidas para no ensuciarlas.

—No se ha visto nada igual en los banquetes del palacio —me jacto, orgulloso—. Seguro en Mishnock querrán robarme la receta.

—Así como usted les robó a una ciudadana.

—Y que no la esperen, porque no voy a devolverla jamás.

Rodeo la isla y voy hacia ella, decidido. Sin permitirle pensar, le corro el cabello hacia atrás, tomo miel del plato y se la esparzo por el cuello y el escote. Mi mujer me mira con esa chispa de complicidad que tanto me fascina. Me inclino, lento, con la paciencia de un hombre que sabe lo que quiere. Mi boca sigue el rastro que he dibujado desde su pecho hasta su boca, en donde vuelvo a reclamarla como mía si es que lo ha olvidado.

—Así me gusta más el plato —confieso contra sus labios.

—¿Sabe una cosa, señor cocinero? Usted me resulta familiar. Creo que lo he visto en otro lugar.

—¿Desnudo al lado suyo en la cama, quizás?

Vuelve a reír, esta vez un poco más. Tiene todavía los ojos enrojecidos y, aunque ya no caen lágrimas, el aire melancólico la hace ver frágil. Soy capaz de hacer *quecses* cada día de mi vida con tal de borrarle el dolor.

—Te amo —le miento.

Yo ya no amo a esta mujer. Yo la adoro.

35

EMILY

Estos dos días han sido complicados. Magnus ha estado atento, tratando de no dejarme sola para que mi ánimo no decaiga, y estaré agradecida con él infinitamente por eso. Logró hacerme desistir de la idea de ver a Rose en prisión y me hizo jurar que la olvidaría, que no gastaría un segundo más pensando en ella. He intentado cumplirlo pese a que no es sencillo.

Hoy, afuera, llueve con fiereza. Magnus y yo nos hemos mantenido en la habitación, abrazados y en silencio. Desde hace un tiempo lo único que quiero es dormir para no pensar. Tampoco hemos tenido sexo. Creo que después de lo que ocurrió no tenemos cabeza para nada que no sea acompañarnos, como si tuviéramos miedo de perder al otro.

—Emily, hoy vendrá un médico —anuncia levantándose de la cama—. Solo va a hacerte unas pruebas. Será sencillo.

—¿Pruebas? ¿Por qué? Me siento bien.

—Es necesario. Confía en mí.

Me incorporo y busco su mirada. Es obvio que algo me oculta. Se da la vuelta para que no pueda verlo a la cara con la excusa de que irá a vestirse. No me importa. Hasta allá lo sigo.

—Se supone que no habría más secretos, Magnus.

—Y no los hay. Te digo la verdad.

—A medias. Es evidente. No hagas lo mismo que hizo Rose: subestimarme y creer que soy una idiota. Dime qué ocurre.

—No quiero preocuparte.

—Es tarde.

Se pasa las manos por el cabello como si en su mente hubiera un asunto más pesado que sus palabras.

—Es sobre Gerald y lo que parece que tiene contra mí.

Le cuesta empezar, pero me da los detalles. Una cláusula firmada por Magnus v, por la que un embarazo ahora mismo sería una garantía y una amenaza a la vez. Por ende, debemos saber si estoy embarazada. Por instinto, me toco el abdomen, un poco asustada y confundida. Me encantaría ser madre, solo que no había pensado en serlo ahora y mucho menos con el cañón de una pistola apuntando hacia mí.

—¿Y qué si lo estoy? —pregunto sobre lo que podría ser el mejor y peor escenario.

—Primero dejemos que él nos lo diga, ¿sí?

Voy a la ducha antes de que el médico aparezca. El hombre entra con maletín en mano y una bata cerrada. Es el mismo que conocí ese día en el que accidentalmente lastimé a Magnus con una daga. Se inclina en una reverencia breve y, sin perder el tiempo, se pone los guantes para empezar a trabajar. A pesar de que Magnus no se separa de mí, es imposible no estar inquieta. El hombre hace todo tipo de preguntas sobre fechas, tanto mías como nuestras; respondo con dificultad, no porque no las recuerde, sino porque es difícil contarle esto a alguien más.

—Majestad —saca un frasco transparente y me lo extiende—, necesitaré de su cooperación. Vaya al baño.

Me sonrojo, pero asiento, tratando de mantener la compostura. Hago lo que pide y, al volver, él explica lo que hará. Dos métodos. Uno incluye vino, y el otro, semillas de trigo y cebada. Uno es rápido, el otro tomará días. Uno nos da un veinte por ciento de acierto y el otro un setenta. Eso es más de la mitad, es suficiente. Empieza mezclando el líquido con el vino para luego agitarlo con suavidad y ponerlo frente a la luz. Espera allí unos minutos, demasiados, observando en un

silencio cruel que me pone mucho más nerviosa. Magnus lo mira con especial atención, como si él también supiera lo que hay que hacer y cómo se ve el resultado.

—¿Qué se supone que debe ocurrir? —inquiero, impaciente. Al parecer soy la única ignorante.

—Sí. Disculpe, majestad. El vino puede precipitar proteínas presentes en la…

—Sea claro, por favor —lo corto.

—Si el vino se enturbia o cambia de color rápido, es una señal de embarazo. No es lo más fiable, pero es lo que tenemos. Por esa razón haremos una segunda prueba. En la otra, si al entrar en contacto con la semilla, esta germina a un ritmo más acelerado del normal, se considera que existe una alta probabilidad de embarazo. Si no germina con rapidez, se interpreta como ausencia de gestación.

—¿Con base en qué? —cuestiono, incrédula.

—Hormonas. Las de una mujer embarazada pueden promover el crecimiento de semillas. No es completamente fiable, aunque pocas veces ha fallado.

Pienso en las últimas semanas. No me he sentido diferente. Quizás duermo más de lo normal, pero es todo. Y, bueno, la ausencia de lo que ya debería estar aquí. Me quedo viendo el frasco y noto cómo poco a poco adquiere otro matiz, apenas perceptible, pero suficiente para que el médico se enderece y me sonría.

—No puedo asegurarlo con certeza —dice, despacio—, pero la reacción indica que probablemente esté embarazada.

Embarazada. La palabra me atraviesa.

Una calidez extraña me brota en el pecho ante la idea de que algo nuestro vaya a cobrar vida. La emoción está ahí y el miedo también. Si Magnus no me hubiera dado la otra noticia, estaría llorando de felicidad. Ahora hay un terror punzante recordándome que él está en peligro. Busco su mirada, deseando encontrar refugio, una sonrisa, algo que me asegure que todo va a estar bien, pero no hay nada. Tiene la mirada endurecida, con los ojos llenos de algo que no sé si es enojo o preocupación.

—Salga —le ordena al médico con una voz seca.

El hombre inclina la cabeza y sale con rapidez, cerrando la puerta tras de sí.

—¿Qué pasa? —pregunto—. ¿Por qué reaccionas así?

Él no responde. Da media vuelta y también camina hacia la salida.

—Por favor, Magnus, dime algo —lo llamo con la voz temblorosa—. No me dejes sola.

—Necesito un momento para pensar.

—¿Pensar en qué?

—Emily, por favor —su voz muestra una calma que no tiene—, necesito un espacio.

—Bien, lárgate —bramo con el corazón apretado—. Solo recuerda que no eres el único que tiene que encarar esto.

Enfrentarlo tampoco lo detiene. Abre la puerta y se va, dejándome con un silencio mayor al terror de perder a alguien que ni siquiera se ha formado. Me quedo inmóvil, mirando el marco vacío frente al que estuvo un segundo antes. Su olor todavía flota por ahí, mezclado con algo que ahora parece distante. Respiro hondo, pero el aire no alcanza a llenarme. El calor trepa por mi cuerpo, amenazando con convertirse en lágrimas. No. No voy a llorar. Aprieto los labios y tenso los hombros, como si la rigidez pudiera contener lo que ya me quema.

Me dejo caer despacio en la cama, sintiéndome tonta por amarlo. Quisiera que se hubiera quedado, que sus manos descansaran sobre mí, apoyándome. En cambio, tengo este silencio que parece tragarse la habitación. Cierro los ojos un instante. El miedo y la soledad me rodean, pero me obligo a mantenerme erguida, aunque parezca a punto de romperme. No es la reacción que imaginé. En mi cabeza, esto debía ser lindo, especial. No un nuevo golpe para el amor que siento por él. Quizás las cosas nunca cambien, quizás nuestro matrimonio esté destinado a ser así y yo definitivamente me niego a vivir mi vida de esta manera. No es una opción hoy, mañana ni nunca. Tengo que tomar una decisión y creo saber cuál es.

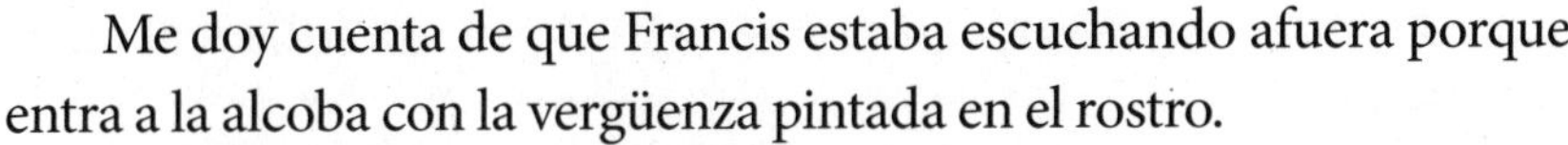

—Majestad.

Me doy cuenta de que Francis estaba escuchando afuera porque entra a la alcoba con la vergüenza pintada en el rostro.

—No te atrevas a excusarlo —le advierto.

—Soy consciente de que no se comportó como debería.

—No lo hace la mayoría del tiempo. Por eso me largo de aquí.

Estoy frenética. Llena de rabia y tristeza. Cansada de insistir y esperar. Si quiere espacio, se lo daré, pero no voy a quedarme de pie, viendo cómo se va después de una revelación tan importante. Pudo haberme contado sus preocupaciones y yo las mías, pudimos haber sido ese equipo del que suele hablar. De nuevo decidió separarse y levantar una valla que esta vez no trataré de trepar. Hay muchos caminos que tomar antes de pelear con una pared que no me permite avanzar.

—No es seguro que salga del palacio y no puede quedarse sola en casa de sus padres.

—Iré con Valentine, entonces.

—No me entiende, majestad. El único lugar seguro para usted es el palacio.

—Eso significa que puede ser cualquier palacio. Incluso el de Gregorie.

—No lo haga —pide.

Si doy la orden, tendrá que acatarla.

No va a convencerme de desistir.

—Prepara el avión. Me iré a Cromanoff.

Estoy decidida. Y tampoco voy a llorar. No pienso derramar una lágrima más. Hace unos días intentaron secuestrarme y hoy me entero de que estoy embarazada y él simplemente se dio la vuelta y se fue. No merezco esta actitud.

—Una orden de esta magnitud debo comunicársela al rey.

—Hazlo. Eso no me detendrá.

* * * *

Luena me ayuda a empacar mi equipaje, cuando Magnus entra a la habitación con esos pasos que hacen resonar el piso. Ya se ha enterado y no se ve feliz.

—¿Qué es todo esto? —pregunta con la voz baja, controlada.

—Ya lo sabes —respondo sin alzar la vista de la maleta.

Él mira a mi doncella, quien todavía sostiene la ropa. Con un gesto, le indica que salga y, cuando quedamos solos, avanza despacio hacia mí, como un depredador que captura a su víctima.

—No es el momento de tomar decisiones impulsivas. Estás alterada y no puedes salir así, menos en tu estado.

—¿Mi estado? —digo, irónica—. Te refieres a nuestro hijo, ¿no? Pensé que no te interesaba porque lo primero que hiciste fue marcharte.

Su expresión dura vacila apenas un instante.

—Necesitaba pensar.

—Pensar —replico con un amargo deje de risa—. Yo aquí, sola, con la noticia más grande de mi vida, y tú pensando. Adelante, piensa. Yo también tengo que hacerlo.

—No puedes irte cada vez que algo ocurra.

—¿Y tú sí?

—Deja ya esa actitud.

Le molesta que no sea la mujer pasiva a la que suele controlar.

—No es seguro que salgas ahora —dice, intentando suavizar el tono—. Afuera hay gente que haría cualquier cosa por lastimarte, por lastimarnos.

—No puedo quedarme aquí, no después de como me dejaste —contesto, tratando de que no vea que me tiemblan hasta los huesos.

Se acerca un poco más y estira la mano como para detenerme, pero no llega a tocarme.

—No te vayas, por favor —dice mientras me mira, suplicante.

—No lo hago para que me insistas, Magnus Lacrontte. Ya lo decidí.

Por un momento, noto algo en sus ojos: quizá miedo, quizá arrepentimiento. Ya es tarde. Tiene que dejar esa costumbre de ser un patán y luego intentar contentarme.

—¿Por cuánto tiempo?

—No lo sé. Te lo diré cuando lo decida.

—¿Hablas en serio?

—¿Podría encontrar el humor en esta situación?

—No tienes que irte. El palacio es lo bastante grande si es que no quieres verme.

—Tú tampoco tenías que dejarme sola en la habitación. Cada uno elige cómo arruinar las cosas, ¿no lo ves? Buenas tardes, Magnus.

Él no responde y no vuelve a detenerme. Se queda de piedra, viendo cómo paso a su lado. Cierro la puerta tras de mí y camino hacia adelante. Cada paso es un desafío al hilo invisible que me ata a su dedo. Tengo miedo, pero también algo nuevo, cálido, poderoso: la certeza de que, aunque el camino sea incierto, por fin estoy eligiendo preservar mi dignidad y, al parecer, también preservar lo que crece dentro de mí.

* * * *

Gregorie me recibe cuando arribo al palacio. Es inexplicable la tranquilidad que me cubrió en el viaje, como si mis propias barreras se negaran a dejarme desfallecer. Estoy agotada, y no físicamente. Pendo de una cuerda de la que ya no me importa caer.

Él me abraza, feliz de recibirme, pero la sonrisa se le borra cuando ve la expresión de agonía en mi cara y solo ahí me atrevo a llorar, sintiéndome estúpida y vulnerable. Como si él no fuera a contárselo.

—Mi primo es un idiota —asegura después de que le confieso por qué vine—. No es bueno que estés así.

—¿Y cómo se supone que debo estar?

—Hablaré con él.

—No vine a pedirte ayuda para eso.

—Lo sé, pero eso no impedirá que le diga lo que pienso de su actitud. Él debería estar contigo, no distanciándose como un imbécil.

Bueno. La parte de la cláusula no se la conté.

—Quiero que sepas, Emily, que tú ya eres mi familia y, aun si Magnus no acepta a ese pequeño, yo estaré gustoso de darle mi apellido y tratarlo como a un hijo.

—¿Tú crees que él no lo querrá?

—Él te ama. Estoy seguro de que lo único con lo que sueña es tener una familia contigo. Es ilógico, claro. No le teme a la guerra, pero sí a ser padre. El miedo no viene por falta de madurez, sino por sus experiencias. Perdió a sus padres, se quedó solo. Es una marca que no se le borra y que no quiere para nadie más.

—Eso no justifica su comportamiento.

—En lo absoluto. Démosle unos días y vendrá corriendo a pedirte perdón.

He ahí el problema. Ya me cansé de perdonarlo una y otra vez.

36

MAGNUS

Se fue hace dos días y parece que han pasado siglos. No he dormido nada. La preocupación y el remordimiento me hablan al oído a cada segundo. Es una tortura. Ver su lado de la cama vacío me hundió en una tristeza que jamás había experimentado. Siento rabia y culpa. Las preguntas me atormentan la cabeza. ¿Por qué ahora? ¿Por qué fui tan irresponsable? ¿Por qué dejé que se fuera? ¿Por qué? Claro que quiero hijos con ella. Ha sido uno de mis mayores deseos desde que la hice mi esposa. Pero todavía no deseaba compartirla, y mucho menos sabiendo que la noticia de un embarazo la pondría contra el paredón de fusilamiento. No mentiré: me aterroriza que le hagan daño. Si alguien le pone una mano encima, juro que lo pagará el mundo entero.

«El miedo nos hace humanos, pero no debes permitir que ese sentimiento te sobrepase». Ese fue el último consejo que me dio mi padre en vida. ¿Estaría decepcionado de mí? Yo lo estoy de él si es que esa maldita cláusula es cierta. Es su culpa que se desmorone lo que apenas estoy por construir. Nunca pensé que podría odiarlo. En realidad, no sé si eso es lo que siento, pero hay rencor ahí, rasgándome el pecho. Necesito la verdad y me enfurece no tenerla.

Envié a Rose a una celda diferente a la de Maloney y fue en él en quien me concentré. Pensé que tenía algo que decir, un detalle que se

estaba negando a revelar. Cuando el último de sus dedos cayó, le creí que no sabía nada. Lo cierto es que supe que era sincero cuando el meñique de su primera mano rodó por el suelo, pero tenía demasiada ira como para detenerme. Cambiaba las preguntas y no obtenía respuestas. Cedric no es más que una marioneta floja en una puesta en escena gigantesca, y él mismo lo notaba mientras gritaba de angustia y dolor. Accedió a unirse al plan por dinero. Se creyó inteligente y confió fielmente en un hombre al que no le importaba que su mujer se acostara con otro. ¿Cómo pudo verlo como un aliado? Heinrich y yo tenemos una cosa en común aparte de nuestro padre: somos capaces de engañar a cualquiera con tal de alcanzar nuestro objetivo.

—Majestad. —Escucho a Francis desde el pasillo. Lo único que he hecho desde que Emily se fue es encerrarme en mi oficina—. Estoy con su abuela.

Se me crispa el cuerpo. Nunca me ha gustado que traigan visitas sin avisar, y menos a mi lugar de trabajo. Respiro hondo para no perder la paciencia y los dejo pasar. Para mi sorpresa, mi abuela no viene con la efusividad de siempre y se queda al lado del viejo, como si fueran un par de adolescentes a punto de confesarle su relación a un padre estricto.

—Hola, mi amor —saluda ella con una media sonrisa.

Esto no es normal. ¿Es posible un embarazo a su edad?

—Lo que sea, díganlo de una vez —exijo sin apartar la vista de Francis.

—Es sobre el «asunto» —explica él—. Si yo, como mano derecha de su padre, no estaba enterado, puede que la madre del rey sí lo estuviera.

Siento como si me golpearan en el estómago. Un puño certero que no vi venir. ¿Quería respuestas? Aquí están. Hay una corriente helada que me sube desde el estómago hasta la nuca. Esta es una puerta que no había considerado abrir, que ni siquiera vi.

—Por favor, dime que no es cierto —ruego, mirándola. Pese a mi desespero, no niega.

—Él pensó que era una buena idea —dice en voz baja, esa que usa cuando tiene que dar una mala noticia.

Estoy acabado.

No sé si estoy respirando o si me falta el oxígeno. Miro el suelo, mis manos, la mesa. Todo parece lejano. Después de segundos de solo respirar, la rabia me atraviesa. Rápida. Brutal. Camino alrededor del escritorio con el cuerpo temblando y una presión terrible en la cabeza, como si en cualquier momento fuera a estallar. Igual que una avalancha, tiro todo lo que veo a mi paso. Los papeles vuelan por los aires, el tintero mancha la alfombra al caer, los sellos se golpean contra la madera y la lámpara se quiebra al chocarse contra el suelo. Y el pisapapeles que me dio Emily… No lo pienso. Lo lanzo hacia la ventana y se lleva consigo el cristal. Me sostengo del librero, débil e iracundo. ¿Cómo fue capaz de hacerme esto? ¿No decía que me amaba? ¿Cómo pudo condenarme de esta manera?

—Magnus. —Mi abuela trata de acercarse, pero Francis no se lo permite—. Lo hizo por tu madre.

—No meta a mi madre —exijo con la ira dominándome la voz—. Esto es entre él y yo.

—Lo hizo por ella. Tu madre no estaba de acuerdo con la forma en que tu padre trataba a ese niño. Le insistió muchas veces para que intentaran tener una buena relación, para que lo incluyera. Magnus V no quería. Elizabeth dijo que se divorciaría, que no podía seguir casada con alguien que tratara a su hijo de ese modo. Ahí, él cedió. Ella era a quien él más amaba. Incluso más que a ti.

—No lo entiendo. Pudo haberle dado dinero. No agregarlo a la línea de sucesión.

—Es su derecho, amor. Tu abuelo y yo intentamos acercarnos a ese niño. Su madre no lo permitió. Le ofrecimos educación, pero esa joven quería que su hijo tuviera el lugar de primogénito. No buscaba dinero, sino asegurar el título para Gerald. Desbancarte. Pensamos en quitárselo a su madre, pero al final desistimos. No fuimos capaces de robarle a su hijo.

—Eso es estúpido. Eran pobres, ¿cómo no iban a querer dinero?

—Hay cosas más importantes, como el orgullo. Eso era lo que la movía. Le afirmó en la cara a tu madre que no la comprarían con algo que no fuera el lugar que le pertenecía a Gerald: ser el legítimo príncipe de Lacrontte, el primero al trono. No lo aceptamos, por supuesto. No por rechazo al niño, sino por el amor que te teníamos a ti. Llámame egoísta si quieres, pero es la convivencia la que crea el amor. A ti te conocimos primero que a él. No íbamos a estar de acuerdo con una decisión que te apartara del lugar que te correspondía y tu madre tampoco iba a hacerte a un lado. Ella ofreció visitas, un acuerdo, pero nada la convenció.

Esa mujer me odiaba. Es lo que recuerdo. Y estoy seguro de que todavía lo hace. Solía recordarme que Gerald era mi hermano mayor, que él había nacido antes, que era el más grande. Evidentemente no entendía el trasfondo de sus palabras. A ella no le gustaba que los visitara, así que Heinrich y yo nos veíamos a escondidas.

Una vez me golpeó. Fue la primera vez que alguien me puso una mano encima. Su hijo se había lastimado cuando se escapó para verme, así que me hizo pagar por la herida. Salí corriendo ese día, Gerald me ayudó y a él también lo golpeó por interponerse. Un guardia civil me encontró perdido por las calles rumbo al palacio, y me llevó a casa. Mamá fue quien me recibió. Yo tenía una rojez que me cruzaba la mejilla y parte del labio. Su cara al verme fue otra. Nunca la había visto así. Exigió respuestas y se las di, omitiendo, por supuesto, un par de golpes más que tenía escondidos debajo de la ropa, aunque luego se enteró de esos. Jamás le mentía o, al menos, intentaba no hacerlo. Lo último que supe fue que esa mujer vino al palacio y mi madre se reunió con ella. Desde ese día, reforzaron mi vigilancia para que no me escapara. Aun así, hice todo lo que pude para volver a verlo, pero poco después mis padres murieron.

—¿Qué se supone que dice esa cláusula, abuela?

—Yo no vi el papel. Sin embargo, nos comentó que lo tendría en cuenta siempre y cuando tú no estuvieras para ocupar ese lugar y no tuvieras descendencia. Lo típico, amor. Si Gerald hubiera sido reconocido como un hijo legítimo ese sería su derecho.

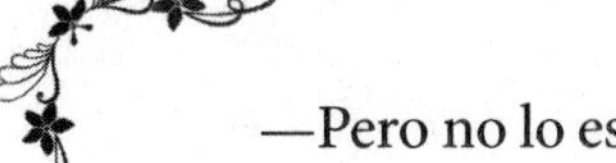

—Pero no lo es.

—Cuando tu padre hizo ese cambio, ustedes no se llevaban mal. Pensó que era seguro.

—¿Y por qué hasta ahora? ¿Por qué no actuaron antes si el deseo de esa mujer era que su hijo fuera el rey?

—Eso no lo sé, mi amor. Quisiera tener todas las respuestas para ayudarte, pero desconozco muchos temas. Eres como él en varias cosas —dice en voz baja—, pero tienes la oportunidad de no repetirlo. Cuida a ese bebé.

La miro de golpe y luego a Francis. Se lo contó.

—Era necesario —se excusa él sin perder la calma.

Me paso una mano por el rostro, intentando contenerme. Mi abuela se acerca y me toca el brazo. Su tacto es tembloroso, cálido. A ella no la asusta mi ira.

—Estoy muy feliz de que vayas a formar una familia. No lo arruines, mi amor. Haz con la verdad lo que quieras. Ódialo si lo consideras necesario. Solo no arruines tu presente y tu futuro por el pasado.

—¿Cómo? Mi padre lo puso en peligro.

—Pelea por ellos. Eres el rey. ¿No puedes eliminar esa cláusula?

—Por supuesto que puedo. El problema es que él tiene la prueba de la verdad y, aunque controle la situación, no puedo controlar su rabia. Se cree con el derecho y hará cualquier cosa por obtener su lugar. No puedo salir y decirle al pueblo: «Tengo un medio hermano y, pese a que tiene en sus manos una cláusula que lo mete directamente en la línea de sucesión, yo lo desestimo». Él seguirá creyendo que tiene una opción.

—Enviémosle un mensaje —propone Francis—. Tenemos al señor Maloney. Liberémoslo y que vaya con él. Que le lleve la advertencia. Incluso así podemos seguirle el paso. Sabremos en dónde está cuando se reúnan.

—No son tontos. Eso nos tomará tiempo. Y Maloney tendrá que hacer mímica, porque le corté la lengua.

—Magnus, ¡por todos los cielos! —se queja mi abuela.

Ni siquiera tiene dedos, así que no puede hacer señas.

—Es nuestra mejor opción —insiste el viejo.

—De acuerdo —cedo—. Encárgate tú de eso.

—¿Lo dices porque tú te encargarás de ir por Emily? —deduce mi abuela—. No esperes a perderla para amarla como se lo merece.

Me doy la vuelta. No sé si quiero escucharla. Todo en mí es un torbellino: furia, traición, amor, vergüenza. Oigo el sonido leve de la puerta abriéndose detrás de mí. No necesito verla para saber que es ella marchándose. Algo cambia cuando sale de la habitación, como si se llevara consigo la poca calma que quedaba. Sus pasos se alejan despacio por el pasillo y el eco se apaga. Solo quedamos Francis y yo.

—Él trataba de arreglar lo que dañó —Modrisage excusa a mi padre en un intento por aligerar el ambiente—. No lo encadene con su rencor. Es lo que usted hubiera pedido si la relación con el señor Heinrich no se hubiera dañado.

—Pero ¡se dañó!

—Eso nadie lo podía prever. Él intentó hacer lo mejor dadas las circunstancias. Sobre lo otro, debe seguir el consejo de Aidana: tiene que actuar.

Ahí va. Este era el punto al que quería llegar.

—Sé directo, Francis.

—¿Quiere tener hijos con Emily?

—No me veo formando una familia con alguien que no sea ella.

—Entonces, ¿por qué dejó que se fuera?

—Porque era lo que ella quería. Jamás la retendré contra su voluntad.

—Bueno, ¿y por qué le está dejando toda la responsabilidad? El problema está, sí, pero no por ello puede abandonarla con esto. Ella lo necesita. Necesita a su esposo, al hombre que juró protegerla.

—¿Qué quieres que haga? Tampoco quiero compartirla con ese niño.

—¿Escucha lo patético que suena? Esperaba más de usted, majestad. Así no fue como lo crie.

—Me recrimino a diario por necesitarla tanto. No hay nada que pueda hacer; ya lo intenté todo.

—La señora Lacrontte no va a dejar de amarlo porque ahora tengan un hijo. Puedo incluso deducir que lo amará el doble. No importa el problema en el que esté metido, ese niño seguirá siendo su hijo, majestad. Es mejor que vaya asumiéndolo de una vez.

—Lo he asumido, créeme. Pese a lo mucho que he luchado, me cuesta todavía entender que soy un hombre débil cuando se trata de Emily.

—No. Usted es un hombre enamorado y punto.

—Un amor diferente, entonces.

—¿Lo dice por la señorita Etheldret? —pregunta y asiento—. En ocasiones, creemos amar a alguien con intensidad, pero con el paso del tiempo y las experiencias encontramos a una persona que nos enseña lo que realmente significa estar enamorados. Entonces comprendemos que lo que habíamos sentido antes no se compara con lo que estamos viviendo ahora. Sin embargo, también puede suceder lo contrario: que nunca volvamos a experimentar un amor tan profundo como aquel que alguna vez tuvimos. Así que decida cuál de estas dos opciones describe mejor su caso.

La forma en la que quise a Vanir no se compara con como amo a Emily. No soy el mismo hombre del pasado. Vanir cambió su forma de comportarse para acomodarse a mi carácter y yo suelo menguar el mío con Emily. Le permito hacer cosas que no le dejo hacer a nadie más, le he dicho verdades que nunca nadie ha escuchado y le entregué mi alma entera. Es por eso que me asusta tanto que un día ya no esté.

—¿Qué prefiere, majestad? ¿Perder la cordura o a la señora Lacrontte?

—Prefiero perder el reino antes que pasar mis días sin ella.

—Entonces, vaya a recuperarla. Esa mujer ha luchado por entenderlo, ha sido paciente, pero somos humanos y nos cansamos. No la obligue a rendirse, porque ahora no solo la estaría perdiendo a ella, sino también a su nueva familia. Que el miedo no se convierta en terquedad. Lo digo como su padre.

—¿Por qué siempre arruino las cosas? En momentos como este me siento sin corazón.

—Lo tiene. Ahí está. De otra forma, no le dolería cómo lo hace. Tiene un punto.

—Supongo que tuve que crear uno para ella.

—Eso quiere decir que su majestad, Emily, es el corazón del rey.

* * * *

Ya es tarde y yo sigo aquí, con la ventana rota y un desastre en el suelo. Me pasé el resto de la mañana pensando en qué hacer, en cómo recuperarla, y al fin tengo un plan nuevo y decente. El mejor hasta ahora.

He planeado miles de estrategias de guerra y ninguna se compara con lo mucho que me he esforzado por idear algo para hacerla feliz. El problema es que su ausencia le da libertad a mi violencia. Tenerla lejos me enreda la cabeza, me hace retroceder al Magnus de antes, el que no se contiene. Tengo un pendiente en mi lista que debo erradicar. Después podré concentrarme en lo que pretendo armar. Si Maloney ya tiene un destino que cumplir, no puedo dejar a la otra pieza flotando por ahí.

El patio que conduce a los calabozos está húmedo. Una lluvia corta me moja la cara con pequeñas gotas que me caen como agujas sobre la piel. Bajo las escaleras para adentrarme en el pasillo oscuro donde todavía esperan su final los dos trágicos amantes. Voy hacia Rose sin detenerme. Haberla amputado no es castigo suficiente; voy a asesinarla, y Emily no está aquí para detenerme.

Los guardias abren la reja de su celda. Está sentada en el piso con los muñones envueltos en vendas manchadas de sangre seca y polvo. Tiene el cabello desordenado y no huele bien ya que no se ha bañado desde la noche en que los capturé. No lo tienen permitido. Son mis órdenes. Mi intención es que se sienta como la rata que es.

Ella levanta la cara y me mira. Sus ojos oscuros me acuchillan con una ira precisa, filosa. Me encanta ver cuánto me detesta. De

alguna manera, alimenta mi ego y mis ansias de mantener el poder. Es un ser insignificante. Un alma que goteará hasta vaciarse.

—Buenas tardes, señorita Alfort. ¿Qué tal su estancia? —pregunto con sarcasmo sin acercarme—. ¿Alguna sugerencia para que podamos mejorar? —Me enseña los dientes como un perro furioso. Es incluso cómico. Tiene las palabras, pero no la fuerza para atacarme—. ¿Nada? Me alegra, entonces, que la esté pasando bien.

—¿Por qué simplemente no me asesina? —dice tan bajo que apenas alcanzo a escucharla.

—¿Lo ve? Sí había peticiones. La idea es que se sienta cómoda, así que lo haré.

De inmediato se mueve, buscando con la mirada algo, o más bien a alguien, detrás de mí.

—No está aquí para salvarla —replico, altivo, al conocer el motivo de su ansiedad.

—No necesito que nadie me salve.

—Perfecto, nadie lo hará.

Me desabrocho los botones de las mangas para recogérmelas hasta los codos y no mancharlas. Después, me quito los anillos, menos uno: mi sortija de matrimonio. Juré no quitármela jamás y pretendo cumplirlo.

—¿Ella lo envió?

—No vine a responder sus preguntas, Alfort.

—Usted dice conocerla. —Su voz se ha vuelto ronca de tanto gritar—. Yo también la conozco. No como antes, por supuesto, pero sé lo débil que es. No permitiría que hiciera lo que me hizo. Por lo que deduzco que no se lo contó, ¿verdad? Le oculta su crueldad, la bestia que es dentro de estas paredes asquerosas. Sabe bien que ella jamás se lo perdonaría.

Es cierto. Cuando estoy aquí soy una persona distinta. Emily sale de mi mente, mas no de mi corazón. No me mido. Vuelvo a lo que he sido desde hace años. Sé que ella desaprobaría mi comportamiento y mis decisiones, pero no por eso dejaré que esta mujer implante la duda en mí. Me tomó bastante tiempo despejar la cabeza y entender

que ella me quiere como soy y que, aunque sabe que he matado y lo asume, es mejor no contarle los detalles. Sobre todo cuando incluyen a alguien que quiere o quiso. Es por eso que, de ser posible, siempre ocultaré el calvario al que he sometido a Rose.

—Quizás tenga razón —le digo, sereno—. Ella no tiene por qué enterarse; podría ser nuestro secreto. Además, puedo añadir otro: ¿sabía que está embarazada?

La palabra cae como una bala. No hay gritos, ni maldiciones, ni amenazas. Solo un leve temblor en los labios. Sus ojos, hinchados por el cansancio, se abren en una mezcla de incredulidad y algo más profundo, algo que ni la tortura le arrancó: odio puro.

Es un castigo tener la información y no poder correr a contarla. Si fuera posible, la sangre le estaría hirviendo dentro de las venas, calentándole la piel hasta secársela. La respiración se le vuelve pesada, le cuesta. Todo lo que deseó, soñó y anotó en su lista de peticiones le fue concedido a quien no lo buscaba.

—Supongo que el destino tiene un sentido del humor retorcido —me burlo.

—Emily Malhore es la mayor peste que ha parido este mundo.

—Emily Malhore ya no existe. Es la reina de Lacrontte para usted, así que le exijo respeto.

—¿Qué más da? Va a matarme al final.

—Puede tener un final rápido. Poco doloroso.

—¿Existe algo más doloroso que esto? —Levanta los brazos mientras tiembla.

—Créame. Se me ocurren muchas cosas peores. Pero hoy voy a usarla para enviar un mensaje, y como conoce el secreto, tendré que coserle la boca.

El miedo hace que se esconda. Se arrima a la cama, esperando fundirse con la pared. Quiere alejarse, que no la toque. Es como un animal indefenso sorprendido en la oscuridad.

La aguja y el hilo están preparados para empezar. Cuatro guardias la toman por cada extremidad y un quinto le sostiene la cabeza. Ella se mueve, tratando de escaparse de un final que en el fondo sabe

que vendrá. Tenía tiempo sin hacer esto. Espero haber perdido la práctica y que, por eso, resulte más doloroso.

—Si no se queda quieta, esto será peor para usted —aviso, inclinándome hacia ella.

El grito queda contenido en su garganta cuando la primera puntada le hace sangrar el labio. Soy lento e impiadoso. Una y otra vez, de arriba abajo. Sus lágrimas empiezan a estorbarme cuando ruedan por sus mejillas. Veo el dolor en sus ojos, fuerte, incesante. Lo disfruto. Cuando termino, le hago un nudo en una de las comisuras, doy un paso atrás y admiro mi trabajo. Quedó hermoso. Remill, el sastre, debería tenerme en cuenta cuando vaya a confeccionar un nuevo traje.

* * * *

La puerta de la celda se abre con un chirrido largo y oxidado en el momento en que salimos en compañía de la prisionera. Sigue llorando y sangrando. Es demasiado dramática para ser alguien que se consideraba tan fuerte. El sonido de las botas de los guardias rebota en las paredes como un tambor de guerra. Yo voy detrás, sin prisa. No hay necesidad. Lo inevitable no corre.

En el exterior la tarde casi se pierde. Ya no llovizna y el petricor se alza, contundente. Salimos del palacio por el ala trasera. Allí, dos vehículos nos esperan con más hombres armados. Rose se detiene un instante y vuelve a mirarme. Es una mirada breve, vacía. Empieza a apagarse.

—Suba —le ordeno.

Uno de los guardias la empuja y ella cae sobre el asiento. El motor se enciende y un par de custodios se acomodan a su lado. No iré allí. La mataría antes de cumplir mi deseo. Voy a mi transporte y, en silencio, avanzamos hasta llegar al coliseo donde ya se concentran algunas personas. Cada una de ellas ansiosas por presenciar la muerte.

Sacan a Alfort del automóvil y la obligan a caminar. Sus pies descalzos pisan el concreto frío hasta llegar a la puerta posterior. Dentro, el eco de los pasos resuena mientras subimos al escenario. Ella no hace ruido alguno. Es su última carta para sentirse ganadora. Igual de nada le sirve, ya que todos aquí pueden leer su miedo. Una hilera de guardias se posiciona adelante y deja espacios entre sí para que la gente pueda verme. Yo tomo el mando y me dirijo al pueblo que ya grita entusiasta, sin saber a quién tienen en frente.

—Lacrontters —inicio con la mirada fija en el público. Sé que Heinrich no está acá, pero alguien de su línea debe haber venido—, hoy estamos reunidos para presenciar cómo se castiga la traición a la Corona.

Las voces se alzan. Vitorean mi nombre una y otra vez. Son míos. Todos. Pocos entienden por qué he elegido la vía pública. Pero es que no es un espectáculo, es una advertencia, tanto para ellos como para los que se esconden. Quiero que les quede claro que no me temblará la mano para castigar a quien se alce en contra de mi mujer y que Gerald sepa que soy capaz de desarmar cualquiera de sus planes.

Arrastran a Rose hasta la horca. Tropieza y se cae, pero los guardias no se detienen. Le ubican la soga en el cuello con la precisión de quien realiza un gesto cotidiano. El sol del ocaso le cae encima, resaltando el sudor que le corre por las sienes y el temblor que la envuelve.

—Atentar contra la vida de los monarcas se paga con la muerte —declaro, señalándola—. Y más aún si la ofensa se dirige a la reina. —Los ojos de la multitud siguen cada uno de mis movimientos. Yo, en cambio, los dirijo hacia ella—. Que quede claro para todos: a Emily Lacrontte no se la toca ni con el pensamiento. Quien levante la mano para dañarla, la perderá antes de dar el primer golpe.

Miro al verdugo y asiento. Acciona la palanca. El sonido de la madera, el crujido de la cuerda y luego el silencio absoluto. Los jadeos de Rose se pierden cuando el festejo se levanta. Los pies le cuelgan en el aire hasta quedarse quietos mientras la tarde termina de teñir el cielo de rojo.

37

EMILY

Ha pasado una semana desde que dejé Lacrontte y parte de mi corazón. Desde que llegué, no me han dejado leer el periódico y tampoco lo he pedido. No quiero tener el menor contacto con el nombre de Magnus. En estos días me he concentrado en mí, aunque suelo perder la cabeza debido a la tristeza. Elisenda ha sido mi compañera. Hemos hecho tantas cosas para distraerme que he perdido la cuenta de la mayoría, aunque algunas han sido divertidas: organizar la habitación que será para su bebé, escoger posibles nombres, hacer pulseras de cuentas —que, por alguna razón, es lo que más le gusta— y hasta jugar bádminton sin ropa. Esto último no lo acepté; aún me falta la valentía. Le agradezco la ayuda, el esmero por no dejar que mi ánimo decaiga y, sobre todo, por escucharme cada vez que he necesitado desahogarme.

Gregorie afirma que Magnus ha enviado cartas preguntando por mí. Le creo, pero no me es suficiente. No sé qué es lo que espero cuando se supone que ya tomé una decisión. Una que pende de un hilo cada vez que escucho sobre él. Amarlo mientras le guardo rencor es mi nueva manera de vivir.

Solía imaginarme en Cromanoff como parte del plan para huir de mi esposo. Ahora me parece una condena. Todo aquí me resulta ajeno: los muebles, el silencio e incluso el aire. Me siento como una intrusa, como si cada rincón me recordara que no pertenezco a

ninguna parte, porque ya ni siquiera Mishnock es mi casa. He llorado cada noche hasta cansarme. Pensé que las lágrimas me vaciarían el pecho, pero no. El dolor sigue ahí, pesado, junto a esa vida que aguarda su momento de la mano del tiempo.

—Emily —Elisenda me toca la pierna para que la mire—, ¿de verdad estás bien?

—Por supuesto —miento—. No te preocupes.

El nacimiento de su hijo está cerca y el rey Fulhenor no puede ser más atento. Le pregunta cómo está, la acompaña a donde sea que ella quiera ir, la arropa, la sostiene, la abraza, la acaricia… Y me duele. Me duele es desear ese tipo de ternura. Me duele tener que imaginar cómo sería si mi esposo me mirara así, con esa mezcla de cuidado y amor que no requiere más. Me duele desear lo que debería tener sin sentirme culpable por quererlo. Me duele estar sola. No he querido contarles nada a mis padres, porque no es conveniente. Están con Liz y lo respeto. No voy a meterlos en este problema ni alejarlos de mi hermana para que no siga sintiéndose desplazada. Lo enfrento sola, aunque los esposos Fulhenor estén a mi lado.

—¿No quieres acompañarnos? —pregunta por décima vez.

Hoy viene la organizadora de fiestas para planear la presentación del bebé. Y aunque cuando lo planteó quise asistir, creo que mi ánimo se fue en picada esta mañana. Sé que ella lo entiende porque ve la herida en mi cara.

—Emi, cariño. —Me toma de la mano y, con un gesto triste, se inclina hacia mí desde su silla—. No sabes lo mucho que desprecio a Magnus por hacerte sentir así. ¿Qué harás, entonces? No quiero dejarte sola por ahí.

—Estaré bien.

—Te quedarás con Patrick. La compañía ahuyentará el llanto. Lo necesitas. Alguien diferente, con un tema distinto. Nada de bebés ni maternidad.

—¿Está aquí? —pregunto y asiente—. ¿Vino a ayudarte con tu fiesta?

Vuelve a asentir con una sonrisa.

—Es mi mejor amigo, Emi. En el fondo, creo que Pat también necesita a alguien que no le hable de eventos festivos después de lo que ocurrió la vez pasada. Serán una gran compañía el uno para el otro. Dale la oportunidad.

Supongo que no tengo nada que perder. Es preferible eso que esconderme bajo las sábanas para intentar dormir solo para no llorar.

* * * *

Salgo al jardín, fingiendo mi mejor cara, cuando la doncella me avisa que la mesa de té ya está lista. El aire de la tarde está tibio y el aroma del jazmín se mezcla con el vapor que sube de la tetera. Trato de concentrarme en los pequeños detalles porque todo lo demás parece demasiado grande como para sostenerlo. De pronto, cuando veo venir al marqués con las manos metidas en los bolsillos y la mirada baja, entiendo a lo que se refería Elisenda. Él tampoco está bien.

—Hola —digo, apenas en un susurro.

Él levanta la vista. Se esfuerza por sonreír para transmitir amabilidad, pero la alegría no le llega a los ojos. Hay algo roto detrás del gesto, algo que me inquieta.

—Siempre es un placer verla, majestad.

—Recuerdo que acordamos tutearnos.

—Valoro su buena memoria.

Da la impresión de que un halo melancólico lo abraza. Ya no tiene la tranquilidad y seguridad que solía irradiar. Parece otra persona. Alguien ensimismado y rígido. Me saluda con un abrazo que duda en darme, como si temiera tocarme para evitar consecuencias. Nos acomodamos bajo una sombrilla que nos cubre del resplandor de la tarde y permanecemos en silencio varios segundos, durante los que solo se escucha el ruido de las hojas moviéndose con el viento.

—¿Puedo preguntar qué haces aquí? —inquiere, volviendo a la informalidad—. No esperaba encontrarte, y mucho menos con esa cara.

—¿Qué cara?

—La de tristeza absoluta.

Sé que no es su intención dar el golpe, pero lo dio.

—¿Recuerdas cuando nos conocimos? Preguntaste si parecías muerto en vida y te dije que no. Bueno, ahora podría jurar que estás diez metros bajo tierra.

—Te doy la razón. ¿Tú a cuántos estás?

Me devuelve el puño.

—¿No podemos hablar de otra cosa que no sea de mí?

Se ríe son ánimo, más bien con esa risa floja que sale cuando acabas de descubrir las intenciones descaradas del otro.

—¿Qué es lo que quieres saber, Emily?

—¿Qué fue lo que ocurrió? —Disparo directamente.

—Pensé que era una buena idea ayudarlo a reconciliarse con su familia. No me sabía la historia completa. Lo juro. De ser así, jamás habría sido tan inconsciente.

—¿Desconocías que le gustaban los hombres?

—Tal vez. Nunca hablamos de ello.

Me es inconcebible que no lo sospechara. Es decir, allí hay una atracción que solo ellos parecen negarse a reconocer.

—Patrick, por favor.

—Cuando descubrí que disfrutaba hablar de una manera poco formal con otro hombre, no quise pensar demasiado, solo me dejé llevar, lo juro. Puede que algo dentro de mí lo sospechara, es decir, que podría gustarle, pero pensé que era algo nuevo, no que él amara a tu esposo.

—¿Algo nuevo entre ustedes? —comento para no dejarlo escapar—. ¿Eso significa que tú también lo sientes?

—Pongo mi vida frente a ti al decirte que no lo vi de ese modo. Me sentía cómodo hablando con él, conociéndolo.

—¿Es decir que no te gusta?

—Ya te imaginarás lo difícil que es reconocer algo así. Estuve casado con una mujer.

¿Eso es un sí?

—No necesito que me lo respondas a mí, sino que te lo respondas a ti mismo.

El sol empieza a caer detrás del muro del jardín y, por un momento, todo queda envuelto en un silencio dorado. No hay reproche, solo dos personas sentadas frente a frente, tratando de sostener una conversación difícil. Él, al menos, es valiente y se expone. Yo, por el contrario, escondo fallidamente un dolor que se me nota a la distancia.

—Creo que yo quería vernos como dos personas, no como dos hombres —confiesa luego de unos segundos—. Era una forma segura de avanzar en mi cabeza.

—Si lo haces así de verdad, lo entiendo. Si lo haces para no enfrentar que sí te atrae otro hombre, no.

—Supongo, entonces, que hay un poco de ambas.

—¿Y qué harás?

Puedo ver el arrepentimiento en cómo aprieta las manos y evita mirarme. No digo nada, no lo presiono, solo lo observo. El té que no hemos tocado se enfría en la tetera y a ninguno nos importa. La bebida es solo una excusa, pues lo que queremos compartir es la fragilidad del otro.

—¿Qué debería hacer? Le he enviado cartas y no me responde. ¿Qué más podría intentar? ¿Invitarlo a venir a la villa? Él no quiere verme.

—El romanticismo no es lo tuyo, ¿verdad? Debes hacer algo importante. Un riesgo que no se quede en letras. Ve a buscarlo.

—Ese es un paso demasiado grande, Emily. No sé qué es lo que quiero. Esto es nuevo para mí. Él ya lo reconoció, pero yo ni siquiera sabía qué nombre ponerle a este enredo. Dime que entiendes mi posición, por favor.

—Buscarlo no significa que vayan a tener una relación. Es hablar las cosas, solucionarlas. No se traduce tampoco en que tengas que declararte. Es justo lo que hacían antes de esa fiesta, solo que ahora será en persona.

—¿Y qué si me rechaza?

—Te queda la certeza de que lo intentaste. Esto sonará horrible, pero tienes algo a tu favor y es que nunca nadie ha luchado por Lorian. Él lo ha hecho solo. Si ve que te esfuerzas, te dará una oportunidad. Estoy segura.

Respira hondo, como si llevara un rato conteniéndose.

—Supongo que nos lo debo. ¿Y tú? ¿Ya me gané la confianza suficiente como para que me digas por qué estás devastada?

Esperaba la pregunta. En una confesión difícil, no se puede dar tanto sin esperar una revelación a cambio. Algo que nos ayude a no sentirnos tan hundidos.

—¿Sería muy injusto decir que prefiero reservármelo?

—Después de todo lo que yo he confesado, sí, pero no voy a presionarte.

Bajo la mirada y juego con la taza vacía. Quisiera contarle, pero no deseo sentirme vulnerable, algo estúpido si se tiene en cuenta que lo primero que notó fue mi agonía interna.

—¿Cómo sobreviviste en tu matrimonio, Patrick? No entiendo bien cómo funcionan las cosas, cuánta tolerancia hay que tener, cuánta paciencia y hasta dónde debo estirar mi dignidad.

Asiente despacio, como quien por fin ve en palabras lo que ya sabía. Sus ojos no me juzgan; se quedan quietos, hondos, como si estuviera buscando el camino correcto para no herirme. Cruza las manos sobre la mesa, preparándose para hablar.

—Si usas la palabra *sobrevivir*, entonces ya el barco está medio hundido. Un matrimonio no se trata solo de resistir, sino de comprender. Yo aprendí que amar no siempre es sentir mariposas, sino convivir con los silencios, con los defectos del otro y también con los propios. No me malinterpretes —dice al ver la mueca en mi rostro—, la tolerancia y la paciencia tienen que estar, sí, pero no deben convertirse en cadenas. No se trata de aguantar por aguantar, sino de mantener vivo el respeto que alimenta el amor. Porque cuando el amor muere, el respeto también, y lo que sigue después de eso ya no es matrimonio, es costumbre. Recuérdalo. La dignidad no se estira, sino que se cuida. Cuando uno se pierde a sí mismo, ya no hay ningún *nosotros* que valga.

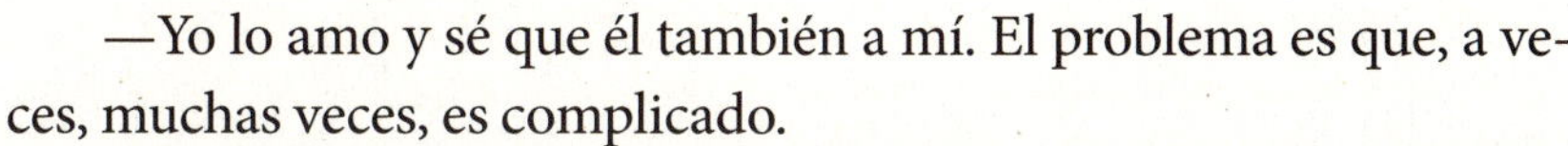

Es sencillo decirlo.

—Yo lo amo y sé que él también a mí. El problema es que, a veces, muchas veces, es complicado.

Trago saliva e intento sonreír, pero la cara no me responde. Muevo los dedos sobre la mesa, buscando algo que hacer con las manos. No quiero que note lo mucho que me lastiman la situación, la verdad y la mentira en la que trato de refugiarme. Sé que tiene razón, y eso es lo que más me pesa, porque una parte de mí se resiste mientras otra se rinde, exhausta.

—Si te da más penas que alegrías, la respuesta es clara. El matrimonio fue, para mí, como cuidar una hoguera en mitad del invierno: si la dejas sola, se apaga eventualmente; si la retas sobrepasando sus límites, te quema. Los espacios son necesarios. Es por eso que estás aquí, ¿no?

Yo no fui quien tomó la decisión de alejarse en primer lugar. Él me dejó sola.

—No nació de mí la idea —confieso.

—Quizás decirte esto alimente las sospechas de un interés inapropiado hacia ti y me haga ver como un aprovechado, pero te ruego que no lo tomes de esa forma. Emily, mi esposa y yo sostuvimos nuestro matrimonio porque hubo amor, porque ambos cuidábamos la hoguera. Así es como debe ser. Cuando solo uno sostiene la llama, ya no es amor, son cenizas, y las cenizas sirven para aprender de los errores que llevaron a que la flama se extinguiera, no para vivir en ellas.

Cada noche desde que estoy aquí me he preguntado qué haré si él regresa. Es obvio que vendrá con una de sus tan preparadas disculpas. Me dirá que lo siente y me pedirá que lo entienda. ¿Lo haré esta vez? Me miro los dedos y ahí están los dos anillos, brillando en compañía. ¿Qué se hace cuando hay más caos que hermosura? Me encanta ver las sortijas ahí, pero sé que me seguirán gustando mis manos aunque no lleve ninguna.

* * * *

Al caer la noche, Patrick se marcha con la valentía suficiente para ir por Lorian a Dinhestown. Se ve emocionado y asustado. Es evidente que le gusta, al menos, como un amigo. Hay algo enredado allí que ambos necesitan desatar o la distancia y el silencio seguirán enrollándolos con una cuerda demasiado gruesa como para liberarse en solitario. Se necesitan.

Me doy una ducha y bajo al comedor para cenar. Adentro, me esperan Gregorie y Elisenda, sentados a la mesa con un gran banquete que llena el aire d el olor de las especias. El murmullo suave del fuego en la chimenea acompaña el tintinear de la vajilla. Una vez tomo asiento, las doncellas empiezan a servir la comida.

—Querida, ¿cómo te fue con Patrick? —me pregunta la reina Fulhenor—. No quisimos interrumpirlos. Estaban muy animados hablando.

Conversamos más de lo que debíamos. Supe cómo conoció a su esposa cuando fue a trabajar a casa de unos nobles que querían renovar su mansión, cómo ellos lo aceptaron, cómo le pidió matrimonio, cómo emurió después de luchar contra una enfermedad, cómo nunca pudieron tener hijos pese a los muchos intentos y cómo, desde entonces, decidió estar solo.

—Es un buen distractor.

Eso sonó pésimo.

—Explícate. —Gregorie levanta una ceja, sospechando.

—No te desgastes, Emi —Elisenda me defiende—. Yo de antemano sé la excelente compañía que ofrece Patrick. Deberían verse más seguido si lo necesitan.

—No es recomendable que le estés diciendo eso —le reclama su esposo—. Ella es una mujer casada.

—Solo es una visita. Eso no significa que la esté vendiendo a otro hombre.

—Conoces a Magnus y...

—¿Podemos no hablar sobre él? —pido, cansada—. Solo cenemos, por favor.

Ambos asienten en silencio y, por la siguiente hora, la cena transcurre entre frases cortas y silencios largos. Cuando el último plato queda vacío, siento la mirada del rey de Cromanoff sobre mí, fija. Sus ojos se mueven entre la puerta y mi rostro, una y otra vez, como si esperara el momento exacto de algo que aún no ocurre.

—¿Qué hicieron? —los confronto a ambos.

—No te enojes con nosotros, por favor —pide Elisenda, preocupada—. Permíteme dejar en claro que yo me opuse.

Antes de responder, la puerta se abre para dejar pasar la figura de Magnus. Cruza con pasos firmes, la espalda recta y el porte imponente. Él no necesita anunciar su autoridad. Lleva el abrigo abierto y el aire frío de la noche se cuela detrás de él, mezclándose con su fragancia.

Su mirada me encuentra al instante, como si me hubiera buscado incluso antes de llegar. No hay sorpresa en sus ojos, solo esa tensión que siempre está presente cuando está enfadado o quiere dominar la situación. Por un momento, no sé si tengo ganas de abrazarlo o de salir corriendo. Mi respiración se vuelve corta y el pecho me arde como si todo el aire de la sala me perteneciera y, aun así, no fuera suficiente. Lo veo avanzar con esa elegancia contenida que siempre me desarma y, aunque sé que debería sostenerle la mirada, algo dentro de mí tiembla.

—Buenas noches. —¡Su voz! No puedo creer cuánto he extrañado ese tono varonil que me fascina.

—Propongo un juego que consiste en encerrarse en una habitación a hablar con un compañero —anuncia Gregorie, levantándose de su silla—. Así que escojan a alguien rápido. Yo elijo a Elisenda —dice con agilidad—. Y, a falta de más jugadores, la otra pareja la conformarán Magnus y Emily. Vaya sorpresa, no me lo esperaba. Este juego promete mucho.

Toma a su esposa de la mano y la saca a trompicones del comedor, dejándome a solas con mi enemigo personal. No sé qué sentir. No sé si quiero verlo o no, si deseo tenerlo cerca o si prefiero que esté a metros de distancia. La rabia y el anhelo luchan en mi interior. Me

remuevo incómoda en la silla mientras él se mantiene de piedra. ¿Cómo ha estado? ¿Se habrá sentido mal o se habrá comportado como el frívolo que siempre es? ¿Me habrá extrañado o le habrá dado igual no verme en el palacio?

—Te vi hablando con Salvaret. —Es lo primero que dice. Bastante decepcionante.

¿Cuándo llegó?

—¿Olvidas que primero se saluda? —replico, fastidiada por su actitud.

—Hola, Emily.

—¿Qué haces aquí?

—¿En el palacio de mi primo? Visitar a mi mujer.

Podría haber empezado diferente. Tantear el camino, preguntarme cómo estoy, pero no. Eso le queda demasiado grande a Magnus Lacrontte.

—Quizás debí pedirles a los guardias que no permitieran que te acercaras a mí —le digo.

—¿Tienes idea del dinero que gasté en Cristeners sobornando a los guardias que te cuidaban? ¿Crees que no haría lo mismo de ser necesario?

—¿Has venido a eso? —increpo—. ¿A recordarme el alcance de tu poder?

—No. He venido a verte.

—¿Quién lo diría cuando ni siquiera has preguntado cómo estoy?

Su expresión se endurece aún más y los ojos le arden con el orgullo que siempre usa como armadura. No obstante, algo en mi petición lo desarma. Inhala despacio, aparta la mirada y se frota el cuello, como si de pronto el peso del día le cayera encima.

—Tienes razón —murmura al fin, sin atreverse a mirarme del todo.

Su voz pierde la dureza con la que entró y, por un segundo, vuelvo a reconocer al hombre que solía esperarme en la penumbra, emocionado por que apareciera.

—¿Cómo estás? Te ves delgada.

—No estoy delgada. Solo ha pasado una semana.

Parece ofendido al ver que le resto importancia a los días que hemos pasado separados.

—Ya... bueno. Te ves delgada.

—Pues no debería, porque sí me alimento. No podría dejar de comer sabiendo que estoy embarazada. ¿Tienes los resultados de la otra prueba?

Asiente lento.

—Lo estás —dice luego de un silencio extenso.

Respiro profundo. Ya lo sabía, pero siento la confirmación como un nuevo peso.

—Entonces, ¿ahora sí estás preparado para ser padre o necesitas más tiempo? —Doy el paso al tema difícil.

—¿Tenemos que hablar de eso en este momento? —cuestiona a la defensiva.

—Es el único tema que me interesa. Si no hablaremos de eso, no me interesa seguir con esta conversación.

Me doy media vuelta y comienzo a caminar hacia la puerta, decidida a salir, pero, antes de dar más de dos pasos, me toma del brazo y, en un impulso, me levanta del suelo, impidiendo que me marche. Enseguida protesto, forcejeando entre la sorpresa y el enojo. Él no me suelta hasta que le prometo quedarme. Solo entonces me baja, sin dejar de mirarme, como si temiera que en cuanto me deje libre desapareceré.

—No vas a irte a ningún lado, Emily. Escúchame primero.

—¿De qué quieres hablar, Magnus? —Me mantengo firme.

No sé en qué tónica estamos. Esto es extraño. Somos dos espadachines que no se atacan, sino que solo se miran.

—Lamento haber sido un idiota, pero no tenías que irte. No te grité o te falté al respeto.

—Ignorar también es lastimar.

—Pues en verdad lo siento. Necesitaba pensar y ya lo hice.

—Quizás ya es tarde. —Me cruzo de brazos—. Dime una cosa, ¿lo que hizo que me dejaras como una idiota en esa habitación fue el miedo a que esa cláusula fuera real o es por qué no quieres a este bebé?

—Yo lo quiero si tú lo quieres.

—Esa es la peor respuesta, Magnus. Sé honesto.

—Quiero hijos contigo, solo que ahora no es el mejor momento.

—Contigo o sin ti, voy a ser madre.

—No te atrevas a sacarme del camino, Emily. Eres mi esposa y ese es mi hijo.

Al menos no lo llamó heredero.

—¿Recordaste al fin que también es tu responsabilidad?

—Jamás lo he olvidado.

—No es lo que me ha parecido en estos días. Sinceramente, estoy cansada. Yo no quiero vivir así. Siempre hay algo y siempre lo enfrento, pero tampoco puedo competir contigo.

—¿A qué te refieres?

—El mundo y tú. Tenemos problemas por culpa de personas externas a nuestro matrimonio. Cada vez surge algo nuevo y estoy dispuesta a hacerle frente por nosotros, pero ya estoy harta de que tú también te pongas en mi contra. Cuando ocurre algo, me tratas mal y te encierras, esperas que yo sea paciente y te entienda cuando se te pase la ira. No es justo. Debo quedarme rezagada, aguantando tu mal humor, tu frustración, y luego contentarme cuando te arrepientes y me pides disculpas. No quiero esta vida para mí.

—Emily, ten cuidado con lo que dices. —No es una amenaza, es una súplica.

—¿Tienes tú cuidad conmigo? Me haces sentir mal y tengo que tragarme esa sensación, porque debo ser comprensiva contigo. Ya no lo soporto. Si el amor duele así, prefiero no sentirlo.

—¿Qué tratas de decir? No existen los matrimonios perfectos.

—Y no espero que el nuestro lo sea, pero yo también acabo de enterarme de que vamos a tener un hijo y tú tan solo te fuiste. No dijiste una palabra. No esperaba una felicitación, eso es patético, pero al menos quería un abrazo y ni siquiera eso me diste. Te giraste y te fuiste. Me dejaste sola con la noticia. ¿Tú, de verdad, sí me quieres?

Cada palabra es una flecha llena de resentimiento que sale a borbotones y que me drena por dentro la energía. Me siento febril, irascible y agotada.

—No te permito que dudes de lo que siento por ti. Me arrancaría el corazón si me lo pidieras.

—¿De qué me sirve, Magnus, si te la pasas maltratando el mío?

—Sé directa. ¿Qué es lo que estás pensando?

—Que quiero el divorcio antes que seguir de esta manera.

—¡No, no puedes dejarme! —Su grito me hace temblar.

Su actitud cambia en segundos. La rabia y su desafío se diluyen frente a mí. Veo cómo la fuerza en sus ojos desaparece y la reemplaza un terror absoluto que nunca había visto en alguien. Ni siquiera en mi padre cuando estuvo buscándonos a Liz y a mí por horas después de un ataque lacrontter en el festival de Mishnock. Es una desolación absoluta que me parte el alma. Me quedo en silencio ante el tono desesperado de su voz; suena rota, frágil. Su mirada, vencida, ya no tiene rastro de arrogancia ni de orgullo. Solo queda en él una súplica agónica que deja al descubierto su vulnerabilidad.

—Llevo meses intentando entenderte, pero tú siempre lo complicas. —Mi fiereza también decae—. Así que, si quieres reservártelo todo, está bien, pero déjame fuera de ello.

—No, Emily. Te diré lo que quieres, todo lo que quieras saber.

Su tono autoritario se convierte en súplicas.

—Así no, Magnus. No porque te sientas acorralado. Esto debe nacerte, y no es lo que está sucediendo.

—¡Sí me nace! ¡Me nace!

El corazón me late fuerte. Estoy a punto de quebrarme y, antes de poder resistirme, las lágrimas ya me caen por el rostro.

—No llores y mírame, Emily. Te amo.

Mi entereza me abandona. Siento como si unas brasas encendidas me envolvieran el corazón, quemándome desde adentro.

—Me lastimas, Magnus. He aguantado tu actitud distante, pero ya sobrepasó mi tolerancia. Vas a estar bien sin mí.

En un parpadeo, se desploma de rodillas frente a mí, derrotado, como si hubiera perdido la guerra y se rindiera ante el enemigo. Sus manos se aferran al borde de mi vestido, arrugando la tela. Levanta la cabeza y me mira desde abajo, desolado.

—No me dejes. Eres lo único que tengo.

—Tienes muchas cosas, Magnus. Tienes un reino y un gran palacio. Tienes a Francis. Tienes poder. No me necesitas.

—No quiero esas cosas, te quiero a ti —murmura, abrazándose a mis piernas, hundiendo la cabeza contra ellas. Las lágrimas le caen, aunque ahora mantiene los ojos cerrados.

—No quieres al bebé. Ahora somos él y yo.

—Lo querré si tú lo quieres.

—No es así. Debes quererlo porque así lo sientes.

—Sí lo quiero, solo no sé qué hacer en este momento. No quiero que nadie te lastime… y por su causa lo harán.

—¡Ya lo haces tú! —Mi grito lo petrifica—. ¿Crees que tus secretos y tu distancia no me hieren?

—Te lo contaré todo. Te lo juro, Emily, pero no me dejes —pide, ansioso—. Esa cláusula es real, mi abuela me lo dijo. Ella sabe… Yo estoy… No lo sé. Papá no quería. Mamá, sí. Y Gerald ahora —balbucea tan rápido que me cuesta entenderle—. Él se alegró cuando murieron. Lo vi. Gretta y Gregorie estaban. Yo también. Francis me acompañó. Lloré mucho y crecí. Soy honesto.

—Tienes que calmarte para que puedas contármelo.

—¡Ya te lo dije todo! —La exasperación en su tono no es más que agonía—. ¿Qué más quieres saber?

Me mira con los ojos enrojecidos por el llanto. Sus lamentos son cortos, entrecortados, y los labios le tiemblan. Respira con dificultad, como si algo invisible le oprimiera el pecho, robándole el aire hasta asfixiarlo.

—Levántate. No me gusta verte de rodillas.

Intento tomarlo del brazo y ponerlo de pie. Me es imposible. Su peso y su resistencia están en mi contra.

—Solo si me prometes que no vas a dejarme.

—Hablaremos de eso después.

No es el momento. No quiero presionarlo y que la desesperación hable por él. Quiero que esté cómodo, calmado. Que ambos lo estemos. Y eso no ocurrirá hoy.

—¿Vas a dejarme, Emily? Ya te lo conté todo. ¿Qué más quieres? Dime, y te lo revelaré.

—No necesito nada más.

—Pero aun así quieres dejarme. Te amo. No hagas esto.

No soy de piedra. Me duele verlo así. Una vez quise verlo sufrir, pero hoy, después de saber cuánto lo amo, no soy capaz de disfrutarlo. Tampoco puedo mirándolo desde la distancia, como si su dolor me fuera ajeno. Me agacho lentamente hasta quedar a su nivel. Le acaricio las mejillas para borrarle las lágrimas e intento reprimir las mías.

—No puedo seguir dándote oportunidades que luego arruinarás.

—Déjame demostrarte que no hay nada más en este mundo que me importe tanto como tú. Emily, si te vas, me estarás condenando. Eres lo único que me mantiene de pie. Mi vida se apaga cuando tú te alejas.

Por un instante, todo mi enojo se disuelve. Siento un nudo en la garganta, un brío invisible que me arrastra hacia él.

—¿Y qué harás? —inquiero, sopesando una idea que quise mantener lejos—. ¿Una muestra grande de amor que en unos días se verá arruinada por tu comportamiento?

—Desde que te prometí no ocultarte cosas, lo he cumplido. No actué bien, lo sé, y estoy profundamente arrepentido. Te lo he contado todo. Me cuesta abrirme y entiendo que pueda ser frustrante, pero expondría cada uno de mis pecados al reino entero si con eso evito que te vayas. Emily, tú eres más valiosa que la corona, que mi poder. Sin ti, soy solo polvo. Por favor, no me hagas pedazos.

Sus ojos se clavan en los míos con una súplica muda. Quisiera decirle que ya no puedo más, que marcharme es lo único sensato, pero las palabras se disuelven antes de salir.

—Vamos a casa —pide con su último rayo de esperanza—. Permíteme mostrarte lo que he hecho estos días. La distancia no ha sido en vano. He jugado por los dos, para mantenernos a salvo a los tres.

—No entiendo.

—Conseguí algunos libros. Francis los buscó. Son sobre paternidad. No los he abierto, pero los leeré, te lo prometo.

—Necesito espacio para pensarlo, Magnus. Debo poner mis ideas en orden.

—¿Por qué? —pregunta, molesto de repente—. Yo te ayudo a organizarlas. No voy a irme sin ti.

—Yo te di espacio. Ahora dame el mío.

Lo veo luchar por aceptar mi petición. Gira la cabeza a cada lado, tratando de entenderme, mientras lucha con su ego.

—Bien —acepta, poniéndose en pie y llevándome con él—, tienes un día.

Se ajusta el traje y se limpia las lágrimas del rostro con el dorso de la mano.

—No puedes ponerme condiciones. Además, no sé si quiero volver a Lacrontte.

—¿Por qué haces esto tan difícil? —Su seguridad vuelve a claudicar—. No iremos ahí. Bueno, sí, pero no al palacio. Te gustará. Por favor, solo dame una oportunidad. La última. Quiero ser un buen padre y esposo.

Bajo la mirada. No debería creerle. Ya lo he hecho y siempre da el mismo resultado.

—Quiero tener una familia contigo, Emily. Llegó demasiado pronto, sí. Pero la única mujer que deseo que sea la madre de mis hijos eres tú. Y, pese al terror, estoy feliz.

Vuelvo a mirarlo, incrédula.

—¿Eres honesto? —le pregunto.

—Lo juro por mis padres. Ven conmigo. —Me extiende su mano—. No me hagas esperar.

No voy a ceder tan fácil.

—Me das mi espacio o no vuelves a saber de mí.

Suspira, frustrado, y se pasa las manos por el cabello para controlarse.

—De acuerdo. Solo te pido dos cosas, por favor: decídete antes de tu cumpleaños y nunca le digas a nadie que me arrodillé y te supliqué que no me dejaras.

Después de todo lo que ha pasado, ni siquiera me acordaba de era mi cumpleños.

—No pensaba hacerlo —le aseguro con una sonrisa que no quería que viera.

—Igual nadie te creería.

—Si buscas que esto funcione, debes dejar de ser tan egocéntrico.

—Eres mi esposa, es obvio que voy a ser egocéntrico.

—Ayúdate un poco a convencerme. ¿A dónde piensas llevarme?

La sonrisa más grande que le he visto nunca aparece en su cara. Es sincera, agradable, incluso tierna.

—A nuestro nuevo hogar.

38

EMILY

Magnus no se fue, pero se aisló. Sigue en el palacio, pero en una habitación alejada, a la que se llega después de atravesar varios pasillos, todo para que no pueda encontrármelo. Come en otro lugar y pasa el tiempo quién sabe dónde. Gregorie se va con él casi siempre, mientras que yo sigo al lado de Elisenda. ¿Es extraño? Muchísimo. Parecemos amigos castigados a los que separaron después de una travesura.

Hace tres días que no lo veo y admito que más de una noche me he quedado despierta imaginando en dónde está y qué estará haciendo. Todavía recuerdo su llanto desesperado en el comedor y me conmueve el corazón. Lo amo, de eso no hay duda. Sin embargo, yo estaba dispuesta a divorciarme y seguir adelante en sola. Ya vi que soy débil a su discurso, porque estoy sopesando ir con él para descubrir cuál es ese nuevo hogar al que se refiere.

—Si piensas tanto en él, deberías pedirle que venga —dice la reina Fulhenor frente a mí en el comedor.

—La cuestión es que no debería pensar en él.

—Lo amas. Es tu esposo, así que no te sientas culpable. ¿Quieres que lo mande a llamar? Vendrá de inmediato.

—¿En dónde está?

—¿No te lo imaginas? En la torre.

Claro. Esa es la razón por la que, por más que camino y camino de arriba abajo, nunca nos cruzamos en ningún lado.

—No necesito llamarlo. Él aparecerá.

Mañana es mi cumpleaños y sé que debe estar impaciente, haciendo un esfuerzo por no salir a buscarme. Estoy segura de que eso que ha planeado tiene como fecha el 10 de septiembre.

—Lo tienes en tus manos, Emi, querida. Claro que aparecerá.

O también podría ir por él. Es decir, se supone que soy yo la que debe ponerle fin al espacio que pedí. Sería lo lógico.

—Ya regreso. —Me pongo de pie—. Tengo que hacer una cosa.

—Por supuesto. —Me sonríe con un gesto de quien conoce los secretos que el otro oculta con torpeza—. Que te vaya bien.

Necesito verlo en su aislamiento y descubrir en qué ocupa el tiempo. Salgo y voy hasta mi alcoba para tomar un par de objetos. Después, camino hacia el patio trasero del palacio y voy directo a la torre que se alza a lo lejos. Al llegar, respiro profundo un par de veces y abro la puerta. Me toma más tiempo y fuerza de la que creía, pero lo logro. Avanzo hacia arriba por la escalera de caracol hasta la segunda entrada y vuelvo a empujar para poder ingresar. Adentro la habitación está distinta. Hay un nuevo escritorio, junto a la pared derecha, cubierto de libros abiertos y hojas apiladas sin orden. Él está sentado, inclinado sobre las páginas, como si buscara las respuestas que yo le negué.

Cuando levanta la vista y me ve bajo el marco, se queda quieto. Por un segundo parece no procesarlo. Luego se sorprende y esa sorpresa se transforma en una sonrisa que intenta ser tranquila, pero no lo es.

—Emilia. —No oculta su emoción al pronunciar mi nombre.

—¿Cómo estás, Magnus?

—Mucho mejor al verte. ¿Ya te decidiste?

No lo sé todavía.

—¿Qué hacías? —Cambio el tema.

—Estoy con los libros de paternidad.

—¿Ya los leíste?

—Los títulos. Pero he estado hablando con el médico. Tengo algunas recomendaciones.

Empieza a enumerar cosas que no puedo hacer y algunas son bastante exageradas. Desde ahora tengo prohibido usar prendas ajustadas, incluidos, muy a su pesar, los corsés. Tampoco tacones altos. No puedo levantar peso o agacharme, y mucho menos enojarme, montar a caballo, correr por las escaleras o en cualquier otro lugar.

—De ser posible, preferiría que no caminaras —dice muy serio.

Me río y él levanta una ceja. Nadie me creería si les digo que es así de dramático.

—No creo que el médico estaría de acuerdo con la idea de que no camine.

—Al menos no tanto. No puedes agitarte.

—¿Algo más?

—Tomar mucha agua. Las anoté todas. Te lo juro.

—Te creo. ¿En dónde quedó el Magnus frívolo?

—En el comedor, cuando me arrodillé como un vil mortal.

—Eres un mortal, amargado.

—Me gusta imaginar que no lo soy, porque así tendría toda una eternidad contigo.

Una declaración bastante romántica viniendo de él.

—¿Ya me perdonaste? —pregunta de nuevo.

—Te amo demasiado como para no hacerlo.

—Perdóname por todo lo que te hice pasar. Por haber sido egoísta y darte la espalda cuando lo único que necesitabas era mi apoyo. —Se acerca lento y me toma de la mano—. Mi pasado no justifica mis acciones ni los problemas que tenga actualmente. Esa tarde no fui el hombre que necesitabas y de verdad lo lamento. Tú eres perfecta, Emily, y yo solo intento ser lo que te mereces.

Es doloroso notar que, en el fondo, él está convencido de que no es bueno y no es digno de tenerme. Detesto ese pensamiento. Magnus es el hombre con el que nunca soñé y que ahora es mi sueño más grande. Es el dueño de cada una de mis fantasías, de mis anhelos, de mi

vida. No quiero estar ni un segundo sin su presencia. Lo quiero a mi lado para siempre, siendo mío, mi cómplice, mi todo.

—Nunca dudes de que nací para ser tu esposa —confieso con la esperanza de disipar su inseguridad—. Tú reparaste mi corazón. Déjame reparar el tuyo.

—No tienes nada que reparar, Emily. Si de verdad tengo un corazón, ha sido tuyo desde el principio y tú jamás has hecho nada para romperlo.

Me tiemblan los labios cuando sonrío. Todo en mí se expande, como si de pronto el aire fuera más liviano, más fácil de respirar. Sus ojos se concentran en los míos y en ese instante no hay dudas, ni distancia, ni pasado. Solo él, su voz y mi corazón, que late tan fuerte que casi parece reírse. No necesito decir nada; él lo ve en mi cara. Soy feliz.

—Te traje algo. —Tomo su brazo y le abrocho una pulsera de cuentas azules en la muñeca. Es una de las que hice con Elisenda—. Sé que no te gustan los obsequios, pero espero que lo aceptes. Recuerdo que usabas la cinta que le quitaste a mi vestido, y cuando vi las cuentas, pensé en hacer una para ti. Yo tengo una igual. —Le enseño mi mano—. E hice una más para nuestro hijo.

—Comprendo —dice sin mucho ánimo—. Gracias.

No le gustó. Soy una idiota.

—Si no la quieres, está bien. Puedo entenderlo.

—No, por favor. No me malinterpretes. No sé cómo reaccionar a los obsequios —se adelanta a decir, dándose cuenta de lo que pienso—. Es hermosa. Todo lo que tú haces lo es.

—Espero que seas honesto, porque también te hice un perfume —le informo y saco el frasco de la bolsa de terciopelo—. Debí haberlo hecho con roble y avena, como en la historia que contaste en nuestra cena de compromiso. Sin embargo, al final me decidí por otros ingredientes.

—¿Se llama *Ramé*? —dice al leer la etiqueta pegada al cristal—. ¿Es el nuevo perfume del rey?

—Eso espero. Papá me ayudó a crearlo.

—¿Eso significa que ya me ama?

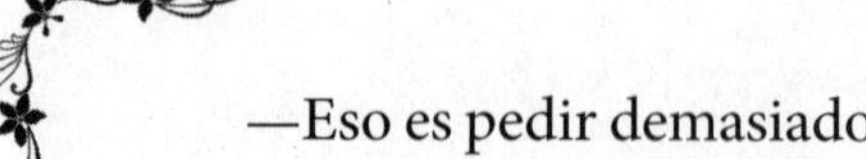

—Eso es pedir demasiado.

—Afortunadamente tengo algo para ti también o me sentiría terrible. ¿Podrías ponerte de espaldas, por favor?

No me permite contestar. Se adelanta y me asegura que es una sorpresa de la que no puede darme detalles. Obedezco, porque a eso vine, a meterme en su locura. Lo escucho alejarse y volver. Siento su cercanía y cómo levanta los brazos alrededor de mi cara. Me pide que cierre los ojos y, de nuevo, acato. Me ata una venda a la cabeza, negándome la luz de la habitación.

—¿Qué vas a hacer? —El nerviosismo es palpable en mi pregunta cuando lo siento soltarme los broches del vestido.

—Nada que no vayas a disfrutar.

—Magnus, aquí no. Esta no es nuestra casa.

—No es lo que crees, pervertida —se burla mientras comienza a bajarme las mangas por los brazos.

—Es lo que parece —digo con la piel erizada debido al contacto.

En segundos, el frío me golpea el cuerpo cuando la prenda cae a mis pies. Él la hace a un lado. Es increíble todo lo que puedes sentir cuando la visión está bloqueada. Escucho su respiración cerca y sus pasos moviéndose a mi alrededor. El aire huele a su perfume, a algo cálido que me envuelve antes de que sus manos lo hagan. No veo nada, pero siento cada gesto: el roce áspero de los dedos al tocarme la piel y su torpeza dulce cuando intenta ser cuidadoso. No digo nada. Me quedo quieta y permito que el silencio hable por nosotros. Es extraño confiar de esta manera, sin mirar, sin saber, y aun así sentirme segura.

Luego, algo suave me toca los hombros. Una tela nueva. La guía de sus manos me ayuda a reconocerla: un vestido. Sé que es otro por la diferencia en el peso. Con paciencia, me sostiene mientras acomoda cada pliegue, ajustándomelo sin mucha fuerza en la cintura.

—¿Muy apretado? —pregunta con preocupación en la voz.

—En lo absoluto.

—¿Segura? Recuerda lo que acabo de decirte.

—Muy segura. ¿Por qué haces esto? Pude haberme vestido por mi cuenta.

—Guarda silencio, esposa. Necesito toda la concentración posible para retener el autocontrol y no lanzarte sobre la cama.

Empieza a desatar la cinta, devolviéndome la luz. Enseguida, miro hacia abajo, encontrándome con un traje verde esmeralda bellísimo. Tiene una sola manga que me cae por el brazo izquierdo y un escote recto bordado con hilos dorados que parecen guardar un destello de luz entre cada línea. La falda se extiende, amplia, majestuosa, con dibujos sutiles que me recuerdan a las sombras de las ramas cuando se mecen al atardecer.

—Es hermoso, Magnus —exclamo, dándome la vuelta—. ¿A qué se debe el cambio de color? Esperaba que fuera rojo.

—Quiero que combines con mis ojos. Iremos a cenar.

—¿A un lugar extravagante? —interrogo, pues conozco sus gustos.

—No me parece.

—Entonces, sí lo es.

—Ya te lo dije. Es nuestro nuevo hogar.

* * * *

Tomamos el avión para salir de Cromanoff y llegamos en la noche a un sitio que no había visitado antes. Un automóvil nos espera y nos lleva directo a una colina alta, la cual está coronada por un palacio majestuoso, aunque lúgubre, de torres oscuras y picos altos que ondean la bandera de Lacrontte. A medida que ascendemos, la ciudad aparece abajo. A mi derecha, el río se extiende como una cinta de plata que refleja las luces de las lámparas y las fachadas de colores que se alinean en la orilla: casas rosas, amarillas y azules con tejados en punta que parecen saludar al agua. Los barcos, quietos en el muelle, brillan con luces propias que desde la lejanía dan la impresión de ser un conjunto de estrellas. Es como estar en un cuento.

El camino serpentea entre hileras de vides desnudas y arbustos con flores. El aroma a tierra húmeda se cuela por la ventana entreabierta. Siento que el corazón se me acelera, no por la pendiente, sino por la emoción: esa mezcla de curiosidad y asombro que solo despierta lo nuevo, lo que aún no tiene nombre ni recuerdo. Magnus sonríe sin apartar la vista del camino, pero yo no puedo dejar de mirar hacia abajo, hacia el pueblo que se va queda atrás.

—¿Qué lugar es este, Magnus? —inquiero, mirando por la ventana, fascinada.

—Es el antiguo Dinhestown —me avisa mientras el transporte se detiene al llegar arriba—. Estamos en Limehold, la capital.

El reino que invadió y el lugar en el que ha estado Lorian todo el tiempo. ¿Estará aquí o se habrá ido con Patrick?

Bajamos y me quedo admirando la imponente casa real. Las luces juegan a su espalda y a su alrededor, dándole al cielo un destello directo que sube y se pierde en algún lugar del aire. Los guardias, las doncellas y los demás sirvientes están afuera, alineados para recibirnos, intentando que la brisa nocturna no les desarregle los uniformes. Magnus me abraza cuando tiemblo. Me da un beso en la cabeza y luego apoya sobre esta.

—¿Qué te parece? —pregunta en un susurro.

Tengo las manos frías, así que las escondo debajo de su abrigo, buscando el calor de su piel.

—Es de las cosas más hermosas que he visto en mi vida. —Levanto la mirada y encuentro la suya. Tiene la nariz enrojecida y los ojos destellantes. La brisa nos mueve el pelo a los dos. Se ve precioso, tanto como este sitio—. ¿Aquí cenaremos?

—Así es. —Saca un reloj de bolsillo y mira la hora—. Ya es medianoche. Es tu oportunidad de ponerle el nombre que desees.

—¿Por qué?

—Porque es tuyo. Feliz cumpleaños, esposa.

¿Qué acaba de decir? No sé si reírme o llorar. No sé cómo procesarlo. Es decir, por más altas que pudieran ser mis expectativas, no me hubiera imaginado una cosa semejante. La cabeza me dice que está

bromeando, pero también me recuerda que él jamás bromea. Miro la imponente estructura, los balcones, los ventanales, las diferentes alas que se alcanzan a contar desde afuera. Esto no puede ser mío.

—¿Los palacios tienen nombre? —pregunto, confundida.

—Tu regalo no es el palacio, Emily. ¿Me consideras tan tacaño? —dice, ofendido, al tiempo que niega con la cabeza—. Hablo del reino. Ahora es tuyo. Eres la reina consorte de Lacrontte y la reina absoluta de Dinhestown. En este territorio, yo soy el rey consorte.

Me siento como una piedra más del paisaje. Estoy rígida, impactada y con los ojos tan abiertos que la brisa feroz me los hace lagrimear. Parpadeo varias veces, tratando de buscar en mi cabeza alguna respuesta coherente.

—¿Eso es posible? —La voz me suena tan baja que casi ni me escucho.

—Somos absolutistas, Emilia. Podemos hacer cualquier cosa.

El llanto llega al fin. Son lágrimas calientes, lentas al principio y luego imparables. Magnus me abraza como solo él sabe hacerlo, dándome el consuelo que necesito. Me aferro a su torso, buscando estabilidad, mientras el pecho se me sacude con sollozos que mezclan sorpresa, gratitud y amor.

—No quiero que llores. La idea es hacerte feliz.

—Bueno… es que nunca me habían regalado un reino.

—Ya tenías los jardines de Refcold, solo faltaban sus alrededores. Y si algún día llegas a divorciarte de mí, tendrás tu propio reino.

—No pienso divorciarme de ti.

—Eso espero, porque, si lo haces, te atacaré por la noche y te lo quitaré. Y la única forma para que te lo devuelva es que regreses conmigo.

—Eres un tonto. Y yo solo te di un perfume. ¿Qué voy a hacer con un reino?

—Gobernarlo. Este palacio tiene dos plantas y pensé que sería ideal para ti, pues no tendrás que subir muchos escalones. Lo digo por el embarazo y esas cosas. Pero si quieres un tercer piso, solo tienes que pedirlo, porque dos son muy pocos.

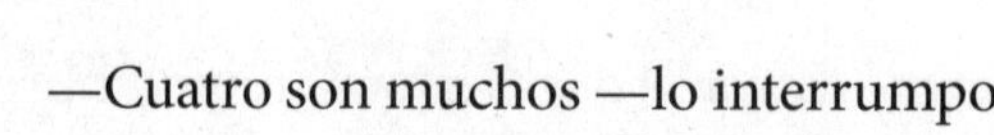

—Cuatro son muchos —lo interrumpo.

—Y tres… es perfecto —termina con una sonrisa.

—Esto es tan irreal —digo a medida que entramos—. Es demasiado, Magnus.

—Te regalo un reino porque soy un rey. Si fuera panadero, te regalaría pan.

—Yo quiero ese pan.

—Entonces también lo tendrás. Tú solo pide y yo me encargaré de ponerlo en tus manos.

Entro y, por un momento, olvido respirar. El eco de mis pasos se pierde en la inmensidad del vestíbulo y de la luz tan pura, tan blanca. Ante mí, dos escaleras gemelas se abren hacia arriba y se encuentran en el balcón de la segunda planta. El techo es un domo que de día debe filtrar la claridad y del cual cuelga una lámpara de cristal que me recuerda a una cascada congelada en el aire.

No puedo moverme. Solo mirar. Cada detalle parece hecho a mano y pensado con una precisión casi imposible: el azul profundo de los mosaicos, el dorado que recorre las barandillas, los arcos tallados que parecen susurrar historias antiguas. La voz me tiembla cuando intento hablar, pero lo único que sale es un suspiro.

—Un palacio azul para mi azulada Emily.

—Magnus, ¿cuándo hicieron eso? —pregunto al ver un único cuadro colgado en la pared.

Es como esos que ya he visto en las salas de los castillos y que enumeran la lista de reyes que han vivido allí. Aquí solo hay uno: soy yo. Mi retrato, mirándome fijo con una sonrisa que no enseña los dientes. Camino y me observo más de cerca. Es una locura. Ahora, además de ser reina de Lacrontte, tengo el poder absoluto en una nación que me pertenece solo a mí. Mi vida ha cambiado tanto con la llegada de Magnus que ni yo creo lo que estoy viviendo. Ni siquiera un pellizco es suficiente; necesito un buen golpe para sacudirme de la fantasía.

—Me di cuenta de la forma en la que miras los retratos. Te merecías uno. Y pronto viene el nuestro. Valió la pena robárselo al rey Hazerot —dice detrás de mí.

Ahí está mi golpe de realidad. Ese es el nombre del antiguo gobernante de Dinhestown: Joacatz Hazerot.

—¿En dónde están él y su familia?

—No lo sé y no es de lo que quiero hablar. Te pertenece, solo piensa en eso.

—¿Están vivos? —inquiero, temerosa, y, para mi fortuna, asiente—. ¿Lorian está aquí?

Ya se me hace raro que no haya aparecido.

—Envió una carta diciendo que se iría de vacaciones a la villa del Salvarata.

¡Patrick sí logró convencerlo! Estoy tan feliz por él. Se merece vivir la emoción del amor, así sea en una amistad.

—Acompáñame. —Me extiende la mano—. Hay un sitio que quiero mostrarte.

Salimos al patio. La niebla de la noche flota sobre el jardín como un velo plateado. Huele a tierra húmeda y a flores recién abiertas. Caminamos con los dedos entrelazados y en silencio. No sé hacia dónde me lleva. Solo escucho el crujido suave de las piedras bajo nuestros pasos y el murmullo del agua cercana.

Cuando doblamos por un último sendero, nos detenemos. Frente a mí, un lago se ilumina con una luz tenue, dorada, que se refleja en miles de pequeñas chispas sobre la superficie quieta. En el centro, rodeada de lirios lilas, se levanta una estructura de cristal, transparente y luminosa, como una joya entre la tiniebla. Adentro, distingo el resplandor cálido de las velas y una mesa preparada para dos. Es precioso.

—¿Hiciste todo esto para mí? —pregunto en un susurro, aunque en el fondo ya lo sé.

Él no responde de inmediato, solo me observa, tranquilo. Me aprieta la mano y me guía hacia un pequeño puente que cruza el agua. La cúpula de cristal brilla como si guardara un prisma en su interior. Cuando ingresamos, el aire se llena del aroma del jazmín y la cera derretida. Todo es tan hermoso, tan perfecto, que agradezco a la vida por poner a este hombre en mi camino.

—Es tu noche —dice él, acercándose para apartarme un mechón del rostro—. Solo quería que el mundo se detuviera un momento para nosotros.

—Eres una persona hermosa, ¿lo sabías? —Lo abrazo de la cintura con fuerza.

—No, no lo soy.

—Claro que sí. Tienes un corazón puro y lleno de mucho amor reprimido.

Mueve la cabeza de un lado a otro, como si estirara el cuello. Es lo que solía hacer antes, cuando estaba a punto de perder el control de sus emociones. Lo he incomodado.

—Vamos a sentarnos —pide.

Camina hacia una de las sillas y me la ofrece. Luego se acomoda frente a mí y abre dos botellas: una de vino y otra con agua. Sé cuál es la mía. Trato de agarrarla para servirme, pero él me la quita de las manos rápido.

—¿Por qué no te tomas esto en serio, Emily? —me regaña—. No puedes levantar cosas pesadas.

Me río y se enoja todavía más. Su mirada fija en mi cara me reprende sin palabras. Me siento como en una de las reprimendas del señor Field.

—Es agua, Magnus.

—Es un litro de agua. ¿No quieres cuidar al intruso?

—No lo llames así.

—Es lo que es. Cada vez que lo pienso, se me hace más extraña la idea de saber que seré papá —confiesa con una sonrisa frágil—. Es decir, habrá una persona que llevará mi sangre y dependerá de mí.

—Serás un gran padre.

—He pensado que habrá un horario para verlo: una hora por la mañana, otra más por la tarde y quizás por la noche pueda visitarlo antes de dormir.

Estoy muy segura de que, cuando lo vea, querrá pasar todo el tiempo posible junto a él.

—¿Y si él quiere verte más tiempo?

—Tendrá que acostumbrarse. Las personas no obtienen todo lo que quieren en la vida.

—Yo quiero que pasemos mucho tiempo juntos como familia. Y dijiste que solo tenía que pedir y tú lo pondrías en mis manos, así que eso es lo que quiero.

—¿Me estás manipulando? —inquiere, levantando una ceja.

—Puede ser. ¿Se me permite hacerte una pregunta? Es decir, no esta, sino otra.

—Eras la única persona en el mundo que tiene ese derecho.

—¿Qué es lo que más te gusta de mí?

Una vez le hice esa pregunta. Fue el día de nuestra boda, cuando Vanir envió las notas. Estaba herida y buscaba compararme. Hoy no. Ya la he dejado atrás y su recuerdo no me atormenta. Genuinamente quiero saber qué le atrae de mí para crear mis propias memorias con sus palabras.

Lo piensa. Mueve el vino en su copa mientras me observa con picardía, como si buscara la respuesta en mi cara.

—Sencillo. Que eres mía.

—¿No te gustan mis ojos, por ejemplo?

—Me gusta cuando tus ojos me miran a mí.

—Magnus, piensa en algo que no te incluya.

—¿De tu personalidad o de tu físico?

—Ambos.

—Tu resiliencia. Envidio esa capacidad que tienes para reponerte de las situaciones más adversas. Y, en cuanto a lo físico, me encanta el lunar que tienes en medio de tus senos.

—¿Qué odias?

Debo aprovechar la situación y hacer todas las preguntas que pueda antes de que se cierre como suele hacerlo.

—Odio cuando no estás cerca de mí. Eso es lo único que diré.

—¿Qué estarías haciendo hoy si no nos hubiéramos conocido?

—No quiero ni imaginármelo. Mi vida no sería vida sin ti.

—¿A veces no te arrepientes? Es decir, jurabas estar bien solo, pero luego entré yo a cambiarlo. ¿Extrañas esa calma de la soledad?

—¿Arrepentirme? —Frunce el ceño. Hasta parece que lo he insultado—. Me he equivocado muchas veces, pero no al haberte escogido o amarte.

Me quedo mirándolo o, mejor dicho, intento sostenerle la mirada. Se me escapa una sonrisa torpe, casi temblorosa, con la que no puedo competir. Amo cada palabra que sale de su boca, amo su manera de demostrar amor, amo la calidez con la que me trata y lo amo a él. Agradezco el regaño que me dio cuando abrí la puerta sin tocar ese día en el palacio de Mishnock, cuando cerraron la frontera y tuvimos que venir a pedir un permiso de salida, cuando me llevaron como acusada por querer comprar semillas de flores, cuando vine aquí como prisionera de guerra. No me importa el pasado, sino el que el destino nos haya unido. Este es el tipo de amor que siempre deseé.

—¿Qué pensaste cuando me viste ese día en la sala del trono con una de tus capas?

—Que te la habías robado y que estabas loca. Hoy, yo soy el loco. Un demente por tu causa.

—¿Así que ahora tú también eres vidente? —Asiente despacio—. ¿Puedes ver nuestro futuro?

—Recuerdo haberte escuchado decir que el don funcionaba una vez al día. Piensa bien tu pregunta.

—¿Cuánto tiempo estaremos juntos?

—Hasta que nos convirtamos en polvo. Y aun siendo polvo estaré contigo. ¿Eso responde tu pregunta? —Esta vez yo asiento—. Dime tú: ¿qué hacías en estas fechas el año anterior?

—Tus guardias me secuestraron en mi fiesta.

—Es que quería pasar todos los cumpleaños posibles contigo.

—No es gracioso. Pasé ese día encerrada en una celda.

Deja la copa a un lado y busca mi mano. El regocijo se le esfuma y, en su lugar, se instala un arrepentimiento que lo lleva a bajar la mirada.

—Emily Lacrontte, te juro que el recuerdo de las cosas por las que pasaste me atormenta. No debí permitir nada de eso. Debí darme cuenta mucho antes de todo lo que te iba a amar.

—Ya deja de atormentarte por el pasado. Estamos en mi reino, y si no quieres que te tilde de persona no grata, olvídalo. Se supone que estamos dando pasos adelante.

—Hablando de eso, tenemos que oficializarlo.

Del bolsillo interno de su abrigo saca dos sobres. El primero lo desplaza por la mesa hacia mí. Es blanco y tiene un sello de lacre con el escudo de Dinhestown, que lleva la inicial del reino dentro de una orla con lambrequines a cada lado y una corona encima.

—Este es tu derecho de propiedad. Está listo; solo debes firmarlo. Y esta —me pasa el sobre restante— es una carta de tus padres. Francis me la entregó y, para que veas cuánto se respeta tu privacidad, se decidió no abrirla. Te doy la oportunidad de que la abras ahora, porque todavía tengo algo que mostrarte.

—No te imaginé que plenearas tantas sorpresas.

—¿Aún no te queda claro que, cuando se trata de ti, hago todo lo que me juré que jamás haría?

—Pues quiero ver qué otra cosa preparaste.

No lo duda. Se levanta, me toma de la mano y me guía de vuelta al interior del palacio. Subimos a la segunda planta y nos detenemos frente a una puerta blanca con pomo dorado que Magnus no tarda en abrir. Es una alcoba. Nuestra alcoba. Una habitación iluminada solo por la luz cálida de los candelabros y el parpadeo del fuego que viene de una chimenea en la pared izquierda. En el centro, la cama domina la estancia: alta, con dosel de seda blanca que cae con suavidad y un cubrecama de terciopelo granate que parece absorber la luz. Frente a ella hay un tocador alto que reluce con espejos y frascos de cristal en los que nos reflejamos.

—Es hermosa —acepto su buen gusto—. Además, tiene color.

—Iba a ser nuestra, así que debía tener algo de ambos. Si me lo preguntas, mi cosa favorita es la cama. Se me ocurren tantas cosas que podemos hacer en ella.

—A mí me gusta más el tocador —digo, mirando las manijas ornamentales de las gavetas.

—Perfecto. Contigo hasta el piso se me hace atractivo.

DINHESTOWN

—¿En qué estás pensando?

—En lo mismo que tú. No te hagas la inocente.

—¿Y eso es…? —lo reto a ponerlo en palabras. Yo no lo haré.

—Que estás esperando que olvide los límites que hemos puesto entre nosotros y te tome como te gusta. Sin piedad.

Me mantengo en silencio. Adivinó, por supuesto, pero aun así no voy a darle la razón.

—Puedes fingir, Emily, pero soy capaz de leer el deseo en tu mirada. ¿Quieres que dé el paso? Daré miles. El resultado será el mismo aunque actúes con inocencia.

—¿Y cuál es?

—Terminarás desnuda sobre ese tocador.

—¿Estás seguro?

—Tan seguro como que me llamo Magnus Lacrontte. ¿Hasta cuándo vas a aparentar que la idea no te interesa?

—Hasta que me convenzas.

Su sonrisa me calienta la piel. No hay ternura; es insolencia pura. Los hoyuelos le adornan las mejillas y me mira con una confianza firme que le tensa la mandíbula. En su mente, ya hemos dado el paso, ya estoy desnuda y él ya ha tomado el control.

—Voy a hacerte mía como llevo noches imaginándomelo, Emily.

Hoy, su mano no va a mi garganta, sino a mi cabello. Lo recoge con su puño y me obliga a llevar la cabeza hacia atrás.

—¿Cuán brutal quieres que sea contigo, Emily? —pregunta con la voz grave, observándome desde arriba.

—Lo que tú creas justo.

—No me caracterizo por ser un hombre justo.

—Lo sé.

Ahí está mi rendición. Me pongo en sus manos, a su completa disposición, le permitiré jugar conmigo como a él le gusta. Siento el calor de su cercanía, la intención contenida en su quietud. Y aunque no hay palabra ni promesa, entiendo que no necesita ninguna. Él manda; yo cedo.

Sus pupilas se adueñan de sus ojos, oscureciéndole el verde de su iris. Ya le di el permiso y va a usarlo como le plazca. Viene hacia mí despacio, como si supiera exactamente cuánto puedo resistir antes de retroceder. Sin titubear, desciende hacia la curva de mi cuello para empezar a besarme la piel lentamente. Al principio son solo besos cortos que luego se convierten en lamidas largas y mordiscos suaves que suben hasta mi oreja.

—Haré que supliques mi clemencia —susurra.

Su boca va a la mía en un beso desenfrenado que reclama los días de ausencia y ahoga todas las palabras. Es necesitado y dominante.

—¿Lo desabrochas tú o lo hago yo? —dice. No es una opción; es una orden.

—Hágalo usted, majestad. —Adopto ese tono formal que tanto le gusta.

Sin perder el tiempo, me gira y lo siento desabrochar lo que hace unas horas cerró. Es rápido, aunque no impaciente. Deja caer mi traje con facilidad y, antes de poder reaccionar, vuelve a ponerme frente a él. Me siento expuesta, pero no vulnerable; hay algo poderoso en estar así, bajo su mirada. Sus ojos me recorren y es como si me tocara sin moverse. La piel de los senos se me eriza y me estremezco al ser testigo de cómo se muerde el labio inferior mientras me ve los pechos.

—Son malditamente hermosos —murmura, llevando su mano hacia ellos para acariciarlos despacio.

Desciende un poco más y captura uno con una urgencia que me arranca un par de jadeos. Su lengua es firme, casi ruda, mientras traza círculos rápidos y posesivos alrededor de mi pezón antes de succionarlo con fuerza. La sensación es intensa e increíble. Un destello de placer mezclado con un filo de dolor que me hace arquear la espalda. No le pido que se detenga, porque es lo que me gusta: ese ritmo cruel que me desarma. Me aferro a sus hombros, no para guiarlo, sino para anclarme a él. Cada movimiento de su boca es una declaración de dominio y me entrego a ella, disfrutando que me reclame como suya sin pedir permiso.

—Dime que estás húmeda —pide, desesperado, una vez se incorpora.

—Lo estoy —confieso, jadeante.

Baja el brazo y cuela sus dedos en mi ropa interior. Contengo el aliento cuando su tacto me encuentra. Es un toque firme pero cuidadoso que me enciende un cosquilleo en el estómago. De inmediato se resbala en mi excitación. Gime bajo, satisfecho por obtener lo que buscaba. Lo siento rozarme, palparme, empapándose de mí. Su mirada es una mezcla de hambre y triunfo que me hace sentir como la pieza más valiosa en su posesión. Poco después levanta la mano y sigo el movimiento, hipnotizada. Los dedos le brillan bajo la luz de las lámparas. Sin apartar la mirada de la mía, se los introduce en la boca, saboreándome. La imagen es tan íntima, tan descarada, que un calor nuevo se me extiende por el pecho y me cuesta respirar. Hay algo poderoso en verlo disfrutar de esa manera, como si estuviera probando algo exquisito.

—Eres deliciosa, mujer —dice sin soltarme el cabello—. Me estás volviendo loco a cada segundo. Eres completamente hermosa y mía. Dímelo, Emily. Quiero escucharte.

—Solo tuya.

—Quítame los anillos con los dientes —exige—. Porque voy a meterte los dedos.

Me ofrece su índice, su dedo medio y su anular. Abro la boca y comienzo a retirarle los anillos con cuidado. En el índice lleva dos y se los saco con los dientes y sin ocultar mi prisa. Me emociona lo que ocurrirá una vez acabe. Extiende la otra mano con la palma hacia arriba, esperando que los deposite allí. Uno a uno, los dejo caer mientras su mirada libidinosa me sigue en silencio.

—No apartes tus ojos de mí —dice cuando los suelto.

En los otros dos dedos solo hay uno, así que me apresuro a tomarlos, sintiendo el frío metal contra la lengua y lo excitante que me resulta obedecerle.

—Ve al tocador y ponte de espaldas —ordena cuando termino.

Acato y lo veo moverse a través del espejo. Se abre los botones de la camisa mientras me mira, dejando al descubierto su torso musculoso. Su calma cambia de golpe. Siento su fuerza cuando me empuja hacia adelante, inclinándome sobre el tocador. El aire entre nosotros se vuelve más denso, ardiente. Me levanta la cadera y me abre las piernas con las suyas. Su mano llega hasta la diminuta tela que evita mi desnudez entera y, sin pensarlo, la rompe, deshaciéndose de ella.

El espejo captura la habitación, bañada en el resplandor suave y dorado que la hace ver hermoso, pero es él quien lo domina todo. Magnus captura mi atención y, por un momento, me quedo embelesada viendo el reflejo de su cuerpo musculoso contra mi figura frágil. Sus ojos encendidos me atrapan en el espejo. Eso le gusta, que admire su fuerza, y a mí me fascina hacerlo. Sus manos descansan un instante en mis caderas, pero pronto una se desliza hacia abajo, buscando mi entrepierna con una intención clara. Contengo el aliento cuando su primer dedo se desliza dentro de mí con una lentitud deliberada. La sensación es inmediata: un calor agudo que me hace jadear mientras me ajusto a su presencia. Es invasivo pero bienvenido. Una corriente me recorre la espina dorsal cuando me contraigo alrededor de él; sin embargo, antes de que pueda procesarlo del todo, introduce uno más, estirándome, adueñándose de mí.

Agacho la cabeza cuando empieza a moverse, siendo testigo de cómo el placer me sobrepasa, pero casi al instante me corrige con un golpe en el trasero que me hace arder la piel.

—Tienes prohibido quitarme la mirada —advierte, cortante—. Si cierras los ojos o evitas verme, voy a sacártelos. ¿Entendido?

Asiento, lo que me hace merecedora de un nuevo golpe. Tiene los dedos quietos adentro. A veces olvido las reglas para sentir el castigo. Ese no fue el caso; aun así, no tengo queja alguna.

—Sí, majestad —respondo como es debido.

—Entonces mira al frente, directo al espejo. Observa tu rostro y cómo luchas por mantener los ojos abiertos mientras mis dedos te usan.

Retoma el ritmo y un gemido bajo se me escapa, resonando en la quietud de la habitación. La plenitud es intensa y sus dedos gruesos se mueven con firmeza, otorgándome lo que deseo. Observo los músculos de sus brazos flexionados mientras empuja dentro y fuera de mí. Veo el cabello caerle en el rostro, sus pupilas dilatadas y su mentón apretado. Es una vista maravillosa. Este hombre es mío y me aseguraré de que sea así por siempre.

Su mano libre me rodea el cuello y me aprieta como sabe que lo disfruto. Empieza a embestirme con temple, haciendo que el tocador se mueva cuando choco contra él. Jadeo bajo y casi ahogada ante la presión que genera la posición y la fuerza de su agarre en mi garganta.

—Solo voy a detenerme cuando acabes en mi mano. Más te vale darme lo que quiero, Emily.

Los párpados me tiemblan, pero me obligo a cumplir lo acordado. Veo que el pecho le sube y baja rápido. La respiración se le vuelve errática, una prueba de que no soy la única que lucha por mantener el control.

—Magnus —gimoteo mientras los espasmos me gobiernan.

En el momento en que siento su anular acompañar al resto, sé que me acerco al final. Gimo de nuevo con un sonido mucho más fuerte. Él se mueve más rápido, llenándome, reclamando. En el espejo, me veo el rostro sonrojado, los labios entreabiertos y el brillo del éxtasis. El placer se me acumula en el vientre bajo, caliente y abrumador. Cada movimiento me arrastra más lejos de la razón, más cerca de él, rendida al temblor que provoca su cercanía. La piel se me eriza de repente y es entonces cuando sé que ya no puedo resistirme más. Me derramo en su mano, temblando, sintiéndome moldeable y carnal.

—No te alcanzas a imaginar lo que me encantas, Emily Lacrontte —dice por lo bajo mientras digo su nombre una y otra vez, desesperada.

Tengo la respiración irregular y las piernas apenas me sostienen. Magnus me libera de su agarre y saca los dedos con agilidad. Hay una urgencia en su mirada que me hace estremecer. No me da tiempo a

recuperarme. Sin previo aviso, siento su erección presionándome, grande y dura, y, antes de que pueda recomponerme, me penetra con una estocada profunda. Un chillido alto abandona mi garganta en una muestra clara de dolor y placer.

—Te dije que no iba a ser gentil —me recuerda—. Ya sabes qué hacer si quieres que me detenga. Solo debes decirlo.

Busca sacarme las palabras. ¿Y por qué no? Yo también puedo confesarme.

—No recuerdo haberme quejado, majestad.

Su sonrisa ladina, por alguna razón, me enciende más. Hay picardía, complicidad y ego revueltos en un rostro masculino perfecto. Me fascina y está al tanto. Él asegura que yo lo tengo a mis pies, pero no se imagina que él también me tiene a los suyos.

Arqueo la espalda cuando empieza a moverse. Lo escucho gemir, gutural y varonil. Mi cuerpo, aún sensible, responde con una intensidad que me nubla por completo. Me encanta esta brusquedad, la forma en que no me da respiro, reclamándome como suya sin contemplaciones.

Me rodea el cuello con una presión firme pero cuidadosa que lo ayuda a mantenerme en mi lugar. Por instinto, abro la boca, pidiendo algo que me niego a poner en palabras. Se le ensancha la sonrisa cuando lo nota.

—¿Te gusta chupar cosas, Emily?

Es una pregunta para la que no espera respuesta. Me desliza sus dedos entre los labios para darme lo que deseo. Y yo lo tomo sin pensarlo.

—Hazlo —ordena. Su voz grave vibra contra mi oído.

Obedezco en el acto. Le rodeo los dedos con la lengua, saboreando el leve rastro de mi propia esencia en un acto íntimo y crudo.

—No creo que ni siquiera tú entiendas mi adicción por ti.

Su mano libre se pierde entre mis piernas hasta posarse en mi clítoris. Comienza a moverla en círculos precisos, añadiendo una capa de éxtasis que me hace gemir contra los dedos que tengo en la boca. Cada embestida suya es devastadora, rítmica, y el roce de su nueva

caricia lo amplifica todo. No soy capaz de pensar bien y mucho menos de aguantar demasiado. Jamás pensé que podría ser parte de algo así. Es único, majestuoso, enloquecedor. Me sostengo de su brazo y le clavo las uñas en la piel mientras busco apoyo. En el espejo, nuestros ojos se encuentran una vez más. Su mirada es feroz, una mezcla de dominio y deseo puro, pero también hay algo más: una conexión que hace que esto sea más que físico. Hay amor. Y eso hace que, aun en medio de mi rendición, me sienta poderosa.

—Es irreal lo mucho que fantaseo con acabar dentro de ti.

Él no necesita palabras; basta con el silencio que se instala entre nosotros para decirle que no estoy huyendo.

La manera en la que su cuerpo se mueve adelante y atrás, cómo aprieta la mandíbula y se muerde el labio inferior, cómo gruñe y respira con fuerza me empuja hacia el final.

Mis jadeos se mezclan con el sonido de nuestros cuerpos al golpearse. La visión se me nubla por un instante cuando el placer me atraviesa como una corriente violenta. Él no se detiene y sus embestidas, sus caricias en ese punto perfecto, se vuelven feroces. Entonces, después de un par de minutos, me rindo ante aquello que no puedo resistir. Me siento arrastrada por una ola demasiado grande que me envuelve y me hace flotar. Justo después siento que Magnus se tensa. En el espejo, veo cómo cierra los ojos un segundo y echa la cabeza hacia atrás, vaciándose en mí. Su final me llena tal como lo deseaba, caliente y pleno. Quizás nunca lo admita, pero a mí también me encanta sentirlo.

Finalmente se detiene y se deja caer hacia adelante, con la respiración errática contra mi nuca y el peso de sus músculos sobre mi espalda. Por un momento, nos quedamos así, conectados, exhaustos pero saciados. Me saca los dedos de la boca y su mano abandona mi entrepierna. Me sostiene contra él, y aunque aún tiemblo, me siento completa, marcada y suya. Esa sensación se me quedará grabada en la memoria hasta el último de mis días en este mundo.

—¿Me amas? —pregunto por puro capricho. Sé que lo hace.

—Llevas un anillo que te une a mí; eso tendría que bastar.

—Quiero que me lo digas.

Sale de mí y me da la vuelta para verme a la cara. Me toma del mentón y lo levanta hacia él.

—Si me pidieras que sometiera a cada persona que existe en este mundo, lo haría y las pondría a tus pies para que te veneraran. ¿Eso responde a tu pregunta?

—Sí, pero no tienes que exagerar.

—No lo hago. No solo te amo, Emilia. Te adoro.

—¿Qué diferencia hay?

—Solo se adora a quienes son superiores a nosotros. Adorar es rendirle culto a la persona o cosa que se considera divina, a quienes están por fuera de nuestro alcance y que anhelamos.

—Tú ya me tienes.

—Eso no quita el hecho de que te entregaría todo así me lo pidieras por antojo.

La manera en la que habla, en la que me mira, me prende. Es algo adictivo para lo que no tengo cura. Soy incapaz de parar cuando lo tengo cerca.

—Tú estás por encima de todos, Emily. Por encima de mí. Haré que tu nombre resuene en cada rincón del mundo, que cada hombre te respete y que calle cuando hables. Cada mujer anhelará ocupar tu lugar, pero ni en mil años nacerá alguien que se iguale a ti.

—Magnus…

—Silencio —pide mientras baja por la piel de mi cuello—. Déjame adorarte.

39
MAGNUS

Emily duerme en mis brazos, con la cabeza sobre mi pecho y las piernas enredadas con las mías. Su respiración hace que todo se vuelva tranquilo, como si la guerra y mis preocupaciones ya no existieran. Es así como descanso mejor, con su peso leve, su calor y esa paz que aparece cuando está conmigo.

Me muevo para levantarme y me quedo a su lado por un momento. Mi mirada se desliza hacia su abdomen, como si tratara de ver lo que ni siquiera se forma aún.

—De verdad te espero, intruso, pero vienes en el peor momento de Lacrontte —hablo bajo para no despertarla.

Me paro con cuidado, estiro las piernas y camino hacia el baño. El agua caliente me golpea la piel . Cierro los ojos y de inmediato mi mente viaja sin permiso a la escena de anoche en el tocador. Su voz; la manera en la que me miraba, suplicante, deseosa por mí; su cuerpo, arqueándose contra el mío, y el espejo que reflejaba cada embestida que ella luchaba por resistir. Amo su figura, cada curva, cada rincón que parece hecho para mis manos. Amo cómo se entrega, cómo se le cierran los ojos cuando el placer la alcanza. Y, maldita sea, amo terminar dentro de ella, sentirla temblar, saber que le proporciono la misma satisfacción que me da a mí. Es la persona más importante de mi vida. Es mi mujer.

Escucho unos pasos acercarse de repente. Me giro y ahí está, desnuda, con esa sonrisa que me rompe las defensas.

—Buenos días, esposo —me saluda, entrando en la ducha.

—Buenos días, esposa.

El agua la envuelve y me quedo mirándola, hipnotizado por cómo las gotas resbalan por el pecho.

—Eres hermosa, Emily, incluso más que yo —digo solo para que se queje de mi vanidad. Pero no miento. Lo es.

—Ya lo sé. Eres tú quien tardó en darse cuenta.

Ese es un golpe que no me esperaba.

—Tanto te quejas de mi ego y lo has adoptado.

—Las malas costumbres son las que primero se heredan —afirma mientras toma el jabón y me lo pasa por el torso—. Recuerdo haberte escuchado decir que no podía agitarme de ninguna manera. Ayer se te olvidó.

Sonrío. Ni siquiera lo pensé. Con ella se me olvida cualquier regla.

—Efectos de verte desnuda. Tú tampoco lo mencionaste.

—Efectos de verte desnudo.

—Mentirosa. Estuve vestido la mayor parte del tiempo. ¿Cuándo aceptarás que eres igual de pervertida?

—Haces el amor con la misma intensidad con la que discutes.

—Qué romántica, señora Lacrontte —me burlo de su sonrojo—. No sabía que era tan poética.

—Lo aprendí de ti. Espero que le leas poesía a nuestro hijo.

—Intruso —le recuerdo—. Y, hablando de eso, tengo una última sorpresa que enseñarte.

Cuando terminamos de bañarnos, la visto. Bueno, escojo su ropa. Me apartó cuando traté de ponérsela, alegando que estaba tocando sitios que nos llevarían a otra cosa. Era justo eso lo que buscaba. La tomo de la mano y la guío por el pasillo hasta una habitación que está a un par de puertas más allá de la nuestra. Giro el pomo y le permito que pase primero. Es el cuarto que mandé a preparar para el intruso. Sus ojos recorren cada rincón: las cortinas de un tono marfil que caen

pesadas y elegantes, el dosel tallado en oro que enmarca la cuna y la cesta de mimbre con juguetes.

Emily se tapa la boca, conteniendo la emoción. Me quedo quieto, disfrutando de ese instante en el que el asombro le ilumina el rostro.

—Quería que todo estuviera listo cuando llegara el momento —le aviso.

Avanza despacio, pasa la mano por el borde de la cuna, acaricia las telas y luego observa el rincón donde está el pequeño caballo de madera que mandé a tallar.

—Magnus, es perfecto —susurra sin mirarme—. Lo amas. Sé que lo amas.

—Lo amo —aseguro, yendo a abrazarla por la espalda—. Los amo a los dos.

—¿Todo esto lo escogiste tú?

—Es mi manera de demostrarte que lo intento.

Se suelta de mi agarre y se acerca al librero que está junto al sillón. Saca uno de los textos que pedí que dejaran en el estante y se queda viendo la portada.

—¿*Paz armada. Tomo I*? —pregunta, poniéndolo en alto.

—Lo puse ahí por si quiere aprender algo. También hay un segundo tomo, pero debe empezar por el primero.

—Un bebé no va a leer estas cosas.

—Yo se lo puedo leer. Es el tipo de libros que tengo. Fueron mi tarea por muchos años cuando era pequeño.

Agarra un segundo libro para darle otra oportunidad a mis elecciones.

—¿*Imperialismo y derogación*?

—Ese es muy bueno —declaro, riéndome—. Estoy seguro de que le gustará.

—Hagamos un trato. Tú ya escogiste la decoración, así que déjame a mí escoger los libros.

—No tengo cuentos infantiles, Emily.

—Para eso somos esposos. Yo los busco. ¿Olvidas que soy el lado dócil de este matrimonio?

Oigo un golpe suave en la puerta, seguido del anuncio de uno de los guardias que avisa que Francis ha llegado. Tenso la espalda enseguida. El viejo tenía la misión de esperar el desenlace del plan con Maloney. Por ende, si está aquí es porque al fin tenemos respuestas. Trato de fingir calma frente a mi esposa. No puede preocuparse por esta situación. Es algo que debo resolver.

Me despido de ella alegando que tengo una reunión, y bajo a reunirme con Modrisage. Cuando lo encuentro, me saluda asintiendo y pide un lugar privado en el que podamos hablar.

—¿Qué tienes? —pregunto una vez que nos encerramos en mi nueva oficina.

—La rutina de Maloney. —Se pone las gafas de lectura y saca un papel del bolsillo en el que parece que anotó los detalles—. Cuando salió del palacio, lo primero que hizo fue ir con un médico. Después de unos días, se fue de Mirellfolw al mismo lugar en donde encontramos a la madre de la organizadora de eventos.

—¿A la misma casa?

—No. Una mucho más pequeña de la que solo salía para dos cosas: ir a comprar comida y visitar una taberna —sigue leyendo—. Se sentaba en la barra y pedía una cerveza que no bebía. Después le pedía al cantinero que sacara las monedas de su bolsillo para pagar, se levantaba y se iba. Fue la misma rutina una y otra vez. A veces se quedaba unos quince minutos, una hora, dos o hasta cinco. No se movía ni hablaba con nadie. Solo se sentaba en la barra con una cerveza en frente, que le cambiaban cuando se calentaba, pero daba igual, pues muy pocas veces la consumía.

—Si estás aquí es porque hay algo más que eso.

Guarda la hoja y se quita las gafas. Viene la parte difícil.

—Un hombre. Lo tenemos. Un día llegó alguien y se sentó con él. El guardia dice que vio que le daba algo. Una identificación. Luego Maloney salió directo a la casa. Capturamos al sujeto y efectivamente es un falsificador. Dice que le dio una nueva identidad para que pueda salir del reino sin que lo registren. Irá a Mishnock. Todavía no lo retenemos, pero seguimos vigilándolo. Hay todo un plan

que el sujeto no tardó en confesar. Varias personas llegarán en una fecha determinada a la casa del señor Cedric y todas saldrán al mismo tiempo para despistar, en caso de que alguien los siga. Viajarán cubiertos y en dirección de diferentes fronteras con el fin de despistarnos.

—¿Eso quiere decir que Heinrich está en Mishnock?

—Todo indica que es así.

—Pero tú no estás convencido.

Me resulta imposible que Francis de verdad se crea esa historia.

—Para nada.

No somos idiotas y ellos tampoco. Maloney debe sospechar que si lo dejamos libre es por una razón, no por bondad. Está al tanto de que lo vigilamos. Quizás no ve a los guardias, pero intuye que están ahí. Es lo que yo imaginaría.

—¿Cuál es tu teoría? —Quiero saberlo para ampliar la mía.

—¿Reunirse con un hombre cuando sabe que lo espiamos? Si tenía todo un plan para distraernos con otras personas es porque es consciente de que estamos ahí, en las sombras.

—¿Cuál crees que sea la pieza clave?

—El bar —deduce lo mismo que yo—. Ahí alguien le da información. Específicamente, el cantinero. Quizás la intercambian cuando hablan para pedir la cerveza. Puede que bajo algún código o en la servilleta que envuelve el vaso.

Sí y no. Yo sé en dónde está el intercambio de información: en el pago.

—Notas, Francis. Estoy seguro de que intercambian mensajes cuando el cantinero le saca el dinero del bolsillo. Ahí deja y saca notas. Es por eso que el tiempo varía cada noche. A veces el mensaje ya está y solo necesita una respuesta. Y en otras ocasiones deben esperar por información.

—Información que llega desde atrás de la barra. En el almacén.

—Uno que seguro da a la calle.

—Me alegra haberlo criado bien, majestad. Admito mi falta de visión. Me quedé en el camino.

Baja la mirada y luego, casi de inmediato, la pone en mí. Ya descubrió la última parte. Esa no es la primera identificación que le da. Maloney no se expondría de esa manera. Es dejar en el aire a su principal aliado. Bastaba con capturarlo y someterlo para que nos diera toda la información. Demasiado obvio. Es incluso insultante que nos subestimen de esa forma.

—Hay que registrar la casa de ese hombre —anoto.

—No habrá nada, majestad.

—No ahí, pero nos llevará hacia el lugar en el que sí. Voy a viajar de regreso a Lacrontte. Envíale una carta a Gregorie pidiéndole que vaya al palacio. Tú te quedarás aquí con Emily.

—¿Todavía no quiere que se entere de lo que ha hecho?

—No. —Esa es la respuesta fácil. Lo difícil es aceptar que dejé entrar la duda una vez más—. Cuídala muy bien, Francis.

No me interesa que los demás me tilden de violento, tirano o perpetrador después de que Emily diga que soy su maldito hombre, pero hay un asunto que debo erradicar para siempre para que no se instale en mi cabeza cada vez que uso la fuerza. Necesito escucharlo de ella y no me iré de aquí hasta tener la certeza de que no le importa.

La mando a llamar después de pasarme por la biblioteca y escoger un texto en específico que estaba seguro de que Joacatz tendría. Uno de los custodios la trae hasta aquí, a las puertas de la bóveda del palacio. Hoy tendremos una peculiar clase de historia.

—¿Qué tal tu reunión? —pregunta cuando llega—. No tienes buena cara.

—Te traje para que la arregles. Me iré de regreso a Lacrontte —aviso a quemarropa—. Hay cosas que debo resolver.

La cara le cambia al instante. El buen ánimo se pierde entre su preocupación.

—¿Vas a dejarme aquí sola?

—Es el lugar más seguro para ti y el intruso.

—¿Por cuánto tiempo?

—Unos días, lo prometo. Vendré tan rápido como pueda.

—Déjame acompañarte, por favor.

—Es un viaje corto. Te dejaré con Francis.

No la convence. Sigo viendo la duda en sus ojos.

—Te propongo algo —digo, quitándome el anillo familiar, ese que tiene el escudo del reino grabado—. Te quedarás con él y me lo regresarás cuando vuelva, tal como lo hicimos una vez en Cristeners. —Se niega a recibirlo—. Será rápido. ¿Crees que quiero estar lejos de ti? Tengo una pista sobre el paradero de Heinrich y debo investigar.

—Deja que alguien más se encargue.

—Soy un rey de la guerra. Me gusta estar al frente. —Tomo su mano y dejo la joya en su palma—. Confía en mí. Regresaré.

Se quita la cadena que lleva puesta y agrega mi recuerdo como un colgante. No me gusta verla así, pero no puedo posponer una oportunidad de esta magnitud.

—Todo estará bien. Ahora, por favor, no pienses en eso y acompáñame.

Me da la mano y entra conmigo cuando la puerta que protege la fortuna de Dinhestown se abre. El brillo del oro la envuelve enseguida, obligándola por un momento a cubrirse los ojos hasta adaptarse al golpe de la luz. Aquí abajo se abre un tesoro gigantesco: lingotes perfectamente alineados, coronas antiguas protegidas en los estantes y joyas destellantes. Permanezco unos pasos detrás, en silencio, disfrutando una vez más de su reacción y de cómo el mal humor se le diluye. Su mirada recorre el lugar con una mezcla de asombro y duda, como si no terminara de creer lo que ve. La veo tocar un colgante con cuidado, apenas rozándolo con la yema de los dedos, con temor de dañarlo.

—¿Todo esto es tuyo? —pregunta al fin, sin mirarme. Su voz suena baja, casi reverente.

No respondo de inmediato. Me gusta ver cómo intenta comprender el peso de lo que tiene frente a ella. No es solo oro, no es solo poder. Es historia, son pactos, son silencios y generaciones enteras escondidas detrás de esas paredes.

—Nuestro —le corrijo—. Lo que ves aquí es lo que sostiene lo que somos.

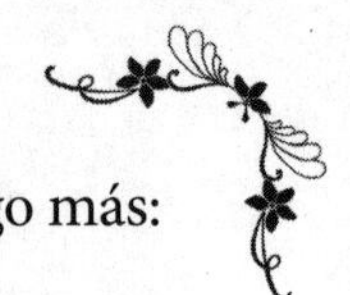

Se vuelve y en sus ojos hay fascinación, pero también algo más: una sombra leve, una pregunta que no se atreve a formular.

—¿Por qué me muestras esto? Nunca lo hiciste en Lacrontte.

—Porque quiero que me demuestres que entiendes a qué está ligada esta fortuna.

Camino hasta quedar a su lado. El reflejo del oro le tiñe la piel con un brillo cálido. Entrecierra los ojos, esperando una explicación. Abro el libro que saqué de la biblioteca en el capítulo dedicado a mi nombre, en donde cuentan parte de mi historia, de mis hazañas y mis arbitrariedades. *Historia de un reino de sangre*, así lo llamaron. Cada parte es un rey lacrontter diferente, y yo me considero el más interesante.

—Muchas de estas cosas las obtuve por pillaje. Me adueñé de ellas sin importarme que no me pertenecieran, porque lo único que quería era conseguir más y más. He robado naciones. Incluso algunas joyas que trasladé para ti son de Mishnock. —Mira a su alrededor como si fuera capaz de distinguir de qué objetos hablo. La tomo de las mejillas y la obligo a devolverme su atención—. Una vez me reclamaste por no permitirte vivir en Lacrontte aun cuando muchas de las cosas que aumentaban mi riqueza fueron usurpadas de tu primer reino. No lo olvido. El hombre que amas toma lo que quiere de cualquier lugar sin remordimientos —le informo antes de pasarle el texto—. Mira esto y léelo con cuidado.

Ella contempla las páginas que hablan de las innumerables veces en las que he invadido reinos, de las reformas que he hecho para mantener mi pueblo arriba y acabar con otros, de las múltiples veces que me han tachado de injusto por enviar a la horca o asesinar a personas que no se lo merecían y de cómo me acusan por causar la muerte de miles de personas dentro y fuera de mi nación.

—Nada de lo plasmado ahí es mentira. Todo lo he hecho y no me arrepiento de ninguna de las vidas que he tomado ni de los gramos de oro que he saqueado.

—¿Por qué me das esto? —La confusión es visible en su expresión—. Ya lo sé.

—Porque necesito que me digas que me aceptas con cada uno de mis pecados. Necesito erradicar la duda que se implanta en mi cabeza cada vez que alguien me recuerda la diferencia entre tú y yo.

—¿Quiénes te dicen esas cosas? No les hagas caso. Yo te amo.

—¿Por qué crees que no te dejaron ver el periódico mientras estuviste en Cromanoff?

—¿Aparecía la noticia de lo que le hiciste a Rose?

Asiento sin quitarle la mirada. Voy a estudiar su reacción. ¿Me teme, me desprecia, me apoya?

—¿Sabes cómo murió? —la insto a buscar la verdad.

—No, y no quiero saberlo.

Ella también mantiene la cabeza en alto, como si no quisiera dejarme leer sus pensamientos, oler su miedo o sentir su rabia. Se mantiene serena e imperturbable.

—Esa es mi duda, Emily. ¿Qué harás el día que te enteres? ¿Dejarás de amarme?

—¿Tenemos que hablar de eso ahora?

Su respuesta alimenta mi miedo.

—Es necesario. ¿No te preguntas qué hice con los guardias que moví del palacio? ¿Sabes a cuántos de ellos asesiné?

—Tenías razones. Eran espías —su voz sigue firme.

—¿Y en la fiesta de Daniel, cuando le disparé? Lo disfruté. Las caras de terror, la angustia. Volvería a hacerlo. ¿Eso tiene justificación?

—¿Por qué quieres dañar la imagen que tengo de ti?

—Porque no es la real. No quiero vivir escondiéndome por temor a que me abandones. Quiero estar seguro de que, pese a lo mucho que imponga mi autoridad, tú seguirás acá. Hazerot, el antiguo rey de Dinhestown, era un rey pacífico y yo lo amenacé, le quité el reino arbitrariamente.

—Dijiste que no lo habías asesinado.

—No lo hice. Él y su familia se fueron de aquí intactos.

No solo deseo que quiera al Magnus bueno que soy con ella. Necesito que acepte y respete al Magnus cruel que soy con los demás.

—Has cambiado, Magnus. Yo he sido testigo.

—No, he mejorado para ti. Estoy intentando ser el esposo que te mereces, esmerándome por hacerte feliz. Te enseño la poca luz que tengo, pero es imposible deshacerme por completo de la oscuridad con la que cubro al mundo, y es justo esa la parte que quiero que ames. Dime, Emily. —Doy un paso al frente y ella retrocede. Doy otro y vuelve a hacerlo—. ¿Amas mi crueldad?

El sonido de mi avance resuena contra el metal que recubre las paredes, como si la bóveda misma me juzgara. Me acerco de nuevo, empujándola lentamente hasta la mesa que se encuentra en medio de la habitación, la cual sostiene un cristal que resguarda más joyas.

—No entiendo por qué quieres que te vea como un asesino.

Retrocede, huyendo de mí, aunque no con miedo, sino con intriga por saber hasta dónde nos llevará esta conversación. La cadena que tengo en el pecho parece quemarme la piel mientras voy tras ella, arrinconándola como a un animal indefenso.

—Porque es lo que soy y no quiero seguirlo ocultando de ti. No quiero tener que preocuparme de que te enojes conmigo por haber asesinado a quien yo decida.

Se tropieza con la mesa, pero decide rodearla y seguir caminando hacia atrás. En algún momento tendrá que detenerse, la bóveda no es eterna.

—Eres el hombre que amo, nada podrá cambiar eso —dice en voz baja.

—Y no quiero que nada lo cambie, pero tampoco deseo que tú cambies por algo que yo haga.

—Conozco tu corazón.

—El que creé para ti.

—Si me importara lo que has hecho, no me habría peleado con mi hermana para defenderte. No seguiría aquí ni llevaría un hijo tuyo.

Se estrella por fin contra un bloque de lingotes. No tiene a dónde más ir. No le queda otra opción más que resignarse a enfrentarme mientras yo acorto la distancia.

—Entonces, no puedes molestarte por lo que haga a continuación, por las medidas que tome para encontrar a Heinrich.

La agarro de la cintura y la subo hasta la pila de oro. Queda justo a mi altura, con los pies colgando sobre ese trono dorado que construí con mis pecados. Me paro frente a ella, mirándola. No. Venerándola.

—Mírate —le digo—. Eres lo único que no puedo comprar y lo único que me interesa tener.

Se le agita la respiración cuando le abro las piernas y me acomodo en medio.

—Prometí estar contigo en las buenas y en las malas —me recuerda.

—Los momentos malos los vivirá el mundo; yo me encargaré de darte los buenos.

La beso con autoridad, reclamando sus labios para mi deleite, adueñándome de su boca a mi antojo. Emily me hunde las manos en el cabello y me corresponde. Aspiro su olor y me regocijo con su cintura. La aprieto contra mí para que me sienta suyo.

—¿Vas a amar la peor versión de mí? —pregunto, viendo sus ojos oscurecidos.

—No hay manera de que pueda dejar de amarte.

—No retes a la vida, Emily. Podría sorprenderte. Eres un ángel y yo lo más parecido a un demonio, pero necesito que te entregues al infierno que es mi vid. Yo te juro que crearé un pedestal sacro para ti en medio de mi pecado.

Suspira. Le gusta que le hable así, pero hoy su lado racional no parece estar del todo conmigo.

—Puedes no ser así con quien no se lo merece. Respeto que impartas justicia, pero no que pases por encima de quien no ha hecho nada en tu contra. ¿Quieres que te acepte? Bien. ¿Aceptarás tú que no soy partidaria de la violencia injustificada? Esto es de ambos. Yo cedo. Tú también —responde con firmeza.

—Tienes un punto válido.

Le paso las manos por las piernas para aligerar la tensión entre nosotros. Me escabullo debajo de su falda y subo por sus muslos hasta llegar a su ropa interior.

—Convénceme. Quítate el vestido —ordeno.

—¿Eso en qué ayudará?

—Será un recordatorio de nuestro trato cuando intente sobrepasarme.

Se ríe. Le gustan mis juegos.

—Suena a chantaje, señor Lacrontte.

—Entonces no lo hagas. De todas formas, tu punto seguirá siendo válido.

Quiero que lo haga, pero también quiero que lo elija. Le dejo la vía libre sin ninguna presión de por medio. Veo la duda en sus ojos mientras agarra el borde de la tela. Se detiene y, por un instante, pienso que no lo hará, que el peso de este lugar y de mí es demasiado. Me limito a observarla, dejándole claro que estoy aquí, que no hay prisa, pero que lo deseo.

—¿Ahora? —pregunta.

—Solo si tú quieres.

Mira a su alrededor como si quisiera ubicar a alguien escondido en una esquina. Entonces, obedece y se quita el vestido por la cabeza. La luz de los candelabros baila en su piel desnuda y cada sombra parece acentuarle las curvas del cuerpo, como si el oro mismo la estuviera adorando.

—¿En qué estás pensando? —dice ante mi silencio.

—En cómo voy a hacerte mía aquí.

—¿Y qué se te ocurrió?

Mi sonrisa es gigante cuando la idea aparece. Claro que eso es lo que quiero.

—Yo siempre te uso. Ahora tú me usarás.

Podemos replicar la escena de anoche con un giro diferente, y lo haremos. Necesito verla así.

Empiezo a quitarme los anillos bajo su mirada confusa. Uno a uno, me los guardo en el bolsillo, y cuando tengo la mano derecha libre, tomo la suya, delicada, suave, y la guío hacia su propio cuerpo.

—Úsame —le digo con la voz más grave de lo que esperaba. No oculto mi excitación—. Mueve mis dedos como quieras. Hazlos tuyos.

Ella me mira con los ojos muy abiertos, con una mezcla de sorpresa y algo que parece miedo. Miedo por correr el riesgo y que termine disfrutándolo.

—¿Lo dices de verdad?

—Después de lo del mentón, nada debería sorprenderte conmigo.

Le quito la ropa interior y ella no se resiste, mostrándome su disposición. Le gusta seguir mis directrices, pero le encanta aún más fingir que la escandalizan.

La mano le tiembla en la mía, inmóvil por un momento que se siente eterno. Quiero que lo haga, que tome el control, que me deje ser parte de ella de esta manera.

Lentamente, dobla las piernas y pega las rodillas a la altura de su pecho. Al principio se mueve insegura, se toca el cuello, los pechos y baja por su abdomen con duda. Quizás es fingida o quizás es real. La observo mientras pasea mi mano por sus muslos y ahí me doy cuenta de que lo hace para impacientarme. Si yo reto sus límites, ella lo hace con los míos.

—Puedes tomarte tu tiempo —digo, dispuesto a no perder la batalla—. Tú tienes el control.

—¿Crees que puedas soportarlo? —Su tono aterciopelado no esconde el desafío.

—Apostemos.

Se me acelera la respiración cuando se acerca a su entrepierna, pero la rabia me inunda cuando se aleja, pasando a la otra pierna. Es tortuoso. Ya estoy excitado, con la dureza debajo del pantalón esperando su momento.

—Magnus —dice en voz baja, inocente, como si no supiera lo que hace.

—Emily. —Trato de mantenerme firme para que no vea cómo claudican mis fuerzas.

—¿Qué quieres que haga a continuación?

—Lo que tú desees.

—Quiero que me lo digas.

—Lo sabes bien.

Vuelve a llevarme con ella y esta vez me deja tocarla. Siento su calor y la humedad. Es inquietante. Necesito que obedezca y deje de atormentarme. Me tiemblan los músculos cuando juega y se arrepiente.

—Emily —le advierto.

Ya ganó. No lo soporto.

—No me has dicho qué quieres que haga.

—Tócate —ordeno.

Esto de ceder el control no es para mí. Estoy a punto de abrirme el cierre y penetrarla por desobediente.

Baja tres de mis dedos y acerca los restantes. Se acaricia con ellos de arriba abajo primero, estimulándose para lo siguiente. Se muerde el labio inferior cuando empieza a gemir y me mira con esos ojos de joven ingenua que esconden sus verdaderos alcances.

—¿Así está bien para ti? —pregunta con ese tono dulce con el que pareciera que jamás ha ofendido a alguien.

Va a pagarme esto. No se imagina cuánto va a costarle.

Sigue teniendo la misma cara de mujer correcta que nunca se sale de los lineamientos. Cualquiera se creería su candidez. En cambio, aquí está su otro lado, provocándome mientras se toca sobre pilas de oro macizo.

—Mételos —exijo, ya al borde de mi paciencia.

Al fin obedece. Despacio, los desliza dentro y debo usar toda mi entereza para mantenerme pétreo. Se aprieta a mi alrededor, cubriéndome los dedos con esa calidez propia que entrega su interior. Es una fantasía cumplida que no sabía que tenía pendiente. Dirijo mi atención a esa zona. Ella va despacio, usando solo mi índice y el dedo medio. Apoya el brazo en los lingotes para darse estabilidad y así, mirándome, comienza a controlar el movimiento desde mi muñeca hasta encontrar su propio ritmo.

La forma en que responde, el leve arqueo de su espalda, el jadeo que se le escapa de los labios, todo me golpea como una ola. El

corazón me late con fuerza y hay algo en mi interior que se retuerce, no solo de deseo, sino de admiración. Ella está tomando algo mío, mi propia mano, y la está haciendo suya. No puedo apartar los ojos. La veo moverse, ganar confianza, y cada pequeño sonido que profiere me atraviesa. Tensa los muslos, entreabre los labios y siento que el mundo se reduce a esto: a ella, a su perversión, a cómo me está usando.

El silencio de la bóveda se llena con su respiración, con el chasquido de mis dedos entrando y saliendo de ella cuando aumenta la velocidad. Me veo inclinado para su placer mientras juega consigo misma, arrancándose gemidos cada vez más altos que la hacen contraerse hasta acabar, bañando el oro con su éxtasis.

—Dime que eres mía, Emily, hasta el día en que te mueras. Dime que amas a la bestia que soy, al infierno que represento y que solo tú puedes apagar. —Empiezo a bajarme la cremallera del pantalón bajo su mirada—. Dímelo —exijo al ver que se queda callada, únicamente concentrada en mi erección. —Me acerco a ella, sosteniéndome el miembro—. Emily Lacrontte —le advierto por última vez.

—Te pertenezco, Magnus —afirma justo en el momento en que la embisto.

Haré temblar el mundo si alguien se atreve a interponerse entre nosotros. Es mi mujer y su nombre es la única ley que reconozco.

40

MAGNUS

—¿Qué se supone que buscamos? —pregunta Gregorie a mi lado.

Tuve que distraerme en el palacio de Mirellfolw mientras esperaba su llegada. Fue aburrido. Pude haber estado con Emily más tiempo.

Estamos en la vivienda del falsificador. Su nombre es James Upton. Es una casa normal, casi obrera, sin muchos lujos, lo cual es extraño, ya que se trata de un hombre que tiene un papel esencial en las movidas de Heinrich. Debe pagarle miles de quinels y no se ve el dinero en ningún lado. Ya registramos el lugar y encontramos algunas cosas importantes, pero yo me he quedado con un consejo que Francis suele darme: las respuestas están en los detalles. He observado este sitio desde el techo hasta debajo de la alfombra. Sus muebles son más que baratos, de una madera decente, pero con tapizados fachosos. Sus trajes no son finos ni a la medida. Pude ver la etiqueta cosida por dentro. Sus zapatos, aunque brillantes por un buen lustrado, tienen la suela desgastada, dando cuenta de que, por más que aparente, no tiene el dinero suficiente para un par nuevo.

—Una pista que nos lleve a la verdadera ubicación —le digo sin quitar la vista del escritorio en su oficina.

—¿Más? Hemos encontrado muchas copias fallidas de identificaciones falsas en los cajones. Alguna de esas debe ser. Gerald tuvo

que marcar su salida bajo uno de esos nombres. Hay que averiguar en qué frontera.

Niego, porque no lo creo. Si las cosas fueran así de sencillas con el maldito Mercader, lo habría capturado hace mucho tiempo. Aquí hay algo que debemos descifrar. Lo presiento. Es por eso que investigué primero el historial profesional de Upton. Es copista, nada más. Un hombre de letra fina y ordenada, de los que transcriben sermones o cartas por encargo. Nunca trabajó con un escribano ni pisó una oficina del registro. Sabe de ortografía, no de legalidades. Tiene pulso firme, sí, pero ignora cómo se cruzan los sellos, cómo se rubrican los márgenes o cómo se consigna una fecha para que el documento tenga peso ante la ley. Por eso, traje al registrador del palacio y algo más.

—¿Qué ve usted, señor Norton? —le pregunto al viejo canoso.

Se ajusta los lentes por décima vez y se acerca a la mesa, examinándola.

—Es un auténtico escritorio de escribano. Tiene las manchas en la madera, la plumilla, el tintero con la mezcla ferrogálica, pero parece sobrepuesto. Como si lo hubiera trasladado hasta aquí.

Justo lo que yo sospecho.

—Mi oficina —continúa— tiene tantas manchas en el suelo que ni la mejor limpieza puede quitarlas, porque la ferrogálica deja manchas que se oscurecen con el tiempo y no salen con facilidad. Estas, en cambio, se ven superficiales, grises. Estoy seguro de que con un poco de alcohol se irán. Además, ¿sienten el olor? La tinta con la que se hacen los documentos tiene un olor metálico, casi agrio, que se expande. Mi esposa lo detesta. Por el contrario, acá solo se percibe con fuerza cuando nos acercamos a la mesa, lo que me da a entender que no lleva demasiado tiempo aquí.

—Siento que ustedes dos me dejaron en otra línea —se queja Fulhenor—. ¿Sospechan que este hombre no es quien hace las identificaciones?

—Es una posibilidad —dice Norton—. Si pudiera ver las manos del hombre, quizás podría darle un mejor diagnóstico.

Ya pensé en eso. No es por jactarme, pero soy un buen rey. Chasqueo los dedos y un guardia trae la caja. Otro la abre y desenvuelve la mano derecha de Upton. Se la corté con fines investigativos. No soy imbécil. Antes le pedí que escribiera para tener registro de su letra y ya concluimos que no es la misma de los documentos que hemos encontrado aquí. Tenía que comprobar si era diestro, zurdo o ambidiestro. Una vez supe qué extremidad necesitaba traer, se la amputé.

—Maldita sea, primo. —Gregorie pone cara de asco—. Esa es la mano de… ¿Por qué? Pudiste traerlo atado.

—Deberías reconocer mi avance. Le prometí a Emily que intentaría ser bueno. Lo hice. Solo le corté una. Pero no estamos aquí para que me critiques, sino para averiguar la verdad. Norton, ¿esta es la mano de un registrador o no?

El hombre se acerca, pero no la toca. La mira como si fuera una criatura exótica que acaba de descubrir. Se mira las manos y las compara. Luego de un silencio largo, nos da las conclusiones: no es la mano de un escribano. No tiene el brillo seco del hierro ni las grietas en las yemas. No huele a tinta agria ni a linaza. Los dedos son finos, más de artista que de funcionario. No tiene ninguna sombra violácea en la piel ni rastro de la cera o del barniz con el que sellan los documentos.

—Entonces, ¿quién es el verdadero falsificador? —La duda de Gregorie también es la mía.

—El dueño de este escritorio —concluyo.

Empezamos a buscar alguna marca, iniciales, documentos que tengan otro nombre. No hay nada. Ni siquiera un tallado en la madera que luego hayan borrado. Sé que si pusieron este escritorio aquí es porque sabían que capturaríamos al hombre que se reunió con Maloney y que no nos quedaríamos solo con un interrogatorio. Estaban al tanto de que vendríamos a buscar pruebas y que este sería el perfecto distractor. Por ende, no iban a dejar nada con lo que pudiéramos dar con el verdadero responsable, el que tiene el paradero de Gerald y quizás de Nahomi.

—Majestad —Norton habla desde el centro de la oficina, de pie, mirando hacia la mesa—, hay algo que caracteriza a un escribano aparte de sus manos. Su plumilla. No tenemos iniciales, pero tenemos un objeto que nos llevará al nombre. Esta, en específico —se acerca y la toma—, es una plumilla de acero con la punta hendida que en la base tiene el nombre del fabricante. En este caso, Gillott. Conozco dos tiendas que venden este tipo de plumas, pero solo una es proveedora de la fábrica del señor Gillot.

—¿Creen que cometerían un error así? —Fulhenor duda.

—Creo que asumieron que no llegaríamos tan lejos —asegura el registrador—. O quizás no tuvieron mucho tiempo para armar una buena escena. Hasta a los mejores asesinos se les escapa un detalle. De cualquier forma, lo tenemos.

* * * *

Ni Gregorie ni yo logramos dormir ayer. La zozobra que acompaña a la espera fue nuestra compañera y enemiga. Para el momento en que trajeron al implicado, ninguno de los dos había siquiera desayunado. Solo nos mirábamos en el comedor, con las ansias cosquilleándonos la piel. Por fin estamos cerca de deshacernos de Heinrich.

Ayer ni siquiera tuve que ir a preguntar el nombre del sospechoso. La presencia de los guardias reales hizo que el vendedor nos diera una lista con los compradores que solían ir por esa plumilla. Mis hombres fueron a cada dirección. Los primeros registradores tenían su escritorio allí, en sus domicilios u oficinas, como evidencia física de que no se trataba de ellos. Parecía que no llegaríamos a nada lugar hasta que los custodios tocaron la puerta de una casa y nadie respondió, ni siquiera una doncella. Los vecinos dijeron que se habían ido de vacaciones hace unas semanas, y cuando se les increpó a dónde, no supieron qué decir. Sin embargo, alguien dispuesto a ganarse las

monedas que ofrecíamos reveló que tienen una casa en Brenhall, justo el mismo pueblo en el que se escondía Maloney. Cuando indagamos sobre la dirección, nos dimos cuenta de que es la misma casa en la que mantenían prisionera a la madre de Angelique, la organizadora de bodas. Fue una gran bofetada.

Que fueran por él no resultó difícil, así como tampoco que abriera la boca. Lo encontraron junto a su esposa y dos hijas. A los cuatro los trajeron aquí. A ellas las encerraron en una celda y a él lo arrastraron hasta el calabozo de tortura.

—Señor Dupont —Gregorie lo saluda—, un placer vernos al fin.

La luz amarilla cae sobre el tipo atado en la silla, empapado en sudor, que respira como si cada bocanada le costara una parte del alma. Leo el terror en sus ojos. Es consciente de que no saldrá de aquí con vida.

—Le diré lo que quiera saber —balbucea, desesperado—, pero le suplico que no le haga daño a mi esposa ni a mis hijas. Se lo imploro. Ellas son inocentes. Ni siquiera conocen al señor Cedric.

Empezamos bastante mal con esa respuesta.

Mi primo, a mi lado, empieza a afilar su navaja con calma. No lo hace porque la necesite; lo hace por el sonido, ese raspón leve del acero que hace que hasta al más corto de mente evoque la imagen una sangrienta herida.

—Si quiere mantenerlas con vida es mejor que no juegue conmigo —sentencio, dispuesto a no perder el tiempo—. No está aquí por Maloney, sino por Heinrich.

El hombre parpadea, confundido al principio, pero luego lo entiendo en su cara: asombro. Verdadero. Está pálido y la mirada le cambia de inmediato. Si había un ápice de esperanza dentro de él, acaba de morir.

—¿Qué está diciendo? —balbucea, mirándome primero a mí y luego a mi primo.

Gregorie se detiene, se cruza de brazos y sonríe con la expresión burlona que pone cuando ya sabe que alguien está a punto de quebrarse.

—No te hagas el inocente —dice él—. Puedes ahorrarte la tortura.

El imbécil empieza a negar rápido, nervioso.

—No, no, no. Yo trabajo para Cedric. Es todo, de verdad. No conozco a ningún señor Heinrich.

Cada palabra le sale temblando y, sin embargo, hay algo en su voz, una grieta. Esa pequeña vacilación entre «no conozco» y «quizá sí». Me acerco despacio, apoyando una mano en el respaldo de la silla para amedrentarlo.

—¿Sabes lo que pasa cuando alguien intenta mentirme? —susurro cerca de su oído—. Me aburro. Y cuando me aburro, me pongo creativo.

Él respira entrecortado. La gota de sudor que le baja por la sien parece moverse más lenta de lo normal.

—No estoy mintiendo. ¡Se los juro! —dice, casi gritando—. Yo no sabía que ese hombre estaba detrás. Me contrató el señor Cedric Maloney.

Levanto la cabeza y lo miro.

—Pero sabías que había alguien más arriba.

Se queda callado. Solo un segundo. Esa pausa lo delata.

—Primo —Fulhenor me llama—, ¿será cierto que su esposa no está enterada? Podríamos preguntarle.

—Más bien a sus hijas —propongo para presionarlo—. Seguro saben algo.

Me niego a creer que permitirá que nos acerquemos a ellas por proteger al Mercader.

—¡Ya basta!

El llanto le empapa la cara a una velocidad penosa. Este sujeto no es un hombre de guerra; es un cobarde que se metió en un pleito demasiado peligroso, creyendo que era intocable.

Se hunde en la silla, derrotado y temblando antes de hablar.

—Pasaba por un momento difícil económicamente. Heinrich llegó con un trato millonario. ¿Cómo iba a decirle que no? Tengo dos hijas que mantener.

—No me interesa el pasado. —Me le pongo al frente—. ¿En dónde está?

No me mentirá. Un paso en falso y su familia lo pagará.

—En Cromanoff —confiesa con los ojos cerrados—. Cuando las cosas se ponen difíciles, va allí. Tiene un terreno cerca de la frontera alta que colinda con el antiguo Plate.

¿Es un chiste? Ha estado escondido en territorio aliado.

—Esa parte del reino está poco habitada. ¿Qué tan alto? —le pregunta Gregorie con los ojos entrecerrados—. ¿Has ido allá?

—No, pero solía comentar que, de no estar el mar congelado, se iría navegando a Wellsinberg.

Conozco poco el terreno, así que no me atrevo a señalar ningún lugar en concreto. Lo que sí sé es que es arriba, bien arriba, cerca de las montañas nevadas, pero también cerca del mar. El pico más alto de la frontera. El problema es que son demasiados kilómetros que abordar. Debemos cerrar más el plano. Tenemos que actuar rápido y ser lo más precisos posible.

* * * *

Entramos a mi oficina con el afán de un baleado por llegar al hospital. No pierdo tiempo en formalidades: voy directo al librero y palpo los lomos hasta que encuentro el mapa que guardo doblado desde hace años, ese que saca polvo, pero nunca falla. Lo arranco de su sitio sin cuidado y lo extiendo sobre el escritorio para buscar el punto indicado.

Fulhenor toma el mando. Él conoce su nación y sabe dónde es posible armar un campamento y en dónde no. La zona no es accesible, aunque tampoco es imposible llegar.

—Tiene que ser aquí. —Señala un punto en el mapa—. Arriba ya está demasiado frío. Si tiene personal con él, necesita mucha

comida. En un clima tan helado nada germina. Por eso, voto por esta zona. —Hace un círculo invisible con el dedo, trazando una zona más pequeña de lo que esperaba—. Seguiremos la curva de la antigua frontera e iremos con mis hombres, tal como lo hicimos en el plan para capturar a Vanir. Necesitamos mucho personal, pero movilizar a tu Ejército levantaría sospechas.

—¿De verdad crees que esté ahí? —expongo mi falta de fe.

—Tendría lógica. Visitó a tu pesadilla en casa de Gretta. Era fácil si se escondía en el mismo reino.

—¿Y por qué no se la llevó con él hacia allá? Era mucho más seguro.

—Habrá que ir a preguntárselo. Por ahora, tenemos que viajar a Kilmwarth de inmediato.

Antes de salir me detengo un segundo junto a la ventana y miro el jardín interior del palacio como si viera las rutas que acabamos de trazar. Pienso en Emily y en que debería escribirle una carta antes de aventurarme en este plan. Quizás sí debí traerla conmigo. Ahora tendría otra oportunidad de despedirme si es que las cosas no salen bien.

—Tranquilo. —Gregorie lee mi angustia—. Regresaremos. Ambos tenemos un hijo que conocer. No nos arriesgaremos si vemos que es demasiado peligroso. Es una promesa.

Me extiende la mano y, aunque lo pienso, la aprieto. Por primera vez me importa algo mucho más que mi venganza y no quiero que me separen de ello.

CROMANOFF

41
EMILY

Han pasado varios días desde que Magnus se fue y solo una carta llegó desde Cromanoff. Unas líneas breves, pero llenas de él, en las que decía que me amaba, que no olvide las recomendaciones que me dio sobre el embarazo y que regresará pronto con un ramo gigante de flores como recompensa.

Desde entonces la leo una y otra vez, tanto que me la sé de memoria, pero aun así la releo, como si al hacerlo pudiera acortar la distancia. Lo extraño más de lo que imaginé y cada noche me sorprendo mirando la puerta y espero escuchar sus pasos otra vez. Es raro despertar sin él, ducharme sin él, comer sin él. Es como si faltara una pieza.

Por alguna razón, me paso la mayoría del tiempo en la habitación del bebé. Ya escogí los nuevos libros, organicé los juguetes, me dormí en el sofá y hasta casi me siento en el caballo de madera. La presencia de Magnus sigue aquí y es por eso que este se ha convertido en mi lugar favorito del palacio.

—Majestad. —La voz de Francis rompe mi silencio—. ¿Puedo pasar?

Él también ha estado pensativo estos días. No habla demasiado por más que intento hacerle conversación. Pese a su serenidad, sé que está preocupado, y no somos los únicos. Elisenda también ha

enviado cartas en las que pregunta si Magnus ha vuelto a comunicarse conmigo. Esto es una pesadilla.

—¿Tienes noticias? —pregunto, esperanzada, al verlo con las manos detrás de la espalda.

—No, pero seguro que pronto las habrá.

Según lo que me cuenta, las pistas que Magnus tenía para ir tras el rastro de Gerald eran seguras y le daban una posición de ventaja. Afirma que un plan así lleva tiempo y discreción. Que esa es la razón por la que no hemos recibido una carta, pero sé que ambos tenemos una corazonada que nos llena de angustia.

—Tiene visitas, majestad.

El corazón me salta en el pecho. ¿Visita? Puede que sea un teatro y se trate de Magnus. Quizás solo vino a representar un papel con el que le ayude a mi esposo a sorprenderme. Salgo del cuarto casi corriendo, con una ilusión que me quema por dentro. Sé que es absurdo, pero en mi mente solo hay un nombre. Cuando llego a las escaleras, Francis me detiene y me agarra del brazo.

—No es su majestad —dice con cuidado—. Son el rey Denavritz y el señor Klemwood.

¿Stefan y Atelmoff? Son los últimos visitantes que me hubiera imaginado. La esperanza se me desarma en el pecho, cayéndose a pedazos. Me obligo a sonreír, aunque la decepción todavía me tiembla en los labios.

—Entiendo —respondo, bajando un poco la mirada.

Respiro hondo, esforzándome por verle el lado bueno. No es Magnus, pero al menos no estaré sola un rato. Tal vez hablar con alguien me ayude a no pensar tanto, a no mirar la puerta cada vez que el viento suena como sus pasos.

—Está bien —digo al fin, alisándome el vestido—. Los recibiré en el salón.

—Permítame estar presente. En tiempos como este, debo estar enterado de cualquier cosa que se mencione.

Acepto. Es la única persona que tengo cerca en este momento. No sirve de nada ocultarle detalles.

Caminamos despacio hasta la primera planta y nos reunimos con ellos en una de las habitaciones. Preparo mi mejor sonrisa para que no sospechen el desastre que estoy viviendo, pero, cuando entramos, ninguno de los dos parece tener buen ánimo.

—Querida. —La mirada que Atelmoff me da es de lástima pura—. ¿Cómo estás? —No entiendo. ¿Ya se enteraron? ¿Quién les dijo? ¿Qué saben ellos?—. Cuánto lo lamento —dice antes de venir a abrazarme.

—¿Lo saben? —inquiero, confundida.

No comprendo cómo. La información no ha salido del palacio.

—Por supuesto que sí. Enviamos una carta a Lacrontte y nadie nos contestó. Luego, Lorian le dijo a Lerentia que lo más seguro es que estuvieran aquí, así que vinimos directo a verte.

—¿Ya se reconciliaron?

No esperaba verlos juntos después de lo que Stefan me contó.

—Eso no es lo importante ahora, sino tu familia y tú, querida. ¿Cómo fue que te enteraste?

Los miro a ambos y luego a Francis, quien se ha mantenido callado cerca a la puerta. Él tampoco entiende, pero su mente, al igual que la mía, captura algo al final. Una respuesta borrosa que se deshace como la neblina para exponer la claridad del día. Se refieren a otra cosa y mis alarmas se encienden.

—¿De qué están hablando?

Los dos se miran, perdidos, dándose cuenta de que quizás han cometido una imprudencia.

—Emily —el rey de Mishnock toma la vocería—, ¿no te lo han contado?

—¿Contarme qué?

El pulso se me empieza a acelerar como si me hubieran lanzado cuesta abajo y estuviera luchando con mis piernas para no caerme.

—Creo que lo mejor es que hablen conmigo primero —les pide Francis, pero yo me niego.

—No. Quiero saberlo. ¿Qué sucede?

—Tu familia no aparece —suelta Stefan—. Daniel dice que una noche salieron, después de estar con Liz todo el día, y no volvieron.

Ninguno de los tres. Los buscaron en su casa dos días después, pero no había nadie. Y los vecinos afirmaron no haberlos visto.

El mundo se detiene. Es como si solo quedara yo frente a una explosión que sé que acabará con mi vida y de la que no soy capaz de alejarme.

—¿Cómo que no están? —pregunto. La voz me sale débil, temblorosa, casi infantil. Nadie responde. Solo bajan la mirada.

Doy pasos hacia atrás y desvío mi atención al consejero real de mi esposo, quien por primera vez demuestra una absoluta preocupación. No solo por ellos, sino también por mí, por el bebé que se forma dentro de mi cuerpo. Tengo que apoyarme en la pared para no caer. Siento el cuerpo liviano, vacío, como si me hubieran arrancado algo del pecho. No respiro. No puedo.

Mi madre. Mi padre. Mi hermanita.

Las lágrimas caen en cascada. Me arden, me ciegan. Veo una imagen confusa de cómo alguien viene y me sostiene cuando me derrumbo en el suelo. Todo el cuerpo me tiembla, así como la voz cuando intento gritar y no sale nada. Es horrible y sofocante.

—¿Desde qué día no volvieron a verlos? —Francis habla por mí—. Sean exactos con la fecha.

—Hace dos semanas —explica Stefan—. Los primeros días no nos preocupamos, pero después la ausencia se hizo alarmante. Pensamos incluso que se habían devuelto a Lacrontte sin avisar. Por eso te escribí, para preguntar si estaban contigo.

Ellos jamás harían algo así. Mamá no quería separarse de Liz mientras ella la necesitara, y mucho menos huirían sin despedirse.

—¿Creen que alguien los secuestró? —La posibilidad me rompe la voz.

—No lo sabemos con exactitud. —Atelmoff despierta la esperanza—. Nadie se ha comunicado con Liz o Daniel para pedir un rescate. ¿Te han escrito a ti?

Estoy a punto de negar con la cabeza cuando algo se me cruza por la mente. El sobre que me dio Magnus.

—La carta —susurro, casi sin voz. Luego repito más fuerte—: ¡La carta!

Todos me miran, confundidos.

—Ellos me enviaron una carta. Llegó a Lacrontte cuando yo estaba en Cromanoff. Magnus me la dio el día de mi cumpleaños.

Francis cierra los ojos y baja la cabeza. No hay que ser adivino. Se arrepiente de no haberla leído tal como lo hace con la correspondencia del rey.

—¿Y qué decía? —cuestiona Amoff.

—No la abrí. Estuve tan ocupada que no lo hice y luego la olvidé —digo, intentando incorporarme—. La archivé en el cajón de mi mesa de noche y la dejé ahí. Supuse que era una felicitación por mi cumpleaños.

El señor Modrisage la manda a traer y pocos minutos después un custodio aparece corriendo con el papel en la mano. No me lo entrega a mí, sino a Francis, quien rompe el sello y saca la carta. Da la impresión de que va a leerla, pero al final me la extiende. La tomo con las manos débiles y de inmediato las lágrimas mojan el papel.

Hola, Emily,

No soy la persona que esperabas leer en estas líneas y lamento decepcionarte.

Primero, déjame empezar diciendo que esperaba ese matrimonio. Podía ver la chispa entre el rey Magnus y tú cuando nos conocimos. Te felicito, aunque no tomaste la mejor decisión.

Espero que me permitas contarte una historia. Es corta, lo prometo.

La última vez que nos vimos las cosas no salieron como yo esperaba. Quise ser amable y convertirme en tu amigo, pero tu esposo siempre lo complica todo. Tuve que huir por su causa. Hacerlo requiere de mucho dinero y mis bolsillos ya se estaban vaciando. Necesitaba encontrar una manera de

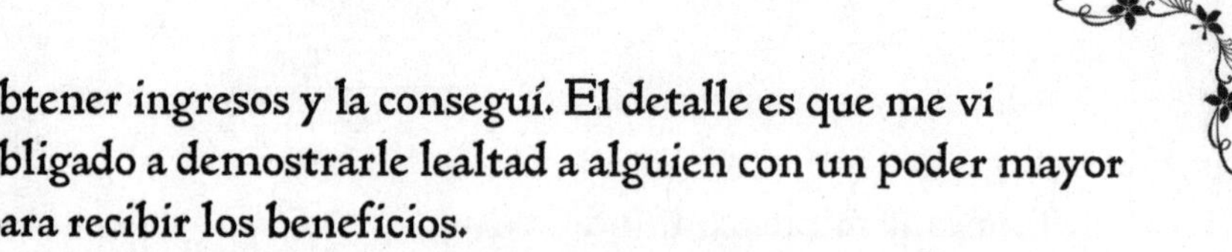

obtener ingresos y la conseguí. El detalle es que me vi obligado a demostrarle lealtad a alguien con un poder mayor para recibir los beneficios.

La misión era secuestrar a tu familia. Al principio, me negué con todas mis fuerzas. Propuse que solo fuera tu padre, pero la persona para quien trabajo no aceptó. Debían ser todos o no habría dinero. ¿Recuerdas que una vez te conté sobre las cosas que hice como noble para sobrevivir? Me tildaste de traidor. Tenías razón, lo soy, aunque eran claras mis motivaciones. Lamentablemente, ahora también tengo una excusa que respalde mi falta de ética. No es mi intención lastimarte. Tuve que hacerlo.

No puedo prometerte muchas cosas. Aun así, te doy mi palabra de que intentaré cuidarlos. Mucho más a tu hermanita. Tienes una familia muy noble, Emily. Debes estar orgullosa. Ellos hicieron sencillo mi trabajo.

Por ahora, te escribo para darte unas indicaciones. Son sencillas. Mi señor quiere que entregues a tu esposo y, a cambio, él devolverá a tus padres. Si lo piensas, es un trato justo. No creo que lo ames más a él que a los tuyos. Por favor, no trates de pasarte de lista y acata las órdenes. No le cuentes sobre esto a nadie, y si alguien que no es la señora Emily Lacrontte lee esta carta, quiero que sepa que las reglas no cambian. Es Magnus por los Malhore. De otra manera, no podrán encontrarlos.

Quizás no me creas, así que te dejo evidencia en la parte de atrás.

Sin más, espera nuevas directrices.

Con profundo afecto,

Tu casi amigo, Ansel Cournalles.

Le doy la vuelta al papel tan rápido como puedo y lo que encuentro termina de paralizarme. Ahí está pegado algo que reconozco

demasiado bien. Tres mechones de cabellos distintos. Las texturas, los colores. Lo sé a simple vista. Dice la verdad.

La leo una vez. Luego otra. Y otra más. Cada frase me quema los ojos y me perfora el corazón. No puedo creerlo. Siento el pulso en los oídos, como un rugido de sangre que no me deja pensar. ¿Cómo se atrevió? ¿Cómo puede creer que venderé a Magnus? ¿Por qué tenían que incluir a mi familia en esto? Tiene que haber otra forma de recuperarlos.

Doy un paso atrás, casi sin aire. Todos me miran, esperando que diga algo. En medio de mi dolor, les cuento lo que dice. ¿Quién es su señor? Esa es la pregunta que flota entre los cuatro. ¿Silas o Gerald?

—Si los tiene Silas, lo sabremos —asegura Atelmoff.

—¡¿Cómo?! —alego, apretando el papel en la mano—. Ni siquiera sabemos en dónde está.

—Lo amenazaremos. Estoy dispuesto a hacerlo por tus padres y por Genevive.

—¿Amenazarlo con qué, Atelmoff? A él nada lo mueve.

—Los escándalos sí.

—Sea claro, señor Klemwood. —La autoridad en el tono de Francis es una muestra de su angustia.

—Le prometí a Genevive que nunca lo contaría porque eso enfurecería a Silas y podría actuar contra ella. Pero, para este punto, de nada sirve guardar el secreto. Él sigue haciendo lo que le viene en gana. —La desolación en la cara de Atelmoff es abismal. Incluso le cambia la voz. Está derrumbado, tanto como yo—. Me he quedado callado, porque ella estaba a mi lado, reteniéndome. Ya no está. Él se la llevó. Tengo derecho a actuar.

Stefan se muestra tranquilo. No lo insta a contestar. Su quietud es un indicador claro de que ya lo sabe. Cualquiera que sea el asunto, ya se lo contó. Entonces, ¿es cierto? ¿Atelmoff es su padre?

—Dígalo de una vez, Klemwood —exige el señor Modrisage a mi lado—. ¿Con qué podríamos amenazarlo?

Respira profundo antes de contestar.

—Silas es mi hermano. Mi hermano menor.

AGRADECIMIENTOS

Un año más, un libro nuevo y una lista de cosas por las que agradecer.

Primero, gracias a Dios por cada idea que puso en mi mente para esta entrega, por iluminarme cuando me perdía entre las palabras, por sostenerme cuando ya no tenía fuerzas y respaldarme en cada publicación.

Gracias, a una vez más, a Brenda, mi madre, por acompañarme en cada reto y alentarme en medio de mis frustraciones. Por cuidarme, incluso de mi terquedad, y correr conmigo cuando la vida apresura el camino. No sé cómo pagar por la paciencia y el amor que me ha dado. Desearía que jamás me faltara.

Gracias a Yadira, mi abuela, por ese don increíble de crear prendas hermosas que puedo usar en cada firma, por el orgullo con el que habla de mis historias, por la lucha, las risas, los regaños y el cariño que me ha dado desde que tengo memoria. La quiero infinitamente.

A Abby Diaz por esa amistad que soporta la diferencia horaria y que está presente en cada madrugada con palabras de ánimo e historias entretenidas. Gracias por no temer defenderme cuando ni yo sé cómo hacerlo y por siempre escucharme. Eres tan maravillosa como fuerte.

A Kim Baldelomar por estar ahí en cada caída y por mostrarme el lado bueno de cada situación. Por la complicidad, por la ayuda cuando olvido detalles de mi propia trama y por emocionarte conmigo en cada noticia. Tienes un corazón tan mágico como el de Emily.

Gracias al grupo detrás de la Saga Rey por aportar su talento en cada libro. A Carolina, Isabel y Álvaro. Estamos más cerca del final de esta historia.

Y a ti, mi querido lector, por acompañarme y permanecer aquí. Gracias por la paciencia, la alegría y la estima. Gracias por volver a esta tercera parte y amar a estos personajes tanto como yo. Gracias por sus sonrisas en cada evento, por esperar con energía el momento en el que nos conozcamos, por sus mensajes, cartas y videos. Cada cosa que han hecho me ha traído hasta acá y estaré agradecida siempre con ustedes por permitirme llegar a lugares que no hubiera imaginado alcanzar. Son mi nueva y numerosa familia.